哈尔滨往事

张兆君 著

　　祸起萧墙，家仇上升为国恨；亲情反目，亲人演变成死敌。
　　白山黑水，血火抗争。十四年前赴后继，哈尔滨迎来解放！

团结出版社

图书在版编目（ＣＩＰ）数据

哈尔滨往事/张兆君著.-- 北京：团结出版社，
2024.9.-- ISBN 978-7-5234-1131-5

Ⅰ.Ⅰ247.5

中国国家版本馆 CIP 数据核字第 2024YD5591 号

责任编辑：宋　扬
封面设计：刘　美

出　版：团结出版社
　　　　　（北京市东城区东皇城根南街 84 号 邮编：100006）
电　话：（010）65228880 65244790
网　址：http://www.tjpress.com
E-mail：zb65244790@vip.163.com
经　销：全国新华书店
印　装：三河市华东印刷有限公司

开　本：170mm×240mm　16 开
印　张：28.5　　　　　　　字　数：432 千字
版　次：2024 年 9 月 第 1 版　　印　次：2024 年 9 月 第 1 次印刷

书　号：978-7-5234-1131-5
定　价：108.00 元
　　　　　（版权所属，盗版必究）

往事不曾如烟云

——序长篇小说《哈尔滨往事》

唐　飚

　　张兆君先生手捧四十多万字的书稿，请我写序。当时有些为难，一般说来我是极少写序的。然而看到《哈尔滨往事》的书名后，引起我的兴趣，因为我出版的长篇小说中，就有三部写哈尔滨过往的。况且，张兆君已年逾花甲，文学情怀热切，身为哈尔滨市作家协会主席应有其责。接到书稿后认真读了两遍，并向作者提出修改意见，在兆君先生两易文稿后，我才落笔写起这篇文字来。

　　长篇小说《哈尔滨往事》立意有高度，其鲜明的立意，显露在字里行间。我们知道主题先行还是后置，是多年争论的问题，我认为还是要先行，作品要表达一个鲜明的主题。一个作者在写他的小说、散文或者诗歌，有意识、无意识都要构建一种主题，都要有自己的思想，所有的文学作品总是要表达一种思想，或者是正确的，或者是错误的，或者褒奖或者批判，或者弘扬，或者鞭挞。

　　张兆君先生这部小说立意高远，昂扬着炽热的爱国主义热情，展示了强烈的民族气节。《哈尔滨往事》这部作品，从立意上，不忘本来，他在面对现实和未来写历史，给人以深沉的思考与向往。因为从立意上讲，一部好的文学作品是在揭示心灵、塑造心灵、引领心灵。一部好的文学作品，承载着一个国家和民族精神的唤醒和弘扬，一个国家和民族情感的凝聚和滋养，一个国家和民族审美的培育和提升。在《哈尔滨往事》这部小说中，突显了这几点。

　　《哈尔滨往事》题材有厚度。小说从北洋军阀政府时期写起，描述了生活哈尔滨四方台地区，有着直系亲戚关系两大家族祸起萧墙，反目成仇，及其两代人之间的悲欢离合，爱恨情仇。

　　小说经历了一九三一年"九一八"事变，一九三二年哈尔滨沦陷，1945年哈尔滨解放，一九四八年土改运动，直至解放战争胜利这几段宏阔的历史。

　　作者从大的历史背景上，截取了边缘化的小人物，把他们为了生存而不懈抗争的命运，写得酣畅淋漓。小说从侧面描写了东北十四年抗战，写解放战争，写土改运动,写剿匪等重大历史事件,纳入一部小说,增加了小说的历史厚重感。作者将二十余年的事情,张家、姜家二十余年的恩恩怨怨,哈尔滨四方台及其周边地区,发生的所有重要事情,都倾注笔端,构筑了一个绚丽多姿的文学王国。《哈尔滨往事》的真实人物,连同虚构的人物的人性,都在书中呈现出来,让我们去想象,去品味。《哈尔滨往事》审美有维度。

现在全国每年出版近8000部长篇小说,尤其是自媒体时代,只要写作就可以发表出来。然而,真正成为一部成功的小说,在审美上要有维度。《哈尔滨往事》在审美维度上,始终围绕侠义的思想,推进小说情节。里外两条线,宏大的历史事实和四方台的凡人小事熔为一炉。张家和姜家的命运与时代与社会息息相关,小说像个万花筒,折射了生活现状。哈尔滨的七街八巷、厘谣俗曲、风土人情、胡子绺子、俄人日倭、商铺店家,一网打尽,尽收笔端。使我们了解了二十世纪二三四十年代,哈尔滨人们生存的样貌跃升纸上。

张兆君先生是土生土长的哈尔滨人,生于斯长于斯的他,对这片土地有深厚的感情。他以自己熟知生活和有形的人物为经验主体、思维主体、审美主体、言论主体,构造了生动活泼的文学意象,呈现出一幅逼真的文学图景,为历史小说的百花园增添了一抹新绿。

作者饱含深情的笔墨塑造张锦德、张锦祥、张锦恕、张锦辉以及张氏家族第二代人张顺子等一群铮铮铁骨的汉子,在民族危亡面前,在国难当头之即的大义凛然和不屈不挠的抗争。同时还塑造了忘恩负义、恩将仇报的姜孝昌;以及姜家大儿子汉奸翻译姜心儒;伪满警察姜心田;臭名昭著"白蔡叶"等为虎作伥,甘为日本人走狗的反面人物。

小说以有形的虚构人物,展开故事情节,通过对他们坎坷命运、沉浮摇摆的人生的描写,把重大的历史事件、历史环境、人文环境与社会环境,融入其中。小说写主要人物的同时,还写日寇伪军,写绺子胡子,写地主恶霸,写流氓地痞,写土豪劣绅等林林总总,都刻画得细致入微,呼之欲出,给留下深刻印象。作者对真善美热情讴歌,对假丑恶无情的鞭挞。起到了为天地立心,为生民立命的作用。

总之《哈尔滨往事》是非常耐读的长篇小说,是作者心血的结晶,具有一定的史学价值和文学价值。

是为序

二〇二三年仲春于不辍斋

作序者唐飙简介

中国作家协会会员、一级作家；黑龙江省作家协会副主席；哈尔滨市作家协会主席；大学客座教授。

著有长篇小说《黑嫂》《谋杀 1946》《桃花巷》《丹心向阳》等九部文学著作。并有一百多万字的散文、随笔、赋见诸报刊。

哈尔滨往事

1

小时候总听爷爷讲一个故事，哈尔滨西郊四方台屯是老张家最早开荒占草的屯子，最初四方台屯里住的就是一个张姓，后来经过通婚才有了其他的姓氏进入四方台屯居住。

咸丰末年，山东昌邑县地界连续大旱，二年内几乎是颗粒无收。当时可谓是"流民四野，饿殍遍地，哀鸿一片"。张家老太爷、老太奶当时才二十四五岁，他们攒下买船票的钱，剩余的一点粮食和钱物，都留给了父母和弟弟，两口子决定闯关东求活路。

他们从山东昌邑县妹城村动身，在烟台坐火轮船低等仓到了大连，又从大连挑着一个担子，一头一个柳条筐，两个筐里没有他物，各装着一个五六岁的男孩儿。

缺衣少吃，乞讨过活，四口人差一点就饿死在路上。他们用了两个多月的时间，走了两千里地，总算走到了东北的哈尔滨。正好赶上清政府鼓励拓荒为田，老太奶就把她仅有的一支玉石簪子送给了清朝的一个千户。千户举着香火乘马奔驰（也就是所谓的跑马占荒），多跑了半里路，长宽各钉了一个木桩子，这一片四方形的荒草甸子就属于老张家了。

自那以后，老太爷、老太奶披星戴月，风风雨雨十几年，吃尽了苦，遭尽了罪，人挖犁趟，硬是在荒原上开垦出来几十垧油黑肥沃的土地。因为清朝政府鼓励开荒种田，三年内不交公粮，所以勤劳的张家迅速过上了好日子。

近百年以后，经过张家几代人的艰苦奋斗，张家已经是土地几百垧，骡马成群的大地主，也是方圆几十里的首富了。

四方台屯子后面真就有一个四方的高高的土台子，距离松花江三里地左右，据传说古代是金朝完颜阿骨打修筑训练水师的点将台。到了金代后期，在肇州曾设漕运司，经运粮河四方台一带督办漕粮。由此可见，四方台后期还肩负着辎重、物资的集散地、繁忙的港口、水路关卡、警备要塞和繁华的重镇等作用。又根据金代古船的考古发现，对照《金史》关于"舟师"（水师）和"漕渠运粮"的记载，四方台当时极可能还承载金军水师训练基地功能。

遥想千年前的四方台，"半水半烟著柳，半风半雨吹花，半浮半没渔艇，半藏半显人家"这如诗如画的田园景色,伴着人们行色匆匆的情形,仿佛清晰地浮现在眼前。

张家老太爷、老太奶看到这个四方台很宽阔,真的是四四方方的地形;而且土台子上地势高,不受雨水和洪涝的灾害,就铲掉一片荒草,在四方台上盖了几间茅草房。后来觉得土台子距离松花江太近,潮湿气太大,还有出行也不太方便,就在土台子南边二里地左右盖起了房子。日后孩子结婚生子,孩子的孩子再结婚生孩子,人口渐渐地多了,就给屯子起了名字,随着金朝的遗迹叫"四方台屯"了。

老张家的子孙,在这块肥得流油的土地上风霜雨雪,繁衍生息,过了近百年的好日子。四方台屯从张家的四口人,繁衍到几百口人,到了中华民国初年的时候,整个屯子里的人口,七八成都是张家的后裔和血亲,都是有着与张家不可分割的渊源。

公元一九二二年,中国北方名城哈尔滨的夏天,松花江南岸,老张家渔房子。

七月初的松花江边,宽阔的松花江,江水翻腾,水波激荡;灰黄色的江水,漩涡一个接一个,汹涌着拍打着江岸哗哗作响,卷起大片的白沫,就像冬天的白雪堆;天空中盘旋着几只打鱼郎(水鸟),"呕呕"地鸣叫着,时而突然垂直扎向水面,叼起来鱼儿飞走;水面上偶尔飘来几根漂浮的青草,被那无忌湍急的漩涡拖沉下去。

靠近松花江的江南岸边上,几间茅草窝棚门前,有杨木和柳木杆子支起来的架子上,挂着很多渔网;江的边缘,拴着大小几只渔船,渔船在江水冲击下,随着浪摇晃着。

太阳西斜,红红的像个火球,江面上闪烁着层层的粼光。江边上几间低矮的茅草房旁,黄灿灿的沙堆斜坡上坐着两个穿戴破旧的男人在闲谈。草房被木桩子栅栏圈成一个小院落,院落外面两侧是沙滩,房子南面是见不到边缘的草甸子和柳条通。

在草甸子齐人高的蒿草和柳条子中间,遮掩着一条泥泞土路,路的南端来了一辆一匹马的马车,赶车的冯文书是一个庄稼汉子。

他上身穿着破旧的坎肩,下身的破裤子,补丁摞补丁;头戴着一顶破了沿的草帽,刀条子脸和胳膊黑黝黝的,一对眼睛很有神。手里拿着破旧的马鞭子,时而唱着小曲"提起来宋老三,两口子卖大烟,一辈子无儿,只有一个女婵娟"。

时而摇晃一下那一根破旧的马鞭子，吆喝着那一匹老马，颠颠嗒嗒往前行走着。

波涛翻滚泛着黄灰色的江面上，一条打鱼船正在靠岸。船上有人在摇棹划船，一个人站在船头瞭望，一个人站立船尾掌舵。此时赶车到了江边的冯文书，他下车跟坐在岸边的人打招呼，然后站在江边看着渔船靠岸。

船头站着的那个人赤膊着上身，整个上半身被太阳晒得黝黑黝黑的，黑色破烂大裤衩子系着一根苘麻绳。

他看到赶车的人就喊道："啊哈，冯老歪来了，恁个小眼八叉在等啥呢？馋鱼了吧，不然就是你家公猫抱着母猫的腰，嗷嗷嚎叫起秧子要吃鱼吧，呵呵。"

被叫冯老歪的赶车的汉子听到有人骂他，他随口就怼了回去："也不知道恁是孙五子（孙武子）还是孙六子，满嘴长舌头，就是不说一句人话啊。恁没抱过恁家老娘们的腰，没起过秧子？臭鱼烂虾的，俺老冯才不稀罕呢，谁家缺少这些倒霉的烂鱼。"

孙拐子："看来冯管家家里鱼虾满囤啊，那么多的鱼虾咋来的呀，谁给恁送的礼呀？"

老冯："净瞎扯，大江宽、长的没边没沿也没有人管，在江边上住着，吃点臭鱼烂虾鱼还不容易啊。下网，下钩，下鲶鱼囤，弄点鱼吃那就是老太太擤鼻涕——手掐把那，除非比俺的蛋还懒的人才没有鱼吃。"

船靠了岸，孙拐子跳下渔船，拿去铁锚放在沙土地上，一边用脚把铁锚的一个尖踩进沙土里，嘴也没闲着："俺说老歪，要说别人会打鱼俺还相信，这么多年就没看到恁打过鱼，净吃现成的了。说别人懒，恁小子更懒，比俺悠荡的蛋还懒呢。"

看到两个人吵吵把火的不干活，船头的张把头喊道："孙拐子，别站在锅台上尿尿烂呛汤了，赶紧往下搬鱼篓子吧。"

老冯戏谑道："驴剩照镜子，不管你咋大，还是那个模样吧。呵呵，赶紧干活吧，别老练嘴了，闪了你的舌头，崩掉你几颗牙，老不舒坦了啊，呵呵。"

孙拐子抬腿踢了老冯一脚提高了声音骂道："俺就是干活的命，不像恁能在东家那里溜须拍马还舔腚，整天围着东家点头哈腰的。"

2

老冯："恁那嘴抹上窑子娘们尿了，骚得很邪乎嘞，惹不起你躲得起吧。"

他走到船头的人那里说道："张大把头，东家老太太明天五十大寿正日子，东家让俺来弄鱼回去给老太太做寿用，不知道有没有合适的鱼。"

张把头四十多岁，魁梧壮实，满脸络腮胡须，破旧坎肩外面胳膊上，露着疙里疙瘩古铜色肌肉，在太阳下闪着光。

他用那粗糙的手，从腰带上拿下来一尺长的旱烟袋，从烟包里挖出来一烟袋锅旱烟，用手使劲按了按；然后拿出白头洋火划着点上烟，用力嘬了几口，看到烟袋锅全着了冒起了红火，他才从口中拿出来烟袋杆吐出一股烟来。

"咋咋呼呼的嘎哈，这事儿俺早知道了，咱东家老太太真是一个有福的人啊，昨个儿想要的鱼还不全呢，今儿个下半晌一下子就齐全了。三花五罗都是大个儿的，幺二三斤的锦鲤子，还有三四斤沉大嘴鲶鱼，该有的全都有了。"

老冯掀开一个鱼篓看看，里面的鱼直蹦，高兴地老冯说道："这下俺可能交差了，要是秃露反帐的，俺也要遭洋罪。老哥赶紧给我装车，回去还要帮着老黄拾掇呢。东家的亲属老鼻子了，私官两厢的一大堆，听说还有张大帅手下的连长呢，可不能整秃撸皮了。"老冯推搡一下孙拐子，眼神里带着某种友善，意思是帮帮忙。

孙拐子瞥了老冯一眼说："还得孙爷爷伺候恁，哈哈"。众人开始给老冯头装鱼篓，老冯站在车一边抽着旱烟烟袋，看着孙拐子干活，眉间嘴角显出得意的微笑。

孙拐子装完车，斜着眼吼了一嗓子："老鸡登，完事儿了，麻溜儿的窜吧。"

老冯还是笑眯眯地回怼："看恁扬搭二挣的，猫叫春啊？使劲大了闪了老腰，恁老娘们儿不让你上炕咋整。"

孙拐子踹了一脚车轱辘："快点土豆搬家，滚球子吧，回去晚了别挨损，整个茄皮紫脸也不得劲儿。"

逗闷子取乐完事了，老冯坐上马车，手上挥动甩了一下鞭子"啪"，嘴里喊一声："驾！"马车离开松花江边。

老冯头再次回身挥手，张把头也向他挥手。太阳像一个偌大的火球，在释放完了最后一抹火焰之后，恹恹地下山去了。马车颠颠嗒嗒，车轴吱吱嘎嘎，消失在泛着晚霞余晖的草甸子尽头。

冯文书，三十五岁，瘦瘦的身材，一双精明的小眼睛，时不时地爆出点坏道，捉弄一下身边的人。身边一块堆儿干活的人给他起个外号"冯老歪"。

冯文书是四方台子屯里的大户张家的远房表亲，有着这一层关系，加上他会顺情说话，手脚也算勤快，所以在张家还是受到另眼看待的。

平时帮着东家出门的时候赶车，跑个道，送个信儿啥的；农忙的时候也会去田里查查边（检查质量），给铲地的，种地的长工、短工送点水、饭，也是累不着的活儿计。

明天是张家老太太张岳氏五十岁大寿的正日子，要大操办，私官两厢人且不老少，他是到张家自己的渔房子来往回拉鱼的。

他赶着马车，不敢让马快走，生怕花轱辘车把车上的鱼颠达下车去。他慢慢悠悠地，绕过四方土台子，由北而南进了屯子，然后右拐向东，来到张家大院大门外。

往日的张大家门口，也跟屯子里其他住户一样，门前也不挂灯笼。张家掌柜的是一个非常节俭的人，那一根牛油大蜡也好几个大子儿买来的呢，不是赶上年节，他家才舍不得点呢。

今日有所不同，四个大灯笼，大门左右一面两个，明晃晃地照耀着漆黑的门前街道；大门两侧，还站着两个挎着长枪的士兵，这让冯文书有些惊愕。

他的马车刚一停住，门前的一个端着长枪的士兵就跨步过来大声问道："咋不走了？站住嘎哈，没事儿赶紧挪窝。"

看到拿枪的大兵，他心里就有点害怕、纳闷，心里琢磨："俺的乖乖，哪嘎达来的大头兵啊，端着枪站在那里像金刚一样，多吓人嘞。"

看到一个士兵走过来吃喝自己个，他赶紧出溜下车想解释，这时候大门吱吱呀呀地开了，从里面走出来张子顺。

十七八岁的张子顺是张家的本家，但是已经出了五服，血缘上已经差得很远了。他自幼失去了父母，张家念及一个祖宗的份上，收留了张子顺。张锦德夫妇对待张子顺就跟己出一样，穿衣戴帽，吃喝都跟亲儿子一样对待。

张子顺穿着平纹短袖白布衫，斜纹的青布裤子，脚上是自家做的崭新的黑色趟绒布鞋，脸上带着笑容跑出来："老冯叔回来了，咋样？鱼全科儿了吗？"

"全科儿了。"老冯说着，回头努努嘴小声问："这是嘎哈嘞，还来了大头兵呢？"

张子顺："啊，这是俺四叔从奉天带回来的，一个班呢，给老张家壮壮威势呗。"

张子顺转身对当兵的说："老总，这是俺们家的冯大叔，赶车去江边弄鱼去刚回来。"

当兵的点头闪到一边去站岗，老冯赶着马车进了院子，绕过影壁墙，到了一间耳房门前停下。张子顺帮着老冯往屋里搬运鱼篓子，搬完了张子顺说："老冯大叔俺去前屋了，东家在宴请坐堂且呢。你老是去前边吃饭，还是在灶房里对付点呢？"

老冯摆摆手说："人家都是坐堂且，俺算个啥球儿，恁别管了，俺自己个对付点就回家歇着了。"

"哎。"张子顺答应一声，转身去了前边正房。老冯赶着马车到了后院马厩，卸了车，马在当院地上打了几个滚，饮了半木桶水，然后拴在槽头上喂上草料，他这才慢慢悠悠地去了灶房。

灶房里的人也在忙着呢。大厨黄大国在掂着大勺，旁边好几个小伙计在择菜，磕鱼，剁肉，准备着明天的嚼果（饭菜）。

老冯走进来坐在长条板凳上嘟囔着："黄皮子（黄鼠狼）嘞，有啥能帮俺塞塞牙，喂喂脑袋的呀，给俺整点呗。"

3

三十多岁的黄大国略微抬抬头，然后瞅都不瞅老冯说："俺是黄皮子恁是冯老歪，恁个嘴里总是酸臭烘烘！俺黄大仙没有闲工夫伺候恁，上房两桌坐堂且等着吃喝呢，俺是忙的前脚打着后脑勺啊，累得瘫吧了，恁不缺胳膊短腿自己个儿颠达吃吧。"

老冯嘻嘻笑了几声，就不再言语，他这边瞅瞅，那边转转，见到好吃的就往饭碗里整点，甚至直接放到嘴里嚼着。黄大国平时爱喝小酒，酒瓶子放在固定的地方，老冯门清。

他去找来酒瓶子、酒盅，坐下来自斟自饮。喂饱了肚子，抹撒一下嘴巴子说："谢过黄大厨，俺也累了，就不帮恁收拾鱼了，俺杀猪的不吹，蔫退了。"

说完了，也不管黄大国听到没有，老冯他飘着醉步，顶着漫天的星星，晃晃荡荡地回家了。

张子顺来到前屋正厅，屋里烟雾缭绕。那些抽旱烟袋的，卷旱烟烟卷的人，吞云吐雾的让偌大的大厅成了狼烟地洞。二十几个人分成两个桌子，呎三喝六的在喝酒呢。

虽然是平房，但是建筑得宽阔高大，屋里边点着五六盏汽灯，锃亮的灯光让烟雾显得更清楚，古色古香的家具，陈列在室内两侧。

张子顺走到左首桌子前，站在张锦德面前说："爹，冯大叔回来了，寿宴要用的鱼都全科儿运回来了，放心吧。"

张锦德，地道的东北大汉，三十岁刚出头，身体高大硕壮；一身灰白府绸裤褂，平头，脸上的络腮胡须短似钢针；红润的脸膛就像三秋古月，铜雕金塑，略显沧桑；厚嘴唇宽嘴叉，高鼻梁，双眼皮的大眼睛闪烁着亮光。

他放下手里的海碗，对着张子顺说："那俺就放心了。顺子，恁也坐下整几碗吧，反正也没事儿了，呵呵。"

张锦德声音有如洪钟嗡嗡的声响，他笑得是那么的自信、坦荡，眼神里透出来长辈的慈祥和关爱，这也让张子顺倍感亲切："行，俺少喝一点，今晚上俺得精神点帮着打更的看着点，可别走了水，误了明天的大事儿。"

对面坐着的张家姑表亲岳刚子站起来，他满脸通红说："大侄子恁坐俺这里呗，这儿宽超，咱俩整几碗热乎热乎，有日子没跟大侄子整这个了。"

"行啊，大表叔，整呗，粮食精稀的流的也不占地方，俺也不惧你，嘿嘿。"张子顺点着头坐到了岳刚子身边，端起岳刚子给他倒上满满的一海碗老烧酒喝了一大口，然后拿起筷子夹了一块颤颤悠悠的肥猪肉吃下去。

张锦德在桌子上磕打磕打大烟袋，然后指着岳刚子说："刚子，喝酒恁可不是顺子的个儿吧，顺子老能喝了，三斤四斤也没事儿呢。"

满脸通红的岳刚子说："俺知道喝不过他，那俺们是爷们，坐在一起也得喝呀。该死该活腚朝上，喝趴下完事儿，死了再脱生呗。"

岳刚子是张家的姑表亲，张家兄弟的姑舅表弟，来给姑姑祝寿喝酒当然的不客气。

张锦德说："你总是煮熟了的鸭子，肉烂了嘴不烂，吹牛蛋总是比顺子强，是吧？哈哈。"

坐在张锦德右手的张家老四张锦辉站起来说："顺子，老叔敬你一碗。这些人里你是劳苦功高的，忙乎乎一整天累坏了，喝点酒解解乏吧。"

张锦辉，张家老四，二十四五的样子，东北军的上尉连长。他穿着西服，没系领带，脸上略有络腮胡须，显得成熟潇洒。他脸上笑容不吝，看着端着酒碗的张子顺。

张子顺赶紧站起来拉着刚子说："来，刚子大叔恁陪着俺跟老叔喝一个，别老跟俺一个人吹牛蛋，哈哈。"

刚子站起来端着酒碗说："陪就陪，喝就喝呗，稀的流的不占地方，难道还怕了恁不成，嘿嘿。"

刚子端着粗瓷大海碗跟几个人一干而尽，各自坐下，这时候又来了一拨敬酒的。

张家老二张锦恕，老三张锦祥，两个人面目白皙，没有大哥和四弟那样的络腮胡须，长得像母亲家里的人。张锦恕的拜把子哥们，穿着警服的白显彤，微胖的身材，黄白净子儿脸，带着一个七八岁的孩子一起过来给张锦德敬酒。

白显彤，三十岁出头，年纪比张锦德略大。他是张家老二张锦恕的拜把子哥们，在哈尔滨道外警察署做警佐。

他左手牵着自己的大儿子白三宝，右手端着酒碗跟着张家哥两个一起过来，朝着张锦德说："大哥，我跟锦恕一个头磕在地上，那就是生死兄弟，恁的娘亲就是我的娘亲。我借花献佛，敬大哥一杯酒，祝愿咱老娘福如东海，寿比南山！"

大家都站了起来，举起酒碗作陪。张锦德端着酒碗呵呵笑着说："好啊，好啊，俺代替老娘谢谢白警佐以及各位兄弟了。"

他一仰脖，半碗老烧酒咕嘟嘟地干了下去，几个弟兄也都陪着喝干了酒碗。

喝完了酒，白显彤跟着张锦恕要回去他们那个桌子，张锦德说："顺子恁们几个去那边，让你几个叔叔跟俺坐一起喝酒。"

刚子也跟着顺子去了那边的桌子，张锦德说："俺们弟兄还要给俺的老舅，俺的大叔敬酒之后，咱们再开怀畅饮不迟吧。"

几个人跟着张锦德去了对面的桌，那里有比张锦德大上二十几岁的一家子大爷张世铎，以及他的老舅等亲属。

张锦德恭敬地举着酒碗对张世铎说："大爷喝的咋样，俺们四个大侄子来给您敬酒了。"

张世铎，张锦德父亲张世英的亲叔伯哥哥，当年曾经带着各自的大儿子去老金沟淘金子。后来带着金子逃出老金沟，因为逃避清政府的抓捕，他们钻进一个山洞，不幸的是山洞塌了，压死了张世铎的大儿子。

张世铎和张世英、张锦德死里逃生，回到了四方台，他们三个是去老金沟淘金子的人群里能够幸运带着金子生还而又为数不多的幸存者。

因为是一家子血亲，还有上一辈子老人们生死与共的经历，所以张锦德跟张世铎一家子非常的亲近。

张世铎的家里生活也很好，他家跟张锦德的父亲张世英一样，有祖上留下的几十垧土地，还有他从老金沟带回来的金子，这也让家里的生活好上加好。

张世铎五十三岁了，身体硬朗，今个来给一家子弟妹岳氏祝寿，也是凑个热闹，见一见这些侄子孙子辈分的人，显得家族兴旺，后继有人。张世铎招呼岳家大舅和自己的二儿子张锦绣一起跟张锦德哥四个喝酒，敬完了酒，这些人回来原座位坐下又开始猛喝一气。

厨师黄大国端着食盘走进来，每个桌上又添了三个菜，这把大伙的酒兴又勾了起来。平时沉默不语张锦祥站起来说："黄大厨先别走把酒满上，大哥、二哥、老四、白大哥，热乎菜来了，我也敬大家一个吧，我先干为敬了。"

黄大国陪着喝了一杯走了。桌面上的人喝完酒，白显彤身边的儿子低声询问白显彤："爸爸，你不是说张家老叔是军人吗，能不能给我讲一个张大帅的故事啊？"

十岁出头的白三宝说话虽然低声，但是一个桌子上的人基本上都听到了。白显彤推了一下白三宝的小脑瓜说："哈哈，这小子非要跟我来听四叔叔讲故事，你看我都忘了他还没忘呢，哈哈。"

4

张锦辉笑着说："四叔不会讲故事啊，哈哈。"

张锦德说："老四啊，人家孩子都说了，恁就给整一段呗，哪管是真事儿还是编排瞎话啥地，叨咕出来大伙听听也助酒兴嘞。"

白显彤说："大哥说得好，我先前听过张大帅被暗杀的事儿，阆囵半片的听的不完全。今个正好，四弟在张大帅那嘎达干过警卫，你给说说全须全尾儿的真事儿呗。"

张锦德："老四恁也别三分钱的水萝卜，拿一把了，快点整呗。哈哈。"

张锦辉笑着看看大哥和大伙说："既然大哥发话了，那我就说说那陈年旧事儿吧，叨咕叨咕给大伙祝祝酒兴。"

小顽童白三宝听到张锦辉要讲了，高兴地拍着手说："好啊，好啊，叔叔真好。"

张锦辉收住微笑，开始讲了起来："大家知道川岛浪速吗？就是那个挂着日本浪人身份企图推翻张大帅，想搞满蒙独立的那个日本人。"

张锦辉站起身来，神情变得较为严肃："记得那是民国四年六月的一天，日本天皇的弟弟，闲院宫载仁亲王从俄国返回日本途径奉天城……"

在大帅府，张作霖挠着秃脑袋说："汤旅长，今个儿欢送天皇的弟弟，场面要搞得大叉点啊，妈了个巴子的别让日本人小瞧咱们的阵势。"

汤玉麟："大帅，我已经安排了五辆豪华俄式马车，骑兵卫队全程护送。那阵势杠杠的，秃头洋钉，没冒！"

张作霖用长杆烟袋锅咣咣敲着铜烟灰盆："这样符合这个日本人的口味吗？不用汽车送他，会不会显示咱们不尊敬这个老鬼子啊？"

汤玉麟："让这个瘪犊子亲王乘坐敞篷马车，让满城的人都到咱们对日本人的诚意，小日本也应该没有话说吧。"

张作霖："俺跟你一起去接那个老鬼子吧。俺坐车，恁骑马，这样好啊，管他妈的真假，俺们他妈的糊弄洋鬼子还是有招的，呵呵。"

马路上，一队全副武装骑兵在前，随后是依次五辆豪华马车，后面是几辆轿车，上然后又是骑兵马队。

张作霖坐在前面的车上，其他车上是空的。突然间，车队里发生炸弹巨响，浓烟滚滚，人喊马嘶，混乱成一团。

由于刺客不认识张大帅，他们看到骑在马上的汤玉麟气势煊赫，就误以为汤玉麟是张大帅了。

他们从二楼窗户里把炸弹一股脑投出来。由于刺客很害怕，炸弹投得不准，所以汤玉麟受了点轻伤，倒是把骑兵卫士炸死好几个。

张作霖在马车上跳下来，一个卫兵把自己的上衣脱下来递给张作霖。

卫兵："大帅，您快点换上俺的衣服吧，骑上俺的马快跑。"

张作霖嘴里骂着："俺日小日本恁亲娘啊！"一边快速换衣服，上马一路飞奔，后面几个骑兵保护。

跑到一条胡同，又有炸弹扔出来，炸弹声音和浓烟遮掩着胡同。张作霖的帽子被炸飞。刺客却因为距离炸弹太近被炸得满身是血，在地上翻滚死亡。

讲完了，张锦辉看着众人说："这就是日本人的连续两次刺杀，也没有动到张大帅一根毫毛，张大帅可谓是命大福大之人啊，呵呵。"

他端起酒杯说道："说的嗓子冒烟了，自罚一杯吧，呵呵。"众人听得入了神，有人舌头伸出来都收不回去了。

白显彤父子更是显得兴奋异常。小孩子白三宝天真地端起父亲的酒碗对着张锦辉说："叔叔，我也敬你一杯，我少喝一点啊。"

说完，他就没深浅地喝了一口，结果是呛得鼻涕眼泪唰唰地下来，差点弄吐了。

众人说着闹着，尽情地痛快着。张锦辉去后灶一趟，给他的十几个大兵弟兄弄点酒菜，弟兄们跟着他出来给张家壮门面，也得让弟兄们喝点吃点别亏着啊。

张家后宅，老寿星张岳氏的房间里，三个儿媳妇，一个侄子媳妇，把老太太团团围住，嘘寒问暖，乐个不停。

张岳氏看着儿媳妇，侄媳妇围住自己净说着好听的嗑，乐得老太太眼睛眯成一道缝，小嘴闭不上。趁着兴头上，她让丫鬟凤仙拿过来她的首饰盒子，哗啦一下子打开了，里面露出金光灿烂的宝贝来。

她将小脚挪动到炕沿边上，又将首饰盒子底朝上倒了出来，刹那间倒了小半铺炕的金银首饰。

"嘻嘻，媳妇们啊，明个儿是俺的五十岁寿辰了，俺的寿禄跟恁们的孝心是分不开的啊。今儿个老太太俺结个善缘，把俺的全部首饰拿出来，恁们一个人随便挑两件，可别错过了啊。"

老太太笑脸像一朵大红花，那么鲜艳夺目，媳妇们看着婆婆这么开心，也是一片欢呼："老太太万寿无疆啊，嘻嘻。"

大嫂吴慧芬站在那里笑盈盈地，没动手去跟妯娌们抢着挑首饰。等着其那三个人挑完了，她对婆婆说："老太太，俺先帮着俺三弟妹淑霞挑两件行不？"

吴慧芬说完这句话，那几个挑首饰的人也突然住手了，脸上的笑容沉下来，看着岳氏老太太不作声了。

老太太也是收住笑容一拍大腿说："唉，俺个老太婆确实老糊涂了，为了一个过生日，竟然把淑霞忘了。来呀，恁们跟俺去看看这个苦命的三儿媳吧。"

赵淑霞，张家老三张锦祥的媳妇，结婚八年，育有一子取名张子强，今年六岁。本来是夫妻二人脾气相投，恩爱有加，哪想到赵淑霞结婚二年以后，大病小病不断。这几年又染上了肺痨病，时而严重，时而轻些，没有再生育。

这些日子赵淑霞的病又犯了，咳嗽不止，大口的黄痰，吐得带着血丝，这让全家上下都为赵淑霞担心不已。

要说赵淑霞的身子中医大夫请了不知道几个，好药用了多少都不知知道了，钱花了不知道多少，但是赵淑霞的病，就是去不了根。

5

这几天又犯了老病，家里人给她请了大夫，抓了药，但是也就是维持着，中医治疗肺痨这个毛病还真的没有特效药。

丫鬟打着灯笼，几个人簇拥着老太太来到淑霞的房间里，淑霞正躺在炕上喘着粗气，还伴随着一阵一阵的咳嗽。

几个人推门进来，丫鬟莱香听到外屋门响，她接出来，看到老太太一行人走进来，赶紧回头朝着三夫人说："夫人，老太太跟几位夫人来看您了。"

因为已经到了亥时后一半，赵淑霞估摸着不会再有人来了，因为睡觉不好，总是咳醒，整天的困得不行。此时她已经脱了衣服打算眯着，啥时候能睡着也不晓得。

莱香轻轻地一声，让她困意全无，急忙使劲儿地起身来，拽过来一件上衣披上，对着岳氏有气无力地说："婆婆来了，这晚了，还劳动恁们，俺真的过意不去呀。"她硬挺着说着话，眼泪成双成对地掉落下来。

岳氏老太太踮起小脚坐在炕沿上，看着老三媳妇灰黄的气色，抚摸着赵淑霞的脸叹着气说："俺苦命的老三媳妇啊，咋就偏偏得上这个毛病还治不好呀。俺老太太庙也去了，佛爷拜拜了多少回，香也烧了几大捆，可俺儿媳的病咋就不好呢，唉，天哪！"

岳氏老太太说着她自己个儿也哭了，站在地上的几个妯娌都跟着抽泣起来，这倒让赵淑霞很不好意思，还得强挺着劝解嫂子和弟妹。

老四张锦辉的媳妇陈婉秋是学生出身，她家在沈阳，不太常来哈尔滨，跟三嫂接触得不多，对三嫂的病情也不太了解。

她站在地当央踟蹰着说："婆婆、大嫂，我三嫂患的到底是啥病，确诊了吗？"

岳氏看看老三媳妇，又看看老大媳妇说："咱屯子里的大夫说的叫肺痨，到底啥意思，俺老太婆也不懂啊。"

大嫂吴慧芬接上说："就说是肺病，咳嗽，吐痰，可就是治不好啊。"

高挽着新烫过的头发，戴着首饰穿着旗袍的陈婉秋，家里面是书香门第，她本人见识也多。陈婉秋挪动脚步，高跟鞋发出咔咔的响声，来到赵淑霞切近附身仔细看看说："嫂子的病应该去看西医，盘尼西林是如今的特效药，打完针应该会好起来。"

岳氏老太太瞪着眼睛看看众人："啥西医东医呀，咋地能治好淑霞的病，咱就去看，花钱不忌讳。"

陈婉秋说："叫人把锦辉叫过来，他认识一个沙俄大夫，医术不错，就让锦辉安排吧？"

吴慧芬回头对着莱香说："快去正屋叫四老爷过来一下。"

丫鬟莱香答应一声跑了出去，一会儿功夫就进来好几个人。老三张锦祥，老四张锦辉，岳刚子等等。

张锦辉走到前边问："婉秋你叫我？啥事儿啊？"

陈婉秋有些嗔怒："三嫂病成这个样，你们咋还有心思喝酒没完没了啊。你不是认识那个老毛子大夫瓦西里吗，明个赶紧送三嫂看病去，再耽误下去就不得了了。"

老四张锦辉有点摸不着头脑，他看看三哥张锦祥问道："三哥这是咋地了，三嫂有病你咋不跟我说呢，看你弟妹都埋怨我了，咋回事儿啊？"

张锦祥低着头走到前边说："老四，恁三嫂有病不是一天两天了，看了好几个地方，就是治不好，俺也没招啊。"

张锦辉似乎想起了什么说："对了，去年我就听说过三嫂得了什么肺痨的毛病，后来就没有消息了，我以为好了呢，我就跟婉秋没有过问。现在看来是我这个当弟弟的错了，咱们明天就给三嫂看病，你们在家里给老娘过生日，我跟三哥送三嫂看病去。"

岳氏老太太："哎，这才像亲哥们儿干的事儿啊。"

赵淑霞忍着难受说："俺这个毛病恐怕治不好了，三叔也就别费力了呀。"

陈婉秋有些着急地说："三嫂，你说的不对，哪有治不好的病啊，你听我们的，一定能治好你的病。"

"那也不能明天去呀，等到老太太的生日过完了再去吧，这个病也不差一两天了。"赵淑霞还是坚持等两天再去。

张锦辉觉得也可以说："那就等着咱娘的大寿转天再去，因为要住院，所以要准备一些用的东西吧。三哥你看呢，你拿个主意吧。"

张锦祥平时不爱说话，现在正节骨眼上还得男人出头，他说道："还是等一两天再去吧，俺们也好准备一些物品，吃喝拉撒的要好多东西呢，所以也不能太着急。"

这个事儿就这样说定了，大家都回去休息，因为转天都要忙碌起来的。

张锦辉跟媳妇陈婉秋回到自己的卧室，看见儿子跟侄子张子禄已经睡着了。侄子张子禄是大哥张锦德的二儿子，年纪比张锦辉的儿子张子戎大了四五岁，已经在念小学了；张子戎还没有上学，因为给奶奶过生日才请假聚到一起的。小哥俩很投缘，每次来他们见面都在一起玩，都很开心。

陈婉秋心情有些忧郁，她给张锦辉打来洗脚水，兑完热水后把盆子推到张锦辉双脚下。张锦辉将西服上衣脱掉，试了试水温，然后开始洗脚。

陈婉秋坐在一边说："三嫂的病很重，你我都不知道，这不应该啊。他们都是在看中医，可是效果不好，却是不知道换西医看，所以才把病情耽误大发了。"

"唉，屯子人，见识少呗，三哥又不好意思花家里的钱，原因都有了吧。"

"老张家可不是没钱人家，咱大哥管着钱，也不会舍不得给三嫂看病吧？我觉得还是三哥不积极，耽误了三嫂的病情，所以咱们得推着他给三嫂看病。"

"那个老毛子瓦西里是我前些年在哈尔滨当兵的时候认识的，医术不错，人也直爽。他那里要是有盘尼西林，三嫂的病就好得快，要是他那里面有盘尼西林，我就回沈阳去搞。实在不行就去求求少帅，这点面子少帅会给的。"

"反正三嫂的病再要耽搁时日，恐怕凶多吉少，子强要没有妈了。"说着话，陈婉秋眼睛湿了，这让张锦辉心情也不好受了。

6

大嫂吴慧芬扶着老太太回到房间，凤仙给老太太弄好洗脚水，老太太一边洗脚一边跟吴慧芬说："俺说老大家的，他三婶的毛病是不是大发了，俺咋觉得不如过年那一阵子了？"

"娘，俺也觉得有点重了，俺回去告诉子禄他爹，催促着老三去给淑霞看病，也让他爹多给拿钱，免得锦祥不好意思花家里钱，刚刚见好就跑回来了。"

"恁回去睡吧，明个儿一大早就要来客人了，忙死累死恁哥几个，妯娌几个了。"

"娘，那俺回去了。"吴慧芬退出岳氏的房间，沿着房子的过道回到自己的房间，看见张锦德也刚进屋。

吴慧芬是江南朱顺屯嫁过来了，娘家也算一个小地主，她还念过几天私塾，不算睁眼瞎，女人的三纲五常也是门清。

张锦德的父亲去世较早，吴慧芬嫁过来就要帮着婆婆、张锦德一起侍候这些弟兄子侄，忙里忙外的，她为这个家也算操碎了心，所以家里的兄弟，妯娌之间都很敬重这位大嫂的。

张家有着三百垧好地，还有酒烧锅，打鱼亮子，市里面还有一个商行，真真远近闻名的富户，私官两厢都吃得开。

后来张家那哥三个都娶上了媳妇，老二张锦恕分工做生意，管着哈尔滨的商行。媳妇是小学教员，都在哈尔滨市内上班，所以就搬到哈尔滨市内去住；老四当兵在沈阳，媳妇在沈阳的银行上班，家也安在了沈阳；老三张锦祥跟大哥在屯子种地，家里的财产也没有分家，都是吴慧芬跟张锦德管着，到了年底给各房分钱分物。

张锦德当家管事以后，将以前的旧房子扒掉，盖了一栋正房，一共有十间，四个弟兄每房两间，老母亲自己住一间。还有一间做了客房。虽然张锦恕和张锦辉不在这里住，房间还是给他们留着。每逢他们回老家，都是住在自己个儿的房间里，这让兄弟和妯娌们都很舒服。

吴慧芬回到自己的屋里，已将快下半夜了，看着打着哈气困意连连的张锦德，她也就不想再说淑霞看病的事儿了。

张锦德陪着客人喝完了酒，外边的客人散去了，他又帮着老二张锦恕安排好白显彤父子。等到老二回自己个房间了，他又去院子里转了一圈，这才回到自己个的房间。

他已经知道了三弟妹的病情严重了，大伯子也不好意思夜晚过去弟妹的房间问病情，他回到自己的房间里，等着老婆回来问个清楚再说。

他看到老婆不吱声，知道她是不愿意说，他说道："老三媳妇病见重吧，恁常过去陪陪她，最好带着子强过去，三弟妹看到自己的孩子挺好的，她也能宽点心吧。"

老婆捂完被褥,打来洗脚水放在那里说:"老太太生日后,赶紧给他三婶看病吧。这回别去中医那里看了,去找西医看看,用点西药试试兴许能好。万一淑霞有个好歹,留下子强没了娘,那这孩子多苦啊。"

张锦德洗完脚,一边擦着一边说:"是啊,尽管恁照顾子强不比他娘照顾的差,但是毕竟你不是亲娘啊。等咱娘的事儿过了,俺去安排三弟妹去看病,这个恁不用操心了。"

第二天早晨就是阴历六月十三,也就是岳氏老太太的五十大寿的正日子。因为昨晚大家都睡得晚,脑袋沾枕头也没两个时辰也就都起来了。

被邀请的坐堂客人里,白显彤父子算是没有血缘的特殊客人了。白显彤老家是奉天人,因为哈尔滨有个叔叔当警察,他上完中学就跑来投奔叔叔,也就当了警察。

跟头把式的几年下来,他熬上了警佐,算是混得人模狗样。张家老二张锦恕喜欢经商,大哥张锦德就把哈尔滨的齐瑞商行交给了老二来打理。

一次张锦恕去了海山崴跟俄国人做生意,贩回来一些违禁品,被警察局查封了。张锦恕各处求人舒缓这个事儿,有人引荐,认识了白显彤,他帮着平息了这个事儿,日后也就成了好朋友。

再后来关系越来越好,白显彤建议两个人拜把子,于是就插香拜了关老爷,成了异姓磕头兄弟。

对于这件事儿,张锦德并不看好,他私下跟老二说:"老白是官,你是民,日后你有了什么案子他咋办?他是不顾自己的身家性命保你,还是秉公执法,这都很难说吧?"

张锦恕觉得大哥想得太多,世界上的事儿多着呢,没有那么麻烦啊,朋友就是朋友,就该相互照顾帮助啊。

"大哥,这是俺的私事儿,俺心里有数。以后俺做生意尽可能的不做违禁的货物,少给人家添麻烦,也就没事了呀。"

"二弟你自己个做生意,大哥也不能陪着你,也不能看着你。你千万要小心,可别弄点啥把柄攥到人家手里,那样咱们就像犯人了,人家想弄你的时候,你就没有还手之力了。"

张锦恕对大哥的话不以为然,依旧跟白显彤打得火热。家里每逢有啥大事儿,也都邀请白显彤来参加,白显彤俨然成了张家的座上宾,一家子血亲了。

受过警察训练的白显彤，有着晚睡早起的习惯，今天来参加张家的喜事儿，他自然起得很早。

儿子白三宝也睡不着了，他跟着父亲一起在张家大院里转了几圈，参观一下张家大院的风景。

五短身材，而且还胖墩墩的白显彤，三十五六岁，下颚还留了几根山羊胡，显得有些苍老，与他的实际年龄不符。

这也许跟他爱偷着跑去窑子找个窑姐熬半宿，还有总是爱喝酒，每一次都要半醉或是大醉才算完有关，再有可能就是他心重。总爱琢磨谁家长，谁家短，张三升职了，李四受贿了那些闲事儿，天长日久也就熬衰了容颜。

7

今儿个带着儿子出来在大院里遛弯，他虽然是四处张望，看着好像观赏张家的建筑风格，实质还是在琢磨老张为啥这么有钱，啥时候能像老张家这样有它几百垧好地，骡马成群呢？以至于他走着走着不小心绊到了花坛围栏，要不是儿子扶了一把，差一点就摔个仰八叉。

儿子白三宝跟白显彤是父子，遗传基因也相同吧。他看着看着有些腻歪了便跟他爹说："爹呀，你说你来老张家当客人，咋还穿着警察的衣裳啊，不扎眼吗？再说了，你都当科长了，咱家咋没有这大的房子和院子呀，我还跟我弟弟挤在一张床上，别扭死了呀。"

白显彤心情复杂地笑了一下说："儿子呀，那么多来老张家做客的人，可都是人家的血亲啊，唯独爹和你不是真正的亲戚，我也是怕人家看矮咱们啊。穿着警服证明咱们不白给，也是手里有枪，有权的人啊。可是我是外强中干啊，你爹我是民国警察，挣的是死工资，也就几十块，哪能跟有着几百垧土地，还做买卖的大地主相比呀，唉，也是你爹没啥能耐呀。"

白三宝瞪着小眼睛说："爹，你别着急，等我长大了，我也做买卖，买一个大院子，比老张家的还要大，气死他们。"

白显彤听到儿子说这个话，他心里一惊一喜，惊的是儿子小小年纪就有这个大人的想法；喜的是自己有指望了，孩子有志气，有心劲儿，老白家要发达了。

白显彤俯下身来捧着儿子的小脸问道："好儿子，有志气，你长大了想做啥买卖，说说让你爹听听靠谱不？"

白三宝挠挠脑袋想了一会说："我就像水泊梁山的好汉一样，找几个哥们，看哪家有钱，我就攻打它，灭了他，钱财不就是咱的了！"

"我的妈呀，当胡子啊，明抢啊，龟儿子呀，你吓死我了。"白显彤听完心里凉飕飕的，这孩子咋这样想啊，要真的这么干，那不是要进笆篱子吗？

"我说小子，你咋这样瞎琢磨，这可不行啊。你长大了要干点正事儿，要凭真本事挣钱，咋能当胡子强盗呢？以后可别瞎白话这个啊。"

白三宝卡巴卡巴小眼睛说："爹，我就是说着玩呢，我敢当胡子去抢劫啊，那还不得吓死我啊。"

白显彤站起来说："小孩子家家的以后这个扯犊子话可别瞎掰扯了，别让人听了告到局子里，那你老爹可就是没卵子找茄子提留着了。行了，咱爷儿俩还是回去吃饭喂脑袋吧，别让人家等咱俩。"

在没有吃早饭之前，张家上上下下已经是忙乎了一大早晨了。在赁家铺赁来的桌子板凳摆满了院子，对联彩花挂上了门楣、柱子和檐头；长长的十响一麻雷炮仗挂上了竹竿子；吹鼓手，秧歌队，唱蹦子（二人转）的业已准备就绪，单等时辰一到就开始弄动静了。

张锦德睡了一个时辰多就起来了。经年累月地操持家里的生计，从几百垧土地种庄稼，从起垄到下种、铲地、蹚地、秋收、打场，哪一件不是要他去操心搭理；还有松花江上打鱼亮子，烧酒的烧锅，甚至城里的商行，偶尔也要过问，这个看着风光的掌柜的也是不好当啊。

几十口子吃喝拉撒，夏天农忙的时候，上百个长短工的管理，到家里大事小情的张张罗罗，也是离不开他。他可就是那个老黄牛，任劳任怨，从来不抱怨。

养成了的习惯，晚睡早起，每天起来一瓢凉水，然后院子里小演武场摆上一趟八极拳小架，兴致来了再舞上一趟梅花枪啥的；坐下来歇一会，抽上一袋蛤蟆烟，然后就去各处查看，安排一天的事儿。

今天更不能例外，起来之后完成了例行的事儿，然后回到正堂跟家人一起吃饭。一大家子的人，加上坐堂且，三张桌子还有站着吃的。小黄米黏米饭、黏豆包，酸菜猪肉炖粉条子……吃完了，张锦德就给每个帮忙人安排事由，无非是接待来宾、登记礼账、端盘子端碗、盛饭盛菜等等。

老二张锦恕带着白显彤接待来宾，照顾那些有地位的客人，所谓的吃好喝好别生是非；老三照顾食堂，帮着黄大国上菜避免上少了；老四布置十几个大兵，院里院外看着安全的事儿，别失火，别偷盗。

来的女客人由老大媳妇跟老四媳妇接待，安排座位等等事由。张锦德自己个跟着大知宾（主持人）于大花，按着程序走，啥时候放鞭炮，啥时候吹喇叭敲鼓，啥时候开锣戏，讲演拜寿，还有啥时候开席，那都是张锦德跟大知宾的事儿了。

巳时过了一点，宾客开始上门了，从张家大院门前，逐渐地多了起来，甚至半条街都是车水马龙了。

张锦恕跟白显彤站在大门口，笑脸相迎着那些来宾，说完客套话，再让岳刚子等人把客人送的礼品放到指定的地方，随钱的带到写礼账的地方，然后再带到餐桌前入座，献茶喝水吃点心热情款待。

吹鼓手在演奏着各种曲调，尤以《丹凤朝阳》为多，欢快热情，将生日庆祝逐渐推向高潮。

午时一刻，大知宾宣布："拜寿开始，请老寿星阶前落座，儿女、儿媳、孙男、孙女，各位血亲，依次拜寿啦！"

此时鞭炮齐鸣，锣鼓喧天，花团锦簇，人人笑脸相迎，岳氏老寿星出来接受众人的祝贺。

岳氏老太太在儿子、儿媳、七八个孙男嫡女的簇拥下，来到正堂大门外的台阶上，坐在太师椅上，接受儿女们以及其他血亲亲属的叩拜。

孙子辈分的孩子们就有三十几个，岳氏老太太红光满面，笑意盈盈，两只手不住地发着红包；孙子辈分孩子们，笑语喧天地抢着红包，此情此景，让人感动不已。

8

祝寿完毕，大知宾宣布东家讲话，张锦德站在台阶上，开始即兴讲演："各位长辈，各位亲朋，俺代表俺老娘欢迎大家来做客，也代表家人向诸位表示感谢，也趁此机会说上几句真心话。想俺张家老太爷、老太奶，道光爷末年从山东老家昌邑起身，一根扁担挑着两个筐，一头一个五六岁的儿子，从烟台上船，到了大连，又是一路要饭逃荒来到了哈尔滨。到了哈尔滨，正好赶上朝廷鼓励开垦土地、种粮纳税。俺家老太爷，送给测量土地那个千户官员一根金簪子，那可是俺老太奶结婚的嫁妆啊！清朝千户跑马占荒，看着一根金簪子的情分，给俺家多跑了五垧草甸子地，从那时候老太爷老太奶就开始了开荒种地。老太爷、老太奶用他们一生的时间，一锹一锹地挖，一铲子一铲子开，风风雨雨几十年，硬是在这荒草甸子上开垦出来上百垧黑油油上好的黑土地！一百五十多年过去了，老张家发展到现在，俺们时刻不敢忘记祖宗的恩德，都要谨记勤劳持家，忠厚传家，绝不能偷奸耍滑糊弄人的祖训！"

张锦德的一席话，也是让很多人知道了张家财产来之不易，也在告诉众人，张家的财产是靠勤奋吃苦换来的。大家唏嘘不已，感叹张家人的艰辛路程，大家一个劲儿地鼓掌。

张锦德讲完了，酒宴也就开席，近支血亲、远道的贵宾都被安排在正堂内用餐喝酒，屯亲、邻居、远亲都在院子里的方桌前就位用餐。

宴席的菜品是哈尔滨农村有名的"十全十美"：十个大碗菜，十个盘子菜，还要有十个凉的，十个热的，可谓山中的走兽云中雁，牛羊陆地江海鲜，那是应有尽有。

拜完了寿，岳氏老太太由儿媳扶着回到正堂，一家人围成一个桌子开始吃饭。张家哥四个不能长坐喝酒吃饭，要随时地去各个桌敬酒，说客套话，整个场面倒也非常个热闹和美。

说天有不测风云，人有旦夕祸福，马有转缰之病，此话真的不假！正当前来给岳氏老寿星拜寿的人们吃喝得正在兴头上的时候，突然间院子外边传来两声枪响，这一下子就把吃喝正欢的人们吓着了。

院子里的人纷纷站了起来，跷脚往院子外面张望，有的人害怕的竟然一头钻进桌子底下，囧相可见一斑。

张家反应最快的，那当然是张家的老四以及他带来的那一班的士兵了。原本那些士兵也被张锦辉安排在后院吃饭了，并没有出去站岗放哨。原因很简单，和平时期，匪盗怎么敢大白天地来张家叨扰，如果要来的话，那就是不要命了。

张老四从正厅跑出来，正好跟大哥碰头，张锦德说："老四，来胡子了吧，俺跟你一起去看看。"

张锦辉拔出来手枪说："大哥，这个动刀动枪的事儿，还是四弟去吧，别整出来啥闪失就不好了。"

"老四，恁听大哥的，恁先把枪藏在兜里。今个儿咱家大喜事儿，不到万不得已，千千万万不能开枪见血。俺跟你去，见机行事，不可鲁莽。"

张锦辉把手枪踹到裤兜里，哥两个人绕过影壁墙，几步赶到了大门前，大门大敞四开，院外大门口站着一个人。

只见这个穿戴破旧不堪的，四十几岁的男人站在距离大门口七八步左右，挥舞着一把二十响驳壳枪在喊着："爷爷'虎头蔓'（姓王），不是来'肯富'（吃饭），也不是来'搬浆子'（喝酒）的，更不是来'追秧子'（绑票）的。爷爷'兰头不海'（没钱花），就是要'打川子'（要钱）。是'并肩子'（朋友）就敞亮点，不然'喷子'（枪）冒火'插了'（杀人）几个可别再来求爷爷。"

张锦德跟张锦辉一听一看明白了："这是土匪啊，趁着老张家办喜事儿，大天白日的来敲竹杠的呀，哈哈，也不看看人家，更不看看时候，这还得了！"

可是土匪身边还有一个小土匪，端着一条破毛瑟枪，像是给前边的土匪壮胆。稍远的地方墙角里，还有探头探脑的村民在看热闹，这让张锦辉又瞎担心怕误伤。

张锦辉跟大哥低声说："可能还有藏着的，我先上前盘盘道看看啥情况再说。"

大哥张锦德不放心地说："老四啊，遇到危险的事儿，还是大哥上吧，恁上去了俺不放心呢。"

张锦辉严肃地说："大哥呀，俺是军人啊，这种事儿就是俺们的事儿，咋能让你去冒险呢。你在一边看着点，看看还有没有其他的土匪出现就行了。"他回头看看，左手往身后打个手势，往下压了压，示意身后的当兵的不要掏枪喊叫，听他的命令。

跟在张锦辉身后有五个士兵是怀里藏着手枪的，也穿着便衣。他们就像看热闹得围在大门口，一点一点地往前凑着。

影壁墙那边，张家哥们、白显彤等亲戚中几个胆子大的，都站在那里，各个脸上神情紧张，伸着脖子看着前边，生怕张锦德跟老四有个闪失啥的，但是也是跟着干着急。

张锦辉慢慢往前走两步，四下观察几眼，看到了对面的房顶上院墙里还有人端着枪，心里想："真是有准备啊，看来是善者不来呀！"

他为了拖延时间，好让自己人展开部署，就拿定了决心跟这个土匪进行周旋。

他一边慢慢地往前挪动，一边打哈哈凑趣地说："我说大晌午的，日头这么毒，'虎头蔓'站在这里不晒疼啊。咱家'跟头蔓（姓张），啥时候跟这位爷结了梁子呀？恁要'打川子'（要钱），就递个话，攒了箱子送过去，那有多好。何必拿这个独眼'响子'（枪）闹闹吵吵地惊扰了'跟头蔓'家的好事儿，就不

哈尔滨往事

怕'响窑（有枪的人家）里有'跳子'（兵）吗？"

对面的土匪听到院子里出来的这个人跟自己盘道，说的都是道上的话，心里纳闷，难道这小子跟道上有交情，他用枪指着张锦辉说："站在那里说，别再往前凑，小心喷子冒火查了恁。看恁也能跟俺递上话，莫非也跟绺子有交情，不会是空子装的吧？"

9

张锦辉斜眼看到当兵的，已经从门边上偷着转出来，分头去围剿藏着的土匪了，他心里有了底，站在那里大声地说："你别跟我装神弄鬼了，老子走南闯北，枪林弹雨见过得多了，死人堆里爬出来的，还能怕你的一个小毛贼吗？你要是知趣就赶紧扯了，不然没有好果子吃！"

土匪万万没有想到人家来硬的了，他火冒三丈地喊道："恁跟俺吃横的，俺怕你个啥。"他将驳壳枪朝天又放了一枪骂着："你家老一辈得罪人了，雇主出银子让俺们出山为他出气。拿人钱财，为人消灾，俺们的本分，休想镏子不拿俺就扯，做梦呢，快点拿钱，不然爷爷真的搂火了！"

两个土匪两支枪对准了张锦辉，张锦辉心里也紧张了，万一胡子开了枪，自己个也不是铜浇铁铸的，也怕挨枪子啊。

他摆着手说："当家的消消气，有话好说。屋里边给当家的备着'打川子'呢，等等就端出来了。"

张锦德看到这个情况，他从后边走过来，一边迈着碎步一边说："老哥火气很大啊，要是说起来跟恁雇主结梁子的，就是俺嘞，跟他们都没有瓜葛，还是朝俺来吧。"

胡子头看见一个身材高大的中年男人过来说话，他就把枪口转过来对着来人说："恁就是那个早年间跟俺的雇主结梁子的人？"

张锦辉看到大哥走到了跟前，他着急地说："大哥，人家就是要点钱花，没啥过分的，你还是回去吧。"

张锦德朝着张锦辉使个眼色："俺跟这个老哥掰扯掰扯，扯一扯盐在哪咸，醋在哪酸，说个缘由出来，他拿了钱，也要知道为了啥不好吗？哈哈。"

土匪上下端详着张锦德几眼说："俺就听恁说一说，看看当年到底为了啥跟俺的雇主结下的梁子。要是俺觉得恁占理，俺就少要点打川子，这样俺也心安理得。"

张锦德环视一下说："想当年，俺跟俺三弟和老父亲去白山子放山，采到了上等的人参七品叶三株。人参挖完了，放进了背包的时候，遇到了恁的雇主李俊山。李俊山仗着他带的人多，非要跟俺老父亲分上一半，不然就硬抢。是俺老父亲跟俺三兄弟，跟他们打在一起，打败了他们，伤了李俊山。当家的能给评评理，恁家雇主到了今天还在寻仇，江湖上有这样的道理吗？"

土匪听完眯着眼说："公说公有理，婆说婆有理，俺听的却是李俊山采到的人参，被你张家人抢了去了。话说到这份上，还是免了墨迹吧，拿钱消灾，没钱查人，想要爷爷空手回去，俺还丢不起这个人嘞！"

张锦德扭头看看张锦辉，示意张锦辉看住另外一个小土匪，他自己带着笑容往前走了一步说："看来大当家的不肯给这个面儿，那俺就回去拿钱去吧。"

张锦德回身背对着土匪，意思是回院子里拿钱去，土匪用枪指着张锦德的后背说："快点吧，你家的客人等着喝酒酒呢，快点走几步。"

土匪似乎放松了警惕，他的枪管几乎挨到了张锦德的后背。说时迟那时快，张锦德突然间飞速地转身，右手掐住了土匪拿枪的手腕子，往上一举，左手掐住了土匪的脖子；然后右腿一个提膝，撞在土匪的小腹上，土匪哼了一声，瘫软在地上。

看到大哥动手了，张锦辉突然一个扁踹，将那个小土匪踹倒在地上，然后飞快地掏出来手枪指着小土匪说："别乱动！俺一枪打死你！"

而那边早已经包围了房上的几个小土匪的士兵，看见这边动手了，他们也冲出来，压制住了小土匪。七八个小土匪只有两三杆破旧枪，其余的都是大刀片，怎能和十几个全副武装的东北军抗衡呢，也都只有乖乖地缴械投降了。

喝酒的时候闹腾土匪，把来宾们吓个半死，土匪被抓住了，张锦德站在门口喊着："诸位亲朋好友，让大伙受惊了，现在没事儿了，大伙接着喝酒吧；饭菜凉了马上给热，再添上几道新菜，大家一定要尽情地喝啊。"

张锦德正要回去屋里跟众人喝酒，门外的顺子进来说："干爹，门外来了几个人，说是张家的亲戚，俺也不认识，还是干爹恁们出去看看吧。"

张锦德笑着说："今儿个的日子还真的矫情啊，刚整完胡子，又来了不认得的亲戚，哥几个，跟俺去看看吧。"

哥几个来到大门口，张锦德看等人到门口站着几个衣衫褴褛，蓬头垢面的人，男、女都有，其中还有两个孩子。

张锦德走到来人面前，还没等张锦德说话，来人之中一个三十岁左右的瘦高男人踉跄地走到张锦德面前颤抖着说："表哥，表哥，俺是大昌子啊，山东关里家大昌子啊！"

来人一口山东腔，确定是山东人没有疑问。张锦德听到心里惊愕："大昌子，山东的，那是俺的表弟姜孝昌啊！"张锦德前些年还去过山东老家，认识表弟姜孝昌。张锦德上前仔细端详，认出来了，真的就是山东老家的表弟大昌子！

张锦德上前扶着姜孝昌的双肩说："表弟呀，恁们咋来的啊？"他指着另外的人说："他们都是跟恁一起来的？"

听到张锦德喊自己"表弟"，姜孝昌热泪夺目而出，抱着张锦德哇哇地放声痛哭，哭得让人心酸不已。

张锦德回身对着身后的人说："哥儿几个，赶紧过来，山东的表亲到了，赶紧让到屋里去呀。"

张家哥们也都知道，山东昌邑那边有他们的亲舅舅、舅妈，表兄弟一大家子呢。现在听到大哥说，这几个人是山东的表亲，都赶忙上前嘘寒问暖。

姜孝昌停住哭声，依旧是满口的山东腔对着表哥表弟说："俺们从烟台坐火轮船，在大连上岸，一路要饭到了哈尔滨。现在总算找到大姑家了，不然俺的娘啊，就得饿死了。"

他说着，招呼身边的人说："孩他娘，妹子啊，赶紧过来认亲，这就是咱家的表兄弟啊。"

10

姜孝昌的媳妇，姜孝昌的妹子，还有两个十来岁的小蛋子，都让姜孝昌叫过来，跟张家人见面。

张家哥们看着姜家一干人破衣烂衫，面容憔悴的样子，真的是心里难受，眼泪随着流了下来。

岳氏老太太本来在正厅由儿媳们陪着吃饭，可是胡子一闹腾，弄得饭也吃不下去了，让儿媳们陪她回到自己个的房间跟儿媳们说话。

虽然外边闹胡子，可是外边也有四儿子和那一班大兵啊，所以她跟那些女人们并没有过分的害怕。

这时候凤仙进来说："老太太，胡子被抓住了，外边没事儿了，看看是不是还去正厅吃饭呢？"

老太太看看几个儿媳妇："恁们还吃吗，俺老太婆不饿了，吃不下去了，俺是不过去了。"

就在这个时候，房门被推开了，张锦德兴冲冲地走在前边对着老娘喊着："娘，您老看看这是谁呀，哈哈，还认识吗？"

张锦德把姜孝昌推到前边，到了老太太的眼前，让老太太仔细辨认。姜孝昌走到炕沿边上，双腿跪倒，放声大哭地哽咽着说："大姑，俺是大昌子，大昌子，您的大侄子来啦！"

老太太正在火炕中央盘腿坐着抽着大烟袋，滋遛滋遛冒着白烟，有滋有味地享受呢。看见老大带着一帮人进了屋，然后就有一个三十多岁的大小伙子跪在自己个面前，还声声地叫着大姑，她此时此刻有点蒙了，赶紧往前挪了挪，仔细地往下边看着。

当她看清楚地下跪着的是她的亲侄子大昌子，老太太激动地往炕沿下使劲地够着，由于身体往前探的太多了，身体发生了不平衡，差一点没有栽倒倒炕下来。

几个人赶紧给扶住，也把姜孝昌扶了起来坐在炕沿上跟大姑说话。岳氏老太太使劲儿挪到炕沿边上，捧着姜孝昌的脸左右端详着："瘦了，见老啊，恁们咋来的呀，也不提前来个信儿，好去接恁啊，呜呜。"老太太忍不住呜呜地哭了起来，直哭得鼻涕一把泪一把，那个让人酸辛劲儿，不由得在场的人也都跟着哭了起来。

姜孝昌跟大姑说："俺们也不晓得哪一天能到，所以也没有写信给大表哥。俺们坐着轮船到了大连，光知道是哈尔滨的四方台屯子，俺们一路上打听着，一路上要着饭，两个多月的功夫，总算到了这里呀。"

他回身把老婆吴氏，妹子姜桂芝，两个孩子都叫过来，逐个地给姑姑介绍，也让老婆、妹子叫大姑，两个孩子过来叫姑奶奶，并且跪下磕头。

老太太仔细看着这几个人：姜家妹子姜桂芝快二十岁了吧，穿着破旧的衣衫，但是模样长得很俊秀，老太太看了几遍很是喜欢；那两个孩子，又黑又瘦，穿的破衣烂衫，脚下的鞋已经烂了鞋帮，黑不溜秋的脚丫子裸露在外边，已经磨坏了。

哈尔滨往事

岳氏老太太抽噎着说："恁们别愣着了，赶紧的给找点衣服换一换，再去烧水洗个澡，这都造的没人样了啊。"

两个孩子倒是实在，看着大姑奶奶嘟囔着："奶奶俺们饿，呜呜。"又都放声哭了起来。

老太太一拍大腿说："可不是咋地，那就先吃饭，这两个孙子都饿坏了，神仙也顶不住饿啊，老大啊，赶紧弄饭菜就在这里吃。"

很有眼力见的老冯和顺子，麻溜地搬来了桌子，端来了饭菜筷子碗，几个人围住桌子，开始了大半年里没有的狼吞虎咽。

饭盛了一碗又一碗，菜上来一盘又一盘，那都是瞬间就见到了碗底、盘子底。张家的人，包括张家亲戚以及孙子辈的人，站在一边看着他们的吃相，无不流露出来惊讶和同情的心绪。

这时候，外边祝寿的人且都散去了，帮忙的人都在忙着收拾桌椅碗筷，张锦祥等人出去照顾着。写礼账的人把钱箱子拿过来，交给张锦德，还带着记个账本。

屋里姜家的人吃完了，有人拾掇下去，老冯那边已经烧好了水，来到老太太房间说："老太太，可以让表少爷他们轮班去洗澡了。"

张锦德、吴慧芬等人招呼着男女去各自的房间洗澡换衣服，忙乎一大阵子，总算告一段落。

这期间，张锦德吩咐张锦祥等人去屯子西头张家闲置的几间房子那里，给收拾一下房间，打扫卫生，摆放家具被褥，又送过去粮食蔬菜等等，好让姜家一家人过来居住。

吃完了饭，洗完了澡，换了衣服，姜家几个人才算面貌一新，按照老太太的话说的："有个人样了。"

这些人又回到老太太的房间，老太太挨个端详着，这才安下心来。她拉过来两个孙子，拍着他们的头说："可能恁们也想知道俺大侄子姓姜，俺老太婆咋还姓岳呀，唉，也是因为穷闹得的呀！"

三十七年前，山东昌邑大旱颗粒未收，那真的是饿殍遍野啊。姜福臣、姜孝昌的爷爷，看着一家子八口人饿死了四个，他不得已带着大姑娘下了关东的哈尔滨。把姑娘送给了哈尔滨西边的薛家屯远亲老岳家做了干姑娘，随了岳家的姓。那一年岳氏才十三岁，能有一口饭吃饿不死，也就是她的最大的心愿了。

老岳家给姜福臣拿了一些钱，背回去几十斤粮食，这算救活了姜孝昌的父亲和奶奶。岳氏十四岁，赶上张锦德的老爷爷去朱顺屯办事情到了老岳家，他见到了长得清秀的岳氏姑娘，心中喜欢，于是请了媒人，将岳氏娶进张家的门，给儿子张世英做了正房。

十五岁的岳氏过了门，圆了房，当年就怀上了张锦德，几年下来连三别四，一共生了四个儿子，四个儿子都活蹦乱跳，老张家人可都乐坏了。过日子就要有人啊，尤其是在那个社会，重男轻女是常事儿，儿子啥时候都要重要赛过姑娘。

老张家是四方台屯子的大户，钱粮都很富有，岳氏老太太免不了借着丈夫家里的钱财帮助山东老家的父母，所以山东的父母和侄子也都过得可以。

11

现在姜孝昌沦落的如此地步，岳氏老太太很纳闷，琢磨着俺家里每年都给山东老家邮寄不少钱，按道理也不该穷到这样啊，到底咋地了呢？

"大昌子，俺问问恁，每年都给恁寄钱，这事儿有吧？"

姜孝昌忙着点头："大姑，每年家里都能接到大表哥寄来的钱，还不少呢。"

"那恁们都干啥花了，为啥穷的食不果腹，衣不蔽体呀？"

"大姑啊，是这么一回事儿。年初俺跟着俺爹去安徽做生意，半路上遇到了匪徒，抢走了钱，还打伤了俺爹。俺爹回家后一病不起，家里又借了不少的饥荒，俺跟俺爹说让大表哥给邮寄点，俺爹说啥也不让。前两个月天头旱情严重，地里颗粒无收，眼看要饿死人了，俺爹才让俺带着孩子、媳妇和妹子逃荒来了。"

"啊。"老太太长出一口气又问道："那恁出来了，恁老妈，老爹谁管啊，不得活活饿死吧？"

"俺把剩余的粮食都放在家里了，俺二弟跟俺爹娘一起过，三五个月内还不要紧。"

原来如此。张锦德在一边说："明天俺就给大舅寄钱，老娘，表弟恁放心吧。"

这个时候，张锦恕、张锦祥、张锦辉，还有白显彤都进来了，张锦祥说："西头的房子收拾好了，一会过去的时候，再拿几床棉被和褥子、枕头啥的。锅碗瓢盆筷子油盐酱醋，也都带着，也就不差啥了。"

白显彤过来说："大哥武把抄忒厉害了，几个小土匪还不够你一个人收拾的呀，跟谁学的，练的什么拳啊？"

张锦德抱拳说："白贤弟，俺学的是八极拳，家传的拳法，父亲教给的。"

白显彤朝着张锦恕说："二弟你咋样，不是说老张家都练八极拳吗，你哥几个谁厉害啊，哈哈。"

张锦恕指着大哥说："当然是俺大哥厉害啊。还有三弟也行，俺不行，三脚猫的功夫，不值得一提了。"

张锦德说："俺家的八极拳是家传的，俺老爹跟大舅投缘，就把这门家传的功夫教给了俺大舅，俺大舅教给了大表弟，所以大表弟也会八极拳。"

"哦，原来老张家是武术世家啊，我得让我儿子跟大哥学几年，大哥咋样，收个徒弟吧，哈哈。"

"要说收徒弟，有恁跟二弟的关系，不收也得收啊。可是话说回来，练武是一门吃苦的差使，没有悟性，不能吃苦，练上十年八年也是白搭啊。"

白显彤推推身边的白三宝："咋样儿子，能不能起五更爬半夜，冬练三九夏练三伏啊，哈哈。"

白三宝摇头说："俺不敢，还是念书吧，俺不喜欢练武，舞刀弄枪的，多不文明啊。"

张锦德哈哈一笑说："干啥必须喜欢才能干好，令郎既然不喜欢，那就在读书上下功夫吧，哈哈。"

说笑完毕，张锦德叫人套车，把送给姜家的一干物品放在马车声一并送过去，姜家的人也都跟着过去新房子安顿了。

张锦德进到屋里查看一番出来对着姜孝昌、吴氏说："咱是一家人，以后缺啥少啥尽管跟大表哥说，千万别见外。既然来了就安下心来，开春给恁家几垧土地，自己个琢磨着侍弄，到了秋天打下来粮食，那就全都有了。"

姜孝昌感动得热泪盈眶，拉着张锦德的手不肯撒开："大哥呀，让俺咋说啊，救命之恩啊，咋报答啊，呜呜！"

张家弟兄凑过来，老四说："大表哥，我明后天就回沈阳了，有啥困难我也帮不上你，你就跟咱大哥说，一家人了，咱都不客气，好吧。"

姜家几个人千恩万谢，看着张家弟兄走了，他们才返回屋里开始拾掇房间。

把姜家的人安顿好了，几个人返回来张家坐下，再次弄了点酒菜，又喝了起来。期间，王班长进来询问："连长，天快黑了，那几个小土匪咋办？是送官，还是放了？"

张锦辉看看白显彤说："这个事儿还真的不好弄，送官吧，咱老张家就跟土匪结下的梁子再也解不开了；放了吧，官府知道了追究咱们，也很难过关，白大哥您说咋办好呢？"

白显彤眨眨眼寻思："这个张老四真鬼道，知道我是警察，他让我出招，那我也不能说你们咋办啊，糊涂话说了，你们自己个琢磨吧。"

"要我说，既不能报官，也不能放了，该咋办，你们琢磨，俺就当啥也不知道，哈哈。"白显彤又把皮球踢给了张锦辉，张锦辉马上就明白了。他俯身对王班长嘀咕几句，然后说："回去给我看好了，千万不要让他们跑了。"

王班长按着张锦辉的授意，回去给那几个胡子弄了点饭菜让他们吃，然后跟他们说："天黑了，小屋里窗户门都结实，千万别想跑啊。恁们的破刀枪，俺们看不上眼儿，都给你们堆在窗户外，破东西，没人要！"

胡子头儿很精明，他看到给他们饭吃，就知道不会要他们的命了。听到当兵的这么说，他就明白了，那是示意他们从窗户逃跑呢。

半夜的时候，胡子们推开了窗户，见外边没人，就都跳了出去，摸索着拿起刀枪，翻墙跑了。王班长他们在暗处看着，等到胡子翻墙之后，他们大喊着："胡子跑了啦！"还朝天放了两枪，然后跑回来报告张锦辉："连长，俺们不小心，让胡子撬开窗户跑了，俺们也没追上，咋整啊。"

张锦辉他们喝得半醉半醒，白显彤搭话说："跑了就追呀，撺出屎来也要抓住几个呀，哈哈。"

张锦辉："都是饭桶，几个小土匪都看不住。算了，跑了就跑了吧，你们去村口转转，可别再让他们在屯子里作妖啊。"

胡子跑了，白显彤当然知道是咋一回事儿，只是不能当面说明白就是了。张锦辉想起来一件事儿，他对大哥说："大哥呀，这青天白日的胡子就来明抢，这哈尔滨的治安也太差了吧。我看这样吧，大哥你出钱，我回去给你弄来十条八条德国造长短枪来，你再找几个炮手看家护院吧，省的担惊受怕那些胡子了。"

12

张锦德没吱声，白显彤倒是显得很兴奋，他放下酒杯说："哎，这个想法好啊，手里有枪，遇事儿不慌，像老张家这样的人家，哪能没有几条枪看家护院呢，我看挺好，大哥你就出钱吧，哈哈。"

张锦德看看几个弟兄说："那就按着老四的想法整？俺可对枪的事儿可是一个棒槌，那是一窍不通的，都得恁回来教授训练啊。"

老四把酒杯顿了两下说："好嘞，您就瞧好吧。不过拿银子可要多拿点啊，我还要上下打点打点，私自倒腾枪支犯了事儿，那可是罪过不轻啊！哈哈。"

张锦德站起来推开椅子说："俺出钱，恁办事儿，其余的俺不管啊。我不喝了，喝高了，回去歇着了，恁们继续吧。"

第二天早晨吃过饭，老三张锦祥就张罗着给媳妇看病的事儿。各种用品带全科了，套了一辆三匹马的车，车上铺上褥子，将赵淑霞抬上车，拉着淑霞去了故乡半拉城子，找那个老毛子瓦西里看病去了。

因为有张锦辉陪着张锦祥夫妇，那个老毛子大夫是格外的客气热情，他接受了赵淑霞住院，也答应尽力救治她，并拿出来存货盘尼西林给赵淑霞使用，张锦辉放心地回到江北。

张家老太太的生日过完了，几天以后，张锦辉也携同老婆孩子回沈阳去了，张家也恢复了往日的平静。

几天以后，这天姜孝昌起得很早。闯关东的几个月里，他们一家没有吃过一顿饱饭，没有睡过一次安稳觉，更不用说躺在舒适的火炕上，暖暖地睡上一个晚上。两个多月奔波，让他品尝到了人间几乎所有的苦涩，做人的艰难，深深感觉到"穷"的滋味太难熬了！

他就睡了短暂的一觉就醒了，眼睛望着漆黑的天棚，脑海里浮现的都是路上的苦难，还有张家的阔气，让他羡慕不已还有点怨恨。怨恨的是自己没能耐，让一家子跟着自己个遭罪受难；羡慕的是老张家竟然那么富庶，跟自己相比，那真的就是锦衣玉食，神仙的日子呀。自己个啥时候能过上张家的好日子呀，到了那个时候，就是死了也心满意足了。

他心里闹腾，实在睡不着，就悄悄地起了床，披上衣服出了卧室，来到外间，摸索着找到水瓢，在水缸里舀了半瓢凉水，咕嘟咕嘟地喝了下去。然后放下水瓢，拉开外屋的门闩，推开门走到院子里。

天还没有亮，一弯下弦月挂在西边的天上，稀稀落落的星星围着月亮。虽然是三伏天了，可是东北的晚上却依然是较为凉爽，绝不会像南方白天晚上一样热。

他走到用小碗口那么粗圆木栅成的围栏边，双手扶着栅栏四下看着，心里漫无边际地胡思乱想："张家表哥说过年春天就给我几垧好地，听说东北的黑土地，肥的直淌油，那样的话俺就死命地干，弄个好收成，日子也就会好了吧？过上几年，俺也要盖新房子，穿新衣服，有肉吃，不再受人的白眼了。"

他移动脚步，在院子里转悠一会儿，然后解开栅栏门绳子，走出院子，在不太宽敞的土路上来回走着。他走过东侧邻居的栅栏门的时候，里面的看家狗窜的门前汪汪地叫着，吓得姜孝昌赶紧往回走。

他开始往西侧走，原来他家是屯子西边的第一家，再往西边就没有人家了，有几十步远，就是黑黢黢的庄稼地了。他使劲地往远处看去，远处是那么的空旷黢黑，看不见尽头。

他又想道："老张家，大姑、表哥表弟对自己个都很好，给了自己家应有尽有的照顾，那自己个怎么感谢人家呀？"

他琢磨了一会寻思着："老张家有的是钱，钱上俺也帮不了他们啥啊，咋办呢？多说点好听的话？帮着干点啥活似乎很有必要吧？反正也不能得罪人家老张家，还要哄着俺大姑，张家就会照顾俺们一家子吧？"

他满脑子胡思乱想了好一大阵子，不知不觉身上的衣服被露水打湿了，他感觉到后背湿漉漉的凉，这才抖搂一下肩膀，开始往家里走。

月亮落下去了，星星也看不见了，东方显出来鱼肚白，预示着天马上就亮了。

他回到院子里，面对面地打量着面前的三间草房，房子是一面青的（前边的墙是砖的，两侧和背面是土坯），窗户是上下开的，糊着窗户纸。这样的房子算是很好的了，在屯子里也是极少看得见的房子了。

他眼睛四处撒摸，看到了窗台下杵着一把旧扫帚，他拿起来开始打扫院子，划了的土地直冒烟。昨天张锦祥帮着收拾房子的时候，已经给扫了院子，可能没有浇水，一旦扫院子，里还是有灰尘扬起来。

姜孝昌想起来，昨天从老张家过来的时候，路过一口水井，他回屋里拿出来扁担和一对儿洋铁水桶，挑起来去水井挑回来两桶凉水。然后用水瓢洒在院子里，院子土地湿润了，也就不会起烟尘了。

太阳出来了，天色大亮了，他回到屋里，看见老婆跟孩子还在睡觉，他使劲地摇晃老婆："懒猪别睡了，该做饭了。"

这些天一直没有睡好觉的姜吴氏，每天都是困得不行，今个儿可算有个安稳的地方睡觉了，她是一睡不起，根本不知道天色已经大亮，日头就要照腚了。

她迷迷糊糊地爬起来，四下看看，这才想起来是自己个儿的新家，心里想：

"难怪睡得这么实着呢，恁个死老东西早起来了，俺还在不知道呢。"

姜孝昌命令似的："快点做饭吃饭，俺们得去大姑家感谢人家，别忘了房子、粮食是哪里来的！"

姜吴氏下了地说着："俺知道了，张家是咱们的大恩人，这一辈子俺也不会忘记张家的好处嘞！"

姜孝昌嘟囔着："老娘们，恁要是忘恩负义，俺扒了你的皮，剁了喂鸭子！"

13

饭做完了，小米干饭，酸菜炖土豆加五花咸了肉（夏天肉不好保存，放在咸盐里埋着），喊起来睡着的三个人：两个孩子还有妹子姜桂芝，一家五口人美美地吃了一顿。

吃完饭，拾掇下去，然后梳洗打扮，等到日上三竿，他们就往四方台屯子东头走，去老张家感谢人家照顾恩德。打那以后，姜孝昌隔三岔五地就要去张家探望大姑，问候感谢张家人。

老张家的哥们几个，老二回市内照顾商行，老三去照顾住院的媳妇淑霞，老四带着媳妇孩子回了沈阳，四方台子的家里，只有老大张锦德一家子了。

张锦德在家里是老大，长子的责任他是牢记在心里的。自打父亲去世后，他就肩负起来家里生活的重担，无论是对待母亲，还有哥兄弟以及亲人乃至村子里的邻居乡亲，他都能做到亲善有加，孝敬为大。

他三个孩子，老大老二都是儿子，年纪在十二三岁，两人之间相差两岁多，都在哈尔滨市内上中学；因为中间出疹子夭折两个孩子，女儿年纪小，今年才四岁多，可谓是掌上明珠非常宠爱。

因为家庭富裕，孩子都不用父母带着，有丫鬟奶娘侍候，媳妇的忙事儿就是照顾婆婆，管理家务。

姜家表弟一家的到来，张家义不容辞地给予照顾，张锦德已经替姜孝昌谋划好了：明年春天先给三垧地种，正常的年景收了粮食，一年的吃喝以及其他花销都是没有问题的。眼下农忙过去了，庄稼都封了垄在拔节长穗，不用人去侍弄，所以庄稼地里没有啥活可干。

张家还有酒烧锅，打渔的张网亮子，还得不少人在忙活。张锦德琢磨，姜孝昌如果能吃苦，就让他去酒烧锅干半年，一来挣点钱，二来锻炼一下，学习一下造酒，也好多一门手艺养家。

他老早地起来到院子转转，再去长工住的屋里看看，叮嘱一下酒烧锅的师傅，市里的商行要的酒，赶紧给烧出来。

不是农忙的时候，种地的短工都不在了，上下几个长工看管着几百垧土地，也不算难事；还有十几个烧酒的师傅，也住在这里，轮班去酒厂干活。

溜达完了，他就转到小演武场，那里已经有人在练武了。张子顺，张锦德的义子和张家的管家，也是一身的好功夫；张子顺手里拎着一把绳鞭，舞动起来虎虎生风，罩住了人影；忽然间，他身体一纵，绳鞭向左前方弹出，将那绳鞭缠绕在旁边仓房的檩子头上，然后借力往上一蹿，双脚离地身子轻飘飘地飞到空中，整个人硬生生地飞到了房顶。张锦德在一边说道："顺子下了多少工夫，吃了多少的苦，这才得到了真本领，这是老天的眷顾，以后还得下功夫啊！"

吃完早饭，顺子赶着马车去了酒厂，然后装上白酒直接去哈尔滨市内了。这个时候，姜孝昌一家子，拖拖拉拉排了一大队，又来到张家答谢来了。

岳氏老太太端着大烟袋，吧嗒吧嗒地抽着，眼睛眯缝着，笑容可掬地看着站在地下的侄子一干人，两个八九岁的虎羔子的侄孙子，尤其讨老太太喜欢。她伸手示意："来，孙子，上炕来，让姑奶奶仔细看看，真讨人儿喜欢的两个虎羔子。"

两个小家伙倒也听话，没等姜孝昌说话，他俩已经爬上了炕，围在岳氏老太太身边，任凭老太太摸摸头，亲亲脸，显得是那么亲近温馨。

侄女姜桂芝给老太太倒了一杯水，放到炕桌上说："大姑，您喝水吧。"

老太太松开两个孩子，抬眼看看姜桂芝，她的眼睛一放光："哎呀俺的大侄女啊，四五年不见，恁出落得这个美呀，老姜家没见到像恁这么漂亮的美人呢。多大了，有婆家了吧？大姑啥时候吃恁的喜酒啊，嘻嘻。"

老太太几句欢喜的话，倒把姜桂芝问得羞得满脸通红。她扭过头来喃喃地说："大姑，俺就是一个乡下丫头，啥美人啊。"

姜孝昌老婆吴氏接上话茬说："大姑，他老姑还没婆家呢。前年俺公婆倒是给找了人家，本来打算结婚了，可哪想到来了瘟疫灾荒，那一家子人就都没了，唉！"

"咋地呀？"老太太收住笑容，看着姜桂芝和姜孝昌："还有这事儿，那可不好，赶紧再找个人家嫁了吧。俺十四岁就嫁到张家，十五岁生了你大哥，恁二十岁了，咋还待在家里呀，等着俺给你找一个人家吧啊。"

老太太的话里话外，有着弦外之音，意思是："克夫吧，咋还能克的一家子都没了？再说都这么大了，还待在家里吃闲饭，得赶紧出嫁啊。"

14

姜桂芝也是冰雪聪明的女孩，她听出来了姑姑说的弦外音，她委屈地说："大姑啊，那可不怨俺啊。俺爹娘给俺介绍的时候男方就抽大烟、扎吗啡，是痨病秧子。摊了瘟疫，死的人多了，还能怨到俺啊，呜呜。"说着，姜桂芝捂着脸呜呜地哭了起来，这倒将老太太弄个磨不开了。

老大媳妇吴慧芬手里牵着刚学步的小女儿娟子，走过来想给老太太找个台阶下，她说："妹子呀，老太太没那意思，说妹子这么美的人儿，该早一点找个好人家，一般的人家配不上妹妹呀。"

老太太有点不好意思地说："俺说俺那个大哥大嫂也真是的，咋还能给亲闺女找一个痨病秧子呀，死了也好，不然耽误了俺侄女，那可不合算了啊。"

姜孝昌走过来说："大姑，桂芝的婚事儿是打小的娃娃亲，哪里知道那小子长大了吃喝嫖赌抽大烟，糟践了身板啊。即使他不遭瘟疫，俺也不同意把俺妹子嫁给他，俺愿意养妹子一辈子。"

话题越累越沉重，张锦德打个圆场说："咱老妹子贼漂亮，到了咱东北这嘎达，还愁找不到好人家啊？等着哪天让恁大嫂去给你找孙媒婆，保管找到合适的郎君，哈哈。"

大家都跟着笑了，唯独姜桂芝笑不出来，她满脸通红抽身跑了出去，径直回她家去了。

老太太有点不高兴地说："看看，这丫头性子还挺急，俺也没说啥啊，咋就挂不住了呢。老大呀，这个事儿恁还得真的抓点紧，给这个丫头找个人家吧，老大不小了，不能老待在家里吧。"

张锦德赔着笑脸说："老娘恁放心吧，明儿就让她大嫂给张罗去，一定抓紧。不过毕竟嫁人结婚是大事儿，也不能太草率了，怎么也得是个富裕人家，人品长相也得拿得出手，可不能委屈了老妹子啊。"

老太太往后边挪挪，在铜盆上磕磕烟袋说："恁看着办吧，老大媳妇，留下大昌子一家在咱家吃饭吧啊。"

吴慧芬将抱着的女儿娟子放在炕上说："行，俺都备下大表弟一家的饭食了。"

姜孝昌一听赶紧说："大姑，大嫂，俺不在这里吃了，家里啥都有了，可不再麻烦大嫂了。"

张锦德说："吃饭的事儿随意吧，表弟你再歇几天，缓缓劲儿，然后恁去酒坊看看，能干的话，就在烧锅干半年，挣点零花钱。开了春，俺拨给恁三垧地，就在恁家西边那块。年景正常的话，收下的粮食一年足够用，还能卖些钱，以后也不就不犯愁了。"

姜孝昌眼含泪花站起来鞠躬表示感谢："大表哥呀，俺大昌子记下张家的大恩大德了，等俺大昌子翻过身来的那一天，俺要实打实的报答大表哥，大姑一家子的恩德嘞！"

吴氏也是鞠躬连连，两个孩子只是顾着玩，不晓得土地是啥玩意。张锦德抱着姜孝昌的肩膀摇晃着说："表弟、弟妹呀，古话说得好，姑舅亲，辈辈亲，打折骨头连着筋。咱们是血亲，一家人，帮衬恁一家子是张家和姜家前辈子的缘分，见外的话千万别说了，是吧老娘。"

张岳氏在炕头接上说："嗯呐，血亲啊，辈辈亲，亲人不帮着亲人那叫啥玩意。大昌子，恁就放下一百个心呗，恁家的事儿恁大哥全科包圆了，你就听恁大哥的就行了。"

张锦德让姜孝昌一家一起吃饭，姜孝昌不好意思婉拒，吃了饭之后，他带着老婆孩子回家去了。姜孝昌一家子走了以后，岳氏老太太喊住张锦德。

岳氏老太太心里面有些纠结，因为姜孝昌是她的娘家亲侄子，来到这里投奔自己个的姑姑理所应当的给予照顾。给钱、给粮、给物都认可，可是老大张锦德说给大昌子几垧土地，老太太听了心里犯嘀咕了。

等到大昌子一家走后，她叫住张锦德说："老大啊，俺不知道恁知不知道张家祖上的祖训，就是土地来之不易，不可以以任何理由无偿的送给外人，恁知道吗？"

张锦德送走大昌子一家，正在琢磨怎么帮助这个表弟一家呢，老娘突然跟自己个儿说这些，让他有点措手不及。他对老娘说："娘，您说的这个俺真的不知道呢，可是大表弟一家是咱们张家骨肉亲戚呀，送给他们几垧土地应该的吧。"

岳氏老太太让张锦德坐在炕沿上，然后点上烟袋里的烟抽几口说道："恁死去的爹爹跟俺说过，张家祖训其中一条，就是亲姑娘出嫁，认养儿女干亲，亲儿女过继给外姓人家，这三样可以赠送土地，其他理由一律不准。这些祖训写在家训上呢，怎咋就没看到呢？大昌子是为娘的亲侄子，老娘也想给他们几垧土地，可是俺嫁给张家就是张家的人，所以张家的祖训不可违。借给大昌子一家几垧土地就好了，千万可别说送给他们的啊，记住了！"

张锦德还真的没有认真想过送给姜家土地有这样的约束呢，老娘的一番话，让他想起来，似乎是在家训中看到过这样的家训，只是自己没有太在意给忘记了。一向信奉忠厚传家，严己宽人的张锦德，心里头还是别不过弯来，亲表弟呀，给几垧土地不算啥大事儿啊，咋就违背祖训了呢。

他抬着脸对母亲说："娘，家训都百十来年了，毕竟是死的啊，人是活的。俺看大表弟一家太难了，给他家几垧土地也不算过分吧，您就依了俺，给他家几垧土地吧啊。"

张锦德万万没有想得到，母亲脸色变了，她厉声地说道："俺老婆子说不行就是不行，祖训不可违，怎、怎这个张家的长子，怎么能做出来违反家训的事儿呢！给俺滚犊子，以后不可以再不按祖训说给谁土地的事儿，要是再敢提起来，小心俺砸碎你的脑袋瓜！"

15

老太太生气了，举起来冒着白烟的烟袋锅朝着张锦德比画着，吓得张锦德赶紧出溜下炕沿往后退。嘴上连连答应着："娘，俺知道了，就按家训办事儿，就借给大表弟三五垧土地，绝不会给他们！"

岳氏老太她这才转怒为笑："大犊子，怎该干啥干啥去，别来气是老娘，气坏了老娘，怎天打五雷轰！"

张锦德灰溜溜地走出老太太的房间，站在门外的大丫鬟凤仙抿着嘴笑。张锦德看了一眼大丫鬟，朝院子喊道："顺子啊，给我把老冯大叔叫来，俺有事儿找他办理。"

五天后上午，老冯去姜孝昌家里叫他来到张家，姜孝昌先给大姑请了安，再去大表哥、大表嫂屋里请了安。张锦德给姜孝昌沏上茶水，然后说："眼下呢，地里没啥活计可干，但是咱家的烧锅，打渔的亮子上，都有活计可干。俺琢磨着烧锅里有些手艺可学，还没啥风险，这不就让冯大哥把恁叫来，问问恁愿不愿意去烧锅干点活，学点手艺，挣点零花钱嘞。"

姜孝昌没有烧过酒，也没有在大江里打过鱼，尤其是烧锅里面，他都没有去过，也不知道烧锅里啥样，都干点啥活计，这让他有点犹豫。

老冯在一边说："大表弟，大江里打鱼得会浮水，恁要是个旱鸭子的话，要是淹着你小命不保呢。俺看恁就去烧锅干活吧，烧锅里活计也不太累，就是闷热，总可以忍受啊。去那里干点活，除了挣钱还能学学造酒的手艺呢，说不定以后恁自己个也能开烧锅，造酒卖呢呀。"

姜孝昌是个很有心计的人，此时他知道怎么选择，他看着张锦德，操着一口山东话说："大表哥，俺大昌子就是一个棒槌，没啥心眼子，懂事儿也少，所以就全凭大哥安排吧。俺有力气，吃苦遭罪俺都不怕，干啥都行，就听大哥一句话吧。"

张锦德听到大昌子这样说，他笑着说："那行吧，你喝完水，就让冯大哥打你去东头烧锅去，俺跟烧锅把头打过招呼了，他会安排恁干啥的。烧锅里有伙食饭，不花钱的，晌午不用回家吃饭。"

冯文书带着去了屯子后面的烧锅，一路上老冯话里话外羡慕嫉妒恨："俺说姜表弟呀，你是走了大运了，遇到了张家这样有钱还重情义的人家，真是上辈子积德了。恁是姑舅亲，辈辈亲啊，听说张家还要送给你土地呢，那可是破了百十来年的先例的呀。"

姜孝昌不明白，扭头问道："冯大哥，张家大表哥是说了要给俺几垧土地，那咋就破了百十来年的先例呢？俺不懂啊，您给俺说说呗。"

冯文书摇着脑袋卖弄着说："不明白了吧，俺知道啊。听说张家有一条家训，不能把土地送给外姓人，因为土地是咱庄稼人的命啊，来之实属不易，所以不能当礼物送给外姓人。如果张家把土地给了你，不管多少，那都是破例啊。"

老冯颠三倒四地说了一大堆，姜孝昌听明白了，他带着怀疑说："大表哥说了要给俺土地，但是得到明年开春呢，到时候给不给，俺现在也不知道啊，再说吧。"

张家老烧锅就在屯子东头邻着大道，距离张家住宅半里地，两个人一会就走到了。烧锅三大间房子，两侧还有临时搭建的草棚子，用来储存粮食和酒曲子。房子周围是干打垒院墙，再外边就是茂盛的庄稼地了。

他俩走进院子，院子里有人往房间里扛着麻袋，烧酒的师傅韩大拿中等偏瘦个头，剃着光头，在太阳光下头皮闪闪发亮；腰上围着油渍麻花的大围裙，赤裸着上半身，下身是一条破旧的短裤衩，趿拉着破布鞋。

他站在门口抽烟，看见老冯过来了，往前走了几步打招呼："老冯来了，前个儿就听东家说，姜家表弟要来干活，这位是姜家表弟吧？"

韩大拿跟老冯说着话，眼睛落在姜孝昌身上。老冯指着姜孝昌说："韩师傅，这位就是东家的姜家表弟，大号姜孝昌。"

韩大拿抱腕打了一个揖笑呵呵地说："呕，壮硕的山东好汉。俺叫韩大飞，外号韩大拿，认识一下姜家表弟啊。"

韩大拿一套江湖的举动，倒让姜孝昌觉得新鲜。他也赶紧躬还了一个揖说："姜孝昌，刚从山东来的。俺大表哥让俺来这里跟韩师傅干活学手艺，还巴望韩师傅不吝赐教啊。"

老冯站在一边笑着说："俺可不看恁俩这般客气啊，韩师傅，俺回去了，姜家表弟就交给你了，回见啊。"

看着老冯走了，韩大拿收起了笑容，对着姜孝昌不冷不热地说："老姜啊，咱这老烧锅酒坊不养白吃闲饭的人嘞，这里的人都是靠着力气挣钱吃饭的。恁想在这里干活，想学手艺，那也得卖卖力气，干出个样来给俺们看看。要是整天的五马长枪地靠着亲戚混日子，对不起啊，俺韩大拿可不吃这一开，土豆子搬家——给俺滚球子！"

姜孝昌原以为韩大拿会很客气对待自己个，哪想到变脸比翻书还快，他算领悟到了出来混的不易。他满脸堆着笑容说："韩师傅您就吩咐吧，除了手艺活俺不会，俺也是苦出身，干活的命，搬搬运运俺有的是力气。"

姜孝昌指着有人在扛着麻袋那块说："韩师傅，扛麻袋俺也行，俺这就扛几袋让你看看俺行不行。"

姜孝昌说完话，那身上的短袖褂子脱下来系在腰间，大步走到一堆麻袋那里，弯腰抱起来一包一翻身就扛上了肩头。然后跟一边看着的人说："哥们，再给俺搭上来一袋，扛着两袋走路稳当。"

韩大拿站在那里抽着烟袋原本打算看热闹，可是看见姜孝昌不费力气就扛到肩头一大麻袋高粱粒子，还让人给他再搭上一袋子，心里想，这山东小子还有把力气呀。

16

韩大拿挥手示意，让其他人帮着给姜孝昌又抬上肩头一麻袋高粱粒子，只见姜孝昌不摇不晃，扛着二百七八多斤重的高粱袋子，大步流星稳稳地朝着烧锅房大门走来。

韩大拿在给姜孝昌让开路的时候，在后面伸出大拇指说："好小子，看来张家的亲戚也都是干活的出身，不是来混饭吃的呀！"

等到姜孝昌连续扛了十几趟以后，韩大拿这才招呼姜孝昌停下休息一会。韩大拿看着姜孝昌满额头，满前胸后背的汗水，裤子都湿了一大半，他有点不忍地说道："兄弟呀，你挺能干，再加上东家对你的关照，用不了几年，你就过上好日子了。"

姜孝昌虽然有一把力气，但是最近大半年来没有好的保养，身体瘦了下来，身子骨也是虚弱的。刚才他在众人面前的逞能，也让他累得很难受，坐下来气喘吁吁的，说不出来一句完整的话。

韩大拿叫过来一个人，然后跟姜孝昌说："姜老弟，这是咱们的二师父，他叫张子旭，是张家出了五服的一家子。以后你跟着他，听他的使唤，我就不再管你了。"

韩大拿说完走了。张子旭四十几岁的模样，穿着粗布坎肩，肥大的短裤，胖乎乎的脸盘，挺有眼缘。他对姜孝昌一抱腕说："俺比你岁数大几岁，可是俺跟东家的儿子张子富同辈份。所以呢，论辈分俺得叫你大表叔了，这是祖宗的规矩，没有办法。大叔你跟着俺干活学手艺，俺保你累不着，而且劳金高，还能尽快学到造酒的手艺。"

姜孝昌听说张子旭是老张家的同宗，还是自己的二师傅，自然高兴，他站起来抱腕说："二师父，俺啥也不懂，只有点力气能干活，还望二师父多多关照啊。"

张子旭拍着姜孝昌的肩膀让他坐下，然后他自己也坐下说："干活吃劳金，是咱们的命不好啊，咱穷没办法啊，忍着吧。以后干活心眼要灵活点，别老二五眼傻呵呵的傻干，动动心思省点力气，说不准还挣的比别人多呢。"

姜孝昌听不懂张子旭说的全部意思，只有在一边随声附和着："行，二师父咋说，俺就咋干，不会含糊。"

张子旭笑眯眯地看看姜孝昌说："哎，这就对了，跟着凤凰那能登高枝儿，跟着黑老鸹那是倒霉的，没出息嘞。"

回头再说哈尔滨俄罗斯大夫那里住院的赵淑霞，也有好消息传回来，经过二十几天的用药，她的身体恢复得很不错了。

又过了十几天，瓦西里大夫说："张，你老婆可以出院了。回去以后，千万要注意休养，不能累着，不能冻着感冒，也不能惊吓，还得吃有营养的肉食，做到了的话，半年到一年内就能彻底好了。"

张锦祥很是高兴，她让丫鬟陪着赵淑霞，自己先回到方台子跟大哥定下哪一天回来，老冯赶车去接他们。

回到了家里，赵淑霞也能在院子里走动了，还把孩子张子强从大嫂那边接了回来，一家人开始有了欢乐的笑声。

沈阳的张锦辉也没闲着，私下托人找关系，最后在海山崴以很便宜的价格，买到了一批枪支子弹，暗地里由他亲自押运到哈尔滨。

枪弹有了，张锦辉又在张家的长短工里面，找了几个精明身体好的，加上顺子，一共六七个人。先给他们讲解几天枪械的运用之后，又再加上实弹训练，张家的护院队，这就成立了。

张锦辉帮着大哥成立了护院队，完事儿还得回沈阳，临走他嘱咐大哥："大哥，这次运回来三十几只枪，上万发的子弹，您可千万要保管好了，千万不能让外人知道咱们有这些枪。不管哪个朝代，老百姓有这么些武器，都是不允许的，所以一定要藏好了，不能对外人说，就算二哥、三哥和白显彤也不能告诉他们实数。这个社会，这个年头儿，总是兵荒马乱的，朝着哪里走还没准呢，留点武装保护自己，也是长远的眼光。"

张锦德是一个办事沉稳，很有章法的男人。他知道这些武器的重要性，也知道武器的危害性。他的本意不想弄这么多武器，老百姓家庭有很多的武器不好说你要干啥，官家一歪歪嘴，老百姓就遭殃了；可是四弟给弄回来了，崭新的德国造，也是讨人喜欢，他也就不能说别的，心里也想好了存放在哪里十分的稳妥。

姜孝昌看到张家三弟妹住院回来了，他琢磨着这是增进跟张家关系的好机会，他跟妹妹说："桂芝啊，俺听说侍候恁三嫂那个丫鬟年纪大了，张家允许她出嫁，还要再买丫鬟侍候三嫂。俺觉得妹子在家里也没啥事儿做，倒不如恁去张家帮几天忙，侍候大姑和三嫂，也算咱们报答大姑家的一片心意吧。"

姜桂芝在家里待着也很闷着，她就答应了哥哥的要求，由嫂子陪着来带张家说明来意，张家自然的高兴。尤其是老太太，更是笑得合不拢嘴："大侄女呀，俺老太太和你三嫂有福啊，有大侄女侍候着，俺的身子骨也会更好，恁三嫂的身子也会全都好了，嘻嘻。"

就这样，姜桂芝就每天来到张家侍候淑霞跟老太太，由于姜桂芝干净利落，干活勤快细致，深得张家人的喜爱。后来张家干脆给她准备了房间，住在了张家，不回去了。

她偶尔晚上回去住一个晚上，姜孝昌都要有意无意地问上几句关于赵淑霞的事儿。姜桂芝倒是很愿意回答："啊，三嫂的病好多了，不过听说是富贵病，不能累着，要吃好的，还不能惊吓和冻着，不然还得犯病，再犯了还不好好了呢。"

时间转眼过了大年，马上就到正月十五，过了正月十五，就要上工干活了。正月十三那一天晚上，姜孝昌吃完饭出来遛弯，遇见了刚回家还没到家的老冯。

也是很熟悉了，姜孝昌热情地问道："冯大哥，这是刚下工回家啊？"

17

老冯说："东家那边有点事儿，耽误了会儿功夫，俺就回家晚了点。本想在东家那边吃饭了，可是他家老二又带着一家子回来了，俺嫌乎人多就回家去吃了。"

姜孝昌一转眼珠寻思一下说："冯大哥，俺也好久没喝酒了，今个也算巧，俺请你喝点小酒呗，唠唠嗑，也算俺大昌子表示对您的感谢吧！"

老冯说："哎，感谢俺啥啊，都是张家在帮恁，俺是个跑腿的呗，更没啥能耐，不用感谢俺。"

姜孝昌笑着说："恁的热心肠俺都知道，再说俺也想喝酒，没有作伴的，自己个喝酒没意思啊。走吧，去老胡家小铺整一斤张家老酒咱俩喝，千万别外道了。"

老冯平时就爱喝几口，虽然喝不多，但是多少也有点酒瘾，现在有人上赶着请自己个，装一下也就算了，别老端着了，还是跟着他走吧。

屯子中间老胡家，在门脸旁边盖了一间耳房，改成了小铺，卖一些针头线脑，烧酒农具啥的。老冯头在前，姜孝昌在后，推开门，掀开门帘子走了进来。

随着门帘子被掀开，一股哈气冒着白烟向屋里散开，老胡看到了冯玉书和姜家的大昌子走了进来，善于做生意的他赶紧上前打招呼。

"冯大哥，张家表弟这么闲着，来喝酒啊，哈哈，新来的张家老酒，肘子肉，花生米成的新鲜了，整点吧。"

两个人在一张破旧的方桌边坐了下来，老冯说："姜老弟，不知道你爱吃啥，还是你点吧。"

姜孝昌本来是吃完了晚饭，肚子里不饿。为了跟老冯套近乎才说来喝酒的，他也不晓得这里有啥菜："冯大哥，俺不晓得这疙瘩都有啥，还是恁来点吧。"

老冯也不客气了，他跟老胡说："张家老酒来两碗，酱肘子来一斤，血肠腰花拼一盘，油炒花生米一盘，再来两头蒜，一大盘小黄米黏豆包。"

老胡答应一声，小碎步颠达起来，不一会儿，酒菜豆包都端了上来，满上了酒，两个人开始喝了起来。

酒话酒话，喝了几两小酒，老冯的话就多了起来："哎，姜家表弟，俺听孙把头说，恁在烧锅老能干了。人家一个人扛一包高粱米，你一个人一次扛上两包高粱米，话语还少，不讨人嫌，韩大拿老喜欢恁了。"

姜孝昌抿了一口酒说："冯大哥，人要有自知之明啊，俺有个张家大表哥，那是俺的运气。可是说到底，俺还是一个扛活的呀，多干活少说话，也就没毛病吧。"

冯玉书点点头说："对，对呀，俺就这破毛病，总爱瞎叨咕，说话说多了讨人嫌，哈哈，俺还得向表弟讨教呢。"

姜孝昌显得谦虚地说："冯大哥，听说您也是张家的表亲呢，在张家也算吃得开的人，俺也老敬佩恁了。"

老冯越喝越多，酒越多话就越多，他摇头晃脑地说："唉，远亲不如近亲啊，俺家的表亲已经出了五服了，不如姜表弟恁是新姑舅亲，打折骨头连着筋啊。"

姜孝昌扔了一个花生米进嘴，嚼了几下说："啥老亲新亲呢，俺看都差不多，还要看处的咋样吧。"

老冯不同意姜孝昌的见解，他摇着酒杯说："老亲淡，新亲香，姐夫小舅子连裤裆，恁没听过？恁不信的话，假如恁要是张家的大舅哥的话，那恁的地位就蹭蹭蹿了起来，恁信不啊！"

姜孝昌的心理，其实早就琢磨过："要是能把姜桂芝嫁到老张家，或者是类似老张家这么有钱的人家，那自己个也就跟着借光了，也就发达了呀。"

在刚一到张家的时候，他就听说老三张锦祥的老婆赵淑霞病得很严重，他心里闪过这个念头："要是赵淑霞死了，能把老妹子嫁给张家老三，那自己就是大舅哥了，再加上大姑的照顾，用不了几年，俺姜孝昌也就混得人模狗样了吧。"

可是后来赵淑霞得病渐渐地好了，这也就打消了姜孝昌嫁妹子到张家的念头。现在老冯提起来这个话茬，他不敢想象，自言自语地叨咕着："人家老婆活得好好的，冯大哥咋还说这个不吉利的话儿啊，您可是信口开河了啊。"

姜孝昌这样说，老冯却不买账，他有点着急地说："大兄弟，恁是不知道吧，当初老三媳妇病重，老太太就叨咕过，说要是能够再加一个姑舅亲，亲上加亲那多好。恁想想啊，张家老太太当时都动了那个念头，难道俺假设一下还算不靠谱吗？哈哈。"

姜孝昌听到老冯如此说，他知道老冯的假设是有一些根据的，他讪笑着说："谢谢冯大哥了，但是这个事儿已经不可能了，再说这个就是咒人家了，咱就不是人了，咱不说这个了，冯大哥。"

喝完了酒，已经深夜了，两个人分道扬镳，各自回各自的家。老冯喝得歪歪斜斜，姜孝昌也有点多，西北风呜呜地吹着，风中夹杂着雪面子，打在人脸上有些疼痛。

姜孝昌一边走着，一边回忆老冯的话："大舅哥，嫁妹子，新亲香，想着想着，一个罪恶的计划开始萌芽了！假如她再病重，病重后如果死了，俺们的好事儿就成了吧？"

人性在利益中开始扭曲，姜孝昌千思万念都是自己个发达，都是想着有钱，张家对他的恩情，都在云烟中扩散慢慢而去。满脑袋的发财富裕，这让他开始走上了一条不归路。

正月十五那天，花灯节，全屯子凡是有点喜庆气氛的人家，都弄个灯笼啥的，拌在门口显得亮堂热闹。

都说正月十五雪打灯，莫一个年头还挺准。今年的花灯节，真的就是北风呼啸，大雪飞扬，风将门前的灯孔吹得左摇右晃，雪花也将灯光笼罩得隐隐约约了。

天气异常的寒冷，张锦德特意吩咐各个房间要家炭盆，把温度烧得高一些，也让家人安稳地过一个正月十五。

张家哥四个，除了老四张锦辉，其他一家老少又都在一起过节了。吃喝玩乐闹了半宿，这才回到各自屋里休息睡觉。

18

老三张锦祥今晚喝得挺多，几乎是喝醉了，因此睡得很沉，直到有人推搡他，他才困意朦胧地醒了过来。醒过来之后，他感觉到怎么这么冷啊，他赶紧点上灯，发现媳妇孩子冻得抱成一个团，直打哆嗦。他抬头看到窗户不知道啥时候掉下去一扇，风夹着雪花一股脑地灌进来，看样子已经有挺长的功夫了。

赵淑霞哆嗦着，有气无力地喊着："快点用被子把窗户堵上，一会儿俺娘俩就要冻死了！"

屋里的炭火盆早就被那雪团子湮灭了，剩下的就是阴森的寒冷，就算马上堵上窗户，室内的温度也很难马上升起来。张锦祥穿着衬裤，披上棉袄，拿起炕上的棉被把哆嗦着的孩子包上，快步冲出屋去，来到正厅端开门，把孩子抱进去；然后再迅速地跑回来，再用棉被包上赵淑霞，抱起来跑出房间，也把赵淑霞也抱进正堂屋内的椅子上，然后关上房门。

正厅是家人聚会，外来客人招待的房间，平时的温度要比卧室低一些，但是也要比被雪灌满了的房间暖和得多啊。

张锦祥摸索着把灯点着，马上又把那个大的炭火盆点着，屋里边的温度开始升高了。这时候，看门站岗家丁知道了，他们赶紧告诉了张锦德，这样一大家子人都醒了，张锦德赶过来，让人把孩子跟赵淑霞抱进他的房间。

一家子人，哥三个，还有年纪大一点的孩子，都在屋内看着哆哆嗦嗦的赵淑霞跟张子强，大家的心都很难受，也都在琢磨着窗户是怎么掉下去一扇的。

顺子进来了，他低声说："窗户是被撬开的，窗户的框子都被拽折了，还是新茬口呢。"

张锦德说："这可能是进贼了，想偷盗，没有得逞吧。"

张锦祥穿好棉裤进来说："恁们看家护院的啥也没见到，啥也没听到，这家是咋看的啊？"

顺子说："半夜天冷，俺让他们回屋歇着了，哪想到真有坏人啊，都是俺的错。"

张锦德摆摆手："以后机灵点吧，天冷就换班啊，也别一个人不留。"

闹腾了半宿，大家看到没事了，也就回到自己房间休息了。张锦德让老婆吴慧芬摸一摸赵淑霞的头，吴慧芬随手一摸，我的妈呀，脑袋烫得就像一个小火炉子，这个热啊。

吴慧芬惊讶地说："淑霞发烧了，赶紧找大夫啊。"

张锦祥赶紧回房间，拿来瓦西里大夫给带的药，倒上开水吃下去，然后又给淑霞蒙上两层棉被，打算让她出出汗，解表一下。

天亮了，张锦祥住的房子窗户修理好了，室内温度也上来了，他们又搬回去。这个时候，赵淑霞发烧已经烧得糊涂了，跟她说话她都不答应了。张锦祥看到如此情况，赶紧去找大哥套车，找来老冯赶车去了市内瓦西里那里。

白俄老毛子瓦西里看着赵淑霞面色蜡黄，不省人事儿，他的也是神色严肃。他拿起听诊器给赵淑霞听了听，然后放下听诊器，忧伤地说："张，来晚了，你妻子不行了，肺部发烧烧坏了，我无能为力了。"

张锦祥听到瓦西里这么说，他的心就像刀绞的那样疼，他哭泣着说："老瓦大夫，您行行好，救救俺老婆吧，您尽力抢救吧！呜呜，一个大老爷们竟然在现场哭了起来。"

赵淑霞在瓦西里这里住了三天院，结果是瓦西里说得对，三天后赵淑霞永远地闭上了眼睛，与世长辞了。

张锦祥悲痛不已，先让顺子回家报丧，他在市内买了棺材，装殓了淑霞，跟老冯拉着棺材把尸体运回方台子。

尸体搁了七天，等到赵淑霞的娘家人都到了，这才要出殡。可是赵淑霞的娘家人听了很多的谣言，说老张家人故意半夜打开窗户啊，害死了赵淑霞。他们要求赔偿，还没等老张家人答应，他们就一纸诉状把老张家告上了法院。

前后两个月下来，经过调解和法院判决，张家赔偿了三千块钱，这才算完事儿。

总算天气还冷，要是夏天尸体放了这么长的时间，那就要臭了。发丧那一天，儿子张子强才六岁，他弱小的身体，不能给母亲打灵头幡，只有让大侄子张子富代替，被大人扶着给婶子打着灵头幡。张家人无比悲痛，天空飘着雨和雪，也许是老天都感到难过了。

事情过去了，张家受到了极大的打击，甚至张家的人品都受到了外界的怀疑：老张家人不咋地！

岳氏老太太病倒了，张锦祥也病了，全家上下又都张罗着给他俩治病，忙得不可开交。

姜孝昌呢，他的计划实现了第一个部分，他在等待着时机，等着合适的时机到来再实行下一步计划。他是装着没事人一样，什么事儿都要出现在现场，帮着张罗出力，办完丧事儿之后，他马上就让姜桂芝来张家帮忙伺候老太太，也要帮着给张锦祥煎药熬汤的，一天下来也是累得不轻。

春天到了，马上就要种地了，张锦德按着先前的允诺，把靠近姜孝昌家附近的三垧土地，暂时转给了姜孝昌种，还特意告诉姜孝昌，这土地是借给他的，不是给他的。

张锦德生怕姜孝昌不会种地，让老冯领着一个长工帮着姜孝昌一起种。从种子，到犁杖马匹，等等一干物品，都是张家出的，姜孝昌就等着出苗铲蹚和收获了。

姜孝昌有着更大的期望，他在计算着时间，看看啥时候实施他的下一步计划为妙。八月份的一天，姜孝昌找到老冯说要喝酒，老冯心里明白嘴上不说，等到喝得差不多了，他忍不住自己开问了："俺说大兄弟，恁在琢磨啥，俺知道个七大八，俺说说看看对不对？哈哈。"

姜孝昌要装着没事儿，他说："俺想个啥，恁咋知道啊，你还钻进俺的心里去了不成？"

冯文书装着啥都明白，看事情很透彻，装相的说："大昌子恁别跟俺装了，恁肚子里几两香油俺都闻到味了，恁不是就想把恁妹子嫁到老张家吗，你也就是张家的大舅哥了，好借着张家的势力发家是吧，想得不错啊，哈哈。"

19

姜孝昌并不激动，也不张狂，他说："俺有这个想法有错吗，有啥丢人的呀，恁老冯有见识，恁说说俺大昌子那条错了呀？"

老冯琢磨一下说："也是呀，恁有个妹子，张家有个鳏夫，恁愿意妹子嫁给个二婚，俺老哥给你去做个大红媒，遂了恁的心肠，兄弟你看行吗？"

姜孝昌就等着老冯这句话呢，他蹭地站起来说："好，事成之后我要好好地谢谢你，君子一言驷马难追！"

喝完酒没老冯走了，留下姜孝昌付了酒钱，走在回家的路上心里琢磨："那个淑霞没了也就半年，估计老三不会这么快就续弦吧，那显得也太没有人情味了。

可是'先下手为强，后下手遭殃'的道理俺还是懂得，张口三分利，答不答应是恁的事儿，错过了时机俺们可要后悔的。俺姓姜的信条就是不做后悔的事儿，后悔的事儿也没用了。"

回到家里他找来吴氏嘀咕："恁找机会跟妹子透透风，就说张家要续弦，妹子要是嫁进老张家，那后半辈子就不用愁吃愁喝了。妹子要是不愿意，恁就好好劝劝她，这门亲事一定要做成，"

张家摊了事儿，张老三想媳妇悲痛过分，又摊上官司，闹得一病不起，折腾了三个多月。这让家里边的人都替他着急上火，请医生找大夫抓药熬汤，总算把病情控制住了；张家老太太也是悲情过度，思念儿媳，忧心孙子没了娘，日子不好过，所以她也病了两个月才见好。

张家老三没了媳妇，张家人惦记是一回事儿，外人也有惦记的，比如姜孝昌，当然还有其他人。张锦祥才三十出头，家境良好，是当地出了名的大户。平头百姓都是图一个富贵吉祥，哪有不愿意嫁给富裕人家的呀。即使是二婚，做填房，也有不少的黄花大闺女趋之若鹜，上门求亲的，也是熙熙攘攘啊。

这些日子孙媒婆忙得很，老张的门槛子都让她踏平了。今个西屯的李家姑娘，明天前屯的傅家姑娘，据说都是美人坯子，还有照片带着让张锦祥看，让岳氏老太太看。

张锦祥整天的跟孩子在一起，很少说话，愁眉苦脸，孩子也整天的哭，这个样子哪里还有心给自己个找老婆，给孩子找后妈呀。

所以凡是上门求亲的，张锦祥是一律挡驾，后来干脆不让进门，这个求亲的事儿，也算暂时的压了下来。

一大家子的事儿，吃喝拉撒的，都要张锦德来管，他也累得不行。这一天他来到张锦祥的屋里，看见张锦祥一个人坐在屋里抽着烟袋，整个屋内都是迷迷茫茫的烟尘。

张锦德在屋地里踱了几步说："三弟呀，恁老这样不行啊。恁想弟妹大哥知道，夫妻一回，人非草木，哪有不想的呀。可是淑霞走了，再也回不来了，恁还有子强等着你照顾呢。恁整天的萎靡不振，孩子也哭哭咧咧的，以后还咋过，子强的身心要受到损害的呀。子强七岁了，得上学了，你小侄女也七岁了，大哥琢磨得请先生叫他俩识文断字了，恁说对吧。"

张锦德劝解张锦祥可不是一次两次了，时间久了，张锦祥也慢慢地从悲痛中化解出来。他对大哥说："大哥，明个儿俺就上工做事儿去，子强就交给俺大嫂照顾；姜家妹子愿意来就去照顾咱娘吧，俺这里不需要人照顾了。"

张锦德点点头："淑霞走了大半年了，三弟恁也应该琢磨续弦的事儿了，子强需要个妈照顾他，恁也不能总一个人，太孤单了人受不了啊。"

张锦祥让下烟袋站起来推开窗户说："大哥，续弦的事儿了等到淑霞烧周年再说吧。淑霞活着的时候俺对不起她，死了俺再对不起她，那就天理不容了吧。"

张锦德沉默一会儿说："那就这样吧，等等再说。不过你也不要太自责了，淑霞的病虽然咱们有责任，可是那也不是咱们能料到的呀，这都是命，认了吧！"

老冯在张家干零活，出力气的事儿他极少干，所以张家人不出门办事情，他基本上整天的没啥事儿，就是闲溜达。

这几天他看到孙媒婆走来上门提亲，也都被张锦祥挡了驾，知道张锦祥还没过去这个坎，所以他也不好跟老太太说姜孝昌委托的事儿。

这一天张锦德叫他进屋："冯大哥，这一阵子咱家里出了这些事儿，总算闹腾够了，也该干点正事儿了。俺请了一个教书先生，在后院教授子强跟俺家娟子识文断字。恁去大昌子家问问他那两个孩子上不上学，要是上学就来上学吧，不用他家出费用。"

冯文书从张家出来，本来想去姜孝昌家，可他转念一想，这个时候姜孝昌应该在烧锅那嘎达，这个大昌子忙乎完庄稼地，没事儿就去酒坊干零活，哪头的钱都舍不得丢，看这小子的劲头，不用几年，还真的能发家。俺就不去他家了，还是直接奔烧锅吧，顺便再灌回来几斤不花钱的烧酒喝。

老冯去了烧锅，去见姜孝昌，他们都说些啥，暂且不提。张家此时又来了一个人，这几个人来了就让事情发生了变化，姜孝昌知道了以后，他的心也就揪了起来。来人是谁呢，原来是四方台南边薛家屯老岳家的，张锦德的老舅岳清风。

前边说了，张锦德的老妈是山东人，十二岁上被父亲带到东北哈尔滨，送给了缺少姑娘的远亲岳家，岳家给起名岳金舒。再后来岳家把岳金舒嫁给了张锦德的父亲，这就是现在的张岳氏老太太。

岳清风在老岳家是老小，比岳金舒小七岁，在母亲这边论着，岳清风当然就是张家哥们的老舅了。虽然不是亲老舅，但是因为有母亲这一面，也离得很近，又经常地来往，所以亲戚关系还是走动得很热络的。

20

老冯前脚刚从张家离开，岳清风就后脚到了，跟张锦德撞个对面。原来张锦德送走冯文书，他想去市里商行看看，听说老二要去海山崴走货，他有点担心才想去看看。他背着褡裢刚要出门，门开了，岳家老舅一脚迈了进来。

张锦德看到老舅来了，赶紧把老舅让到炕上坐下，他喊来丫鬟沏茶倒水，又让丫鬟去叫老婆惠芬回来见老舅。

老舅岳清风四十五岁刚出头，气色身体都很不错，中等身材，一身土布衣裳。他摆手拦住丫鬟说："老大呀，你先别叫外甥媳妇回来，俺有话跟你一个人说，不想别人听到。"

张锦德告诉丫鬟："那就别去叫了，关上门，别让外人进来。"

丫鬟出去了，岳清风拉着张锦德说："俺说老大啊，老三续弦的事儿还没着落吧？"

张锦德说："没有啊，老舅咋又来问这个事儿？俺家老三不让提这个事儿，所以就撂在那里了。"

岳清风一拍大腿："老大呀，你咋不动心眼呢，老三再想娶一个，他能好意思直接说啊。恁做大哥的要有手段，要强制他续弦，这才是当大哥的威望和本事啊。"

张锦德苦笑着说："老舅恁是不是有啥谱了，要不怎么这样说话？"

岳清风笑着说："可不呗，俺在家里跟恁老舅妈四处撒摸，突然想起来恁三舅家的老闺女，今年的十九岁，还没许配婆家。那闺女可是十里八村的大美女，好多上门提亲的她都不乐意，弄得她爹娘老没面子了，说这个闺女嫁不出去，老到家了！俺跟你老舅妈去了三次，对姑娘说你家如何的好，老三人品是如何的好，虽然是二婚，但是她过门就是掌柜的，使奴唤婢的，享福吧。恁猜咋地，这个闺女还真动心了，答应了，让咱们上门提亲呢，俺这才跑来告诉恁。"

张锦德听完没有高兴，他还是忧心忡忡地说："好是好啊，可就怕老三想着淑霞没烧周年，他不肯马上续弦啊。"

岳清风拍了一下张锦德说："适才俺说啥了恁要用大哥的威望去压制他，让他不能反驳；然后再告诉恁娘，让她也出面，双管齐下，还怕事儿不成吗？"

张锦德叹了一口气说："既然老舅恁一片热心，俺就再去劝劝老三，不行就把老娘抬出来压压他，让他同意，咱就找媒人去提亲。"

张锦德让人带着老舅去母亲的房间，他自己个儿又去了张锦祥的房间。张锦祥看到大哥又来了，本来在躺着，又爬起来询问："大哥咋又回来了，又有啥事儿了？"

张锦德在地上转了一个圈，下了三次决心才将话说出口："三弟，江南的老舅来了，说叔伯三舅家的闺女愿意嫁给你，俺觉得老舅是一片好心，也没法拒绝，大哥就答应来跟恁说了，注意还得恁自己个拿，唉！"

张锦祥看出来大哥很为难，也都知道为他自己个好，自己个也不应该责怪大哥，他说道："大哥，俺知道都是为了俺好，不然这样吧，要是您觉得可以，就让人去提亲，但是要等着淑霞烧了一周年再订婚期，他们不答应的话，那就算了。"

张锦德没想到这一次三弟竟然答应了，他的心一下子敞亮了，他赶紧说："好，好，这就去告诉老舅，这几天咱就去媒人再带上聘礼行吧？"

老三定亲的事儿，三天以后传回来姜家了，在张家帮忙的姜桂芝晚上回家随口说："张家三哥定亲了，听说是南边薛家屯的闺女。"

姜孝昌听到端着饭碗神色迷茫，他心里想："完喽，完喽，这下子全完喽！这个冯文书说的话也没准啊，不是说张老三坚决不找吗？这咋还呼噜一下冒了出来个定亲了？"

他干脆不吃了，放下饭碗走到院子里，捂着脑袋直跺脚："娘唉，咋就没这个命啊，看来发财发家想靠着张家这棵大树，还真的有点悬，咋整啊！"

姜孝昌左思右想没啥招儿，在院子里溜达一会走进屋去睡觉了。姜桂芝觉得大哥有点怪，咋个听完张家定亲了，他就不吃饭了，还出去转了半天，奇怪了。

姜桂芝当然不知道大哥心里咋想的，她光知道按着大哥的意思去大姑家里帮忙，本来就勤快的她，除了干点活，啥也没想过。至于自己个的婚事儿，她也是寻思过多次，如果遇到合适的男人，不管对方穷富，都是可以的。要说嫁给张家三哥，她可没想过，自己是黄花姑娘啊，怎么能想得到嫁给二婚的男人呢？这是她做梦也想不到的事儿，别说在这现实里了。

老三订了亲，张家的大哥两个自然很高兴，跟大哥打过招呼以后，张锦恕准备就绪，去海山崴走货的事情，也就定了下来。

夏天的东北农村，庄稼长到了没腰深，一般的不用管理了，如果老天眷顾，风调雨顺，就等着秋天收获了。

张锦德觉得庄稼地不用照顾，只要有几个人看着就行，酒烧锅还有老三定期去看看，也就是打鱼的亮子那边需要自己关照一下。

这几天老二张锦恕要去海山崴做生意，他有点不放心，所以打算去老二家里看看。他叫出来顺子跟着自己，暗地里带着两支驳壳枪，打算给老二防身用。

他们起大早来到松花江边，张家渔亮子那里已经给他准备好了满满的一船活蹦乱跳的鲜鱼，他要乘船带鱼去老道外，把这一船鱼批发出去，给老二增加点上货的资金。

松花江，哈尔滨的母亲河，那是名副其实！千里滔滔的江水，亿万年来养育着江河两岸的黎庶百姓。她南源来自长白山天池西流到松花江，北源发源于大兴安岭支脉伊勒呼里山的嫩江。

春夏的松花江，水面宽阔，波涛汹涌，遇到雨水多的年份，她那浩瀚无边的江面，甚至不逊于黄河长江那么宽阔；冬天三九严寒的时候，大江上千里冰封，水下暗流涌动，看似十分的静态，但是水底下依然孕育着无限活力的生命。

21

松花江流域土地肥沃，盛产大豆、玉米、高粱以及小麦。此外，亚麻、棉花、烟草、苹果和甜菜亦品质优良。松花江也是中国东北地区一个大淡水鱼场，鱼类资源十分丰富，"三花五罗"、大白鱼、鳜鱼等名贵品种早就闻名于世，全流域鱼类品种达七十七种，是我国北方淡水鱼的重要产地，盛产鲤鱼、草鱼、鲶鱼等，每年供应的鲤、卿、鳇、哲罗鱼等达四千万公斤以上。

慷慨富有的松花江，无论冬夏，百种鱼类都会给人们美味的口感，余香的回味。勤劳的两岸的百姓，依靠着松花江养育着我们的祖祖辈辈，繁衍着一代又一代，是这一江慷慨无私日夜不歇的江水，让这里的人们世世代代，生生不息！

鱼把头给张锦德准备好了起航的一切，艄公，划船的，卖鱼的。张锦德在鱼房子吃江水炖江鱼，喝了几两烧酒，然后乘着顺风顺水的大船，起锚开老道外。

一路上经过了水深湍急的阳明滩下口门子，路过了几股支流汇集的下口门，路过了小九站，经过了中央大街，再过了中东铁路桥，也就到了老道外的五道街码头沿儿。

当年的道外，也就是傅家店，应该是哈埠最繁华地段之一，做卖做买的，说书唱戏的，各类的商铺、商行、饭店、旅馆，还有几十家青楼窑子，可谓是五花八门，应有尽有。

张锦德的渔船靠了岸，找来鱼贩子头儿，商量好价格，顺利地批发完了一整船的鲜鱼。张锦德带着钱，跟顺子赶往正阳街张锦恕家，划船的那些人在岸上打了尖（吃饭），然后划船回江北去了。

正阳街（靖宇街），是道外的中心地段。哈尔滨所谓的道里、道外，那是因为中东铁路将城市分开两半，所以人们就把西侧叫道里，反之东侧就叫了道外。

那个时候从哈尔滨到长春的那一段铁路，还归俄国人和中国共同管理，而长春到大连的那一段铁路，日俄战争以后，日本人不宣而战，消灭了俄国在旅顺的舰队，俄国人无奈，就将南段铁路路权送给了日本人管理了。

正阳街，老道外的商铺林立的地段，这有着哈尔滨早年间诸多的商铺，同记商场、正阳楼、大罗新、老鼎丰等等

张锦恕家在正阳街的中间位置，张锦恕已经买好了去海山崴的火车票，打算坐中东铁路火车先到绥芬河转转，再去海山崴办货，这样要比自己个开车去省事儿省钱，速度还快得多。

张锦恕见到大哥来了，赶紧喊来李万全，他的二掌柜吩咐去饭店定一桌饭菜，然后哥俩等着饭菜一起唠嗑。

原来张锦恕的老婆张慧君，在学校教学，现在不在家。还因为大哥吃完饭就要回江北，几十里的路程要靠两只脚走，所以要早点上路，现做饭时间上不赶趟。

张锦德把卖鱼的钱，八成给了张锦恕，余下的家里用。十年前他跟二弟去过一次海山崴，那个地方是鱼龙混杂的地方，形形色色的人都在那个冒险家的乐园寻找刺激和利益。日本人、俄国人、朝鲜人、西方列国的人，有的做生意，有的刺探情报，有的卖淫贩毒，乌七八糟的，全都有。

那里也有一样的好处，就是有着很多的违禁品在那里暗地里进行交易。什么毒品枪支、金银珠宝、古董文物，别处买不到的，这里统统买得到。

张锦恕有个朝鲜族人朋友，名叫武勇南，是一个走黑道的汉子，讲义气，重感情，跟张锦恕相处得那是真正的铁哥们。

是他托人捎来一封信，说是那边现在生意很好，违禁品价格很低，贩回哈尔滨能挣大价钱。张锦恕在哈尔滨有白显彤这个警察科长做靠山，卖点违禁品

不算啥事儿，所以张锦恕跟白显彤商量一下，他就决定前往海山崴走一趟。

张锦德跟二弟、顺子、李万全一起喝了酒，酒后张锦德就要回家之前，他跟张锦恕说："二弟你这次去，俺觉得不比前些年了，现在的日本人越来越强势，就连俄国人都有点让他三分，所以恁去了千万要躲着日本人，免得发生纠纷，引来祸患。"

他指着顺子说："让顺子大侄子跟着恁去吧，这孩是实在，脑袋还精灵，身手也不错，他跟着你大哥放心。"

张锦恕说："行，大哥你放心吧，有顺子在，还有万全大侄子，不会有啥不好的事儿的。"

李万全是张锦恕从死人堆里救回来的，跟着张锦恕八年了，那也是张锦恕的死党，绝对地维护张锦恕。

张锦德掏出来一把驳壳枪递给张锦恕："这个恁拿着，以防意外。顺子也带着呢，遇到危险就先下手，出了啥事儿也不能让自己个先遇险，明白了吧。"

张锦恕眼含热泪说："大哥，知道你放心不下俺，俺也往四十岁奔了，知道保护自己个，大哥你就放心吧。"

张锦德回家了，张锦恕跟顺子，李万全张罗着出门所要带的物品，将钱放在一个小箱子里，走的时候由顺子带着。

坐火车从哈尔滨到海山崴，路程也就一千里地左右，他们坐着老式的火车，咣当咣当地走了十几个小时，这才到了海山崴。

车站上，武勇南也不知道在哪里弄来的福特汽车，别人开着他坐着，来接张锦恕一行。

兄弟好久不见面，相拥良久，这才上车返回武勇南的住处。客人来了，朝鲜族人又很好客，武勇南哪能放过这个喝酒的机会，他张罗着："二哥，今晚要喝上一个通宵，害怕了就先知声告饶啊，哈哈。"

张锦恕心里有底，他知道武勇南爱喝酒，但是不擔酒，几乎是一喝酒醉，也可能是长年累月地喝，喝伤了胃所致。

他抽着旱烟袋笑着说："大兄弟呀，二哥知道你的酒量，喝好为止，不要过量伤身啊。"

22

武勇南三十多岁了，还是一个人闯天下，身边无儿无女无老婆。用今天的话就是一个三无产品（笑）！用它自己的话说："四十岁再娶老婆，也能生一大堆孩子，有了钱，啥都能有，俺着个啥急啊！"

底下的小兄弟们弄好了酒菜，张锦恕三人，武勇南那边五个人，又杯换盏就喝上了，直到大半夜，那酒也没喝完。

喝完了中国的老烧酒，武勇南又让人拿来俄国酒伏特加，挨个倒满了酒杯开喝。张锦恕喝不惯俄国人的酒，他也不好意思说不喝，只能小口地抿，武勇南已经半醉了，他也不干涉，就是喊着："喝！喝！"

顺子跟李万全心里有数，他俩知道自己个不能喝醉，身边那么些钱需要照顾，张锦恕的安全也需要他俩保护，所以总是装假不多喝。

整个晚上都在喝酒聊天中过去了，第二天太阳照腚了，武勇南还没醒过来。地上、沙发上、床上，都是他们呕吐得稀里糊涂的，那个味道真是绝了！

张子顺跟李万全他俩轮流睡觉，虽然也是很困，但是不敢有丝毫的马虎，万一出了事儿，那怎对得起张家的恩德呢。

张锦恕也是喝多了，但是醒得早，他看着武勇南趴在床上呼噜呼噜地睡觉的样子，觉得挺好笑。

武勇南睡醒了，也就精神了。他起来收拾一下仪表，不好意思地说："二哥，俺失态了吧，哈哈。朋友吗，好多年没见面喝好喝透，那是必须的。都说喝酒耽误事儿，俺看不一定，从今儿个起，俺就不喝那么多了，哪怕一点不喝也可以，咱就办正事儿了，呵呵。"

张锦恕微笑着说："老弟爱哈几口，江湖人的习性，二哥理解。咱们出去饭店吃点饭，然后去客户那里看看货？"

武勇南点头答应，然后喊着说："兄弟们，赶紧收拾烂摊子，跟二哥去吃饭了，起来晚的就饿着吧，呵呵。"

其实那些小兄弟早就起来收拾好了，都在等着武勇南一个人呢。这些人跟着武勇南离开自己的住处，来到一家中式小饭馆，要了几个菜和主食，风卷残云一般吃完了。

武勇南已经没有了先前那个醉态，精神抖擞地说："二哥，现在就去俄国商人马哈罗夫那里看货，带钱的人先不要去，定妥了货之后再交钱也不迟。"

张锦恕看看顺子："顺子在你武大哥房间等着，我跟万全一起去，有你武大哥不会有啥事儿的。等交钱的时候，你再跟我去，这样安全。"

顺子跟着武勇南的两个兄弟回他们的住处了，武勇南跟张锦恕五个人，前往俄国人的商行看货。

马哈罗夫，白俄商人，也是地面这个地面上的黑老大。五十几岁的年纪，身高马大，酷爱喝酒，爱抽中国蛤蟆烟。一只木什斗克（烟斗）总是叼在长满络腮胡须的大嘴叉上，喷云吐雾，弄得满身非常浓烈呛人的尼古丁味道。

老马哈罗夫的儿子小马哈罗夫接待了张锦恕一行，把他们带到马哈罗夫的客厅见卧室，这是他秘密会见大客商的地方。马哈罗夫满面春风得握住武勇南的双手："好朋友，感谢你给我带来哈尔滨的大客户。"

武勇南用手指着张锦恕说："老马先生，这位就是从哈尔滨来的张锦恕先生，是专门经营珠宝，粮食和金银的大客商，希望你们合作愉快。"

马哈罗夫转身跟张锦恕拥抱："亲爱的朋友，欢迎你来到符拉迪斯沃克，这里是冒险家的乐园，富人的天堂，相信你有勇气跟我合作，会让你得到最大的惊喜。"

张锦恕也是满面笑容地说："马哈罗夫先生的聪明、诚实早就在哈尔滨传播了。出于对您的信任，我从哈尔滨赶来和您合作，正是希望得到您最真诚的合作啊。哈哈。"

众人落座，上来咖啡，马哈罗夫一摆手，小马哈罗夫拿过来一个大本子递给张锦恕。

本子上是各种商品的目录和价格，张锦恕看了一遍递给小马说："老马先生，你的商品应有尽有，价格也算实在，只是我要买的数目很大，希望您再给予更加有吸引力的优惠，以便我们以后的多次的合作。"

老马说："没问题，只要你买的数量达到要求，我就会给你再降价两成，包你满意而归。"

张锦恕说："那好吧，现在我们就定下货物品种和价格，然后验货交款，您可同意？"

马哈罗夫拿来香槟酒："亲爱的朋友，我们达成了意向协议，来，为合作愉快干杯。"

张锦恕按着样本定下了购买的品种和数量，然后去验货。验完之后，张锦恕告辞老马回去取钱，留下武勇南看着货物，以免被替换。

事情办得很顺利，张锦恕很开心，汽车颠颠簸簸地走到半路一处树林子中央，突然不走了。张锦恕询问开车的："师傅，为啥不走了？"

开车的也是一个朝鲜人，他伸手指指前边，张锦恕看到路上有两个人端着掷弹筒瞄着他们，张锦恕心里紧张："我的妈呀，这是劫道的呀！"

前边有走过来两个人，拿着枪示意打开车门，他们拉下来张锦恕，架着他上了停在路边的一辆林肯牌轿车。站在地上拿枪的人对着李万全他们喊："想要人，带着一万元现大洋去赎人。"说完，汽车呼的一声开走了。

坐在车里李万全还没有弄明白咋一回事儿，张锦恕已经被人劫走了，他吓得两腿直哆嗦，询问开车的："师傅啊，这是咋一回事儿啊，俺家东家咋让他们劫走？他们是谁呀，干啥的？"

开车的也是心有余悸，话语不连贯的说："他们，他们是、是、是绥芬河黑虎帮的，据说跟日本人有关联，俺也弄不明白啊。"

李万全急得哭了起来说："这咋办啊，得回去找武勇南吧？"

开车的说："好吧，赶紧回去告诉武勇南大哥吧，看看他咋办？"

23

武勇南看到开车的朴老四带着张锦恕的跟班回来了，李万全满脸是眼泪，他着急地问："老四啊，这件事咋地了？"

朴老四对着武勇南也是哭腔说："大哥啊，不好了。哈尔滨来的张先生被绥芬河黑虎帮劫走了，扔下话，让咱们拿一万现块去赎他。"

武勇南蹲着脚说："这是谁泄露了二哥的行程，不然黑虎帮咋知道二哥的行程路线啊！"

马哈罗夫走过来问道："张先生被黑虎帮绑票了，遗憾，生意黄了！"

武勇南对马哈罗夫说："老马，你太不讲究了，我二哥真心实意跟你做买卖，你咋出卖我二哥啊，我武勇南绝不会吃这个哑巴亏！"

马哈罗夫摆摆手说："武老弟，你错怪我了，这件事我绝对没有参与。肯定是黑虎帮在别的地方知道了张先生的行程，这跟我无关。我是走过黑道，可凡是真心跟我做生意的人，我会尊重他的，绝不会暗地里下手，丢失我的人格。"

武勇南抱腕说："那是我错怪老马了。但是还得借助您的人马，帮我打听我二哥的下落，具体什么地方，也好去搭救他。"老马说："没问题，我马上派人去打听，你也会想办法，花钱救人吧，钱失去能赚回来，人没了就啥也都没了。"

武勇南马上返回自己的住处，顺子没有看见张锦恕回来，他问道："俺二叔呢，他咋没有跟你们没有跟一起回来呢？"

武勇南看看李万全，然后说："顺子你听了别着急上火啊，二哥他、他被人绑架了，还不知道绑架到哪里去了。"

顺子本来就是火爆脾气，张家人对他有天大的恩情，干爹信任俺才叫安陪着二叔爷来海山崴的。如今二叔被人绑架了，自己还安然无恙，这咋跟干爹说啊！

他怒不可遏上前一把拽住武勇南："好个棒子，你敢跟黑道连手坑害俺二叔，看俺怎么收拾你！"

说着话，顺子一个横劲摔，就将武勇南凭空摔了出去，武勇南身体重重地跌倒在地板上。

武勇南的弟兄们一看，顺子动手了，他们都拔出枪来指向张子顺，张子顺自然不怕这些，他也刷的一下子拔出来全新的二十响，黑洞洞的枪口瞄准了武勇南。

李万全在一边着急地喊道："顺子，不关武大叔的事儿啊，是绥芬河的黑虎帮干的。他们半路劫走了二叔，索要一万大洋赎金，武大叔回来跟你想办法的呀。"

张子顺怒气冲冲对李万全说："到底真的假的呀，李万全，恁可不要大屁股坐到别人炕上去呀，俺二叔要是遭到不测，俺就把你俩都干死！"

李万全哭着说："顺子，俺说的都是真的，武大叔和我怎么能坑害二叔呢，俺说的都是真的呀！"

张子顺跺跺脚："唉！俺先留着你的小命，等到俺二叔事儿弄个水落石出再说。"

有人将武勇南扶起来，武勇南龇牙咧嘴地说："哎呀我说顺子，没看得出来，你能把我摔出去，我都没有办法还手，你小子还真的厉害呀，是把好手！"

顺子跟李万全说："万全大哥俺信你，俺觉得这个事儿咱俩决定不太好，还是告诉俺二婶和俺干爹吧？"

李万全说："对呀，掌柜的命重要，但是咱手里也没有一万块啊，不管咋说也得告诉夫人，哪怕她害怕担心也没有办法。"

顺子说："俺觉得先告诉俺干爹吧，让他拿个主意也行，二婶女人家不担事儿，哭鸡尿嚎的，还得耽误事儿吧。"

武勇南说："那就赶紧往回打电话吧，回家一趟时间太长了，怕来不及呀。"

顺子说："似乎干爹家里没有电话，那还得打给二婶呀。"李万全说："那就编一个嗑，说二叔在谈生意，让大爷来一趟江南，二叔要在电话里跟大爷商量事儿，这样可以吧？"

武勇南按着李万全提供的电话号码拨了过去，张家的商店的伙计来福接的电话："万全啊，你跟掌柜的办货咋样啊，几时回来啊？"

原来张锦恕商行一个电话，住宅一个电话，李万全提供的正好是商行的电话，这样就避免了跟二婶直接对话。

听到是来福在说话，他赶紧说："来福啊，你赶紧去一趟四方台掌柜的大哥家里，就说掌柜的有急事儿找他商量。让他务必当天就赶到江南接电话，千万不要耽搁！"

伙计来福也是聪明人，电话里李万全那个真着急的话音，他判断是掌柜的出事儿了，不然咋不亲自打电话呢。他放下电话，马上开着张锦恕的福特轿车，赶往四方台屯。

快黑天的时候，张锦德见到了来福，来福说明了来意，受到惊吓的他赶紧收拾一下，告诉了媳妇和三弟跟老冯，他就跟着来福连夜赶往正阳街。

商行的电话里，顺子哭鸡鸟嚎地跟张锦德说："爹呀，都是俺无能，没有看好俺二叔，这可咋整啊，爹怎快点来吧。"

张锦德见到来福，原以为二弟真的找他商量啥大事儿呢，心里还高兴呢。现在听到二弟被绑架了这个倒霉的事儿，让他的一颗心马上悬了起来。

下班后的张慧君，顺路来商行看看，正好遇到了大伯哥黑夜赶来在前边商行跟张锦恕通电话，她觉得不是啥好事儿，赶紧过来询问。

张锦德看到二弟妹过来询问，他定定心说："弟妹，没啥事儿，主要是生意上的价格问题，他跟那边的老毛子闹别扭了，定不下价格的事儿，让俺去一趟帮帮忙。"

张慧君半信半疑地说："要是没啥事儿，大哥你打完电话过来吃饭吧。"

张锦德："行，弟妹你先回去，俺一会打完电话就过去。"

见到弟妹出了商行，又把电话打过去，仔细询问了顺子了，他告诉顺子："怎跟万全在那边等信儿，俺给怎四叔打电话，看看他啥办法。这边先准备钱，联系完你四叔再给你打电话过去。"

24

张锦辉听到大哥说二哥在海山崴被什么黑虎帮给绑了，他气得哇哇直叫："真是翻天了，俺二哥也敢绑，都活腻歪了，等着俺去剿灭了怎瘪犊子！"

他马上去跟少帅请示："少帅，俺二哥在海山崴被绑架了，俺得去救俺二哥。"

回来张锦辉给大哥打回来电话："大哥，你别去了，我带着一个排马上赶往海山崴，士兵穿便服，偷着过境，去剿灭了这一帮王八蛋！"

张锦德说："老四你走你的，俺们在海山崴武勇南的公馆见面。俺这就去火车站，看看有没有半夜的火车。"

张老四有点不放心："大哥，你一个人咋来呀，还是带两个人做个伴吧。"

张锦德："事关你亲二哥，俺的亲弟弟，俺不能不去！怎不用管俺，俺也没老呢，几个小毛贼不算个吊毛。怎别管了，有火车俺就连夜去，没有火车俺就明儿个去，记住武勇南公馆见。"

张锦德是商行的大股东，他提钱不用经过张锦恕的同意，尤其是现在紧要关头，账房当然知道轻重，马上给张锦德准备好了一万块钱和一些零钱，装好两个箱子，委派两个伙计随同一起前往海山崴。

第二天的中午，两股人先后到达了武勇南公馆，张锦德，张锦辉见到了武勇南和顺子以及李万全。

张锦德他们顾不得吃饭，询问顺子和武勇南，武勇南说："张大哥，我跟顺子和我的人去过黑虎帮那里了，跟他们说在筹集现金，但是我们要确认张锦恕安全与否，他们把二哥带出来见了我们，二哥安然无恙。我们约好今天下午见面给钱放人，你们到了咱们看看怎么行动？"

张锦辉想了想说："这样，你带我们先过去，侦查好了，找出来怎进去之后，你们带钱跟他们在前边周旋，我们进去救出来二哥，然后再十他们。"

张锦辉带来三十多人，他们是少帅的护卫部队，那还能差的了！他们虽然穿着便衣，但是腰里个个都是德国快慢机二十响，也都是神枪手，个个都会武把抄。

他们弄点吃的垫吧垫吧，歇了一会儿，然后由武勇南他们带着，前往黑虎帮的驻地老爷庙。

老爷庙，中国的地名，在老毛子没有抢占海山崴的时候，都是中国人在居住，因此老爷庙当然也就是中国人的地名。它在城市的边缘地带，比较荒凉，人烟稀少，胆子不大的人，不会单独来到这个临海衔山的地方。

老爷庙是一处孤独的建筑，带着围墙，里面供着关老爷，原来也有香火。自从黑虎帮盘踞在这里，这儿也没人敢来烧香拜关公来了。

张锦辉他们来到老爷庙附近，他们离开道路，借着树林荒草隐蔽前行，很快接近了老爷庙的院墙。

他们附在两侧的荒草里，搜索着院子外面的情况下，发现大门外面有两个人在游动，似乎应该是站岗的。

他们爬上墙头观察，院子不大，庙的门口也有人站岗，他跟李万全说："你去跟我大哥说，让他们跟门前的人纠缠，我们进去看情况营救我二哥。"

李万全答应返回去，见到武勇南他们，告诉了张锦辉说的，武勇南一摆手："咱们走，到院子门前跟他们要人。"

众人走到老爷庙大门前三十米站住，武勇南喊道："俺们是来交钱赎人的，请你们进去报告。"

站岗的人答应："你们等着。"一个人推门进入院子里。

武勇南，张锦德等人在哪里等着，每个的人心情都很着急，盼望着黑帮的人尽快把张锦恕带出来。

等了好大一会儿，但是就是看不见报告的人出来，更不见张锦恕的踪影，这让人们更加焦急起来。

张锦德救弟弟心急，他跟武勇南说："咱们打进去吧，俺觉得里面发生什么了。"

他们正说着，突然间里面传来爆豆似的枪响，紧接着大门被打开了，里面冲出几个张锦辉的士兵，他们用枪逼住了看门的黑帮。

张锦德他们冲进院子，枪声断断续续从老爷庙里传出来，此时的张锦德焦躁不已，趁着武勇南他们没在意他，他一猫腰，冲进了老爷庙里，这把武勇南、顺子等人吓坏了。顺子喊了一声："赶紧保护俺爹！"说着他几步赶紧跟着冲进了老爷庙。

那么老爷庙里到达咋地了呢？原来张锦辉他们兵分两路，一路从院墙的后面跳墙进入，另外留下的在院子外面监视动静。

院子外面站岗那个进老爷庙向黑帮头目报告，走到半路就被潜入进庙的士兵撞上了，他们下了站岗黑帮的枪，让他带着去找黑帮头目。

他们正在搜索着往前走的时候，正赶上一个小黑帮出来探听外面情况，正好看见张锦辉他们押着小黑帮往前走。这小子一声尖叫："不好了，他们进来了！"一边往回跑，一边朝张锦辉他们开枪。

张锦辉一抬手，一枪打到了奔跑的黑帮，里面的黑帮也就炸了锅，他们冲到大殿左右，看是跟张锦辉他们对峙开战。

黑帮老大一面让人顶住，一边叫人拽起张锦恕，就往后殿撤。此时张锦德冒着枪声冲了进来，张锦辉看到大哥跑进来，吓得他喊道："来人，赶紧把他带到安全的地方！"

张锦辉指着自己的大哥朝士兵们喊着，三个士兵上前抱住张锦德就往外走，哪知道张锦德像疯了似的，肩膀头左右一摇晃，就将三个士兵甩到一边，他拿着盒子枪冲到张锦辉面前喊着："救恁二哥，大哥俺就算拼了老命，也得上！"

张锦辉上前一把将大哥按倒在地上，可惜已经晚了，一颗子弹打中了张锦德的胳膊，疼得张锦德嘴里骂着："疼死老子了！"

25

顺子等人看到张锦德受伤了，他们都像疯了似的朝黑帮们开枪，没多大的工夫，十几个小黑帮就被他们消灭了。

等到他们冲到后殿，早已经不见了黑帮跟张锦恕的踪影，张锦辉询问生擒的小黑帮，他们才找到一个暗道，黑帮老大十几个人押着张锦恕从暗道跑了。

他们从暗道追了一里多地，见到了天光，面前却是蓝色的大海，黑帮坐着早已准备好的船只从海上逃走了。这让张锦辉他们黯然失色，沮丧不已。

一边是黑帮带着张锦恕逃走了，一边张锦德还受了伤，张锦辉也只有先顾张锦德了，他们在武勇南的带领下，找到了一家骨伤科医院，给张锦德治疗伤口。

张锦辉十分懊恼，二哥没有救得出来，大哥还受伤了，他顿足捶胸，懊恼当初不该不听大哥的话："破财免灾，拿钱救人"。是他坚持用武力解救二哥，也是因为计划不缜密，轻视了黑帮，以至于鲁莽行事，才落得这个结果。

他们留下顺子跟李万全照顾大哥，张锦辉跟着武勇南回到公馆。张锦辉一

哈尔滨往事

屁股坐在沙发上朝武勇南说："武大哥，下一步我们该咋办？我是一点的头绪也没有了。"

武勇南忧心忡忡地说："咱们杀了他们十几个人，他们难免不会报复啊。怕就怕他们在二哥身上动手报复，那样二哥可就悬了！"

张锦辉脸色铁青，站起来在地上踱步，想了一会他对武勇南说："咱们先审讯一下那个小黑帮，看看从他在嘴里能否掏出来点啥有用的东西，大哥你看行吗？"

武勇南说："对头，看看能不能知道他们另外的老窝，然后再想办法吧。"

士兵把那个小黑帮带了进来，张锦辉黑着脸询问："你们黑帮老大还有窝点吧，在那里，赶紧告诉我，不然你可就没命了！"

小黑帮哆哆嗦嗦地说："各位大爷，俺是新入帮的，俺们三十多人从绥芬河来到海山崴不到一个月，俺老大在绥芬河跟原来的老大闹僵了，所以带着我们来到这里。至于啥老窝，俺不晓得，只知道在绥芬河被赶出来的时候，那一边一分钱也没给，俺们身上镚子皆无，穷得叮当响，所以俺老大才决定绑票。前几天俺们在车站看见武大爷开车接人，想到这个人可能很有钱，所以俺们就跟踪武大爷了。再后来看着武大爷带着那个哈尔滨来的老客去了马哈罗夫那里，就确定哈尔滨来的人很有钱，这就决定了这次绑票。"

张锦辉看看武勇南，都觉得在这小黑帮身上挖不出来太多的东西了，就让人把小黑帮带了下去严加看管。

张锦辉对武勇南说："武大哥，这个小黑帮说的对咱们有用的，我觉得就一条，那就是他们十分的缺钱，所以也就非常的想得到钱。按着这个推理，他们还是想在我二哥身上要钱，不然我们去攻打他们，他们也不必带着我二哥一起逃跑，直接打死俺二哥岂不是省事儿了。所以我觉得俺二哥的性命，暂时还是无大碍，二哥受点皮肉之苦，可能不会避免了，咱们还得抓紧营救。"

武勇南说："可是现在还没有黑帮的动静，也不知道他们还能不能来跟咱们联络，如果他们再一次来联系咱们，咱们就真的应该破灾免灾，拿钱赎人。置于日后是否要报复他们，那就看事态发展再说吧。"

张锦辉点头："行，这次我听你们的，破财免灾，人安全了再说。大哥还在医院里，虽然他的伤情无大碍，但是毕竟是受伤了，也够人闹心的了。"

张锦德的胳膊受了贯透伤，子弹从小臂宣肉钻过去，骨头没有断，所以是不幸中的万幸，医生给做了手术，包扎好了。本来还应该多住几天院，可是张锦德闹心得很，闹着要出院，所以就带上几天的药，回到武勇南的公馆养着了。

他们没有更好的办法，虽然派出人私下打听，但是并没有什么有价值的消息，所以只有焦急地等待着，等待着黑帮来联系他们。

第三天中午，他们终于等来了黑帮的消息，他们送来一封信，交到了张锦辉手里。张锦辉打开信，里面出了一张纸条之外，还有半截人的小拇指，这将张锦辉吓坏了。

张锦德过来仔细看了看那半截手指说："老四，这不是你二哥的手指头。你二哥的手指细长，还很白，这一根半截手指又粗又黑，肯定不是你二哥的。"

张锦辉打开纸条，纸条上写着："你们打死了俺们十几个弟兄，这个仇俺们给你们记在账上了！今个儿给你们送去你们的人的半截手指头，如果两天内再不拿钱来大头崖交钱还跟俺们玩阴的，就等着给他收尸吧！"

张锦辉总算松了一口气。他询问武勇南："大头崖在哪里呀，准备一下，明天咱们赶过去，视情况而动吧。"

张锦德说："老四呀，千万别舍不得钱了，救人要紧，安全了再跟他们算账吧。"

第二天，他们去了两台车，十几个人，带着一万元，到了大头崖，总算救回来了张锦恕。

张锦恕身体倒也无碍，黑帮告诉他："你们打死了俺们十个弟兄，那么多人枪，也就知道你们很厉害，所以不想跟你们结下太多的冤仇，所以也没有虐待他。"

张锦辉看看二哥双手完好，并没有缺少手指头后说："那也不能就这样算了，再过一阵子，我再次来这里，找到他们就非得剿灭他们！"

张锦德说："还是算了吧，冤家宜解不宜结。花钱免灾咱都认了，接下来还得想想做买卖的事儿吧。"

张锦恕："咱们把汇票交给老马，看着他们把货物装上火车，咱们就可以回去了。"

张锦辉说："那好吧，二哥跟大哥。万全先走，留下顺子和我，看着装货，然后顺子跟我再往回返。"

26

张锦恕说："老四，你的假期也到了，军令如山，赶紧回去吧，我留下处理货物的事儿，大哥跟你一起走。"

武勇南说："俺说都别争了，明天就装货，你们一起走，车票俺去买，沈阳的，哈尔滨的，一起买回来。"

张锦恕这次海山崴之行，经历生死的考验，还惊动了大哥和四弟等那么多的人。虽然还算完满的结束了，但是这个是非之地，即使再挣钱，他也不想再来了。

张家弟兄回到哈尔滨，张锦恕带着张锦德去了一趟医院，把手上的胳膊复查了一下，医生说恢复得很好，张锦恕就将张锦德送回到了方台子。

家里人只有老三张锦祥知道大哥去了哪里，其他人都不知道张锦德这几天去干啥了，老婆吴慧芬免不得有点小牢骚："看你这个当家的，出去就出去了呗，虽然没告诉俺们，可也别弄一身伤回来啊。去哪嘎达了，还让胳膊受伤了，老大不小的人了，咋还不知道将就自己个呢。"

张锦德知道老婆心疼自己个，但是也是没给好话答对："俺走道卡倒了摔得，坐车马毛了颠的，吃饭打嗝喷的，咋了，胳膊被蚊虫叮了一下，还能咋地呀？嘘嘘呼呼，咋咋呼呼，俺看恁蚂蚁骡子钻蒜地，小眼找大头呢。哈哈。"

气得吴慧芬一甩袖子，带着老闺女去找老太太告状了，张锦德落得清闲，身边没人喳喳，躺在那里睡一个安稳觉。

时间又过了两个月，眼看着就到了秋天了。农村里有句话"三春不如一秋忙"，说的是秋天要收获了，一年的辛苦要见到果实了，必须抓紧时间全力抢收，不能让一年的辛苦被那秋雨，秋霜夺了去。

张家在忙，姜孝昌也在忙着到东北第一个收获的秋天。有张家帮着，什么人啊、车啊、马啊啥的，全都是张家出的；张锦德看到姜孝昌收回来的庄稼只能放在院子里，院子也没有那么宽超，放不下三垧地的庄稼。张锦德就跟老三商量后，把屯子西边的老场院给了姜孝昌，至此老姜家也有了自己的场院了，秋收下来的庄稼都运到老场院上垛晒干了。

这个当口上，张家又来了一门亲戚，也是过不下去了，才来张家寻求帮助的。

范树新一家，也是张家的远房表亲，原来也在方台子屯住过，后来去了老婆的娘家东荒（巴彦县）飘河沿，太平屯住。

起初那些年，范树新的老婆娘家家境不错，也帮了范树新一家不少的忙，所以范树新的日子过得也算可以。他上过私塾，也算十里八乡识文断字的人了，他给老婆的娘家哥哥孙茂财家当账房先生。

他跟老婆身边有二子一女，男孩子年纪大，先后结婚了，家只剩下老夫妇和一个十几岁的女儿毓敏，一起过着不穷不富的日子。

可是天有不测风云，人有旦夕祸福，偏赶上那一年东荒十里八村的闹伤寒病，孙茂才一家七八口都被夺去了性命。范树新家里死了老伴，闺女毓敏也染上了伤寒病，被范树新用棉被死死地捂住，送算出了一场大汗，病好了，躲过了那一场浩劫。

两个儿子的家里还好，虽然也有人死去，但是多数保住了，他们还年轻，熬吧一阵子，也就有可能过会上好一点的日子。

范树新父女两个可就不行了，范树新五十多岁了，身体也不行了，孙家也不用他做账房先生了，几乎没有了生计。

儿子家里还没有缓过劲儿来，也帮不上他们一老一小，范树新左右为难，最后带着十七岁的闺女来到了哈尔滨，投奔了远方表亲戚张锦德。

都是一个辈分，张锦德还得管范树新叫大哥，既然投奔了张家，按着张锦德的人品，他是不会拒绝的。

也是凑巧，张家的老账房先生年老体弱，前几天告老还乡了，此时的张家正缺一个会算账的呢，这下子范树新正好的补上了这个缺。

张锦德看到范树新的闺女大了，跟他爹住在一起也不方便，他就安排范毓敏去跟老太太一起住，让范树新跟顺子一起住，这样的他们都有了合适的地方居住。

至此，张家院子里，屋里面，走动着两个十七八岁的姑娘——姜桂芝、范毓敏。两个闺女都那么年轻，都那么漂亮，让人看着是那么的养眼，舒心。

姜桂芝、姜孝昌的妹子还有岳氏老太太的亲侄女，都有着不可撼动的地位。但是姜桂芝生长在典型的农民家里，骨子里就是爱羞涩、守旧、不爱出头张扬；而范毓敏却是生长在一个落魄书生的家里，从小受的教育也不一样。

范毓敏也念过几天私塾，父亲也教过诸多的诗词歌赋，思想上活跃，胆子也大，进到张家院子里之后，哪里有都她的笑声，哪里都有她的身影。

姜孝昌偶尔要来张家探望姑姑，也就认识了范毓敏，他对范毓敏的印象并不好，还有她可能还是姜桂芝的竞争对手。

自打张家老三订了婚，姜孝昌的心里就没有停过如何改变这个现状，想了千条、万条对策，都是如何才能让妹子嫁到老张家，这对改变他们老姜家的命运，有着莫大的帮助。

可是想了很多天，想了很多的办法，都是难以让张家毁了婚约，自己跟别人也很难张口让老张家娶姜桂芝。

这几天他见到张家院子里又多了一个跟姜桂芝年纪差不多的闺女，而且要比姜桂芝会说话，会来事儿，这就让姜孝昌更加嫉妒和无奈，回到家里不时地自己唉声叹气，家里人也不晓得他到底为了啥叹气。

姜桂芝白天来张家帮着干点活，侍候一下姑姑，还能伴着大表嫂照顾两个孩子——张子强、张子娟。晚上她就回到自己家里住，不像范毓敏整天的在老张家，接触的人也要比姜桂芝多。

一天早晨，范毓敏老早地就起来了，她给老太太倒了痰盂，给老太太端来漱口的水，等老太太漱完口，她又给倒了，没事儿了，她就独自一个人到院子里溜达。

27

她左转转，右瞧瞧，转到了院子里的里面，厨房的侧面，她看到几个人在那里练武呢。

范毓敏悄悄地走到旁边，不声不响地看着，等到她看到一个人用一把鞭子缠到房子的檩子头上，身子飞了起来，飘飘地落到了房上，这让她忍不住大喊了一声："好，真好！"

范毓敏突然的一声娇声喊喝，倒把张子顺惊了一下，他飞身落到地下仔细看，原来是前几天来的那个姓范的女孩，张子顺倒是有点不好意思了。

张锦德也在旁边轻轻地在活动身子骨，他看到张子顺看着女孩脸红了，他过去介绍说说："子顺啊，这是你的表妹，范毓敏，刚来咱家没几天。"

张子顺赶紧抱腕："表妹好。俺叫张子顺，是干爹的义子。"

范毓敏倒是显得不生疏，她抿着小嘴说："表哥好功夫啊，要是不嫌乎小妹，教教俺咋样，收个女徒弟吧，行不？"

张子顺更加有点不好意思，他偷眼看着范毓敏那颤巍巍、高高的胸脯，圆圆的屁股，是那么让人看不够。他心猿意马瞎编出来几句："恁年纪大了点，恐怕练武不行了吧，练点别的吧，爹您说呢？"

范毓敏有点着急了，噘着小嘴说："啥年纪大啊，俺还不满十七岁呢，咋就不行了呀？表叔您说说他啊，好歹教俺们几招，也好防身护体吗，嘻嘻。"

张锦德看着这孩子有点死缠烂打，倒是有个不放弃的牛脾气，就说道："防身健体也好，教授点简单的，速成的防身招数，也还可以呀。"

范毓敏听见表叔这样的说，她高兴地直跳高："就是呀，表哥你就答应了吧，俺算跟定表哥了，整天地缠着你，看你答应不答应！"

张子顺看到躲不过去了，他就勉为其难地说："那好吧，可是表妹恁可不能怕吃苦啊，练武很吃苦的。"

范毓敏却是不买账："吃苦算个啥啊，俺从死人堆里爬出来的，吃苦就当喝烧酒，遭罪酒当作梦游，俺这个命都敢不要，下下腰、压压腿这点苦还能不认呀。"

几句话弄得顺子、张锦德都忍俊不禁，笑得顺子眼泪浸出。张锦德说："顺子呀，赶紧收徒弟吧，恁是没词儿对付人家了。咱俩都嘴笨，白活不过小丫头，俺是服的嘞！"

张子顺也不是就不想收这个美女徒弟，还是碍于男女之间授受不亲的老传统。现在话到了这个份上，干爹又给这个丫头讲情，自己个也就是偷着乐吧。

自打今天起，这个范毓敏确实贪黑起早，风里雨里跟着顺子练武，几个月下来，也真的见到了效果。那一套八极拳小架打起来，还真的很像练了好几年那么熟练，有力道，这让张子顺喜在心头。

冬天了，天气越来越冷，天蒙蒙亮，范毓敏就起来先干活，干完了她分内的活，再去其他地方问问有事否。没啥事了，她就自由了，张子顺没工夫教她，她就自己鼓捣。零下30℃的天气，手上被冰凉的刀把子粘掉了皮，她都不喊一声疼。

有一天，张子顺练武练热了，他脱下了棉袄，腰里有个黑黢黢，亮哇哇的东西被眼尖的范毓敏看到了，她喊道："师傅啊，您腰里别的啥啊，黑黢黢的，啥宝贝吧？快点拿下来给俺看看，过过眼瘾啊！"

原来张子顺腰里别着一把崭新的，闪着烧蓝光亮盒子枪。他的枪一般情况不会外露，生怕外人知道惹出事端，今天不小心让范毓敏看到了，他赶紧往衣服面藏。

范毓敏撇着嘴戏谑笑着说："藏啥啊，明晃晃的还假装不知道呢，恁装假都不会装，一个傻蛋子，嘻嘻。"

张子顺生气地说："傻丫头！哪有徒弟说师傅傻蛋子的，俺教不了恁了，土豆子搬家，滚球子吧！"

说完他穿上棉袄，气呼呼地走了，剩下范毓敏站在那里愣了愣神，而后却是扑哧一声笑了出来，只笑得她前仰后合，眼泪飞溅。

站在那里笑完了，她琢磨一下，转身去找屋里到张锦德："表叔啊，恁看顺子哥动不动就发脾气，俺看到了他腰里有一个锃亮的东西，俺说要看看，他就生气跑了，还说以后再也不教俺了。一个大男人，咋这样的胸怀啊，表叔赶紧去教训教训他，不滴还上天了呢，嘻嘻。"

范家丫头聪明伶俐，张锦德已经深有体会，人家一二年学的功夫，这个丫头半年就差不多了。眼下是不是瞧上了顺子的枪啊，难道她又想跟着顺子学打枪？张锦德问道："丫头啊，恁又要什么弯弯绕啊，难道你要学那个喷子，那可是吓人的玩意呀，女孩子可是万万不行的。"

范毓敏追问着说："哎呀，表叔啊，您得先告诉俺那是啥啊，黑不溜秋的好像铁块子，顺子哥别在腰间干啥啊？"

张锦德故意打哈欠凑热闹说："恁顺子哥有腰疼病，那个东西是治腰疼的，女孩子用不着的呀。"

冰雪聪明的范毓敏小嘴一撇说："俺才不信呢，黑不溜秋的东西，就像一个铁块子，还治腰疼呢，不把腰冰坏了才怪呢，表叔就是在糊弄俺玩呢吧。"

张锦德哈哈笑着琢磨："这个丫头真是难糊弄啊，心里像冰片那么透明，如果传授的好，真是练武的好材料呢。"

张锦德对范毓敏说："丫头啊，俺告诉恁吧，恁可不要随口往外说啊。顺子哥腰里的东西，那个物件叫'枪'，是喷火药的武器，很厉害的呢。"

范毓敏听完兴趣不但没减，反而越发得旺盛了："表叔啊，那个什么枪，咋个厉害呀，俺也想学学行不，表叔。"

张锦德知道，这个孩子执拗得很，如果再跟她说什么害怕啊，那都是废话了，倒不如干脆地答应她，让顺子一并传授吧。

28

"丫头，恁去叫来顺子哥，表叔跟他说，教给恁打枪。"

范毓敏一听，乐得屁颠屁颠地跑了出去，一会儿顺子就跟着她来到了正厅。

张锦德见到顺子就一指范毓敏："谁让你让她看到你的枪了，她愿意学，恁就别怕麻烦了。反正一只羊是赶着，两只羊也是放着，都是一个味，要是培养出来一个女神枪手，那可是你的莫大的功劳了！"

顺子本来想借着她骂自己，就坡下驴，干脆不教了，这会儿整得，不但得教授武功，还得传授打枪，真是越甩越黏糊，粘在身上了，甩不下去了。

至此，范毓敏跟着顺子全方位地练习，还是真的这个女孩子很有天赋，几个月下来，用枪也是一大进步，再也没人小瞧这个丫头了。

时间到了一九二四年，又一个春天来了，冰雪融化，江水湍急，小河涓涓，农民们又开始了一年的劳作。张锦德家里开始忙碌，姜孝昌也开始忙碌，都是为了一年的收成，都是为了生活。

张锦恕自打上一次在海山崴被绑了票，回到哈尔滨之后，好一阵子才缓过劲儿来。那个阶段总爱做噩梦，梦里总要被惊吓得精神恍惚。家里媳妇、孩子，乃至大哥、母亲等，都为他着急上火。

好在小半年下来，恢复得不错，从海山崴发过来的那一批货，在白显彤的帮助下，也赚了一些钱，弥补了一下被绑票赎金的亏空。

每当想起来两位哥哥弟弟为了救自己，一个干冒抗命的处分，一个为了自己受了伤，这让他感到亲哥兄弟的温情，真正的一奶同胞、血肉相连的感情。

开春了，天气暖和了，他也带着媳妇和孩子，总来江北看望母亲和大哥，三弟等。

这一天张锦恕又带着媳妇回来看望母亲，张锦德布置了一桌好酒菜，找来了范家表哥、大昌子、老冯、三弟加上顺子等，这些人聚在一起，开始喝个醉马天堂。

大嫂、二嫂、老太太以及姜桂芝，范毓敏他们在老太太屋里一起吃饭。

喝酒期间，张锦恕跟大哥说："大哥，那个白显彤跟我说，他想入股咱的商行，大哥您看行吗？"

张锦德想了想说："白显彤倒是有哥们义气，也帮了你不少的忙，可他毕竟是外姓兄弟，知人知面不知心呐。俺看暂时还是别答应，在观察观察吧，以免到时候发生生意上的纠纷，恐怕就像贴树皮，脱也脱不开呀。"

张锦恕说："是，他毕竟是吃官家饭的，手里有些权利，相处得好咋地都好，一旦利益上有了隔膜，那就不好办了。"

"嗯，还是谨慎为好。咱家虽然有老四在东北军，但是鞭长莫及呀，还有现官不如现管，要是一旦有把柄让人家攥住，恐怕祸及家人啊！"

"那就回绝他吧，等一等再说，日子还长着呢。"

张锦恕调转话茬问姜孝昌："大表哥，你家的两个孩子上学咋样啊，不也在后院跟子娟一起上课呢吗？"

姜孝昌说："俺家两个小犊子，老大心儒还好，自己个知道用工，不用俺们操心；老二就不行了，上完课问他啥都是一问三不知，操老心了。"

张锦恕哈哈笑着说："表哥，孩子还小啊，看不出来能否出息人，急不得，慢慢来吧。不过自打大哥受伤以后，表妹桂芝倒是受了不少的累，帮着大嫂忙里忙外的，真是一把顾家的好手呢。"

听到张锦恕夸奖妹子，姜孝昌心里自然高兴，他谦虚地说："那都是大嫂的功劳，事事都手把手告诉她咋做，才不给添乱子，累点也就不算啥了。"

张锦德也跟上说："表妹真的是一个过日子好手，性格平淡不争，屋里屋外拿得起来放得下，谁家娶了去，那都是几辈子烧高香了，对吧。哈哈。"

张锦恕说："得找媒人提亲了，也不小了，找到好人家，该出嫁了。"

姜孝昌嘿嘿笑着说："俺这嘎达熟人太少，还没有上门提亲的呢。大哥、二弟要是有好人家就给提一个吧，别让妹子受穷吃苦就行，人家的人品也要好才行吧。"

张锦恕喝了一口酒说："行，我记着了，不行咱就往市里找，经商的，开企业的家庭也好吧。"

姜孝昌抱拳感谢，他心里想："找不到张家这样的富户，桂芝自己个过苦日子，俺也借不上啥光，俺这个大哥的也不答应呢。"

"那就仰仗大哥、二弟了。桂芝年纪也不小了，再嫁不出去，就老到家里了，没人要了。"

张锦恕话锋一转，对着顺子说："我说大侄子，你也不小了，你干爹咋不给你说一门亲呢，还是你眼高啊，一般的看不上？"

顺子脸通红："俺还小呢，到时候干爹就会给俺找了。"

张锦德笑着说："娶媳妇要缘分啊，俺觉得顺子的缘分到了，哈哈。"他转身看看老范大哥说："大哥，俺看顺子跟毓敏挺合得来，干脆就他俩结个良缘算了，您看中吗？"

范树新听到张锦德要给自家闺女找婆家，而且还是张锦德一家子的干儿子顺子，他打心里高兴："行啊，大表弟，这事儿就你来做主吧，嘿嘿。"

张锦德看看满脸通红的顺子说："咋样啊，干儿子，毓敏可是一个千里难挑的好姑娘啊，心里美吧，哈哈。"

所谓的日久生情，外人看出来了，当事人自然而然地已经进入了角色。范毓敏整天地跟着顺子，几乎成了形影不离，明眼人都看出来了，吴慧芬就跟张锦德提起来两次："这两个孩子整天地粘在一起，要出事儿了，赶紧找媒人提亲结婚吧。"

　　张锦德自然愿意，这不还没等提亲呢，今个儿在酒桌上顺便提出来了，问道顺子乐意否，顺子笑而不答，心里也就是愿意了。

　　张锦德说："明天俺就给俺干儿子找媒人提亲，婚期就在五月节前后吧。要风风光光地办置一场婚事儿，也不枉顺子做俺的干儿一场！"

29

　　张锦恕说："好啊，今儿个的酒没有白喝，顺子就要结婚了，俺们当叔叔的，可要准备贺礼了，而且要够分量啊，哈哈！"

　　范树新自然高兴得不得了："俺丫头有个好的归宿，她娘在地下有灵知道了，也就安心了。"

　　姜孝昌回到家里，心里头似乎少了一点压力，范家闺女嫁给了张子顺，能跟姜桂芝竞争的，就剩下江南老岳家的闺女了。但是这也是难事儿啊，人家订婚了，说不定五月节以后也要结婚呢，到了那个时候，那可就是狗咬尿泡，只剩下一嘴膘，有啥想法都是白搭了。

　　姜孝昌左思右想，夜里不睡觉也在琢磨，真可谓功夫不负有心人，十几天以后，他还真的想出来一个"办法"。这个办法虽然没有人性，但是也算达到目的的一个良策，他顾不得那么多了，俺说干就干！

　　他化了妆，去了薛家屯两次，还在屯子里散布瞎话："岳家闺女不正经，订了婚还找野男人，养汉、贪财还骚性。"

　　一个风雨之夜，他干脆潜入了那个老岳家闺女的房间，强暴了人家闺女！等到闺女父母知道了家里进来强盗了，闺女已经悬梁自尽了。

　　姜孝昌趁着夜色，辗转回到四方台屯子，坐在房间里等着消息："反正自己个黑了良心，孤注一掷了，就看老天照顾不照顾了！"

　　老婆吴氏这些日子很纳闷，当家咋黑天出去，天要放亮了才回来，嘎哈去了呢？看地，地里庄稼还没长穗呢，看着它嘎哈呀？干活去了，漆黑漆黑的天，干啥活也不得眼啊，这个人到底嘎哈去了呢？她也不敢问，反正是丈二的和尚，摸不着脑袋瓜儿。

姜桂芝白天去张家帮着干点零活，晚上回来住，最近也发现大哥有点不正常，半夜里不睡觉，她起夜的时候，总看着大哥坐在炕沿上抽着烟袋，一句话也不说。屋里头被他抽得烟熏火燎，呛死个人。

可是谁也想象不到，这个姜孝昌为了一己私利，竟然到了丧心病狂的程度了，做出来杀他十回也不嫌多的事儿，老天爷也不知道啥时候才给姜孝昌报应啊！

老岳家本来就跟张家是亲属，发生了这么大的事儿，张家第一时间也就知道了，还派人前去吊唁随礼了。

岳家人伤痛欲绝，岳氏老太太也是很悲痛，哭天抹泪的饭都不肯吃，哭哭咧咧地说："那个闺女命苦，一朵花还没开呢，就走了绝路嘞，还有俺三儿子咋也这样命苦啊，说个媳妇咋就这么难啊！"

张锦德原本跟张锦恕私下商量过，打算让张锦祥跟顺子一起办事儿，那样还省事儿了呢。可是天不遂人愿啊，女方出事儿了，这个婚也就结不成了呀！

此时，姜孝昌又在实施下一步计划了，他又找到老冯喝点小酒嘀咕道："冯大哥，老三江南的女方出事儿了，他还得找媒人说媳妇啊。老弟想怂出个头，亲自去跟老太太说，把俺妹子嫁给张家做续弦得了，免得老三的婚事儿总出娄子。"

老冯之前答应过姜孝昌，说去给张家说媒，可是薛家屯的岳家抢先一步，也就断了老冯的念想。这一次机会又来了，老冯正想去试试呢，姜孝昌找他喝酒，他也就满嘴答应了。

过了一天，老冯赶车去了一趟酒坊，回来没事儿了，他就蔫不唧地凑到了老太太的房间，打算跟老太太搭话，给老姜家提亲。

姜桂芝一脚门里一脚门外，见到老冯在门口探头探脑，她就说道："冯大哥在这嘎哈呐，咋不进去呢？"

老冯有点猥琐地说："俺打算找老太太说句话，也不知道老太太愿不愿意见俺也。"

姜桂芝噗嗤一笑："冯大哥这能整笑话，老太太咋还不愿意见你呢？"

原来老冯给岳氏老太太的印象不好，一天吹吹呼呼的，每个准话，所以老太太不爱待见他。

姜桂芝撩起来门帘子说："进去吧，老太太刚刚睡醒，精神着呢。"

冯文书抖擞一下精神，爹着胆子走进了老太太的房间，老太太正在抽烟，一眼就看见老冯蹑手蹑脚地走进来，她说道："咋还鸟悄的进来呢，打算看不见拿点啥啊，嘻嘻。"

老冯听到老太太跟他说话，赶紧猫腰施礼说："大姑好，俺怕闹腾了您歇着，所以才鸟悄的进来啊。"

"夜猫子进宅，恁是无事不来呀，有啥事儿，说呗。"老太太拿着二尺长的大烟袋，在炕上的铜盆上磕打，直敲得铜盆咣咣地响。

老冯嘻嘻地笑着说："俺给老三提亲来了，俺说了大姑您保准满意，恁信吗？嘿嘿。"

老太太当然地不相信："就恁，啥时候嘴上长毛了，说话有准了呀？说说俺听听，要是不靠谱，俺用烟袋锅子刨恁脑袋瓜！嘻嘻。"

老冯也不敢再卖关子了，他手向外指了指："大姑，就是刚才出去的那个闺女，您的亲侄女姜桂芝呀。"

冯文书的话一出口，岳氏老太太顿时两眼放光。他脑袋一转劲儿，哎，真的呀，远在天边，近在眼前啊。俺这几天悲伤过度，糊涂了呀，对呀，桂芝这丫头多好啊，又是俺家血亲，肥水还是流进自家田，那多好啊！

她举起大烟袋说："大侄子，恁还真的做了一件大好事儿，这个媒人就是恁了，马上就去老姜家，事儿要是不成，俺老太太拿你是问！"

老太太说完，去被底下掏出来两块银元递过来说："大侄子，给你买酒喝吧，成了事儿，还得好好谢谢你这个大媒婆呢，嘻嘻。"

这可谓郎有情，妹有意，姜家有姜孝昌给姜桂芝做主，姜桂芝不愿意也得愿意；张家老三张锦祥，有老妈做主呢，也是不敢说半个不字儿啊，这婚事就算定了下来。

张家大哥两个知道了这个事儿，自然也很高兴，两个人一合计，就把原来姜孝昌种张家那三垧土地，当成彩礼给了老姜家，额外又给了三垧，外加三千大洋，其他的就不算了。

30

从张家表妹到张家的媳妇，姜桂芝的角色变化很大，她也不来张家干活了，就等着佳期一到，坐着轿子进张家了。

张家老三忙乎起来，从粉刷房子，购买新家具，再添置新衣服；张锦德呢，将方台子后趟街的两间房给了顺子做新房，所以顺子也找人收拾房子，采买物品，准备结婚了。

结婚的人美，当新娘，做新郎的美，当婆婆也的美，但是各有各的美法，姜孝昌的美，那才是巴望了好几年的愿望终于实现了，那个美，才是惊喜的美，宣泄的美！

姜孝昌站在他的土地里，那都是长着青苗的庄稼地呀，老张家就是慷慨，三垧长着黄豆的土地，无偿地转借给了姜孝昌。虽然张家说土地不是送给姜家，是借给，这也让姜孝昌心里盘算着，怎样才能把张家的土地可以转成，'先为借取，后为长虑'的如意算盘了！

绿油油的庄稼地，随着阵阵的清风拂来，庄稼叶子发出来那唰唰的声响，就跟他小儿子挠着他心窝那么美滋滋的享受。庄稼人喜欢土地庄稼，那都是自然的情感的流露，但是姜孝昌的土地来的也太容易了，这才让他找不到北的那么美！

他盘算着，六垧土地，一垧十五亩，那就是九十亩。一亩二百斤粮食，那就是一万八千斤，这还是少算。家里面现在是四口人，全年留下两三千斤人吃的，再留下一千斤喂猪、喂鸡、鸭、鹅的，耕地的马匹去找张家借用，还可以省去好多马草、马料的钱。这样算下来，还能余富一万五千斤粮食，一斤一毛钱，也就是一千五百元。即使不算张家给的彩礼三千大洋，当年的收入盖新房那也是富富有余的了。

一年是这样的收入，那要是十年呢，富裕的钱还可以买更多的土地，盖更多的房子，买回来骡、马、车辆，全科的农具，那俺也算地主了吧？

还有儿子上学，儿子结婚娶媳妇，这些钱也是宽超的呀。姜孝昌想来想去，越想前途越宽阔，越想那日子就越美，他站在庄稼地里，脸上流露出来丝丝诡谲笑容。

可是他就没想到，这些美滋滋的东西，都是张家的帮助，这些也都是张家上百年的时间用血汗换来的，给了他，他却认为是自己应该得到的。这就铸成了日后的行为，为了利益他会更加的利己自私，甚至走到残害亲人的地步。

婚期马上就要到了，可是范毓敏却是又一桩心事儿还没完结，啥心事儿呢？那就是这个女孩子她特喜欢枪。她知道，顺子的枪是给张家看家护院的，自己个也不能留在家里摆弄着玩啊，所以呢，她想自己个儿能有一把乌黑锃亮的驳壳枪，那该多好啊。

要说这个范毓敏，年纪不大，胆子大，她铁了心要得到一把驳壳枪，也只有张锦德能够帮她得到，所以她前去找张锦德索要了。

张锦德见到范毓敏来找自己，他问道："咋不在家里收拾房子，又来找表叔干啥？"

范毓敏装出来为难的样子说："表叔啊，俺结婚以后，恁就别让顺子做看家护院的事儿了，让他有个时间稳定的事儿做，按时回家，行吗？"

张锦德有些纳闷问道："咋啦，看家护院的事儿了不好吗？去地里干活好啊？你个丫头咋想的，还给自己个男人找受累的活计啊？"

范毓敏摇摇头："表叔，不是那一回事儿，顺子要是晚上站岗就不能回家是吧，那个房子在屯子的最北边，孤雕雕的，一个女人住，多吓人啊，俺不敢一个人住啊。"

张锦德想了想说："丫头说的还在理儿，可是顺子功夫好，人品好，也是大叔最信任的人，他不做护院队长，用别人俺不放心啊。"

看到张锦德着道了，她就再烧一把火："那也得想一个招啊，得让顺子不在家里，俺还不害怕，两全其美才好啊。"

张锦德眨眨眼："啥是两全其美呢？"

范毓敏认为时机到了，她说："表叔你送给俺的嫁妆里面再添一样吧，那样俺就踏实了。"

张锦德更好奇了，他试探着问，生怕自己个没做到位，顺子不好意思说，让这个大侄女挑理的："房子给了，收拾房子也是俺出人出钱，衣服鞋帽一应俱全，金银首饰一样不差，家具全都是新的，都全科了，就连锅碗瓢盆，碗筷都想到了，还填什么？"

范毓敏步步紧逼："表叔啊，俺要一样嫁妆，您可不许要赖不给俺啊，那样俺就哭了。"

张锦德真的就中了范毓敏的套儿，跳进坑里出不来了，他想都没想就说："只要大叔家里有的，俺就不打奔儿给恁，就算家里面没有的，俺也想方设发给你淘腾去，恁看咋样？"

范毓敏高兴地一个高跳起来："哎呀，真是俺的好表叔啊，俺太得劲了，嘻嘻！"

张锦德看着顽皮的范毓敏问："丫头恁到底要啥啊，快点说啊，别让大叔猜了呀，大叔都要急坏了。"

到了这个时候，范毓敏的嘴，却是有点张不开了，她犹豫半天才说："俺，俺想要一把，一把驳壳枪，行吗？"

张锦德已经跳进了范毓敏给他挖的坑里，现在想往外跳，也不行了。君子一言驷马难追，张锦德一咬牙："行，外带二百发子弹。只是有一样，不到万不得已危及生命，不许露出来，不能让外人知道，也不随意能使用。知道的人多了，会给你带去灾祸，你知道吗孩子啊。"

范毓敏满眼含泪地说："俺知道了，感谢大叔对俺的信任，俺谢谢大叔了。"

张家给了顺子和范毓敏那么多，也没听到两句范毓敏的感谢话，今天送她一把枪，却让她高兴得两眼流泪，感谢多多，这也让张锦德看得出来，这个孩子要多喜欢枪啊。

大喜的日子到了，张家举行了两场婚礼，两对新人双入了各自的洞房，喜结连理。

31

俗话说：当年媳妇当年孩儿。秋天该收获的日子到了，两位新人已经是肚大腰圆，显怀很明显了。值得一提的是，姜孝昌的老婆吴氏也怀孕了，三个女人每到一起，那就是三个挺着肚子的人，自家老爷们儿眼里看着，那可是从心底下美出来鼻涕泡了。

时间过得飞快，又是将近一年要过去了，张子顺的儿子满月了，张罗着要办满月酒了；张锦祥也是生了儿子，要比张子顺的孩子小半个月，姜孝昌老婆三个后月生一个闺女，正合姜孝昌夫妇的心意。

张子顺的儿子办满月，张锦德说："顺子的孩子是俺张家的第一个孙子辈人，也是俺张锦德的第一个孙子，更是老张家见到了又一代人，添人进口是大喜事儿！这个满月酒，还是当爷爷的花钱给办，请大家都来大院喝酒吧。"

酒席设在堂屋里，摆了两桌，请来的大多是血亲。张家除了张锦辉寄回来三百大洋做贺礼，未曾亲自到场，其余哥三个，还有儿子辈分也都回来参加了。

老冯、岳刚子、张把头、白显彤等等，也都到场祝贺，那个喜庆劲儿是满满的了。

酒席间，张子顺说：“爹，俺家儿子还没有名字呢，趁着人多，哪位给俺儿子起个名啊，谢谢啊。”

范毓敏说：“俺说自己个起个名算了，可是顺子不干，非得说满月的时候让干爹或是几位叔叔给起名，这不总算今个儿人齐了，那就烦请爹和各位叔叔给俺儿子起个名吧。”

张锦德看看众人，再看看范树青说：“张家下一代应该是百字辈，诸位看看起个啥名字好啊？孩子姥爷也费费心，看看起个啥名响亮。”

范树青笑着说：“张家的儿孙，还是张家自己个取名吧，俺给起名名不正，言不顺，哈哈。”

张锦恕做，琢磨一会说：“大伙看看，叫张百兴如何，含义是百业兴旺，家业兴旺，人丁兴旺，哈哈。”

张锦德一顿酒杯说：“好，好记不难写，好名字，家业兴旺，人丁兴旺，好名字。顺子、毓敏怎看咋样，满意就这么着了，不满意咱再做琢磨，哈哈。”

毓敏看看顺子：“儿他爹，俺看挺好的，就叫张百兴吧。”

张子顺乐的满脸开花说：“好啊，俺儿子有名字了，就叫张百兴，家业兴旺，人丁兴旺，事事兴旺！来，干一个！”

范树新跟着喝了一口说：“俺这个当老爷的，也想借点光，外孙子名字有了，俺就再给送个字吧。张百兴，字宏安，宏大的宏，平安的安，大伙看看好不好。”

张家老哥三个，还有其他人都大声说道：“好啊，好字。家业宏大，人事儿平安，好，真的好！”

酒席散了，人且都走了，顺子要用马车拉着母子回家，毓敏揪着顺子的衣袖说：“顺子哥，亲戚们随了那么多的礼钱，俺看别往家里拿了，就放在干爹家里吧，俺看这样安全。”

顺子说：“咱们把钱放在干爹这里，肯定行啊，安全是没问题，可是为了啥啊？还有干爹他能愿意吗？”

毓敏白了顺子一眼说：“家里放那么些钱财，怎白天黑夜的说不在家就不在家，万一哪一天个贼人看上了，来咱家抢劫，怎又不在家，俺跟孩子还不得因为钱而受灾难吗？”

顺子一听：“对啊，俺老婆还真的有心眼，比俺一个直心眼强多。那俺就跟干爹干妈说去，咱们数个数，就放在这里呗。”

毓敏笑着说："还是小心眼儿，数啥呀，害怕干爹干妈黑了你的钱啊，傻样！"

顺子一脸囧相跑去找干爹干妈出来："干爹、干妈，毓敏说把这些钱、物都放在干爹这里，免得俺不在家，让外人惦记。"

张锦德说："也对，这样安全。家里放点零花钱就行，大头放在大院里，有人看着安全，这个想法好。"

吴慧芬说："这样不好吧，万一有点啥事儿，恐怕说不清吧？"

范毓敏笑着说："您二位是顺子的爹妈啊，俺信不着谁，也得信咱爹妈啊，嘻嘻。二老放心，就算一个子儿都没了，俺们也不会说半个不字儿啊。"

张锦德摆摆手："就这样吧，谁跟谁呀，那也说不着信不信任，分清分不清的。"

他眼睛看着顺子，身子凑到毓敏的跟前说："房子里有逃命的道，回去查查啊。"

由于声音较低，顺子没听清楚，回家的路上他问毓敏："咱爹跟恁说啥，还那么神秘？"

毓敏："俺也没听明白，说房子里有逃命的道，俺还没有懂啥意思呢。"

顺子说："干爹的意思是，让你别光顾了钱财，遇到危险逃命要紧吧？"

毓敏摇摇头，她若有所思，似乎觉得干爹在向自己个提示着什么，想了一会也没有想明白。车马的颠达，她转瞬就忘掉了张锦德的话，小两口欢天喜地地回家了。

没过几天，张锦祥的儿子也满月了，张锦祥给孩子取了名字叫张子成。张家更是照例办了满月酒，然后是姜孝昌的闺女，在张家的影响下，也办了满月酒，家家欢天喜地，庆贺添人进口。

张锦德看着几家办完满月酒，暂时的恢复了平静，他的心里也有一种滋味难以平息。

那一天吃完晚饭，他们夫妇从老娘屋里出来回到自己的房间，张锦德牵着小闺女张子娟，坐到炕沿上。

张锦德双手捧着丫头的脸问她："老闺女上学一年了，学点啥啊？三字经，百家姓，背几段让老爹听听？"

张子娟性格纤柔，她看看爹娘说："行呗，俺就念"百家姓"吧。"

张锦德跟吴慧芬点点头，张子娟一本正经地背诵起来：

赵钱孙李，周吴郑王。冯陈褚卫，蒋沈韩杨。

朱秦尤许，何吕施张。孔曹严华，金魏陶姜。

戚谢邹喻，柏水窦章。云苏潘葛，奚范彭郎。

鲁韦昌马，苗凤花方。俞任袁柳，酆鲍史唐。

费廉岑薛，雷贺倪汤……

32

张锦德夫妇听着女儿滔滔不绝的背书声，心里美滋滋的，脸上带着微笑，嘴上啧啧赞赏。

张锦德看着女儿背诵半天了，就赶紧说："好了，好了，爹娘知道老闺女学得好，夸恁了，哈哈。"

看着老闺女回书房学习去了，张锦德对着吴慧芬说："顺子结婚生了儿子，也算咱的孙子，多了一代人了。可咱那两个犊子玩意，才八九岁，还刚在他二叔那里上小学，啥时候娶媳妇，让俺抱亲孙子呀？"

吴慧芬笑着说："孩子还小呢，你着啥急呀，闲的。"

性格浑厚耿直的张锦德，虽然对待张子顺就像亲儿子一样儿，但是抱着顺子的孩子，就会想到不是自己个儿的亲孙子，血缘事儿没办法剥离呀。

一天，张锦德进城里去几家粮行看看他们进货的情况，盘算着今年交完公粮，留下自己用的，还能额外卖多少余粮换钱。

张子顺陪着张锦德，从码头乘船到了江南小九站，然后坐黄包车去正阳街老二那里，然后再去粮行。

一路上，张锦德跟顺子说得最多的话，就是开春就给顺子盖新房子，两间改三间，圈上人院套，要有个气势的宅子。

顺子心里高兴，嘴上还得谦虚："爹，俺们才三口人，孩子还小呢，也用不到那么大的房子呀，还是缓缓吧。"

张锦德知道顺子心里乐意嘴上不说，他对顺子说："咱屯子人，挣钱养家盖房子，买土地，都是大事儿，祖祖辈辈都这样。干了一辈子，房子没几间，土地没几垧，那就白活了。孩子还小，花销少，那就攒点钱，等着孩子长大了，花销大了用。眼前俺帮着恁盖起来房子，日后也就省心了，再也不用房子大小犯愁了。"

顺子高兴地说："那就谢谢爹了，毓敏也说过这个事儿，俺们自己个的钱，盖新房子也是富余呢，就不用您给掏钱了。"

张锦德敲了一下张子顺的头："傻小子，俺亲儿子有的，怎就得有，盖个土房子，算个球啊，怎就等着吧。"

顺子笑呵呵地挠着头，看着张锦德慈祥的神态，心里美滋滋的。他问道："爹，今晚咱们能回方台子吗，俺要是回不去，毓敏害怕呢。"

张锦德抬头看看天说："咱俩出来的晚了一点，要说把粮行全都走完，恐怕回不去了。"

张子顺也看看天色说："嗯，有点晚了呀。爹你说这几天毓敏说她觉得有点怪，每天要来几拨要饭的，给了干粮他们似乎还看不上眼，还要现钱，您说见过这样的要饭的吗？"

张锦德呵呵笑着说："俺活了大半辈子了，要饭的见过的多了，人家给啥要啥啊，那里还有想要啥就得给啥的，纳了闷了。"

顺子说："俺也觉得有点纳闷，临出来的时候说，俺今晚要是不回去，让她小心点，找一根杠子把房门顶上点，牢靠些。"

张锦德说："小心点好，这年头胡子不少，万一盯上咱们，那也挺吓人的。"

两个人唠着嗑，去了老道外，方台子家里的范毓敏，还真的就摊上危险的事儿了。

吃完了饭，天黑下来的时候，范毓敏也没见到顺子回来，她还没有一个人带着孩子独自过夜呢。

她最后去了一趟毛楼（便所）解了手，回来就用顺子给预备的木杠子，将房门顶个结实，又把驳壳枪拿出来装满子弹压在枕头底下，这才脱了衣服搂着孩睡了。

虽然她心理上有了准备，也做了一点防备，但是她毕竟没有独自过过夜，心里还是没有底，所以也睡不实着。

下半夜的时候，她被一种声音惊醒了，她翻身趴在炕上仔细听着，似乎是外面有人在走动，也有人在撞房门。

她激灵一下坐起来，摸黑麻利地穿上衣裤，下到地下穿好鞋，又把孩子轻轻地抱到地下，放在炕沿下，然后拿着枪对着外面喊道："谁呀，出个声，俺认识吗？！"

外面有人喊道："老张家的老娘们，赶紧从窗户把你的盒子枪撇出来，不然俺们攻进去查了你娘俩！"

范毓敏吓了一大跳，俺的妈呀，真来胡子了，这可咋整啊？给他们枪，也未必放过俺吧，没了武器，胡子还不得把俺娘俩都给杀了啊？不给吧，他们人多，俺一个老娘们，仅凭一把枪，能干得过他们吗？范毓敏飞速地纠结着，不敢下决心。

窗户外面有点月光，窗前影影绰绰的人来回窜动，隐约听见有人说话："当家的，别跟这个老娘们磨叽了，赶紧砸开房门进去完活。"

"门顶着呢，进去还要费点劲儿，干脆从窗户进吧，拿杆子把窗户捅开，看这个老娘们还有啥能耐。"

说着话，窗户上就来人砰砰地砸着窗户，单薄的窗户框子，几下就被砸开了。窗户扇子掉了下去，虽然是黑天，屋里也都暴露在胡子的面前了。

说时迟那时快，一个人影一只脚已经登上了窗户，再有一步也就上炕了。此时的范毓敏害怕到了极点，她看着地下的孩子还在熟睡，胡子进来要是把孩子也杀死，那自己个还能活吗？求生的欲望，为了孩子的生命，她颤抖着身子，哆嗦着手腕，拼命地朝着那个进来的人影开了一枪！

因为离得很近，最远也不过三大步远，以往范毓敏还练过枪，打得也很准，所以这一枪就将眼前的人影崩了出去。那个人哀叫一声，跌落在窗外去了，外面的人惊呼着："这老娘们会开枪啊，当家的站的远一点！"

范毓敏开了第一枪，她也就顾不得那么多了，她举着驳壳枪，连续朝外面打着枪，外面也开始往屋里面打枪。

范毓敏这一枪，打倒了一个胡子，也吓醒了孩子。孩子被激烈的枪声吓得尿了，撕心裂肺的哭声，让毓敏阵阵的心痛。

听着外面的枪声，范毓敏觉得也不过三五把枪，她伏在炕沿下，偶尔伸出头来朝外面连续打枪。由于枪打得急促，没多大一个功夫，枪里就没子弹了，她的枪声顿时停了下来。

33

外面有人喊着："这老娘们没飞子（子弹）了，兄弟们赶紧往里冲啊！"

范毓敏知道子弹就在炕上的柜子上，她此时也是急眼了，她忽地站起来，脚尖一挺，左手一探，一把抓住了子弹匣子。可是等她往身边拽的时候，子弹匣子却是翻落到炕上，子弹匣子被摔开，子弹撒了一炕席。

范毓敏顾不了那么多了，她冒着飞来的子弹，硬把半盒子子弹搂下炕沿，看见了里面还有一个弹夹。

她飞速地卸下弹夹，插上新弹夹，没抬头就朝外面连续开了十几枪。只听到外面妈呀妈呀地喊叫："打中俺了胳膊了，疼死俺了，谁说老娘们没飞子（子弹）了！"

毓敏听到外面的人退了，她赶紧上炕搂下来两捧子弹，蹲在炕沿下装填子弹，还要伸手去抚摸嗓子已经哭哑的孩子。

这时候，外面有人说话："这娘们管还挺直流（打得准），进不去咋整啊。"

"放火烧，干脆烧死算了，功夫大了，来了救兵，那咱们就崴泥了。"

范毓敏听到说要放火烧他们，真的急出来火连症了，她脑袋里想着："胡子要放火了，这可咋整了。妈呀，妈呀，俺的妈呀！"

这个时候她突然想起来干爹张锦德说过一句话："那个房子里有暗道啊。"

她想到这里，才知道张锦德的话的重要性，那还真的就是救命的一句话啊。她连续地向外打了几枪，然后就在地下摸索着找地道口。

她想起来炕沿下的柜子边上，摆着一个大花架，架子底下还有一块方木板，可能就是暗道的入口吧。她蹲在地下，一把将花架推倒，掀开方木板，伸手去摸，真的就有一个洞。

她不敢耽搁，抱起来孩子，孩子已经不哭了，毓敏不晓得孩子是哭坏了，还是睡着了，反正孩子在她身边有喘气的声音。摸索着往地道里下，地道里已经有了梯子，她靠着感觉下到半截，又伸手扯过来方板盖上洞口。

她下到了洞底下，一手抱着孩子，一手拎着枪，摸着黑往前走着，大约走出去一里半里地的时候，她摸索着似乎感觉到了头。

这里也有梯子，她将孩子放在地上，自己个登上梯子，伸手去推上边的盖子。盖子很结实，她使出来最后的吃奶的劲儿，总算把头顶上的盖子推开了，外面露出来微弱的月光。

她探头向外面看了看，这里是一间黑屋子，窗户纸透着月光，屋里面静悄悄的，应该是没有人居住。

她上来搜索一下，这房间就是一间空房子，确定没有人居住后，她翻身下去抱出来孩子，然后放在地上，又去搜索房间的状况。

她摸索着打开房门走出去，一眼就看见她家的方向火光冲天，她心里想，那就是自己的房子吧，被土匪点着了。

她心里依旧颤抖着，两条腿有点不好使，天色已经渐渐地亮了起来，她估计胡子这个时候应该是离开了。她向着火的地方看了一会，然后回到房间里。房间里的光线也亮了些。

孩子醒过来，哇的一声哭了起来，吓得范毓敏赶紧撕开衣服，把奶头塞进孩子的嘴里，孩子这才不哭了。

她摸索着感觉屋内有一铺小土炕，她将孩子抱起来，附在孩子脸上听听动静，吃饱了的孩子又睡着了，她就把孩子放炕上。

她刚刚放下孩子，就听到外面有人声："敲敲门，看看在不在这儿嘎达。"

毓敏又是大吃一惊，俺的妈呀，又撵到这里了，俺跟你们拼了！她一脚把房门端开，抬枪就要射击，可是对面的人突然喊她："毓敏吧，俺是三叔啊，别开枪！"

张锦祥的声音，毓敏是很熟悉的，原来是亲人救她来了，毓敏再也支持不住了，她双腿一软，出溜一下瘫坐在房门口。

原来，张家大院在下半夜的时候，听到了屯子北边的枪声，护院的家丁报告了张锦祥。

张锦祥初次遇到这样的事儿，他也不晓得了怎么办，赶紧让两个护院子的人去探听一下。

他起身穿好衣裳，拿起盒子枪，就要出去。老婆姜桂芝有点害怕地说："三更半夜的，也不知道有多少胡子呀，可得小心点。"

张锦祥说："那咋整，顺子今晚不在家，胡子来就不是善茬，万一出个好歹，咱咋向顺子交代啊。豁出去了，怎么也得跟土匪拼一下呀。"

张锦祥出来站在院子里，他把四五个护院的人集合起来，打开院子侧门，开始朝后趟街走。这时候前去探听的人回来了，他俩呼呼带喘地说："三当家的，大事不好了，胡子大约十几个人，把顺子的小房子包围了，里面也往外开枪，还很激烈。胡子打不进去，吵吵着要放火，顺子媳妇和孩子悬了！"

张锦祥知道顺子媳妇毓敏手里有枪，这丫头胆子大，枪法也准，胡子不会轻易地进得去，所以他喊道："大伙赶紧朝着顺子家里跑，到了就开枪！"

等到张锦祥领着六七个人赶到顺子家的附近，顺子的房子已经着火了。张锦祥红了眼，他端着枪朝胡子人堆里乒乒地开了好几枪，其他人一边喊着，一边放枪，胡子也真的害怕了。

原来这些胡子是大套子里（江套子）的一小股土匪，一共也就十几个人，六七条破旧的步枪。其余的人都是大刀梭镖。

前些日子得到一条消息，说方台子老张家娶媳妇，给了媳妇一把德国长瞄快慢机盒子枪，成色十成新，这可让胡子们动了心。

为首的胡子头朱大牙派出人去打听消息，先后派了三拨化装成要饭的，潜伏在顺子家附近打探顺子家的情况。得知顺子今晚可能不在家的时候，他们就带人在半夜里到了方台子后趟街，围住了顺子家的房子。

胡子们想要撬开房门悄悄地进去，制服持枪人之后，抢走盒子枪，如果遇到反抗，那就查了（杀人）枪主人。

34

哪里想得到，房门被死死地顶住了，他们使劲撞得的时候，惊动了熟睡的范毓敏，范毓敏轮枪开火，这才使屋里屋外开始了枪战。

毓敏在暗，胡子在明，毓敏大概可以看到外边的人影，而外面丁点也看不见屋内的情况。而又有火炕的墙挡着整个身体，她又很少把头探出来，所以胡子的枪弹根本打不着毓敏，倒是胡子却被毓敏打伤了好几个。

胡子打不进来，又想得到德国造的好枪，选择了最残酷的放火烧。这才放火烧了整个房子，并烧成了一根大蜡烛，火焰冲天，燃亮一大片漆黑的夜空。

火点着了，烧了起来，可是胡子们也不敢冒着火苗子钻进屋里去找人找枪，也只能围在那里喊着："快点出来，烧死你了！"

也就在这时候，张锦祥带人到了，他们一阵乱枪，胡子们顶不住撤走了。可是顺子的房子也着落了架，成了一堆灰烬，滋滋的冒着白烟红火。

张子祥看着被火烧坍塌的房子，还想到顺子媳妇和孩子也在里面，他的心就像一百个耗子挠心，那个痛楚劲儿就别提了。

他找到一根长木杆，在火堆里扒拉着，但是并没有看见像尸体一样的物体，他突然想道："对了，这房子里面有一条暗道啊，那是当年他爷爷盖房子的时候，也是为了防备土匪抢劫准备的，难道毓敏从地道里逃跑了？"

他跟其他人喊了一声："跟俺走，去大方台子！"

他们到了大方台子上，来到张家老屋，张锦祥就看到房门被踢开，他就想到了可能是范毓敏，这才抢着在毓敏开枪之前大声喊道："毓敏，俺是三叔啊，千万别开枪。"

大方台子，方圆三五垧地那么大的范围，平地筑起来一丈多高的一个大平台。三面陆地，一马平川；向北不到二里地就是松花江。传说是金朝的时候，方台子曾经是金国元帅金兀术的点将台。

张家祖上到了哈尔滨之后，老屋就盖在大方子台子上，居住了三代人。之后他们觉得在古物上居住不太好，迁往现在的屯子地址，大方台子的老房子就不在住人了。

但是大方台子这块地方还是张家的，他们为了不忘记祖先的功德，老房子虽然没人住了，却也有要经常地修葺，不让房子倒塌。

老一辈子人，在盖房子的时候，为了防备土匪抢劫，也在房子底下掏了暗道，以便危机时候好用来逃生。

今天范毓敏用上了这个地道，躲过了土匪的抢劫，救了她们母子两条性命，这真可谓前人筹谋，今人受益啊！

张锦祥让人卸下来一块门板，抬着毓敏，抱着孩子，一行人回到了方台子屯，此时天光已经大亮了。

张家人里里外外都知道了这件事儿，也都走出来迎接毓敏母子。当人们看到被抬着的毓敏和抱着的孩子的时候，人们都不由自主地乐了：那张家最小的下一代，张百兴字宏安的小家伙，虽然在人声嘈杂环境里，而他却是安然而睡，似乎根本不知道刚才发生的一切呀！

中午的时候，张锦德跟张子顺回来了，大家告诉了昨晚的事儿，张锦德大吃一惊，张子顺跑进屋里伏在媳妇和孩子身上呜呜地哭了起来，这让本来就烦心惊恐的范毓敏眼泪更加簌簌地流个不停。

时间到了一九三零年夏天。老张家的土地，三百多垧，分布在江南江北，两岸都有。江南的土地多地势高些，怕松花江涨水淹着的是少部分，所以每年的收成大体上是可以保证的。

而江北的土地数量少，但是土地较江南相比，土质肥沃，收成高，但是有一样不好，那就是地势低洼，容易受到松花江涨水的淹泡。

他家江北的土地，自己种了一部分，余下的都租给了佃农，每年收租子也就可以了。

这一年到了三伏天，连趟的大雨几乎是天天的下，上游的长白山，嫩江那边也是连阴雨，几天的工夫，临近的正江和江岔子的水就要出槽了。

方台子屯，距离松花江正江也不过四五里地，而屯子西边的小西河，也就几乎是挨着屯子了。张锦德带着人去屯西的小西河民堤上查看了多次，除了花钱雇人修堤坝之外，还要打算着最坏的可能，那就是江水漫堤，或是开坝，完全淹了方台子屯以及周边的庄稼地。

张老三带人去地势最高的大方台子上搭建地窝堡，挖地窖子，盖草棚子，以便江水灌了屯子，乡亲们好上大方台子上暂住。

张家的酒坊关门了，上了锁，把可能被江水冲跑的物件拴上铁链子，压上大碌碡，以免被洪水冲走；

江边的张网鱼亮子也撤了回来，渔网渔船都保管好，那些打渔的人，酒坊的人，都跟着张锦祥救灾抗洪，张锦祥也给他们支付一些劳金。

因为张家是这个屯子开屯子的人家，这里居住的人，十之七八是张姓，或是跟张家通婚的外姓人家；张锦德又是屯长，家族管事儿的，所以他在危难的时候，不能不管这些乡亲和亲人们。

阴历七月十五，小西河决堤了，江水顺着没腰深庄稼地，草甸子呼啸着直奔方台子屯，张锦祥等人敲着锣，催促着人们赶紧搬家，去方台上暂住。

由于预先有准备，并没有造成人员伤亡，但是多数人家已经断粮了。张家的粮库已经搬迁到方台子上了，张锦德赶紧打开粮库，各家放放粮食，还支起来灶台，开设粥锅，救济那些没家没业的穷苦人。

这场大水足足持续了一个月，围困着方台子不肯退下去，到了八月十五前后，江水这才缓慢地退了下去，留下满地的淤泥，倒伏了的庄稼，散发着腐烂的味道。

等到路面稍微干爽了点，道路可以走人走车了，人们才陆续地往回搬家，收拾残败家园。

35

姜孝昌一家也从大方台子上回来了，家里的房子倒了半截，土炕也塌了，满院子里的稀泥烂草，这样破败不堪的景象，他是第一次遇到。再趟着泥水去看看十几垧庄稼地，没腰深的庄稼被大水泡了倒得倒，没的没，哪里还有什么收成。他跟老婆扑在地里那个哭啊，哭得真是死去活来！哭得眼泪没了，心里也很难平静，整天的就像吃了很多的大号的苍蝇，恶心得不得了。

好在他还有去年余下的粮食，吃饱肚子没问题，要比那些家里丁点土地也没有的人家，那还是好了一千倍、一万倍吧！

他们家家开始收拾房子，往院外倒腾烂泥，搭炕垒烟囱，再弄点干树枝子烧炕，干爽屋子。咋办呢，受灾的百姓就得自己个管自己个，政府啊，官员啊，甚至张学良，张大帅他们都在哪里呢，一根毛也不见啊！

方台子屯子里，还有附近的五六个屯子，不同程度都受了灾，家家、人人都在煎饼卷手指头，个人要咬个人，狗舔獠子，各顾各！

张家一样的受了灾，但是张家有底气，有粮有钱，收拾残局也快当得多。张锦德家大院子有干打垒的院墙，涨大水的时候事先做了准备，加固了院墙和房屋，所以院墙和房子只有极少的地方塌了点。

又半个月过去了，江水全部退没了，地皮干爽了，家家的房屋也收拾得差不多了，外表上，方台子屯算是正常了。

张锦德跟三弟张锦祥说："估摸着给咱干活的几个长工，家里也都快断顿了吧，还得弄粮食给他们啊。"

张锦祥："昨个张把头、老冯都找过俺了，说家里粮食都没了，央求俺给他们救济呢。可咱家里的粮食除去交公粮的，卖了换钱的，也就剩的不多了。咱家里还有十几口子人呢，再给他们的话咱们也要挂下巴了。"

张锦德想了想说："老三这样吧，从柜上支取一万大洋，去商行里买粮食吧，不然就要饿死人了。"

张锦祥面有难色："一万大洋也很难维持一个冬天到开春种地呀？即使种上了地，苦春头子家家没粮食，还得救济，恐怕这一万元只能管一阵啊。"

张锦德："再说吧，维持一阵是一阵吧，到时候也可能民国政府会给点救济呢。实在不行就去江南商行借钱吧，咋地也不能看着方台子人饿死啊。"

老三说："也只有这样了。今年江水来得早，庄稼颗粒无收，咱还得想个办法，出去弄点钱回来，开春好花嘞。"

哥俩正在说着，这时候张世铎从后边转上来，听到了哥俩的话他接上说："老大、老三啊，这个事儿是全屯子的事儿，全屯子里多家姓张，这就不能让恁一家帮衬啊。俺们家也算一份，俺拿出来一万大洋，兴许能够度过水灾了。"

张锦德听到大爷这么说，他激动地拉着张世铎："大爷呀，说句实在的，您老不吱声的话，还真的不好意思向您开口呢。为了咱们老张家的德行，为了四方台的村民不饿死，俺接受你的善款了！"

张锦祥在一边也很感动，拉着张世铎一个劲儿地感谢。张锦绣走过来说："俺爹跟俺说了，都是一个祖宗的张家人，虽然年代久远分支了，但是也不能看着他们饿死呀。俺们家也出点钱，帮着亲戚里到的度过灾年吧。"

张世铎父子回去取钱了，张锦德琢磨一下说："要是钱再不够用的话，实在不行的话，你找几个人去白山子走一趟，撞撞运气，看看咋样？"

张锦祥说："还真行，虽然晚了点，但是还有可能撞上运气呢。俺找几个人，准备好这几天就走一趟，万一撞上大运，那就解了燃眉之急了。"

白山子，也就是长白山，那里有全国最好的人参。据说还有几百年，上千年的老人参，那是价值连城的宝贝，也是很多采参人梦寐以求的，但是只有少数人采到过珍品。

张锦德、张锦祥哥两个，二十岁的时候跟着父亲去过两次长白山，有一次还真的遇到了真货，七品叶人参，采了回来四五根，发了一笔大财。

说起来采人参的事儿，那可是一个吃苦要命的事儿，绝非一般人能后干成的事儿。高山峻岭，道路没有，每迈一步都要付出艰辛；树莽狼林，野兽毒蛇出没，随时随地都有葬身野兽口里的可能。所以去了白山子，那就是九死一生，心里盼着发财，其实那都是拿命在赌，赌不好小命就没了。

张家这边张罗着要去白山子采人参，姜桂芝在张锦祥嘴里知道了，她就琢磨：俺大哥也去多好，万一像孩他爹说的那样，采到上好的人参，那不就发财了吗？俺得立马回去一趟，告诉俺大哥一声，别让他错过这个好机会。

姜桂芝牵着六七岁的儿子张子成，溜达着到了屯子西头姜家。姜孝昌夫妇还在收拾着院子，小院经过半个月收拾，基本上还原了涨大水之前的样子。

姜孝昌的大儿子姜心儒，前几年去了沈阳，张锦辉给安排在司令部电讯科，后来还送到日本进修二年，回来在电讯科做科员。

二儿子姜心田，也十三四岁了，在市里上中学，食宿在学校，经常不在家，家里面就是姜孝昌夫妇带着小女儿姜心怡。

吴氏长得胖乎乎的，她站在院子里晒太阳，身边是小闺女姜心怡，小名丫蛋。姜孝昌刚从屯子北面的树林子里回来，他趟着稀泥砍回来十几根杨树杆子，他要把房子和院子栅栏维修一下。

看到姜桂芝来了，吴氏笑盈盈地迎到院子门口："他大姑来了，屋里面坐吧！"

姜桂芝叫着："嫂子。"她回身低头对儿子说："快叫大舅妈，大声点叫。"

儿子张子成，小名成子，看着妈妈的嘴，他似乎没听见母亲说什么，挣脱妈妈的手，跑去牵着丫蛋的手开心地笑着。

吴氏笑着说："小孩儿找小孩玩，比看见大人稀罕，就让他俩玩去吧。"

姜孝昌抱着几根木头走过来："妹子来了，她大姑父都在干啥呢？"

姜桂芝听到大哥问她，她正想告诉大哥采人参的事儿呢，也就赶紧叫住大哥："大哥，恁站一会，俺跟你说点事儿，看看恁想不想去嘞。"

姜孝昌停住脚步问："啥事儿？快点说吧，俺还有活计。"

"大哥，成子他爹跟他大爷都在说，要去白山子采人参，不知道真假，大哥你要是去呢，就去问问俺大表哥呗。听说要是运气好，采到上好的，能发大财呢。"

听说能发财，姜孝昌动心了，他转回身迫不及待地问道："咋回事儿，去哪里采人参啊，俺也去成吧？"

姜桂芝说："俺就是听了那么一嘴，俺就来告诉大哥了。到底咋一回事儿，恁去张家问问不就清楚了吗？"

36

姜孝昌把木头杆子扔在地下，噗噜噗噜身上的土，走出院子，大步流星往屯子东头张家走来。

应该说，张锦祥并不愿意去白山子采人参，眼下家境也算挺好的，家里几百垧土地，不愁吃喝，还去山里冒那个险嘎哈去。

大哥拿出来钱粮救急穷人，他本来不反对，可是家里也快花得没钱了，还要撑着救济别人，就有点说不过去了。为了筹钱，眼下只有城里的商行有钱，但是也得有做本钱的富余吧，所以二哥那块的钱，也不能拿得太多。

现在往四十岁奔了，身子骨也不如二十多岁那个时候了，去那么远的深山老林采人参，他心里还真的没底。可是大哥说了，哥哥的话就如同父亲在，弟兄们哪有不听的呀，所以他答应再去一次。

刚刚有这个话茬，人还没有码齐，具体时间也没确定，需要尽快走，时间太晚了，天就冷了。

这时候，姜孝昌来了，他来找妹夫商量，采人参能不能带他一起去。张锦祥看着姜孝昌说："大哥，采人参可是一个辛苦的事儿，甚至丢了性命啊，恁可想好了。俺不是不让你去，只是挣这个钱儿可是不易，遭大罪，费大力，到头来也不见得有个毛的赚头，您还是想想吧。"

姜孝昌听张锦祥这样说，他觉得妹夫嫌乎自己个是累赘，不愿意带着自己去，甚至不愿意看着自己个发大财，他不愿意地说："妹夫，可别小看了俺，俺也是苦人家的长大的，啥苦没吃过？俺敢说，俺吃的苦，遭的罪，比恁多得多，您信吗？俺能吃苦，俺也有力气，干啥也不抱下洼地。上阵还是父子兵呢，这样的事儿，大哥不去谁照顾你，谁跟恁一个心眼？不带着俺，还能带着谁？恁倒要好好想想嘞。"

姜孝昌也是真没吹呼，他家里早年前，也没有张家富裕，还是靠着张家过了好多年。家境不好，当然就要吃苦遭罪，姜孝昌也真的吃了不少的苦，遭了不少得罪，张锦祥在这个方面是比不了的。

再有姜孝昌干啥像啥，能出力气，也肯动脑筋，所以也是算是聪明人堆儿里的。自打到了东北自己个种地，虽然有张家帮着，但是绝大多数的力气也好，操心也好，都是他自己个付出的。

地种得不错，张家弟兄也很赞赏，都夸姜孝昌是一个能干的人，有心劲儿的人。这七八年里，姜孝昌的家境也富裕起来，这跟他肯干，善于动脑筋是分不开的。

现在张锦祥看到这个大舅哥真的要去，他笑了笑说："哈哈，当然了，咱们一起去的话，相互肯定有个照应，哪个人近俺心知肚明啊。俺去跟俺家大哥、二哥商量一下，看看他们的意思再说。"

两个人见到了张锦德，张锦祥说："这不，大表哥非要去白山子，恁看看他去行不行啊。"

张锦德倒是开朗："咋不行呢，想赚钱，能吃苦遭罪不怕死，那就去呗。"

姜孝昌听到张锦德同意他去白山子，高兴地说："俺不懂采人参，俺就听妹夫的，他让俺干啥俺就干啥，瞧好吧。"

张锦德说："俺琢磨了两天了，就去四个人吧——老三、大表弟、老冯、陈安子。老冯年纪大一点，他有经验，身体上恁们照顾他点，应该没事儿。陈安子实在人，在咱家干了十几年长工了，身体好，跑腿干活一把好手。恁看看，还有啥说的，议一议，带啥不带啥，都得想好。"

经过三四天的准备，他们去火车站乘火车，先到了牡丹江，然后租了一辆马车，他们自己个赶着车，朝着白山子进发。

采人参的人走了，张锦德这边又张罗着被江水冲坏了的打渔的亮子建立起来，酒坊也要开工。几样事情忙乎得差不多了，道外又来人了，新的事情也就来了。

中午的时候，看门的老朱进来说："当家的，二奶奶来了，看脸色神情不太好。"

吴慧芬赶紧出来迎到大门前，她拉着张慧君的手说："二妹妹，咋一个人冒古玄天的来了呢，二弟和侄子侄女呢？"

张慧君脸色难看，张了两下嘴，勉强地挤出来一句话："司机送我来的，他们没来。"

大嫂吴慧芬也不好再问，她摆手说："咱们去老太太的屋里吧，老太太总叨咕想你们了。"

张慧君点点头，依旧没有说话，随着大嫂走进岳氏老太太的房间。进了屋，老太太正在午睡，两个人不好叫醒她，就坐在旁边等着。

姜桂芝知道了二嫂来了，她牵着儿子张子成来到老太太房间，打算跟张慧君说说话。她看到大嫂、二嫂都坐在那里，老太太在睡觉，她也就不敢高声说话，走到二嫂跟前点点头低声说："二嫂来了。"

张慧君"嗯呐"一声点点头，伸手摸摸成子的脑袋："长得很快，这么高了。"

姜桂芝低声说："成子，叫大娘、二娘啊。"

张子成六七岁，显得很腼腆，他有点怯生的说："大娘、二娘好。"大娘吴慧芬伸手抱起来张子成："这小子老沉了，就快抱不动了。"

这时候，张锦德推门进来，张慧君看到大伯哥进来，她赶紧站起来说："大哥安好。"说完话，眼睛里却是流下眼泪来，簌簌地一串一串地，这让在场的人疑云密布。

张慧君捂着嘴，避免自己放声哭出来，吴慧芬看到，赶紧拉着张慧君走出房门，来到自己个的房间里。

到了吴慧芬的房间里，张慧君再也忍不住了，他开始放声大哭起来，这让几个人都莫名地问她："咋地了这么伤心，快点说啊。"

张慧君扑在吴慧芬身上说："大嫂啊，我、我没脸说呀，丢人啊。"

吴慧芬看看张锦德说："孩子他爹恁先出去吧，俺们跟他二婶好好聊聊。"

张锦德知道，女人有些话不好当着男人说，尤其自己是大伯哥，弟媳妇不

哈尔滨往事

好说话，他转身出去了。

37

看到张锦德出去了，吴慧芬说："二弟妹，有啥委屈恁就说吧，这里只有三弟妹俺们三个人了。"

姜桂芝推了张子成一把："成子也出去玩吧，别跑远了啊。"张子成正好想找小姐姐张子娟玩呢，他乐颠地跑了出去，到后宅去找上私塾的小姐张子娟了。

张慧君抬起头来，擦擦眼泪说："老张家的张锦恕，他、他在外边拈花惹草还抽大烟，都是明铺暗盖了，大嫂、弟妹呀，俺咋活呀，呜呜，张慧君又开哭了。"

大嫂跟姜桂芝面面相觑，又看看张慧君，大嫂说："这是真的呀？老二不是那样的人啊，是吧老三媳妇？"

姜桂芝也疑惑地说："不能吧，二哥文质彬彬的，几乎不跟女人说话的主，咋能呢？"

张慧君坐正身子，抹了一把眼泪说："今非昔比，此一时彼一时了，他张锦恕变了，变得包了一个说大鼓书的年轻女人，经常地夜不归宿，而且还染上了抽大烟的瘾，没药可救了。我这次回来是想跟老太太和大哥说说，他能改正的话，咱就过，不行的话，我就跟他分家自己过自己的，也免得惹气生。"

吴慧芬看看姜桂芝和张慧君说："弟妹你也别太伤心，这事儿要是真的话，那真得跟老太太说，你大哥也应该告诉，听听他们咋说，然后恁在决定。"

张慧君站起来说："那就麻烦大嫂了，你代我跟大哥和老太太说，或者先不告诉老太太，让大哥去看个究竟再说。我呢还得上班，我就先回去了，车还在门外等着呢。"

张慧君拿起拎包，转身出了房间，快步走到大门口。张锦德站在房门口没有过去，吴慧芬、姜桂芝送到门口，看着张慧君上了汽车走了，她俩才慢步走回来。

这事儿有吴慧芬一个人跟张锦德说就行了，当弟妹的姜桂芝也不好说什么，她就去后边找张子成了。

回到屋里，张锦德有点着急地问吴慧芬："到底咋地了，老二媳妇跟恁说啥了，是老二出啥事儿了？"

吴慧芬犹豫一下说："他二婶说，说他二叔包养一个说大鼓书的女的，还抽上大烟了，真的假的恁还是去看看吧。"

张锦德听到老二沾花惹草包养戏子，他真的不敢相信这事儿是真的。老二啊，这是真的吗？恁气死大哥俺了！

那么张锦恕到底咋地了，真的是包养二奶，抽上大烟了，本来好好的一个根本的人咋就突然变了呢？这个事情的原委，还得从海山崴那趟做生意说起。

上一次去海山崴做生意被绑架之后，极度的精神恐吓，让他落下了病根，很长的时间吃不好，睡不好。心里老琢磨因为自己的疏忽大意，让商行里损失了一万多大洋，张锦德哥几个都不说啥，他的心里也过意不去，因此上精神萎靡，整天的提不起精神来。

他整天地窝在家里不想出门，有老娘在，还有几次喜事儿他回去过，此外很长的时间也不回方台子家，总是觉得脸上没面子。

他窝在家里憋屈，其他哥几个也都知道，都觉得时间久了，过了这个劲儿，也就好了，所以他们从来也没有想过它会发生什么意外的事情。

他待在家里，整天的就是喝闷酒，看谁不顺眼就张嘴骂上几句，顺了心眼子，这才算完事儿。所以家里人都不敢惹乎他，都是敬而远之，这样一来，张锦恕就更觉得人人看不起他，都在孤立他，因此也就更加的郁闷无聊。

他待在家里时间久了，该做的生意也不做，更不出去交际，这个事儿让白显彤，也就是张锦恕的拜把子哥们知道了。

白显彤就经常地来张锦恕家里，几乎每次来都是带着酒肉，陪着张锦恕喝酒取乐，这样张锦恕觉得算是有点意思，心情逐渐地好了一些。

这一天白显彤来找张锦恕，他手里拿着逍遥扇满面春风地说："二弟呀，你可不知道啊，咱哈尔滨来了一个名角'天外天'的大鼓书艺人，那大鼓书唱得好，人长得也漂亮。我在道外三道街那个戏园子号了座位，特意接你们两口子去听大鼓书，贤弟和弟妹一块去吧。"

张慧君不太爱凑热闹，业余时间还得批改学生的作业，所以说："白大哥，不凑巧，我这边还有事情，不能出去，您就跟锦恕一块去吧，好吗？"

这样，白显彤陪着张锦恕去了道外三道街的戏园子"畅叙楼"，这是全哈尔滨最大的娱乐中心。

38

张锦恕、白显彤来到畅叙楼，楼上楼下已经是人满一座难求。白显彤在二楼包厢预先预定了座位，有人带着找到了座位，茶博士倒好茶水，递过来干净的湿毛巾，二人擦完了脸、手，嗑着瓜子等着大鼓书开演。

舞台不算很大，但布置得雅致清新，灯光柔和。主角没出场，鼓架子已经摆好，三弦琴师业已落座。一阵掌声，一阵叫好声，一个打扮得清新靓丽，身段极佳的女艺人"天外天"，登台而立，插手向听众施礼鞠躬。

三弦弹起来，大鼓打起来，说唱的是《秦琼卖马》，"天外天"吐字清楚，声音圆润响亮，手势表情丰富，没唱几句，就将人们引入了大鼓书的剧情当中。

张锦恕以前因为生意忙，很少来这里消遣娱乐，今天到了这里，看到"天外天"人长得俊俏，唱功了得，不由得从心里喊出来一句"好，打赏！"

扔手巾板的伙计端着打赏盘走过来："哪位爷打赏？"张锦恕掏出来十块大洋扔进盘子。白显彤指着张锦恕说："这位爷是齐瑞商行的老板张锦恕先生。"

伙计大声吆喝："齐瑞商行老板张爷打赏大洋十块！"张锦恕点点头对白显彤说："唱的还真有味道，人也漂亮。"

白显彤笑眯眯地说："大哥没糊弄你吧，这小娘们唱得好，人也貌美如花，二弟要是心仪，俺就引荐一下，交个朋友吗，哈哈。"

张锦恕面有赧色地说："美女人人喜欢啊，可是家里有糟糠呢，不敢交往女朋友啊，哈哈。"

白显彤不以为然地说："哎，二弟，人活一世，草木一秋，总也不能憋屈着自己个呀。二弟家境富裕，后续财源不断，有个相好的老铁子，也是正常啊。很多富人一个老婆，几个姨太太，也是司空见惯啊，二弟不用那么小心翼翼的。"

张锦恕不做言语，白显彤心里知道，这个张锦恕相中了天外天了，后续自己要推他一把，让他走进自己的套里边。

白显彤凑过来低声说："这些事儿我也不谙熟，还得让俺家的大小子三宝去给引荐为妙。"

张锦恕喝了一口茶说："大侄子做啥呢，好久不见了。"

白显彤叹了声气说："所谓的龙生龙，凤生凤，耗子生来会打洞啊。俺那个瘪犊子一上学就脑袋疼，中学对对付付的总算念完了，说啥也不念书了。大小伙子了，总不能在家里待着吃闲饭吧，这不我就舍出了老脸去求警局的署长，送了礼，三宝也就跟我一样当了警察了。"

"做警察不也挺好吗，吃官家饭，挣的是皇粮，其实比俺们做买卖的稳当啊。虽然挣不了太多的钱，但也是保本的，不受风霜之苦，不用担惊受怕，什么损失了，什么赔挣的，都不用操心，养家糊口没问题，挺好的了。"

"那也是，瘪犊子不上进，怨不得别人，在警察堆里混，挣点散金碎银子，能糊上口也就心满意足了。"

"大侄子脑袋瓜灵活，心眼机灵，在警察堆里干，也不会抱下洼地，几年下来升迁没问题的。"

白显彤点点头笑呵呵地说："可不是咋地，这小子才干了大半年，就比老子道道多。就说道外的这些娱乐场所吧，他都混得门清，就说这天外天吧，他也熟的不得了，所以让他给你引荐才稳当呢。哈哈。"

张锦恕摆摆手："就那么一说，千万别引荐啊，听听大鼓书，消遣一下也就算了，还是少惹事吧。"

白显彤皮笑肉不笑说："就听二弟的，咱就听大鼓书，不扯别的里根楞儿行吧，哈哈。"

听完大鼓书，张锦恕要走着回家，白显彤也就告辞说："明天咱接着听啊，还是我买票。"

张锦恕摆摆手："哎，轮着买票吧，明个我来买票，你定个座位就行，说好啦，自家哥们就别跟我掰扯了。"

张锦恕回家了，白显彤也回到家里，坐在沙发上琢磨事情。晚饭的时间过去了半天，儿子白三宝醉醺醺地回来了。

白显彤夫妇看到白三宝有喝得快醉了，忍不住叨咕着："几两猫尿又分不清南北了，你这个当警察的，总喝醉，咋管案子呢，还有也不能给你两个弟弟妹妹做个榜样，带出了一个好头啊。"

39

白三宝一屁股坐在沙发上，喷着酒气说："那咋整，他们总要请我吃饭啊，我也不能不顾人情拒绝呀。这不挺好吗？剩下了自己家的粮食，吃的还比家里好，何乐而不为呢，是吧老爹老妈？"

老妈生气地说："再这样满身酒气的回家，你就别回来了，你去住警察局的宿舍吧，让我省省心。"

白三宝不以为然："行啊，那样都省心，我也落的自在，无拘无束的，太好了，老爸你说对吧。"

白显彤心里有事儿，他摆摆手对着老婆说："你先去忙吧，我跟天儿说点事儿，我这个老警察混子，也要向新警察混子请教了。"

白三宝往父亲这边挪了挪，给了母亲一个鬼脸："俺老爹有事儿请教我了，不想让你听到啊，快点走开呀。"

母亲王氏一跺脚："死鬼，你们父子还有啥好事儿啊，我也懒得听，回屋去睡觉了。"

看着王氏进内屋了，白显彤转脸对白三宝说："我想给张锦恕弄个姨太太，你看咋样？"

白三宝眨眨眼说："你想？他想不想啊？人家不想的话，你操哪门子心呢？再说了，你有主儿了吗？女方在哪里呀？"

白显彤说："天外天啊，张锦恕听了一次她的大鼓书就神魂颠倒了，被那个小娘们迷住了。"

白三宝想了想说："据我所知，那个娘们已经结婚了，男的就是畅舒楼的二老板孙家富啊。你还能给人家弄黄了，嫁给张锦恕不成？"

白显彤有点惊愕："啥，结婚了，那个小娘们也就二十刚出头吧，咋就结婚了呢？"

白三宝："好花好草就有人惦记呗，那些狗尾巴花，才是没人搭理呢。"

白显彤有点着急地说："你是不懂我的心呐，我不是想拉拉近乎，最终目的还是想入股齐瑞洋行啊。"

白三宝翻翻白眼说："就这么丁点的目的呀，还用得着这么费劲儿？早跟我说啊，我给你安排，管她结婚不结婚的，整黄她呗！让张锦恕娶上天外天，不但让他上套，以后还得听咱们的，老爸你说你信吗？"

白显彤也是翻翻白眼不屑地说："就你那两下子，可别说破天的大话了，让他上套，以后还能听咱们的，想啥呢？你喝醉了在做梦吧。"

白三宝突地站起来说："你要是不信，那就按着我的安排试试，不出一个月，就让他上套没商量。"

白显彤不爱听了，他说："困了，还是睡觉吧，想得太多实现不了，闹心啊。"

时间过去了半个多月，这些日子张锦恕跟着白显彤，差不多每天都去畅叙楼听大鼓书，白显彤不去，张锦恕就自己一个人去，听得他上了瘾，着了迷。

这一天，白显彤陪着张锦恕听完《贾柳楼三十六友》这一段，天外天说到结尾处："正是：瓦岗结义英雄强，齐聚山东祝寿康，奈何结义非本心，不烧瓦岗一炉香！"

听众鼓掌，张锦恕打赏完毕刚刚走出畅叙楼书馆，天色已经黑了下来的时候，白三宝出现在门口。

张锦恕看到白三宝站在门口，以为他是来接白显彤的，就说道："大侄子来接你父亲的吧。你们走吧，我一个人溜达回去就行。"

白显彤问道："你来干啥呀，我也不是找不到家，还用你接我呀？"

白三宝人不大，将近二十岁，可是鬼心眼子老多了，他嘻嘻地笑着说："大叔，我是来接你们老哥两个去华梅西餐厅吃饭的，车在那边等着呢。"

张锦恕连连摆手说："还是算了吧，可不敢再让你们破费了，还是回家歇一会吧。"

白显彤此时明白了白三宝的用意，他拉住张锦恕说："哎，二弟，你大侄子也是一片孝心啊，你不去那可不行，还是一起走吧。"

白显彤几乎是强拉硬拽，来到汽车旁边上了汽车，司机一按喇叭，车子就转到正阳街，过了道外、道里连接处的铁路桥涵洞，赶去中央大街华梅西餐厅。

到了华梅西餐厅，已经预定了雅座，服务员送来湿毛巾擦了手和脸，上了格瓦斯汽水，三个人坐在那里闲聊几句。

这时候，服务员又带过来一个人，张锦恕看着是个女人，这个女人穿着华丽，相貌俊秀，还似乎是在哪里见过你，他一脸疑惑看着白家父子。

白三宝站起来说："张大叔，是我特意邀请来老道外畅叙楼的第一名角天外天女上，一起喝酒聊天，请诸位欢迎。"

张锦恕左看看，右看看，满脑袋疑惑地说："我是一点也不知道了啊，惭愧。"

白显彤事先也不晓得，不过他懂得了白三宝的安排，他赶紧说道："天外天这样的名角出席我们的饭局，真是让我们脸上增光不小啊，欢迎欢迎！"

天外天摘下大檐帽，眼神里似乎是透着丝丝的无奈。她鞠了一下躬说："小女子田如玉拜见几位大爷了。"

张锦德有点尴尬地说："哪里有啥大爷呀，称呼大哥也就好了。"

白显彤也赶紧说："对、对，叫大哥吧，亲切，热乎。"

白三宝在一边说："田小姐，这两位一个是我的父亲，一个是我的叔叔，希望你们聊得愉快。您请坐，请坐。"

田如玉坐了下来，眼神里带着不安，这些张锦恕都看在眼里，疑惑在心里，他心里琢磨："这个头牌名角不请自己来了，这是白三宝搞的鬼吧？"

吃饭之间大家做了介绍，张锦恕知道了天外天姓田，名叫如玉，黑龙江双城市人。从小学艺，从师孙大嗓子唱大鼓，去年来到老道外，经人撮合，嫁给了畅叙楼二当家曹子睿做二房，这才在畅叙楼当真上了头牌。

张锦恕细心地揣摩田如玉，发现她心神不定，似乎有啥事情在身，让她不多的话语中，流露出来谨慎应付的情绪，绝不像很自愿地来这里喝酒聊天的人。

40

席间，白显彤跟白三宝一起去了洗手间，张锦恕猜想他们有啥秘密的话不便让自己知道，所以背着自己。

饭后，大家下了饭店的二楼，白显彤说："二弟呀，我还要到警察局的孙署长家里去一趟，孙署长的姑娘要结婚了，我先去随点礼，人情不能落过的呀。让三宝你大侄子送你们，坐轿车回去方便，不要叫洋车了。"

说着话，白显彤叫了黄包车先走了，白三宝示意张锦恕、田如玉上了车，白三宝也上了车，就叫司机开车。

轿车开的方向是朝着道外方向，但是不是张锦恕家正阳街上，而是开到了道外五道街的一处宾馆前停下了。

张锦恕在车上说："田小姐在这里住啊，我也可以下去，走两三道街也到我家了。"

田如玉低着头没作声，看看张锦恕，又看看白三宝，眼睛里似乎充满着恐惧感。

白三宝笑着说："二叔，白小姐下车吧，我的车只能送到这里了，以后只你们自己的事儿了。"

张锦恕下了车，他问白三宝："大侄子，刚才从正阳街路过，为啥不给我停车呢？"

白三宝哈哈一笑说："二叔啊，不是我不停车，是田小姐要找你说说话啊。所以我按着她的意思，在这里开了一个房间，你们进去慢慢地聊，我也不再打扰你们了。"

张锦恕看看田如玉，回头对白三宝说："你这小子净胡搞，深更半夜了，各自回各自的家，有啥聊的，犯浑！"

白三宝一脸无辜的样子说："哎呀二叔你可冤枉我了，不是我让你聊天，是田小姐，天外天这个名角找你聊天啊，你不去陪人家，那可凉了田小姐的一片心啊，哈哈。"

说完了朝着田如玉一努嘴，眼神里带着威严："田小姐请吧！"

他左手拉着田如玉，右手拽着张锦恕，进了福顺宾馆，来到了早就订好的房间。

张锦恕到了门口说啥也不进去，白三宝语调发生了变化："二叔，可别给脸不要脸啊，大侄子一片真心为你老好，何必扭扭捏捏地装洋相呢？你们愿意不愿意，也得进屋聊聊啊，聊完了你再出来，大侄子也就完成任务了，哈哈。"

张锦恕满眼怒火，拔脚要走，白三宝跟身边的司机硬将张锦恕推进了房间，反扣上了房门。张锦恕使劲地推房门，但是就是推不开，气得他浑身乱颤，坐在床头呼呼地喘着气。

田如玉站在一边，两眼流着泪水，她擦擦泪水过来说："张先生，我是被他们逼着过来的，我要是不答应他们，我的家人就受到威胁。看样子张先生也是一个好人，但是难道你也有把柄攥在白家父子的手里吗？"

张锦恕气呼呼地说："我有啥把柄攥在他们手里啊，到时他们每每有求于我，今天这个事儿过后，我非得好好整整他们不可。"

田如玉哭泣地说："那个白三宝，虽然年纪小，但是满肚子坏水，这个主意都是他出的，还拿着枪逼迫俺，俺们一个艺人能有啥能耐，只有忍着了。"

张锦恕多少有些疑问，他说："听你说，你的丈夫是畅叙楼二当家的，也应该有些社会人脉啊，钱上也不用发愁，咋还能受他们摆布呢？"

田如玉看着张锦恕苦笑一下，叹了一口气说："张先生啊，到了这个份上，俺说出来也不怕你笑话俺了，俺那个丈夫啊，说穿了就是一个摆设。他今年六十多了，老迈昏聩的，抽大烟扎吗啡，活着还强维持呢，哪能管外边警察的事儿啊。"

张锦恕:"这样啊,那大当家的是谁呀,畅叙楼的台柱子被人随意糟践,还靠啥挣钱呢?"

田如玉哭笑不得地说:"这个俺就更难说了。其实呢,大当家的就是俺那个老头子孙家富的大老婆,今年也就三十几岁。她生气我嫁给了孙家富,怕我吞并家产,盼着我出事呢。"

张锦恕听的是如释重负,舒了一口气说:"你有孩子吗?为了孩子真的忍耐,孩子大了就好吧。"

张锦恕说完这句话,田如玉倒是大声地哭上了,这让张锦恕又产生了疑问:"又哭啥呀?说说呗。"

田如玉带着哭腔说:"我哪有孩子啊!先前在双城那边学艺,出徒以后师傅不让我嫁人,让我为他挣钱,熬了十多年,才被孙家富花钱买了来。先前孙家富跟我说好我就是唱大鼓,其他的他不干涉,我也可以找婆家。可是看到我一上场就红了,他怕我跑了,就强行地娶了我,还让我写了文书,不得改嫁。"

张锦恕说:"他既然娶了你,还指望着你给他挣钱,要是跟你生一个孩子,把家产分给你点,不就好了吗?"

田如玉停住哭声,但是脸上润红起来。她辗转了几次,才说出来这里的真情。原来那个孙家富前些年抽大烟扎吗啡,身子骨已经透支了,跟田如玉结了婚不假,但是根本没有能力行夫妻之事,到现在田如玉还是姑娘身呢。

田如玉红着脸说了自己的窘况,然后又哭泣起来,这倒让张锦恕升起来一股怜惜之情:"田小姐,也不是我多嘴,那你以后咋整啊,你还年轻,日子长着呢,得赶紧想办法啊。"

田如玉一脸的无奈:"俺能有啥办法呀,有等于卖身契的文书在他们手里,挣的钱也不给俺多少,俺没积蓄,想出走逃跑都没地方去,只能忍着了。"

听到田如玉这么说,张锦恕张了几下嘴想说啥没有说出来。田如玉看着张锦恕咬咬牙说:"张先生,俺看你也真的是好人,不是奔着俺的色相来的,俺也敬佩你。俺想干脆跟了你,俺一点钱也不要你的,这样起码感情上有个寄托和安慰。万一俺怀孕了,你就资助俺点钱,俺逃跑到外省份去生活,等那个老头子死了,俺在回来跟你团聚,你看行吗?"

41

张锦恕看着田如玉那个可怜巴巴的样子，心里翻腾起来。他脑袋里就像过洋片那样，家里外边全都想到了，自己外面有了女人，咋跟家里人交代呀。他的性格本来就缺少决断的刚烈，现在看着眼前的美女，还是一个需要帮助的弱势，自己到底咋办呢，他真的一下子下不了决心了！

张锦恕再三地琢磨。最后还是对田如玉说："我有家有口的，做这个事儿不合适，你还是先回去吧，以后再说。"

田如玉本来就是被白三宝等人强迫而来，见到了张锦恕有了好感，还想托付终身，但是张锦恕不愿意，她也就死了心，答应一声就要走。

她刚迈出一步，张锦恕说："慢，等一下，你先将电灯关掉。"

田如玉以为张锦恕回心转意，她红着脸赶紧关了灯。张锦恕在漆黑的屋里说："我怕他们在外面看着呢，咱们很快就出去，他们还得追问你，你也不好应付。先将灯关了，等一会再出去，他们可能就不再问了。"

原来如此，张锦恕还是为了自己着想，这反倒让田如玉更加认定了张锦恕是好人，是可以托付终身的人。她心里暗暗决定，一定要找机会得到张锦恕，不要错误地放走了一个可以信赖的好人。

临走之前，张锦恕把自己商行的电话号码告诉了田如玉，然后他们分头离开五道街的宾馆。田如玉叫了黄包车，张锦恕步行一个人懵懵懂懂地往家的方向走去。

张锦恕的家就在正阳街三道街里侧街头不远，距离他们家很近的街头上，就是很有名的"正阳楼"肉食品商场；三道街往东走一道街的四道街，临街的四层楼房就是赫赫有名的"同济商场"。

"没逛过同记就不算到过哈尔滨。"历史上，同记商场几乎就是哈埠商业的同义词。一九三零年，河北省乐亭县何新庄人武百祥，在哈尔滨道外唯一一条热闹大街南大街（即南头道街）路西开设一家小杂货铺，即今天同记商场前身，名字叫"仝记"，后改为同记。

一九一三年同记改为总号，并在齐齐哈尔、巴彦等市、县设支店。一九二零年初武百祥以巨款在傅家甸北大街购买了一处街基，开始建筑哈尔滨最新型的四层大楼，取名大罗新环球货店，并于同年十月十日开业。大罗新环球货店开业后，迅速成为全国十大商店之一。进入二十世纪二十年代后，哈尔滨以"大罗新"开业、同记商场诞生为标志，东北三省的民族商业进入了 ·个新时代。

后来长春的"振兴和"、佳木斯的"公利源"等，都是以同记商场为蓝图建的。当时的商界名流曾这样说："傅家甸（道外）的兴盛与发展，盖由同记发轫。"当时同记在东北的影响非常大，如果有人到哈尔滨没逛过"同记大罗新"，那回到家都没法跟人交代。因为没逛过同记就不算到过哈尔滨。

同济商场是由哈尔滨商业巨头武百祥在一九二八年创建的，它是在原来的"大罗新"商场盈利积累下的产物，年利润达到了三十二万两白银。

一九三七年六月十四日，同记商场被迫改为"同记商场株式会社"，到一九四一年太平洋战争爆发后，同记商场三位经理被日伪以"经济犯"名义逮捕入狱，一九四二年倒闭。一九五五年同记商场收归国有，于七八十年代复现鼎盛荣华，但在一九九三年贷款扩建改造之后，经营状况急转直下。一九九九年，同记商场由中央红集团股份有限公司代管。二零零零年七月，代管到期，现已停业。

哈尔滨老道外就是哈尔滨开市的地方之一，从最初的"傅家店"的称谓，到哈尔滨的名字传播，都反映了老道外对哈尔滨的贡献，那些老字号也见证了老道外当年的繁华。

像今天的"老鼎丰""正阳楼""亨得利""双合盛""大罗新""同济商场"等等，都是那个时代的产物。有的今天还在经营发展，有的因为各种原因消失在市场的竞争之中。

再说张锦恕一个人在灯光朦胧的街道上走着，刚从五道街往四道街拐弯，也是天黑看不清楚，他一头撞在一个人身上，他晃荡两下，差点没跌倒。

对面被他撞了的人，也是一个趔趄。嘴里说着："后生啊，看着点啊，我可不抗撞啊。"

语音里带着满满的"老呔"味道，一句话就把张锦恕的迷迷糊糊逗得精神了。他抱腕在胸说道："对不住您了，我怎么看您面善呢，您在哪里发财啊？"

对面的人呵呵笑了一声，然后用手指着旁边的四层高楼说："俺就是那个嘎达的，听到过武百祥吧，那就是俺。"

张锦恕一听是武百祥，那可是哈埠赫赫有名的商业大亨，同济商场、大罗新就是他开办的呀。要是跟自己的齐福商行来相比，那真的就是小巫见大巫，没法比啊。

张锦恕赶紧施礼说："是我没长眼，撞着您了，对不起啊。我是您旁边的齐福商场的张锦恕，做个小买卖，养家糊口过日子。"

齐福商场虽然没有同济商场大，但是也算当时老道外上数的商家了，武百祥当然知道，他为人谦逊，赶紧回礼："张老板，幸会幸会。生意不在乎大小，用心去做就好，就好。"

张锦恕跟武百祥告辞，慢悠悠地回到家里，家里人都在等他，饭菜还在桌子上放着呢。

此时的张锦恕心里是有愧疚的，他想起来跟田如玉私下会面的事儿，他就有点胆怯，几乎不敢正眼看老婆张慧君。

眼前的老婆张慧君年轻的时候确实也很漂亮，也是让张锦恕捧在掌心怕吓着，含在嘴里怕化了的美女。到了如今，时过境迁，马上四十岁了，也不太爱打扮自己，跟那个戏子田如玉比起来，那真的就是黄脸婆见到仙女，一个在天上，一个在地下，没法比呀。

42

张慧君问道："不是听大鼓书了吗？早该散场了吧，咋这么晚才回来啊？吃饭了吗？桌上的饭菜都凉了，我去给你热一热吧。"

老婆的几句温暖关心的话，又让他体会到原配媳妇的可贵可爱之处，恐怕再娶一个绝不会有张慧君这样的关心他了吧。他没有正眼瞅张慧君，随口说："吃过了，白三宝，就是白显彤的儿子请的，吃的是西餐。"

"那为啥不打一个电话回来呀，孩子上学住校不回来，家里就我一个人傻等着你，你亏心不得呀，哼！"

张锦恕心里有鬼，不太敢大声争辩，他低声说："那是老白家父子怕我不去，就搞突然袭击，到了华梅西餐厅饭店附近我才知道。饭店里人多，就一部电话机对外，排号等着时间太长，所以没有打。"

张慧君也不再说什么，她将桌子上的饭菜收拾下去，然后打来洗脚水，让张锦恕泡脚，自己个儿去一边看学生的作业。

第二天早晨，张锦恕去商行上班，刚进办公室，电话响了起来。张锦恕接起来电话，正如他猜想的，就是白显彤打过来的。

"二弟呀，恭喜你呀，感觉满意吗？哈哈。"

张锦恕一肚子不愿意，他没好气儿地说："满意啥啊？以后千万别整这个了，低下的事儿，上不了台面，还是算了吧。"

白显彤以为田如玉还是一个雏，不谙风月，不懂床帏的事儿，没有让张锦恕舒坦，他大声地说："哈哈，二弟呀，据说田小姐还是黄花大闺女，没有让你尽兴吧。嘿嘿。"

张锦恕说："大哥呀，兄弟可跟你说了，就这一次，不能再有下一次了，要是再有下一次，那咱们的兄弟也做不成了吧。"

白显彤听出来张锦恕有点不高兴，他解释着说："二弟呀，当大哥的不是看着你情绪低迷，整天的闷闷不乐的，时间长了大哥怕你得毛病啊。二弟你要是不懂好赖，那大哥就啥也不说了，算我多事儿了。我出钱，耽误时间，还让儿子帮着我，我图意啥呀，你真的冤枉大哥我了。"

张锦恕想了想，觉得白显彤也许没有啥坏心，真的是为了自己好，他带着歉意说："白大哥，二弟谢谢你了，是我自己个想的多了，对不起啊。"

白显彤笑着说："哎，这就对了呀，今晚继续听大鼓书呗，还是大哥请你，行不？"

张锦恕说："白大哥，今晚我不去了，手头上积压了很多的生意上的事情，我得处理一下，不然齐瑞商行就垮了。"

白显彤说："啊对，正事儿要紧，千万不要因为听大鼓书耽误了生意。那就改天吧，改天咱们一起去。"

张锦恕放下电话，坐在那里沉思着，自然地想到了田如玉。田如玉的身世，以及她的小模样，都让他惦记在心里，此时还想着她能打来电话多好，张锦恕自己不得不承认，自己已经喜欢上田如玉了。

这时候，李万全敲门走进来，他手里拿着一沓子单据，对着张锦恕说："经理，这是这一段时间有问题的货单，多数是咱们的问题。我跟您说过好几次了，您说以后再说，这已经耽误咱们不少的生意了，您还是赶紧处理吧。"

张锦恕说："这段时间我的身体不好，商行里的事儿让万全操心了。你把单子放这里吧，我现在就处理。是咱们的问题，该退货的退货，该赔客户钱的咱就赔，商行的信誉要紧。你再捋一捋，看看啥缺货，啥好卖，再组织一些货源，得让商行正常运转起来呀。"

李万全又递过来一个单子说："这些日子我整理了几次了，都在这个单子上，经理您过过目，然后我就去办理。"

张锦恕接过来单子看了看又递回去："行，就按着你的单据上的办吧，我相信你的能力。如果缺少资金，咱想办法去银行贷款，增加点利息，也得有周转资金啊。都怨我上次去海山崴赔了那么多的钱，才让商行流动资金紧张的。"

李万全说："经理您也不必责怪自己呀，谁也想不到被黑帮绑架的事儿啊，保住命就不错了，钱咱们慢慢地往回挣呗，别太放在心上了。"李万全走了，张锦恕一张一张地仔细地看着那些单据，大多是客户反映货物质量的事儿，他拿起电话，挨个地打电话，跟人家解释，赔礼道歉，忙活到快中午的时候，这才基本上完事儿了。

他刚靠在椅子上舒了一口气，这时候电话又响了起来，他漫不经心地接起来电话，原来是田如玉打来的："张经理啊，中午了，我请你吃饭吧。"

张锦恕有点难为情地说："咱们也不很熟悉，咋好让你破费请我呢，以后再说吧，好吗？"

田如玉嘿嘿笑着说："一回生二回熟吗。咱们再坐在一起吃顿饭，那不就是熟人了吗。张经理，我虽然是戏子，但我也是正常的人，我知道好与坏。因为我敬重您的为人，所以从内心里说，也真的想跟您做朋友。希望您不要拒绝我的真心，给个面子出来一趟吃顿饭吧，好吗？"

张锦恕的内心里，还是很想再次见到田如玉的，只是基于家庭的责任不想做出来违反人伦道德的事儿。现在田如玉主动打来电话邀请自己，他琢磨良久还是答应了田如的邀请。

道外北十六道街的仙客来小饭店，两个人在这里见面了，张锦恕还是一脸不好意思地抱腕致谢。

43

田如玉倒是满面春风地接待张锦恕，要了三个菜，还要了两杯白酒，两个人坐在面对面，开始了喝酒吃菜聊天。

几口白酒下肚，田如玉的小圆脸就变得粉红了，这张锦恕看着倒是心猿意马了。田如玉偷偷看着张锦恕，觉得张锦恕在注意自己，她觉得这个男人应该喜欢自己，所以自己还得加柴火烧得再热一点。

田如玉笑眯眯地说："张经理经商多年，走南闯北的见过很多世面，也见过很多的美女吧？能否知道，张先生喜欢什么样的女人，有过与婚外女人做亲密的朋友经历吗？"

田如玉的话很直接，直击张锦恕的弱点，他甚至不知道怎么回答，犹豫了一下说道："我就是一个老古董，什么美女呀，都没有正眼看过，所以更没有什么亲密的女朋友了。"

田如玉还是笑眯眯地说："这样啊，那你就是自认为是所谓的君子了，但是情感可是于缘分的，一旦有了缘分，那可能就会脱离不开的呀。"

张锦恕笑了笑："我还没有这样的缘分吧，哈哈。"

田如玉抿着嘴笑着，不停地给张锦恕夹菜，时间不长，两个人两杯酒喝完了，饭、菜也都吃得差不多了。

张锦恕站起来抢着付了饭钱，田如玉心里高兴，嘴上还埋怨着："张先生啊，说好了的我请你，咋又让你花费了，真不好意思呀。"

张锦德平静地说："男人请女人才算正常吧，没关系的，不要分得那么清楚才好。"

张锦恕走出饭店，他看看田如玉说："好了，我得回去做事儿了，再见田小姐。"

田如玉却拉了一下张锦恕的胳膊说："张先生别忙着回去呀，我带你去一个地方看看，你在帮我出出主意，不然我心里没底呢。"

张锦恕问道："去哪里呀，啥事儿呢，不能在这里说吗？"

田如玉不管张锦恕愿不愿意，拉着张锦恕的胳膊就走，张锦恕害怕熟人看见，赶紧抽回来胳膊，跟着田如玉身后，顺着正阳街向东走去。

正阳街的最东端，向左刚刚拐过来，已经是北二十道街了。一处平房前，田如玉拿出来钥匙打开了房门说："这是我一个老乡的房子，他打算卖掉，问我买不买，所以才让张先生来帮我看一看，价格、房子新旧合不合适的呀。"

张锦恕听到田如玉这么说，他心里也没有多想，就跟着田如玉走进了房门。

走进屋里，田如玉拉开窗帘，室内光线还好，虽然是厢房，因为朝东面，二十道街东边是荒土地，没有什么建筑挡光，所以低矮的平房也算是很亮堂。

田如玉掸了掸椅子上的灰尘说，张先生请坐吧，我去给你烧水沏茶。张锦恕摆摆手："不用了，也不渴，待一会儿就走了，别麻烦了。"

田如玉笑脸如花地说："张先生啊，这里可算我的半个家了，客人来了哪能水都不喝一口就让走呢，那样太失礼了，以后的朋友就做不成了呀，嘻嘻。"

张锦恕还真的不好拒绝了，索性站起来来回溜达着，打量着整个房间，等着田如玉烧水泡茶。

这座房子算是两间半，一间客厅，一间卧室，还有一个小小的厨房，室内没有卫生间。整个房间收拾得还很干净。

张锦恕想："真得赶紧走，一会来尿了，着急的也得跑出去小解，万一毛楼（东北话，厕所）远，还满员，那还不尿裤兜子呀！"

田如玉走过来说："张先生，你看这个房子值多少钱，四十块大洋合适吗？"

张锦恕想了想说："也差不多，如果三十五块大洋买下来，那就合适了。"

"哦，那我知道了，我的老乡他也不住，所以再跟他讲一讲，估计没问题。不瞒张先生，我在双城来的时候，我那个老头子给了俺家二百块大洋，俺爹给了我一百块。我是觉得现在还能唱大鼓，大老婆不能把我咋地，但是万一我不能唱了，恐怕就会把我赶出来呀。那个时候我就会连一个安身的地方也没有了。那样的话，我不得沦落街头吗。所以我要有个打算，想办法积累点钱，为以后年纪大了盘算盘算。"

田如玉说着话，刚才那个满面春风的神态不见了，剩下的就是带着忧郁的眼神。

张锦恕想了想说："也不至于流落街头吧。我是觉得，你还年轻，有个后续的想法也很对，还有我这个老大哥也可以给你适当的帮助啊。"

田如玉脸上又绽放出来笑容："张大哥这样说，让小妹妹真的是感激涕零了。不管以后啥样，我都要记得张大哥这句话，要感谢您一辈子！"

说着话，田如玉突然地一下子从身后抱住了张锦恕："大哥，我喜欢你，今天我就给你！"

事情来得突然，让张锦恕有点无措，他使劲地挣开田如玉的双手说："田小姐啊，我可不配呀，田小姐还是另选他人吧。"

田如玉满眼热泪地看着张锦恕，她鼓足勇气在前面又一次抱住了张锦恕，哭泣着说："张大哥啊，我田如玉就认准您了，你是天大的好人，千万别嫌乎我，我可是黄花大姑娘呢，可以验证的啊！"

说着话，田如玉开始狂吻张锦恕，张锦恕也是忍不住了，不由自主地也吻起了田如玉。

44

张锦恕下得床来，看见床单上一片殷红，他这才真的相信了田如玉的喊叫是真的。

田如玉满脸羞红，下床收拾了残局，倒上来茶水，让张锦恕喝。张锦恕一阵性冲动过后，他就想到了张慧君，老婆对自己那么好，自己却在外边偷情，这可咋面对她呀。

可是呢，张锦恕不管啥原因，他走出了这一步，日后再想要刹车也难了点啊。一方面他的老婆张慧君确实贤惠，但是不会逢迎，床帏上只是为了生儿育女，没有性快乐的要求，所以完全是应付了事儿；还有这个田如玉虽然不是烟花柳巷女子，但是年轻漂亮，又能说会道，已经把张锦恕迷住而难以自拔了。他虽然做出过努力，打算结束这件算是荒唐的事儿，可是田如玉一再的电话邀请，一再的性诱惑，张锦恕最终还是隔三差五地跑来跟田如玉幽会，说是有感情也好，为了性欲也罢，已经无法割断了。

可这个事儿才是张锦恕被白家父子诱惑走上背字儿的开始，白家父子还有下一步的安排等着张锦恕呢。

一天晚上，白显彤陪着张锦恕在畅叙楼听天外天说唱大鼓书《连环套》，窦尔敦盗御马片段。听着听着，张锦恕不知不觉从椅子上滑到了地上，原来他竟然睡着了。

白显彤看到赶紧上前扶起来，张锦恕重新坐到椅子上，两眼迷离，困意袭来难以抵挡，嘴上一个劲儿打哈欠。

白显彤看在眼里，喜在心中，拍打着张锦恕的肩膀说：

"二弟最近征战较多，沙场过于激烈，鞍马劳顿啊，身子骨有点吃不消了。大哥建议补补身子吧，散场后我带你去整几口'福寿膏'，那就精神百倍了。日后再与田小姐床上奋战，也就不会觉得体力亏缺了，哈哈。"

张锦恕知道"福寿膏"就是大烟，他问白显彤："大哥听人说抽那个会上瘾，身体反倒不好了呀。"

白显彤摆摆手："哎，那都是胡扯，你看大哥我也每天整上几口呢，看我还是这个样子呀，身体不也好好的吗？"

张锦恕上下打量白显彤，看到白显彤满面红光的，他心里想，人家可是比我年纪大呀，身子骨还要比自己好呢。

张锦恕最近跟那位田小姐床上的事儿是多了点，勤了点，身上的体力和精神头都下降，他自己也感觉出来了。原本男女的性爱的事儿，就应该有个节制，身体不好了，也就少做，或是不做。可是张锦恕舍不得跟田如玉偷情的欢愉，不肯停下来，真的就听了白显彤的建议，去了大烟馆，抽上了大烟。真可谓是饮鸩止渴，越饮越死得快啊！

张锦恕自打抽上了大烟，刚开始还好，并没有耽误商场的事儿，家里人也没有看得出来啥异常的。可是后来烟瘾大了，不抽就不行了，原来的一天抽一次，到了一天两次，三次，甚至到家里也抽了，张慧君以及张锦恕的孩子们也就都知道了。

而白家父子呢，趁着张锦恕迷迷糊糊的时候，窜达着张锦恕让白显彤入了股，占到股份的百分之十八。而张锦恕竟然没有跟大哥商量，自己一个人就答应了。这样一来，白显彤就成了齐瑞商行的股东，他跟儿子白三宝也就开始操控齐瑞商行了。

张锦德听到吴慧芬说张锦恕做了这样的事情，心里能不发火吗？他捶胸顿足喊着："俺在四方台忙着找钱救急灾民，老三去了白山子采人参，也是为了灾民，可他老二却在市里做起来拈花惹草抽大烟的勾当来了！丢脸啊，给老张家祖宗丢脸啊！俺明儿个就去正阳街，绑也要把老二绑回来，强制他戒烟，和那个什么天外天的女人断了关系！"

说来也巧，正在张锦德朝着吴慧芬发火的时候，顺子进来说："干爹，俺四叔回来了，先去了奶奶的房间。"

张锦德心里高兴，他对顺子说："俺似乎听到汽车响了，他们开车回来的吧？恁去告诉奶奶和你四叔，俺们马上过去。"

顺子说："四叔是开车回来的，还有两个当兵呢。"顺子出去了，张锦德对吴慧芬说："这回好了，总算能有个弟弟帮忙了。你看俺们哥四个，老三去了长白山，老二在家里不务正业，老四又远在沈阳，到关键的时候，就是没有弟兄在身边可用啊。这回好了，老四锦辉回来了，让他跟俺去道外整治一下老二。"

吴慧芬说："老四回来了，他跟老太太都还不知道老二的事儿，你先不大吵大嚷的，让所有的人都知道了，也让老太太操心费神的。单独跟老四说说，看看老四啥看法，然后再商量着办呗。"

张锦德点头称是，他跟吴慧芬前后脚来到老太太的房间。坐在屋里跟老太太说话的张锦辉，看到大哥大嫂进来了，他赶紧站起来说："大哥、大嫂。"

吴慧芬笑着说："四弟回来了，事先也没有怎要回来的信儿啊，弟妹和侄子没回来吗？"

张锦辉说："我是去绥芬河公干，办完了事儿还有时间，所以就回来看看咱妈和几个哥哥嫂子。"

张锦德说："又去绥芬河了，没问问坑咱们钱的那伙黑道的人，咋样了？"

张锦辉笑着说："咋没打听呢，还把钱要了回来呢。"

张锦辉指着炕上的一个褡裢包说："这是一万五千元大洋，多的五千算利息，也算行了吧。"

张锦德："怎去找黑帮了，带多少部队呀，交火了吧，伤人没有？"

张锦辉笑着说："俺就去绥芬河了，没有去海山崴，也没找黑帮。我去绥芬河找了县政府说了咱们的事儿，县长出面找了黑帮老大，黑老大知道惹到硬茬了，赶紧吐了钱，还多拿出来五千做补偿。这不，我就借着出差的机会跑回来，也好把钱给大哥、二哥拿回来了。"

原来如此，张锦德说："这样最好，省得动刀动枪的，伤了人，死了人都不是好事儿。四弟这次回来能多待几天吗。也好跟我去道外看你二哥。他自从海山崴那个事儿之后他就做下毛病了，吃不好，睡不好的，身子骨差了不少呢。"

45

张锦辉有点不相信地问："我咋不知道呢，咋不告诉我呢，我应该早点回来看看二哥。"

老太太说："老大怎也没告诉俺老太太呀，啥事儿都瞒着俺，看来俺真的老的没用了。"

吴慧芬赶忙说："老太太，锦德也是俺二弟妹回来之后跟俺们说的，他也是刚刚知道的。这不四弟回来了，正打算一起去看看呢。"

岳氏老太太吐口吐沫，放下烟袋说："这个老二媳妇，她男人身子骨不好也不跟俺说，也要背着俺，那可是俺的亲儿子嘞，身子骨有毛病，当娘的也不能知道？沁，啥玩意呢！"

张锦德朝着老太太解释说："二弟妹怕你操心上火，所以不敢跟你说呀，也是为了老娘好。明个儿俺就跟四弟去道外看二弟，没啥大事儿，身子骨补一补又好了呀。"

岳氏老太太拿起烟袋开始往烟袋锅里按旱烟，然后吴慧芬拿过来火绳给点着。老太太用眼睛抹搭一下两个儿子："恁们翅了膀硬实了，俺老太婆没啥用了，混吃等死就行了。俺要睡觉去，不操那个心了。"

丫鬟凤仙赶紧上炕给老太铺褥子捂被，扶着老太太躺下。张锦德跟张锦辉，吴慧芬赶紧悄悄地走出来，去张锦德的屋里说话。

他们出门的时候，正好赶上姜桂芝带着孩子来看张锦辉。看到他们从老太太屋里出来，赶紧上前搭话："大哥大嫂，四弟回来了。"

张锦辉看着这个原来的表妹，现在是自己的三嫂了，心里也是好笑。但是有三哥在呢，虽然姜桂芝比自己年纪小不少，可是三嫂就是三嫂，也不是假的，就得尊敬啊。

张锦辉鞠了一躬说："三嫂好。我刚到家，咱娘睡觉了，我们就出来了，要去大哥大嫂屋里说说话呢。"

姜桂芝笑眯眯地说："成子，赶紧问候四叔啊。四弟、大哥那恁先过去吧，俺去厨房帮他们做几个小菜过来，让大哥跟恁喝点酒吧。"

张子成晃动着小手说："大爷，大娘、四叔好。"

张锦辉俯下身："哎，二侄子真乖。"

吴慧芬说："也不用三弟妹亲自做，就告诉一下黄师傅，要做啥饭菜就行了。"

姜桂芝说："行，俺这就去告诉黄师傅。"

张锦辉跟着张锦德进了屋，大嫂倒上了茶水，这时张锦德才把张锦恕的事儿一五一十地告诉了张锦辉："四弟呀，恁二嫂亲自说的，俺们不能全信，也不能不信。今儿个你歇一晚上，明天咱俩去道外看看究竟吧。"

张锦辉听完眼珠子就瞪了起来："这还了得啊，做生意赔点钱也就算了，这个抽大烟扎吗啡，那不是把自己个毁了吗？这事儿咱们哥们必须管，而且要管到底，强迫他戒烟！至于那个娘们的事儿，劝赔劝不了嫖，要是人家也不是贪图他的钱，还对他好，也就那样吧，嘿嘿。"

大嫂吴慧芬听着不愿意了，她指着老四说："哎，恁们男人咋都这样呢，恁说就那样了，那你亲二嫂咋办，往哪里放？哪怕恁二哥明媒正娶到家里也行啊，偷偷摸摸，夜不归宿，这算啥事儿啊，这是正经人家干的吗？"

张锦辉知道当着大嫂说不让二哥跟那个女人断了，大嫂出于女性的身份，肯定不愿意听。他急忙改口说："大嫂，我是说我跟大哥去劝二哥，要是实在劝不了，再想办法呀。"

吴慧芬说："四弟恁可不是这么说的呀，恁没说劝他们分开，就说那么地了呀。"

张锦德在一边说："老娘们家家的知道个啥，俺们能不去劝解吗。到啥时候说啥话，打听清楚了再说吧。"

吴慧芬不服气地说："俺老娘们咋地了，俺就知道'婊子无情，戏子无义'，纠缠下去不会有啥好果子吃，赶紧断了比啥都好！"

张锦德看看吴慧芬："越说越来劲儿了，赶紧去催催老黄，给俺哥俩几个菜，俺要喝酒了。"

张锦辉在一边只顾着笑，不想搭话。吴慧芬知道再说下去张锦德就会骂她，所以一转身出去上厨房看看饭菜咋样了。

张锦辉看到大嫂出去了，他凑近大哥说："大哥我告诉你啊，沈阳那边要出事儿了。自从张大帅被日本人炸死，少帅虽然不甘心，但是公开跟日本人干还打不过人家。本来想易帜后跟了国民党，国民政府能够帮着他报仇雪恨。可是哪里想得到啊，那老蒋更怕日本人，压着按着不让少帅跟日本找茬干仗。虽然咱东北军一忍再忍，可是那日本人却是认为中国人软弱可欺，现在是步步紧逼，说不定哪一天就要出大事儿了。到了那个时候，如果少帅坚持跟日本人开仗，那就不好说了，如果国民政府还是不让打，那可就窝囊了。到底咋样，我也不晓得，先跟家里人说说，准备一下，多存点粮食，以备战端一开，啥都缺呀。"

张锦德是一个纯粹的庄稼人，哪里知道什么国民政府，什么日本人啊。啥人管俺们，不都得干活过日子吗。

他说："老四啊，原来张大帅管咱们，咱们交粮纳税，现在国民政府管咱们，也一样交粮纳税呀，要是日本人来管咱们，不也得交粮纳税吗，对于咱老百姓，有啥不一样啊？"

张锦辉听到大哥这么说，他又着急又生气地说："大哥呀，那能一样吗？！不管如何，张大帅、国民党都是中国人管啊，日本人来了管咱们，那咱们就是亡国奴了呀！日本人不会把咱们中国人当人看的，咱们的死活，他们不会在意，在意的就是奴役咱们，抢咱们的粮食、金钱，一切一切他们都会不放过的呀！"

张锦德听到老四这么说，他似乎明白了："原来是这样啊，那可不能让小日本来管咱们啊，东北军得跟他们干啊，干不过就拼命，也要把小日本撵回东洋去啊！"

46

张锦辉知道几句话跟大哥说不太明白，明后天先跟大哥去一趟道外二哥家，尽可能地把二哥的事儿解决了，回到沈阳也放心啊。

第二天早晨，张锦德、张锦辉还有张锦辉的两个勤务兵，一起坐着张锦辉的汽车，去了道外正阳街齐瑞商行。

他们到了商行，进屋后，李万全看见了，赶紧离开柜台走出来说："大东家，四先生咋一起来了，俺们掌柜的在楼上呢，俺去通知一下吧。"

张锦辉摆手说："你忙吧，我们自己上去就行。"李万全点头，看着张锦德哥两个上楼了，他回到柜台里，旁边的两个小伙计凑过来嘀咕："张家大爷知道了二爷的事儿了吧，不然咋能哥两个一起来商行，不去家里呢。"

李万全没好气地说："去去去，干活去，少操心，少说话，没人把你们当哑巴卖了！"

两个伙计吐吐舌头回到柜台做事了，李万全往楼上看看，竖起耳朵仔细听着，他心里想："大爷早就该过来管管了，不然商行就要黄摊了呀。"

张锦恕正在楼上打瞌睡，门的响声把他惊醒了，他张嘴就损："谁呀，没长手啊，咋不敲门就进来呀，还有规矩没有啊？"

张锦德大步走进来，一屁股坐在沙发上，张锦辉站在一边看着张锦恕。张锦德大声喊着："咋的呀，我进来也得敲门啊，您这里是皇宫，还是衙门啊？您是经理趴着睡觉，让别人干活，进您的屋里还得敲门报告，您的谱摆的够大了！"

张锦恕本来是眯缝着眼睛，没看清来人是谁，当他听到是大哥的声音，他就激灵一下站起来，原先的困意瞬间地没了。他紧走几步从老板台后边绕出来，对着大哥说："是大哥呀，啊哦，还有四弟呢，你们哥俩啊咋一起来了呀。"

张锦德没好气儿地说："咋的呀，是不想让俺哥俩来呀，还是有啥不想见人的事儿啊，说说，俺们听听呗。"

张锦辉在一边也不吱声，光是龇牙地笑，张锦恕明白了，昨天老婆去了江北，肯定是告状去了，这回大哥来了，竟然还带着四弟，看来我这一关是过不去了。

张锦恕硬着头皮赔着笑脸说："大哥和四弟来了，俺哪能不欢迎呢？请还请不来呢，大哥您说对吧。"

张锦德看看张锦恕，又看看张锦辉说："老四恁也坐下吧，咱们两个一起听听恁二哥咋个欢迎俺两个，有啥幺蛾子要讲给俺们听。"

张锦辉把褡裢包放在桌子上，然后回身和大哥并肩坐在沙发上，大眼瞪小眼看着张锦恕，这下子可把张锦恕看毛了。

张锦恕心里有鬼呀，其实他从大哥的话里面也听出来了，所以心里扑通扑通的直跳，但是还得装着没啥事儿的样子，跟大哥和四弟对付。

张锦恕："大哥，老四，你们说的话我也不太懂呢，我咋地了，你们说呗。我能有啥幺蛾子，大哥跟老四这是挤兑我呀？"

张锦辉漫不经心地说："你是我亲二哥，也知道我的脾气，我不愿意拐弯抹角的闲扯，我也就明说了。那个什么天外天的女人是咋一回事儿，你抽大烟又是咋一回事儿，能跟俺和大哥说清楚吗？"

张锦辉说完，盯着二哥的脸目不转睛，张锦德也在注视着张锦辉的面目变化，这可让本来心里就有鬼的张锦恕装不下去了，他沉下来发灰的脸说："既然你们都知道了，那就看着办吧，反正我坚决不离开田如玉。"

张锦德听到老二说坚决不离开那个戏子，他气得呜嘞嚎疯地说："老张家祖上冒青烟了，背着媳妇嫖野娘们，还说什么坚决不离开，真是一个完犊子啊！这哪里还像读过四书五经，在商业堆里装个人模狗样的张大老板的样子，简直就是老站门前（哈尔滨火车站）前那些流氓地痞，不知羞耻了！"

看着大哥气得呼呼直喘，张锦辉说："大哥你也消消气，我二哥的事儿我还是这样说，戒毒由咱们，由不得他。至于那个女人，咱去见见她，不管是啥样的女人，咱都给她一个出路，但是不能总缠着我二哥了，这样行吧？"

张锦恕一听老四说要去见田如玉，他着急没好气地说："你们凭啥去见她，那是我们自己个的事儿，你们要是去见她说不好听的，我就再也不认你们是我的弟兄了！"

张锦德一听张锦恕说他们要去见那个女人，他就不认哥兄弟了，那真是又气又恨，眼里甚至流下了热泪。

张锦德擦擦眼泪说："老二，俺再问恁一句，恁是要现在的家，现在的老婆和孩子，还是就要那个戏子跟恁过，恁说清楚吧，不会再问恁第二次。"

张锦德原以为老二会很犹豫，会很难选择，哪知道张锦恕一张嘴就说出来了："我全都要，哪头我也舍不下。"

张锦恕这一句话，又把刚才气得不行的张锦德逗乐了，他指着老二说："怹可真的是做买卖的料，哪头有赚头都不撒手啊。"他回头看看老四又说："老四俺看这样吧，让怹二哥把那个啥天外天叫这里来，俺们听听她咋说，看看她同不同意让你二哥戒毒。"

张锦辉呵呵笑着指着大哥："要是那个女的不同意，或是不干涉，那就是跟二哥没有感情，那就赶紧散伙；要是人家都同意呢，那咱们再另说，是这样吧，大哥？"

张锦德点点头："老二怹先把毒瘾戒了，女人的事儿不算啥事儿，如果她是好人，咱可以跟他二婶商量，娶进家来也不是不行吧。怹看咱们哥们都没有姨太太，外边有点小钱的，不都是扯仨拽俩吗，俺觉得慧君也不见得死也不同意吧。"

张锦恕看到大哥跟老四这么宽容，他的心算是落地了，他说："大哥啊，这毒瘾我一定戒掉，那个女人的事儿，还望大哥成全二弟呀。"

47

话说到这跟上，张锦德这个当大哥的也算有个交代了，最麻烦的还是咋去跟二弟妹说那个天外天的事儿，这也很让张锦德头疼不已。

古语云：船到桥头自然直，凡事总会有个解决的办法，走到哪里算哪里吧，先给老二戒掉毒瘾那是正事儿。当下老四下楼把李万全叫上楼来，张锦德说："二掌柜的，俺这个兄弟咋地了，怹也知道了，咱们算是一家人，家丑不可外扬，哪里说哪里了。今儿个俺们就带着俺兄弟回四方台住一些日子，店里的大小事儿，都是你来管理，也不要有啥顾虑。听说白显彤也是商行的股东了，有啥事儿也可以跟他商量，觉得不妥的，决断不了的事儿，就派人去四方台找掌柜的商量，这样可以吧？"

李万全当然知道是咋一回事儿，他点头应允，张锦恕把钥匙递给李万全："万全，我把钥匙给你，商行的公章和要紧的账目，都在保险柜里锁着呢。经营的事儿，你自己说了算，不要听白家父子的，因为他们不懂行。"

李万全接过钥匙说："经理您就放心吧，您离开的日子也不会太长，这些日子我也会尽心的管理的。有啥难事儿，俺就去四方台找您商量，您就放心去戒了那个瘾吧。"

李万全下去了，张锦恕依然是忘不了田如玉，他对大哥说："大哥，我想打个电话跟田如玉说一声，看看她啥态度？"

张锦德冷笑着说："怎咋不说告诉二弟妹一声呢，真是妖精迷心窍了。怎打电话，让她马上过来，俺们按着刚才说的问问她啥态度，这样行吧？"

张锦恕内心里是极度地不想让两个张家弟兄见到田如玉，可是也没啥办法和理由拒绝，所以只有答应了。

张锦恕把电话打到了畅叙楼，田如玉晚上才有登台唱大鼓的事儿，听到张锦恕让她来商行，很是高兴。她心里暗自琢磨："这个张锦恕是越来越信任自己了，以前不让她去商行，现在打电话来让她过去，就可以证明他开始信任她了。"

田如玉赶紧打扮一番，偷偷地跑出来，叫了黄包车，一路小跑赶到了齐瑞商行门前。她下了车，付了钱，扭动着小屁股，推门进了齐瑞商行。

李万全在柜台前看见一个女人推门进来，他赶紧走过来打招呼："女士，您是买东西呢，还是谈生意呀？"

田如玉微笑着说："我不买啥，我找你们经理张先生。"

李万全："女士你们有预约吗？"

"哈哈，是你们张经理打电话让我过来的，要是你不信你跟我上去问问吧。"

李万全跟着田如玉来到楼上经理室，张锦恕看到田如玉来了，他对李万全摆摆手说："是我叫她上来的，你下去吧。"

田如玉进了经理室，看见屋里还有两位坐在沙发上，她有点奇怪看着张锦恕说："不是张经理您让我来的吗，这两位是？"

张锦恕一脸的尴尬，他对田如玉说："田小姐你先坐下，有事问你。"

田如玉左右看看，只有张锦恕办公桌前有一把椅子，但是她也不能坐在张锦恕的面对面啊，所以已经没有合适的座位让她坐了，她干脆站在地当央说："有啥话你们问吧，我能说的都说。"

张锦辉先发话了："这位小姐，是你甘心愿意跟我二哥好的吧，是吗？"

张锦辉一说话，田如玉就知道他们是啥关系了，她很自然地说道："是呀，是我甘心愿意跟张经理好的，我没有图意他任何东西，这我的天地良心。"

张锦辉："我二哥抽大烟你知道吗，你劝过他戒烟吗？"

田如玉坚决地说："刚一开始我不知道，后来知道了，我劝过张经理很多次，但是他不听我的，我也没办法。"

张锦德说道："俺二弟抽上了大烟上了瘾，身体损伤很大，如果再继续下去，身体就彻底地垮了，这恁应该知道。现在俺们想让他离开哈尔滨市内几个月，你有啥想法吗？不妨也说一说，俺们也想听一听。"

田如玉说："看来您是大哥了，只有亲哥兄弟，才会真正的关心张经理的身体呀。要是问我的话，我完全支持赞成他戒烟，让我出钱出力也都行。"

她停顿了一下有点难为情地说："张家大哥，我、我怀孕了，张家想要孩子的话，俺就生下来，让孩子姓张。要是张家不要孩子，俺也要生下来，让孩子跟俺姓，这样行吧？"

张锦德听到也不是很惊奇，他对老四说："老四恁看咋办？"

张锦辉笑着说："既然是张家的骨血，那就生下来吧，张家要孩子。"

他站起来去桌子上的包袱里拿出来五百块现大洋，找个兜子装好递给田如玉："这个事儿我替我二哥做主了，这钱你拿着，生孩子用得着。不过我二哥要戒毒，没有时间管你，你以后就好自为之吧。"

田如玉说："二位哥哥，俺自己个儿有钱，不敢要张家的钱。俺跟张经理好，也不是为了钱，俺先走了，张经理保重。"

张锦德看看张锦辉，再看看张锦恕说："田女士是算一个懂道理的女人，这个钱呢，田小姐还是拿着，不然老张家人心里过不去。"

田如玉不好意思地接过装钱的兜子，站在那里听着他们安排张锦恕。

张锦恕有点怕面前的两个哥们，长兄如父，他们都小的时候，父亲走了，是大哥跟老娘照顾他们小哥几个，所以大哥的话，他们都很尊重；张锦辉虽然俺是老弟弟，但是脾气倔强，又是军人，养成了说一不二的习惯，所以张锦恕也不太敢跟老四争执个甜酸。

张锦德说："那啥，既然都说准了，老二你就跟家里打个招呼，俺们就坐着老四的车，一起去四方台吧。"

啥事儿都有巧合，几个人正在议论，田如玉想走还没走的时候，白显彤溜溜达达上楼来了。他不敲门，推开直接走进来，一看屋里好几个人，他是有些猝不及防。

48

白显彤那算是外场人，见啥人说啥话，私官两厢老油条了。他见到张锦恕和张锦辉还有田如玉都在屋里，他知道可能是为了张锦恕吸毒的事儿来的，但是是不是跟自己个的股份有关联呢，他也说不准，所以皮笑肉不笑地说："哎呀，大哥跟四弟来了，咋不说一声啊，我请你们吃馆子吧。"

张锦德对白显彤入股的事儿本来就不愿意，现在三头对案，他就不再忍着了："白大科长过来了，幸会幸会。恁来的也正好，俺也想找恁去呢，现在就来说说恁的股份吧，俺觉得一成八的股份多了点，还是减下去点吧，啊。"

白显彤一看，真的是为了自己股份的事儿啊，商行是你们老张家的不假，可是我入股也是你们同意的呀，现在来找后账，晚了点吧，我白显彤也是吓大的呀。

白显彤："哎呀，大哥您这话有点不合适了吧？想当初入股的事儿，也不是我硬要入股啊，那也是二弟张锦恕同意的。如今白纸黑字，还有官家的大印，也不是说改就改得了的吧？大哥您可以让二弟说说，我白显彤是自己个强拉硬拽进入齐瑞商行的吗，不是吧，张锦恕你说说啊。"

张锦恕这个时候烟瘾已经开始发作了，但是他觉得不能不替白显彤说话，他强睁眼睛费了好大的劲儿说："大哥，白大哥入股是我同意的，他也拿了一成八得钱呢，也不是白入股啊。"

张锦德看到此时张锦恕还为白显彤出头说话，他生气地说："老二恁的话俺听懂了，就是说他拿钱了，恁就替他说话？可是你们听好了，齐瑞商行俺张锦德才是大股东，老二难道恁忘了不成？恁老二发展新股东不是不行，但是也得让俺这个大股东知道一下吧？俺这个大股东没有同意，恁就匆忙地让外人进来当股东，从公，恁不合法，从私恁不合情，俺说的对吗？"

张锦德把这个大股东的身份搬了出来，白显彤都蒙了，他根本一点也没有想过张锦德是齐瑞商行的大股东，怪不得张锦德说话这么有底气呢。张锦恕这边，张锦德不但是亲大哥，还的的确确是齐瑞商行的大股东，这让张锦恕更是递不上报单了。

白显彤不想失去费了好大的劲儿才得到的股份，他转了一会脑筋，卡巴卡巴眼睛说："不管如何，白纸黑字写在那里了，还盖着衙门口公章大印呢，那也不是谁想该改就能改的吧？"

张锦辉一拍沙发扶手大声说道："哪个衙门盖的大印，姓白的你信不信，我带人把那个衙门口扒了它，什么白纸黑字，我看他算啥啊，啥不能改？"

白显彤知道张锦辉那可是少帅身边的红人，正规营营长，手里掌握着几百人的队伍呢，自己一个小小的警察科长，手里不过二十多人，那真的算个人物啊。人在矮檐下，还是低头吧，他强装笑脸说："老四你这么说，我就不说啥了，反正我觉得我也为齐瑞商行出过力，不然我也不会进来。"

张锦德说："白科长，正因为恁为齐瑞做过好事儿，俺们也不会忘记，这才让你保留一些。但是俺家老二抽大烟，找女人，也都是恁做得好事儿吧，也麻烦恁大科长说说这是咋一回事儿吧？"

白显彤听到张锦德说女人和大烟的事儿，他来精神了："我说大哥呀，您这个年纪了，比我吃咸盐多，你咋不明白这个事呢。现在这个田如玉小姐就在这里，你问问她呀，难道是我把他们绑在一起送上床的吗？至于二弟抽大烟，那也是他觉得没精神，自己要求的呀，跟我没有一毛钱的关系，不信您就调查吧。这两件事要是完全怪我自己一个人，你是杀了我，是剐了我，俺都没话可说，你看着办吧。"

田如玉这时候说："我跟张先生的事儿，白科长也就是介绍我们认识了，其余的都是俺们愿意的，跟白科长没关系。"

有钱难买愿意。张锦德知道这个事儿很难搞清楚，也就顺水推舟说："既然是他们愿意，俺也不说啥了，股份的事儿，白科长就占一成吧，再少了也不好看了。事情就到这里，恁们都走吧，俺们还有事情要处理，就不奉陪了。"

白显彤、田如玉走了，张锦德看着眼神呆滞，浑身颤抖，眼泪鼻涕都淌下来的张锦恕，心中不忍地说："老二啊，恁再抽一回吧，添点精神，好去四方台。他二婶那疙瘩，哪天让子富恁大侄子他们告诉吧。"

张锦恕如获赦令，赶紧捣鼓出来烟枪开始抽上了，张锦德、张锦辉在一边看着摇着头，真是欲言又止，摇头叹息无奈啊！

张锦恕抽完了，就被张锦德、张锦辉强行带到四方台，开始强行戒烟，张锦辉也回沈阳了暂且不提。回头再说说去白山子采人参那几个人咋样了。

49

再说张锦祥带着其他三个人，从牡丹江下了火车，住了一个晚上，然后雇了一辆马车，前往二道河子，打算从那里进入长白山。

他们到了二道河子后，到集镇上购买了很多的生活用品，然后又坐着马车到了长白山的进山口，再然后弃车上路。

刚一进山的时候，因为是山边上，经常得有人走，道路虽然也是起起伏伏，坑坑洼洼，但还算好走。等到走了两三天以后，就很少能看到像样的道路了，最后就没有路了。

张锦祥靠着记忆，带着姜孝昌、冯文书、陈安子一行四个人，翻沟爬坡，涉水蹚河，钻花灌木丛，绕森林，半个月下来，身上的衣服都被树杈子，石头碴子，刮得破烂不堪了。

可是那人参在哪里呢？他们一点谱也没有，张锦祥也找不到原来记得那条道了，绕着圈圈就是看不到原先做过记号的那个高大的石头碴子。

找不到原先的那个地方，那就得再找到适合人参生长的地方，他们不得已改变了方向，顺着一个山坡下，往前走去。

他们转了两天以后，地势有所平缓，参天的大树少见了，都是一些低矮而且密密麻麻的灌木丛。他们走到几块大石头垒成的石头垛，看见那里在石头上刻着几个歪歪斜斜的大字"干饭盆"。

看到这几个大字，张锦祥忽然想起来当年父亲告诉他一句话："进了干饭盆，人马没有魂。"告诉他们，干饭盆这个地方，是长白山里的一道鬼门关，谁要是进去了，那就别想再出来。

因为这个地方方圆十几里地，山貌特征几乎一个样子，走山的人往往都在这麻达山（迷路），走来走去还是在原地打转转，最后吃喝没了，到了冬天就得冻死在这里。

姜孝昌问张锦祥："妹夫啊，啥叫干饭盆啊，有在这里做干饭卖的呀？"

老冯知道这个干饭盆是咋一回事儿，他没好气地说："这回完蛋了！还干饭呢，稀粥恐怕喝不上了。干饭盆就是一个神鬼难逃的地方，进来就是麻达山，找不到出去的路，最后咱们几个就得死在这儿了！"

姜孝昌听到老冯这样说，带着恐惧的眼神对着张锦祥叨咕着："妹夫啊，真的假的呀？要真那样的话，那还不如不来了。吃点苦遭点罪不算啥，这要没有发财却把小命整没了，这可冤枉死了！妹夫咱们赶紧往回走吧，抱着一条道朝一个方向走，咋地也走回去了。"

张锦祥看看姜孝昌不乐意地说："俺说大表哥，当初可是不让恁来呀，是恁死乞白赖的要跟着来。眼下遇到难处了，恁就打退堂鼓了，俺还后悔当初就不带恁来了呢。"

姜孝昌看看大伙委屈地说："俺说妹夫这就是恁的不对了，是俺要来的不假，可那是采人参啊，也不是来送命的呀。当下咱找不找道了，那还不兴琢磨往回走啊，这也是俺的错？冯大哥恁说说，到底咋办，俺听你。"

老冯想了想说："家有千口，主事儿一人，还是听老三的吧，他说咋地就咋地。"

陈安子也说："就听三掌柜的吧，他来过一次，有盘算，还没见着人参的毛呢，俺可不想回去。"

张锦祥拎拎地下的干粮袋子，四下看看说："咱的干粮还够吃上一个月左右的，咱还得想办法走出这个干饭盆，找到那年俺采人参的地方，撞一下运气嘞。今晚就在这里歇着吧，明个儿接着走。"

姜孝昌嘟囔着："行啊，俺就是一个雏，谁说的俺都得听着，那就歇着呗。"

他倒是睡觉好，身子一顺倒在湿草地上，脑袋枕着干粮袋子，一会就打起了呼噜，睡着了。

天完全的黑了下来，阴沉沉的，张锦祥觉得要下雨了。这是秋天了，山里不比山外，这里树木多，挡住了太阳，所以这里的温度较山外要凉很多。如果再遇到连续的下雨，淋湿了衣服，那就更难受了。

尤其是晚上，只有简单的大衣裹着身子，山风吹来，寒冷刺骨，那个遭罪劲儿，真是难熬啊。

还有毒蛇猛兽要提防，半夜里狼嚎虎啸，更是瘆人，谁知道啥时候，在啥地方冒出来老虎也好，群狼也好，还有那黑瞎子，舔上一口，那也是要命的。还有那要命的蚊子，天头一擦黑，那就嗡嗡的成群的来叮咬你，身上的血，每一天怎么也得贡献给大蚊子一些的。

说是来白山子采人参，倒不如说是用人命换人参。每年来白山子采人参的人也不少，真正采到人参的，可谓是凤毛麟角，倒是有不少人葬身在这苍茫的长白山里了。

冯文书凑到张锦祥身边，一边嚼着梆硬的干粮，一边倒出嘴来问张锦祥："老二，当年怎家俺老叔带怎们来过一次，就是时候长了点，难道你就真的记不住了那地界？"

张锦祥苦笑着说："冯大哥啊，要是记得真真的，俺还能带着怎几个走进干饭盆，俺自己个找死啊。"

老冯眨巴眨巴眼睛说："也是啊，怎也不能故意的来这干饭盆找死啊。俺以前也来过一次，可那次是吊蛋精光，啥也没有找到，空着手，饿着肚子回的方台子。那个时候俺才十七八岁，俺也是跟着俺爹来的，命不好啊！"

张锦祥也拿出来干粮吃着说："方大哥，安子啊，俺们当下要紧的不是找棒槌呀，是怎么走出去这个干饭盆，保命要紧那。"

陈安子倒是很乐观，他裹了裹衣服说："俺就信得过三掌柜的，明个儿就能走出什么干饭盆，准准儿的。"

张锦祥对他俩说："睡觉吧，不过还得精神点，听着点动静，万一来了猛兽，那可了不得呀。"

老冯笑着说："老三啊，要是真的遇到了大巴掌（老虎）俺们再精神有啥用嘞，还不得都做了山神爷的下酒菜啊。呵呵。"

50

张锦祥拍拍腰间："冯大哥，不知道吧，俺带着了这个家伙，一搂火，打不着也吓跑了吧，俺觉得还能顶点事儿。"

老冯知道张锦祥带了快枪，但是谁也没有见过老虎，真的见到了，还不腿肚子转筋吓软乎了，能掏出来枪，还能打响了？俺看够呛！

半夜的时候，下起了小雨，姜孝昌也被雨淋醒了，他们掏出来油布，勉强的遮挡着雨点，漫漫长夜咋就这么长呢，他们强挺着熬到了天亮。

看到天空放晴了，几个人开始活动，打算找点干柴，烧火取取暖，再烧点开水喝。姜孝昌主动去找干木头，干树枝子，无奈让一场雨给打湿了，找到的干树枝子，也是绵软的，湿漉漉的。

老冯走出去三十步左右，有个小水泡子，他用军用水壶打回来三水壶泡子水，烧不开也得喝呀，不喝就得渴死。

军用水壶是张锦辉留下的，当时老三看着好，就管张锦辉索要，张锦辉就让士兵留下了三个军用水壶，这次来白山子采人参，张锦祥就把三个水壶都带来了。

姜孝昌把湿树枝子摔在地下说："湿了吧唧的，也点不着火啊。"

张锦祥看着姜孝昌沮丧的样子，他说："大哥，点不着就别点了，喝点泡子凉水，对付吧。"

几个人喝点泡子里的凉水，就着干粮对付吃了点，也没吃饱，收拾一下上路了。

好几天都是阴天，本来在树林子里，就不好辨清东南西北，阴天没日头，辨别方向就更难了。

张锦祥走在前边，姜孝昌紧跟在后，四个人又开始琢磨，尝试走出这个让人迷魂的"干饭盆"。

走了两个时辰，张锦祥感觉到没有回到原来的那个地方，他对着几个人说："老天照顾，总算走出干饭盆了。"

姜孝昌脸上露出点笑容说："老天不该让俺们绝呀，还得给老天烧一炷香嘞。"

老冯说："那就歇一会儿吧，烧点开水喝，吃点干粮。"

张锦祥选择了一个地势高一点的地方，卸下来背包，坐在地下说："行啊，累死了。"

陈安子年纪小，身体好，他在附近找回来一堆干树枝，姜孝昌用火镰点着了树枝子，开始用一个小钢锅（军用头盔）烧水。

有了开水喝，他们感觉到身上热乎，开始掏出来干粮和咸菜疙瘩一起吃，这顿饭总算是填饱了肚子。

吃饱了喝得了，几个人歪在山坡上眯登了一会儿，张锦祥叫醒几个人："别睡了，得走了，天黑了再睡吧。"

姜孝昌磨磨眼睛说："昨黑天下雨没睡好，困呐。"

老冯站起来说："困也得走啊，咱们到底走出干饭盆没有，还不知道呢，还得再转一转才知道呢。"

陈安子："俺的妈呀，快点走出干饭盆吧，俺可吓死了。"

上了路，姜孝昌自告奋勇走在前边，他身体好，大步流星地窜得快，没多久，他就一个人走在了前边，距离后面的三个人影影绰绰大约有三十步远。

老冯嘟囔着："别瞎烂走啊，走丢了找不到咋个整，恁让山神爷（老虎）米西了，俺都不知道啊，哈哈。"

张锦祥朝前边喊着："大哥，恁慢点儿，一会走散了。"

正在这时候，突然间前边传来一声大牲口的吼叫，然后就是姜孝昌撕肝裂肺地惨叫："妈呀，救命啊，救命啊！"

张锦祥等人赶紧往前边快走几步，就见姜孝昌飞也似的跑了回来，他的身后黑影绰绰，似乎是一个什么野兽在撵他。

老冯眼睛不白给，他瞬间就看出来追姜孝昌的是一头黑熊，他惊诧地喊道："老三，黑瞎子，撵大昌子的是黑瞎子。"

人急失智，张锦祥听到老冯说是黑瞎子在撵姜孝昌，他的心里就咯噔一下，嘴上也说不出来话，眼看着姜孝昌跑过来，一头半打子（不成年）黑瞎子在他身后撵他，距离也就十几步远了。

老冯年纪大点儿，遇到事儿还能沉得住气儿，他朝老三喊着："老三，掏枪啊，老三开枪打啊！"

此时的张锦祥脑袋一片空白，根本听不到老冯的提示，他张嘴喊道："大哥，往俺身后跑，俺给你挡一挡！"

姜孝昌倒是听到了张锦祥的喊声，刺溜一下绕到了张锦祥的身后，接着往前跑去。

那头黑瞎子嗷嗷地叫着追赶着猎物，眼神里就是盯住了前边奔跑的那个人，突然间又冒出来一个人挡在前面，它没有反应过来，收不住脚，肩膀头刮在张锦祥的肩膀上，硬生生地将张锦祥撞得飞了出去。张锦祥被撞飞，身体腾空而起，双腿撞在树干上，咣当一声，实打实凿地摔倒在地上。

张锦祥摔倒在地上，双腿撞在树干上，疼得他撕心裂肺喊叫了一声："啊！"

那头追赶姜孝昌的黑瞎子，原本眼睛就在姜孝昌身上，倒在地上的张锦祥一声喊叫，这倒让黑瞎子停住了脚步，转回身来对着张锦祥愣了片刻，而后就朝着张锦祥嚎叫着扑过来。

张锦祥被刮倒在地上，双腿撞在树干上，疼得他瞬间满头是冷汗。腰间那支驳壳枪，也垫了他的腰眼一下，也是疼得不轻。他回身看到黑瞎子奔他来了，他也吓得不知道咋地好了，耳轮中就听到老冯喊着："老三，掏枪打它！快点掏枪打它啊！"

这个时候的老三，也就是在驳壳枪咯着他的腰眼儿的时候，他才想起来自己带着枪呢。说时迟,那时快,他忍住疼痛,一抬身拽出来驳壳枪,在大腿上一蹭,机头就张了起来,子弹上膛,对着黑瞎子就是"啪啪啪连续的开了几枪"。

张锦祥啪啪的几枪,并没有打到黑瞎子,倒是把黑瞎子吓坏了,它嗷嗷地叫了几声,趟着荒草树趟子撒腿跑没影了。

黑瞎子跑没了,可是姜孝昌也跑没了。张锦祥受了伤,倚在树干上歇着,示意老冯赶紧去寻找姜孝昌。

51

老冯跟陈安子顺着姜孝昌跑过去的地方找了大半天,这才看见姜孝昌上到了棵树上,双手搂着树杈子,在那里哆嗦呢。裤裆腿都湿透了,那是吓得尿裤子了。

冯文书憋不住笑喊着:"大昌子,黑瞎子来了,快点跑啊,快点啊,哈哈!"

陈安子也捂着嘴跟着笑,姜孝昌听到老冯还在喊黑瞎子来了,他使劲地往树的高处爬,嘴里还喊叫着:"老冯,赶紧帮俺打黑瞎子啊,快点啊!"

老冯压住声音说:"大昌子,黑瞎子被老三打跑了,恁快点下来吧,听到了吗?"

姜孝昌往下边来回看看,发现没有黑瞎子,只有老冯跟陈安子站在树下,他战战兢兢出溜下来,带着惊恐问:"老冯大哥,黑瞎子真的被打跑了,吓死俺了呀。"

老冯撇着嘴说:"还是练武之人呢,蚂蚁一样的胆子,怂货一个!别怕了,黑瞎子打跑了,老三可能受伤了,赶紧回去看看他吧。"

三个人回到张锦祥歇着的地方,发现张锦祥伤得不轻,两条腿小腿部分都瘀血了,觉得骨头没啥事儿,但是今天是不能再继续走了。

老冯嘟囔着:"得亏是黑瞎子膀子蹭了恁一下,要是脑袋撞在恁胸口,那还不散了架子啊。"他打开张锦祥的背包,找到了张家家传的专门治疗跌打损伤的膏药,点了火烤软乎了,给张锦祥贴上。

上完了药,老冯又回身对姜孝昌嘟囔:"俺说大昌子呀,恁的小命可是恁妹夫救得啊,想想日后咋报答恁妹夫吧。"

姜孝昌脸上由白转红,他不好意思地说:"可不咋地,得亏老妹夫了,不然俺的小命真的没了。那个大黑瞎子，真猛啊，那大熊掌拍俺一巴掌，还不成肉酱了。"

张锦祥倒是觉得没什么，他随口说："亲戚嘛！总还得有个照应呗。赶紧整饭吧，都饿坏了，吃点干粮垫吧一下吧。"

姜孝昌、陈安子四处寻找干柴，点火烧水，准备吃饭。

他们在这里住了一个晚上，第二天起来吃完饭，张锦祥活动一下双腿，觉得还可以，他说："咱们还得走啊，不怕慢，就怕站，慢慢走吧。"

他们轮流扶着张锦祥，慢慢地向前走，半天过去了，也没有走多远。午间吃过了饭，老冯在前面探路，几个人跟在后边，缓缓前行。

老冯停下来察看脚下的路，似乎有人走过，已经踩出了一条道，他高兴地说："老三恁们看，这条道以前有人走过，但是不像新道，咱们沿着这条道走吧。"

他们沿着这条道走到黑天，然后住下，第二天又开始走，边走边搜索道路的痕迹，生怕走错了。

午后的时候，姜孝昌说："冯大哥恁扶着妹夫吧，俺在前边走，放心不会走得很快，嘿嘿。"

老冯说："嗯呐，可别走得太快，大伙看不见恁，有啥险事儿照应不上。老三，俺咋看又像干饭盆的地形啊，都是矮啪啪的树啊。"

张锦祥没听见，姜孝昌答应一声，拿起一根棍子探索道路，往前走着。走着走着，就听到姜孝昌喊道："哎呀妈呀，这是谁呀，恁们快点来看看。"

大伙跟着过去，看见草丛里一具人体白骨，在白骨的附近，他们又发现一具人体白骨。张锦祥沉默一会说："这肯定是踩山的人，不麻达山了，就是遇到野兽了。"

姜孝昌看着感到后背冒凉气："看来干这个事儿真是悬得很啊。"

老冯嘿嘿地笑着说："是啊，哈哈！"

张锦祥在思索，他想："难道？"他对姜孝昌说："大哥恁再往前边走走，看看还有没有。"

姜孝昌迈开大步前行二十几步之后喊道："完了，完了，咱们又走回干饭盆了，看看呀，大石头上刻着呢！"

姜孝昌的喊叫，张锦祥证实了自己的想法，他说道："老冯大哥啊，咱们又走错了，应该按着咱们的方向走，不应该顺着有人走的道路啊。"

老冯眨眨眼，琢磨一下说："哎呀，俺明白了，这些人看到有人走的道，就

哈尔滨往事

都朝这个方向走，也就踩出来道了，所以也就都又回到干饭盆了。"

张锦祥等人往前走了十几步，真的就是那块大石头，上边还刻着"干饭盆"呢。张锦祥说："歇着吧，养足了精神，明天一定能够走出干饭盆。"

姜孝昌又泄气了，依旧嘟囔几句："啥一定啊，还不知道明个儿的事儿呢，明个儿走到哪里去，鬼知道啊！"

老冯笑着说："哎，恁说恁这个大昌子啊，咋就不能精神点呢，咱们麻达山了，那就得想辙往外走呗，恁总埋怨有啥用嘞。"

几个人正在说话，忽然听到远处有人喊："哎，是放山的吗，可算见到人了。"

他们朝着声音看过去，原来那边又来了四五个人，看样子也是放山的（采人参的），也是麻达山了，误闯了干饭盆。

等他们走到切近，老冯上前说："也是放山的兄弟吧？进了干饭盆，麻达山了呀？"

来人老老少少一共五个人，他们气喘吁吁地坐下来，其中一个五十几岁，满脸络腮胡须人高马大的说："哎呀妈呀，一整天啊，转来转去又转回来了，走不出去了。"

张锦祥说："进了干饭盆，神鬼都没魂啊。这里是干饭盆，白山子最危险的地界儿，进来再想出去，不转上十圈八圈的就想出去，那是没门呀。"

络腮胡须抬着笑脸说："老弟呀，明个儿咱们一堆走吧，有个伴，不害怕，也许就能走出这该死的干饭盆。"

老冯说："俺们也是转了好几圈了，也是走不出去呢，指望俺们那就是指着破鞋扎了脚啊。大哥恁们是哪里的呀，听口音也是东北的吧？"

络腮胡须男人说："俺生在东北，长在关里（山海关），这几个小兄弟，也都是关里人。"

52

姜孝昌捡回来干柴点上火，拿出来小钢盆递给陈安子："安子，恁去整点水回来，千万别走远了啊。咱们得吃饭了，别跟他们瞎呛呛了。"陈安子接过钢盆走了。

早晨，张锦祥醒得很早，他招呼大伙吃饭上路，朝着那天走的路开始跋涉，张锦祥也不用别人扶着了。

络腮胡须的那五个人，也跟着张锦祥他们一起走，两天以后，他们终于走出了干饭盆，路过的地形地貌都与干饭盆大不一样了，所以他们断定已经走出了干饭盆。

两伙人要分手了，络腮胡须对着张锦祥他们说："谢谢兄弟们的照应，后会有期！"他们五个人往西走了，张锦祥他们往南走。

又走了两天多，这里的地形让张锦祥感觉到熟悉了。张锦祥边走边搜索，边走边回忆以往的经历，他跟大伙说："大家要注意搜索了，这里的地形有可能生长人参啊，老冯大哥，恁认识人参啥样，一定要注意搜索啊。"

听到张锦祥这么说，几个人都来了精神，尤其是那个姜孝昌，虽然不太认识人参长啥样，但是他也睁大了眼睛，四处撒摸，生怕宝贝溜过他的眼神。

他们又往前走了一段路，张锦祥似乎感觉到这里似曾来过，隐隐约约有熟悉的感觉。忽然间，他听到一声鸟叫，抬头看去，只见四五只棒槌鸟鸣叫着从他们头顶飞过去。

张锦祥忘了腿上的伤，一蹦老高喊着："棒槌鸟，有了棒槌鸟，就能找到人参了，还可能是七品叶、八品叶的宝贝呢！那一年就是在这里找到人参的，就是这里，没外人来过，俺记得很清楚，恁看那边的大石砬子，就是证物啊！"

张锦祥依稀记得那一年他跟父亲和大哥来白山子采人参，就是在这里采到的七品叶人参。当时还有几棵小的，也就是一二品叶的，父亲说："这几棵小的别采了，如果有缘分，俺们还能来的话，兴许能遇到。"

张锦祥指着前边松树下的平坡说："大概在那边吧，赶紧走啊！"

张锦祥三步并作两步往前赶，姜孝昌、冯文书他们紧跟着，很快就来到了张锦祥记忆中的那个地方。

张锦祥毕竟是来过道熟，离得很远，他就看见了长在大树下的，花已经落去，还有通红的人参果在长着呢。他走到近前，三株七品叶人参进入他的眼帘，他一步窜上前去俯身在地："棒槌，七品叶！"喊完了，他就拿出来红线绳，将几棵人参绑在一起，然后就一屁股坐在地下，双眼直勾勾地看着人参，不做声响。

东北采人参的有个传统或是"说道"，就是一旦看见了该采的几品叶的人参，必须大声喊："棒槌，几品叶"，然后还得用红线绳绑上，以免人参跑了。

张锦祥早年跟父亲采过人参，见过父亲的做法，也听过父亲的传授，所以以前的记忆今天也都用上了。他做完了程序，坐在那里眼睛直勾勾地看着几个人良久，然后大喊一声："伙计们，哥儿们，老天照顾咱们呀，咱们发财了！"

老冯他们已经看到张锦祥在用红绳子绑住人参，但是他们不太晓得是啥样的人参，够不够宝贝级别的，都在眼巴巴地盯着张锦祥，想尽快地从张锦祥嘴里确认结果。

听到张锦祥如此说，这三个人高兴得眼泪纵横，相互的拥抱，相互的祝贺。

张锦祥也是眼泪在眼圈里转，他四下再看看，确认就是当年跟随父亲和大哥来过的地方，这让他心里又思念起父亲来，坐在草地上泪如雨下。

他抽泣着说："两位大哥，安子啊，这是俺老爹留下的那几棵小人参苗，如今也长成宝贝了，这也是俺老爹留下给儿女的呀！呜呜。"说着，他又大声地哭起来。

冯文书，姜孝昌以及陈安子，也都感叹神奇，也都眼泪簌簌地落下，也都劝解着张锦祥。

悲伤之后，张锦祥告诉大伙："怹们四下看着点，万一来人就麻烦，按着东北的规矩，在没有开挖之前，若是再来人看见了，就得分给人家一份。咱们辛辛苦苦找到的，还有俺老爹在天之灵的照顾，可不能让别人分了去呀。"

三个人散开了去观察，张锦祥一个人开始快速地挖取人参。这个挖人参的事儿，那是一个细致活。一颗人参虽然不大，但是为了人参的胡须也全部挖出来，那就要扩大挖开的面积。这个大坑可能要方圆几米，才可能完整地把人参的根部和须子保留下来,这样这棵人参也才值钱。所以呢，一开始可以快点地干，到了后来，要慢慢地，一点一点地，一点一点地往下挖。

三棵人参，张锦祥用一把刀子足足挖了两个时辰，按着今天的时间计算，那就是四个小时。直累得张锦祥疲乏至极的时候,总算挖完了,装在包裹里之后,他一头倒在地下，喘着粗气。

姜孝昌他们回头看看，见到张锦祥躺在地上，身边三个大坑，他们知道完活了，也就跑回来，站在一边喜笑颜开。

姜孝昌围着大坑转了几圈不解地说："老冯大哥，妹夫，这个坑这么大，人参有多大呀，咱们能够拿得动吗？"

张锦祥坐起来说："大哥，三棵湿人参也不过三斤左右沉吧，一个人背上百十棵也不算啥事儿啊，哈哈。"

姜孝昌还是一脸疑惑："就那么大点呀，看挖着大的坑，俺以为人参老大了呢。再说那么大点一根草，咋能值钱呢，邪门了。"

老冯听到姜孝昌这么说，他嬉笑着说："土撸卡堆成小山，毛毛草长成大树，它也是贱命，金子不用多，几斤、几块就能活上一辈子啊。别看人参就像一根不起眼的毛毛草，用到药上，那可是起死回生的灵丹妙药啊，所以才贵重啊！"

53

其实呢，姜孝昌也听说过人参贵重，只是没有亲眼见过刚刚采下来的鲜人参。他对张锦祥说："妹夫啊，刚刚采的人参啥模样，拿出来俺们看看，开开眼呗。"

张锦祥觉得姜孝昌说看看也不过分，他就打开了包袱，从关着的木匣子里拿出来一根人参说："就这个样子，其貌不扬，但是很贵重，一颗人参买上几垧土地，都是可能的呀。"

姜孝昌他们三个人探过头来争着看，姜孝昌心里暗暗想："真值钱啊，要是俺自己个儿有这三棵人参，那该多好啊！"

看到他们看完了，张锦祥赶紧麻利地收了起来说："重器不可轻易示人啊，让外人看到就麻烦了。"

老冯看看天色已晚，他就说："老三啊，你挖人参也很累了，俺们就在这里歇一晚上行吧？"

张锦祥摆手说："不行，咱们赶紧离开这里，再遇到放山的看到大土坑，咱们藏不住的呀，要惹来麻烦就没必要了，赶紧走！"

几个人拎起来背包放在肩头，刚想抬腿走人，可是这个时候有人喊着："哎，起着货了就像独吞开溜啊，还是分给俺们哥几个一半吧，咋样啊？"

张锦祥几个人循着声音看过去，树林子那边又转出来几个人，为首的正是他们在干饭盆遇到的那个络腮胡须的男人。

张锦祥心里琢磨："难道是冤家路窄，还得有一番争斗不可？"

张锦祥不想搭腔，转身还是要走，络腮胡须又说话了："想带着宝贝一走了之，那可不行，放山的规矩，见面分一半，这个规矩不能破了。不肯分一半的话，那就留下胳膊、大腿作见证！哈哈哈！"

络腮胡须狂笑着，说话间他们五个人已经走到张锦祥他们面前，还形成了一个扇子面，把张锦祥他们围住了。

张锦祥看到形势不对，他厉声说道："啥叫见面分一半，恁见到我们了，你们还见到啥了，难道俺们身上的东西，也得分给你们一半吗？"

络腮胡须似乎是见过大阵势，他不慌不忙地说："你们挖了三个大坑，要不是采到了人参，挖坑干啥？恁们不承认，可是这个大坑揭发了恁，所以呀，还是拿出来看看怎么分吧！"

姜孝昌一挺身子想要发火，老冯拽住他低声说："先别惹乎他们，到时候突然出手，让他们不防备。"

几个人已经离得很近了，距离也就三四步，张锦祥依旧平静地说："关东山是有一个见面分一半的老规矩，但是那是说恁见到了面，才能分一半啊。俺承认俺们挖到了宝贝，可是现在俺们都挖完了，宝贝装了起来，恁见到啥了？明明就是讹俺们，不如明说呀！"

那五个人里面，其余四个人都是年轻力壮的汉子，唯独络腮胡须年纪大，但是可能是个头儿。因为其余人都不说话，只有络腮胡须在跟张锦祥掰扯。

络腮胡须往前凑了一步说："俺们五个从关里老家跑进白山子放山，也是吃尽了千般苦、万般罪呀，可是一个多月了，啥都没有挖着。既然兄弟们遇见了真货，也不能独吞啊，还是拿出来大伙享受，那才是放山人的性格。要是不能拿出来分给俺们一半，那就别怪俺们动粗了！"

络腮胡须说着话，他手一摆。其他四个人就往前走，包围圈越来越小，说话间就要动手了。

姜孝昌看在眼里，怒在心头。他走到张锦祥面前，回头对络腮胡须说："宝贝在俺这里，想要看的话，恁们自己打开吧。"说着话，他将自己的背包慢慢地放在地下，腾出来双手偷偷运气，准备放手一搏。

络腮胡须看见姜孝昌高高的身材，身上衣服破烂不堪，脸上黝黑的，肮脏难看。可是他小瞧了姜孝昌，在他不经意地慢慢蹲下去伸手拿包袱的时候，姜孝昌突然抬起右腿，一个扁踹，就将络腮胡须踹出去一丈多远。络腮胡须本来就没有防备，又加上姜孝昌力大脚重，直踹得他浑身就像散了架子一样，疼得嗷嗷直叫。

其余四个人见此情况，一拥而上，围住姜孝昌就开始了车轮战。那姜孝昌的身手虽然相当的了得，一个人轮战四个人，毫无惧色，但是很难取胜。

姜孝昌他们哪里想得到，这五个人真就不是一般的采参人，而是十足的、专业抢劫人参的一伙无良之徒。

一开始，姜孝昌轮战那四个人，还能对付，时间长了，姜孝昌就落了下风。

张锦祥也是原以为姜孝昌一个人打这几个小玩闹，那就是老太太擤鼻涕——手拿把掐的事儿，可是张锦祥看出来，这几个人绝非平庸之辈，出手快捷勇猛，手段阴损毒辣，十几个照面过去以后，姜孝昌已经是险象环生了。

而就在这个时候，那个被姜孝昌踹到的络腮胡须，已经站了起来，嘴里骂着："好个瘪犊子啊，还敢偷袭你大爷，今个儿就让恁认识认识马王爷还有三只眼，俺孙天久的手段有多高！"

那个自称是孙天久的络腮胡须走近张锦祥三人说："现在就明告诉你们，俺们哥们就是干这个的，分了俺们一半，那就算恁们懂事，各自走人。可是恁们不自量力，那就管不得俺们哥们心狠手毒了，明年的今儿个，就是你们的忌日了！看招！"

那孙天久一近身形，对着张锦祥就要下手，张锦祥赶紧往后退，然后摘下背包扔给陈安子，摆开架势，就要拼死搏斗。

冯文书，陈安子一看这个架势，知道姜孝昌一个人对付不了那四个人，已经很危险了，这边络腮胡须也来帮着打张锦祥，危险真的来了呀。

他俩的武功平平，但是到了这个节骨眼，会不会也得上了啊，他俩也壮着胆子，左闪右躲地加入了战斗。

再说姜孝昌一个人抖擞精神强打四个年轻人，那真是双拳难敌四手，猛虎也怕群狼啊。姜孝昌的八极拳功底确实不错，而且是人高马大，很有一把力气，但是面前的四个人，也真的不白给。他们用的武功全都是形意拳，虽然年轻，但是功底很好，四个轮战姜孝昌，让姜孝昌倍感压力，险象环生，堪堪就要支撑不住了。

54

这时候，陈安子把包裹缠在身上，他跟老冯也壮起胆子来帮着姜孝昌对付那四个人，这样姜孝昌才有空闲缓缓劲儿，开始三个战四个。

这壁厢张锦祥独战孙天久，那也可是一场恶战。孙天久自幼学习形意拳，功夫了得；张锦恕也是童子功，练的是八极拳，功夫也是不错。

孙天久刚刚挨了姜孝昌的扁踹，还没有缓过劲来，身手有点受限，显得迟钝和使不上劲儿；但是张锦祥的双腿，也让黑瞎子撞坏了，没有得到很好的恢复，所以现在也是行动不很方便。

身子骨上，两个人都受了伤，半斤对八两，那就得看谁的技艺高，忍耐好，毅力强了。

在这生死攸关的时刻，谁也不想落败，落了败，那就意味着生命的终结，每一方都不会饶了对方的。张锦祥心里明白，所以使出全部力量和招数，来战孙天久。

张锦祥跟孙天久打了十几个回合，他就觉得双腿疼痛发沉，行动迟缓，每发一招，都要付出全身的力气，所以体力上渐渐不支。

而那个孙天久，不愧是老江湖，他跟张锦祥打斗了十几个回合，还是显得精力十足，这个张锦祥今天算是遇到了对手，气喘吁吁，勉强应付局面。

在那边，姜孝昌和冯文书、陈安子一起对付那四个人，也是打得很艰苦，姜孝昌虽然得到了一点点缓解，但是也不能取胜，还是处在下风头。

也就在这个时候，身体疲乏的张锦祥一个不留神，让孙天久一个白蛇吐信，脚尖点到了张锦祥的左胯骨，张锦祥一个趔趄，栽倒在地上。也是倒霉，张锦祥倒地的地方，正好有一块大石头，也正正好好磕在张锦祥的右腿小腿上，只疼得张锦祥一声大喊：“啊，疼死俺了！”

而张锦祥被孙天久打倒在地，张锦祥大喊了一声，这也极大地分散了姜孝昌他们的注意力，姜孝昌身上也让人家打了两拳，一时连连的后退，形势极其危险了。

这边孙天久看见对手被他踢倒在地，心中大喜，赶过来伸腿点住张锦祥不让张锦祥起身，嘴里喊着：“哎！恁们还动手的话，孙爷爷就马上结果了这个小子，信不信由恁们！”

姜孝昌见状，心里投鼠忌器，也就撤出了打斗，站在一边不知如何是好。老冯年纪大点，性格随和，知道进退。他想了想说：“诸位高人，俺们认栽，人参分给你们一半，不要伤害俺们可以吧？”

满脸胡须的孙天久嘿嘿笑着说：“晚了，当初劝恁们的时候，恁们不愿意啊，现在想服软了，不行，今个儿他们的都得死，一个也不留！”

姜孝昌听到孙天久这么说，他知道这下子坏了，小命就要没了，那也不能在这里等死啊，他身形往后退着，明眼人都看得出来，姜孝昌要开跑。

张锦祥虽然躺在地下，但是听得清楚，看得清楚。他喊道，大哥恁不用跑，俺有话说，恁先听听再离开。

姜孝昌这个时候已经退出去了十几步，他要是此时开跑，估计没人能够撵上他。但是他没有开跑的原因，除了顾及张锦祥他们三个人之外，还有一个他心里知道的原因，那就是他不认识路，他怕麻达山，走不出去白山子。

这个时候各自逃命，也算是正常，谁也不愿意在没希望的时候，去做无谓的争斗，白白地搭进去自己个儿的命。

而冯文书、陈安子却没有打算逃跑的念头，他俩来到孙天久身边，抱拳作揖："这位好汉，俺们把人参全都给恁，求求放了俺们吧！"

孙天久看见他们占了绝对的上风，对手已经都不抵抗了，他得意地笑着说："哈哈，老天开眼，让俺们遇上了财神，恁们的人参起码六品或者七品叶吧，俺们哥们今个儿发财了，恁几个倒霉了，哈哈。来，把他们包袱打开，找到人参，然后插了这几个人！"

不管如何求情，看来孙天久不会放了他们，也必须做一个最后的拼死争斗了。

张锦祥躺在地下，前胸被孙天久踩着动弹不得，他暗自琢磨："必须做最后一搏了，他是不可能放了俺们了。"

他抬手指着陈安子身上的包袱说："好汉求你抬抬脚，让俺喘一口匀乎气儿，俺去给他那里找人参行不？"

孙天久嘿嘿笑着说："让恁给俺找人参，还是算了吧，俺们认识人参啊。既然恁开口了，俺就让恁喘一口匀乎气儿，也算俺积德了。哈哈。"

孙天久抬起脚来说："快点喘气儿啊，一会儿就送恁上路了，那时候想喘气儿，是不可能的了，哈哈。"

随着孙天久的脚在张锦祥的胸前移开，张锦祥慢慢地活络一下身子，这时候他觉得右小腿针扎一般疼痛，让他紧皱眉头，使劲儿咬咬牙。

这时候，也是要命的时候，张锦祥想到了能救他性命的家伙：驳壳枪。他尝试着活动两下身体，斜眼瞄着孙天久的举动。他发现孙天久的眼神离开了他的身体，朝着陈安子那边翻包袱找人参的人身上，他知道机会来了。

张锦祥攒攒力气，手慢慢地伸到身体底下，摸到了驳壳枪的枪把。他运足了劲儿，突然地一拽，在身后腰间抽出来那一把明晃晃的德国造驳壳枪，在大腿上蹭了一下，机头张开，朝着孙天久连开三枪！

孙天久哪里想得到，倒在地下的人，身上还有枪啊。

他的大腿瞬间中了两枪，小腹边缘中了一枪，整个人就躺在血泊之中了。

张锦祥挣扎着坐起来，用枪指着那几个正在翻包袱喊道："都站住，别动，不然都崩了恁们！"

神仙难逃一溜烟啊，武功再高再快，也快不过枪子儿啊。那几个人看到当家的被人家开枪打倒了，他们四个也不敢再动了，吓得蔫头耷脑地蹲在地下不做声响了。

55

孙天久身中三枪，但是还不足以要了性命，他躺在地上哀号求乞着："好汉啊，是俺们瞎了眼，得罪了诸位好汉，还望高抬贵手饶了俺们吧。他们还年轻呢，实在不行俺一个人顶罪，求您了放了他们吧！"

张锦祥用枪指着他们说："老子本来也没想结果了恁的性命，不然早就去见阎王爷了。把俺们的东西放在地上，恁几个赶紧滚犊子，若是恁们再来纠缠，俺就不客气了，小心小命丢在这里，回不了关里老家了。"

那几个蹲在地下不敢吭声的年轻人，赶紧放下刚才抢的东西，站起来抱腕感谢。之后，他们简单地给孙天久包扎了一下，就抬着孙天久离开了。

看着他们走了，姜孝昌一屁股坐在地上，打斗已经让他累得不行了。冯文书和安子赶紧过来察看张锦祥的伤情，发现张锦祥的小腿腿肚子，被石头磕子划开了两寸长的大口子，肉翻翻着，鲜血染透了裤脚，染红地面和野草。

老冯依然是找出来张家特有的红伤药，敷在伤口上，然后包扎起来，陈安子要烧水做饭。张锦祥强忍着疼痛说："咱们得赶紧离开这里，免得再遇到麻烦。"

先前他们耽误了一会儿时间，就惹上孙天久他们一伙，还差点丢了性命，这会儿可不能再耽搁了。他们收拾完包袱，三个人轮流背着张锦祥，迅速地离开了他们找到人参的地方。

离开了采人参的地方，他们晚住日行，连续走了几天的路。但是由于张锦祥身体受伤，他们要轮流背着走，所以行动迟缓，一天走不了二三十里路。

后来几天，张锦祥的腿部伤口好了一些，可以拄着拐慢慢地走了，人们的心情也好了很多，他们的对话也多了些。

由于路上耽搁了，多走了时日，吃的干粮也就快没了，这让他们也很闹心。他们开始找野果子吃，挖野菜充饥，一路下来真是很艰难。

总算再没有遇到啥危险的事儿，不用总提心吊胆地提防遇到坏人或是野兽，所以他们紧绷着的心，逐渐地放松下来。

这一天快黑天的时候，他们选了一个地方住下来，开始琢磨吃的东西。干粮就剩下一天多的量，他们也不敢再多吃了，生怕遇到啥紧要的事儿，他们需要粮食，所以还是到处寻找野菜、野果子，甚至蘑菇等等。

好在这个时节，天气虽然凉下来，但是山里生长的植物动物还是很多的，所以寻找点食物还不算很困难，他们也都对付了一个大半饱。

吃完了东西，他们心情不错，就闲聊了起来。姜孝昌跟老冯靠在一起，所以他俩闲谈。老冯说："这一趟出来真的不易啊，老天还算照顾，整到了几个真货，也不枉吃了这么多苦，受了这么多的罪，还差点丢了小命呀。"

姜孝昌的心里一直在琢磨，就那三根小毛毛草，真的就值很多的钱，能买很多的土地？前几天张锦祥受伤，大家也防备再遇到什么不好的事儿，所以也不好多说话，只顾防贼和走路了。今个没啥事儿，老冯提起来人参的事儿，他就顺着老冯的话茬问道："老冯大哥，俺咋不相信呢，恁说那几根毛毛草一样的什么人参，真就值钱，还能买几十垧土地，逗着玩吧？"

老冯斜着眼说："大昌子呀，你是没见过啥世面的人，不晓得这上等的人参价值连城啊。人参具有大补元气、补脾益肺、生津、安神益智的功效。主治气虚欲脱、脉微欲绝、脾气不足、中气下陷、肺虚喘咳、气短乏力、津伤口渴、虚热消渴、失眠健忘、心悸怔忡、血虚萎黄、阳痿宫冷等而且很神奇。"

"可是那毕竟是一味药材，神奇大多是传说，真正的药效俺也不知道到底啥样。但是这个东西少啊，物以稀为贵，所以啊，这个价格就被忽悠起来了。它到底值多少钱，俺也不知道，只有有钱的人，才舍得吃它吧？这个东西白给我，俺也吃不起它，什么长生不老啊，不如换点钱吃点喝点，先快活快活多好，哈哈。"

姜孝昌心里有些乱，他不住地琢磨："四个人采了三棵人参，回到家里还有很多人要沾光，就算再值钱，淋到俺头上的雨点儿，也没有多大了呀。这要是俺一个人有三棵人参，那俺就发财了，就能买上几十垧土地了！"

姜孝昌这个念头在脑海里不断地翻腾，最后，那个贪欲的魔鬼出现了。魔鬼让他忘记了亲情，忘掉了老张家是如何帮助他的了，他将贪欲的恶念，实施在了张锦祥身上！

那一天，他们走着路，天空淅沥沥下起了小毛毛雨，虽然雨不大，但是雨下得时间长，山路一呲一滑，很不好走。

深秋的季节气温已经很低了，这个时候连续下雨，浇透了身体，大家浑身发冷，甚至打哆嗦。天还阴得很厉害，林子里本来光线就不好，加之阴天，光线就更不好了。

这地方山路挨着悬崖，很陡峭，加上山地草上都很滑，走起路来很费劲。张锦祥因为受了伤，腿部伤口没有痊愈，身上寒冷，走的时间长了，就疼得严重难挺了。

他走最后面，姜孝昌挨着他，不时地伸手扶他一把。张锦祥的伤口处被小雨淋透了，有点发炎，越来越疼了，行动也越来越困难。

姜孝昌看得出来张锦祥难受的样子，他尝试着问道："妹夫啊，你伤口疼，身上没劲儿，让大哥给你背着包袱吧？"

张锦祥心思还算缜密，他生怕人参出危险，落到外人的手里，所以他一直自己背着那三棵人参，一刻也不敢交给别人。

现在背包被雨打湿了，身上的也湿透了，加上伤口疼，这个背包就像千斤重一样，压在自己身上，让他痛苦不堪。

他寻思一下："姜孝昌毕竟是俺的大舅哥，实在亲戚，让他背着人参不会有啥毛病吧。"

他现在真的没有人可以信任了，身体的难受，体力的透支，让他不得以摘下背包，交给了姜孝昌。

56

姜孝昌接过背包，背在身上，依旧跟着张锦祥慢慢地走。一会儿，姜孝昌说："妹夫恁先走几步，俺蹲个坑拉屎，松快一下。"

张锦祥没有多想，慢慢地往前走去，姜孝昌蹲下来，躲在树后，飞快地将张锦祥背包里的人参，倒腾到自己个的背包里，然后把他的破烂物品塞进张锦祥的背包。

鼓捣完了，他就快速地撵上张锦祥。这时候，张锦祥正好走在很陡的山路上，旁边就是深不见底的山涧。

姜孝昌撵上张锦祥，张锦祥回头看看说："方便完了，走的别太快，脚下滑，可别摔着。"

姜孝昌哼了一声，快步与张锦祥并肩，将张锦祥身体贴住，张锦祥的往外

哈尔滨往事

侧就是山涧，黑黑的，没深不见底。

姜孝昌心里很矛盾，扭曲的人性让他挣扎着，痛苦纠结着。老张家对老姜家的好处，让他犹豫再三，自己妹子没了丈夫，以后咋办。

最后他还是下了决心，为了发财，还是不要良心了！

趁着张锦祥不注意，使足了劲用肩膀突然往外一扛，没有丝毫防备的张锦祥，整个的身体就被撞飞起来，瞬间就摔下了深不见底的山涧下边！随后，姜孝昌也将张锦祥的背包随手扔下了山涧。

张锦祥被姜孝昌撞飞起来那一刹那，他下意识惊恐地喊叫一声："姜孝昌，你个王八蛋！啊……"

他大声地喊的时候，走在前边的老冯和安子，距离他们大约二十多步，几乎是完整地听到了张锦祥的骂声和喊声。他俩几乎同时大吃一惊，都返回身来看的时候，已经看不见张锦祥的人了。

老冯几步窜过来大声问道："大昌子，老三呢？啊，老三呢！？"

姜孝昌一脸惊恐茫然，老冯问他两遍，他才醒过神来说："俺妹夫，俺妹夫掉下山涧了。"他指着脚边的山涧说："就在这儿掉下去的，俺没拉住呀。"

老冯没好声地问："咋掉下去的呀，俺咋听着老三骂恁王八蛋，怎咋地他了？不会是恁推下去的吧？恁个大昌子，恁说呀！"

其实姜孝昌早就有了心理准备，也想好了怎么对付另外两个人。他见老冯逼着问自己，他就一脸无辜地说："俺妹夫脚下没劲，腿软滑倒了，他不是骂俺，是喊俺拽他。俺去拽他晚了一点没拽住，他就刺溜下去了。都怨俺没照顾好俺妹夫啊，呜呜。"他先哭上了。

老冯心里冒火，嘴上喊着："别愣着呀，赶紧趴着往下看看，喊喊他。"

姜孝昌赶紧装样趴在山涧边上向下看，嘴上喊着："妹夫啊，恁在哪里呀，能听到俺喊吗？！"山涧下只有断续的回音，没有张锦祥的声音。

老冯和陈安子也大声喊着，喊了好半天，根本没有声音。老冯跺着脚说："咱们想办法绕下去，到山涧地下去找，找不到人，咱们就一起死在这里！"

平静了一下，老冯眼睛开始扫描姜孝昌全身，看看他身上有没有张锦祥的包袱，看了半天，没有看到张锦祥的背包，他问道："大昌子，老三掉下去的时候，他的包袱还背在他身上？"

姜孝昌一脸泪水，呜呜地哭着说："是啊，我想帮他背着，可是他不让啊，一直就是他自己个背着。"

老冯蹲在那里哭丧着脸说："完犊子了，这回是鸡飞蛋打人财两空，回去咋交代啊！"

陈安子哭着说："三叔对俺多好了，他受伤俺就很心疼，这回他真的出事儿了，俺也不活了，呜呜。"

姜孝昌带着哭腔问："冯大哥，怎么转下到山涧里去找俺妹夫啊？"

老冯四下看看，又朝上看看天："这雨也不停，一呲一滑没办法下去。天也黑了看不见，就得等明个雨停了，天亮了能看清道，再去找下到山涧里的路吧。"

他们说着话，天就黑了下来，看不清楚道路，也不能到山涧下寻找张锦祥，他们只有找地方住下了。

第二天一大早，还是个晴天，他们胡乱吃了点东西，就沿着山涧寻找下去的路。他们足足转了三个时辰，才下到了山涧底下，但是哪里有人呢，找遍了山涧底下，也没见到张锦祥的身影。

老冯和陈安子不死心，死气摆咧地在那里找了三天，还是没有张锦祥。活着见人，死了见尸，可是他们啥也没有找到。

等到了第四天老冯说："老三是死是活咱不知道，没见到尸首，也不能说他就是死了。但是呢，见不到他的人，咱们也不能一辈子陪在这儿，干粮也快没了，再待下去就是饿死。咋整呢，回去吧，张家人也好，姜家妹子也罢，他们爱咋骂俺们，爱咋打俺们，俺们都认了吧！回吧，收拾一下，走嘞！"

姜孝昌心里有鬼啊，他巴不得老冯早点说这个话，他答应一声，先在前边走了。陈安子哭泣尿嚎地跟着，老冯一步三回头，唉声叹气地离开了张锦祥出事儿的地方。

哈尔滨西边四方台屯子老张家，张锦德在给张锦恕强行戒毒，那也是费了一裤兜子的劲儿啊。染上毒瘾的人，一下子就想让他远离毒品，完全的戒掉，谈何容易呢！

张锦恕的毒瘾也是很深了，发作起来那是鼻涕眼泪一起下，浑身颤抖，疼痛难忍。虽然把他绑在了炕上，但是他难受的拼命挣扎嚎叫，让人听了也是相当的难受。

要比张锦恕还难受的就是岳氏老太太，尽管年纪大了，但是毕竟是自己的孩子呀，张锦恕每一声的叫喊，都会疼在老太太的心里，她甚至多次地要求老大张锦德，再给张锦恕买点大烟膏抽上几口。

张锦德等人除了要给老二戒毒之外，还要苦口婆心地劝解老太太，那真的是个难啊。

不过还好，在张锦德和家里人的坚持努力下，一个月过去之后，张锦恕的毒瘾缓解了，不叫喊、不打闹了，就差恢复身体素质了。

57

张慧君经常带着儿子女儿去看望张锦恕，这也让张锦恕倍感欣慰，这对于他快点戒掉毒瘾，也起到了心理上的帮助。

张锦恕的毒瘾缓解了，张锦德心里更关心的是，去白山子采人参的那几个人的安危。

按道理说，张家尽管遭了水灾，粮食歉收或是绝产，但他家有积蓄，犯不着冒险去白山子采人参啊。为了多搞点钱，维持乡亲们的赈济，但是说都知道去白山子采人参那是一个极其危险的事儿，去的人毕竟还是自个儿的亲兄弟呀。

可是他们已经去了白山子，后悔已经来不及了，剩下的就是亲人的挂念。对于自己的亲人，采不到人参是小事儿，不发生危险那就是万幸，全须全尾地回来，这才是亲人的期盼。

姜桂芝惦念丈夫、大哥，心里总像没有底，经常询问大哥张锦德："大哥呀，成子他爹他们啥时候回来呀？孩子总问俺，俺也没法回答啊。"

张锦德能说啥，也就是一句话："快了，快回来了。"其实张锦德心里盼望弟弟几个人安全地回来，心里的急切，也不会比姜桂芝差呀。

这一天，顺子跑进屋里跟张锦德说："干爹，采人参的回来了，姜家大舅他们到门口了。"

午后张锦德正在炕上歪躺着，听到顺子说采人参的人回来了，他一翻身下了炕，大步流星赶往大门口。

他跟着顺子赶到大门口，还有十几步远，就看见老冯和陈安子坐在大门边上的土地上，姜孝昌靠在大门框上；人人灰头土脸的，衣衫褴褛，一副惨样。

张锦德快步走到他们面前撒摸几眼问道："恁们刚到家啊，累坏了吧？哎，老三呢，咋没看到老三呢？"

老冯抬眼看看张锦德跟顺子，有气无力地说："东家，恁问问大昌子吧，他知道咋一回事儿。"

张锦德听到老冯这么说，他的心里就忽悠一下子："老三咋地了，老冯咋不说呢，难道……"

他不敢往下想，赶紧来到姜孝昌身边问道："他大舅，怹们回来了，老三锦祥呢，咋没看到他呢？"

姜孝昌一脸倦意，眼睛里还含着眼泪，听到张锦德来问自己，姜孝昌张了几下嘴，然后伏在张锦德的身上哽咽着说："大哥呀，俺妹夫他，他掉下山洞摔死了，呜呜。"姜孝昌大声地哭了起来。

这时候，赶得也巧，姜孝昌说话的时候，姜桂芝也知道采人参的回来了，她也正好转过影壁墙，来到大门口。姜孝昌的话，后边的一句听得真真切切，姜桂芝一个趔趄，倒在地上晕过去了。

在姜桂芝身后赶来的大嫂、顺子媳妇等人，赶紧把姜桂芝抬回屋里，六七岁的张子成还不懂事儿，不晓得发生了什么，拽着母亲的衣角哇哇地哭了起来。

张锦德听完姜孝昌的话，头顶就像打了一个霹雷，胸口发闷还剧烈地疼了起来。他抓着姜孝昌使劲地摇晃，嗓子嘶哑着说："大昌子，怹说啥，怹再说一遍，仔细点说啊！"

这时候，陈安子憋不住了，他站起来走到张锦德身边呜呜地哭着说："东家呀，姜大舅说三叔掉下山洞摔死了，俺没看见啊，俺不信哪！呜呜。"

张锦德现在又听到安子这么说一说，他的心里更是不知道咋一个劲儿了，难受得他忍着不住流下来两行热泪。

姜孝昌听到张锦德还在问他，陈安子又过来了添上一句，他的心里毛了。他开始更结巴地说："大哥呀，老三确实掉下山洞了，俺伸手没拉住他，俺亲眼看着他掉下去的呀！俺没说瞎话，老天见证啊！"

张锦德脑袋嗡嗡地叫，他停住身子，转过身来走到坐着的老冯身边蹲下来问道："冯大哥，俺信怹的，怹告诉俺到底咋一回事儿，赶紧说啊！"

老冯使劲儿站起来，他将张锦德扶了起来，看着张锦德的脸哭着说："当时下着小雨，俺和安子走在前边，距离三弟和大昌子大约二十步远，没看到老三咋掉下去的。俺和安子都听到老三喊了一声'啊'，似乎还听到老三在骂人。等俺们跑回去的时候，就听姜家表弟说，老三掉下山洞了。"

张锦德回头看看姜孝昌："他大舅，老三喊什么了，他在骂谁呀？"

姜孝昌神色惊恐地说："三妹夫是喊了一声，他在喊俺拽他，没有骂人。那个时候下小雨，山路很滑，等到俺过去拽他的时候，还没有够到他的手，他就掉下去看不见了呀，呜呜。"

张锦德身子发软，他瘫坐在地上，眼睛发直，心里疼痛，

眼泪簌簌地流下来，返身回来的顺子看到，喊来几个人，把张锦德搀进正堂屋内。

这时候，张锦恕也知道了，他忍着衰弱的身体走进正厅，看见大哥张锦德哭得像个泪人，他也坐在大哥身边呜呜地哭了起来。

姜孝昌、老冯他们也跟着进了屋，张锦德哥俩在哭，他们也陪着哭，整个房间一片哭声。

也不知道谁的嘴快，张锦德最不想让知道的人，他的老母亲岳氏老太太，也知道了。

原来丫鬟凤仙二十几岁了，老太太这几天跟大嫂吴慧芬私下商量，打算给凤仙找一门婚事。凤仙虽然是张家花钱买来的丫头，老大不小的了，也不能让人家的闺女一辈子在张家做丫鬟啊。

老太太几个人在身边附近挑选，都觉得陈安子无论年纪，还是人品都没说的，于是就打算安子回来就给他们撮合，择日完婚呢。

凤仙自然也就知道了这件事儿，她心里愿意啊，于是也就惦记着陈安子能够早点回来，也好早点结束自己当丫鬟的时间。今天她出去小解，出来的时候就听到大门口有哭声，她就跑过去看看。

当她知道采人参的回来了，也看见陈安子了，但是张锦德和姜孝昌的哭声，让她不敢停留，赶紧跑回去告诉老太太。

老太太刚刚睡醒，正在拿来烟袋打算抽上一袋烟精神精神呢。抬头凤仙慌里慌张地跑进来，她放下烟袋问道："毛了三光的跑啥啊，咋地了，看恁掉了魂似的。"

58

凤仙稳稳神，喘着粗气说："老太太呀，采人参的回来了，可不知道咋一回事儿，大爷跟姜家表少爷都在门口大哭呢。俺听了一个葫芦半片的，好像是三爷出啥事儿了，您要不要过去看看呀！"

岳氏老太太那是一个坚强性格的女人，她也知道，四个儿子里边，老大跟老四性格最硬，像她的性格，没有太伤心的事儿，绝对不会当着外人大声哭的。

从小没有裹脚的张岳氏，快六十岁了，身子骨还很硬朗，腿脚也很溜活。她麻溜地下了地，手里拎着大烟袋，跟着丫鬟凤仙出了房门，就要往大门那边走。凤仙眼尖，看到二爷进了正堂屋内，她就拉着张岳氏紧跟进来。

屋里边张锦德、张锦恕两个兄弟抱在一起呜呜地痛哭着，老太太一脚走进来，张家哥两个看见，瞬间停住了哭声。

老太太一进屋，哭的人都不哭了，都抬着脸看着老太太，眼神里都带着一种悲伤和不安。老太太站在地当中环视一下，眼神落在张锦德身上："老大，恁们哭啥啊，到底咋地了，老三呢，老三在哪里呀，大犊子恁快点说！"

四十五六岁的张锦德，刚才哭得鼻涕把泪一把的，看到母亲来了，他却不敢再哭了，生怕母亲知道了伤心受不了。

听到母亲的逼问，他知道隐藏不住的，站起身来哽咽着说："大昌子他们说，老三掉下山涧了，死活不知道了啊！"

老太太神情一震，但是她没马上哭出来，而是怒目姜孝昌吼道："大昌子，老三跟恁一起去的白山子，恁囫囵个回来了，老三咋就没回来了呀，能给俺整个明白，说！"

老太用大烟袋敲着炕沿，也震慑到姜孝昌的灵魂，他吓得浑身发软，扑通一下跪在老太太面前，心里想着："既然做了，那就死也不能承认啊！"他抹着鼻涕眼泪说："大姑啊，俺妹夫他，他出事儿了，路滑脚下没站稳，掉、掉下去了。山涧里，掉下山涧了。"

老太太听到大昌子说老三掉下山涧了，她身子摇了两下，但是还是站住了，她用大烟袋指着姜孝昌喊着："咋就他掉下去了，恁们咋就囫囵个回来了？老三咋掉下去的，谁在身边看见的啊？掉下山涧你们下去找了吗？死了也得有个尸首吧，下去找了吗？"

大昌子扭头看看老冯，老冯知道姜孝昌希望他说，于是老冯喃喃地说："大姑，俺们下去找了，找了两三天呢，可是没找到，三兄弟是死是活，俺看不一定呢。"

老太太眼里流下眼泪，她被张锦德扶到炕边坐下，她扫视一下采人参的几个人问道："老三啥时候掉下去的呀，是去的时候呢，还是回来的时候，恁们采到人参了吧？"

陈安子哭鸡尿嚎地说："奶奶，俺三叔是回来的时候掉下去的，俺们采到人参了，三叔说还是七品叶，算是宝贝了。"

岳氏老太太点点头："采到人参了，还是七品叶呀，是老三找到的吧，这是有人见财起意了，老三绝不是自己个儿掉下去的，恁们信吗，啊！"

岳氏老太太一语惊人，她果断地说出来张锦祥不是自己掉下去的，是有人见财起意了，那也就是有人害了老三呀。

张锦德听到老妈这么说，似乎是提醒了他，他忽地一下子站起来，指着三个采人参的人说："见财起意，对呀，恁们三个说说，人参在那嘎达呢，是不是恁们见到人参值钱，合谋害了俺家老三呀，快点说！"

老冯和安子听到张锦德这么说，他俩哭喊着说："老天作证，俺们要是坏了良心，全家都不得好死！"

姜孝昌心里有鬼，他不敢起毒誓，随着说："大哥，俺们都是亲戚呀，咋能做那缺德的坏事儿啊，您冤枉俺们了呀！俺妹夫掉下山涧，他装人参的包袱也跟着一起掉下去了，俺们可没有看到人参啊！"

老太颤颤巍巍站起来说："老大呀，恁还是带着人去找找吧，也算尽了恁们一奶同胞的情分吧。俺老婆子老了，啥也干不了，俺那个苦命的老三啊，两个苦命的孩子啊！呜呜！"老太太这时候才放声痛哭起来，丫鬟凤仙和毓敏等赶紧扶着老太太回去了。

老太太悲悲切切走了，张锦德看看老二说："冯大哥，恁们一路上辛苦了，肯定也饿坏了，顺子，赶紧让灶房做饭多做几个菜，多放肉，让他们三个都在这里吃吧。"

姜孝昌擦着眼泪说："大哥，俺出去两个多月了，家里惦记，俺就不在这儿吃了，回了。"

老冯跟安子也是伤心难受，哪有心思吃饭呢。他俩也说不在这里吃了，家里人惦记着，得回家看看了，他们先后都离开了。

几个采人参的人都离开了，屋里边只剩下张家哥两个，还有顺子陪在一边，哥两个相互看着，唉声叹气，没有办法。

顺子说："干爹，俺看得给四叔打一个电报吧，咋也得让他知道啊。"

张锦德嘀咕着："知道了又能咋的，不就是跟着着急上火伤心吗。"

张锦恕说："大哥，是得让老四知道，不然日后再跟他说，老四会埋怨咱们的啊。"

张锦德沉思片刻说："顺子你去一趟市里电报局吧，带着你四叔的地址，给他拍一个加急电报，让他赶回来吧。"

张锦恕又说："那大哥看看哪天咱们去白山子老三出事儿的地方找人呢？"

张锦恕想了想说："再等个两三天吧，等老四回来，还有采参的几个人歇一歇，然后他们带着咱们去，不然咱们也找不到老三出事儿地方啊。"

天已经黑下来，哥两个也无心吃饭，看着端上来的饭菜，也坐在那里闷头不言语。吴慧芬、范毓敏给老太太、姜桂芝分别端过去饭菜，老太太、姜桂芝也是只管哭泣，不肯就餐。

三天之后，张锦辉跟媳妇孩子风风火火地回到四方台屯子，夫妇一进屋就哭了起来，引得张锦德等人也得陪着哭。

59

之后，他们找回来采人参的那三个人，集合了二十多个人一起去了白山子，去那里寻找张锦祥的下落。连续四五天的时间里，那条山沟里里外外，上上下下，来回找了十几趟，还真的找到了张锦祥的背包，可是里边都是杂物，也没见到什么七品叶人参。

人找不到，哥几个伤心也死心了，人人丧打幽魂，蔫头耷脑地回到了四方台子，伤心欲绝的人，要数老太太，还有那位姜桂芝。

张锦辉夫妇是官身子，待了几天之后，回沈阳了；张锦恕也被张慧君接了回去，张家只有张锦德老哥一个在家郁闷着了。

这里回头再说那个坏了良心的姜孝昌。在从白山子回到四方台子屯子前，大约还有一里地的时候，他借着说拉屎的，去路边的小树林里，掏出来人参，藏好了，他才像没事儿人似的跟着老冯和陈安子回到了四方台子张家。

那一天在张家，他的心那真是分分秒秒、时时刻刻他都在十五个吊桶打水，七上八下，扑通个不停。第一个他要装得像一个没事儿人，尽可能少说话，还要装得很伤心；第二个他心里惦记着那三棵人参，啥时候去拿回来，怎么藏好了，才能不露馅。

当天晚上，他睡不着觉，一会儿惊醒过来，脑海里还是他推张锦祥下山涧的情景，绕来绕去的，总是那个场面。张锦祥骂他的声音，也似乎在耳朵里鼓荡，张锦祥掉下山涧那一瞬间的惊恐眼神，似乎刻在了姜孝昌的心里，怎么也抹不平。

老婆吴氏不懂姜孝昌的心思，倒是给姜孝昌做了可口的饭菜，睡觉的时候还主动地往姜孝昌被窝里钻，想跟姜孝昌亲热一番。

姜孝昌身心疲惫，灵魂遭到谴责，他现在哪里还有心情干男女之事呀，没好气儿地把吴氏推到一边，自己翻来覆去瞎折腾。

下半夜的时候，他起来穿好衣服，打算去小树林把人参拿回来，走出院子之后，他觉得似乎是有无数的眼睛在暗夜里死死地盯着他，他心里害怕，返回屋里，没敢去。

老婆吴氏也不敢说什么，也不敢问，也就是白天做饭带孩子，晚上由着姜孝昌瞎折腾，她也睡不好觉。

第二天晚上，他下了决心，半夜的时候独自去了小树林，找到了那三棵人参，拿回来藏在小仓房棚顶上的隐蔽之处。

张锦德派顺子来叫他去白山子寻找张锦祥，他装着很积极的样子，跟着众人去了白山子，不顾劳累十分卖力气地四处假装寻找，张家人对他也算有个好印象。

二次从长白山回来之后，他的心算是落下了一半，他只知道，人参是值钱，怎么才能买了变成钱啊，这也是他脑袋疼的事儿，因为他怕露馅，所以不敢去卖人参。姜孝昌的心，还有一半在空中悬着，没有落下来。

老三去白山子采人参没回来，张家人自然都很悲伤痛苦，尤其是当大哥的张锦德，他除了悲伤，还有一份深深的自责。他经常地责骂自己，家里也不缺啥，为啥让老三去白山子冒这个危险，还把命搭上了。

他跟媳妇跟老娘都是有个疑问："恁说凭着老三的身子骨，那一份精明，不应该发生危险的事儿啊。俺觉得这里面还是有蹊跷，咱们没搞清楚。"

老娘岳氏十分悲伤，但也无奈，自己又能如何呢。听到张锦德总在她耳边叨咕，她随意地回了一句："老大，恁单独问问老冯跟安子，他们三个在一起，有啥话不好说呗。"

一句话提醒梦中人，是啊，自个儿也觉得三个放山的在一起的时候，陈安子和老冯，没说一句话，似乎都在看姜孝昌的脸色，好像有啥话不好当着姜孝昌的面说。

张锦德喊来顺子问："恁冯大叔跟安子干啥呢？"

"干爹，冯大叔跟安子去酒坊帮忙了。咱的土地都绝产，没有庄稼入场院，地里没活干，短工都辞了，长工都到江边的鱼亮子，还有酒坊帮活去了。"

张锦德想了想说："恁去酒坊一趟，把老冯找回来，就说俺有事儿找他。别人要问起来，恁就说不知道啥事儿。"

顺子去了酒坊，老冯跟着顺子来到张锦德的房间。冯文书也算一个聪明人，自打第二次从白山子回来，他就预料到张锦德还得找自己询问老三的事儿。

他看着顺子出去了，他先开口说："当家的，俺知道恁要问俺啥，俺就先说了吧。出事儿那一天下着小雨，大昌子让俺跟安子在前边走，大昌子一直跟着老三走，他们离得很近。老三腿上肿了起来，行动不便，就让大昌子帮着背包。但是老三出事儿的时候，除了俺听到老三骂大昌子王八蛋之外，还有再也没见到老三的背包。这事儿俺一直觉得哪里有了问题，但是又不好当着大昌子的面说，毕竟恁们是亲表兄弟，还是老三的大舅哥，俺不好说啊。"

张锦恕第一次听到老三让姜孝昌帮着背包袱，他带着疑惑问道："老三的背包里面有人参吧？恁在前面走，咋知道老三让大昌子帮着背包袱呢？"

老冯擤擤鼻涕说："老三的腿肿了起来，俺们都知道，俺们也想帮着照顾老三，还建议轮流背着老三走。可是大昌子说由他照顾老三就行，让俺们前边先走，在前边探路。虽然俺们在前边走，也是担心老三的病情啊，所以也是总要回头看看老三。一次老三和大昌子争执，似乎就是大昌子要帮着老三背包袱，老三不愿意，大昌子大声说'妹夫俺是恁大舅哥,恁还不信任啊'！后来俺看到，大昌子身上多了一个包，老三身上没有包袱了。"

张锦德忽地一下子站起来说："可是俺问大昌子的时候，他说老三自己个背着装人参的包袱啊，当时恁和安子也在场，恁咋不说呢？"

60

老冯着急地说："俺说大兄弟呀，俺不是说了吗，恁们是亲表兄弟呀，大昌子又是老三的大舅哥，俺也没见到大昌子拿了老三的人参，俺咋面对面跟他对质说这些呀，恁咋不懂呢！"

张锦德又坐下来，想了一会儿说："安子呢，他也知道这些事儿吧，老三对他那么好，他应该说实话吧？"

冯文书依旧是着急地说："俺跟安子都一样，都是在张家干活吃饭，哪能不向着张家啊。安子年纪虽然小，他可是知道他三叔对他的好处，所以安子更伤心，这些日子他都瘦了一圈，干啥都没精神头。"

张锦德在心里琢磨："老冯说的要是真的，那就存在大昌子陷害了老三，在老三掉下山涧之前，大昌子有可能找机会换走了老三的包里的人参。不过现在还没有证据，也不好公开说这些，所以还得访查。"

听完冯文书的一番话，张锦德心里有了谱，他盘算着如果大昌子真的拿了老三包袱里的人参，那他就得想方设法卖掉，不然换不成钱，他也不会将人参吃掉吧。他想好了对策对老冯说："冯大哥，恁打今儿个起，就不要去酒坊干活了，恁就给俺盯着大昌子，盯他半年一年的，恁明白吧？"

老冯当然懂得张锦德的意思，他爽快地说："行，俺明白，做了缺德的事儿，早晚得露馅。"

时间过得很快，转眼秋天过去，冬天来了，过了年，又是一个新年头。一九三零年过去了，到了一九三一年春天。

时间在过，日子也要过。姜桂芝失去了丈夫，两个孩子失去了父亲，但是怎么办呢，日子还得过呀；张家其他人也一样，张锦德还得张罗着种地，打鱼，做酒，为了生计在忙活。

姜孝昌呢，春天到了，等到地里的冰雪融化尽了，到了清明以后，也就开始种地了。因为他心里有鬼，每每见到妹子姜桂芝牵着外甥张子成去他家串门，他的心里就是一种负罪或是不得劲儿的感觉。为了找嗑唠，还要尽可能地避开张锦祥的话茬，也是费了不少的心机。

一次姜桂芝又去了姜家，刚好姜孝昌干完地里的活，回到家里见到妹子，他说道："桂芝呀，子成他爹不在了，恁娘俩在老张家等于吃闲饭，时候久了，也不是个事儿，还不如把成子他爹名下的土地，拨出来十垧八垧的，让大哥帮恁种呢。到了秋天，七成粮食归恁娘俩，三成归大哥当作劳金，恁看行吗？"

每当提起来张锦祥，姜桂芝都要伤心落泪，今天大哥提出来让她把张家的土地分出来一些，她的心里就更不是滋味了。她抹着眼睛说："大哥，这个事儿不成。恁想啊，成子他爹刚没几个月，俺就回去要分土地，那不就是闹分家吗？这个事儿保准不行。成子他奶奶，大爷都说了，啥也不用俺们管，只要把成子养大成人，那就是俺的一大功劳，所以俺不能回去说这个事儿。"

姜孝昌白着眼睛说："老妹子，大哥这是为你好啊。恁想啊，就算恁不改嫁，毕竟没了男人，腰杆不硬气了。孤儿寡母的，要看人家脸子过日子吧了。恁要是不愿意说那就算了，那就再等几年看看吧。"

姜孝昌心里的如意算盘是：先为借取，后为长虑。先用暂时给姜桂芝种地为由头，日后再撺掇姜桂芝跟张家分家。如果达到了目的，日后妹子的土地家产，那还不得他帮着打理，或是他说了算呀。甚至可以把张家分给妹子的土地，慢慢地变成姜家的，也是有可能的事儿啊。

现在看到妹子不愿意，姜孝昌他琢磨着：也不用着急，慢慢来，架不住总撺掇，时候久了，也可能水到渠成呢。

姜孝昌心里最惦记，最在意的，还是那从张锦祥身上弄来的三棵人参。惦记着找个时机卖掉换来现钱，好买它十垧八垧的好土地，再盖上几间新房子，也当一个什么"地主"风光风光。

七月份的时候，庄稼地封了垄，地里活计少了，他又开始琢磨如何找地方卖人参了。

那一天是礼拜天，小儿子姜心田从哈尔滨市内学校回来，晚上吃完饭，姜孝昌把儿子叫到外边没人的地方问话："老二恁在城里念书，恁知道那嘎达药店多吧？"

姜孝昌的两个儿子，老大姜心儒被张锦辉弄到沈阳参了军，当了通信兵，在电台室上班，还去日本进修两年，精通日语；老二姜心田才十四五岁，在城里念书的钱，还依仗着张家给的一大部分。但是姜心田这小子上学不着调，三天打鱼两天晒网，学了一个二八月，稀里糊涂。小小的年纪，不好好上学，拿着家里给的钱，吃喝嫖赌，家里也不知道。今天回来也是因为手头没钱了，这才赶上礼拜天回家朝姜孝昌要钱来了。

姜心田卡巴卡巴眼睛问："爹，恁要买药啊，买啥药啊，恁给俺钱，俺帮恁买呗。"

姜孝昌摇摇头："俺不买药，俺很少去哈尔滨市街里，屯迷糊一个，到了哈尔滨就转向蒙圈。恁在那嘎达念书，道熟，能领着俺逛一逛呗，开开眼界行吧？"

姜心田小心眼开始算计起来，恁去哈尔滨，那就得花钱，

俺领着恁逛大街，咋花钱，俺帮着恁花，也能赚点外捞吧。

所以姜心田积极地说："行啊，俺带您逛大街，起码也得多给点辛苦钱吧，俺也好用在上学上啊，嘿嘿。"

姜孝昌开心地说："那行啊，二犊子，只要恁好好上学，有个出息，老爹有多少钱也愿意给恁花啊。"

第二天吃完饭，姜孝昌就跟姜心田走着去了哈尔滨市内，两个人去了道外，

打算逛一逛道外的商场药铺。

姜心田领着姜孝昌先去了道外大罗新商场，逛得差不多了，又去了张飞扒肉馆。吃了馆子之后，姜心田才带着姜孝昌去了几家药铺。

61

去药店里假装闲逛，姜孝昌最关心的就是人参的价格。他装着很随意的询问了七品叶的人参值多少钱，药铺的人也告诉了他，他的心里总算有点底了。

从哈尔滨回来之后，他吃饭睡觉都在琢磨啥时候去卖掉人参，心里犹豫下不了决心。没事儿时候他还围着小仓房转悠，想着如果拿出来去卖之后，张家能不能知道，知道了又能把他如何。

姜孝昌的举动，也让老婆吴氏起了疑心，她还不敢问，只能领着小女儿姜心怡偷偷地看着。

又过了几天，姜孝昌实在是忍不住了，他把藏在小仓房的人参拿出来，去了老道外，卖掉了这三个染着张锦祥鲜血的人参，换回来七千多块钱。

卖完人参回来的路上，姜孝昌哭了一路，心里想着："俺姜孝昌从山东要饭来到东北，尝尽了没钱没势受人白眼的滋味。俺在老张家人前总是低人一等，总是抬脸求人的主儿，处处装着笑脸，不过都是为了那点土地，那点钱而已。今天俺总算有钱了，俺也可以盖房子买土地，也可以在人前露脸风光了！"

他已经忘掉来到哈尔滨张家是咋对待他的，忘记他将张锦祥推下山涧，张锦祥求生的渴望、愤怒的辱骂以及张家上下的痛苦悲哀，忘记了妹子失去男人、外甥失去父亲的悲惨境遇。也许他啥都知道，啥都记得，但是金钱和私欲让他丧心病狂，让他枉自披了一张人皮！

五天以后，他在本村吴占水家里，买来五亩带青苗的土地，他坐在炕沿上，端着地契依旧是满脸泪水，依旧沉浸在毫无羞耻的自责的成功的喜悦中。

可是他还不知道，就在他卖掉人参的那一天，张锦德已经从老冯的嘴里知道了姜孝昌的一切。张锦德跟着老冯一起去了道外那一家药铺，证实了姜孝昌在这里卖人参的事实。

之后，他又知道了姜孝昌买土地的事儿，他就完全的断定了姜孝昌陷害张锦祥的罪恶，应该是板上钉钉的事儿，他就让顺子去江南找张锦恕回来。

这一天姜孝昌正在家里拿着地契跟老婆炫耀呢："老蒯恁看看，俺姜孝昌也能自己个买土地了，哈哈。姜家从此不再求人了，不再受人白眼了！用不了多久，俺也能像老张家那样，有上百垧土地，车马牛羊一大堆，老婆恁就瞧好吧。"

老婆吴氏不晓得姜孝昌那里来得这么多的钱，好奇地问道："当家的，哪里来的钱买的土地呀，恁可真能耐！"

"哪里来的钱？天上掉下来的啊，哈哈。俺姜孝昌吉人自有天助，老姜家打今天起，也要发大财了！"

姜孝昌正在乌央乌央地狂吹着，这个时候张锦德推门走了进来，身后跟着张锦恕。木门吱呀呀的一响，姜孝昌抬头正好跟张锦德对眼。他看到张锦德哥两个满脸怒气，脚步铿锵地走进来，他下意识地想到"完蛋了"，张家可能知道了。

可是他似乎并没有害怕，他觉得没有抓住俺的证据，恁能把俺咋地呀，所以他看了看张锦德故作镇静地说："大表哥、二表哥来了，快点坐下啊。"

张锦德一进来就看到，姜孝昌坐在炕沿上，手里的拿着的是地契，也就是陷害老三抢的人参卖的钱，买的土地。此时此刻，张锦德憋了快一年的一腔子怒火和悲伤，一下子爆发了！

他三步并作两步冲到姜孝昌面前，用手指着姜孝昌的脑门大喊着："大昌子，恁个忘恩负义的王八蛋，快点说恁咋地坏了良心，害了俺家老三啊！说。"

张锦恕也是怒火填胸，他伸手抓住姜孝昌的头发骂着："你个忘恩负义的姜大昌子，老张家对你啥样，难道你都忘了，你的良心喂狗了，赶紧说，你咋害了俺兄弟，看我挖出来你的黑心下酒喝！"

站子一边的吴氏带着孩子丫蛋，看到张锦恕哥两个发疯地闯进来，大声地训斥着姜孝昌，她吓得全身哆嗦，女儿丫蛋也吓得哇哇地哭了起来。

张家两个兄弟气得呜嘞嚎疯，对着姜孝昌大声地喊喝，姜孝昌心里害怕得要死，但是还要故作镇静。他一只手扶着张锦恕薅他头发的手，猫着腰下地说："大表哥、二表哥，这是咋地了，有啥事儿恁慢慢地说呗，动粗干啥呀。"

他强转过头来给吓得筛糠的吴氏递眼色："孩他娘，恁去看看大姑咋地了，就说大表哥他们来咱家了。"

不知道发生了什么事儿的吴氏吓得走不动道了，她勉强拉着丫蛋走出了房间，快速的赶去张家报信了。

张锦德看到姜孝昌到了现在还在装傻充愣，他大声吼叫着说："大昌子，恁陷害了俺兄弟，恁抢了他的人参，卖了钱买了土地，难道恁还狡赖吗！恁好汉做事好汉当，做了还装孙子啥也不知道，恁真就不是人了！"

张锦德气得从腰里掏出来驳壳枪，顶住姜孝昌的脑门说："恁再不承认，老子一枪崩了恁，明年今天就是恁的周年！"

张锦德一提他卖人参买土地的事儿，姜孝昌知道他不应该去卖人参，不然的话，张家就抓不住自己的把柄，没有真凭实据，张老大也不敢这么狂用枪抵着自己个儿。唉！既然犯事儿了，不承认也没用，爱咋滴咋滴吧，谁让他们的老天不保佑俺大昌子呢！

想到这里，姜孝昌横下一条心说："张老大，俺大昌子承认，是俺见财起意，把张老三推下山涧，私吞了他的人参。如今卖了钱，买了土地，恁也看到了，是死是活恁看着办吧，俺姜孝昌认了！"

张锦恕听到大昌子厚着脸皮承认了陷害老三的事儿，还装硬汉，气得他蹭一下窜上土炕，对着姜孝昌的腰就是一脚，整个把姜孝昌踹掉在地上。

62

张锦德感到不解气，他也上来踢了姜孝昌两脚，嘴里骂着："老姜家怎么出了恁这个无情无义的王八蛋，踹死你也不解恨！"

张锦恕一边右脚踹着姜孝昌，一边问大哥："大哥，恁说咋个处置这小子，现在干死他，还是交官审讯给咱三弟偿命？"

张锦德铁青的脸上现出了杀机，他跺跺脚说："交啥官啊，现在就干死他，给咱三弟偿命完事儿！交到官府里审讯，那还得要什么证据，害得咱们去找证据，那就没年头了。俺说干脆弄到院子里，一枪崩了他，省事儿又快！"

张锦德说着，伸手拽着姜孝昌的头发，就往院子里拽。由于张锦德拽着姜孝昌的头发使劲地拽，疼得姜孝昌哇哇地乱叫。

这个姜孝昌本来是一身的武功，在张锦德、张锦恕哥俩进来的时候，他就想过跟张家哥们动手，拼一个够本，拼两个赚一个。可是他转念又一想，光一个张锦德他就不一定打得过，还有一个张锦恕帮忙，自己个儿毫无胜算。即使他侥幸逃脱，又跑到哪里去呢，老婆、孩子又咋办呢，他很无奈地放弃了抵抗。现在张锦德又掏出了枪，他可看见了当时张锦祥拿枪打那个连毛胡子孙天久的时候，那是多厉害啊，所以他更不敢反抗了。

这时候他听到张锦德要把他拽到院子里用枪崩了自己个儿，这回是真的害怕了，张锦德拽他，他就是赖着不走，跪在地上连声求饶："大表哥，二表哥，俺大昌子错了，俺对不住老张家，俺不是人，俺是畜生！大表哥啊，看在咱们是亲表兄弟的面子上，饶了俺吧！呜呜。"

张锦恕看着姜孝昌的损样骂道："你个犊子玩意，还有脸说是亲表兄弟，真不要脸到了极点。别废话，杀人偿命，欠债还钱，快点跟俺们去院子里，给你一颗子儿，让你死个痛快！随后俺哥俩去法院，法院判给你偿命，俺们哥俩也认了！"

说着话，张锦恕也来帮着大哥拖拽姜孝昌，虽然姜孝昌死命地倒在地上放赖不肯走，最后还是被张家哥两个拖拽到了院子里。

这个时候的姜孝昌，可不是刚才还想拼命的姜孝昌了。那可是吓得真魂出窍了，全身筛糠，磕头如同鸡叨米，鼻涕一把眼泪一把，跪在地下哀嚎着求着饶命。那个惨样儿，当初见财起意谋害张锦祥的时候，恁大昌子都想啥了呀！

张锦德管不了这些了，他甩开姜孝昌拉他的手，一脚将姜孝昌踹倒在地，朝着张锦恕喊着："老二你躲开，老子现在就崩了他！"

张锦德掰开驳壳枪机头，子弹上膛，对着姜孝昌就要开火了！眼看着姜孝昌的小命就要去爪哇国报到了。也是这老小子不该现在死，偏偏就在这个时候，他的救星来了！

原来那个姜孝昌的老婆吴氏，被姜孝昌的暗示提醒了，她拖着老丫头丫蛋，那是连滚带爬到了张家。进了老太太的房间，扑通一声跪倒在地上喊着："大姑啊，老太太呀，求恁赶紧去救救大昌子，您的亲侄子吧！"

岳氏老太太刚从外面遛弯回到屋里，打算睡一觉呢，这个时候吴氏进来一闹腾，岳氏的困意全无了。她探着头问："侄子媳妇，恁咋地了，大昌子咋地了？"

"哎呀大姑啊，俺大表哥、二表哥去俺家了，他们说大昌子害了老三，要让大昌子给老三偿命呢！您快点去吧，只有您才能救了大昌子，您的亲侄子啊！"

岳氏一听急出来一身的冷汗，她吩咐："凤仙啊，赶紧叫顺子套车，俺去姜家那边看看。"

丫鬟凤仙一溜小跑出去找顺子，顺子麻溜地套上马车，老太太也出来了，这个时候，大嫂、姜桂芝也都知道了，她们坐着马车快速地来到了姜孝昌的小院。

这可谓是千钧一发了，再晚一点来，张锦德的枪声可能就响了，姜孝昌也就命归西天了。也就是在这个危急的时候，岳氏老太太的马车到了院子外边，老太太也看到了篱笆墙里的情况，她嘶哑着喊着："老大，恁千万别动手，听听老娘咋说！"

院子外边来了一辆马车，咕噜咕噜的花轱辘子车，车上坐着张锦德的老娘，还对着张锦德喊着，张锦德万般无奈没有开枪。他放下枪，迎到院子大门前，看着老娘进了院子说："娘，恁咋来了，大昌子害了俺三弟，俺要给三弟报仇呢！"

岳氏老太太走进篱笆院，看着跪在地上的姜孝昌，再看看张锦德、张锦恕，眼泪簌簌地流了下来。跪在地上的姜孝昌看见了岳氏老太太，就像大海里漂浮很久的人，见到了一根救命稻草，拼了命也要抓住啊！他嘶哑着喊着："大姑，救救俺大昌子，大表哥要崩了俺，快点说说救俺一命啊！"

姜孝昌哭喊着抱住岳氏老太太的双腿，岳氏老太太倒是很平静，她走到姜孝昌面前停下问道："大昌子，恁说恁大表哥要崩了恁，那可是杀人啊，总得为点啥啊，俺老太太要听一听恁咋说？"

姜孝昌用波棱盖当腿往前挪动几下哭着说："大姑啊，大表哥说俺害了老三，所以要俺偿命！"

老太太用身后的大烟袋锅怼怼姜孝昌的脑门说："那恁到底害没害恁妹夫，俺的三儿子呀，恁咋不说呀？"

姜孝昌知道抵赖没有用到会让张锦德他们更上火暴躁，也就更容易对自己下死手。他语不成声地说："大姑，是俺一时想不开，见财起意，把老三推下了山涧。"

老太太坐在姜桂芝搬来的凳子上说："既然恁都承认了害死了俺的儿子，恁的亲妹夫，那恁大表哥替他弟弟报仇，难道不对吗？杀人偿命，欠债还钱，古人定下的道理，难道也不对吗？恁大昌子说说看，那一条不对，恁能自圆其说，俺就让老大饶了恁，恁说！"

63

姜孝昌这个时候还能说啥，只是抱着老太太的小腿，呜呜地哭着；这个时候，吴氏扯着丫蛋也跪在地上，放声地哭这，场面也是十分的悲伤。

站一边的姜桂芝，真真地听到了是自己的亲大哥，见财起意害死了自己的丈夫，她像发疯了似的走到姜孝昌面前，在姜孝昌脸上打了两巴掌："大昌子啊，恁咋这样啊，恁还俺丈夫，还给成子他爹！呜呜。"

大嫂等人看到姜桂芝哭得不行了，赶紧过去搀扶姜桂芝站到一边去，大伙还等听老太太最后说啥。

老太太似乎是早就想好了，她转过身来对着张家哥两个慢悠悠地说："老大、老二呀，恁三弟，俺三儿子，是被大昌子害了，大昌子也亲口承认了，按着道理杀人偿命，恁整死他，替弟弟报仇，天理也不会怪恁。一边是俺的亲儿子，一边是俺的亲侄子，哪个不是俺的心头肉啊！可是恁想过没有啊，恁就算整死了大昌子，恁兄弟老三他也回不来了呀！可是大昌子一死，老姜家就散了，老婆孩子咋办呀，俺以后地下咋去见恁的大舅啊，呜呜。"老太太也放声哭了起来。

张锦德一听老娘这是给姜孝昌求情了，要放过姜孝昌这个畜生，他急了喊着："娘，无论是亲儿子，还是亲侄子，杀了人，就得偿命啊。老三被这个大昌子害了，难道他的儿子，他的媳妇就该忍耐，就该遭罪，就该散了啊？！不行，老娘你别管了，俺今个儿非得整死这个畜生不可，谁拦着也不行！"

张锦恕也在一边喊着："娘！恁就别管了，让俺大哥一枪崩了这个畜生，替俺兄弟报仇吧！呜呜。"

张锦德重新抬起驳壳枪，瞄着姜孝昌，姜孝昌吓得瘫在地下，哆嗦着哀求着："大姑，大姑，救救俺啊！"

岳氏老太太何尝不想给儿子报仇啊，可是古语说："死了，死了，死了就了了，活着的还得活着啊。"

她看到姜孝昌那个可怜的样子，更加动了恻隐之心，她颤颤巍巍站起来说："老大啊，恁非要整死大昌子，俺老太太也不活了，就陪着大昌子一块去见老三吧！"

老太太将张锦德的枪巴拉开，她倒在姜孝昌身上，用身体护着姜孝昌，哭得就像泪人一般，张锦德哪里还下得去手呢，他呜呜地哭着，转身跑开了！

看见大哥离开了，张锦恕知道现在整死大昌子是不可能了，他也跺了跺脚，哭着一步一回头咬牙狠狠地离开了。

看到张锦德哥俩走了，吴氏他们把姜孝昌搀扶站起来，老太太用烟袋指着姜孝昌说："大昌子，打今儿个起，俺不再是恁的姑姑，恁也不再是俺的亲侄子，各奔东西，断了这门亲戚吧。免得俺亲儿子都不认俺了这个亲娘了，让外人说三道四，指着老张家爷们的脊梁骨看笑话！"

老太太刚想走，突然站住对着姜孝昌说："既然恩义断了，那就断到底吧，把恁种老张家的土地，如数奉还，以后也别想再能种到老张家的土地了！"

张锦德要回了张家的土地，姜孝昌害了张锦祥的事儿，到现在就算告一个段落。张家爷们为了老娘，忍了这天大的仇恨，也让姜孝昌躲过一劫，日后还要来欺负坑害老张家呢。

张锦德去市内给老四张锦辉打了电话，告诉了他老三被害的经过，说把土地也都要了回来。土地的事儿张锦辉倒是不太关心，但是三哥的事儿，也让张锦辉很无奈，都是孝顺的儿子呀，说啥也不能违背了老母亲的意愿，做出来过激的事儿啊。

张锦辉还向大哥透漏了一个消息，日本人步步紧逼，跟东北军达到了剑拔弩张的程度，他怕是一半会儿回不去哈尔滨了，让大哥跟家里人小心点。

一九三一年九月十八日，震惊中外的九一八事变发发生了，日本军队进攻东北军的沈阳北大营。

九一八事变后，张学良在协和医院对天津大公报记者谈话时说："吾早下令我部士兵，对日兵挑衅，不得抵抗。故北大营我军，早令收缴军械，存于库房。"

九月二十二日，蒋介石和国民政府也分别发表讲话和告国民书，要求"暂取逆来顺受态度，以待国际公理之判断""希望我全国军队，对日军避免冲突"，事实上默认了张学良的不抵抗政策。张要求其率领的东北军力避冲突，并退守锦州。

日本人在短时间内就占领了辽宁、吉林大部，转过身来向北进犯，首先进攻黑龙江门户，在齐齐哈尔发生了江桥保卫战。江桥保卫战失败以后，日军占领了齐齐哈尔，掉过头来就来攻打锦州。

一九三二年一月三日，锦州失守，东北军大部退进山海关之内。关东军占领锦州之后，一个大转弯，再次掉头去进攻哈尔滨。虽然李杜将军等爱国军人拼死抵抗，但是在没有任何的援助情况下，坚守了一个月左右，最终撤离了哈尔滨。至此，经过四个月零十八天，东北三省全部沦陷于日寇的铁蹄之下。

一九三二年三月八日，溥仪从天津秘密来东北，在日本人及其汉奸的簇拥下来到长春，第二天开始伪满洲国成立典礼；他先做了伪满洲国"执政"，后来一九三二年九月日本国内宣布承认伪满洲国的基础上，一九三四年三月一日，溥仪在新京南郊杏花村举行登基典礼，改"满洲国"为"大满洲帝国"，年号为康德。至此东北彻底沦为日伪汉奸统治的区域，东北人亡国奴的身份，共有十四年之久！

康德十二年八月十七日（一九四五年），溥仪在通化大栗子沟宣读退位诏书，伪满洲国灭亡。

64

日本人占领了东北三省，马上实行一整套的奴化统治，建立连坐保甲制度，搜罗可以为日本人效力的中国人，做日本人的鹰犬，以最严厉的手段控制伪满洲国的中国人。无论在政治上严格限制言论自由、出版自由等等；在军事上武力高压反日声音和抗争，残酷镇压抗日力量；在经济上严格控制一切有利于日本人对华战争的军事需要，钢铁、粮食、纺织用品等等，都要日本人说了算；在教育上，让中国人学日语，抹掉中国历史等等，做出了长期占领东北的计划，这也让生活在这片土地的中国人深深地陷入了苦难的岁月。

美国记者埃德加·斯诺在一篇有关日本建立新殖民地的文章中写道："以前的哈尔滨是让人愉快的好地方，但现在却成了著名的人间地狱，不管是哈尔滨的本地的居民，还是十万俄国人，都生活在一个生命没有保障的地方。即使在白天，人们也会尽量随身带着武器，因为抢劫、绑票、强奸是常有的事。"

一九三二年日本人占领了哈尔滨，这让大多数哈尔滨人陷入了灾难，尤其是当年松花江涨大水，淹了哈尔滨两岸，多少人饿死，多少家庭流离失所。张锦德等等这样的庄户人家，虽然有土地有粮食，因为日本人的经济政策，要把粮食全部"出荷"给日本人，在价格极低的情况下，生活也是受到了极大的冲击。

在道外做生意的张锦恕也是今不如昔。松花江发大水，几乎淹没了道外，条条街道都浸泡在江水里，哪里还能做生意。全家人逃到二楼顶上，才免于洪水的浸泡，到了一九三三年的春天，江水才完全的撤净。

但是也有极少数人在日本人那里得到了利益，比如投靠了日伪政权的人，就像姜孝昌一家子。

姜孝昌的两个儿子，大儿子姜心儒原本是东北军司令部电讯科的电讯员。在日本人占领锦州之后，东北军部队撤退的时候，早就被炮火吓破了胆姜心儒的这小子，就不敢再待在部队里，偷偷开了小差。

他偷着跑回了哈尔滨四方台子屯，吓得让姜孝昌把他藏在家里，不敢出门。

等到日本人进攻哈尔滨之后，哈尔滨沦陷并成为了日本人的控制的区域。姜孝昌拿钱去求给日本人做了警察署长的白显彤帮着运作。因为姜心儒日语纯熟，就被安排在特务机关，给日本人当翻译；老二姜心田，上完中学好吃懒做，四处游荡，姜孝昌无奈又凑了点钱求助白显彤，白显彤给姜心田谋了一个特务行动队警员，这样姜家，两个儿子都给日本人当差。

再后来，老大姜心儒在哈尔滨警备司令部，给日本司令官渡边文雄当翻译；老二姜心田，在哈尔滨道外警察署特务队当副队长警副，也都是仗着日本人豪横的角色。

再在后来，日伪政权要求屯子里要有村长或是保长，两户张家——张锦德、张锦绣坚决不干，正好姜孝昌十分乐意干，姜孝昌也就成了四方台屯子的保长。

姜孝昌有了两个汉奸儿子的势力，那叫一个有恃无恐，十里八村的，谁也不怕。日本人占领哈尔滨这些年，他仗着汉奸儿子的势力和自己是屯子的保长，强买强卖，巧取豪夺，放印子钱，提高地租，七八年的时间内，他家里有了上百垧的土地，车马牛羊也是很多了。盖了新房子，修建了大院围墙，还修了炮楼子，姜心田弄来了枪支，成立了保甲自卫护院队。姜孝昌在经济上也就不弱于张家，而在其他方面的势力，甚至大大超过了老张家。

日本人来了，张家的日子几乎是一落千丈，粮食要按着亩数计算，除了留下少量的自用之外，其他都要"出荷"（销售）给日伪政权，而且价格低得可怜，收入也就大幅度地减少；造酒的酒坊也受到了限制，造酒的粮食被大幅度地限制，所以烧锅里出的酒也减少了。唯一还没有受到太大限制的，就是松花江的鱼亮子，打鱼卖钱的收入，还算可以。

张家的地位跟姜家相比，那是一个此消彼长，姜孝昌全家投靠日本人为虎作伥，坑害村民；再加上姜孝昌陷害张锦祥的事儿，这个时候张家几乎断了跟姜家的一切联系。

一九三五年四月份，在道外"松江省第一中学"上学的张子富、张子禄哥俩，听到一个振奋人心的消息：哈尔滨街头出现了一些引人瞩目的"学口琴去"大幅广告，就是口琴社在提前预热招生，让很多忧虑沉闷的青年精神为之一振。

张子富、张子禄哥两刚刚上中学，听到同学说去学吹口琴，兴趣一下子就被这个新事物点燃了。跟他们同一时间入学的刘志强，家是道里抚顺街地包小市儿那边的，他跟张家哥俩处得挺好，就一起去口琴社报名参加学习吹口琴了。

原来"哈尔滨口琴社"的成立，缘于几个月前德国人在哈尔滨开设的孔士洋行，在报上刊登了一条聘请口琴教员的广告。广告刊发后，便有四五个人去应聘，当时在邮局工作的袁亚成也去参加了应聘考试。他曾在上海参加过中华口琴学会，是一名出色的口琴演奏员，于是顺利被录用。

"哈尔滨口琴社"在一阵响亮的鞭炮声中宣告成立，袁亚成任社长。口琴社最初申请登记时定名为"哈尔滨口琴学会"，日本人命其将"会"改为"社"。

由于参加学习的人里，大多都是二十几岁的年轻人，张子富、张子禄、刘志强三个人的年纪小，参加的初级班，学得较慢，没有赶上口琴社的排练和演出。

一九三五年年末，哈尔滨口琴社在道里中国七道街巴拉斯电影院（即后来的兆麟电影院），举行了第一次口琴音乐大会。演出前，一张巨幅海报悬挂在影院门口，上写"口琴音乐大会——哈尔滨口琴社主办。袁亚成先生指挥"，入夜，海报在霓虹灯的映衬下，格外醒目。

演出开始的铃声刚过，华丽的紫红色丝绒帷幕便徐徐拉开，全场从一片喧嚣中立即安静下来。口琴队的队员们分左右排列，男士着黑色西装、戴白色领结，女士穿裙摆长至脚面的白绸连衣裙。前排分第一口琴、第二口琴、中音口琴、低音口琴，后排是打击乐，有独奏、二重奏、四重奏、合奏等表演。队员们每吹一曲，台下观众都会发出雷鸣般的掌声。

65

在袁亚成的指挥下，队员们以满腔激愤把《沈阳月》这首大型口琴协奏曲演奏得淋漓尽致。袁亚成吹奏了《卡门》，任白鸥演奏了曼陀林和萨克斯管，刘性诚唱了首《走来走去三百里》，侯小古表演了气功，还有诗歌朗诵等。这次别开生面的音乐会，深得人们喜爱，获得了很大成功。于十二月二十九日、三十日、三十一日连演三天，场场满座。

一九三七年四月十五日，日伪宪特"四一五"大搜捕开始，对中共地下党组织进行有计划地大破坏，对进步爱国群众进行大逮捕。十八日，伪哈尔滨警察厅特务科陆续逮捕了侯小古、王家文、柳桥、沈玉贤、陆怀章、黄士担、谢守文、金淑贞等口琴社人员。被捕的人都受到了严刑拷打。侯小古受刑时不喊不叫，咬紧牙关挺着，还厉言痛斥敌人。连负责审讯的伪哈尔滨警察厅特高科科长、臭名昭著的日本特务小林，私下里都哀叹：侯小古是他在审讯中遇到的最"顽固"的人。一九三七年七月，经伪第四军管区军法处会审，以哈尔滨口琴社主要案犯等罪名，判处侯小古死刑。九月二十三日，侯小古在哈尔滨市太平桥圈河英勇就义，年仅二十四岁。

哈尔滨口琴社遭到了严重的破坏，正常学习和演出没有办法进行了，没有被捕的主要成员们计划撤离，到关内去开展抗日工作。

张子富、张子禄、刘志强三人跟着学了二年，口琴社就解散了，三个小青年懵懵懂懂地了解了一些进步的思想，对日本人的憎恨也都加深了。

这一天三个人在一起议论，张子富说："咱们三个人马上要毕业了，我要报考哈尔滨医学专科学校(哈尔滨医科大学前身)，子禄你呢，你想去哪里上学呢？"

张子禄虽然比张子富年纪小不到两岁，但是中学却是同一年上的。他胸有成竹地说："我报考尔滨中俄工业大学（哈尔滨工业大学前身），学工科做实业是我的理想。"

刘志强看看张子富："俺父亲就是医生，俺也打算报考医科大学，子承父业做医生呗。"

张子富撇着嘴说："俺们弟兄两个老爹是农民，俺也要子承父业干农活，胡扯啊！"

刘志强笑着说："你这是自己个说的，我可没有说你们哥俩的意思。不过我可听说日本人开始破坏口琴社，还有日伪特务都在抓捕口琴社主要成员，咱们口琴社的老师要去南方躲避日本人的抓捕，还听说他们缺资金，我想拿一点资助他们一下。"

张子富看看弟弟说："二弟，咱们一起回家跟老爹说，让他给咱们拿钱，资助一下老师吧。"

张子禄点头说："行吧，估计父亲能够给咱们钱。但是咱们不能把参加口琴社的事儿实打实地跟咱爹说，免得他想多了不给咱们拿钱。"哥两个回到四方台屯家里，跟父亲撒了一个谎，说有个老师家里有人生病，生活困难，他们想帮着捐款。

张锦德本来就是慷慨大方的男人，听儿子这么说，他完全赞成："好，儿子助贫扶弱恁这个事儿俺赞成，恁哥俩呢，多拿点吧，一千块咋样？"

哥两个高兴坏了，拎着钱袋子，坐着顺子的马车，赶回学校，跟着刘志强一起去找藏在地包小市附近袁亚成老师的住处。

袁亚成夫妇看着三个年轻人，感动地说："看见你们的义举，就看到了中国的前途，谢谢你们啊。我们几个人一起去了关内，还是要做抗日救国的事业，等我们有了固定的地址，我会给你们写信，也希望你们学业有成，有机会也到关内一起共事。"

口琴社的一部分人被日伪汉奸逮捕了，受到了残酷的摧残，还有人被日本人杀害，也有一部分人转移到了关内，继续着他们的反满抗日斗争。

张子富等人中学毕业了，他们同时上了大学，开始了一段大学的学习的进程。

时间来到一九四零年。张锦德一家子活得憋屈，但也无奈，人在矮檐下，不得不低头啊，张锦德也只能期盼着家庭孩子平安就好。

姜桂芝自从丈夫在白山子失踪之后，生不见人，死不见尸，而且坑害自己丈夫的人还是自己的亲哥哥，这种打击是巨大的，她心里的伤口无法弥合。

丈夫不在了，也得生活啊，幸好身边还有儿子张子成，总算有个血肉亲情做伴，这也是她生活下去的最大的动力。

她巴望着儿子念好书，也去哈尔滨市里上大学，在哈尔滨市里找媳妇结婚生子，也好离开这个让她伤心的四方台。

可是凡事你要是总期盼着，却是往往与愿望背道而驰。姜桂芝想让儿子张子成上学，可是这个张子成就不爱上学，就连在自己家里念私塾，也是学的葫芦半片，就别说去哈尔滨市里念中学了。

而张子成最喜欢的，却是舞刀弄棒，酷爱武术，跟着大爷张锦德练武从来不叫苦，风雨不辍，十五六岁之后，武功就十分了得了。

既然不是上学念书的料，那也只有种地务农吧。张家土地多，但是都雇佣长工、短工给种地，自己人不用亲自到地里面朝黑土背朝天。所以张子成也就跟着老冯大爷，跟着张锦德大爷去地里，去酒坊和鱼亮子跑跑腿，玩闹一番而已。

张家土地多，当然也有人惦记，姜孝昌就是最垂涎的那一个，他也没闲着惦记着怎么把张家的土地搞到手里。

在当年发生了姜孝昌陷害张锦祥的罪恶暴露之后，张家原本打算全部要回借给姜孝昌的土地，岳氏老太太说："把借给大昌子的土地全都要回来。"可是随之她就变卦了："恁把土地全部要回来，那就能饿死大昌子全家，这跟杀了大昌子有啥不一样啊。人都死了，这点土地还算啥，算了吧，就让这个瘪犊子先种着吧。"

66

日本人来了，张锦德看到姜孝昌投靠了日本人，他的两个儿子都当了日本人的走狗，姜孝昌自己个当保长，也在干着欺压屯子里的乡亲的勾当。张锦德看在眼里，恨在心里，这让张锦德无法再继续忍受，也就去了姜孝昌家里索要土地。

可是姜孝昌有了日本人当靠山，马上就露出来豺狼本性，根本不理睬张锦德的要求，还扬言："张老大，恁张家敢去那些地里动一根草，俺就让儿子带着日本人抄了你的家！"

后来还多次鼓捣姜桂芝："恁带着孩子在张家吃闲饭，张家人早就嫌乎恁了。赶紧把成子爹名下的土地让大哥帮恁种，张家也就不会说三道四了。"

姜桂芝本是一个女性，心里也没有把大哥的鬼心思看透。再加上姜孝昌总过来找姜桂芝叨咕，最后姜桂芝跟张锦德说了两次，张锦德也就同意了。姜桂芝把张锦祥名下的十几垧土地，放到姜孝昌家里代种，每年底分给姜桂芝一些粮食。当然这也是姜孝昌"先为借取，后为长虑"的鬼主意。

张子成一天天地长大了，十五六岁了，这也让姜孝昌看到了有利可图的机会。他找到姜桂芝说："成子老大不小了，整天的跟着别人腚后颠达，像个狗一样，那算啥啊。大哥帮着恁种地，恁家白吃，亏心不亏心。干脆让成子去大哥家帮着种地吧，也让成子学学种庄稼，别成了二流子。"

这样，张子成禁不住母亲的嘟囔，就差把耳朵磨出了糨子了，不得已去了姜孝昌家里帮着打杂。

张锦德虽然是一家之长，但是他又能如何。张家本来就有一条不成文的规定，男人长到十五岁，他的名下就有十垧土地，可以由本人或是继承人支配。三弟张锦祥没了，大儿子张子强结婚了，他愿意跟着大爷种地生活。而老二张子成是姜桂芝的儿子，在姜桂芝三番五次的要求之下，他也没有办法，也就同意把张锦祥名下的土地让姜孝昌帮着种了。

"天要下雨，娘要嫁人"，那就随他们去吧。虽然是万般的不愿意让姜大昌子帮着种地，心里也知道姜孝昌肯定包藏着祸心，但是也不好坚持阻拦。姜孝昌有日本人做依仗，中间还有个岳氏老太太不让张锦德惹乎姜孝昌，何况张家也有一大家子人要生活，不能弄出来血光之灾。惹不起就躲着吧，所以近些年张锦德几乎没有跟姜孝昌有任何来往。

张锦德看着周围差不多年纪的人，都抱上了孙子、孙女，这也成为他很烦恼的一件事儿。他两个儿子都二十大多了，可是都没有结婚生子，这也就成了张家上下都很纠结在意的事儿。

幸好老姑娘娟子十六就结婚了，嫁给了薛家屯里的一个小康人家，生了孩子，张锦德总算有了外孙子，这也算给了他一些安慰。

但是作为男女有别，大男子主义的张锦德，心里的愿望还是能够抱上孙子，这才能让张家延续香火，也是张家的天伦之乐啊！所以他念念不忘催促两个儿子娶媳妇，也不忘了催促媒婆帮着儿子找媳妇。

这一天张锦德对着吴慧芬说："那天俺跟老二子禄说了，要是老大自己找了媳妇，就让子富他带回来让俺给把关口，真的入了俺的法眼，俺出大价钱给他们办婚事！"

张锦德两个儿子，老大张子富，老二张子禄，相差两岁，老大二十二岁，老二十岁。老大考进了哈尔滨医学专科学校（哈尔滨医科大学前身），已经是大三了；老二考进了哈尔滨中俄工业大学（哈尔滨工业大学前身），学习电气机械工程，也是大学三年了，哥两个都是上进的好孩子。

一次学校开文艺表演会，张子富叫来二弟观看自己个的表演。也就是那一天，一个叫武田梅子的女孩闯进了他的生活。

那天当张子富朗诵了自己的散文之后，报幕员上来说："下边请梅子同学唱一首歌，歌曲的名字叫《春游》。"

一位穿着白色连衣裙的女生款款地走上台来，一首弘一法师李叔同的《春游》，唱得张子富神魂颠倒，完全被迷住了。

春风吹面薄于纱，春人妆束淡于画，

游春人在画中行，万花飞舞春人下，

梨花淡白菜花黄，柳花委地芥花香，

莺啼陌上人归去，花外疏钟送夕阳。

那个叫梅子的唱完下台了，张子富还在鼓掌，整个会场只有他一个人在鼓掌，弟弟看到忍不住将他拉坐下说："大哥，人家下去了，你在还鼓掌啊！"

张子富四下看看，这才从梅子的歌声中醒悟过来，他在坐下后问身边的同学："哎，刘志强，你认识这女生吗？是咱们学校的吗？我咋没见过呀？"

同寝室的，同班的同学刘志强挠挠脑袋说："我也不认识，不知道是哪个系的。"

弟弟张子禄低声说："大哥，咋地了，被那个女的迷住了，我看你神不守舍了，嘻嘻。"

张子富一摆手："小孩子别瞎说，那个女生唱得确实好啊，不是吗？"

这时候台上又有演出了，刘志强低声说："别瞎说了，有新节目了。"他们这才停止了嘀咕，开始专心看节目。

张家大少爷张子富二十多岁了，今天见到这个唱歌的梅子，才让他可谓是春心萌动，情窦初开，几天下来满脑子都是那个梅子的身影。

吃饭想她，走路想她，上课想她，睡觉做梦也是她，整个头脑都被这个唱歌的女生塞满了。

宿舍里的同学都看出来门道了，尤其是死党刘志强更是猜到了张子富的心事儿，他说："张子富，喜欢上了哪个妞，俺去替你侦查一番，看看是哪个系的，然后你去追？"

张子富生来一个不爱出头的性格，遇到啥事儿都是谦让，几乎很少抛头露面，这次上台演出朗诵节目，也是班里的同学死缠烂打他才答应的。

67

而现在刘志强这么说，他竟然喊出来："谢谢哥们儿，帮着找到那个梅子，我请咱宿舍的全体舍友去华梅西餐厅搓一顿，可以吧。"

坐在床头的徐素君说："就冲这一顿西餐，咱们哥们跑断了腿，也要帮张子富找到这个梅子。哈哈。"

没有几天，几个同学的情报送来了：梅子，全名武田梅子，因为父亲、母亲来哈尔滨医学专科学校任教，武田梅子随着来上学，在护理系念大二，宿舍在女生楼三楼十三号。

人找到了，情报还很详细，这一顿西餐是少不了的了，张子富也话兑前言，带着七八位同学，去了道理中央大街的华梅西餐厅，狠狠地宰了自己一顿。

张子富开始实施自己的计划，每天买上一束鲜花让人送到武田梅子的宿舍，连续送了三个月，竟然一点消息也没有，这让张子富有些心灰意冷。

七月份了，学校组织游览松花江，张子富原本打算跟弟弟回家，看看家里的庄稼地进水没有。可是因为他会游泳，刘志强他们等着他传授游泳技术呢，所以都不让他回家，他只有跟着班里的同学一起来江边了。

今年雨水多，松花江里的水涨得很大很快，江水已经漫上了江堤的斜坡，多数同学都在岸边上游玩，仅有张子富等少数同学在浑浊的江水中畅游。

张子富玩得累了，他上岸坐在台阶上晒太阳，经常游泳的人，身上的皮肤都是黑黝黝的，张子富也不例外。

江水在轮船和风的作用下，汹涌澎拜地撞击着大堤，发出来轰轰浑厚的声响，泛着一股股白沫子，有点吓人。

刘志强从水里上来，走到张子富身边，递过来一瓶格瓦斯汽水，两个人喝着汽水，说着如何能让游泳水平迅速提高的话题。

就在此时，突然有人在不远的地方声嘶力竭地喊着："有人落水了，有人淹着了，赶紧救人啊！"

张子富一激灵站起来往声音发出的地方看去，只见距离岸边不远处翻腾的江水里，有个身影上下漂浮挣扎，张子富判断就是那个人淹着了，他没有任何的犹豫，飞速冲下斜坡，飞身跃入江水中。

他加速朝着那边奋力地游，由于是顺流，很短的时间里，他就接近了目标。此时被江水淹着的人，已经没有劲头挣扎了，水面上只有一缕头发在流动，看样子整个人也马上就要沉下去了。

张子富用一个自由泳的胳膊往前探，抄水底下一捞，他捞到了那个溺水人的脖子，手上一使劲儿，他把那个人托出了水面。

这时候他看清了，溺水的人原来是一个长发女性，眼睛紧闭，似乎已经没了知觉。他用尽力气，三划五划靠了岸，抱着那个女人来到台阶上，轻轻地放在地上。

人们呼啦一下围拢过来，探着头看着，眼神里都带着惊恐目光，大眼瞪小眼看着躺在地下一动不动的，穿着泳衣的女人。

刘志强看到躺在地上的女子似乎没了气息，他着急地喊道："张子富，你要救人救到底呀，赶紧做人工呼吸啊！"

张子富也来不及多想，他俯下身来对着女子的口开始往里吹气，然后再做人工呼吸。几个反复以后，躺在地上的女子苏醒了，吐出来一大口江水，睁开了眼睛。

这时候老师们也知道了，围过来以后，张子富才知道他刚才救的女子就是同一个学校的武田梅子。

张子富英勇救人的事情，迅速传遍了整个医科大学，几天以后，武田梅子的父母来到张子富的宿舍里，并且买了礼物来看望和感谢张子富的救命之恩。

武田一郎，日本人，早稻田大学毕业的，专业是学医的；他的夫人田中纯子是他的同学，都是搞医的。他们夫妇受到邀请，一起来到哈尔滨医科大学任教，也把女儿一起带来了。

武田夫妇对着张子富一阵鞠躬，感谢的语言无所不用其极，这也让张子富减少了一点对日本人的抵触情绪。

临走，武田梅子送给了张子富一盒巧克力糖，宿舍里的几个同学对着张子富喊叫着："张子富这一回你真的就是英雄救美，捡了大便宜啊。按着日本人的传统习惯礼节，女孩子主动送给你巧克力，那就是接受了你的爱情！"

踏破铁鞋无觅处，得来全不费工夫，无心插柳柳成荫，可能还有很多的语言，来形容张子富意外的"遭遇"。但是自那以后，张子富就跟武田梅子约会了。花前月下，影院江畔，都留下了他们恋爱的身影，当然这件事张子富也告诉了二弟张子禄。

张子禄知道父亲内心里对日本人非常的厌恶，甚至憎恨。所以张锦德询问老二张子禄的时候，张子禄没有敢说大哥找了一个日本女人做女朋友，生怕老爹生气骂他们。

张子禄回到市里，他找到大哥："大哥呀，咱老爹让你把对象带回家去，老爹要为你把关口呢，你咋整啊？"

张子富何尝不晓得父亲的脾气秉性和立场，那就是坚决不跟日本人有任何的瓜葛，更不用说跟日本人联姻了。可是张子富确实爱上了武田梅子，梅子已经是他人生不可或缺的一份子了，他怎么会听任父母的意愿，抛弃梅子呢？

他想过把梅子带回四方台屯子家中，让父母、奶奶、叔叔、婶婶看看可爱的梅子姑娘，觉得家人应该喜欢梅子的。可是他内心里知道，单单从外表上，家里人喜欢梅子没有问题，可是梅子是日本人的血统，这就绝不可能让家里人全部喜欢梅子，尤其是自己的父亲。

万般苦闷的张子富，他对弟弟说："老二呀，你说俺要先斩后奏，直接把梅子带回家里去见咱父母，当着梅子的面，咱老爹老妈能够咋样对俺？"

张子禄琢磨了一下说："咱老爹虽然不会希望你找日本女人当老婆，但出于礼节，也不会当着梅子的面损你吧？"

68

张子富跺跺脚："反正丑媳妇总得见公婆，何况梅子还很漂亮，俺就豁出来了，带着梅子回四方台家里撞撞运气。如果能够过关，俺就琢磨结婚的事儿，实在不行，那就再说，反正俺不会放弃与梅子的这段感情。"

张子禄当然站在哥哥这边，他鼓励大哥："俺看行，虎毒不食子呢，最多骂你几句，你就听着呗。俺在一边也帮你敲敲锅沿溜溜缝啥的，也许老爹就心软了同意了呢。"

哥两个商量了大半天，最后决定，去找二叔借车，赶上星期天带着梅子一起回四方台。

张子富约了梅子见面，梅子见到张子富自然很开心："子富君，这几天你干什么去了，怎么见不到你呀？"

张子富笑容可掬地说："我回家了刚回来，我来找你就是要问一问你，愿意跟我去见我的父母吗？"

武田梅子当然愿意了，她高兴地说："子富君，你们中国不是有一句古话，叫做'丑媳妇早晚也得见公婆'吗，我喜欢你，我当然愿意跟你去见你的父母了呀。"

张子富说："你还懂得很多呀。那好，你回家跟你父母请示一下，我去道外老鼎丰和正阳楼买点奶奶和父母愿意吃的点心和熟食，然后开车接你。"张子富没有对武田梅子说，自己的父亲不见得同意这门婚事。

这是秋天的季节，庄稼熟了的时候，张子富从二叔那里借了汽车，他自己开着车，车上坐着武田梅子和张子禄，三个人一起回到四方台"探险"去了。

那个年代，就算哈尔滨市区内，也没有几条宽敞平坦的道路，汽车出了半拉城子，就是农村了，也就开始变得荒凉，道路也就更不好走了。坑坑洼洼，颠颠嗒嗒，路两边除了庄稼地，就是草甸子水坑子，十几里地也见不到一个村庄。大白天的还好，要是夜晚的话，还可能遇到凶猛的野狼呢，所以单独的人不太敢走夜路。他们一路上颠簸之后，总算到了四方台屯子，汽车停在了张家大院的门前。

张子禄先下车进到父母屋里，母亲吴慧芬看到了说道："就恁一个人回来的？恁大哥呢？"

"我大哥在后边，俺们一起回来的，妈恁赶紧做饭吧，俺大哥还带回来一个呢。"

张锦德去了一趟江边鱼亮子拎回来十多斤大鲇鱼，顺路看看庄稼的长势，预判还得多长时间开始收庄稼。回来走到大门口，看见一辆汽车停在院外，他询问看门的："是俺家二爷人回来了？"

"大爷，不是二爷，是大少爷和二少爷回来了。好像还带了一个年轻女子呢，您进去看看吧。"

张子顺从里面走出来，看见干爹说道："干爹，两个弟弟去您屋里了，您也进去看看吧。"

张锦德听到不是二弟回来，是两个儿子还带了一个年轻女子进去了，他心里疑疑惑惑地对顺子说："把这鲇鱼送给黄师傅做了，晚上都吃鲇鱼吧。"然后走进院回自己的房间。

张子富带着武田梅子心情忐忑地走进父母的房间，母亲坐在炕边正跟张子禄说话，看见子富带着一个女孩子走进来，她看着张子富，指指女孩子张张嘴没有说出来话。她的眼神里在询问："子富，这是谁呀？"

张子富横下心了，不管咋难也得说了，他拉拉武田梅子对着母亲说："妈，这是梅子，我的未婚妻。梅子，这是我母亲，你来认识一下吧。"

张子富直来直去说完了，拉着梅子给母亲见礼。武田梅子紧走两步，一个九十度鞠躬说："我叫武田梅子，见过母亲大人，还望母亲大人多多关照。"

武田的几句话，把个吴慧芬搞蒙圈了。啥未婚妻啊，还没过门呢，就管俺叫母亲，哪跟哪啊，俺蒙了呀。她看着张子禄说："老二他俩说啥，老二恁告诉老娘，他俩说的啥？"

张子禄听见大哥直出直入地说了出来，他心里好笑："你就不能委婉一点。"他嘴上说："妈，大哥说，女的是他没过门的媳妇叫梅子，梅子也管你叫母亲呢。"

吴慧芬似乎懂了些，她疑惑地问："就是恁前些日子说的，恁大哥有了中意的女人，是恁说的那个吗？"

张子禄光笑没说话，算是默认了。吴慧芬赶紧站起来说："多俊俏的闺女呀，快点来炕上坐，炕上热乎嘞。"

吴慧芬拉着武田梅子走到炕沿边上，两只眼睛不错神地盯着武田梅子的面庞，这让武田感觉十分的不好意思，脸上现出了红晕。

这时候张锦德推门走了进来，吴慧芬赶紧喊张锦德："快来他爹，这女娃娃是子富没过门的媳妇，恁看多俊俏的闺女呀，爱死个人啊！"

张锦德用眼梢扫了一下已经是满脸晕红的女子，走到炕沿边坐下，点着头没说话，拿出来烟袋看着张子富和张子禄。

张子富看见老爹没有说话，他就赶紧上前说道："爹，俺把俺的未婚妻带回来了，您给把把关呗。"

他说完，赶紧跟梅子说："梅子，这是我父亲。"

梅子冰雪聪明，她也是弯腰九十度，深深地给张锦德鞠了一躬，然后说："伯父您好，我叫武田梅子，我很爱子富君，还请伯父多多关照。"

吴慧芬在一边纳闷。刚才这个女子喊自己母亲，现在管子富他爹叫伯父，怎么不叫爹呢，奇了怪啊！

张锦德点点头，还是没有说啥，张子禄、张子富、吴慧芬都觉得有点尴尬，吴慧芬对张子富说："子富啊，俺带着叫啥梅子去恁奶奶屋里坐一会儿，恁哥俩跟恁爹说说呗。"

张子富知道父亲听出来毛病了，所以以静制动。他对着梅子示意："梅子，我母亲要带你去我奶奶那里，你先去吧，我父亲找我有事情要说。"

吴慧芬带着武田出去了，屋里剩下张锦德跟小哥俩，张锦德忍了半天这回开说了："子富俺问恁，俺咋感觉不对劲儿呢，这个女娃娃是哪里人，跟咱说话举止咋就不一样呢？"

69

张子富看着父亲没有言语，他转过脸来看着二弟张子禄，眼神里想让张子禄给解释。张子禄心眼一转说："老爹，你看我大哥的女朋友长得多俊，未曾说话先行礼，真的是知书达理的好女子，对吧老爹？"

张锦德对张子禄的话不屑，他大声地说："俺问的不是这回事儿，老二别打马虎眼，俺问恁大哥，女子是那里的人，不会是日本人吧，啊？"

张子富看到眼前是无论如何都瞒不过去了，他实在不得已喃喃地说："梅子，梅子是日本人，他父母在医学院做教授讲课。"

张锦德一听梅子是日本人，他大声问道："日本人，他父母也是日本人了，对吗？"

张子富低着头回答："是，都是日本人。不过她跟侵略咱们的日本人不一样，他们家里都是普通老百姓，就是教学的和上学的，绝对不是侵略者啊。"

张锦德一拍桦木炕沿骂道："王八犊子，日本人让咱们做了亡国奴，欺负俺们不把俺们当人看，怎个狗犊子却要娶日本女人当媳妇！难道中国姑娘都死光了？还是怎也要认贼作父，也要当汉奸啊？"

张子禄听到老爹骂大哥，啥难听骂啥，他忍不住说："老爹，你听俺说，大哥说的是真的，梅子他父母就是教学的，跟日本军人一点瓜葛也没有，不要把他们掺和到一起呀。"

听到张子禄为张子富辩解，张锦德更生气了，他指着哥两个骂着说："混球啊，哪个天生的就是军人，他们长了强盗的心，眼馋了中国的好东西，黑油油的土地，拿起枪来进入中国，不就是军人了吗？怎们白念大学了，书越念脑袋越糨糊啊，非得等着日本人的刺刀架到怎俩的狗脖子上，那才是侵略啊？才是坏蛋？"

张子富听到这些，也觉得父亲说得有对的地方，他有点死心了，干脆也不再害怕了，站在那里对着张锦德说："老爹，我也不讲啥大道理了，就是非梅子不娶了，爹就看到底咋办吧。爹要是认可了，俺就商量结婚，要是肯定不认可，那我这一辈子就打光棍，以后谁也别劝我娶媳妇了。"

张子富也把自己的后路堵死了，公开跟自己的父亲叫板示威，当然也就是弄得没有退路了。张子禄在一边着急地说："大哥你别这样说，你也得让咱爹有个适应的过程吧，谁能一下子就接受呢？我在一开始都想不通呢。"

张锦德摆摆手说："怎也别吓唬俺，既然怎铁了心，俺这个当爹的也是认死理的，要娶强盗女人做媳妇，怎就别进张家的大门，也就别管俺们叫爹娘了。今晚管怎一顿饭，明个儿早晨就滚犊子，再也不要带着日本女人回张家！"

张子富更是犟种一个，他忽地一下子站起来说："爹，俺饭也不吃呢，回学校还要写毕业论文呢，走了。"

张子禄拽住大哥说："大哥你这是干啥呢，也不是想来谈事儿呀，你这是来跟咱爹装倔的吗？住下，就住下，不然你让梅子咋感受，咋跟她说啊？"

张锦德出去了，屋里剩下小哥俩，张子富呼呼地生着气，张子禄在地上来回走着，也替大哥着急上火。

晚上吃饭，虽然是小米饭炖鲶鱼，梅子和其他人吃得很香，但是张子富却是吃得没滋没味。吃完饭，张子富跟张子禄去四叔的房间里睡了一个晚上，梅子跟奶奶一起睡了。早晨天刚蒙蒙亮，地上还下了霜，冷飕飕的，张子富就起来叫醒梅子，说有急事要赶学校回去。他俩跟父母、奶奶、三婶和顺子他们都打了招呼，就开车走了。剩下张子禄还在梦中，就得自己坐马车回市里了。

两个儿子回学校了，张锦德两口子又是索然无味，吴慧芬还总时不时地要埋怨张锦德几句："儿子娶媳妇，也不是恁娶媳妇，管他哪国人呢，能生孩子就行呗。"

张锦德呢，心里难受嘴上不说，媳妇叨咕他也不计较，可是老娘总骂他，这让他委屈难受，还不敢还嘴争辩。

老娘骂他："恁个大犊子，俺孙子找个日本闺女咋了，俺看长得多俊嘞，娶了这个媳妇，那就是烧了八辈子高香啊，恁却非当搅屎棍子，非得给搅黄了。俺老太婆活不了多少工夫了，俺要抱重孙子，抱不上重孙子，俺死了也闭不上眼，恁知道吗，大犊子！"

之前四弟说日本人要占领哈尔滨的时候，张锦德还是不以为然呢，还跟张锦辉说："人随王法草随风，张大帅在也是种地活着，日本人来了，不也是种地活着吗？"

张锦辉的几句话，让他刻骨铭心："那能一样吗，张大帅和民国，都是中国人，再坏也不能把咱们当畜生。而日本人不会把咱们当人看，咱就是亡国奴，日本人随便宰杀奴役！"

日本人占领哈尔滨以后，日本人，汉奸特务抓人，杀人总能听到；而且自己种的地，打下来的粮食基本上都让日本人强征去了，自己家里所剩无几，富裕的生活也就不再了。

黑油油的土地，种的粮食自己说了不算，都白填乎日本人了，那么种地还有意义吗？好粮食喂了狼，这不是帮着狼吃咱中国人吗？张锦德每每在想，这土地没啥用了，干脆不种地，都卖了算了。

看着一家子老小，张锦德也是很难下决心卖掉土地，专门去打鱼为生，他整天的心情压抑，生活在抑郁之中。

可是哪里想得到，张锦德越不得意的事儿，他就越来添堵。腊月天的时候，张锦德家里又来了不速之客，想不到武田梅子的父母登门拜访来了。

原来张子富带着梅子回到四方台家里，受到了张锦德的冷遇，在回市内学校的路上，张子富绷着脸一言不发。但是梅子在张家没有收到不礼貌的待遇，她感觉张家上下对她很热情，也都在夸她漂亮，所以她对张家留下了很好的印象。

70

可是一路上张子富一言不发，这让武田梅子心里有了疑惑："难道是自己在张家说话做事不得体？还是张家人根本不认可自己？"她询问张子富，张子富支支吾吾不能说清楚。

回到学校家里，老武田询问梅子："梅子，这次去子富君家里做客，他们家里对你的印象如何？快点跟父亲说说。"

梅子本来就对这次去张家心生疑窦，在张子富那里也找不到答案，所以她也不晓得怎么跟父母说。她犹犹豫豫地说："似乎张家对我还是喜欢的，但是从子富君的举止言行看，似乎张家并不认可我。"

老武田笑着说："不会吧，我家梅子长得这么漂亮，懂得礼貌，懂得中国家庭的礼节，子富君的父母，咋能不喜欢梅子呢？可能有其他的问题吧，你没有好好地问一问子富君吗？"

梅子自觉委屈："父亲，我真的没有搞懂子富君，我询问他好多次，他都摇头不说话。问得急了，他就说我很好，但是他家里的态度现在还不知道，需要过一段时间再回家询问他父母才知道。"

老武田跟妻子纯子对视一下说："如果张家不喜欢梅子，难道因为咱们是日本人？中国的老百姓反感咱们，这也可能是唯一的理由吧？"

梅子听到父亲这么说，她流下眼泪，抽泣着说："日本人和军队在中国干了很多的坏事，中国人仇恨日本人，也不奇怪啊。可是我太爱子富君了呀，什么也不能把我跟子富君分开，爸爸、妈妈！"

武田夫妇对于小女儿非常的宠爱，凡事还几乎是有求必应。武田明白，梅子的意思是让父母出面，帮着梅子去张家探听一下原因。

当时那个年代的日本人在中国，几乎百分百都对中国人有着一股优越感，日本人认为看不起中国人才合理，哪里可能有中国人看不起日本人的理由和可能呢？

老武田不相信张家会不认可梅子，他让梅子把张子富叫到家里询问："子富君，我作为梅子的父亲，对于她的婚姻大事十分的重视。你们相爱我不反对，但是你家里的态度，似乎没有期望的那么好，这让我们担心。如果你不能做好解释的话，我就答应梅子的请求，亲自去子富君家里访问，亲自询问你父母的意愿，做一个最后的了结。"

张子富听到老武田要亲自去四方台家里，这让他吃惊不小，他们这一去，还不知道闹出来啥预想不到的事情呢，所以赶紧说："武田老师，您千万别去我家里，我父亲脾气倔强，不会跟您聊得开心，老师还是别去了。"

武田说："既然子富君不能解释你家里对梅子的态度，那我为了女儿的幸福，也只好亲自走一趟了，恕我冒昧！"张子富怎么拦阻也不管用，既然拦不住，也只能陪着武田一家又来到了四方台。

张锦德把武田一家让到屋里，张子富站在一边低着头不说话，有点尴尬的武田只有自己介绍自己："在下武田一郎，夫人田中纯子，前来拜会张先生一家。"

张锦德看着这一家子日本人，心里疑惑："这小日本犯毛病了，咋还亲自来了，难道你家闺女嫁不出去了，上门求俺们张家娶恁家闺女？俺们张家肯定也不会与日本人攀亲，恁就死了这个心吧！"

心里想的话，但是没有说出来，他让人端上茶水，对着武田一笑说："张家何德何能让武田夫妇亲自来家里拜会，失迎、失迎，请喝茶。"

武田看到张锦德虽然是农民，但是住的房间、家具摆设、穿戴等等，都不像传说中的农民的样子，他的心里有点没底了。

张锦德穿戴整齐干净，衣服面料要比武田的还讲究，而且说话言语间不卑不亢，这也让武田觉得张家的确不是传统意义上的中国农民家庭。

但是既然来了，虽然有些尴尬，为啥来的也得说啊，武田看看站在一边的张子富和梅子，回头下决心说道："在下来贵舍的目的，就是为了犬女梅子与子富君的婚事来的。两个孩子相爱，我们做父母的应该予以支持，但是还不知道张先生一家子对两个孩子态度呢，所以今天来就想知道您家里人的想法，希望如实地告诉我们为好。"

张锦德心里觉得好笑，哪里有女方父母亲自上男方家里询问看没看上他家闺女的呀，哈哈，日本人还真的挺有意思呀。张锦德沉静地说："恁叫武田对吧，俺们老张家有祖训，祖训知道吧，就是老祖宗留下的话，就是祖宗的训诫，不能更改。所以呢俺告诉恁，俺家的祖训就是不与外族通婚。日本人在俺们家里属于外族人，所以俺们不能破了老祖宗的祖训，俺家孩子，不管那男女，都不能跟外族通婚。武田先生，恁听明白了吧？就这样吧，恁请回吧。"

张锦德不给留面子，说完站起身来示意送客。旁边的吴慧芬也有点挂不住脸，但是夫唱妇随，她也只能示意武田夫妇走人。

武田夫妇闹了一个烧鸡大窝脖，带着满脸的羞愤走了。张子富没走，他不可能跟着日本人一起走，尽管心里不高兴，那也得给老爸争个面子呀！

时间过了两个月，张锦德担心的事儿终于发生了，二儿子张子禄回来说："大哥张子富给他留下话，说让他告诉父母，他带着梅子去关里了，以后就不回来了。"

家里人都埋怨张锦德逼走了张子富，媳妇嘟囔，老娘骂他，这也让张锦德更是伤心和憋屈。稍微好一些的是，老二说："爹，俺毕业就回来跟家里种地打鱼，不在市里上班，不去伺候日本人。"

因为张子富为啥离开哈尔滨了呢，其实张子禄知道内情。原来前些日子张子富接到了关内来的一封信，就是那个教吹口琴的老师袁亚成寄来的。

71

袁亚成在信里赞扬了三个同学，也大致说了他在关内保定一家报社做事情。如果张子富等同学希望来这里发展，他是很欢迎的。

张子富这个时候也毕业了，他找到梅子商量，希望一起去河北保定生活。梅子为了张子富那是奋不顾身，最后取得老武田的同意，张子富跟梅子一起离开了哈尔滨，坐火车去河北保定了。临走前，张子富告诉了张子禄，并且让他保密，免得万一给家里带来想不到的麻烦事儿。

张子禄看到大哥非要走不可，知道拦住不住，他也只有含着眼泪送走了大哥跟梅子。可是父亲母亲年纪一天比一天大了，身边不能没有人照顾，所以他决定不去南满铁路局上班了，回到家里务农一段时间再看看。

听说二儿子回家务农了，为这个，张锦德很高兴，他就张罗着给二儿子托媒人找媳妇，但是张子禄都不喜欢，所以娶儿媳妇抱孙子这个事儿迟迟没有着落，也就暂时放下了。

转眼又大半年过去了，时间来到公元一九四二年夏，中华民三十年，伪满洲国十年。哈尔滨四方台屯子北边小西河边旁，开口子船码头。

刚刚进入盛夏时节，花草繁盛，江水横溢；天空烈日当头，酷热难耐。连续几日暴涨的松花江水，已经漫上了码头边缘的土路，路边的茂盛的野草，也在悄无声息地抢占着土路的地盘；蝈蝈的鸣叫，打鱼郎（水鸟）来回地飞掠，也让辽阔翻腾的松花江显得不那么苍凉孤寂。

开口子码头是江南十里八村唯一的一个客货小小的船码头，除了一些货物或者渔船停靠，每天也有一班小火轮，从江南小九站开开到这里运送客人，然后再返回小九站。

为啥叫"开口子"呢，因为这里的堤坝经常被江水浸泡，堤坝疏松，三年二年里，江水就要冲坏边上的民堤。民堤被水冲开一个大口子，水漫进庄稼地，漫进村庄，久而久之，这里就叫"开口子"了。

码头上，还没有靠港的客货轮船，只有零星的小舢板渔船划过或者停留；岸边上，一群孩子在打闹嬉戏洗澡。

码头边上停着几辆带着棚子的马车，都是十里八村比较富裕的人家来这里接人的。其中一辆马车的背阴处，站着三个人：赶车的老板子王长喜，护院的炮手孙大埋汰，年轻的小伙子张子成。

张子成，年纪在十七八岁，身材高大，黑红的脸膛，浓眉大眼，地道的东北汉子。

昨晚上，他大舅派人叫他过去说有事儿。他不太愿意过去，但是母亲督促他，他不得已来到了大舅的家里。

已经过了五十岁的姜孝昌，发福了，身材胖大，秃头上毛发也快掉光了，脸上得到肥肉随着脚步震颤着，眼睛眯成一条缝，拎着大水烟袋从里屋走出来。

他拖着沉重的身躯走到一张交椅旁，费力气地坐下，然后使劲儿地抽了两口水烟袋，这才看着张子成说："大外甥啊，恁老妹子回来了，明个儿你去开口子码头接她吧。恁大表哥和恁二表哥没有闲工夫，家里再也没有大舅能够信得着的人了。咋整啊，还是俺大外甥最可靠，武把抄也厉害，所以只有让恁去接丫蛋了。"

张子成脸上无表情，心里嘀咕："你是支使不动你那两个儿子吧，人家忙着给日本人舔腚呢，哪有工夫接人呢。"

"行啊，大舅，俺可不能自己个一个人去啊，一个赶车的，外加一个炮手，你再借给俺一把盒子枪，俺就去。"

"嗯呐，去找孙炮借枪，也让他跟着去。遇到绺子劫道，你就说是四方台子老姜家的，他们不敢得罪咱们，都怕你表哥带着日本人收拾他们。"

张子成硬着头皮接了姜孝昌的活，回到家里跟母亲说："俺大舅就会巧使唤人儿。"

母亲姜桂芝依旧是瘦溜的身材，个子在女人堆里算是挺高了。她面到笑容地说："姑舅亲，辈辈儿亲，你大舅让你接表妹，你还膈讥啥，磨磨唧唧的还像爷们啊。明个怎去了加小心就是了，遇到胡子土匪，千万不要跟人家来硬的，全须全尾的回家，才是正道儿。"

"哪来的那么多土匪胡子啊，好几年了，俺们家附近也没有听过有胡子劫道啊。"

"加小心吧，也不要盼望胡子来吧？小蛋子就爱说不着天儿地儿的话儿，小心把胡子引来。"张子成没有再言语，闷闷地到院子里溜达去了。

由于客船小火轮是日本人哈尔滨船务局经营的，一天也就来回一趟，时间上也不很准时，所以他们按着往常的时间提前了半个时辰，就到码头等着了。

大晴的天，要不是在江边上被江水吸着，哪会儿一丝风也没有，又闷又热，晒得快爆皮了。大早晨出来没有吃早饭，几个人肚子已经饿得咕噜噜地叫了，那个难受劲就别提了。

已经过了往常的时间一个时辰了，几个人终于听到了小火轮突突的响声，然后看到了冒着黑烟的小火轮船。

挂着膏药旗，还有甲板上站着的日本兵的小火轮船，慢吞吞地靠了简易的码头，拴好了缆绳，旅客们开始陆续地下船了。

他们三个人来到码头边缘，站在那里向船上张望，都期望第一眼能够看到他们要接的人：姜家的大小姐，姜心怡。

船上的人下来的差不多都走没了，他们三个这才看到一个身穿连衣裙，带着飘着丝带大檐帽子的青年女人，姗姗来迟地走下船来。

虽然是三四年不见了，由于打小就在一起玩，熟悉得很，张子成还是在第一时间认出了她："哎呀俺的老妹子呀，你在船上过日子呢，咋才下来呀。"

年轻美丽时尚的女子叫姜心怡，姜孝昌的老闺女，也是张子成的表妹。听说是去了日本留学，前些日子才回国，今个儿回家了。

72

姜心怡笑嘻嘻地说："表哥呀，你来接我真是感谢啊。你是不知道啊，这个小火轮挺有意思，满船油气味，膈应人死了，我都快被呛晕了，所以下来慢了呗。"

赶车的老板子王长喜赶紧过来，接过姜心怡手拎着的皮箱放在车上，然后又扶着姜心怡上了车。张子成跟孙炮孙大埋汰也上了车，王长喜在地下赶着车开始往回走。

从江边到四方台子家的距离，也就四里地左右，但是那个时候农村的道路，坑坑洼洼，荒草没棵，颠簸得厉害；花轱辘子铁车，毫无减震功能，都是硬碰硬，只把一个姜心怡颠达得快蹦了起来，脑袋经常地撞到车顶棚，胃里翻江倒海就要吐了。

过了江边的民堤，不远就是一望无边的柳条通，柳条通夹着一条窄窄的，布满坑洼水泡的路，从这里往前延续；一丈多高茂密的柳条子，遮住阳光，也遮住了人们的视线。

姜心怡掀开车帘子往外看看问道："哎表哥，这么大一片柳条子，谁家的呀，有啥用啊？"

"谁家的？不是老张家的，就是恁家的吧，俺还真的不晓得。柳条子就是编筐编篓、编簸箕、筐箩、夹帐子，还能当烧火柴吧。"

孙炮搭讪说："大小姐，这都是你家的呀，穷人家哪里有这么一大片地方啊。"

张子成点着头儿："嗯，嗯，孙炮说得对，你家老有钱了，江南四方台这一片儿，差不多都快是你家的，豪横吧。"

姜心怡放卜车帘子撇着嘴说："啥用呢，都是过眼云烟，死了也带不去，半点用处也没有。"

孙炮抢着说："大小姐，这个柳条子烧火可硬实了，不起烟，有点烟也飘不到云彩上去，真的。"

姜心怡看看孙炮，张子成看看姜心怡，两个人都笑了。姜心怡说："孙叔叔，你说得对，我知道了。"

三个人的话音刚落，随着一声枪响，间马车嘎的一声停下了，随之传来王长喜的惊恐声音："表少爷，大小姐，咱们遇到绺子了！"

王长喜的一句话，惊得车里的三个人面色瞬间变了，姜心怡吓得面色发白，张子成跟孙炮面色严肃，他俩一掀车帘子跳下了车。

等到他俩人跳下车来，各自掏出来枪，还没等询问王长喜，胡子在哪里的时候，他们已经被二十几个土匪包围了。

二十几个土匪长枪短炮，大刀长矛，围住了马车，张子成他们两个想开枪，似乎也是不可能的了。

原来这些土匪都隐藏在茂密的柳条通里，张子成他们一点也没有防备。等车辆到了土匪的眼前，他们才迅速地冲出来包围了马车，让你有什么本领，也是难以施展了。

土匪堆里走出来一个拎着驳壳枪的男人，四十几岁，满脸的络腮胡须。他将驳壳枪朝天"砰的"又开了一枪说："在下'一锅烂'（姓李），也叫李老猫，大套子蛤蟆山吃横把的（土匪）。怎么还带着喷子（枪）呢，量你们也不敢喷火啊。俺们来接观音（女票），绑红票，不想查（杀）恁爷们明白事儿的话，把观音留下，恁几个赶紧滚蛋！"

这个时候，甭说被吓得半死的赶车老板子王长喜，就连那个平时吹得山呼海啸的炮手孙大埋汰，面对着这么些拿着刀枪逼住自己个的胡子，也是惊恐万分，大气也不敢出，手上的盒子枪，也成了烧火棍。

车里的姜心怡，偷着撩开一点儿车帘子，往外一看，黑压压的土匪人群，刀枪剑戟明晃晃，吓得她赶紧缩了回去。

张子成呢，毛孩子一个，哪里有机会跟胡子过几招呢。此时此刻，他也是脑袋一片空白啊。开枪吧，打不倒几个人，自己个也要被人家打死；不开枪吧，那就眼看着姜心怡被土匪绑走，他浑身血气上涌，但是也没有办法。

他努力地镇静一下，朝着李老猫说："恁仗着人多势众，说绑了带走就带走，怎么也要说说为啥绑人，绑了人恁要嘎哈吧？"

李老猫斜眼瞄了一下张子成，往前走两步，闻着枪上火药的味道说："来人啊，把他俩的枪下了。"

过来两个小土匪，把孙炮和张子成的枪抢了过去，李老猫哈哈笑着说："小子没有吓得尿裤子啊，报报蔓（姓啥），敢跟俺说话讨个明白，也算好汉了。"

张子成没有听懂"什么蔓"这句话，他问道："'什么蔓不蔓'的啥意思，俺不懂啊。"

旁边的土匪嘻嘻笑着，孙炮在一边推搡一下张子成："问恁姓啥叫啥呢。"

"啊，俺姓张，张子成，四方台子老张家的，咋了？"

李老猫嘻嘻笑着说："跟头蔓（姓张），知道了，四方台子老张家也是大户，还有响窑（有枪的人家），俺们惹不起啊。"

李老猫手掀开车帘子往里看看，然后一挥："带上观音（女票），上线（上路）了！"

张子成看到土匪要带走姜心怡，他着急地喊着："当家的，恁绑人到底为啥啊，要钱不要命，胡子的规矩吧。"

李老猫掉过头说："哎，恁还别说，俺都忘了接观音图意啥了。回去告诉姜孝昌，三天内送到蛤蟆山一万块钱，或者二十条枪，三千发子弹。要是少了，或是延迟了功夫，那就连收尸的机会都没有了。"

张子成想了想说："那不行，要钱可以，俺是人家委托接人的，恁绑走了人，人家要找俺算账啊。恁让他俩回去报信儿，俺跟恁去，俺要保证俺表妹平安。"

周围的土匪们一阵嬉笑，李老猫说："恁这小子还行，算个爷们。那好吧，一个也是喂，两个也是养，就让恁跟着，让他俩回去报信吧。"

李老猫朝着王长喜跟孙炮一挥手："恁两个快点滚蛋，回去告诉姜孝昌，三天内送来干货，不然就等着收尸吧。"

王长喜跟孙炮吓得连滚带爬，就恨爹娘少生两条腿，要用四条腿跑路不就快了吗。

73

王长喜跟孙炮一溜烟地跑向四方台了，一会儿就不见了踪影。李老猫一干人押着姜心怡、张子成往西边江套子里的蛤蟆山走去。

再说王长喜、孙炮一阵疾跑，两里多的路程，很快就到了。他俩气喘吁吁的家了姜家大院，撕心裂肺的嚎叫着跑进了姜孝昌屋里头。

姜孝昌一家人都在巴望着女儿到家，好饭好菜都做完了，就差姜心怡进屋吃喝了。可是等时辰已经过了，还是没有见到女儿的面，姜吴氏忍不住嘟囔着："掌柜的，咱闺女咋还没到家啊，不会半路上出啥事儿，或许遇到胡子呀。"

姜孝昌也在犯嘀咕，听到老婆瞎掰掰，他张嘴骂过去："死老娘们，倒霉的嗑都让恁白花了，能掰扯几句好听的吉利话行不，小心点把恁的烂嘴堵上啊。"

姜孝昌在老婆面前，那是向来说一不二，打骂都是平常的事儿，吴氏也已经习惯了。听到姜孝昌骂她，她也不生气，还是嘀嘀咕咕地说："当家的，还是再派两个炮手半路上接一接吧，啊。"

姜孝昌双手撑住交椅护栏，使劲儿站起来，蹒跚地走到门口朝外面喊道："曹队长，恁过来一下儿。"

门外的站岗的护院家丁毛子听到，赶紧去院里凉亭子喊来护院队长曹得顺："老曹，东家叫你呢。"

曹德顺刚刚吃完午饭，正在凉亭里打盹，听到毛子喊他，他赶紧来到姜孝昌的屋里："东家，喊俺啥事儿啊？"

姜孝昌满脸通红着急地说："张家那个成子带着孙炮去接俺闺女，大早就去了，这都啥功夫了，还没回来。恁赶紧带两个人去迎一迎，别出点啥事儿。"

曹德顺也是老兵油子出身，年纪大了不会干别的，仗着以前在部队里干过，来到姜家当上护院队队长，劳金也不少，所以干得很上心。此时听到东家这么说，答应一声，赶紧出去叫人抄家伙，就要上路去迎接要接的人。

可是这个时候，王长喜跟孙炮气喘吁吁跑进来，声嘶力竭地叫喊着："东家，不好了，小姐被胡子劫走了，快点备钱赎人吧。"

两个人跟头把式跟跄地跑进屋里，上气不接下气地说得也不完整，让人不甚明白，姜孝昌火气往上冒，随手抽了孙炮一个大嘴巴骂着："恁个熊样，连句整话都叨咕不明白，到底咋地了，恁慢慢说啊！"

王长喜年纪较轻，体力好些，气喘不算严重。他稳了稳神朝着姜孝昌说："东家，是这么回事儿，俺们接到小姐后，走到北大洼柳条通那嘎达，就被一大帮胡子围住了。孙炮跟表少爷想要动武，可是人家人多，又是围住了俺们，不好施展，又怕开枪伤到小姐，所以没有跟胡子较量。胡子是三十里外的蛤蟆山的，领头的叫什么李老猫。他说要一万元现钱，或者用二十条枪，三千发子弹代替，三天内送到蛤蟆山，不然就要撕票了！"

姜孝昌听完，身子离拉歪斜地退到交椅旁，一屁股坐在那里，喘着粗气，哀嚎着说："蛤蟆山啊，老姜家跟你们井水不犯河水，恁咋就敢太岁头上动土啊。什么钱、枪，老子让恁们吃枪子儿，碎尸万段！"

他不知道哪来的劲头，忽的一下子站起来，快步走到电话旁，开始打电话。

姜孝昌有了两个汉奸儿子的势力，那叫一个有恃无恐，十里八村的，谁也不怕。日本人占领哈尔滨这些年，他仗着汉奸儿子的势力，强买强卖，巧取豪夺，七八年的时间内，他家里有了上百垧的入地，车马牛羊也是很多了。盖了新房子，修建了大院围墙，还修了炮楼子，姜心田弄来了枪支，成立了护院队。姜孝昌也就成了跟张家平起平坐，甚至豪横程度大大超过了老张家。

所以在他眼里，占山为王、落草为寇的胡子土匪都应该怕他，绝对不敢对他老姜家下手的呀。

可是现在，胡子真的胆大包天，胆敢来折腾老姜家了，他第一反应就是通知两个儿子，带着部队去剿灭蛤蟆山，救回自己个儿的闺女。

他打通了小儿子姜心田的打电话："老二呀，大事不好了，呜呜。"没说两句话他先哭了起来。

对面的姜心田拍着电话喊着："俺说怎能不能不装小孩啊，哭丧啥，有事就说，别闲扯了。"

"你老妹子在回来的路上，让蛤蟆山的胡子绑票了，恁赶紧带人回来去救恁妹子啊！"

"啥呀，老妹子回来恁咋不告诉俺呢，俺开车送她回去，不就没事了吗？恁是老糊涂了！谁去接的啊，饭桶啊！"

姜心田在电话的对面开始埋怨，也开始骂人了。他骂完了挠挠脑袋对着电话喊道："老爹你也别着急，现在不能带着部队强攻，闹不好胡子急眼了，撕票咋整啊。等我跟大哥联系，一起回去想办法，先不要报官！"

姜心田咣当一声撂了电话，把这边的姜孝昌气个半死："平时舞枪弄刀的，七个不服八个不忿，逮谁整谁。今个儿轮到自己个的妹子出事了，恁个王八犊子倒是泄了气，蔫吧了，不敢了！"

他气呼呼地反身坐在交椅上，喘着粗气对老婆说："老二说不能带兵去打胡子，怕他们撕票。不去打胡子，那就得掏钱，那钱也不是大风刮来的啊，狗犊子他不心疼钱，俺心疼啊！"

老婆吴氏陪着小心说："孩子他大姑家的老嘎达不也被绑了吗，那也得去告诉他大姑，出钱他们也得出啊。"

姜孝昌经过老婆的点醒，这才想起来张子成也被胡子绑了，他一拍脑袋对着老婆说："把俺闹糊涂了，你快点去老张家告诉桂芝，让桂芝找张老大出招，他家也得出钱啊。"

74

孙炮站在一边说:"胡子可是说,绑的是小姐啊,老张家的老嘎达算是陪绑,不在要赎金的里面。"

姜孝昌翻着白眼瞅着孙炮骂道:"恁吃谁的饭,挣谁的钱啊,眼皮往外翻,分不清里外拐啊。张老嘎达去接人,让胡子一起绑了,他能躲了清净,没他一点的吊事儿?五千元,他家出五千,一家一半儿,也就不再追究老嘎达啥毛病了。"

孙炮伸伸舌头不敢再说啥,姜孝昌看到老婆杵在那里还没动窝,气得骂着:"恁个死老娘们,咋还像卖不了的高粱秆,杵在那里呀,快点去老张家呀!"

吴氏是半拉小脚,不能快走。曹队长说:"俺推着小车送老太太过去吧,您别着急啊。"

等到曹德顺推着独轮小车来到屯子东头老张家,已经是快吃晚饭的时候了。姜吴氏颠达着小脚,迈着散步,进了张家的主客房,见到了正在吃饭的张家人。

坐在对着门的张家老太太岳氏,第一个看到了进门的姜吴氏。她停住筷子说:"侄媳妇来了,吃了吗?没吃一块吃吧。"

大伙回头都看到了走进来的姜吴氏,姜桂芝第一个站起来上前扶着嫂子问道:"嫂子,这个时候你咋来了呢,出啥事了啊?"

吴氏对着岳氏老太太鞠了一躬:"大姑安好。"然后瞬间就是满面泪奔。

众人都被她的举动弄糊涂了,张家老大张锦德站起来不情愿地问道:"恁这是咋地了,有啥事儿慢慢说,别进门就哭多丧气啊。"

吴氏泪眼看着面前像山一样的张锦德,呜咽着说:"大大姑、大表哥、大表嫂、妹子呀,大事不好了,恁家俺外甥老嘎达,俺丫蛋都被胡子绑票了,说是蛤蟆山的,不给一万块钱就要撕票了!呜呜。"

张锦德自打十年前姜孝昌陷害三弟张锦祥之后,报仇不成郁闷在心,身体也受到了很大的打击,他发誓再不与姜孝昌一家来往。

如今看到姜孝昌老婆又来求助,他是百般不愿意。但是他知道侄子张子成跟车去接姜家的闺女,肯定是一起被胡子绑了票,所以他不能不管,这才说:"恁家丫蛋被胡子绑了票,俺家成子也跟着陪绑了吧,那就个人家出钱救个人家的人呗。俺们知道了,俺带钱去蛤蟆山,去赎成子,恁家的丫蛋恁自己个儿管吧。"

张锦德回头向侄子张子强说："强子，送你大舅妈回去吧，天黑不要崴着脚啊。"

已经结婚的张子强是张子成异母同父的大哥，从张子成那边论，也要管张子成的大舅叫大舅，吴氏自然也就是大舅妈了。

姜桂芝跟着张子强送姜吴氏出了院子，吴氏坐上曹德顺的独轮车，吱扭吱扭地回屯子西头老姜家了。

姜桂芝跟张子强送完人，回到屋里，姜桂芝也忍不住哭了起来。母子连心啊，她伤心惦记孩子张子成，可以理解。

岳氏老太太对着儿子说："老大你说咋办？我老婆子听明白了，大昌子舍不得钱赎闺女，哪有这样的当爹的啊。恁拿钱去吧，让那个见钱眼开的大昌子，在他闺女面前羞愧一辈子！"

张锦德安慰弟妹姜桂芝："他老姊，绑票不是冲咱老张家，咱成子丁点事儿都没有，倒是恁那个侄女有点悬，那也是老姜家得罪人太多了呀。恁放心吧，明个凑上钱，大哥就去蛤蟆山赎人，俺跟成子兴许明个天黑前回来吃饭不耽误。"

蛤蟆山，在四方台西边松花江江套子里，是一个挨着江边的小山丘，海拔高度不过三百米，在一般人眼里，它算不上山，也就是一个大荒草土包子。山不在高，有仙则名啊，这里也有着很多山比拟不了的地形优势，所以多年以来，土匪不断盘踞在这里，官府总是剿灭不了。

蛤蟆山不算很高，但是面积很大，几十里的荒滩沼泽地，紧紧连着松花江。夏季里岗子上树草茂密，便于隐蔽，几步之外见不到人影；连接松花江的山底下，那是一大片一望无边的沼泽地段，不知情的人一脚踏上去，准保瞬间没影；

上百年的土匪经营，已经把这里弄得非同小可，那可不是派几百人马就能剿平的了。

夏天，土匪把连接土山的沼泽地，硬是在茂密的水草中，开拓出来一条航道，小舢板可已经自由地进出，还不被外人发现；秋、夏之间，几十里满山的树木野草，也能够很好的隐蔽土匪的行踪；

冬天，白雪覆盖整个蛤蟆山，山上几乎是一个颜色，而土匪的堡垒，都是隐藏在大雪的覆盖下，不是自己暴露目标，生人上去，也是很难看见庐山真面目的。

加之土匪经过百余年一拨一拨地挖掘，蛤蟆上地下地道纵横，四通八达，也可以很好隐藏和躲过官府的围剿。所以这么多年以来，这个名不见经传的蛤蟆山，几乎没有断过土匪。

再说土匪李老猫一行，押着张子成跟姜心怡，往蛤蟆山走，一路上张子成赶着马车，还要不时地掀开车帘子，安慰姜心怡几句。半路上，姜心怡让张子成跟土匪求情，下了车解个手，这才算活动一下身子，这个是时候，天色已经暗了下来。

二十几里的路程，土匪们走了小半天的时间才走到，绕弯回山，这是他们的规矩。

土匪怕有人跟踪，绕着弯走，道路自然都是那些野草丛生的路，颠簸不好走，速度也就很慢。

看到了胡子的暗哨，张子成明白到了蛤蟆山。第一次替人家出来接人，也够倒霉的了，偏偏就遇上了胡子，想开枪不敢开，身上有劲儿使不上，这让他心情十分沮丧。

到了蛤蟆山所谓的聚义大厅，土匪喊着："小子，车停下，里边的小妞下车。"

75

张子成一边走，一边环视四周，他希望记住道路，也许能够找机会逃脱。听到土匪的喊叫，他把马勒住，掀开车门帘子，搀着姜心怡下了马车，被土匪们连推带搡，走进了土匪的老窝。

李老猫把枪别在裤腰上，三步并作两步乐颠地跑进屋内喊着："大哥，二哥，事儿办成挣着了，观音请回来了，顺溜得很呐。"

所谓的聚义厅，也就是低矮的平房，光线暗淡，顶头里摆着几把硬木做成的，粗糙的交椅。左边的交椅上，坐着一个年纪在五十岁左右的男人，中等身材，身上短衣裤褂，赤着胳膊，面色白皙，摇着扇子，嘴上横着小调。

他看到李老猫跑进来，占站起身来迎下台阶，乐呵呵地扳住李老猫的肩头说："三弟挣着了，二哥给你斟酒啊，哈哈。"

李老猫朝着二哥抱抱腕，然后一屁股坐在最靠右边的交椅上，喘了几口粗气说："二哥，咱大哥呢？俺走的时候不还在山上吗？"

被叫二哥的人是赵纯修，蛤蟆山上排行老二，念过几天私塾，算是山上的军师智多星。

赵纯修坐下来说："你说大哥呀，你去绑红票，大哥就潜下山去了城里办点事儿，估摸着快回来了。"

"哦，二哥呀，俺槽子空了（饿了），赶紧摆盘子让弟兄们肯富（吃饭）吧。"

赵纯修点点头："闪星子（小米饭），张家浆子（烧酒），鬼子磋（驴肉）管够造，来呀，摆盘子，肯富喽。"

李老猫看看站在角落里的张子成跟姜心怡，对着押着土匪吆喝道："让红票也肯富，饿死了就不值钱了。"

小土匪连推带搡把张子成、姜心怡弄到长条桌子旁，盛来了饭菜，放到他们面前。

张子成是早晨胡乱地吃了一口，也没有吃得很饱，眼下天都黑了，早就饿得前胸贴后背了。他端起饭碗，狼吞虎咽地就吃了起来，旁边的姜心怡，却是看都不看饭碗，依旧是抽泣着。

张子成吃了几口，回头看看姜心怡，他停下自己的筷子，伸手推了推姜心怡："丫蛋子，你吃几口吧，天亮了家里就来人赎咱们了，不用放在心上啊。"

张子成连续让了几次，姜心怡这才慢慢地端起饭碗，吃了几口又放下，依旧是哭泣着。

张子成看到姜心怡不吃了，他自己个还饿着呢，他也不再让姜心怡吃饭，自己一阵狂吃，总算填饱了肚皮。

站在一边看着他们两个的小土匪，看到他俩吃完了，一个跑过去问李老猫："二当家的，今晚怎处置两红票？"

李老猫端着酒杯滋啦滋啦地喝着，漫不经心地说："大毛愣啊，女的绑上双手关到小苦窑（小监狱），男的绑在明柱上，你派人看着。要是跑了或者出了事儿，小心拔了你的核桃（脑袋）。"

小土匪刘大毛楞答应一声，跑回去喊道："姚三，斜眼过来，把这个观音双手绑上，关到小苦窑，你俩夜里看着，不能睡觉。跑了红票，小心当家的拔了咱们的核桃（脑袋）。"

两个小土匪不容分说，如狼似虎地拥上来，用绳子反绑了姜心怡，推推搡搡，关进了监狱黑屋子；

刘大毛楞也不闲着，他又叫来两个小土匪："来呀，把着小蛋子的胳膊，用大绳子绑在屋角的明柱上！"

两个小土匪不知深浅，上来就掰张子成的胳膊，张子成一股怒火从心头燃起，他肩膀头左右一栽楞，就将两个小土匪撞倒在地上，也将刘大毛楞惊呆了。

刘大毛楞迟疑一下，从旁边拿过来一支步枪，哗啦一声子弹上膛，枪口对着张子成喊叫着："你个骚蛋子，给你脸你就往鼻子上抓挠，再烂整，我查了（杀了）你！"

刘大毛楞一咋呼，又过来几个下土匪，蜂拥而上，将张子成抱住，想要把张子成按倒在地，然后绑上双手。

张子成打小也没有受过这个窝囊气，他又是练家子，真的咽不下这口气，他一个翻转，就把这些人摔在地上，他站在一边看热闹。

刘大毛楞一看，真的捂不住这小子啊，他在身后用枪顶着张子成的后背发狠地说："小子儿，恁再动一下，爷爷真的开枪了！不然恁试试，看看你的手脚快，还是俺的喷子快。"

张子成正在迟疑，刘大毛楞横过来枪托子对准张子成的脑袋就是一下子，张子成脑袋轰的一声，脑袋上淌下来殷红的鲜血，他也差点疼得昏死过去。

小土匪们上来绑了张子成，连拉带拽将张子成弄到旁边的一根大柱子边上，想要将张子成站立着靠在柱子上。他们在转圈张子成身上缠绳子的时候，发现张子成身上有硬邦邦的东西。他们将张子成的衣服掀开，里面竟然是两只八卦拳门里用的短兵器："八卦子午鸳鸯钺"，小土匪们有认识这个兵器的，也有不认识的，嘀嘀咕咕瞎闹哄。

李老猫走过来拿起鸳鸯钺掂量一下："嘿，还挺沉呢，应该是练家子啊。"

小土匪不管这些，瞬间就用绳子把张子成缠成一个棍棍，直挺挺地贴在了那根大柱子上，动弹不得了。

这边刚刚绑完张子成，那边有人说："大当家的回来了，快点重新摆盘子。"

说话的是赵纯修，他听到小土匪们叨咕大当家的回来了，朝着声音看过去，可不是吗，大当家的张松进了大门，快步如风地走过来。

赵纯修站起来热情地说："大当家的回来了，兄弟们重新摆盘子，给大当家的接风。"

李老猫手里还拿着那一对子午鸳鸯钺玩味呢，听到大哥回来，他赶紧转身往门口看。然后抱着腕说："大哥回来了，俺们正在叨咕您快回来呢，说到就到了。"

76

张松，原名张锦松，哈尔滨本地人，身材高大，性格暴烈，又有一身的家传功夫，也是爱打抱不平的主儿。十年前在朱顺屯老亲戚家，因为替别人出头平事儿，失手打死了人。他怕坐牢，所以流落江湖，后来到了有熟人的二龙山暂住。

再后来跟江湖朋友赵纯修做买卖，路过蛤蟆山，遭到李老猫的拦截，张松出手降服了李老猫，他两个就被请到山上做了大哥、二哥，李老猫自愿当老三。从那一天起，张松买卖不做了，当了土匪山大王。

暑去寒来七八年了，张松把一个蛤蟆山不起眼的小山头经营得在实力上，跟二龙山、帽儿山、震三江那些大绺子，也是平起平坐，让他们不敢小瞧蛤蟆山。

今个儿早晨，他一个人去了哈尔滨市里，跟一个多年未谋面的朋友会面，然后又办了点私事儿，这才转回了蛤蟆山。

张松一旦出行，都是一个人独来独往，绝对不带贴身护卫。他的话就是，一旦自己掉脚了，不能连累弟兄们。

有人给张松端来一盆凉水，他洗了几把汗淋淋的脸，又接过来毛巾擦干了，然后坐下来开始跟那哥两个吃饭拉呱。

吃个半饱后，他想起来有事儿要问，他抬脸朝着李老猫问道："老三呐，早晨你不是去请观音了吗？挣到了吗？"

李老猫眉飞色舞地说："哎，大哥呀，今个儿观音请得顺当得很，那不是吗？顺便还绑了一个小蛋子。"

李老猫顺手将那一对锃光瓦亮的鸳鸯钺递过去："大哥您上上眼，这一对鸳鸯钺咋样，这可是绑着那个小子的呀。"

张松顺手接过来子午鸳鸯钺，在手上掂量一下，然后顺着李老猫的手看过去，昏昏暗暗的角落的明柱上，绑着一个人。绳子缠了很多道，上半身差不多看不到身子了，几乎都是绳子了。

张松眯眼使劲地看看说："那好像不是观音，倒像一个起屁的二杆子，还会两下子武把抄？"

李老猫笑着说："大哥看得准，那是一个小蛋子，鸳鸯钺就是他的。观音押在苦窑里了，那可是值钱的怕她跑了。"

赵纯修举起海碗说："大哥，新弄来的浆子，多整几口吧。老三说那个小蛋是接人的，放他回去他不干，非要跟着来，这不怕他闹事儿绑在柱子上了。"

喝得满脸通红的李老猫撇着嘴说："刘大毛愣说，这小子还会几下子武把抄呢，几个弟兄都按不住他，他一拨楞，就把四五个弟兄晃倒了。"

张松喝了一口酒说："是啊，俺倒是愿意跟他比划几下，看看他是真的武把抄，还是猪鼻子插大葱，装洋相啊。不过，比试归比试，恁放他回去他不走，自己愿意往胡子窝里钻，不怕死呀，还有点儿咱哥们的那种义气呢。"

赵纯修跟李老猫几乎一个声音地说："大哥呀，这小子脸生，还是别跟他比试了，小蛋子不懂得山高水低，让他划拉一下也犯不上啊。他多大，您多大了，赢了他你没啥面子，万一输了呢，在兄弟面前可是一个闪腰啊。再说拳怕少壮啊，您这个年纪了，大哥还是算了吧。"

张松笑着说："哎，二弟、三弟这是啥话嘞，怎么今儿个倒是长起外人的威风，灭了大哥的志气了，哈哈。"

张松说完站起来，端着酒杯走到绑着的张子成身边，来回转悠着看着张子成。赵纯修、李老猫也跟在身后，他俩不知道大哥要干啥。

这一根立在屋里的柱子，就是专门用来绑人的，粗大的绳子，缠了很多道，已经勒得张子成喘不匀乎气了。

张松绕了一圈，看到绑在这里的青年人斜着眼看他，又看到年轻人满脸是血不禁问道："这小子咋还满脸的血呢，打他了？"

刘大毛愣走过来接上："大当家的，这小子不打他他不服气，也绑不上他。敲了他一枪托子，这小子才老实了。"

张松看看张子成问道："哪的人啊？什么蔓啊？"

张子成现在缓过来了，头脑清醒着，看到被叫大哥的人问他，他就随口说："甭问。"

"哈哈，恁这个生荒子还挺豪横，问你话你还装倔，这性格俺喜欢。来呀，给他松绑，让他活动活动腿脚，俺老胳膊老腿的，要跟他比划几下，这几年都没有试巴了，今个儿试巴试巴过过瘾。"

赵纯修跟李老猫听到大哥真的要跟这个不知根底的生荒子比什么武，真是有点担心，还是劝阻不要比试。

张松说："二位并肩子不必劝俺，俺的兴致上来了，非比不可了。"

李老猫摇头无奈地跟张子成说："小子啊，俺家老大要跟你比武，你可以知道进退啊，可千万别给脸不要，俺大哥掉了一根汗毛，俺就查了你！"

张子成斜着眼看着土匪们，他也不作声，憋着一股劲要跟土匪头子干仗。

张子成的绳子被解开了，他摇晃着身子说："也不是俺要比试呀。当场不让步，举手不留情，武林的规矩，恁不敢，怕死怕伤，那就闲着没事儿踢墙根，还比什么武啊！"

张松围着张子成转了一圈嘿嘿地笑着说："嘿嘿，还没比呢，这就使用激将法，让俺闹心，弄乱俺的心思，你好渔翁得利啊，没门，俺不上当，嘿嘿。"

张子成不紧不慢地说着："反正在你们的地盘上，恁们说了算。要是俺不小心赢了一招半式，那你们就得放了俺们，如果不答应，俺就不比了。"

张子成说着，神情轻松，似乎他一点也不害怕，就像在自己个家里一样，根本没有把身边的土匪当一回事儿。

张松没有生气，反倒是被这个娃娃惹得兴起，不但不责怪他，而且拍手说："好，看你这个临危不乱的样子，我也非得跟你比试不可。咱们先来十个回合拳脚，再来十个回合兵刃，然后自己说自己个胜败输赢。"

77

赵纯修说："大哥，干啥都行，咱喂饱脑袋再比武行不？你折腾一天了，不光饿了，身子也乏了，吃点歇一会，再比武不成吗？"

张松不吱声，脱下长衣服，开始运气，李老猫看到劝阻不了大哥，也就只得喊了一声："来人，搬走桌椅，多点几个火把照亮，摆下战场，大当家的要比武了。"

李老猫这一喊，可是一石激起千层浪，小土匪们嗷嗷地喊叫，差点把房盖掀起来；搬桌椅摆开战场的，点上松树明子照亮，瞬间大厅里变得比那白昼还亮堂。

张松走到场子当中，伸手示意张子成："来吧小兄弟，可是你说的当场不让步，举手不留情啊，小心点吧。"

张子成也不言语，走在场子边缘，距离张松五六远站定，摆出一个八极拳的小开门式子，等着张松。

张松一看，哈哈，竟然跟俺一样的拳法，就是不知道功夫管不管用了，他喊了一声："接招吧！"身子腾空而起，起势八步赶蝉，单拳朝着张子成面门打来。

八极拳的起源时间和地点，至今说法不一。一说，起源于明代，因在戚继光著《纪效新书——拳经捷罗篇》中，曾提到"巴子拳"即"八极拳"。二说，是清代河南焦作月山寺住持张岳山创。三说，是明末的云游高人所创，后传吴钟。

以上说法虽然都没有确切的资料证明。但中华文化，特别是武术这一块，基本上都是师父口述心授的，这是中华文化的一大特色，所以以上结果都有可能。

八极拳以头足为乾坤，肩膝肘胯为四方，手臂前后两相对，丹田抱元在中央为创门之意。以意领气，以气摧力，三盘六点内外合一，气势磅礴，八方发力通身是眼，浑身是手，动则变，变则化，化则灵，其妙无穷。八极拳非常注重攻防技术的练习。在用法上讲究"挨、膀、挤、靠"见缝插针，有隙即钻，不招不架，见招打招。

此外，八极拳是非常讲求实战、打练结合的拳种之一，猛起硬落、硬开对方之门，连连进发是八极拳技击中的最大特色。它具有很强的实战价值，部队中操练的擒拿、背摔、格斗等，都吸收了八极拳的某些特点。

八极拳精神讲究十六字诀，即"忠肝义胆，以身做盾，舍身无我，临危当先"。

拳诀

拳似流星眼似电，腰如蛇形脚如钻；

闾尾中正神贯顶，刚柔圆活上下连；

体松内固神内敛，满身轻俐顶头悬；

阴阳虚实急变化，命意源泉在腰间。

练功歌诀

一练拙力如疯魔，二练软绵封、闭、拔，

三练寸接寸拿寸出入，四练自由架势懒龙卧，

五练心肝胆脾肾，六练筋骨皮肉合。

步法歌诀

意要身正直，十趾抓地牢，

两膝微下蹲，松胯易拧腰，

两肘配两膝，八方任逍遥。

技击歌诀

上打云掠点提，中打挨戳挤靠，下打吃根埋根。

身不舍正门，脚不可空存，眼不及一目，拳不打定处。

贴身近发，三盘连击。

八极拳种，在北方地区练习的人较多，也可能是北方人喜欢刚烈的霸气拳种，在性格上，运用上，更加跟北方人契合。

话说张松一招金刚八势之一的撑锤式，疾快如风，朝着张子成打来；那个张子成却是遵循八极拳的要义：我不动，彼若动，施以引手，诱敌来侵，便可以猛烈的打击。

他看到张松单拳到了，迅速闪身，并且贴近张松的身体，并且以暴烈的手段，连续出招，连环攻击张松。

原来这个张松，打一开始他就没有把张子成放在眼内，比试开始他又轻敌冒进，而张子成又是家学渊源，功夫已经精进，绝不是花拳绣腿那一伙的。所以刚一接手，张松就遭到张子成的连环三招，打了他一个冷不防，身上挨了两小子，疼得他龇牙咧嘴，不敢再大意而是谨慎应敌。

两个人查招换式走了十几个照面，张松拳脚功夫自然不错，也给张子成造成了不小的麻烦，甚至击打过张子成两三次。但是回合多了，他年纪大的弊端就暴露无遗，自己感觉到体力不支，拳脚移动也慢了下来。十个回合还没到，他就主动跳出圈子喊一声："好，这一阵俺败了，体力不行啊，哈哈。"

李老猫在一边喊道："第一阵，空子赢。"

张松气喘吁吁地说："老了，疏于练功，荒废了啊。"

赵纯修走过来说："大哥咋样啊，不行就算了，就让这个小蛋子洋吧一阵吧。"

张松微笑着说："君子一言驷马难追，话已出口，也就得付诸实施。歇一小会儿，然后把俺的春秋刀拿来，好久不见它了。"

回头他对张子成说："小兄弟，怹用什么家把什呢？还是怹那个子午鸳鸯钺吗？"

张子成身边也没有别的兵刃，他也是习惯了鸳鸯钺，也就答应说："俺就用俺那一对子午钺，大当家的随便。"

张子成好一个随便，小土匪们抬出来一杆丈余长的春秋大刀，杵在地上，要比张子成身子高出来小半截。

而张子成呢，那一对子午鸳鸯钺，长不过二尺略余，宽不过一尺八寸，厚不过二寸多，跟那个一丈有余的春秋大刀相比，渺小得不得了，那真是大人打小孩，怎么打都能赢啊。

小土匪们看到张松拿的大刀又长又大，再看张子成的小兵刃，真是可怜呐，他们嘲笑着："野小子，给俺大当家的磕几个响头，俺们大当家一发善心就放过你了，还是算了别比了，免得砍折了胳膊腿，丢了小命啊，哈哈。"

张松知道，就武器而言，两个对阵的人功夫相当的话，那就是一寸长一寸强，使用长兵刃的当然占上风；但是如果使用短兵刃的人功夫了得，武功高于对方，那也就是一寸短一寸险啊。所以敢拿着短兵刃上来的，功夫一般的都是自负，也是可以取胜的。

78

张松、张子成相互抱拳施礼，武林的规矩不能丢。他俩站稳身形，摆开架势，打斗开始了。

上一阵比拳法，张松输在体力上，这一阵，他要借着兵刃之利，把先前输的面子找回来。所以他一开始就轮动那一柄春秋大刀，上下翻飞，裹挟着呼呼的风声，将张子成罩在刀光之下，那真可谓是险象环生啊。

六七个回合之间，张子成都在被动的防守躲避当中，几乎没有还手之力。

六七个回合过去了，虽然张子成总是处在防守当中，但是他并没有落败，时间久了，占着优势的张松反倒着急了。他在一招"力劈华山"的招法还未收式，瞬间的变成了一招毒辣的招法"玉带盘腰"，大刀横着从张子的左边拦腰斩到，距离张子成的腰间很近了，张子成似乎还没有反应过来呢。

眼看着春秋大刀就要横着砍到张子成的腰了，张松看张子成似乎没有反应，他的善心却让他要收住大刀，免得伤了这个孩子。可是就在他虽然撤掉了一些力道，但是还没有收刀的时候，张子成突然用左手的一柄钺耳朵，勾住了张松的春秋大刀的刀环，让张松抽刀不能；而他的右手那一柄钺脱手飞出，直朝着张松面门飞了过去，瞬间时间似乎凝固了。形势的大变，惊险的场面也大家恐惧的啊的一声大叫。

张松原以为要马上撤刀，免得伤了这个孩子，所以并没有完全在意张子成突然的反击是如此的力道迅疾。那一柄脱了手的鸳鸯钺，闪着亮光，说时迟，那是快呀，瞬间就到了张松的面门，张松就算是神仙，也极难躲过这一击了。

也就在那一柄鸳鸯钺距离张松面门半尺远的地方，突然间被什么力量硬生生地拖住了，而后又轻飘飘地返回到了张子成的右手中。这让在场的人悬着的心终于放下了，但也都惊出了一身的冷汗。

原来张子成右手的鸳鸯钺，是带着护手绳的，他撒了手飞出去，也还能在适合的时候拉回来，所以才没有伤到张松。

比武结束了，张松知道了张子成的功夫，张子成也感觉到了张松的宝刀不老。他知道要不是张松在那个时候撒掉了力道，张子成的单钺极有可能挡不住张松的春秋大刀，也就不存在张子成的单钺飞出去袭击张松了。

张松把春秋刀递给别人，然后走到张子成面前说："真是英雄出少年啊，可造之才，可造之才！感谢收手不伤之恩，小伙子武功很好，武德也好，老朽佩服了，哈哈。"

张子成有些腼腆地回答："要不是大当家的及时收了力道，俺恐怕接不住那一刀吧，可能已经被砍成两段了。所以是俺应该感谢大当家的呀，谢谢您的宽容。"

众人一片叫好，张松跟两位并肩子坐下，张子成站在一边看着，等着他们给一个话，到底放不放他跟姜心怡。

张松回头看看站在那里的张子成说："哎，小兄弟坐下啊，站着的且不好答对。俺还想问你呢，你是八极拳的底子，怎么能用八卦掌的兵刃呢，这个可是难坏俺了。"

张子成摆弄着鸳鸯钺说："八极拳是俺家传的，鸳鸯钺是俺舅爷那一辈教给俺爷爷的。因为俺喜欢这一对父亲留下的鸳鸯钺，俺就跟俺大爷学了这套鸳鸯钺法。"

张松似有所思，他似乎是想起了什么然后问道："你是方台子人吗，你叫什么名字啊？"

"俺就是方台子的呀，方台子也就那一户老张家，俺大爷叫张锦德，俺爹叫张锦祥，俺叫张子成。"

张松听完张子成的话，猛然站了起来走到张子成面前，伸出双手抱住张子成的双肩大声说道："哎呀孩子啊，原来你也是老张家的人，差一点伤到了你，大叔真的惭愧啊。"

张子成跟在场的人都有些纳闷，不懂得张松说出来的一番话，到底是啥意思。

张松环视众人几眼，停顿一会儿慢慢地说道："告诉兄弟们，俺跟这个小兄弟是一家子，还没出五服呢；恁们的嫂子，就是方台子张家俺大姑的侄女，所以俺们是亲上加亲呢。俺当然也认识他家的父辈啊，他是俺一家子的大侄子。"

张松站在张子成面前，双手扶着张子成的肩膀说："大侄子，还认识俺吗，你仔细瞅瞅俺，照十多年前没啥变化嘞。"

从张松说他认识自己的父辈，张子成就开始仔细地端详这个大当家的，慢慢地脑海里似乎有了印象。

张子成使劲儿思索着，脑海里出现了一个较为模糊的身影："他管我叫大侄子，还说是没有出五服的一家子，那就应该是江南朱顺屯的老张家的啊。"

"啊！"他终于想了起来，张子成忽的一下子站起来，他也抱住张松的肩膀激动地说："您是锦松大叔吧，您跟十多年前的模样差不多，先前俺在俺家里见过您两次呀，今个儿真是巧啊。"

"哈哈，小子，你说的没错，俺就是你没有出五服的一家子大叔，俺现在叫张松，当了胡子省掉了中间一个锦字，为的是掩人耳目啊。"

得，赵纯修、李老猫，就连有些迟钝的刘大毛楞也都看出来是一家子了。仔细端详一下，两个人真的就有很相像的地方：高鼻梁、重眉毛、身材魁梧等等。

张松询问张子成："大侄子，你咋给老姜家赶车接人，他家不是有的是人吗，还有那两个当汉奸的特务的儿子，他们为啥没有亲自来接人啊？"

张自成说："俺们跟老姜家不是姑舅亲吗，他们找俺接人，俺也不能说不来。估计是他们巧使唤人，认为没有人敢劫老姜家的人吧，让俺来接人省劲儿白出力，所以才没有派队伍保护接人。"

李老猫哈哈地笑着说："姜孝昌那一家子，都是占小便宜吃大亏的主儿。姜心田要是亲自带人来接，咱蛤蟆山的这点刀枪炮，也真的不敢下山在他手里接观音绑红票啊，大哥您说是这个理儿吧。"

79

张松笑着说："姜孝昌家里，高墙大院，炮手喷子几十个，这个响窑俺们不敢去打他，只能使点损招对付这家汉奸父子嘞。"

张子成想到姜心怡还被关在黑屋里，他就跟张松求情说："大叔您看咱们都是亲戚，俺来接人被山上绑了票，俺回去也不好交代，看俺的面子放了女孩子吧。"

张松看着张子成，微笑着没说话，李老猫有点着急地说："哎，这可不行，蛤蟆山最近缺片儿少米（没钱），踩盘子十多天，咋能轻易放了这桩买卖啊。再说咱们是整治汉奸啊，不扒了瘪犊子的一层皮，俺就是不舒坦。"

赵纯修看看张松说："俺看还是放了吧，青山不转绿水长流，没有遇不到的冤家。既然有大哥一家子的关系，还是先放了吧，日后再遇到，那就不管这些了，三弟就这样吧。"

其实是赵纯修看出了张松心思，已经打算放了这两个红票。张松是大当家的，他的想法别人无法拒绝，倒不如现在自己做一个顺水人情呢，皆大欢喜不伤和气。

张松停顿了一会说："那就按着二弟的说法放了吧。有俺侄子的求情，他又是帮人家来接人，他自己个回去了，也很难做人，放了吧，日后再做处理。"

他回身对张子成说："大侄子啊，俺们蛤蟆山绑票，不单单是为片子（钱），那是因为老姜家一家子都是汉奸啊。尤其是那个二犊子姜心田，畜生不如，踢寡妇门，挖绝户坟，奸淫掳掠，无恶不作，所以才要整治他们啊。大侄子怎没有觉得跟汉奸是亲戚，脸上无光吗，臊得慌呀！"

张松的一席话，让张子成这个接受传统思想的年轻人，热血上撞，瞬间满脸滚热，几乎无地自容了。他站起来满怀歉意地说："三位大爷叔叔，你们说的俺都懂，俺也是坚决不做汉奸的中国人。虽然俺大舅一家子都是汉奸，可是这个闺女还小啊，如果她不算汉奸的话，那就先放了她。如果她日后也做了汉奸，那就是谁都可以枪毙了她，俺也不会替她求情的了！"

张松站起来说："行啊，那就把女娃娃放出来，找个地方睡觉休息，明个儿早上就送你们回去。俺困了，大侄子也去歇一会吧，早晨唠完嗑，就送你们。"

张子成说："那就先把俺表妹放出来吧，关在小黑屋里，吓死他了。"

张松对着小土匪挥手，身边的小土匪赶紧去小黑屋里放出来姜心怡。姜心怡出来看着张子成跟土匪似乎很熟悉，她心里很纳闷："难道张子成早就认识这些土匪，绑票跟他有关系吗？"

张子成走到姜心怡面前说："回去再跟你详细说，你下去睡一会儿，明天早晨咱们就回家了。"

姜心怡带着满腹的疑惑问道："表哥你认识着他们啊，你咋跟土匪有勾搭呢？都快吓死俺了，你咋还在这里喝酒唠嗑呢？"

张子成朝着姜心怡使个眼色："老妹子，快点去睡觉吧，有啥事儿回去说啊。"

姜心怡说："我不睡，我害怕，你跟俺一个屋子俺就睡觉，不然我就一宿不睡觉。"

张子成笑着说："好，好，一会儿俺就过去，你先自己个待一会啊。"

姜心怡不情愿地，带着泪花跟小土匪去休息了，张子成看着姜心怡的背影，心里还是挺难受。

这时候，不知道哪里从跑进来一个穿着坎肩，赤裸着胳膊健壮的年轻后生，到了他们切近抱着张子成喊着："成子老弟，还认识俺吗？俺是徐仁侠啊！"

又是一个突如其来，怎么在这个蛤蟆山，意想不到的事情太多了，张子成仔细一看，原来是表哥徐仁侠。

他站起来高兴地说道："仁侠大哥，你也咋在这里呀，今个真的邪门了，咋遇到这么些亲戚啊。哈哈。"

张松本打算去睡觉了，可是这个徐仁侠凭空跑过来，还说认识张子成，而且还可能是很熟悉，他纳闷了，到底咋回事儿，坐下来听听呗。

张锦松拉着李老猫，指着赵纯修说："并肩子（兄弟）坐下听听他俩是咋一回事儿，闹腾得俺不困了。"

张子成看看徐仁侠笑着说："其实也没啥，就是前年仁侠跟仁杰去俺大舅家打短工，俺们认识的呀。"

张松看看徐仁侠不相信地问道："就这么没有一尺远的事儿，俺不信，你俩肯定还有事儿。"

徐仁侠瞅着大伙说："成子是不愿意说呗，俺给大伙仔细说说，大伙就知道成子是个啥样的人了。"

原来是，前年夏天六月下旬的时候，张子成也是第一年去大舅家里帮着种地。因为他不会种地，所以他给地里铲地干活的人送水。

记得是高粱苗已经没了膝盖高，最后一次铲草，然后就要封垄了。闷热的天气，要下雨还不下，热得干活的人各个汗流浃背。

张子成在老姜家的水井里打上来一桶子凉水，一个挑子，挑着一只水桶，一边是一大筐苞米面掺菜的窝头，赶奔三四里之外的高粱地。

闷热的天儿，风丝也没有，挑子虽然不是很沉，也有三四十斤，打小干活不多的张子成，也给累得挺难受。他走一会儿歇一会，到了地里的时候，就快吃饭了。

地边上一棵大树底下，歇气的干活人围着一个躺在地下的人，七咕查咕的不知道在干啥。张子成把挑子放下，走过去问道："肖打头的，这是咋地了，他俩咋躺在地上呢？"

四十多岁的肖永刚，干活是一把好手，在老姜家给当打头的，领着十几个人干活。他看到张子成过来就上前说："表少爷恁来得正好，这两个打短工的晕过去了，时间长了再丢了命，正不知道咋整嘞。"

张子成蹲下去看着两个人，都是年轻的后生，躺在那里面色苍白，额头上冒着汗珠。张子成伸手摸一摸，觉得不热，他说："出汗多了吧，或者是饿了心慌晕过去了，赶紧弄回屯子找个大夫看看吧，不然再死了，那就摊事儿了。先整点凉水，饮饮他俩，润润嗓子，然后马上抬走。"

80

有人用水瓢舀来凉水，张子成把水倒在手心上，然后轮流给两个人往嘴上滴答。之后，他又把一些凉水洒在两个人的脸上，帮着驱赶热气。

肖永刚是带着干活的，他不敢决定停下来让人送病人回屯子，显得很犹豫。张子成喊着说："肖大叔，人命关天啊，你赶紧派几个人，抬着这两个人回屯子，老姜家那边我替你们顶着。"

肖打头的见状，赶紧叫过来六七个人，每人带上该吃的窝窝头，路上轮流抬着生病的人，也在路上换班吃饭。

他们把两个人抬到了姜家大院的耳房里，让他俩躺在小火炕上，张子成说："恁们回去吧，俺自己个侍候他俩就行了。"

其他干活的人走了，张子成喊来家丁孙炮："孙大叔，求求你去上屋厨房端点米汤呗，给这两个晕过去的人喝点，救救他们的命。"

孙炮答应一声去厨房了，张子成又叫了一个家丁："金叔，麻烦你去腰街张大夫哪里，把他请来，给这两个人看看病，我替他们出钱。"

金炮手答应一声也跑了出去，张子成又把小窗户都推开，让外面的有些风吹进来，散散屋里的热气。

此时，孙炮端着一大碗小米饭米汤走了进来，身后还跟了一个人，这家的主人姜孝昌。

孙炮把端着的米汤放在炕沿上，看看身后的姜孝昌："东家，俺出去了。"

说完不敢直眼看姜孝昌，猫着腰退了出去。

姜孝昌没有进来，站在门口脸色如水，看着张子成给那两个人喂米汤。等到张子成停下来他问道："成子，这两个人谁呀，得了啥病，不是伤寒吧，恁小子可别把伤寒病人弄到俺家，让俺家摊灾啊。"

"大舅，啥伤寒呐，这是给咱家干活的，又热又饿晕了过去。他们在咱家干活，要是死在咱家地里，对咱家有啥好处啊。也就是耽误一会工夫，给他们弄点吃的看看病，送走就完了呗，您说呢？大舅。"

姜孝昌哼了一下走开了，这时候大夫张锦贤也到了。大夫给躺在炕上的任把了脉对张子成说："成子，这两个人体内虚弱，没啥大毛病，估计就是饿的。马上就能醒过来了，弄点吃的就没事儿了。"

说着话的时候，躺在炕上的两个人先后醒了过来，看到自己躺在炕上，也都不明白咋一回事儿。

他两坐了起来，年纪稍大的询问："大夫，小兄弟，俺们是咋地了？为啥在这里呢？"

张锦贤说："两位兄弟，你们是干活的时候晕过去了，俺家老嘎达心眼好使，把你们接到他大舅家，帮你俩看病。现在没事儿了，你俩赶紧吃点饭，歇一会就好。"

这两个年轻人赶紧下了炕，抱着腕作揖表示感谢。看到病人没事儿了，张锦贤拎上药箱子走了，张子成送到外边说："大爷，不用给您出诊费了吧？嘻嘻。"

张锦贤回头说："臭小子，也没吃药要啥钱，赶紧回去帮他们弄点饭菜吧。年轻人干活吃不饱，真坑人啊。"

张子成回到耳房内对着那两个人说："恁俩在这里待一会儿，俺去给你们弄点饭菜来，吃饱了就恢复了。"

张子成去了他大舅家的厨房，弄来了几大碗小米干饭，还有熬的鲫瓜子鱼，两个二十几岁的年轻人，一阵风卷残云，不到一会儿就把这些饭餐吃完了。

看着这两个人吃得那么香，张子成心里想，可能几天也没吃饱饭了吧，要不咋饿得这样呢？

吃完了饭，两个年轻人询问张子成："小兄弟救了俺们，到现在还不知道你贵姓大名呢。"

张子成笑着说："俺姓张，名字张子成，四方台子东头子的老张家的。"

年纪稍大几岁的年轻人眼神放光，他急切地问道："四方台子老张家，跟江北张家店的老张家是啥关系？是一家子吧？"

张子成说："是啊，俺听俺大爷告诉过俺，江北的亲戚也很多，大多都在张家店啊。"

年纪小的年轻人说："俺叫徐仁侠，俺弟弟叫徐仁杰，俺们是张家店张锦松的亲外甥，咱们是亲戚啊。"

张子成一听，开心地笑着说："有缘分啊，你们在江北，咋跑到江南找活干呢，不嫌乎太远吗？"

徐仁侠说："俺们听人家说，江南的工钱高些，俺哥俩就坐早晨的渔船过来了。今个儿起得早，没有吃饱饭，天气还热，出汗多，这不就虚脱了。得亏兄弟你啊，不然俺两个杆屁朝凉（死了）了。"

张子成说："都是缘分，亲戚见面就觉得亲呗，再说就是不认识的，也要救命啊，不能看着大活人活活过去吧。两位大哥，你俩下一步想干啥啊，俺觉得还是回家那边找活吧，江南的工钱也不高，还离家那么远，不合适。"

徐仁杰说："兄弟，大哥，咱俩还是回去吧，家里人也惦记咱们呢。"

张子成从兜里掏出来十几块钱递过去："两位表哥，你俩跟俺走，去俺家里，俺给恁拿点钱，拿点米面，回去也不空手。"

徐仁侠哥俩还要推辞，张子成不让分说，拽着就走。到了屯子东头子成的家里，把他俩让进屋里坐下，然后去找母亲姜桂芝。

母亲姜桂芝正在婆婆屋里说话呢，看到成子进来叫她，她赶紧跟了出来。

张子成说："娘恁有钱吧，给俺那几十元，俺给江北的表哥救急。"

姜桂芝有些纳闷地问道："你不去帮你大舅干活，哪来的表哥要钱救急啊？"

张子成拉着他娘进了屋里，指着坐着的徐仁侠哥俩说："他俩就是江北的表哥，刚才他们干活晕倒了。"

张子成把事情的经过说了一遍，姜桂芝啊的一声："是这么回事儿啊，娘这里有钱，俺去给你拿啊。"

张子成给徐仁侠拿了几十元钱，又给他们装了百十斤的米面，还让老护院子冯头赶车给送到江边，找了渔船送过了江。

81

徐仁侠讲完了他跟张子成的事儿，张松跟大伙相互看看，禁不住伸出拇指夸赞张子成。

张子成询问徐仁侠："大哥不是回家了吗？咋跑到这里当胡子啊？"

徐仁侠说："哎，都是天意啊，去年俺在江边打鱼，遇到了日本讨伐队，把俺们打鱼的人冲散了。俺跑到了蛤蟆山边上，让山上的弟兄当奸细绑上了山，遇到了俺大舅，俺也就入伙了。"

张松说："小子啊，这都是天意，穷人不易，哥们之间帮一把，比啥都重要啊。"

赵纯修说："成子这孩子认亲、仗义，俺认你这个忘年交了，日后有啥事儿，大叔一定到场帮忙！"

李老猫在一边也是一个劲说："大侄子，遇到为难招灾事儿，一定要找蛤蟆山的人帮你，俺把恁当成并肩子了！"

张松拍拍张子成说："看看，好人有好报啊。不过差辈分，还是大侄子吧，日后两个叔叔肯定能帮衬恁，还不谢谢他俩啊。"

张子成抱腕感谢，众人开心至极，又拿来好酒，喝了半宿才算完事儿。

简单捷说，第二天张松、李老猫等人送张子成、姜心怡二人下了蛤蟆山。张松同徐仁侠等人跟张子成告别，骨血亲戚，真是难舍难分啊。

张子成赶着车，车里坐着姜心怡，两个人开始往四方台子走来。车里的姜心怡，从昨晚到现在，何止一次地问道："成子哥，他们为啥放了咱们啊，你跟他们说啥了，土匪有好人吗？你跟土匪有什么交情啊？"

张子成不置可否，不想回答这个单纯的小姑娘的问题。他的脑袋里，还是回响着老姜家是汉奸的声音，那是总缠着自己，怎么也挥之不去的声音。

昨天晚上天色黑透的时候，姜家两个汉奸还带着两个小特务开着车，姗姗来迟地到了方台子屯。

一身黑色警服的姜心田，嘚瑟吧嗖地进了屋，伸手倒上一杯凉茶水，扬脖喝下去，然后才跟他老爹说话："没报官吧，那就对了，报了官那也就是要了老妹子的小命了。"

看着两个儿子进了屋，满脸带着哭丧的姜孝昌和老婆，总算有了点主心骨。姜孝昌撂下水烟袋，朝着这哥俩嘟囔着："咋办啊，到底是拿钱赎人，还是派兵剿灭胡子，恁个俩快点拿个主意吧，不然你老妹子就完了！"

姜心儒年纪大两岁，职业的关系也比姜心田沉稳些，他对着老爹说："胡子绑人都是为了钱，明个儿送钱不就完了吗，还有啥墨迹的呢？"

姜孝昌气得直咳嗽："哎哎呀，你上嘴唇一搭下嘴唇，送钱啊，哪有那么些钱啊，再说钱也不是大风刮来的，来的那么容易啊。你两个人模狗样的，挎枪带刀的，自己个儿家里遇到的事儿，咋就这么蔫吧了呀？"

姜心田顿了一下茶碗冷笑着说："哎哎，老爷子说啥呢？要不是怕把胡子逼急眼了撕票，派百八十的人马去围剿，那不是小菜一碟吗。你老糊涂了，里外不分，到底是想让你闺女顺当的回来，还是要逼死老丫儿啊。"

姜孝昌气得哆哆嗦嗦地说："恁回来也是摆设啊，只有拿钱赎人这一条路啊，那也得让老张家掏钱吧？曹德顺，老张家怎说得，他们那不打算拿钱啊？！"

曹德顺吓得小声地说："老夫人去老张家，人家说的咱们的人，他们不出钱，天亮了他们就去拿钱赎成子。"

姜心田说："他老张家到底是拿钱赎俺们家老妹子和成子，还是单单的赎他们的家的成子啊！"

曹德顺说："那得问问老夫人，当时她在场，俺在屋外站着没让进去，俺也没听见啊。"

"行了，行了！混球脑袋还灌了铅，知道个么，还是知道个六。不管谁拿钱，都得拿，老爷子，你先准备五千元吧，万一老张家不管，咱也得要老丫头吧！"

看来就算有枪有炮还有日本人给撑腰，他们现在也是无可奈何，也怕人家胡子耍横的，要了他家闺女的命啊。

姜心田蹭地站起来："赶紧拿钱去接人啊，咋也不能落在老张家后边，让人笑话咱啊。"

姜孝昌极不愿意地说："行、行，俺拿钱，俺拿钱。孙炮恁套车去，今晚儿就恁赶车，老曹跟着接人！"

姜孝昌父子看着接人的车走了，他们几个在家里也很难待消停，尤其是姜孝昌，心里还是惦记着："可别搭进钱去再接不到人，那就亏大了。"

一个晚上过去了，姜孝昌一家也没有安睡，都在惦记着老闺女丫蛋的安危；张家自然也是惦记着张子成的安危，早早地吃了饭，赶着车去蛤蟆山赎人。

太阳老高了，姜孝昌在屋里坐不住，站到院子里往西头张望，这时候曹队长喊着进了院子："老爷，小姐回来了，小姐回来了！"

原来张子成他们起早离开蛤蟆山，路上又是紧着赶着那匹马使劲地跑，二十里走的是直道，虽然坑坑洼洼不好走，但是也要比土匪绕弯子快得多。遇到两拨在山下拿钱等着接他们的人，也都一起回来了。

姜家大院就在屯子西边，张子成下了车，掀开了车帘子，姜心怡慢慢地下了车。然后张子成对着大爷张锦德说："大爷您先回去吧，俺一会就回家。"

张锦德看到侄子安然无恙，在这里又不好询问怎么被土匪释放的，所以点点头："一会儿就回家啊，你娘惦记你呢。"

张锦德他们往屯子东边走了，张子成进了大院把马鞭子交给门口的孙炮说："孙叔，俺就不进屋里去了，恁进屋里去告诉俺大舅，老妹子安全回来了。"

孙炮跑了进去，姜心怡看着张自成说："你咋不进去坐一会儿呢，跟俺爹说说被劫的经过，也让俺爹娘安安心呀。"

82

张子成说："等你心情好了，俺再来跟你说说那里的事儿，现在俺又困又累，回去歇着了。"

说完，张子成径直走了，留下姜心怡跟曹德顺他们看着张子成的后背影，也都不知道说点啥好。

姜心怡的脚步还没有迈进大门坎子，姜孝昌、吴氏、姜心儒等人都跑出门来。

吴氏是当娘亲的，心里惦记闺女自然是要比其他人心情急切。她扭动着小脚，笨笨卡卡地跑到姜心怡面前，一把搂住姑娘的脖子，放声大哭起来。

姜孝昌自然心里也很难过，但是毕竟看到闺女安然无恙地回来了，心里还是安稳了许多。他们几个人看着吴氏母女哭够了，这才上前问寒问暖，显得很有亲情味道。

这些人进了屋里，姜孝昌对着女仆人说："秀兰子，去告诉大厨子，挑好的做一桌饭菜，安要给老闺女接风洗尘。"

稍微消停了一点，姜心田忍不住问道："我说老妹子啊，听曹德顺说，他们拿着钱去接你们，还没上蛤蟆山，就遇到你们了，钱也没花出去，是真的吗？邪性了吧，这市面上还有花不出去的钱啊？纳闷了！"

姜心怡显得很憔悴，她不耐烦地说："我可说不清楚到底在回事儿，觉得要想清楚知道咋一回事儿，那你还是去问问蛤蟆山的土匪吧。"

姜心田听到姜心怡话里有话，似乎在挖苦自己，就翻着眼睛说："我说咋地呀，土匪那里我不敢去呀。可不是我吹啊，你们等着，明个儿我就向皇军申请，调他百八十号人马，荡平那个蛤蟆山，你信吗？"

姜心怡撇着嘴笑着说："我不信！这土匪我去日本的时候就有，现在依然活得好好的，你们什么皇军、特务都看着不敢管，是不是呀？"

姜心田来了一个烧鸡大窝脖，很没面子，讪讪地说："那是皇军没有把胡子当成剿匪的重点，不然那些胡子早就绝户了。"

姜心怡看着这哥俩说："大哥、二哥都很忙，能回来看看老妹子，也是不易了，谢谢啊。"

姜孝昌看到闺女儿子乱掐，对着姜心怡说："老闺女，进屋里歇一会吧，回头说说他们为啥没有要钱就放了你，到底是咋回事儿，老爹想听听啊。"

这些人簇拥着姜心怡进了屋，姜心怡却是扭着头对大伙说："我去洗漱了。"她一个人上二楼，走进自己的卧室，咣当的一声，将房门关上了。

姜孝昌原本最想听到的，就是为啥土匪没有要钱就放了自己的闺女，他满脑子都是钱、钱！这一辈子钱就是他的一切。可是闺女不理他，进了自己的屋，他觉得很扫兴，对着站在旁边的人说："赶紧准备饭菜，小姐出来就开席。"

张子成一个人回到了家里，母亲看到儿子回来了，不安的心总算放下了。她对着张子成说："还没吃饭吧，去前屋跟奶奶、大爷他们一起吃，还是在咱们屋里给你弄一点自己吃呀？"

张子成想了想说："还是全家人一起吃吧，俺也过去看看奶奶。"

张子成来到前边大屋里，奶奶岳氏老太太坐在炕边上，依旧是拿着大烟袋在使劲地嘬着，她身边烟雾缭绕，弥漫散发到着整个房间。

奶奶岳氏看到孙子回来了，原本毫无表情的，布满皱纹的脸上，流出来少见的笑容："哎呀，俺大孙子回来了，俺就说吉人天相，这不应验了。"

张子成走到奶奶身边，有点撒娇地说："就是俺奶奶惦记俺，奶奶对俺最好了。"

奶奶当然知道这是孙子哄自己，她嘴也很厉害，指着成子娘说："哎，哎大孙子啊，恁娘亲在呢，她才是最惦记恁的人，你可别因为哄我玩，寒了你娘亲的心，哈哈。"

张子成环视一眼左右，发现很多人都不在，他问道："俺大爷，大哥他们呢，在都不在呢？"

母亲说："恁大爷，恁大哥去地里干活累呗，那么些地，总得去照顾，也不能都依靠扛活的啊。全家人最辛苦，最累的就是你大爷了，忙里忙外的，还得管你的死活，臭小子。"

张子成对着奶奶说："奶奶，俺大爷为了俺家忙里忙外，俺为啥还要去俺大舅家里帮忙啊？有人说俺帮忙种的地，是俺们老张家自己个儿的，那为啥不自己个儿种，还非要放到俺大舅家呢？"

母亲姜桂芝看看奶奶，奶奶看看母亲，都没有说话，张子成有些着急："俺一说这个就没有人吱声告诉俺为啥，晚上俺去问问大爷，非得弄个明白不可。"

母亲姜桂芝不置可否地问道："下午还去娘舅家帮忙吧，地还得种，粮食管肚子不饿呀。"

张子成不知道哪里来的火气，一甩胳膊说："俺打今个儿起，再也不去大舅家干活了！"

母亲也着急了问道："浑小子，为啥呀，土地在哪里不都是一样种吗，哪有那么明白的事儿啊。"

张子成抬头喊道："他家是汉奸呐，绑票就是因为他家是汉奸，土匪才对他们下手的！俺不给汉奸干活，丢不起人！"

母亲也提高了声音："那是咱们自己个的地，恁就是给咱们自己个干活啊，打下的粮食给咱们啊，怎么就是给汉奸干活了？"

"娘，恁别说了，啥是打下粮食给咱自己个儿啊？一亩地打粮食二百斤，也就给咱家五十斤，甚至更少，一年下来仅仅够咱们吃饭用，花钱还得大爷帮忙，难道是咱们沾了老姜家的便宜呀？"

母子两个争论升级，都各自提高了嗓门。看到张子成跟自己大喊大叫，母亲两眼含泪，匆匆地走出了正房。奶奶点着张子成的额头说："孙子哎，那是恁亲娘啊，恁可不能跟亲娘叫唤啊！"

大娘吴慧芬埋怨成子几句，跟着姜桂芝出门去，陪着姜桂芝回到她自己房间待着。

张子成看到母亲生气出去了，他也不往心里去，召唤大哥的孩子小侄子，嫂子一起跟奶奶吃饭。他自己吃饱了一摩挲嘴巴子，转身去院子里溜达了。

83

回头再说姜孝昌，他坐在交椅上抽着水烟袋，看着在眼前转悠的老婆说："老婆子，咱闺女回来了，咱得好好办置办置，让亲戚理道的知道一下，咱家还有留洋的，也给咱们老姜家长长脸。"

姜吴氏眯着眼回答："咱们这块也没啥亲戚呀，儿女亲家也请不来。不过俺不管，都是恁说了算，俺都听恁的。"

姜孝昌白了姜吴氏一眼："儿子媳妇孙子回来就行，亲家不来拉倒。恁就是一头不下崽的老母猪，白吃饱，啥也不管。"

"孙炮啊，恁过来，去江边老张家的亮子（打鱼的地方）订鱼，三花五罗的，二三斤的鲤子，二斤以上的鲶鱼，鲫瓜子，每样二十斤，六月二十八上午用。"

孙炮屁颠地跑进来："五天以后啊，俺怕到时候没有那么多样的鱼，还是多订几家，多几家稳妥？"

"不用多订人家，就要老张家鱼亮子的鱼，不给俺准备齐整了，俺叫人把他的张网用镰刀给扯了！"

孙炮心里说："这不是找事儿吧，鱼在水，雁在空，谁能知道到时候有没有啊。"但是他不敢说出来，答应一声："好嘞，俺去了。"

姜孝昌站起来去打电话："老二啊，恁妹子不是留洋回来了嘛，借着这个机会，六月二十八下午俺请客。恁把恁认识的有头有脸的请来几个，像葛大队长、白显彤白署长、叶法增警佐等。俺再让恁大哥尽量把渡边大佐请来，那咱家的面子就大了，恁说行吗？"

姜心田听到老爷子要显摆，那就整呗："行啊，你要出血花银子，俺叫人去吃，那还不容易，你瞧好吧。"

电话打完了，姜孝昌心里美滋滋的，他转到姜心怡的二楼卧室，敲敲房门，姜心怡打开房门问道："爹，有事儿吗？"

姜孝昌用水烟袋点点姜心怡："咋地呀，恁老爹没事儿就不来看看恁？俺告诉恁，五天以后老爹要请客，去了亲戚之外，那可都是有头有脸的人物，这也是给咱家壮门面，恁可得有个大家闺秀的样子呀。"

姜心怡听到老爹要请客，还说是有头有脸的人物，那肯定就是日本人或者是给日本人干事儿人了，她心里恶应丢了一句："俺算啥大家闺秀，就咱们这个破家，也算大家啊？再说还往日本人那里凑，还嫌别人暗地里骂的不够难听，人家骂咱们汉奸呢。现在还整天的美滋滋的，说不定哪一天让咱家哭都找不到北。"

姜孝昌瞪着眼睛说："谁敢骂咱们，小心铰了他的舌头。这年头不靠日本人靠谁呀，有奶就是娘，爱咋地咋地，到时候老丫头恁就是露个面，说句话就完活，没有那么难。"

从楼上下来，他又琢磨，请客咋地也要有亲属吧，屯亲也行啊，不然显得老姜家没人性，人缘不好。

他看到老婆又在烧香拜佛，他走过去喊道："别装神弄鬼的，恁去老张家告诉一声，就说咱给老丫头接风洗尘，六月二十八下午请客。老张家的人他愿意来就来几个，不愿意来也不勉强，省的看到烦心。孩子他大姑必须得回来，不然一个实在亲亲都没有，咱们老姜家丢面子吧，让成子也来，别忘啊。"

老姜家忙活着请客，老张家呢，也知道了这个事儿，但是张锦德、岳氏老太的话，就很干脆了："那个瘪犊子跟俺没有半瓶子醋那么丁点由头，俺老太婆说破大天也不去！"

"俺们老张家上一辈子做啥坏事儿了，有了这门不是羞耻的亲戚呢？让他土豆子搬家——滚球子，俺家里人都不去！"

虽然张锦德等人不去，但是姜桂芝毕竟是姜孝昌的亲妹子，张子成是姜孝昌的亲外甥，抹不开面子呀，姜桂芝死活也要拽着张子成前去参加，张锦德也不好硬去干涉。

到了六月二十八那一天，张锦德早早地就起身去江南二弟家里，商量一下怎么能要回来姜孝昌霸占那些土地的事儿，也好躲开这些汉奸特务聚堆的场面。

那一天的下午，日头卡山的时候，四方台子热闹起来，先后几辆小轿车，突突的开进了屯子。小轿车先由屯子东头进来，穿过整条窄窄的土道，到了屯子西头的老姜家门前停下，车上下来的都是特务、汉奸，一个狗模样儿！

姜心田一台汽车，带着家眷提前来到；姜心儒借光警察署长白显彤的车，带着老婆孩子一起来到了四方台；警佐叶法增，带着磕头哥们蔡圣孟，还有两个警卫一台车同行；哈尔滨江北庙台子伪满洲国预备役训练大队长葛勋礼，外号葛大棒子，三个警卫，一个开车的，挤着一台车来到姜家。

姜孝昌赔着笑脸，一个个迎进去，泡上了好茶，招待"贵宾"。外来的贵客到了，自家的亲戚也就是妹子姜桂芝、外甥张子成，姜孝昌发现没有日本人来，他去里屋问姜心儒："老大呀，渡边司令官咋没有跟你一起来呢？他不来，咱们的面子就减损了一大半啊。"

姜心儒正在逗着孩子玩，头都没有抬说："渡边司令在开会，可能晚一点来，这面子他还是能给的。"

姜家大厅里，摆了两桌酒宴，一桌是屯子里的亲戚以及保甲长，姜桂芝，张子成都坐在那一张桌子上；那些有头有脸的人物们，都坐在大厅正中央那一张大桌子上，听着姜孝昌葫芦半片儿的所谓致敬词儿："诸位贵人，诸位亲朋，老姜家不知道哪辈子积大德了，让俺家里遇到了这些贵人，也让俺家脸上声光。姜孝昌备下薄酒素菜，还请大伙不要见外，管够造！"

姜孝昌说完了，带头鼓掌的是那个葛大棒子。葛勋礼身材瘦高，一身军装，显得很古板；一张驴脸长有一尺多，满脸的粉刺嘎达，坑坑包包；尤其是那呲在嘴外边的，胶黄的大板牙，显得那么突兀吓人。

84

葛勋礼端着酒杯一仰脖干了下去，然后起身说道："姜老爷子说得实在，该吃该喝管够造，千万别见外，哈哈。来，俺再干一个，谢谢啊。"

葛勋礼连三别四干了四五杯张家白酒，大驴脸上泛起来红色，那话也就更多了。

他说端着酒杯四下看着说："俺说各位同仁，各位老少爷们，喝呀，不喝白不喝啊，对吧。"坐着的那些人，署长白显彤，警佐叶法增他们，笑眯眯地不说话，举着酒杯向葛勋礼示意。

葛勋礼又干了一杯说："姜老爷子请客，说是他的宝贝嘎达老闺女从日本回来了，那是该庆贺啊，对吧？可是你老爷子不对啊，俺们这些人过江过水的来了，咋也得看看你家千金的容颜吧，不然俺们不是白来一回吗，我说诸位对不对？哈哈。"

姜孝昌听到葛勋礼要见老闺女，赶紧跟站在一边的佣人说："赶紧上楼叫小姐下来，客人要见她，着急了！"

佣人赶紧噔噔地上楼去，一会儿下来说："老爷，小姐说一会儿下来。"

姜孝昌赔着笑脸对葛勋礼说："葛大队长，小女一会就来给大家敬酒，稍等，稍等啊。"

警察署长白显彤老奸巨猾，他是老姜家的大恩人，姜家两个儿子都是他帮着安排的，所以他才是姜家真正的座上贵宾。他端着酒杯说："姜老爷子准备了丰富的美酒佳肴，看看这熊掌，这猴头，这飞龙多鲜嫩，多好吃啊，在哪里也吃不到这样的美食啊，哈哈。来吧葛大队长，好饭不怕晚，来了不就是喝酒吗，还是先干杯吧，哈哈！"

在座的都看得出来，白显彤是在给老姜家圆场呢，他的面子也不算小了，今个来的主，他的级别最高了。

另外一桌上的人，除了张子成、姜桂芝关注老姜家的事儿，其他人都是保长、甲长街面上的人，谁也不管姜家的事儿，该吃该喝不抬头。

这个葛勋礼，早年间是张学良手下的新兵教官，日本人来了，他就偷着跑到哈尔滨，投靠了日本人，帮着伪满洲国训练新兵。由于是死心塌地为日本人卖命，也得到了日本人赏识，职位升迁到警正大队长。

这小子在张学良那里的时候，身上就是恶习不断，吃喝嫖赌，样样俱全没少被惩戒。现在干起了汉奸，有了权力，那就是更加的变本加厉的穷凶极恶，欺压良善，巧取豪夺，犯下了累累的罪行。尤其是在训练新兵的时候，那是稍不如意，他就拎着大棒子往死里打，打得新兵受不了了，家里就得他送礼送钱，最后把这个老小子惯得就要上天了，人送外号"葛大棒子"。

这小子在这个花花世界里养成了一个恶习，就是爱喝酒，而且是一喝就多，多了就要借着酒劲儿寻欢作乐，哪一个女人被他看上了，那就是入了虎口，绝对跑不掉的。

葛勋礼看到大伙都在喝酒，也不好独自抛开大伙自娱自乐，他忍住了性子端着酒杯在地上转着喝酒，眼睛却是一直盯着姜孝昌，意思是咋回事儿，你闺女还不下来呢？

姜孝昌看到闺女迟迟不下来，不用说那个葛大棒子不依不饶，就是来的客人也得不愿意，所以他亲自上楼去找闺女。

敲开了闺女的房门，姜心怡还穿着睡衣呢，把一个姜孝昌急得直跺脚埋怨说："俺的小姑奶奶啊，你就给老爹一个面子吧。下边的人可都等怹半天了，快点穿好衣服下去见见面，打个招呼就完事了，怹这是何必呀！"

姜心怡自打回到家里，心情一直不好，尤其是张子成告诉她，因为她家是汉奸，人家是痛恨汉奸，土匪才对她绑票的啊。

那一天她被人送到小九站船站，买了票上了船，可是突然间冲上来十几个日本兵，叫喊着抓抗联。

一个人从窗户跳到江水里，望江里游去，日本兵发现了，一阵乱枪，那个人就沉底了，江面上透出来一股一股的血色。

这是她第一次亲眼看到日本人枪杀中国人，这在她的心里留下了难磨掉的阴影。到了家门口，自己又被土匪绑了去，因为有张子成，自己个才没有受到侮辱。

回到家里父亲又要请什么日本人争面子，这也让她内心反感不已，极其不愿意在这个场合去见这些汉奸献媚。

现在老爹非要她下去，她也是极端无奈，咬着牙对姜孝昌说："爹你先下去吧，俺一会儿下去。"

姜孝昌这才有了笑模样，一瘸一拐地下了楼，对着喝酒的人说："俺家老丫头这就下来，陪大家喝一杯啊，让大家久等了，久等了。"

已经喝得醉醺醺的葛勋礼听到了，把酒杯往桌子上磕的梆梆响："好，就要看到神仙了，哈哈。"

喝酒的人们，一个个扒着眼睛往楼梯上看着，等着姜家大小姐的到来，就如同凡人等着仙女一样，眼巴巴地那个恭敬劲儿就别提了。

楼梯咯噔咯噔地响了，姜心怡的红色高跟鞋踩着点儿，下楼来了。

姜心怡穿着粉色连衣裙，头上戴着大檐帽，半个脸用黑色网格子半遮半掩，露出白嫩的脸蛋，身材修长。由于是走楼梯，一步一摇的，妩媚动人，真是美女呀。

姜心怡走到了两个酒桌前当中，从老爹手里接过来一个酒杯举起来，声音婉转地说道："各位亲属，各位来宾，我是姜心怡，姜家的老闺女，我给大家敬酒了，请大家慢用。"

姜心怡端着酒杯，放到嘴唇边抿了一下，然后放下，走到亲属那一个桌子前，俯身抱住姜桂芝说："老姑，你好吧，请原谅我这么些天没过去看您。"说着话，姜心怡哭了，眼泪啪嗒啪嗒地流在姜桂芝的身上。

姜桂芝知道原因，那就是姜家跟张家的关系紧张，还因为张家人差不多都管姜家人叫汉奸，所以姜心怡不敢去张家探视这个亲姑姑。

85

姜桂芝抱着姜心怡哭泣地说："好孩子，大姑知道你想着姑姑，以后不要见外，直接去家里玩啊。"

张子成站在一边，默默地看着姑姑侄女对着哭，他的心里也很难受。

几个屯亲都在不住地夸赞："这闺女，长得真俊俏，仙人儿一般，千里难寻啊。"

这个时候，那个葛勋礼坐不住了，他离拉歪斜地站起来，端着酒杯跟跟跄跄地走过来，站在姜心怡的面前言语不清地说："美女呀，让哥看看呗，俊俏的脸蛋，真的惹人爱死了啊，哈哈。"

姜心怡看到一个酒气熏天呲着一口大黄牙的男人站在自己面前，带着挑逗的语气跟自己说话，吓得她赶紧往后躲。

哪里知道那个葛勋礼却是一把手抓住了姜心怡的纤细的胳膊，使劲地往怀里拽，然后将那长着满口黄板牙，臭烘烘的嘴巴子，往姜心怡的嘴上亲，吓得姜心怡桃花失色，一下子扎到姑姑的怀里惊恐地叫了起来。

可是这个葛大棒子色心上来了，欲火中烧得太强烈了，他使劲地一下子把姜桂芝巴拉倒，重新抱起来姜心怡，按在地下，又亲又啃，还伸手去脱姜心怡的裙子。

在场的人几乎都惊呆了，就连叶法增这样吃喝嫖赌，抢男霸女的人，似乎也很难理解在一个请他们吃饭的家里，采取这样的暴力。

姜心怡的父母看到这样的场景，他俩哭着喊着来扯拽葛勋礼，但是葛勋礼依然是我行我素，眼看就要疯狂抵抗的姜心怡的衣服扒了下来；而姜家的哥两个，姜心儒、姜心田也想上前阻止，但是他们的级别比葛勋礼低，又没有一点的尊严和志气，所以都假装看不见。

此时此刻，姜心怡上半身已经半赤裸了，她拼命地抵抗，却是丝毫也没阻止葛大棒子的淫威和动作。

也就在这个时候，葛大棒子就觉得脑袋轰的一下子，他就躺在地上了。他晕晕乎乎的睁开眼睛看到，一个年轻的后生怒目看着自己，双手的拳头对着他呢。

原来刚才张子成去了一趟毛楼（便所），回来后看到了葛勋礼在欺负姜心怡，已经到了疯狂的地步。他见没有人干涉，心中怒火平地而起，一个箭步冲到葛勋礼身边，伸手拉住葛勋礼的一只胳膊，抬手给了葛勋礼一重拳。这一拳打在葛勋礼的脑门子上，葛勋礼瞬间就瘫倒在地下。

打倒了葛勋礼，张子成又赶紧把姜心怡拉起来，对着母亲说："娘，恁赶紧送心怡上楼去呀！"

姜孝昌跟吴氏也过来了，用衣服给姜心怡遮掩住暴露的地方，往楼上走，姜心怡已经哭得几乎背过气去了。

刚才葛勋礼要强暴姜心怡，那些"贵宾"们都装看不见，甚至是看热闹，现在看到葛勋礼吃亏了，被打了，叶法增一个箭步蹿过来，飞脚朝着张子成踹来，白显彤紧跟着扶起来葛勋礼。

张子成躲过了叶法增的那一脚，退到桌子后边，站在那里怒目看着叶法增等人。姜心田这时候跑过来拉着叶法增说："叶兄，别跟他一般见识，来、来坐下和酒吧。"

叶法增甩了一下姜心田说："哪来的野小子，吃了豹子胆，敢打葛大队长！"

姜心田赔着笑脸说："俺家帮工的，有点儿亲戚，给个面子，回去喝酒吧。"

叶法增梗梗脖子，瞄了一眼张子成，有点不甘心地走回去，坐在桌子边上跟那些人说话去了。

姜心儒走到张子成身边低声说："老嘎达，你赶紧回去吧，一会葛大棒子就得找你，还不扒了你的皮啊。"

张子成回了一句："俺怕他个球，畜生一样，亲妹子被他欺负，你跟二哥咋都不管呢！"

姜心儒没有说话，走回那些人当中，嘀嘀咕咕不知道说啥。这个时候姜心田的老婆孙翠花把孩子送到楼上睡觉，翻身回来看到葛勋礼睁开眼睛在那里发呆呢，她走过来对着葛勋礼说："哎呀葛大队长啊，我还没有跟你喝一杯呢，来吧，葛大队长，俺敬你一杯。"

葛勋礼刚才是被张子成打迷糊了，现在醒过来在想着刚才发生了什么，听到孙翠花叫他，他就站起来拉住问孙翠花："翠花俺的心肝宝贝儿，俺刚才咋地了，俺咋记不起来呢了？"

"哎呀葛大队长，谁是你的心肝宝贝儿啊，你咋胡说满嘴跑火车呢，真是缺德带冒烟了啊！"孙翠花觉得当着姜心田的面儿，被外人叫心肝宝儿，她有些挂不住了，这才大叫大嚷地想来证明自己的清白。

葛勋礼想起来刚才的事儿了，他本想去寻找打他的人，可是却让孙翠花这一搅乱，他倒是暂时地忘了，把心思全都用到了孙翠花的身上。

"哎，俺说恁个骚娘们，记性不好，忘性挺快啊。想当年你还是黄花姑娘，俺在庙台子包养你三年，干得你嗷嗷的叫唤，肚子被俺老葛弄大多少次都记个得了吧，哈哈。临了俺把恁扔给了那个姜心田，他还当个金枝玉叶宝儿地娶了你，当了一个铁盖子王八，硬的不能再硬了的王八壳，哈哈哈。"

葛勋礼的大声吆喝，满屋的人谁能听不到，首先是臊得孙翠花跺着脚，捂着脸呜呜地痛哭起来；那个姜心田就坐在葛勋礼身边，听的也是真真的，满脸羞臊得像一张大红纸，又染上了猪血那么红。

这时候葛勋礼还没有停下，一仰脖又喝了一杯酒，然后又去指着姜孙翠花说："你个骚娘们，你当闺女的时候就上门勾引俺，现在恁装着正经了，晚了，

哈尔滨往事

哈哈。"

　　原来前三四年前，伪满洲国新兵训练在庙台子新建了训练场，葛勋礼就是最高的训练官。当时庙台子当地的小地主孙宪之为了让儿子免于征兵，他就主动巴结葛勋礼，送钱送物舍得下血本。哪里知道一次偶然，葛勋礼去孙家做客，一眼看上孙宪之的闺女，威胁利诱之下，孙宪之不得已忍着屈辱把闺女送到训练场，供葛勋礼宣泄。

86

　　三年以后，葛勋礼认识了姜心田，姜心田也费力地巴结葛勋礼。葛勋礼已经玩腻歪了孙翠花，索性做了一个顺水人情，强拉硬拽，将孙翠花塞给了姜心田当老婆。

　　孙翠花自然打心里高兴，庆幸还能嫁给一个警察，还是没有结婚的处男单公子；但是姜心田不晓得其中的奥秘，还把孙翠花当成金枝玉叶黄花闺女娶回了家。

　　现在葛勋礼当着这么多人的面，毫无节制地糟践姜心田，事情真假都无关紧要了，男人的面子也不能一点不要吧。姜心田忍了老半天了，现在实在是忍不住了。他蹭得一下子窜过来，伸手掏出来日本盒子枪，用枪顶着葛勋礼的脑门声嘶力竭地叫喊着："老子一枪给你开瓢！"

　　能让葛大棒子害怕的，也就是日本人了，姜心田在他的眼里，就是啥也不是，他怎么能害怕他呢。姜心田用枪指着他，也让他的酒劲醒了不少，本能的反应就是朝着外边大喊："毛子，快点过来，快点过来！"

　　葛勋礼来赴宴的时候，带了几个警卫，带头的叫毛子，绺子出身（土匪），枪管直流，胆子也大。此时几个警卫都被孙炮他们给安排在耳房里吃饭，也吃得差不多了。这时候隐约听到葛勋礼喊他，这小子鬼机灵，一个箭步就冲到了房门里。

　　随后那几个警卫也冲进来，拔出枪来对着姜心田，此时真的是千钧一发，一触即发了！

　　从气势上，葛勋礼人多势众，明显着占有优势；而姜心田则用枪指住葛勋礼的头，葛勋礼害怕姜心田真的开枪所以嘴上说不害怕，但也是不敢随意的动弹。

姜心田的一支枪，也就起到了四两拨千斤的作用。

事情到了这个时候，谁也不愿意认怂，谁也不愿意先掉链子，所以双方都在坚持，双方也就僵在了这里。

那么其他人呢，都不敢上前劝解吗？其实也不然。南岗警察署长白显彤平日里跟葛勋礼相互不忿，今日自然是看热闹，谁出了事儿，都与他无关联，所以坐在那里纹丝没动。姜心儒是姜心田的亲哥哥，本义上自然是要偏向着姜心田，但是却不敢上前劝架。第一怕葛大棒子挑理，嘴一歪歪说姜心儒偏向；第二生怕劝架的时候发生走火，没有摆弄过枪支的他，也没有见过这个阵势，他害怕了。

叶法增跟蔡圣孟，都是坏的出奇特务，跟那个葛勋礼蝇营狗苟，臭味相投。两个人也都看不起姜心田哥们靠着送礼上的位，没啥能耐就会溜须拍马过日子。

现在要选边站了，叶法增、蔡圣孟自然是向着葛勋礼，他俩也站起来同时的拔枪指着姜心田，几乎是同时喊着："姜老二你胆子忒大了，胆敢用枪威胁葛大队长，你敢开枪，信不信弄死你的一家！"他俩还给葛勋礼使眼色，意思不用怕，有他们哥俩呢。

正在这个剑拔弩张的时候，院子外边传来几声汽车喇叭声，接着就是一阵大皮鞋踩在院子里砖地空空的声音，再然后，房门被推开了，进来几个日本兵，用枪指着众人。身后跟着一个日本军官，大皮靴子锃光瓦亮，人丹胡须像个臭虫蹲在鼻子底下。戴着战斗帽，挎着指挥刀，腰间还有崭新的枪套，里边是日本王八盒子炮。

这个人就是哈尔滨警备司令——渡边文雄大佐。渡边因为开会，耽误了整点赴宴，他也想见识一下中国人的家宴是个什么样子，也好借机会宣扬的一下所谓中日亲善的谎言。

原来院子里姜家的人，想进来通报一声，让人出去欢迎，可是渡边他是想给主人一个惊喜，才计日本兵突然闯进来示威 下。可他万万没想到，自己进来之后，并没有发生鼓掌欢迎的场面，而是看到了几个人用枪对着对方，场面非常的危险。

看到如此的场面，渡边的火气蹭一下子就窜上来了，他抽出来指挥刀举到空中吼叫道："八嘎呀路！姜桑、葛桑、叶桑，枪的放下，否则统统的死了死了的！"

看到渡边到了，姜心儒心的石头总算落地了，他就是渡边的翻译官，跟渡边还是有一定的信任的。他赶紧哈着腰小碎步跑过来说道："十分感谢渡边司令的光临，有失远迎有失远迎，请这边坐。"

哈尔滨往事

渡边并没有坐下，对着姜心儒询问道：“姜桑，他们是在做什么，难道是在搞游戏吗？”

姜心儒此时脑洞大开接上说：“是的，是的，姜桑、葛桑、叶桑他们在玩游戏，看看谁的胆子大，哈哈。”

渡边满腹猜疑地左右看看，看着他们用枪对着，还是大声喊道：“游戏的算了，喝酒的大大的。枪的统统收起来，统统地坐下喝酒！”

姜心儒他们这些人，正好处在没有办法收场，羞刀难入鞘的时候，正好渡边来了。听到渡边连续想叫喊，姜心田回头看看大哥，见到大哥正在朝他努嘴示意，他就赶紧放下了枪，往后退下去；其他人当然也惹不起渡边文雄了，也都趄不搭放下枪，退到自己的位置上去了。

渡边文雄看到几个人放下枪退了回去，他才走到桌子旁边，摘下手套，卸下指挥刀，坐在已经给他准备好的椅子上。

姜孝昌等人围拢过来，都对着渡边点头哈腰地表示尊敬。渡边站起来朝在场的人说：“诸位，你们都是姜桑的朋友、亲属，我来这里参加宴会，也是受到了姜桑一家的真诚都的邀请，本人也十分荣幸。中日亲善最好是皇军实现大东亚共荣目的，大家能够光临，我本人代表姜家对大家深表感谢。”

87

渡边说完坐下，在场的人一阵鼓掌，然后姜孝昌就给渡边满上了白酒，谄媚地说：“渡边司令官光临寒舍，真是让老姜家蓬荜生辉啊，十分感谢皇军的关照！干杯。”

渡边他们开始喝酒了，注意力在酒上，葛大棒子也不敢来找张子成的茬，母亲姜桂芝推搡张子成：“赶紧走吧，一会儿他们再来找你的麻烦，那就事儿大了，还不弄死你呀。赶紧走！”

张子成跟着母亲，绕过站在墙边的日本兵，走出去了。渡边那些人都在喝酒喧哗，没有人注意张子成他们，那些屯亲保长等也都悄悄地溜走了。

渡边喝了几杯酒，四下看看询问姜心儒道：“喂，姜桑，你的妹妹姜小姐在哪里，让她出来见一面吧。”

姜心儒神情有点惊悚，他看看姜孝昌，心里想：“难道渡边这个老杂毛，也惦记上俺老妹子，那可就真的是羊入虎口了，谁来阻挡都不行啊！"

姜心儒虽有迟疑，但是也不敢不答应，他对姜孝昌说："爹啊，渡边司令官要见俺妹子，赶快叫下来吧。"

姜孝昌的心里正在嘀咕，后悔请了这群人来家里闹腾，还险些出了事儿。这个时候又听到姜心儒说渡边也要见闺女，他吓得腿肚子都筛糠了，但是又不敢说不行，只有点着头哆哆嗦嗦地往楼上走去。

让姜孝昌意想不到的是，他去敲开了姜心怡的房门，姜心怡却是主动问："爹，是渡边司令官来了吧，我下去见他。"

姜心怡已经重新整理好了仪容，换了衣服，下了楼，走到了渡边的面前。

渡边看到姜心怡神采奕奕地走下来，亭亭玉立地站在他面前，他站起来说道："诸位，姜心怡小姐，是我们帝国培养出来的精英分子，是为帝国荣誉而奋斗的女士。所以，以后你们都要尊敬她，不尊敬她，就是藐视皇军，那就要死了死了的！你们听明白了？"

渡边的一番话，让在场的人都是一头雾水，都没有明白他说的啥意思。最后的一句，让他们都尊敬姜心怡，是听懂了的，所以一个个赶紧："嗨，嗨"的答应。

姜心怡呢，微笑着陪渡边喝了一杯酒，然后就告辞上楼去了，而渡边也没有对她做什么挽留。

大半夜的时候，宴会结束了，这些人前前后后的都走了，就连姜家的哥两个，也不愿意在此多停留，带着孩子老婆都走了。

热闹喧嚣的场面瞬间也就冷漠下来，姜孝昌看着杯盘狼藉的屋子里，心里也在不知道是啥滋味了。

张子成母子半夜里回到了家里，两个人闹心的无法形容。姜桂芝回到家里下半宿几乎没有睡，而张子成更是在院子里折腾了下半宿，也是一点也没有睡觉。

张家老大张锦德，也是张家掌柜的，从种地到鱼亮子，再到酒烧锅，还有一大家子人吃喝拉撒他都要管，所以家里人都说他是天生的操心的命。

他昨天去了江南二弟家里，想跟二弟商量咋地才能要回来姜孝昌种的那十几坰土地。这十几坰土地原来是挂名在老三张锦祥名下的，张锦祥出了事儿，姜孝昌鼓动姜桂芝，让把土地拨到姜孝昌这边种。七八年的时间了，也不还回来，看样子是想长期霸占了。

张锦德跟张锦恕商量了半天，张锦恕叹着气说："如今大昌子有两个汉奸儿子撑腰，我看他就是想霸占了咱家的土地，要是要不回来了吧？"

张锦德气得牙根疼："那咋整，这个王八蛋贪心太大，不用武力看来是不行了。可是他家里有几十条枪炮，还当着啥保长，有日本人给撑着腰眼，动武力也没胜算。"

张锦恕想了想说："不行的话，咱们找律师跟他打官司吧，咱们有地契在手，兴许能赢。"

两个人商量了半天，最后决定由张锦恕找律师咨询一下再说。两个人说着说着，说到了老娘过生日的事儿，张锦德沉着脸说："本来六月十三是咱娘的七十大寿，按着人生七十古来稀的说法，应该好好庆祝一下，可是老娘坚决不同意。"

张锦恕也很无奈地说："咱老娘说'俺老太婆要好好地活着，要亲眼看着日本鬼子滚出中国去，她再过生日'，这事儿咱们做儿女的，也不能硬来，还是尊重咱老娘的意愿吧。"天都快半夜的时候，张锦德才回到家里。

吃早饭的时候，张锦德不晓得昨晚老姜家发生的事儿，随口问张子成："成子，你大舅家昨晚挺热闹吧，都来啥大人物了？说说大爷听听，说不定还能下饭呢。"

张子成端着饭碗看看他娘，脸上有点发热，迟疑地说："大爷，还是别听了，要是你听了，早饭也就别吃了，会恶应死你啊。"

张锦德看看姜桂芝笑着说："看你这孩子说的，人家请客，咱们听听有啥大人物光临，那还能让咱们吃不下去饭，恁这孩子真能闹腾。"

姜桂芝看看张子成，回头对张锦德说："大哥，成子说的没错，昨晚上俺大哥家的宴会，恶应死人了。俺侄女差点被葛大棒子糟践了，俺那两个侄子竟然不管，窝囊死了！"

张锦德有些惊愕："咋能这样啊！那是在姜家自己家里啊，咋能让外人占了主人的巢穴作孽呢？"

气得张锦德饭也不吃了，脸沉似水的在地上来回走动。岳氏老太太也把饭碗推到一边嘟囔道："还有没有王法了，人家请他喝酒吃饭，他还在人家里糟践人家闺女，那还不坐地打死他，还能让他活着走出去！"

屋里面在场的人，除了两个小孩子，其他人都发表意见，谴责葛大棒子，也在谴责老姜家窝囊完蛋。

张锦德说："老姜家吃着日本人，靠着日本人，自然也就不敢得罪与日本人相关的势力啊。俺是这么想的，日本人未必在咱中国总能待下去，万一哪一天垮台回了东洋了，那老姜家也就有想死都找不到门的时候啊，谁不信，那就瞧着吧。"

88

姜桂芝还是担心张子成昨晚打了葛大棒子会闹出什么事儿来，她对张锦德说："大哥恁说成子昨晚没深没浅地打了葛大棒子一下，他们能不能还找后账啊，俺都怕死了，一晚上都没敢睡觉。"

张锦德看看成子说："那个场合俺就觉得你小子不会坐视不管啊，既然做了也就不用害怕了，怕也没有用。俺去叫护院子的派出一个人，在村口放一个暗哨，看到日本人或是特务来了，就马上来报告，成子就赶紧出去躲一躲。"

姜桂芝不安地说："去哪里躲呀，他们要想抓你，躲到哪里也是白搭吧？"

"躲到哪里俺知道，那个地方隐蔽，没有人知道，俺就跟成子去看看，顺便把钥匙给成子。"

张锦德饭也不吃了，穿戴好衣服，带着张子成，出门往屯子的东北角走去。

现在回头再说一说那个姜心怡，为啥哈尔滨警备司令官渡边文雄，对她的态度是那样的重视，这也是那天晚上让在人都很疑惑的原因。

原来是这样：三年前，在姜心儒的运作下，姜心怡念完中学之后，就去了日本上学。而家里人不知道，姜心怡在日本上学仅仅一个月后，就被秘密的转回了中国的哈尔滨，进了日本人设在哈尔滨的一所间谍学校——日露协会学校。

由于是间谍学校，姜心怡在三年的学习期间，也未曾让家里知道丁点的消息。就连为她赴日学习的哥哥姜心儒，也不晓得妹妹去了日本又转回国内的信息。

这所日本人在哈尔滨开设的间谍学校培养的间谍人员主要对象是苏联，校长就是那个臭名昭著的涩谷三郎。

涩谷三郎，一八八八年生，日本东京人。一九一七年毕业于日本陆军大学，一九一九年任日本陆军第十四师团参谋，曾参与协约国出兵西伯利亚，武装干涉前苏联的军事行动。一九三二年八月升任步兵大佐，历任关东军部附，黑河特务机关长，日本驻德国大使馆武官，近卫第三联队长。一九三六年二月二十六日，由于所部青年军官发动政变，杀死多名内阁大臣，首相冈田启介也险些丧命。政变被平息后，涩谷三郎被转为预备役发配到中国。

一九三六年八月他来到哈尔滨后，被任命为滨江省警务厅（现红军街33号省政府参事室址）厅长，加快了罪恶的脚步。一九三六年，他下令将赵一曼押回珠河县小北门"示众"杀害。一九三七年四月，他被任命为伪满洲国民政部警务司长。一九三八年八月至一九三九年十二月，他被派往东北抗联主要活动地区牡丹江省任省长一职。一九三九年至一九四四年，被任命为伪满洲国治安部次长。当时的伪满洲国，名义上各部部长由中国人担任，日本人一般只担任副职，这只是给国际社会作秀而已，实际大权都掌握在日本人手里。涩谷三郎就是伪满洲国最大的警察头子。

一九二零年九月，五十余名学员作为第一批学生，走进了哈尔滨市南岗区中宣街的哈尔滨日露协会学校——日本侵略者培养间谍的学校。表面上，这是一所日本政府投资创办的语言学校。从学员构成来看，这里的学员有日籍（占绝大多数）、俄籍、华籍。但从课程设置上看，该校与一般高等院校并无二致，学校开设的学科有俄语、财政、经济、地理、法律、贸易、商业等。但始终不变的则是以俄语为主，辅以苏、满、蒙文化，经济相关科目加上军事训练的"全方位教育"。

但看似正常的教育却也有其不尽正常的地方。在经费投入方面，该校不仅免费教育，而且每名学员还有近三十元大洋的月薪，对于当时一顿饭几毛钱的消费，这显然是一笔巨额补助；另外军方涉入，每个学期开学的升旗仪式，关东军高级军官都来参加，而学校还进行军事科目的训练，以培养学生的军事能力。学生们常常进行突击练习，例如射击，格斗、爆破、破坏、电讯、心理等。学生们到了假期，社会实践活动大都到中俄、中蒙边境实地调研勘测，其实归根结底，就是情报搜集。

九·一八事变后，日本关东军占领东北三省全境，哈尔滨陷落，而日露协会学校也更名为哈尔滨学院。

一九三八年以后，"满洲国国立大学"哈尔滨学院院长均由日本高级军官担任。最为臭名昭著的就是一九三九年最后一任院长涩谷三郎，这个杀害赵一曼的罪魁祸首早在任治安部次长期间，就协同关东军成立讨伐队，残杀抗日军民，清剿东北抗日联军，镇压抗日民众。在军方以如此高职位、"战功赫赫"之人任学院院长，更加突出了侵华日军对该校的重视，由此更加突出其为军方服务、为侵略服务的主旨。

一九三九年三月三十一日，哈尔滨学院归伪满洲国管理，培养对苏谍报员的教育机关，收集对苏情报成为该校明确的培养目标。在日本侵略者眼中，作为培养间谍的哈尔滨学院的地位被凸显出来，从当时流行的一句话便可知一斑"对中国靠同文书院，对苏俄靠哈尔滨学院。"学校的地址应该在现在的哈尔滨中宣街附近。

一九四五年八月十五日，日本宣布无条件投降，罪孽深重的涩谷三郎自感末日来临，先是带领全校师生在学校操场焚毁了校旗，之后一家三口在家里开枪自杀。这都是日本人投降后的事儿了。

姜心怡进入了这所间谍学校，当然这不是她个人的选择，而是被强制的，甚至是稀里糊涂地送进来的。

知道时已经晚了，好在她在一次会议上，认识了一名叫陈树彬的校友，现在是哈尔滨道里新阳警察署的警长。是他跟她讲了许多许多，这才让她坚持了三年到最后毕业。

89

在校学习二年以后，姜心怡的学习成绩门门优秀，这让校长涩谷三郎很是重视。一次渡边文雄来做客，他俩是同学，关系很好。涩谷向渡边介绍和推荐了姜心怡，还介绍他们见面认识了。

毕业了，涩谷征询姜心怡的意见，问她愿意到哪里为皇军效力；姜心怡征询了陈树彬的意见，加之她愿意留在父母身边，就答应去渡边文雄那里上班。

记得离校那一天，陈树彬把她接到家里，做了一桌丰盛饭菜，在他那里度过了一个难忘的晚上。

记得那一天，姜心怡跟随陈树彬进了他家的二楼，屋里边有条不紊，收拾得很干净利落。

屋里边没有人，姜心怡问道："都是下班的时间了，嫂子在哪里呢？"

陈树彬笑了笑："嫂子啊，我也不晓得她在哪里呢，哈哈。"

"陈大哥你竟会开玩笑，嫂子在哪里，你不知道，我更不知道啊，快点说啊。"陈树彬拽过来一把椅子坐下，他示意姜心怡也坐下，然后说："这些年我就一个人啊，习惯了，没啥其他的感觉。"

哈尔滨往事

"是呀，陈大哥都多大了，还不结婚，等谁呢？等的人那么有魅力呀，让我见识一下呗。"

"别瞎猜了，没有人，赶紧帮我做饭吧，吃完了饭，咱俩去看电影吧？"

"好吧。"姜心怡看着陈树彬，心里觉得怪怪的，也不再深问，她边走边搜索："厨房在哪里，我也不会做啥菜呀，还得你主厨啊。"

吃饭的时候，两个人随意地聊着，姜心怡试探着问道："陈大哥，我不想去给日本人干活，你咋劝我去呢？"

"这个问题你问了好几次了，我只能这么跟你说，只要你记住你是中国人，在哪里干也都会有他的需要，最主要的还是看你咋干。"

"那要是日本人逼着你干，那咋办呢，我觉得我很难应付吧？"

"处在你的位置，不会有非让你杀人放火的事儿，你就是收发文件，临时做翻译，所以你选择性还是很活泛的。"

"哦，那咋办，已经决定了，答应日本人了，也没有办法更改了，那就干着看吧。不过你得帮我啊，我会随时请教你的呀。"

两个人吃完饭，去电影院看了一场电影《红叶狩》，回来的路上，他们并肩而行，但是都沉默不语，似乎他们都对未来持有一种不确定的迷茫。

睡觉的时候，陈树彬睡了沙发，把床让给了姜心怡。姜心怡感觉到陈树彬确实有兄长的关爱照顾，她对陈树彬的好感在增加。

第二天，也是陈树彬找了车，把姜心怡送到了小九站码头，看着姜心怡上了船，他才回去上班。

短暂的回忆，也让姜心怡有些感动和热乎乎的。在那个社会环境里，能有一个说得来的，相互关照的人，又是谈何容易呢。

第三天的早晨，姜心怡下来吃饭的时候，她对着父母说："明天我去市里上班了，也要住在市里，多长时间回来也说不准。还是让成子送我，别人我信不着。"

姜吴氏看着姜孝昌不敢说什么，姜孝昌一脸苦相说："俺说老闺女呀，你咋刚吃完豆子，就忘了豆子的豆腥气呀？张家老疙瘩犯晦气，接你送你都会遇到麻烦事儿，还是算了吧。俺让你曹大叔送你，稳稳当当的，保准没事儿。"

"行了吧，还曹大叔孙大叔的，就连自己个的亲哥哥在妹子遇到危险的时候，他俩都不出头救我，还是成子危难关头救了我，我不信他信谁呀。"

姜孝昌无言以对，他怎么不知道那天他两个逆子的表现呢？但是他们真的不敢得罪葛大棒子啊，那可是皇军的红人啊，惹不起的。

早晨吃完饭，姜心怡收拾好了，拎着皮箱下了二楼，张子成已经套好了车，在门外等着她了。

姜心怡一上车，就跟张子成聊上了："哎呀成子哥，那天的事儿得亏你了，不然俺就丢碜碜了。你看看俺那两个亲哥哥，看见亲妹在自己家里被外人欺负侮辱，他俩却是无动于衷，真的窝囊透顶，毫无亲情可言啊！"

张子成笑了笑说："俺不晓得为了啥，他俩不搭救你，怕葛大棒子啥呢？他也是人，也没有长着三头六臂，也不吃人，怕个球呢，俺不懂啊。"

"可能是级别高，上下级的关系？也不对呀，不管如何，欺负自己的亲妹子，亲哥哥豁出命来也要救啊！世界上可能还没有我两个哥哥那样人吧？既是禽兽，还要护着自己的孩子同伴呢，何况是人啊！"

姜心怡带着担心又说："成子哥，我听说那个葛大棒子是睚眦必报的主儿，你可得小心着点，说不定哪一天他就来找你麻烦，报复你了。"

张子成倒是没那么紧张，他坦然地说："那咋整，事儿已经惹上了，凭天由命吧。实在不行就跟他鱼死网破拼一场，死了也要赚个垫背的！"

姜心怡忧心地说："不管咋地，民不跟官斗，你自己一个人咋斗过他们呢。我告诉你我上班的地方的电话号码，有啥十万火急的事儿赶紧告诉我，我会想办法帮你的，但是千万记住不要轻易打电话啊！"

马车过了故乡到了道里新阳路附近，姜心怡下了车，要去坐公交车。张子成心里早就有话想说，张了几次嘴，这个话没有说出来。现在看见姜心怡下车要走了，他下了决心还是说了出来："丫蛋啊，俺本来不想说，可是又不能不说，俺说了恁可别不高兴啊。"

姜心怡看着张子成，其实她心里知道张子成想说啥，她笑眯眯地说："你说吧成子哥，俺信任你，你说啥我都不会不高兴的。"

张子成心里犹豫半天，几经徘徊才说道："恁家大哥、二哥都跟日本人干事儿，而且名声也不好，乡亲们暗地里都骂他们是汉奸。现在恁也给日本人干事儿了，咱屯子里的乡亲们咋看恁，俺的心里也别扭。是不是恁……恁也算汉……汉奸，我可不愿意跟汉奸来往，恁咋想的呢？"

90

姜心怡沉思了一下说："成子老哥，我知道我干的事儿不让你放心，别人议论也属于正常，但是呢，我肯定不会干伤天害理的事儿。至于俺咋干，干什么，以后你会知道的。"

张子成看着姜心怡欲言又止，他接过来姜心怡写的电话号码，看着姜心怡上了公交车走了。张子成一个人赶着车回到家里，心情郁闷，心里琢磨，这个世道啥时候才能过去呢，怎么才能让日本人滚蛋呢！

这里放下张子成暂时不说，那就得说一说那个葛大棒子葛勋礼了。葛勋礼是辽宁海城人，也算跟原来的东北王张作霖是同乡。他也当过几天土匪，后来投靠到张作霖的队伍里，受到了张作霖的照顾，干上训练新兵的差事。

九·一八事变以后，他就脱离了张学良的队伍，跑到长春投靠了日伪势力。伪满洲国成立以后，因为他有训练新兵的经历，他就被当作人才提拔到了预备役训练小队长的职务。随着时间的推移，加之葛勋礼一心一意给日本人卖命，也就得到了日本人的赏识，逐步晋升到警正和中队长的官衔。五年前，他被调到哈尔滨江北庙台子伪满洲国预备役训练场，担任训练大队长，可谓是独霸一方的诸侯了。

预备役训练大队长这个职务，那真是个肥差事，有职有权还有钱。说起钱呢，薪水是一份，日本人发的，不会多，也不会少。还有其他来钱儿道，那就无尽无休了。

比如是谁家的孩子到了预备役的年纪，那就得按着伪满洲国的法律，必须接受新兵训练一年多的过程。一个预备役人员在这个过程里，葛勋礼都有权利处理这个人的一切事情。

比如说，他想照顾谁家的人，那就可以说：你家困难，孩子身体不好，不适合当兵，就可以免除兵役训练；如果他遇到家里非常穷的人家，很想当兵混碗饭吃的人，他接了贿赂，就可以稍微训练一下，就让参军了；如果他诚心找你的茬儿，那就任何条件也不能讲，然后让你训练你就得来训练。说你的不合格，那就轮着大棒子就打你，打你个死去活来掉几层皮。那么原因呢，一个就是提前送礼送钱物，那就可以适当放宽加以照顾；要是不送礼，结果就是挨打受骂，不折腾死你不算完。

再说那一天他在将孝昌家里让张子成打了个蒙头转向，当时又发生了跟姜心田的纠葛，当时他也忘了张子成打他的事儿。回到庙台子训练驻地，过了两天了，他才从昏昏沉沉的睡梦里醒了。他觉得脸上火燎燎地疼，对着镜子一看："这是咋地了，咋一个大瘀青的包呢？谁打俺了？俺咋不知道呢？"

葛勋礼在地上转着圈回忆着，也想不起来到底咋弄的，他想到了是在老姜家吃的饭，那就问问姜心田这个怂蛋包，看看他知道不。

他拿起来电话给姜心田家里打电话，打了好几次他老婆都说他不在家，他又给叶法增打电话："叶贤弟啊，那个姜心田瘪犊子在哪里，俺咋找不到他呢，你知道他在那里吗？"

叶法增跟葛勋礼关系不错，他以为葛勋礼找姜心田要报复那天姜心田用枪指着他的事儿呢，就随口说："咋样啊大哥，醒酒了吧？找姜心田啊，你打二七八八看看，他可能在那里。"

葛勋礼按着电话号码打过去，原来这是叶法增的叔伯妹子家里。那天晚上葛勋礼当着众人羞辱姜心田，也真的让姜心田上老大的火了，当时借着酒劲跟葛勋礼斗了一阵，算是出了点气。可是回来之后他还是气得不行，不想看到让他出丑的孙翠花，索性干脆不回家了，一竿子跑到老情人叶永霞这里寻欢作乐，解除烦恼。

叶永霞是叶法增的叔伯妹妹，前些年跟着叶法增来哈尔滨混日子，嫁给了叶法增的同行。不过叶永霞命不好，老公在一次对付抗联的时候，被打死了，她就成了寡妇。

不甘寂寞的叶永霞，也就打野食儿，随意的找一个男人过一夜。

前两年她认识了姜心田，叶永霞要比姜心田大上八九岁，但是因为叶永霞还有几分姿色，还是叶法增的妹妹，不看僧面看佛面啊。加之叶永霞是床帏上的老手，玩弄得姜心田欲罢不能，所以马上就打得火热，两个人经常的纠缠在一起鬼混。

姜心田的老婆知道了，上门闹了好几次，姜心田这才减少了跟叶永霞的来往，暂时地平息老婆的吵闹。

那天晚上因为孙翠花跟葛勋礼闹翻了，他也知道了老婆的陈年旧事儿，让自己个儿刚结婚就戴上了绿帽子，那火气能消吗？回到家里，他跟老婆大闹一场，随后就跑到叶永霞那里，两三天没回家了。

那个风骚成性的叶永霞，因为这几年越来越大，风韵消磨得很快，就要到了人老珠黄了，可是性欲却是异常的强烈。但是毕竟是人老珠黄，缺少了妖娆魅惑，就算倒贴也很少有像样的男人跟她做床帏常客了。

姜心田的突然来到，这让叶永霞欣喜若狂，她上前死死地搂住姜心田的细脖子，撒娇卖弄风情的说："哎呀，俺的心肝宝贝啊，你可把姐姐想死了。你个没良心的啊。"

91

两天的缠绵纵欲，让姜心田身体困乏，只有躺在被窝里歇着养精神，跟叶永霞嘴上斗骚嗑解闷。

等到葛勋礼的电话打过来，叶永霞接了电话，听到是葛勋礼，她捂住话筒问姜心田："葛大棒子问你在不，俺咋说呀？"

姜心田躺在被窝里摇晃着手示意他不在，叶永霞就跟葛勋礼说："葛大队长啊，姜心田没有来这里呀，您再找找吧。"

葛勋礼感觉到了叶永霞在撒谎，他大声喊着："骚娘们，你告诉姜心田那个瘪犊子，明天早晨来我这里来，不然我带人抄了他家！"

原来那个叶永霞跟葛勋礼曾经也有过一腿，只不过葛勋礼嫌叶永霞年纪大了，逢场作戏玩一次就忘了。现在他判断叶永霞糊弄自己，当然很生气，也顾不得叶法增的面子了，随口就骂了叶永霞一句。

叶永霞放下电话问姜心田："葛大棒子让你明天务必过去，咋地了，听口气很生气，你得罪他了？"

姜心田听到让他务必到，已经吓傻了，他蹲起来浑身筛糠地说："姐姐呀，宝贝心肝啊，弟弟要死了，我得罪葛大棒子了，活不了了，呜呜！"

叶永霞看到姜心田吓成这样，真是好气又好笑，她推了一把姜心田，把姜心田推到在床上坐下说："你也算个老爷们，遇到啥事儿咋就这么熊包呢。别怕老娘这就给你找人求情，估计葛大棒子老狗会给面子，咋地不了你。"

姜心田听到叶永霞要给自己个儿找人求情，乐得一个高蹦起来，也不管没有穿衣服了，抱着叶永霞亲了起来。

叶永霞拿起电话，她给叶法增挂了过去："法增啊，葛大棒子要收拾姜心田，你给说说情，让他赔个不是，送点礼就算了吧啊。老姐求你了，不给他面子，给老姐一个面子吧啊。"

叶法增对叔伯姐姐是啥样人，为了啥给姜心田求情，他能不知道吗？因为叶法增年轻的时候受到过叶永霞家里的照顾，所以他从来不干涉她，还为她撑腰打气，所以跟她上床的男人，没有敢轻视她欺负她的。

听到叶永霞为姜心田求情，他说："行啊，老姐，只要你开心舒服就行，谁让俺老叔把你托付给我了，我咋能不帮你呢。你让姜心田明天就去见葛勋礼，然后我就打电话，老葛会给我这个面子。"

当时哈尔滨有几个坏的出了名的汉奸特务，"白、蔡、叶"是其中最有名的，也是最凶恶的。而三个人里还要数叶法增最凶恶，最胆大，杀人不眨眼，不管是谁，得罪他那就得死。当然日本除外，在同行里的中国人，虽然都是特务，哪怕级别比他高的，也都得怕他几分。

姜心田自然知道这些，还有叶法增跟葛勋礼关系一向很好，所以他放心了。也知道葛勋礼最多骂他几句，打他几下，不会有太过分的举动了。

第二天姜心田去局子里报了到，然后就开着车奔三棵树铁路两用桥，去了江北庙台子预备役训练大队。

姜心田到了葛勋礼那里，怀里揣着烂蹦的小兔子走进葛勋礼的办公室。葛勋礼看到姜心田小心翼翼地溜进来，心里也觉得好笑，他对着姜心田骂道："好你个鳖犊子啊，你到底还是来了，有胆子你就别来呀！"

说着话，这个葛大棒子真就不愧是一个恶魔，他上前抬脚就狠狠地踢了姜心田一脚。踢得姜心田疼得哇哇直叫，撒腿就转圈跑，躲着葛勋礼。

葛勋礼被姜心田的举动弄笑了，他龇着蜡黄大板牙骂着："你个瘪犊子那天的猖狂呢，咋不掏枪毙了我呢？今个儿老子弄死你，明年今天就是你的忌日！"

葛勋想继续殴打姜心田，可是姜心田腿脚快，躲得快，葛大棒子着急得还打不着姜心田，这倒把葛勋礼急得够呛，嘴里嘟嘟囔囔地骂些脏话。

这个时候，葛勋礼的电话响了，他停下来喘口气接起电话，电话那边是叶法增。

"葛大哥啊，在生气吧？哈哈。姜心田就是一个没骨气的男人，他当三孙子有勇气，当英雄他没有胆子。那天的事儿他已经很没面子了，你就大人大量放他一马，都是同事，马高蹬短的，能过得去就算啦。"

叶法增来给姜心田求情，葛勋礼也不意外，因为昨晚上姜心田肯定在叶永霞那里狗扯羊皮了。再说，葛勋礼嘴上说要弄死姜心田，其实也是咋呼，姜心田也是日本人在册的军警人员，葛勋礼怎么敢说弄死就弄死呢？

既然叶法增来求情了，叶法增跟自己个儿的关系也不错，叶法增还是一个心狠手辣不要命的人物，没有天大的事儿，谁愿意跟不要命的人过不去呢。

所以他满口答应了叶法增，放下电话看看姜心田："嘿嘿，你还能搬救兵，叶法增你也求得动，我还佩服你了。咋地，叶永霞给你求得请吧。"

姜心田看到葛勋礼转怒为笑了，他才停住脚步凑过来哈着腰说："大队长，那天我也没办法，也是死撑着面子吧。你大人不记小人过，宰相肚子里能行船，饶了我吧，大哥。"

92

葛勋礼坐在那里歇了一会儿，然后想起来脸上的青包说："小子，你如实地告诉我，我脸上的瘀青包是咋一回事儿，是被哪个犊子打了吧，对吗？"

姜心田一听葛大棒子问这个，他知道自己的事儿过去了，他也来了精神头。

他上前要摸一摸葛勋礼脑门上的大包，葛勋礼思哈着躲开了："疼，别摸，快点说。"

"嗯，嗯，是打的，就是俺们家那个亲戚，叫张子成的打的。"

葛勋礼带着疑惑问："你家亲戚，干啥的，住哪里啊？胆子不小啊，敢打我，还打我的脸，不想活了！"

"叫张子成，住在俺们家那个屯子呗，江南四方台子，东头老张家的，种地的呗。"

葛勋礼忽地站起来骂着杂说："俺知道了，还有这么大胆子的种地的人，明个儿俺就带人去抓来，非得打个半死不可，绝对轻饶不了他。"

姜心田翻翻眼皮想出来一个坏招："葛大队长，你看是这样，他家是我家的亲戚不假，但是我也得向着你，绝不会向着他。因为他家是给皇军交公粮的大户，据说新京那边还有高官当权，你没啥理由就去抓人，似乎有点不好。万一让人家逮住理，告到新京皇上那里去，也不好收场吧。"

葛勋礼吸了一口凉气说："还有这事儿？乡巴佬还有在皇上那里干事儿的？那真得想想办法，那你说咋办我才能出了气，还能安然无恙？"

姜心田凑到葛勋礼跟前流着坏水说："葛大队长，每年的秋天不都是要预备役训练吗，你何不把那小子叫过来训练呢？到了你这里，不就听你的了。论公事儿你是训练大队长，他不合格你整治他理所应当啊，他们再去哪里找门子告状，那都是白搭吧？嘿嘿。"

葛勋礼琢磨一下说："行啊，你小子干坏事儿一个顶俩，陷害你家亲戚，你也不手软，我服了你了！"

姜心田脸上没有任何的不好意思的表情，他接上说："俺们两家虽然是亲戚，但是老早就不咋来往了。要不是他帮俺家种地，那亲戚早就断了，也就不算啥亲戚了。"

葛大棒子伸手拿过来一个本子翻开找起来，找了一会儿放下本子说："这是全哈尔滨适合训练的名单，江南四方台子训练的事儿，第一个应该归江南的训练分队管，我管不着他们；第二个四方台子没有张家人的名字啊，这也纳闷了。"

姜心田凑过去看了看说："呕，俺知道了，他家先前是交公粮大户，皇军免除了他家人服兵役。不过那不算啥事儿啊，大队长你跟江南沟通一下，要个面子，江南的训练分队的人，也不能不给你面子吧。就把他的名字填到江北的名单上，到时候你就让各村的保甲长按着名单叫人就完活。等他来了你整治完了，他们四处找人求情，那就晚了。等他们找到了人求情，知道弄错了，你也把这小子祸祸残废了，你还可以说自己是按着名单弄的，谁能咋地你呀？"

葛勋礼竖起大拇指，呲着大板牙："好，就按你说的办。我没想到你姜心田能比我还坏，佩服啊，佩服！哈哈。"

姜心田此时才被葛勋礼夸得有不好意思，皮笑肉不笑地跟着葛大棒子"嘿嘿，嘿嘿"地嬉笑。

两个臭鸡子，一对大坏蛋。他们凑在一起的时候，那就是坏水咕嘟咕嘟地冒出来，谁遇到都要遭殃了。

张子成并不知道危险正在向他靠近，因为是农闲时间，他也没有啥事儿，除开练武健身之外，也跟大哥他们去江边的鱼亮子帮忙。

这一天他在江边遇到了两个同村的乡亲，都是一起长大的，相差大他六、七岁，还算能聊到一起去。

此时张网刚刚下完，都在等着到了时间起网，正好没事儿的档口。张子成看见他们在沙滩上坐着，就凑过来闲聊。

张子成坐在沙滩上，尽管太阳把沙滩晒得滚热，都热得烫屁股，但是其中也有乐趣，所以他们在任凭烫着腚。

这时候一个老迈沧桑的男人走过来，他也围坐在几个年轻人身边，没话找话地说："三位少爷闲着呢，咋没整点没卵子找茄子的事儿解解闷啊，嘿嘿。"

快三十岁的张锦程抬脸看着来人说："老孙头怎还没在家里待着呀，身子骨都快散架子了，咋还来混工钱呢？"

孙拐子刀条子脸一耷拉，伸手敲了张锦程打脑壳一下说："臭小子，俺干活的时候怎还在怎娘肚子里转筋呢，现在俺老了，东家看在俺为张家出过力，养着俺，咋地了？怎个乳毛未退的二愣子，还敢跟俺逗壳子，俺是逗壳子的祖宗。怎买上二两棉花纺一纺，四方台子周围十里八村那个不知道俺孙拐子孙大哨，是一个咋样能哨的人儿，坐在这里哨上三天三夜不带重样的，小子们怎信吗？"

"哨"，是东北特有的俏皮嗑，语言上阴损刻薄，略带粉儿色，但是不用脏话损人骂人，说出来一套一套的，有韵律感，趣味感，还很诙谐。

张锦程看到老孙头变脸了，他赶紧赔着笑脸说说："孙大叔的威名俺早就知道，就是想让怎给俺整几段逗逗乐子呗。平时俺们让你整几段，怎老说没工夫伺候俺们，俺就派将不如激将，让怎上点火，说不定就给俺们整几段呢，是吧，嘿嘿。"

张子成听说过"哨"，但是他不会，偶尔听过几句，也是葫芦半片的，没有大段的。现在听到张锦程说让孙大爷给整几段，他拍着手说："孙大爷，怎就趁着现在没啥活，给那们整几段呗，也让俺开开眼，行不？"

孙拐子年纪大了，体力活干不动了，张锦德念及他为张家干了一辈子，有功于张家，就让张把头安排干点轻巧的活计，工钱照发，算是给碗饭吃。

孙拐子因为家里穷，上不起学，睁眼瞎一个，斗大的字不认识一麻袋。但是他很聪明，记忆力极好。能讲大段的评书，什么《三侠剑》《三侠五义》等等，还有一个绝活，那就是"哨"。

93

此时孙拐子听到小伙们奉承他，他觉得很得意，卖弄地说："看怎们几个还算乖巧，老夫俺闲着也是闲着，那就卖卖老，整上两小段，让怎们过过耳瘾，嘿嘿。"

听到老孙头要开"哨"了，三个年轻人赶紧往一块聚拢，旁边的几个人也都围过来。孙拐子清清嗓子，开始了"哨"。

"恁让哥儿垫一垫，出门上西天，见到如来佛，得了千锭钱。买上几垧地，外带老场院，七百黄羊八百鹿，七十二头犴达罕。吃香又喝辣，外加抽大烟，美出鼻涕泡，争着抢着让哥颠。"

没有听过这么长的"哨"段子，张子成听完笑得双手只拍沙子，张锦程等人也跟着笑起来。

孙拐子意犹未尽，接着又来了一段："叫小伙，恁别闹，恁家大事俺知道。也有枪，也有炮，恁家住在姑子庙。姑子庙来了火狐狸，恁大哥当啷一洋炮，打死火狐狸，卖了二百吊。恁大哥说去逛勾栏，恁二哥说整个二奶泡。大嫂、二嫂急了眼，拿刀就要剐爷们，恁说好笑不好笑！"

几个年轻人听的手脚乱蹬乱刨，乐得差点背过气去，孙拐子依然像没事儿似的抽着旱烟袋，吞云如雾。

这个时候张把头走过来朝着孙拐子说："老孙啊，别在那儿卖恁的狗皮膏药了，恁去帮着做灶房饭吧，吃完饭就得起张网了。"

孙拐子不太情愿地站起来走了，张子成还觉得没听够，眼巴巴地看着孙拐子的背影说："孙大叔真的能扯，恁们哪个还会啊，也给整个小段呗，呵呵。"

年纪大一点的几个人站起来走了，张锦程跟赵凤阳没走，依旧坐在沙堆上。张锦程说："俺也会几小段，老疙瘩恁听着：你让哥玩一玩，哥儿给恁两块钱，七毛买裤衩，八毛买布衫儿，七八一块五，还剩五毛钱，三毛买糖豆，两毛抽损烟儿，恁还得让哥玩。"

胡凤阳说："算了吧，咱们的小段差远了，别老闲扯八拉了，还是说点正经事儿吧。"

快三十岁的张锦程说："啥是正经的啊，咱跟成子没法比啊。成子看你多好，愿意干就干点，不愿意干就待着，俺俩就不行了，没活也得找活干，不干就挂下巴。"

一家子论着，张锦程是张子成出了五服的一家子小叔叔，都住在四方台子，但是生活就不一样了。

老张家到这个屯子十来辈子了，虽然一个祖宗，但是也不可能永远在一个屋檐下生活，也要树大分枝。

张家老祖宗那一带，创建了可观的家业，但是几代以后，就开始分家，分家之后呢，各个房山头过日子过得不一样，穷富也就不一样了。

因为不太会算计的人家，或者摊上天灾人祸，很多人家都把原来分到的土地卖了，没了土地就去打零工，甚至扛长活；过得一般的，保住了分得土地，维持起码的生活没问题。而肯出力会盘算的人家，就像张锦德这一股，不但保住了原来分得土地，还买进了一些土地。

在那个社会，穷富两极分化是不可避免的，张锦德的家里，也算是富裕的家庭。但是他家在屯子里宗族之间的威望，还是极高的，因为他们没有忘记血缘的情分，该帮的一定要帮，绝不推辞责任。

一九三二年夏天松花江又涨大水，江堤堤坝决口，淹了江南道外道里的市区，更是淹了江南江北的庄稼地。绝大多数的土地，庄稼都长穗了的时候，被江水泡了一个多月，绝产颗粒无收。

到了第二年春天种地的时候，屯子里十之七八的人家没有了粮食，断了顿。这屯子里两家很富裕的人家，那就是张锦德和张锦绣。还有几户小地主，维持自家的生计还可以，要是施舍救助他人，也没有那个能力。

张锦德、张锦恕、张锦绣哥几个商量一下，果断的开仓放粮，将仓库里的粮食十之八九分给了屯邻乡亲。粮食不够用，他们还拿出来现金去购买粮食，如数地分给屯子里的乡亲。

而姜孝昌那时候也就是靠着坑害张锦祥的人参买了十几垧土地，还有张家借给的，所以还也算很富裕人家，但是只拿出了一点点给了他们平时要好的人家，其他人家那是一毛不拔。

那一年相近邻村饿死了许多人，而四方台却没有出现饿死一个的事情。乡亲也好，一家子亲戚也好，都在明里暗里夸赞张氏弟兄一大家子。

张家人缘好，屯邻乡亲们自然而然地都跟他家关系好，有啥事儿都敢跟张家说，张家也不把他们当外人。

现在张子成看到张锦程羡慕自己，不好意思地说："俺虽然是张家的血脉，但也是吃闲饭的，一年干不了啥，都是俺大爷照顾着，俺真的享老福了。"

赵凤阳是屯邻，今年二十八岁，家境不算好，娶了媳妇还有两个孩子。他他父亲身子骨不好，也帮不了他啥，还有一个弟弟，两个妹妹，都已经成家。

赵凤阳撒着沙子说："老张家是有钱，可那也是人家起五更爬半夜干出来的。人家脑袋也好使，不像俺家人，脑袋比糨子还糊涂，干啥啥不行，就得受穷啊。"

张子成说："这样吧，俺回去跟俺大爷说说，你们在俺家无论是打短工的，还是干长工的，每个月下来都多加点钱，怎们看行不行？"

张锦程似乎不愿意地说道："成子可拉倒吧。工钱都是随行就市的，可况你家平时就比别人家给得多，如果你再回去说多给，那就坏了随行就市的规矩了，别的地主人家就会更反对了。”

赵凤阳说：“可不咋地，恁看看老姜家，得给少点就少给点，正常的工钱还要找毛病扣你点呢，哪有多给的道理呀。去年我给他家干活，成子你也知道吧，就冬天我给他们扛粮食，脚下一滑摔开了麻袋，粮食撒了。俺赶紧给收拾起来装好了，也扛了回去，可是到底还是扣我半天的工钱，你说他们还讲道理吗？”

94

张锦程也跟上说：“姜家还是你家的亲戚呢，好像跟你家也水火不容。俺们都知道，他家刚一来四方台的时候那是穷的掉底了，啥也没有。要不是你们家周济他们，估摸着早就饿死了，骨头渣子都烂没了，还能像现在似的洋吧样，谁也不放在他们老姜家的眼内！”

张子成头一次给外人唠嗑说他大舅家的事儿，虽然不是说张家，但是他却觉得脸上无光。

他不好意思地说：“俺大舅家就那样，俺也说不好，咱也干涉不着啊。”

赵凤阳似乎想起来什么说道：“哎，老疙瘩，前些年你爹跟着你大舅去白山子挖棒槌，你爹没回来，有这个事儿吧？”

提到这个事儿，张子成心情沉重起来，他望望天空说道：“那年俺已经七岁多了，已经知道事儿了。俺爹跟俺大舅去了白山子挖棒槌，真的就没回来。听俺娘说的，俺大舅说俺爹不小心掉进山涧摔死了，俺就不相信那是真的。后来也听到风言风语的说，是俺大舅害了俺爹，俺问俺娘，可俺娘说不是真的，俺也没办法知道到底咋回事儿。”

张锦程拍拍张子成说：“爷们儿，那时候你还小啊，家里人没有告诉你真情吧。俺们可都知道，当年你两个大爷拿着枪去找你大舅报仇，是你大舅害了你爹的性命，他都承认了。当时你奶奶拼死拼活的护着你大舅，你大爷他们才没有卜得去手。到了如今，老姜家仗着日本人势力这么大，谁还敢实打实的跟老姜家斗啊，都在忍着呢！”

张子成也是第一次听到有人亲口告诉他，是他大舅姜孝昌害了自己的亲爹。其实他早就觉得他娘、他大爷还有家里的人有啥事儿瞒着自己个，今个儿听到张锦程的话，也让他不得不相信了。

张子成眼泪汪汪，跪起来拉着张锦程的双手："小叔，恁说的都是真的吧？那俺得找他为俺父亲报仇啊！古人说，杀父之仇，不共戴天，虽然他是俺大舅，向情向不了理，这个仇俺非得报！"

张锦程看看赵凤阳，再看看张子成说："老疙瘩啊，我也是一时说漏了嘴，不该向你说出来实情啊。你想想啊，老姜家有日本人撑着腰眼子，要是能报仇，你大爷他们不就早动手了，还等着你去动手吗？"

赵凤阳劝解道："君子报仇，十年不晚，成子兄弟，你可不要冒失啊。到临了，仇没有报成，再把你搭进去，那可就是俺俩的罪过了。"

张子成看看四周没有人过来，他严肃地问张锦程："老叔你说咋办，你给俺出个招吧？"

张锦程想了想说："俺劝你就当没有这一回事儿，千万不能挂在脸上让你大舅知道。报仇光靠你一个人恐怕不行，还得有人帮你，那才行吧。"

赵凤阳说："成子兄弟不瞒你说，俺们早就和计过，打算找人干你大舅家一票，砸他家的孤丁（抢劫），不能让他汉奸人家过得顺当舒坦。"

张子成有些不知自所措，他看着面前的两个人说："恁们早就算计他家了，俺不知道咋干，还得想一想吧。不过恁两个放心，俺绝对不会出卖朋友的，等俺想好了，咱们再合计好吧。"

张锦程笑着说："行啊，俺早就知道成子仗义，老张家人都仗义，俺们才敢跟你说这事儿啊。"

张子成凑近说："小叔，赵大哥，那天咱们找一个地方，好好琢磨琢磨，算计好了才能动手吧。"

张锦程说："你能找到隐蔽的地方去，俺们听你的，你看去哪里合适，提前告诉我们。俺俩再找几个人一起合计，人多力量大啊。"

这时候船上有人喊着："赶紧吃饭，吃完了就起网了，张锦程你们过来啊。"张锦程站起身来："老赵得吃饭干活去了，找机会再跟成子说。"

晚上张子成回到家里，吃饭睡觉都在琢磨："原来恨老姜的人这么多啊，俺爹的事儿，还得问大爷吧，看看他怎么说。要是问俺娘，她不说真话咋办，稀里糊涂的让俺拿不定主意。"

张锦德去了一趟市里，到了正阳街二弟家里，跟二弟说了他想干的事儿。二弟张锦恕知道大哥不是单单为了那几晌地，或者是为了那几个钱儿。心里还是要争一口气，争那一口咽不下去的气。

张锦恕在做贸易生意，闲暇之时，也给大哥找了两个律师咨询，还去了法院找了熟人咨询。他们回答的差不多：要是法院公正断案，张家肯定赢，因为姜家没有地契；但是即使是赢了案子，但是执行难啊。姜家背后是日本人，那么大的势力，谁敢去强制执行呢？所以官司不好打啊，不是案子不清楚，是这个世道不公平。

哥两个唠嗑唠得很憋气，张锦德唉声叹气不知咋办。张锦恕陪着大哥喝点小酒，酒劲上来了，他也唉声叹气起来。

张锦恕满脸通红，对着大哥说："大哥呀，这个世道让咱们这些老实巴交的人，活的太难了。咱家的土地让人加强占了，要不来，这事儿你知道。可是现在咱家的生意也有人惦记上了，你还不知道啊。就那个白显彤白署长，明里上跟俺是拜把子哥们，插过香的，商行有他的股份。可是他也良心坏了，也想要霸占咱们的商行，你说天理何在呀！"

张锦德惊讶地问："老二你说白显彤也在惦记咱的商行？不是给他股份了吗？还嫌赚的少，多少是多呀？"

张锦恕忧心地说："前些日子他跟俺说，他觉得他的股份太少，在商行里面没有说话的权力，不合适。俺问还想要多少股份，他说再增加四成，他要控股，做大股东。"

张锦德一听急了："哎呀老二，恁才占二成五，俺五成，他原来一成再加四成，那就是五成了。还得在咱的股份里拆出来几成给他？他的股份超过恁和我，他就是齐瑞商行的老板了！"

<h1 style="text-align:center">95</h1>

张锦恕忧心忡忡地说："商行的股份，俺占二成半，大哥占五成，他占一成，你弟妹占半成。如果他再要四成也行，俺说也可以，他做大股东，俺将股份让给他也行。可是他既要股份，还不肯拿钱买股份，要的是干股，这不是明着欺负人吗？"

张锦德说："二弟你有啥把柄攥在他手了吗？不然他咋突然间这么霸道豪横呀？"

"啥把柄啊，就是他手里有权利，给你安个罪名，就可以把咱们弄到监狱里去。进了监狱，他再买通监狱法院，给咱安上一个经济犯的罪名，进去了就出不来了，那商行不就是他的了。"

"那就没有啥招了，就得挺着了？"张锦德唉声叹气，酒也不喝了，坐在那里生闷气。

张锦恕无奈地叹了一口气说："说一千道一万，就是世道不好啊。大哥你也知道了，武百祥的同济商行和大罗新多大的门面啊！一年下来营业额几十万大块，到了还是不是让日本人给整黄摊了。咱们是小商行，日本人还没看得上眼儿呢，不然的话，日本人也要入股，要成立什么'株式会社'，日本人控股，那还有咱们在商行的权力和位置啊！"

张锦德虽然不常来哈尔滨市内，更很少逛商店，但是同济商场和大罗新那可是哈尔滨最大的商场了，买卖兴隆得很。听说日本人占领了哈尔滨之后，就强迫同记商场的老板武百祥搞什么"株式会社"，日本人控股，最后经营不好，把一个好端端的同济商场搞黄摊儿了。

张锦恕也不喝茶了，他跟大哥说："俺正跟伙计商量对策，实在不行咱就把资产转移，弄一个空壳商行给他，咱们就撤了！"

"嗯，是得想想办法啊，不能就那样便宜了那个老小子。"

"白显彤还没有那个心眼，也没有那么狠，都是他的儿子白三宝，警察局的警佐，这小子坏的出奇，真可能让咱们防不胜防啊。"

张锦德本来想到道外问问打官司的事儿，想通过跟姜孝昌打官司，要回来那些土地。现在又得知商行的事儿也不顺溜，心情自然沉重了许多。临走的时候他说："你赶紧想办法，绝对不能便宜了老白家。"

张锦恕送大哥出来说："目前白显彤还没有正式的跟俺提出来，只是他放风给俺，咱先准备着，走一步看一步吧。"

张子成在江边鱼亮子帮工，晚上回到家里，饭还没吃完，甲长于长贵走了进来。

姜桂芝赶紧让座。于长贵摆摆手说："不坐了。"他递给张子成一张纸说："成子啊，这是上边派下来的公文，说是要到秋天了，'国兵'（伪满洲国预备役）预备役要训练了，这里有你的名字，三天以后去江北庙台子训练大队报到啊。"

于长贵说完就要走，张子成拿过来那张纸看看说："哎，于大叔，俺们老张家一直都不参加'国兵'预备役训练了，因为俺们老张家是交公粮大户，所以免了这个差事啊。"

于长贵有点不耐烦："小孩子家家的懂得啥，这上边白纸黑字写的清楚嘞，也不是俺弄的，这是官家派下来的，也是恁大舅让送过来的。要是错了，恁大舅还不晓得？恁要是不想去，那就去找恁大舅，或是去江北庙台子跟葛大队长说去，俺管不着这屁事儿。"

于长贵偏搭一下转身走了，姜桂芝说："成子恁大爷回来了，恁过去问问他吧。听说训练'国兵'很辛苦呢，能不去还是别去了呗。"

张锦德刚从道外回来走路腿上有些累，他歪在炕上歇着呢。看见成子走进来，他坐正了身子问："成子恁来了，有啥事儿吗？"

张子成把那一张公文递给张锦德："大爷，甲长于长贵送来的，说让俺三天以后去江北庙台子参加'国兵'训练，好像训练合格的，年底要入伍当兵呢。大爷，不是说咱们老张家是给伪满洲国交公粮的大户，就给咱们免了兵役吗？可这是咋回事儿呢，大爷您知道吗？"

张锦德接过来那张纸，看了一会说："是不是弄错了，俺明个去庙台子问问，要是错了，恁就不用去了。"

早晨吃完饭，张锦德坐着老冯赶的马车，来到江边坐船到了江北，然后徒步走了足有三十五里地远，才到了庙台子"国兵"训练大队。

庙台子是中东铁路哈尔滨江北的一个小火车站，也是从江南到江北的第一站。这里有铁路，有公路，交通方便，所以日本人把伪满洲国、"国兵"、哈尔滨训练基地设在这里，也是有他们的考量的。

占地面积十分宽阔的训练大队，外面是高高的围墙，上边还有二尺多高的电网，知道的是训练场，不知道的肯定以为是监狱呢。

大门口站着几个荷枪实弹的伪军，透着森严，这也让张锦德跟冯文书内心里有些寒意。

他们跟站岗的伪军说明了来意，一个当兵的把他们带到训练场外边的一所平房门口说："这里是专门下发训练人员名单的，恁进去问吧。"

当兵的走了，张锦德敲敲门，然后推门走进去。里面几个穿军服的不晓得在干什么，一个当官模样的人回头看着张锦德问道："你是干什么的？谁让你进来的？"

张锦德点点头说："军爷，俺是江南四方台子的老百姓，俺家是交公粮大户，官家已经免了俺们家人的差役。昨晚甲长送去公文，说俺家的孩子张子成也要参加'国兵'预备役训练，俺不明白啊，就过来问一问是在一回事儿。"

张锦德递过去公文，那个三十岁左右的伪满洲国军官拿过来看了看扔回来说："符合预备役的人员名单是地方保甲长报上来的，是对是错，与我们没有关系。你要想知道到底参不参加训练，那就等着葛大队长回来再说吧。不过该参加训练的要是不来的话，那就得罚款，还得蹲笆篱子！"

96

张锦德继续问道："葛大队长在哪里呢，俺去问问他唄。"

那个伪满军官大声地说："不是告诉你了吗，大队长不在，赶紧滚吧，别耽误公事儿！"

伪军官一摆手，上来两个人，推推搡搡将张锦德推出了房门，房门咣当一声关上了。

张锦德两眼冒火，想发脾气都没有地方发。老冯小声劝解着说："东家，咱还是回去吧，这些'满洲国'当官的，没一个好东西，都是狗眼看人低，别跟杂种们真生气，气坏了犯不着。"

张锦德能咋办，想打听一下找不到门，也只有讪不搭地回到了方台子，走了很远的路，到家天都黑透了。他拖着疲惫的身体见到张子成无奈地说："大爷没见到管事儿的，成子恁还是先去参加训练吧，一定要处处加小心，千万要注意别跟人家闹别扭。过两天之后，大爷再去问问。"

张子成心里知道，日本人的事儿，不是大爷一个人能摆平的呀，自己个儿还是去吧，训练两个月也不算啥事儿。

第三天早晨，他吃完饭，就跟着同村的杨建芳、刘二毛一起，坐船过江去了庙台子伪满洲国预备役训练场，接受日本人的军事训练。

其实杨建芳跟刘二毛都是让张子成拐搭了。葛大棒子为了避人耳目，觉得四方台就一个张子成参加训练有些不符合常理，所以添加上了杨建芳和刘二毛。他俩比张子成年纪大两三岁，都已经成家娶了媳妇，也都有了孩子。

在庙台子这里参加训练三个月，需要吃住在这里，每个月还得上缴十元伪满洲国币。饭菜还不如喂猪的食物好，极少的粮食，一多半沙子和谷糠野菜，剩余的钱，都让葛大棒子一伙人贪污了。

这些参加训练的年轻人，年纪都在十八岁到二十三岁之间，年轻饿得快，吃不饱饭，还要进行非人的训练，三个月下来，个个都是瘦得皮包骨，命薄的就活活死在了这里了。

死了的人，也不给任何的补偿，把尸首还给你就不错了，赶上那个葛大棒子心情不好，死了的人就直接扔给狼狗吃了，死了连个囫囵个尸首都没有。

训练这些人的教官，都是日本军官，个个都是凶残如蛇蝎，稍有动作不对，轻的扇嘴巴子腿踢，重的绑起来让狼狗咬，不死就是满身伤。

张子成在这个训练了三天，他还算聪明，动作上基本符合要求，挨了两次嘴巴子，没有受到太严厉的殴打。

晚上睡在光板床上，没有任何铺盖，任何罪他们都得忍着，心里各个都在咒骂小日本，各个都恨死了小日本！

训练到了第四天上午，刚刚训练了一小会儿，有个伪军跑过来跟那个日本军官嘀咕几句日本话，日本军官将队伍喊停，然后走到张子成面前说："你的翘桑（日本话，你姓张）？你的出列，跟他的走。"

张子成答应一声，出了列，不晓得咋一回事儿，就跟着那个挎枪的伪军走回了训练大队的办公室门前。

房门推开了，张子成看到一个穿着军装，挎着手枪，登着大皮靴的人走了出来。张子成仔细一看，心里咯噔一下："这不是葛大棒子吗？完了，完了，冤家路窄，遇上了这个魔鬼，今个儿不死也得扒下去一层皮呀！"

葛大棒子手里拿着马鞭子，嘴上还叼着雪茄烟，吞云吐雾地站在那里看着张子成，眼角眉梢都露着一股瘆人的杀气。他往前走了几步，突然间把雪茄烟扔掉，朝着张子成连三别四就是几鞭子，抽得张子成身上的小褂飞了碎片，后背胸前都是血道子。

张子成本能地四处躲着，葛勋礼打不实在，他喊着："还敢躲啊，来人，给我绑在桩子上！"

葛大棒子一声喊，马上就上来五六个伪军，他们抱住张子成按倒在地上，用绳子绑住双手，然后后背靠着木桩子，用绳了绑个死死地结实。

张子成本来还想反抗，但是他心里知道，越反抗，葛大棒子就越会对你下毒手，再说他们有枪啊，反抗也是没用的。

这些人把张子成绑在了木桩上，葛勋礼走到切近撇着嘴嘲笑着说："小王八羔子，瘪犊子，你倒是打我啊，听说你还会武把抄呢，咋不用呢，看看你的功夫好，还是我的枪子快啊，嘿嘿！"

张子成也不作声，他知道恁说啥也没有，只有让葛大棒子他打够了，打累了，那才或许能完事。

看到张子成不作声，他嘿嘿地笑着说："小子哎，你知道让我打你是谁出的损招吗，哈哈，就是你的老姜家的表兄弟，那个六亲不认的姜心田啊。本来你家没有预备役训练的差事，是他撺掇我改了名单，让你来的呀。哈哈哈，哈哈哈。"

葛勋礼嘲笑完了张子成就对着张子成劈头盖脸抽了几十马鞭子。抽完了鞭子，他还觉得不过瘾，让人拿过来他的顺手家把什，一根三尺多长一把粗，乌黑油亮的硬木梆子，对着张子成后背和大腿上就是一顿毒打。

足足打了一顿饭的工夫，只打得张子成上下身衣裳几乎全都破烂成了布条碎块，血肉模糊。直到葛大棒子打累了，这才停下手的时，这时候张子成早就昏死了过去，不省人事儿了。

葛大棒子累得气喘吁吁地围着张子成转圈，看着张子成已经昏死过去，他琢磨："姜心田说这个小子在新京皇上那里有亲戚，既然我出了气，那就让他多活几天吧，免得摊事儿。"

想到这里，他对着看热闹的伪军说："把这小子抬回宿舍，放在床上。他命大就活着，命短就杆屁朝凉，活该，这就是不遵守军规的下场！"

几个伪军相互看看，也不敢说啥，给张子成解开绳子，抬着软绵绵，全身是血葫芦的张子成去了宿舍，扔在了光板床上。

97

晚上杨建芳、刘二毛他俩回到宿舍，看见躺在木板床上

的张子成血肉模糊，不省人事儿，吓得他俩趴在张子成身边大声呼喊着。张子成依旧在昏死中，哪里听得到他俩的呼喊啊！

他俩长时间的呼喊，让同宿舍的人也跟着急上火，门外的日本巡逻的教官听到了，推门进来询问："八嘎，叫喊什么，赶紧熄灯休息。"

刘二毛跑过去，指着床上的张子成哭泣着说："太君教官，这个人快不行了，赶快救救他吧。"

日本教官山下走到张子成面前看了看奇怪的带着疑问说："他怎了，谁打的

这样严重？"

正在刘二毛想说又不敢说是葛勋礼打的这个时候，葛大棒子出现在他的身后了，吓得刘二毛哆嗦着退到一边。

葛大棒子咳了一声哈着腰对着日本教官山下说："山下太君，这个人违反军纪，被我下命令责罚了。他伤得很重，不能继续参加训练了，太君看看是否把他送回家去治疗，也省下了咱们皇军的医药费呀？"

日本教官山下卡巴卡巴眼睛说："葛桑，这样的大大的好，他的死在这里大大的不好，快快地送走吧，免得出现传染病。"

葛勋礼一个立正敬礼："嗨，马上的送走！"他转身对刘二毛、杨建芳说："你两个是一个屯子的，找个马车，快点把这小子送回去，车钱让他们家自己给。"

杨建芳、刘二毛的家里，都跟老张家关系很好，他俩听到让把张子成送回家，他俩赶紧答应，跑出去雇了一辆马车，大伙把张子成抬上马车，两个人从三棵树大桥护送张子成回到了四方台子。

马车从江北绕道江南，加上半路赶车的人要喂马打尖，足足走了一小天的时间，才到了四方台张家大门口。看门的顺子他们看到成子被打成这个样，都哭喊着把成子抬进姜桂芝的房间。

张家付了车钱，杨建芳、刘二毛他们不敢多停留，连夜赶回江北了庙台子，生怕葛大棒子责怪他们。

其实葛勋礼已经知道了这个事儿，是他接到了老鬼子渡边文雄的电话，让他放了张子成。

原来，姜心怡在渡边身边做机要秘书，这一天她给家里打电话，询问父母身体如何。姜孝昌接的电话，当姜心怡问道表哥张子成在干啥的时候，姜孝昌嘿嘿地笑着说："丫蛋啊，成子那小子让葛大队长弄去整'国兵'训练了，听说挨打是家常事儿，不死也得扒一层皮吧。老闺女呀，恁说他得罪了葛大队长，那不是自己个儿找死吗，能不能活着回来，俺看悬门了。"

姜心怡一听就急了："我说爹呀，成子那可是你得亲外甥，我的亲表哥啊！再说上次他打葛勋礼，那是葛勋礼要非礼我呀，你知道不啊！当时我的两个哥哥都在场，他们都不帮我，是人家张子成出面救了我，不然我就会让那个畜生糟践了，你们都傻了呆了不知道吗？"

此时姜孝昌也觉得有点对不住成子，他叹了一口气说："老丫头啊，话是那样说啊，俺也听说不该成子去参加'国兵'训练，可是咱们不敢得罪葛大队长啊，恁有啥招恁使吧，俺老糟头子没啥能耐帮成子。"

姜心怡挂了电话，径直跑去渡边文雄的办公室，也不顾门卫的阻拦，门都没敲就闯了进去。

渡边看到姜心怡怒气冲冲地闯进来，他惊讶地问道："姜小姐这是为何啊？是谁惹你生气了你地快点跟我说说。"

姜心怡跺着脚说："渡边司令，您给评评理，上次在我家吃饭，葛大队长他就调戏我，是我表哥维护我，救了我。可是葛大队长公报私仇，我表哥本来没有什么'国兵'训练的任务，他却胡编滥造了名单，让我表哥去训练。然后他假借说我表哥违反军纪毒打我表哥，听说葛大队长安下心来要把我表哥残废了，还请司令官给我做主救救我表哥啊！"

老鬼子想了想说："啊，想起来了，就是上次你回来的时候，你的父母请客吧？他们说在做游戏，我就知道他们欺骗我，原来如此啊。你的表哥是张家的吧，我的知道，他家是交公粮大户，对皇军大东亚战争有功，没有'国兵'训练的。我去说，姜小姐你的听着。"

看着渡边在打电话，姜心怡心里想："这个渡边咋啥都知道啊，老张家是我的亲戚，交粮大户他也知道，真让人害怕啊，难道他也是间谍不成？"

渡边对着姜心怡摆摆手，拿起电话打了过去："葛大队长吗，我是渡边。听说你们毒打了姜心怡小姐的表哥，大大的不好，快点放人吧。"

葛大棒子接到渡边的电话，吓得快要死了，他在那边：

"嗨、嗨，卑职马上放人。"

放下电话葛大棒子小跑着来到张子成住的宿舍，这才放了张子成。

昏迷着的张子成被人抬进了屋里，姜桂芝看到吓得要死，哭着喊着不知道咋办才好了。闻讯赶来的张锦德、张子强等人也进了屋，看着昏迷的成子，女人们都在哭，男人气得跺脚发泄心中的不平。

张锦德喊着："老大，恁赶紧去后面去找张大夫，就说子成被人打坏了，让他快点过来给成子看病！"

张子强要比张子成年纪大八九岁，已经成家有了孩子，他在后院住，听到老疙瘩被打坏了，他跟媳妇急急忙忙跑来探视。现在大爷让他去找大夫，他答应一声就往外跑。

本村有一个医术不错的老中医张锦贤，也是张家的本家。张子强半夜里来找他，他就知道病人病情肯定不轻，二话不说，背起药箱跟着张子强快速的来到了张家。

张锦贤给张子成检查了周身，他站起来对张锦德说："哎呀，大兄弟，成子这孩子被打得太厉害了，右小腿和右胳膊腿骨折，右边三根肋条也被打折了，出血太多，需要好药治疗啊！"

98

姜桂芝听到，再次放声痛哭起来，张锦德摆着手："他婶子，您先别哭了，治病救人要紧啊。"他回身对张锦贤说："大哥你说，需要啥药俺就去弄，只要治好成子，俺啥都舍得啊！"

张锦贤说："俺先给成子接骨正骨，家里要是有上好的人参鹿茸啥的，拿出来给他补血醒神，再搞点盘尼西林来，给他消炎止痛那就最好了。跌打损伤的药品，俺这里都有，不需要外买，其他的需要快一点啊。不过成子还是很危险，到底能不能治好，还得看成子的身子骨能不能顶过去，也就得看他的命硬不硬了！"

到现在还在昏迷的张子成，躺在那里啥也不知道，在场的人们谁也不知道他能不能醒过来，醒过来之后，病能不能治得好，能不能残废了，谁的心里也没有底呀。

张锦德没说话，回身出了房间，去他的屋里翻箱倒柜，找到了珍藏快三十年的七品叶老人参，还有一大块干熊胆，拿过来递给张锦贤。

张锦贤给张子成接完了小腿的断骨，又给他肋条正了骨，然后给小腿打上夹板固定之后，然后让人烧开水，沏泡了一点熊胆给张子成灌下去。再用开水泡一块人参，过了半个时辰之后，又把人参水喂给张子成喝。

第二天早晨，老冯跟顺子去了哈尔滨的山街，找到老毛子医生瓦西里，买回来三支盘尼西林给张子成注射。日伪时期，盘尼西林是禁药，普通老百姓那是不能用的，瓦西里是俄国人，他可以买到。他跟张锦辉是铁杆朋友，所以才给了三支。到晚上的时候，张子成终于醒了过来。

张家人看到张子成苏醒过来，总算放下点心来，张子成看到自己躺在床上，他努力地回忆之前的事儿，想起来自己是被葛大棒子打坏的。

他强忍着疼痛说："大爷，就是那个葛大棒子官报私仇他下死手打的俺，俺发誓必须找机会报了这个仇！还有那个姜心田，是他给葛大棒子出的主意，故意在名单上填上俺的名字，设计陷害俺。老姜家也没好人，都要一起收拾他们！"

张锦贤平静地对张自成说："大侄子啊，恁得静心养病，才能好得快。至于葛勋礼他们，那都是这个世道的问题呀，要不是小鬼子给他们撑腰打气，他们敢这样疯狂吗？所以这个事儿要往根儿上想，那可不是恁一两个人的仇恨啊。"

五天后，姜心怡回到了四方台。她自己来到张家看望张子成，满眼泪花看着张子成说："成子哥，你为了俺得罪了葛大棒子，伤得这么重，让我心里太难受了。"

张子成忍着疼痛说："没啥，罪是人糟的，等俺好了再去找葛大棒子算账！"

时间过得很快，三个月过去了，在张锦贤的精心治疗下，在母亲的精心护理下，张子成的伤势逐渐地好了起来。

这一天，杨建芳、刘二毛来看望张子成。他们两个人参加了三个月的军训，结束之后，就赶来张家看张子成。

张子成躺在炕上，看到杨建芳、刘二毛的脸上有伤疤，他问道："咋的呀，葛大棒子也打你们两个了？"

刘二毛听到张子成的问话，气就不打一处来，他搂起来上衣，张子成看到，刘二毛的肋骨和后背上好几道伤痕，嘎巴（结痂）还没掉呢。

"葛大棒子凡是看着不顺眼的，不给他上供送礼的，都得挨打啊。杨建芳给他送了两只鸡，一小筐鸡蛋他嫌少，还踹了他几脚呢；俺家里穷的没啥了，把仅剩的一只鸭子给他拿去了，俺就挨了他十几马鞭，疼得俺在地上直打滚。"

杨建芳说："俺们还算好的呢，四间房有个王世才哥们，为人倔强，说啥也不给葛大棒子送礼，那就几乎天天挨打。最后这哥们被打得实在忍受不了了，也不知道在那里弄来一把匕首藏在腰间，在葛大棒子打他的时候，突然的拔出匕首去刺葛大棒子。可是只把葛大棒子的胳膊划了一个口子，就被葛大棒子开枪打死了。"

杨建芳说完，几个人都沉默不语了。这时候老中医张锦贤从外边进来，看看他们几个说："恁的话俺都听到了，对付葛大棒子以及日本人，决不能单打独斗，一定要组织起来跟他们干，那样才有希望啊。"

张子成强忍着疼痛坐起来说："大爷，恁说俺们咋样才能报仇，才能整治葛大棒子呀？"

张锦贤让张子成躺下，他蹲在地下点了一袋烟之后慢慢地跟他们三个人聊了起来。

其实张锦贤是一个潜伏在乡村的抗联战士，在抗日联军绝大部分转道苏联之前，他帮着抗日联军做了很多的工作。

因为他不是战斗人员，也没有跟随抗联四处战斗过，没有暴露身份，所以他就潜伏下来，等待着抗日联军打回来。现在看到日伪汉奸这么凶残无所顾忌，他又产生了锄奸清霸的想法。

在他跟张子成的接触中，了解到张子成的思想状况，是倾向于抗日救国的，也跟日伪汉奸有着深仇大恨，值得引导和帮助，使之成为锄奸的骨干力量。

还有张家的老一辈哥们，都是善良的地道人，尤其是张锦德，不给日本人做事，坚决不接受维持会长的职务；张家老四还是东北军的军人，据说随着部队进了关内，也都是抗日的人员。

基于这些，张锦贤跟领导做了汇报，决定发展张子成等人组成锄奸队，专门打击那些罪大恶极汉奸特务，让这里的百姓知道抗日的力量还在，打败赶走日本鬼的希望还存在。

冬天到了，刮了两天的大烟炮，今天早晨天气终于放晴了。冬天下大雪，刮大烟炮，这是东北正常的事情，也不是奇怪的事情。

连续两天多的大雪，几乎把整个方台子屯掩埋了。要不是住家的烟囱往外冒着袅袅的炊烟，那就可能把这个屯子当成一片雪原了。

99

屯子偏东头的道街，老张家的人，正在召唤人出来清扫大街上的雪。张家的临时管家老冯头，叫喊着指挥人们干活："扣住子，你别磨蹭了，赶紧往各家各户门口清雪，把各家的大门，房门都弄干净，好让屯里屯亲的人能出来透透气儿。"

被叫扣住子的男人姓朱，穿着臃肿、大棉袄，二棉裤，补着不少的补丁。一顶戴了多年的狗皮帽子捂得虽然算严实，但还是满脸的霜气，胡子都白了。

他回身对着老冯头嘟囔着："老猴子，怹别瞎叨叨了，俺都干了这么半天，累得浑身是汗，怹眼睛长在裤裆里了，没瞧见啊？站着撒尿不腰疼，这些年俺总干这个，早就滚瓜烂熟了，不用你总嘟囔。风这么大，天这么冷，你就不怕闪了舌头啊！"

张子顺挎着枪跟着起哄："恁俩哨一段，看看恁俩谁有尿性。"

老冯头抹萨一下胡子上的白霜，依旧是喊叫着："别没卵子找茄子了。赶紧干吧，时候长了不开门，要憋死人的。憋死了人，看当家的咋收拾恁这帮犊子。"

黑龙江的雪大，大到什么程度？偶尔的年头积雪很深，一夜间下的雪，甚至会把住宅三尺多高的窗户和房门堵死，都打不开。再由于大雪的全面覆盖，会将整个低矮的茅草房捂得严严实实，阻隔了空气进入房屋。时间久了，房间内就会缺少空气，也就会憋死人。当然了，那个年代的农村的房子，大多是低矮的茅草房，跟如今城里的高楼大厦没法比。

大掌柜的张锦德每天天不亮就起床，几十年的习惯养成了晚睡早起。他来到当院，看到有人在摸黑清扫院子。

他喊了一声："是冯大哥吧？一两个人啥时候鼓捣完呐！赶紧叫上几个人一块干，整完了咱院子赶紧去屯里整啊！连流儿的大烟炮，全屯子都大雪埋没影儿了，时候长了，要憋死人的嘞！"

"掌柜的，俺们知道了，已经有人在院子外面鼓捣了。约莫一个时辰就可以弄完了，您先回屋歇着吧。"

张锦德将狐狸皮帽子摘下来，在布棉鞋底上磕打几下一尺长的黄铜烟袋锅，走下台阶说："张打头的去场院了吧，前天扬场的谷子堆，也让大雪盖帽儿了。雪跟谷子混了，晒不干的话，开春暖和那就要受潮长芽子了。"

老冯头抹抹胡子上的霜："大掌柜的，张打头的早就去北场院了。他说前天扬场的谷子，用谷草捆搞上了，进不了多少雪。等天晴了，再扬一扬，风一流，就干了，没啥事儿。"

"那还好。冯大哥，一会扫完了，恁再去房山头空地上，扫出来几块干净露土的地儿，撒上点谷子喂家雀儿。这雪也太大了，把草地儿盖严实了，家雀没啥吃，都得饿死。"

"中。"老冯头回应一声，暗地里嘟囔着："人不饿死就行呗。还管家雀儿的死活，真是一个大善人。"

吃过早饭，张锦德惦记场院里打场的那一伙人，吃饱饭没有，冻着没有，谷子入库没有，真是操不完的心啊！

虽说是"地主"，可这地主也分三六九等。有的地主有俩钱了，那也就开始享受了。吃香的，喝辣的，再娶上几房小老婆，抽几口大烟，这就算人生的美滋滋了。

可是也有多数的大小地主，省吃俭用，苦熬着自己，积攒家业。就说张家，老一辈子是所谓的闯关东的，咸丰皇上末年的时候，他们的老太爷、老太奶一个扁担，一头一个箩筐，里面没有什么值钱的物件，就是挑了两个五六岁男孩。他们从烟台坐上最低等船舱，漂洋过海，在大连上岸，逃荒要饭走了一千余里，来到了哈尔滨的江北。

老太奶用她仅有的结婚时娘家陪送的一个金簪子，算是贿赂了当时清朝千户。那个千户收了礼品，上了马，给张家多跑了半里路程，也就是多给了几垧开荒的草甸子。

"跑马占荒"，就是官家派人，点着香火骑着马，在一定时间内香火着完的时候，跑一个九十度。四个角上钉上木橛子，这块见方的土地，就归了要求垦荒的人。

当年清政府鼓励垦荒，还有类似政策：三年内不收租子（公粮）。因为参与垦荒的人，都是山东河北一带的逃荒过来的极贫百姓，刚一到东北，吃穿全无，哪来的钱粮交公粮啊。

从那以后，张家老太爷、老太奶没日没夜地铺在土地里，锹挖手刨，几年的时间里，用血汗开垦出来大片的黑油油土地。

凭着他们风里来雨里去，披星戴月的苦熬死拼，终于在黑土地上换来了丰收，吃饱了饭，穿暖了衣裳。

几辈子过去了，一代新人换旧人。张家有了几百垧土地，几十间房子，骡马、马车，应有尽有，还在城里开了商行。

十里八村的人，都知道张家有土地有钱粮，他们谁能知道张家几辈子的奋斗，吃尽了苦难，挨尽了累呀！

张锦德转了一圈，看到院子里的雪扫得差不多，去屯子里各家各户帮着清理积雪的人也出去了，他才放心的来到院子的后边，一块练武的场子边。

这块不算宽敞的练武场上，已经有人在了。三个年轻后生，舞刀弄棒的，扔石锁的，折腾得正欢。

三个年轻人看到张锦德来了，赶紧上前搭话，其中一个年纪大几岁的说："爹，您咋不多睡一会呢？大雪泡天的。"

另外两个当中，年纪稍大的说："大爷你起来了。"

年纪最小的扔下石锁擦擦汗说："俺大爷啥时候睡过早觉儿，都是天不亮就起来忙乎了。"

张锦德笑呵呵地说："天冷啊，别穿得太少，出汗受了风寒就不好了。"

二儿子张子禄说："就是老疙瘩使劲地整，大冬天的还穿着单褂子练，劝他也不行啊。"

100

最小年纪的后生是张家老三的小儿子张子成，他嘿嘿地笑着说："大爷，俺真的没事，怎看身上都在冒汗呢，冷个球了啊。"

张子成今年十八岁，三个弟兄里他最小，另外的后生是他同父异母的大哥张子强。

张锦德掏出烟袋挖上旱烟，掏出来火折子扑棱扑棱几下点着了烟袋，把脚蹬在石锁上说："老疙瘩身子骨刚刚复原，怎可得悠着点整啊。伤筋动骨一百天，怎可是好几处骨头折了呀。葛大棒子那一顿毒打，没要了你的小命，怎算命大呀，那也得悠着点练武。你们小哥三个那个身手好些啊，比试过没有啊？"

张子成把衣服穿上说："大爷，俺知道了，养好了身子骨，还得找葛大棒子报仇呢！"

张子禄指着张子成说："老嘎达手把硬实啊。别看他岁数小还受过伤，可他人高马大，俺们劲头上就不如他，悟性上也不如他，老嘎达厉害呢。"

张子成年纪小，但是身材长得可不小，身高要比哪两个哥哥高出来半头。红黑脸膛，浓眉剑目，体格健硕，力气十足，加上练武刻苦，所以武功天分高些。虽然前几个月受了伤，可是他身子骨底子好，几个月下来恢复得不错，也敢使大力气了。

张锦德说："俺知道老嘎达肯下功夫，出的辛苦多，功夫就深呗。可是他前些日子受的伤，差点要了他的命啊，怎们不知道咋地？"

张子强笑眯眯地说："那个不知道啊，要不是张大夫的精心治疗，俺娘的精心护理，还有咱大爷那棵老山参起的作用极大，不然成子不会好的这么快啊。"

张子成弄弄身上的雪说："大爷，俺大舅家里还有成的多没有打完场的谷子呢。俺把咱家的十几垧地的谷子、糜子弄完了，俺就不想去他家了。"

张锦德说："怎大舅那里的事儿，怎愿意去就去吧。既然张大夫说你去你大舅家干点轻巧的活，不影响身体，那就去吧，大爷不干涉。"

张子禄说："爹吃饭了吧，咱们回去吧。"

"回去吃饭吧，大雪天天冷，就不该你去干活，多练练功夫，硬实一下身子骨，再多陪陪你娘亲吧。"

张锦德说完，拎起石锁轻巧地往空中一扔，百十斤的石锁抛在空中然后往下落。张锦德伸出左胳膊显得很随意地让石锁立在胳膊上，看得几个年轻人直咂舌。

张锦德将石锁放在地下，在石锁上敲敲右手的烟袋锅，转头走了。三个年轻人在后边嘀咕着，来到正房大厅。

张家一大家人都在一起吃饭，上百年的家风依然没有改变，长条铁力木桌子前，已经有几个人坐在那里了。

顺子现在自己开火了，他跟范毓敏自做饭，不再跟张家人一起吃饭，张锦德赞成顺子独立，也给了很多的方便。

张锦德的老妈妈岳氏老太坐在当中，身边是两个四五岁个孩子。这两个孩子一个是重孙子，张子禄的儿子小胖张百纯；另外一个重孙子是张子强的小儿子张百臻。

等到张锦德脱了棉大衣，摘掉了貂壳帽子入了座，站在一边的儿媳妇，侄子媳妇，还有兄弟媳妇姜桂芝，老婆吴慧芬都坐下，然后才是练武归来的哥三个。

原来的丫鬟凤仙嫁给了陈安子，陈安子带着媳妇去山东老家探亲没回来。新来的丫鬟紫梅跟厨师老黄端来饭菜，一家人开始吃饭。黏豆包酸菜炖猪肉，外加粉条子，还有炖江鱼，算是很丰富了。

三个年轻人男人吃饭快，一顿狼吞虎咽风卷残云，不大的时间就吃完了。嘴巴子一抹撒，退到后边坐下喝茶。

年纪大的人吃饭慢，小孩子连吃带坑，等他们吃完了，丫鬟厨师往下收拾，老太太在人搀扶下回去自己的屋里。剩下的人里，姜桂芝跟大嫂吴慧芳扫地之后，也都离开了正房。

屋里面只剩下了四个男人，张子成就把饭前想问的话说了出来："大爷，俺怎么琢磨也想不明白，俺大舅家那十垧地既然说俺们家的，为啥非要放在俺大舅家里，让俺大舅帮这种呢？"

张子成问出来这样的话，张锦德并不吃惊，因为他知道，孩子长大了，自然而然地想要知道一些他们不知道的事情。现在张子成十八岁多了，成人了，也懂了很多的事儿，也是应该让他知道对他隐瞒十多年的事情了。

张锦德想了想说："老嘎达十八了，成人了，是该知道一些以前不知道的事了。但是今天你们哥两个都在，虽然不是一个妈的，但是一个爹也是亲的哥们。你两个一起回去问你母亲吧，她也很清楚当年的事情，由你母亲告诉你，比大爷告诉你们还要好。"

张子成跟张子强相互看看，似乎有点疑惑。张子禄说："二弟，既然俺爹说了，咱们就回去问问三婶吧，听听三婶怎么说的。"

张子成站起来说："大爷，俺们回去了，听听俺妈咋个说法。要是俺家占理，俺就去大舅家要回来那些土地，大爷你说行吗？"

张锦德笑笑说："嗯，好小子，像老张家人的倔劲儿。回去吧，问问你娘再说，但是不要乱冲动，闹出事儿来。"

哥两个走了，张锦德坐在那里看着张子禄憋不出问道："老二呀，恁大哥到现在也没消息，他真的带着那个日本女人去关内了？"

张子禄心里明白，大哥到底是不是因为老爹不同意他跟日本女人结婚，他就出走了，真实的信息到底是咋一回事儿，他是知道的。但是大哥有言在先，绝对不能告诉父母自己去关内干啥去了，以免给张家带了灾难。

但是眼下张子禄看见父母，父母想儿子，那是天经地义，也不能嫌乎爹娘唠叨。

"爹，大哥是跟梅子去关内了，其他的俺真的不知道啊。要不是俺大哥不在哈尔滨了，俺也不能回来跟您种地啊。俺是学工的，本来还要去满铁干点事儿的。"

101

老大张子富去年突然没了消息，老张家人找遍了哈尔滨乃至附近的县城，还有东北的几个城市，都没有找到张子富。这个人是死是活不知道，这让张锦德夫妇很是伤感，他们心里无时无刻不惦记着孩子在哪里呀！

一九四二年的冬天，中午时分，午饭还没吃，院子外人喊马叫。原来的管家老朱回山东省亲了，刚升任管家的老冯头出来一看，原来是二掌柜的，张家老二张锦恕回来了。

"二掌柜的呀，大雪泡天的，雪壳子没了波棱盖，你咋回来的呀！"

张锦恕摘下貂子皮帽子抖抖雪，抹了一把胡须上的白霜，又跺了跺冻得发木脚，喘着哈气说："冯大哥啊，这次回来真的不易啊。这雪也太大了，道儿上没有人走，马车硬是豁着齐腰深雪壳子往前走，俺不敢坐车，跟在车辙后边走。可是你看这匹马还是几乎累坏了，全身都是霜汗，起了冰溜子。赶紧把它牵到马棚暖和一下，饮点水，加点好料喂喂，俺心疼死了。"

"是啊，这天的雪太大，你要是开车过来，保准捂住，开不动。"老冯头说着话，牵着那一匹浑身湿淋淋的，身上一个劲哆嗦的桃红儿马子（公马），去后院马棚了。张锦恕提溜着马鞭子进了正房。

正房客厅里，老大张锦德正在跟媳妇吴氏在说话。看见老二风尘仆仆走进来，有些意外。他赶紧从炕沿上抬腿下来，往前迎几步说："二弟你咋回来了，大雪泡天的，也没有个道儿，大雪没了磕膝盖的，费老劲儿了吧。"

张锦恕抱腕给大哥大嫂请安说："大哥，大嫂安好。俺这不是有急事儿吗，要不这天头，你派八抬大轿请我喝酒，俺也不肯来的呀。"

"啥事啊，你打个电话不就完活了，咋还非得亲自跑一趟，连一个随从都没带，路上遇到胡子危险呐。"

"俺穿着旧衣衫，没有人知道俺的行踪，应该不会惹人注意。再说，俺腰里不还有家伙呀。"

张锦恕拍拍腰间，把貂壳帽子放在炕上，抬腿坐在炕沿上"大嫂，俺又饿又累，赶紧整点饭菜来犒劳一下。"

大嫂吴慧芬正在给小叔子倒茶水，听到小叔子饿了，赶紧喊道："紫梅呀，快点告诉厨房黄师傅，炒几个菜，还有老白干酒和黏豆包，一起送过来。"

站在门口新来的丫头紫梅答应一声："嗯呐。"跑了出去。

张锦德凑到二弟耳边低声问道："带着喷子（枪）出门，不怕日本人搜你身啊？忙三火四跑来，出了啥事啊？"

张锦恕看看大嫂不好意地说："大嫂，您先出去一会呗，二弟有点重要的大事儿，想单独跟大哥说，您别在意啊。"

大嫂吴慧芬，本也是老张家的远房亲戚，当初未过门的时候，也是小家碧玉，读过几年私塾，三从四德背得门门熟。到了张家自然是孝敬公婆，侍候丈夫，善待家人和亲属，是一位很有贤淑口碑的女人。

吴慧芬笑盈盈说："二弟，恁哥俩聊，俺去看看饭菜，顺便告诉老太太，说二弟回来看老娘了。"

看到嫂子出了门，张锦恕赶紧拉着大哥进了耳房，对着大哥说："大哥呀，我都不知道现在是喜是忧啊，唉！"

此时的张锦恕脸色变得红黑起来，眼睛也比往日睁得大了，看神情似乎很激动，拉着大哥的双手，似乎在微微地发颤。

大哥张锦德心里纳闷：老二这是咋地了，平时就有数他稳当了，今天却是言语失当了。"二弟呀，你别激动，平稳一下再说，天大的事也要稳住才不会出乱子啊！"

张锦恕依然是激动地凑到大哥耳边说："大哥，老三回来了，真真的，昨晚去俺家了，真的呀！"

"啥，老二你说啥！"刚才还劝解弟弟要稳当呢，现在轮到他张老大，也是平静不了了，心情极为复杂很激动。

他拉住老二摇晃着急切地问道："二弟，恁说的可是真的？可别再糊弄大哥了。"说着话，张锦德老泪纵横，哗哗地流了下来，蹲在地下放声不止。

大哥悲伤过度，老二张锦恕赶紧拉起来大哥往炕上扶他坐在说："真的啊大哥，昨晚老三到了俺道外的家，他说十年前他从山崖上摔下去，差点死了，是被一个打猎的老夫妇救了。两年多才养好了伤，为了报恩，他又侍候那两位高龄老人过世，这才偷着跑回来去道外找俺的呀。"

大哥定定神，思索了一下说："哦，老三没有直接回四方台，看来其中肯定有猫腻。二弟，老三说了谁陷害了他吧，俺怎么也不信那么稳当的一个人，会自己掉下山去！把死人说活了俺信，要说老三冒失俺就不信！"

"三弟说了，就是姜孝昌那个忘恩负义的瘪犊子，把老三推下山崖的！"张锦恕咬牙切齿跺着脚说。

张锦德也跺着脚咬着牙："果然不出俺所料，真的就是这个汉奸瘪犊子害了老三！姜孝昌啊，恁忘恩负义，见财起意，坑害亲表兄弟，看俺们老张家怎么收拾你！"

张锦恕毕竟是昨晚就知道了这件事儿，他先从激动转为平静。他拉着大哥的双臂说道："大哥，这个事儿还要从长计议。您想啊，现在的姜孝昌，可不是当年吃不上饭穿不上衣的要饭花子呀。他两个儿子都是日本人的红人，要人有人，要枪有枪，还有日本鬼子做后台，咱们明着跟他们斗，那是要吃亏的呀。老三没有直接回来，那是他的有心计，先去俺家打听一下姜孝昌的情况是对的。所以呢，咱们这个仇要报，还要慢慢地想办法而为之啊！"

"二弟你说的也对啊，眼下可不是二十年前了，姜孝昌要饭来到咱们家，咱们给吃的，给穿的，给钱给地，拉把他们。那时候是他假装低三下四求咱们的时候，现在风头变了，他用陷害三弟得到的人参卖了钱，置办了家业，还有两个狼崽子当了汉奸，他不可能怕咱们了。咱们还要提防着他们再陷害咱们呢，还哪里敢明着跟人家斗啊，可是怎么能咽下这口气呀，哎！"

102

张锦恕拍拍大哥的肩膀："十年报仇还不晚呢，何况用不了那么长的时间吧。如果就单是他陷害老三的事儿，过了这么久了，还有咱老娘的面子，放他一马也可以。可是现在他们全家投靠了日本人，坑害咱们乡亲父老，这就不是咱们一家子的仇恨了，大哥你说对吧？"

张锦德咬咬牙："是，这一回咱们不能再忍着了，咱们要好好商量商量，看看怎么整治这一家子汉奸吧！"

张锦德跟二弟张锦恕又商量了一会儿，张锦恕最后嘱咐大哥："大哥呀，这件事儿千千万万不能告诉任何人，老娘、三弟妹以及孩子，都不能告诉。俺觉得姜孝昌要是知道了，准说不定为了脸面找茬报复灭口！"

"大哥知道这事儿的严重性。老娘要是知道了，那就得哭着喊着要见儿子，家里外边也就都知道了；老三媳妇和孩子要是知道了，那姜孝昌也就知道了，谁让人家是兄妹呢。二弟你放心吧，回去告诉三弟，大哥这一两天就去看他，然后在决定怎么安排他。"

老大媳妇端着饭菜进来叫他俩，哥俩这才出去吃饭。张家老太太岳氏也在炕上盘腿坐着呢，张锦恕赶紧给老娘请安。这时候，张锦祥的媳妇姜桂芝，儿子张子成，还有张锦祥前妻的儿子张子强，也带着媳妇和孩子过来与张锦恕见面请安一起吃饭。

张锦恕吃完饭，别过老娘，并向大家告辞后，坐着老冯头给他新准备的两匹马的马车，还有老冯头派了赶车的老板赶车。因为心里惦记三弟张锦祥，怕他着急回来找姜孝昌闹出事来，所以着急的赶回哈尔滨道外家里。

张子成伤刚好，其实他也不愿意去老姜家干活，即使让他干最轻快的活，他也不愿意给汉奸家里干活。因为张锦贤跟他说了很多，他才知道去老姜家不单单地干活，还有打听消息的任务呢。

母亲姜桂芝不放心张子成的身体，非要他过了年再去，这正符合张子成的心情，他就等着过年再说了。

张锦恕急急忙忙地赶回道外家里正阳街（靖宇街），隐藏在他家里的三弟张锦祥见到二哥回来，急不可耐地问道："二哥，大哥咋说，俺可以回家看老娘和孩子吗？"

张锦恕沉着脸摇摇头说："俺跟大哥商量过了，老三你暂时不能回四方台家里。"

"为啥呢？还是害怕姜孝昌那个老小子使坏？"

"三弟呀，二哥跟你说过，如今的姜孝昌，投靠了日本人，势力的大着呢。那个姜家老二姜心田，日本人搜索队的特务队长，带着几十号特务，心狠手辣，坏事做尽。百姓暗地里送他外号'催命鬼'，哪个要是得罪了他，他就会使出来全身的坏水整治你，让你家破人亡。"

张锦祥一拳头砸在桌子上，震得茶杯茶碗掉在了地上，眼里突突的冒着火说："那我张老三的仇就不报了，就干瞅着姜家祸害咱们乡亲？"

张锦恕拍拍三弟说："那也未必，咱们明的干不过姜家，咱们可以暗地里整治他吧。三弟你耐心点，十多年都等了，也不差这一阵子了。大哥来了咱们商议好了，再决定怎么对付姜孝昌这个忘恩负义的瘪犊子。"

"二哥，俺实在是咽不下去这一口气，俺等不了了，明个俺就回四方台，去老姜家当面问问姜孝昌，看看他有啥脸掰吃！老犊子要是胡说一句，俺就当场崩了他！"

张锦祥掏出来还挺新的德国造，带快慢机的二十响的驳壳枪，发狠地说。

当年张家老四在沈阳，通过黑市，给搞到了一批支枪，其中就有四支驳壳枪。张家哥三个一人一支，余下的让护院队队长顺子带着。张锦祥去长白山挖棒槌，也带着这支枪，姜孝昌最初也不知道张老三身上有枪。

但是由于张锦祥对姜孝昌十分信任，一点也没有防备，身上又有伤。姜孝昌突然发难，一个猛扑，把张锦祥撞下了山涧。张锦祥想要掏枪反抗，也是不可能的了。

现在张锦恕看到老三如此激动，提高了声音说："老三，你平时可不是这样毛躁，怎么现在这么不听劝告呢？你说你去姜家质问姜孝昌，可是你想想啊，老姜家现在有三十多人带枪护院炮手，你能轻易地进去吗？如果你硬闯，可能还没等你见到姜孝昌，命就没了！命都没了，那还谈什么报仇雪恨，三弟呀！"

张锦祥一屁股坐在椅子上嘟囔着："没想到这个老犊子还养了炮手看家护院，看来明面上报仇是难了。"

"老三，你先在这里藏着，千万不能私自去屯子看老婆孩子。如果你见到了桂芝弟妹，即使你说明白了，是她大哥陷害了你，那她也未必全不相信你，也不保证她不告诉他大哥了。"

"不会吧，毕竟俺们是夫妻呀，她不向着俺，会胳膊肘朝外拐？"

"你俩是夫妻不假，但是人家还是一奶同胞呢，到时候知道你要找她哥报仇，她能坐视不管吗？当年我跟大哥去替你报仇，她都央求咱娘为姜孝昌说情呀，你动动心眼儿好好想想啊！"

张锦祥默然了。尽管心里的怒火上蹿下跳，难以平复，但是面临着报仇的困难，暂时也只有无可奈何摊手唉声叹气了。

四方台的张锦德，知道了三弟的下落，而且活得好好的，他自然是心里高兴。他安排好了家里的事情，借口说去市里给老娘耐点补品，就骑上马，一个人来到了哈尔滨的道外正阳街。

他先在街上转了一会，去附近商场买了点补品和衣物，然后拐弯抹角地转到张锦恕家里。

他对这里很熟悉，直接来到后院，把马拴在马棚里，然后四下瞅瞅没有人跟着他，他才敲门进屋。

张锦恕由于老三的突然回来，他害怕外人知道麻烦，就借口快过年了，给佣人放了假，所以他家里只有自家的人。

103

大侄子张子悦也在上大学，临时回家看看，他看到大伯来了，朝里面喊道："爹、妈，俺大伯来了。"他上前接过大伯肩上的包裹放在桌子上。

端着书本的小女儿张子瑶也从书房走出来跟大伯打招呼："大伯好，俺老爹老妈在楼上呢，您上去吧。"

张锦恕夫妇听到楼下喊，赶紧出来到楼梯口，看到大哥满脸白霜，步履坚定走上楼来。

楼上的客厅里，张锦德摘下貉壳帽子，抹撒一下嘴巴子上的霜，脱下棉袍，张慧君接过去挂在衣架上。张锦恕对老婆说："慧君，你去给大哥沏一壶茶来，然后去做饭吧。在楼下看着点，外人来找我不要让上楼来，我去楼下见他们，明白吗？"

张慧君是那种夫唱妇随的淑女，也知道大哥来的目的，所以点头下楼去了。

等到张慧君下楼去了，张锦恕把客厅里的大衣柜使劲地挪开，衣柜后面隐藏着一个暗门。张锦恕敲了敲门，门从里面推开了，张锦祥从里面走出来。

大哥跟失踪十几年的三弟重逢，二人的心情自然是极为激动和伤感的。张锦祥一声情不自禁地大喊："大哥！呜呜。"

张锦德瞬时间眼泪纵横："老三弟弟！呜呜。"弟兄两个相互抱着，眼泪簌簌地往下流淌，良久才放开相互凝视。

十几年过去了，已是人面桃花，变化不同了。本来还是三十几岁的，英姿勃发的张锦祥，已经被岁月风霜的侵袭熬白了头。由于常年在大山里生活，采山打猎，面容被大山里的风吹得憔悴黝黑，显得比大哥、二哥还老。

张锦祥看大哥张锦德，也是皱纹爬上了眼角，海下络腮胡须更重了，面容虽然红润，但也显得苍老了许多。

抹干眼泪坐下，老三就把满肚子的苦水与思念，一股脑地倒给了大哥。在张锦祥二十岁的时候，父亲患病去世，张锦德受到了大哥无微不至的关怀，张锦祥甚至就把大哥当父亲看待。所以见到大哥跟见到二哥的情绪和感情流露，还是有不一样的地方。

三人伤感过后，也是庆幸老天有眼，让张锦祥劫后余生，命不该绝，才有今日的弟兄相逢，才可能商量如何报仇雪恨。

张锦祥掂量着驳壳枪询问大哥："大哥说吧，咱们怎么跟姜孝昌干，他家老少都可以算汉奸了，俺看怎么处置他们也不为过吧？"

"道理不错，但是还得商量个办法，绝不可以草莽行事；还有需要找点可靠的人手帮咱们，才可以跟他们斗。"

张锦德说完，张锦恕说："大哥说的对，眼下光咱们老张家与老姜家相比算是人单势孤啊。我有个朋友，似乎跟抗联有关系，可不可以求他们帮忙呢？"

张锦祥高兴地说："谁能帮咱们都行啊，帮了咱们给他们点好处也行，没人白帮咱们吧？"

张锦德把手举起来似乎在阻止："请人家帮咱们报私仇，似乎不妥吧？我倒是知道抗日联军是打日本人队伍，如果是打汉奸、清恶霸，属于抗日，还可以找他们。"

张锦恕说："咱们整治汉奸老姜家，那就是正义的吧？俺先跟他说说，看看情况也行吧。"

张锦德说："二弟报仇的事儿先别急，也不要跟外人说。三弟恁先在二哥家里住着，千万不要惹事儿，更不要单独出去。等我回去联络一些可靠的人，准备好了再告诉你。"

时间过得很快，转眼到了年三十。过年了，全家人聚会在一起，这是中国人的传统。

咱们先不说老张家怎么过年，倒是应该说说叨咕半天的姜孝昌的家了。

四方台子屯子里的大年三十，偶尔传来炮仗的响声，富裕人家大门口，都挂起来红灯笼，张家、姜家这样的大户人家，当然更热闹。

大年三十的夜晚，姜家人口能到齐全都到了（差一个女儿）。大儿子姜心儒带着老婆跟两个孩子，二儿子姜心田带着老婆儿子。

发完了压岁钱，开始喝酒。酒桌上，姜孝昌挪动着胖大的身躯，下颌几根山羊胡子随着身躯脑袋颤动。他夹起一块猪肉送到嘴里。然后一杯酒下肚，啧啧几下说："这酒不赖，俺就爱喝这种酒。"

姜家老二姜心田，一身府绸青色裤褂，白净的面皮，眼睛无神。他也跟着喝了一口白酒说："老爷子，这酒就是俺姑姑家，老张家烧的酒啊，想喝还不容易，让俺姑姑送来几十坛子不就完事了？"

姜孝昌使劲地站起来，满脸不高兴地说："恁那个姑姑才不孝敬她这个哥哥呢。这些酒都是买来的，俺花钱买来的，小子你听到了吗？"

老大姜心儒推了推眼镜说："老爷子，俺倒是觉得不是俺大姑不肯孝敬您，肯定是老张家的人不让姑姑送这您爱喝的酒吧？"

姜孝昌拍了一下子桌子："哼，要是不是看待你姑姑和俺那个姑姑的面子，恁老爹早就让老张家家败人亡了！"

姜心田的老婆孙翠花赶过来扯着十二岁的孩子往里屋走，边走边说："你爷爷说话声大你别怕，不怕，摸摸耳，吓一会儿，咱们进屋睡觉去了。"

姜心田耸耸肩膀说："十来岁了，说话声大点也害怕？回头说当年张家老大都拿着枪顶着老爷子脑门了，你还看面子！就算看姑姑的面子，那也要先整治张家的老大和老二吧？"

"恁们不懂，俺姜孝昌也真的黑了张家上等棒槌（人参）和害了你姑父呀，想想觉得理亏，他们忍了，咱们也就别往上赶着找茬了。"

姜心儒听到老爷子这么说，他赶紧伸手拦住："哎，老爷子，这事儿只有天知地知，别人不能知啊。就算张家奈何不了咱们，那咱们也不能公开承认这件事儿。这事儿关系到咱老姜家的声誉名望啊，所以打死也不能承认！"

"也是，不能自己个给自己个扣屎盆子，让全四方台，全哈尔滨都知道咱家老爷子是一个忘恩负义的坏人啊，嘿嘿。"姜孝昌说完扑通一下坐下，喝了一口酒，半天没作声。

104

他老婆吴氏嘟囔着："其实人家大表哥家里太仁义了，再有也是看在你姑奶奶的人情，人家还能等到今天跟咱们算账？俺总是劝恁爹干啥事别太绝了，可恁老爹就是不听啊。老大老二恁们说，你老爹还惦记人家的烧锅，说打算把张家的酒烧锅弄过来，喝酒方便，还能卖钱。老张家毕竟是在咱们贫困的时候帮了咱们啊，咱们还害了人家，不感恩怎么也不能赶尽杀绝吧。古话说'不是不报时候未到'，俺看还是算了吧，还是小心点好吧。"

姜孝昌正好，没有地方撒火气呢，听到老婆数落他，他将一杯酒全都撒到姜氏的脸上骂道："你个老娘们知道啥？俺姜孝昌要不是心狠敢干，能有现如今的家吗？心儒、心田两个犊子那里有机会干这个差事？恁上炕认识恁老爷们，下地认识恁那一双破鞋，懂个球啊！吃着俺的，就该向着俺，吃里扒外，老子扒了你的皮！"

吴氏被姜孝昌骂了一顿，哭着离开饭桌，回里屋去了。姜心儒有点不高兴地说："老爷子，今儿个是大年三十啊，你就消停会点吧啊！"

姜孝昌虽然是老子，但是也不太敢跟给日本人当着翻译官，还有给日本人当着特务队长的两个儿子发火。他怕两个逆子万一翻了脸，六亲不认不为自己个撑腰，那自己个儿啥也不是了。

他没话找话问道："听说日本人打了什么港，还有什么太平洋战争？"

"啊，珍珠港，是日本人打了人家美国人在太平洋上的军事基地珍珠港，美国人炸庙了，这不就联合英、俄、中等国家，跟日本人在太平洋上干起来了。

这就算太平洋战争。"

"原来如此。那老美和东洋人，哪个能耐大，日本人能干过美国人吗？"

"眼下还不好说。不过俺觉得不管那个能耐大，咱们端着日本人的饭碗，那就是汉奸。一旦形势变化，咱们总会处在不利的局面，所以也不能不算计着给自己个儿留个后路。"

"后路？往哪里跑啊？这个四方台子有咱家的全部家产，往哪里跑啊？偌大的家产不要了，咱们还能跑回山东老家？"

"回啥老家呀，咱们去外国啊，外国人也不会追究咱们干过啥汉奸，嘿嘿，有钱在哪里都是大爷。"

"是，心田说得对。万一日本人撑不住了，到时候无论是共产党，还是国民党，都会按着汉奸惩治咱们。吃一个枪子儿，走铜都是肯定的，绝对没有咱们的好果子呀，所以只能盼到外国去才能消停。"

这一家子汉奸，素来以当汉奸为荣，以压榨乡里乡亲的为能。如今倒是想到了退路，看起来这样的人，也不能算人，就算畜生吧。也不是死心塌地效忠日本人，也是狡兔三窟，随时准备逃跑的。

姜心田站起来围着桌子嘚瑟着说："想要去外国，那就要先把银子、金子攒足了，大哥你说是不是？到了国外没有钱花，你就没有饭吃，没有房子住，人家老外洋毛子可不会认你是啥亲戚，给你啥施舍啊，嘿嘿。"

姜孝昌："咱家里除了现钱，加上土地房产，怎么不有十几万元啊，这钱不算少吧？"

"老爷子，大错特错啊。如果真的有那么一天，只有现在的钱换成美金，还有金银银首饰珠宝算是值钱的。土地房屋能当钱吗，能带走吗。就算到了时候你想变卖，谁敢买汉奸的财产？也不赶趟啊？国外的东西老贵了，咱们这点钱，过不上富人的生活，甚至得要饭啊。"

"俺的娘嘞，那咋整，赶紧想辙啊。俺老了，没啥能耐了，全靠恁们哥俩了。"

姜心田脸上挂着阴险的神情看着姜孝昌说："老爷子呀，俺最近听说老张家早年间是掏过金子的，在老金沟得到了宝贝'狗头金'，还不止一块呢。这事儿不知道真假，您得活动活动打听打听啊。万一张家真的有宝贝，那咱们可不能让他们消停，想辙弄到手里，那可是真金白银啊！到了国外，换成美元，吃香的喝辣的，还不由着俺们吗？嘿嘿。"

姜孝昌略有迟疑地说："俺也曾经听过那么一嘴，也不知道真假啊，这事儿

哈尔滨往事

也不能当面问问张家管事的，不管事的不会知道的。"

姜心儒凑近姜孝昌说："老爷子，那狗头金和老人参可是好东西呀。要是咱们弄到手，那可值老鼻子钱了，这事儿不管真假，咱们都得上心。哪怕是假的，那也要当真的下功夫，不让他们消停，他们就得出钱，让咱们帮他们免灾。"

"对，他们要是不配合，咱就请日本人出面跟他们死磕，那时候咱们就在中间乱撺拢，日本人不依不饶，咱就从中渔利，对吧大哥？"

"那样好吗？俺是有点儿心里打鼓。日本人出面了，好处恐怕都要让日本人占去吧，也就没有咱们啥事了？"

"事在人为啊！老爷子你只管探听消息，余下的俺哥俩想辙闹腾他们。"

姜心田掏出手枪比划接着说："老子有这个，看他们老张家的脑袋硬，还是俺的枪子儿硬。"

姜孝昌说："哎，老张家也有枪啊，他们能怕你吗？"

"嘿嘿，就他们那几杆烧火棍啊，那天我带着特务队去震乎他们一下。他们要是反抗起幺蛾子，就按违法抓起来，塞进日本人的监狱，喝点辣椒水，坐坐老虎凳，折腾死他老张家！再把所有的枪支全部没收，看看他们张家还炸刺不。"

姜心儒摆摆手说："先别来硬的，俺那个表弟张子成，不是在家里呆着啊，他们家里的十垧地不是咱们代种吗，就以这个为理由，让他过来帮咱们管着。老爷子你就明里暗里打听，或者想办法诓他，让他回家去打听，这不就结了啊。"

"这个主意好，过了年就去找他，反正他要干活，咱们也不白养活他，一举两得。"

105

姜心田这时候又冒出来一个坏道道，他斜着眼看着姜孝昌说："俺那个姑奶奶，听说七十大寿都没过，说啥要等着日本人滚出中国去，她才过生日。哈哈，想得美呀，那可能这辈子她就别过生日了。老爹没啥事儿去老张家走一走，看看老张都吃啥饭，吃没吃粳米白面。那个老太太是老张家的宝贝，肯定要吃粳米白面，那就是犯了皇军的违禁，就要坐牢，要杀头的。"

日本人占领中国东北之后，为了让东北三省在经济上支持日本军队打仗，所以除了在政治和军事上强压之外，在经济上也是疯狂掠夺"满洲国"老百姓，甚至规定平民不准许吃细粮，大米、白面都不允许吃。一旦查出来，那就是经济犯，坐牢杀头都是可能的。

据说有钱人去了饭店吃饭，喝酒喝醉了，当街呕吐，吐出来大米饭了，就被抓起来判了"经济犯"！

姜孝昌摇摇脑袋说："张家老太太毕竟是恁姑奶奶啊，年纪大了偷着吃点细粮，就当没看见吧啊，咱们别管了。再说粳米白面是老张家自己个儿种的，多数交了公粮，留点自己家里吃，也算犯法呀？小子咱家也吃啊，也算犯法吗？"

姜心儒接上说："他家是平头草民，吃了就是犯法。咱家跟他家不一样，咱们算是给皇军做事儿的，算官家人，吃啥都没事儿，老爷子啊。"

姜孝昌糊糊涂涂地点点头："行吧，哪天俺去探听一下，就当没事儿消化食呗。"

姜孝昌一家三个贪心的男人，一对半坏蛋正在发着一样的坏心，捉摸着怎么坑害老张家，就在这时候，姜孝昌随意抬头看看窗户，只见窗户外边一片通红。他好奇地问："外边放什么炮仗，咋能红呢？"

也就在此时，门外一阵骚乱，有护院队孙大埋汰跑进来气喘吁吁地报告："老太爷，大事不好了！"

姜孝昌没有站起来就抬腿一脚蹬过去："大过年的，你哪来的倒霉嗑，啥叫大事不好了？！"

孙炮结巴地说："老爷子，西场院着着火了，烧了大半个场院了！"

"啥，咋回事？西场院着火了？"姜孝昌忽的一下子站起来："那孙炮儿恁咋不去救火啊！来人套车，赶紧去西场院救火啊！"

孙炮跑出去套上马车，十几个人小跑着赶奔屯子头的姜家西场院。

屯子里的道路，坑坑洼洼，虽然是过年，但是也是漆黑的路面较多，门前挂灯笼的照亮的人家少，姜孝昌等人虽然举着灯笼，但是走起来也是深一脚浅一脚地跌跌撞撞的。

东北的腊月天，零下三十多度。西北风伴随着小清雪，嗖嗖地打在脸上，就像弹弓的弹子打得那样疼。一路小跑的人们，只有十几分钟，已经是胡须，眼眉挂满了白霜了。

西场院距离姜家大约一多里地。当姜家爷三个带着帮着来救火的人，跑进火光冲天的西场院，气喘吁吁跟着姜孝昌坐的马车跑到西场院的时候，眼前已经是狼藉一片，火光暗淡下来。

两大垛没有打的谷穗子，还有上百担打完的，没有装袋入库的谷粒，都烧成了灰烬，全部的损失大约五百担粮食。剩余的火苗子，还在突突的乱窜，烧塌架的谷子垛，一地黑灰和里面的红火，还在发出来嘎嘎的响声，惨不忍睹的局面。

姜孝昌看到真个场院的粮食斗烧完蛋了，心疼得他撕肝裂肺地嚎叫着："天哪，这些都是给皇军的公粮啊，烧没了，咋交公粮孝顺皇军啊，俺也不活了，呜呜。"

老东西猛然扑到火堆上号啕大哭起来，吓得姜家两个小汉奸赶紧上前拽起老汉奸："爹，这是干啥啊，这点瘪谷子算个啥啊，火烧旺运，赶紧回家喝酒庆贺吧！"在场的人们赶紧把他拽起来架上马车，送回了家里。

老姜家场院着了火，姜孝昌心疼得死去活来，咱们暂且不提，再说说张家是怎么过年的。

今年过年，是老张家最冷清的一年。最兴旺的年头，老张家哥们四个，媳妇四个，孩子老娘一大家子全都聚齐，那个热闹劲就别提了。

可是今年，与去年对比，也是冷清了很多。去年起码还有老大、老二的两家媳妇孩子围着岳氏老太太转呢。可今年，老三回来了，还不能让他回家一起过年，只能让老二在江南陪着老三过年，孩子媳妇也没有回到江北过年。

这样，老张家只有张锦德一个大老爷们，陪着老娘和儿子、孙子和几个孩子、弟妹、媳妇过年了。

家里的留下做饭的黄师傅，他家也在本屯子住，做完年夜饭，也让他回家过年了，院子里还有三个护院的炮手，其余还有看守两处场院的三四个人。

张锦德家里做年夜饭的时候，也都带出来这些留守的看家护院人的那一份，天黑的时候，他还特意去了两处场院转转，看看有没有什么安全情况要处理，并且给他们带去了酒菜。嘱咐看场院的四个人喝酒可以，不要贪杯误事。

回到家里，看到门里门外，碉楼都挂了打灯笼，觉得没有啥事操心了，他也就放心地回到屋里，陪着老娘说说话，等着跟大伙一起吃年夜饭了。

张家儿子辈的，知道的一共有九个，张锦德三个孩子，两男一女。女儿出嫁到朱顺屯，也生儿育女；两个儿子老大张子富在医院当医生，前些年突然失踪了，生不见人死不见尸；老二在哈尔滨中俄工业大学毕业，哥哥失踪以后，他就回来跟着老爹种地务农了；张锦恕也是三个孩子，二男一女，都在上学，女儿在哈尔滨医科大学学西医，儿子张子悦学工科，在国立哈尔滨工业大学学习工业制造；二儿子张子云是电力专科学校，后来当了警察；

106

老三张锦祥有两个孩子。老大张子强是大房媳妇生的，已经结婚，在家里务农。老二张子成，二房姜桂芝所生，今年十八岁，在家里务农。

老四张锦辉没有随着东北军入了关内的时候，有一个孩子，四五岁。九·一八事变以后，张锦辉跟着张学良撤进关内，失去了联系，也就无从了解了。

十几个人围在一起吃年夜饭，还算热闹。奶奶发完了压岁钱，父亲母亲，大爷大娘、婶婶都要发压岁钱，孩子们乐颠地拜了年，大多草草吃了点，有的去放炮仗，有的去看书，有的去睡觉了。

这时候护院的顺子走进来说："干爹，西边好像着火了，位置好像老姜家的西场院。"

张锦德听到，赶紧来到院子里，伸着脖子往西北看，他心里也觉得是老姜家的西场院。他吩咐："去个人看看吧，看看到底咋地了？"

去西场院的探听消息的人回来了："大掌柜的，老姜家的西场院失火了，烧的全都塌架了，丁点儿粮食也没有剩下，老姜家惨了。"

张锦德心里画魂："难倒是老三干的不成？"他急切地问："咋失的火啊？抓住放火的人了吗？"

"听说啥也没有发现。火是从上风头着起来的，就连看场院的小草棚子都给烧倒了。"

"嗯，要是看场院的人不小心失火，那应该在下风头，也不容易把整个场院全都烧了，是吧？"

"是吧，听说姜孝昌寻死寻活的，哭的像泪人，真是舍命不舍财啊。"

张锦德摆摆手："好了，恁歇着去吧。"

顺子走了，媳妇吴慧芬过来问："是老姜家西场院着火了，听说烧的十瓦皆爆，水净鹅飞，姜孝昌老家伙心疼的差点自杀。"

"他知道怎么着的火吗？要是有人放火，抓住放火的人了吗？"

"他哪里知道咋着的火啊，大年三十，夜黑风高的，哪儿那么容易抓住放火的人啊。谁干这个事儿还不盘算好了，在哪里点火，在哪里扯啊。一个场院才两个人看着，这个时候都在喝酒呢，也不是自己个的财产，谁能那么上心给老姜家看着啊，是吧。"

张锦德前些年在张锦辉的撺掇下安装了电话，新东西，使不惯，所以很少使用,经常还把电话放在柜子里。张锦德心里琢磨老三的事儿，想起家里有电话，他去将锁在柜子里电话机拿出来，给二弟张锦恕打了电话："老二呀，老三在家吗？大昌子家里场院失火了，不知道咋一回事儿呢。"

电话里张锦恕言语失调，着急地说："大哥呀，我给你打了好几次电话了，你也不接啊。老三偷着跑出去了，好像有两三个时辰了，要坏事儿吧？"

张锦德一听老三不在，他就想到了老姜家失火大半是老三干的，他着急地问："赶紧找找啊，他回来马上告诉俺啊！"

这时候张锦恕那边没有跟张锦德说话，张锦德听到张锦恕那边房门响了一下，接着传来："哎呀老三你可回来了，大哥老三回来了，我先撂了，一会再打过去啊。"

让张锦恕担心害怕的张锦祥真的回来了。他满脸的白霜，浑身上下成了冰雪一样的白色人。

张锦恕看到张锦祥这个样子，担心地问道："三弟呀，你这是去哪里了，冻坏了吧？"

张锦祥一边往里面走，一边使劲地摘下狗皮帽子，在桌子上磕打磕打雪面子，气喘吁吁地说："俺去屯子了，找那个老犊子算账去了！"

"你去老姜家了？见到姜孝昌了？"

"没有见到那个犊子。他家挎枪的很多，两个炮楼子，很难进去，俺就没有进去。"

"那你去四方台哪里，大年三十的，你不在家里过年，跑出去一点信儿也没有留下，大哥和俺吓得崴泥了，就差对着哭了！"

张锦祥似乎有点不好意思地说："俺也知道大哥、二哥担心啊。可是俺一想起来那个老犊子吃香的喝辣的，都是咱们的血汗养着他，俺就气得慌。俺看他家里守卫森严进不去，俺就想起来当年咱家给他们的西场院，那里一定还有很多粮食。所以俺就去转了几圈，最后一把火烧了老姜家的谷子垛，总算能解解俺心头之恨了！"

张锦恕听完张锦祥的话，他长出了一口气，心里的石头算是落了地。真是他干的，没有被抓住，万幸了。

张锦恕心里也不知道啥滋味，他给三弟倒了一杯热水递过来："饿坏了吧，赶紧去饭厅俺给你弄点吃的，还是吃饺子吧。"

张锦祥把整身的外套脱掉，神色显得很困乏地说："可不是咋地，这么远的道儿，虽然骑马去的，但是还是累得要命，饿得两眼冒金星了，就快挺不住了！"

张锦恕去门口外边四下看看，然后回来把房门挂好，带着老三去了饭厅吃饭。

趁着老三吃饭，张锦恕给大哥打了电话，告诉了事情的经过。张锦德知道了事情的原委，老三没事儿，他心里也算踏实了一些。

"二弟呀，你千万再劝劝老三，以后可别想一出是一出了。万一落到姜孝昌手里，那咱们就成了放火的贼了，掉了脑袋还不光彩啊。这偷鸡摸狗的勾当，不是咱们哥仨应该干的呀！要跟姜孝昌干，那就想办法，真刀真枪地干，不要让人家说咱们老张家人光会背地里捅尿窝窝，干不见不得人的事儿。老张家人报仇也得要脸面啊，听到了吗？二弟！"

亲哥三个，性格，看法各不相同。老三认为姜孝昌不仁，俺就给他不义，怎么整治他都是天经地义；老二认为整治姜孝昌，要联络一些人，不能单打独斗，要有策略，不能蛮干，至于手段，可以讲究，也可以下手狠一些；老大张锦德为人忠厚仗义，做啥事都要丁是丁卯是卯。凡事做在明处，不去偷偷摸摸地搞一些见不得人的手段，对姜孝昌的恩怨，也是如此。

107

他在暗地里寻找帮手，觉得时机成熟了，就去姜家摊牌，真刀真枪干一场，不是你死就是我活，豁出去了。

年前的十几天，张锦德去了同村的老中医，远房一家子大哥张锦贤家里，找他唠唠嗑。

在张锦德眼里心里，张锦贤是一个见识多有德行的男人。这个一家子大哥虽然在血缘上出了五服，但是他们平时走动还是很多的。

看到张锦德脸色毫无表情，没有了往日的憨厚的笑容，张锦贤在心里判断："张家老大遇到难处了。"

"老大啊，怎最近没有工夫来大哥家里，在忙啥呢？过年的时候，也不用掌

哈尔滨往事

柜的操心吧。正好俺要喝小酒，大弟弟就陪陪俺吧。"

张锦德随口说道："好啊，自个儿喝酒闷得慌，咱哥俩一块喝吧。"

张锦贤的老伴端上来酒菜笑着说："没有啥好嚼果，酸菜炖粉条，冻豆腐炖大鹅，将就了吧，嘻嘻。大弟弟家业大，几十口子人，吃饭穿衣够他忙的了，难得过年了闲几天。那就陪你大哥喝几盅吧，唠扯唠扯家长里短的，解解闷。"

张锦德也不客气，脱了鞋，坐到炕上的小桌边，二人你一杯他一杯地喝了起来。

酒过三巡菜过五味，张锦贤说："大弟弟心里有事吧，跟大哥说说吧，看看大哥能不能帮你想点辙。咱们都是一个祖宗的自己弟兄，谁是啥样的人，咱都门清，有话就说，不用藏着掖着啊。"

张锦德抬头看看，张锦贤明白，这是有些不能公开的秘密，他就告诉老伴："他娘，恁去门外看着点，来了外人告诉俺们。"

张锦贤三个孩子，一个小子仨姑娘。姑娘出嫁在外村，小子在一起住，在后院的偏厦子小屋里。

看到张家嫂子出去了，张锦德长出了一口气，神色凝重的把老三张锦祥的遭遇完完全全地讲给了张锦贤："大哥，俺们哥们遇到了难事儿呀，您给想个辙，俺们该咋办？"

看到张锦德眼里噙着泪花，张锦贤也替张家弟兄的遭遇为之同情不已。"老大啊，今天看到姜孝昌一家子在方台子拔豪横，当汉奸，咱们也无奈，但是俺还没有想到他在十年前就真的干出来伤天害理的事儿啊！"

他自己干了一杯酒说："姜孝昌坑害你家老三恶行，已经是不可饶恕了。但是他们还是汉奸，替日本人卖命，坑害咱们乡亲，这就不是你们一家的仇恨了，就是咱们中国人的仇人了！老大，你先别着急，君子报仇十年不晚，俺替你找人琢磨琢磨，看看到底咋办。"

张锦德从张锦贤家里回来之后，他一直惦记着张锦贤能来信儿，巴望着有啥好办法整治姜孝昌。张锦祥放火烧了老姜家的西场院之后，他害怕三弟出再事儿，所以张锦德的心情更为紧迫。

姜孝昌的西场院被大火烧毁了，损失了很多，这让爱财如命的姜孝昌心疼得不得了。他回到家里跟两个儿子耍着泼皮："恁两个犊子还是啥翻译、队长挎枪呢，自个家的那点东西都看不住，还剿匪、抓抗联呢，狗屁吧！"

姜心田搓着冻得通红的双手说："失火、发水，那都是天灾啊，也不能怨俺们哥俩吧？"姜心田一脸无辜地跟姜孝昌对付。

"天灾，糊涂蛋啊，傻瓜啊，那明明是有人故意放的火，恁都没看得出来？还当特务队长办案子呢，那不是啥天灾是人祸呀！"

姜心儒踩着被冻得像猫咬一样的疼的双脚，喘着哈气带着困意说："老爷子，有啥发现就直说吧，俺们也好去抓放火的人啊。"

姜孝昌着急地喊着："恁想啊，大过年的，看场院的就两个炮手，半夜三更的，谁能那么上心满场院转悠，在上风头点火抽烟弄失火了？他们自个也说那个时候都在地窨子里喝酒呢，即使他们不小心弄着了火，那是下风头，也不会整个场院都着火了啊。"

姜心田咂咂嘴，摇着脑袋想了想："哎，老爷子掰扯的真对啊，看起来是有人故意放火，坑害咱们姜家，真活腻歪了！抓住他抽筋扒皮，点了天灯！"

姜孝昌嘟囔着："别净扯了，还有一个场院的黄豆没有打完呢，上点心看守吧，别再出啥幺蛾子了啊！"

姜心田打着哈气说："爹呀，再派几个炮手去场院看着吧。我们先睡觉吧，明个俺就叫人调查，行不？"

初三的时候，姜桂芝跟岳氏老太太，还有大嫂大哥说："老太太、大哥、大嫂，今儿个初三了，俺要去大哥家里拜年。"

三六九，往外走，东北人的习惯，过年初三以后就要出去拜年了。姜桂芝带着满心不愿意的张子成，来到了大哥姜孝昌家里。

他们带着礼物来到了姜家，也就是张子成的大舅家里，可是遇到的却是极其的冷淡。

姜孝昌看到姜桂芝，心里就来了气，他用大烟袋敲敲铜盆脸色难看地说："还知道来呀，大哥家里失了火，烧得一个干瓦皆爆、水净鹅飞，恁们咋装不知道呢？"

姜桂芝冷冷地说："大哥、大嫂，俺和子成也知道了，可是怕大哥伤心，还有大姑身子骨不好，所以才没有来家里问问。"

十八岁的张子成，一个牛犊子一样的小伙子，看到大舅劈头盖脸数落自个的娘，脸上腾地一下子血涌了上来。

"哎，俺说大舅啊，恁家场院着火了，怨俺娘啊，俺娘是木鱼啊，恁说敲打就敲打？"

姜孝昌看到外甥跟自己个掰扯，他狠狠地用那根乌木杆，铜烟袋锅，玉烟袋嘴，长有二尺的大烟袋，隔着桌子砸了过来："小兔崽子，还敢跟老子胡掰扯呢，看俺砸死你！"

张子成身体灵活，一闪躲过，脸上还是嘻嘻哈哈，跑到一边去了。

108

姜家两个给日本干事儿初三一大早就都走了，去老丈人家里拜年，所以姜孝昌家里也不热闹。嫂子吴氏要做饭让小姑子跟子成留下吃饭，看到姜孝昌那一副神情，张子成跟姜桂芝谢绝了。

看到他们母子要走了，姜孝昌闷声闷气地说："桂芝啊，过了十五让子成来大哥家帮工吧，帮着看着院子和场院。等到开春的时候，再帮着种地，就这样吧。"

张子成虽然满了十八岁，脸上青涩稚气还没有消退，但是特有的年轻火气旺，言语犀利地问道："大舅啊，俺知道让我帮忙种的地，就是俺们家的那十几垧吧？"

"嗯呐，就是你们家的。大舅帮恁侍候七八年了，你长大了，该轮到你出力气了呀。"

"大舅您看啊，既然是俺们老张家的土地，俺和俺大哥也长大了，那就不如还给俺们家，俺们自个儿去种多好，省的让大舅操心费力了，这多好啊，"

姜孝昌听到张子成的一番话，心里倍感惊愕，这个小兔崽子咋能说出来这样的话呢？难道是张锦德教唆的？他自己个儿心里有鬼，敏感性就高，生怕有人拆穿他内心的不良企图，以及怕人出面干涉的卑鄙目的。

姜孝昌内心凌乱，强装镇静，他用大烟袋指着张子成说："哎，恁个黄嘴丫子没褪的小蛋子，咋竟说没有良心的话呢？恁大舅怕恁们娘们饿着冻着，七八年来帮恁种地收粮，让恁们吃喝不愁，到如今反倒是大舅的错了？既然恁长大了，那就跟你娘说，恁娘同意自己种地，就给你自个儿种。可是就凭恁一个念书不识字，经商不会算账，种地不懂二十四节气的二八月庄稼人，也能种好地？俺看恁也就是说说痛快一下嘴，哪有丁点真能耐呀！"

听到大舅糟践自个儿是白痴，张子成心里涌上上火气来，他反驳道："俺不去城里念书，俺是怕俺娘没有人照应，四书五经俺都能倒背如流，不信考考俺？

再说经商不会算账，种地不懂二十四节气，这都是恁顺嘴瞎编排的，俺也不想跟大舅掰扯。大舅就说一句话，愿不愿意开春俺就自个儿种俺的地呀？"

"蹬鼻子上脸了，小兔羔子，削死恁！"姜孝昌恼羞成怒，指着姜桂芝扯着嗓门喊道："快点管管没爹的野小子啊，要不就找人揍他了！"

姜孝昌这一句"没爹的野小子"，瞬间就勾起来那心酸的往事，顿时让姜桂芝泪流满面，失声痛哭起来。

她抽噎着说："大哥呀，成子为啥没有爹的，恁心里最清楚，眼下还拿来当理儿来跟成子掰扯，亏心不亏心啊！"

姜桂芝说完，擦了一把眼泪，使劲推搡了一下张子成："走，咱回家！"说完，她前头先走了。张子成若有所思地跟在后边，离开了姜家。

姜孝昌看着出门的娘两个，他拍了一下大腿："唉，嘴欠啊，扯这个闲嗑，不是给自己个整秃噜皮了呀！"

路上，张子成跟在娘亲身后几次地追问："娘，跟俺说说呀，俺爹到底是咋死的，俺都十八岁了，该知道真相了吧？"

儿子的再三追问，让姜桂芝无法回避，她热泪盈眶抽噎着说："恁去问问大爷吧。该不该恁知道真相，你是张家人儿，让恁张家的大爷做主吧。"

当年张子成的父亲张锦祥伙同大舅去长白山采棒槌（人参），父亲没回来，他是大约知道。后来大爷、二大爷去大舅家里要整治大舅，他也知道一二。那个时候张子成才七岁左右，没有人告诉他真实的结果是什么，只是恍惚地听说爹的死，跟大舅有关系，但是到底咋一回事他向大人们打听，大人们全都是刻意的回避。

今天旧事重提，张子成心情凝重，而想知道父亲死因的疑问又被重新燃起。眼下自个儿已经十八岁了，大人们也不该再把自个儿亲爹到底咋死的事儿，就瞒着他一个了。他让哭泣着的娘一个人走，自个儿一溜小跑回去找大爷询问关于爹的事儿了。

张锦德此时正在母亲的房间里，同媳妇跟老母亲一起说话呢，张子成风风火火开门进来说道："大爷，今儿个必须告诉俺，俺爹到底是咋死的，是俺大舅给害的吗？"

几个人你看我，我看你，面面相觑一会儿，张锦德上前拍着张子成严肃地说，你妈不肯告诉恁，那是她怕恁伤心闹出事儿来。子成你跟我来，大爷全部告诉你。

坐在炕上的岳老太太脸色很难看，对着张锦德摇晃着手，意思是不能告诉他。张锦德就装没看见她的示意，拉着张子成出了老太太的房间，来到张锦德的房间里。

老道外五道街二十五号，承德堂药铺的掌柜的潘有朋，年纪五十多岁，他是抗联安排在哈尔滨的地下联络员。

自打抗日联军的绝大多数队伍为了保存实力退入苏联境内，接受苏军训练，等待反攻的时间之后，他的工作也少了许多。

这一天上午，门外来了一个批发药品的，原来这个人就是张锦贤，一位很出名的一位老中医。

张锦贤是这家药铺的常客，当然也是潘有朋的老朋友，还是老同志。当年经潘有朋引荐，张锦贤参加了抗日队伍，也加入了共产党。他跟潘有朋暗地里帮着抗日联军，搜集情报，购买药品和武器等任务，是抗联在哈尔滨的可靠地地下联络人员。

自从抗联退入苏联境内之后，哈尔滨的日伪军少了抵抗力量，他们就更加肆无忌惮地迫害当地老百姓，搜刮民财，构陷冤狱，最终用来达到完全扑灭抗日火种的目的。

因为日伪军的疯狂，又没有必要的任务，所以他俩约定，没有较为重大的情况，他俩就尽可能地少见面，以免暴露身份。

药铺的伙计看到老客户来了，赶紧打招呼："张大夫来了，买药还是来看俺们掌柜的呀？"

109

"都有都有。上次买的药品快用完了，今儿个路过这里，顺便买点药品，外带着看看潘老板啊。"

伙计很热情地说："那张大夫，您把药单放在这里，俺给您备着药，您就可以去后宅看望俺们老板了。"

张锦贤一边答应，一边掏出来药单递过去，然后他就往后宅走来。

潘有朋的后宅，也就是店铺的一个隔断，前面卖药，后面间壁开做了卧房。他的家人不住在这里，这里就是他临时的居所，也是联络抗联的交通点。

看到张锦贤来了，他给沏了茶水，然后低声问道："老张，今个儿来肯定有事吧？"

张锦贤把围脖摘下来，长袍脱下放在一边，然后坐下说："有一件事情，但是不是抗联的事情，是俺们屯里老张家跟老姜家的私人恩怨。张家请求俺帮助，俺拿不准，但又觉得这个事情很重要，所以就决定来找你商量商量。"

"哦，说来听听，俺知道张家跟姜家可都是方台子的大户，还有亲戚关系吧，他们怎么了？"

张锦贤就把张家跟姜家的恩怨纠葛，如此这般的，很详细地讲述了一遍，然后说："俺觉得张家人品不错的。自打九一八以来，尽管日伪军三番五次让张家出面担任日伪职务，可他们都婉拒了。这就说明张家不肯做亡国奴，不肯做汉奸为日寇卖命。"

他喝了一口茶说："从这件事情的表面来看，似乎是张、姜两家的私人恩怨，但是俺倒觉得这件事已经成为团结张家，一起惩治汉奸的好事，也就是中国人跟日伪汉奸的共同的斗争了。老潘你怎么看这件事儿，你说说吧。"

老潘想了想说："你说得对，打击汉奸特务，绝不是一家一户的事情，一定要上升到民族救亡的高度来看待。咱们一起商量一个行动方案，第一既可以为老张家鸣不平，第二又要做到打击日伪汉奸的目的，这样才会效果更好。"

老潘站起来踱了几圈又说："眼下绝大多数抗联去了苏联，余下零星的咱们也联系不上，但是随着全世界正义战争的胜利，抗联的回归也是必然的。咱们要想办法做几件事儿。第一，要利用现存的人手，也可以适当地招募一些可靠的人，对那些疯狂镇压老百姓跟抗日力量的特务，罪大恶极的汉奸，进行定点的清除打击，让老百姓看到抗日力量的存在，让日伪汉奸的恶行有所收敛；第二，咱们也要暗中积蓄力量，从人员到必要的装备，都要在暗地里进行积累，但是不能过于声张，以免暴露，这样在适当的时候，咱们就有一定的能力，惩治那些死心塌地的汉奸特务；第三，咱们要摸清日本人在咱们周边的军需仓库的具体位置，以便抗联回来的时候，对这些军需仓库进行攻击，取得必要的军需用品，对抗联的军事行动起到帮助。"

"所以俺觉得借助老张家与老姜家的恩怨，来团结张家，打击姜家。姜家的三父子，尤以老二姜心田恶行昭著。什么砸寡妇门、挖绝户坟、杀人放火、任何罪大恶极的事情，他都干得出来，所以必须找机会给他一个子儿了！"

"这事儿可以。我这里有十几个人手，枪支弹药差点，咱们再想想办法筹措一下。最好是夏天，青纱帐起来的时候，利于咱们隐藏和出击。"

"老张家有十几支枪用来看家护院的，到时候可以让他们不出人，把枪借给咱们用，这样就可以解决问题了吧？"

"好。你先回去跟他们商量，千万不要盲动，一定要准备好，一定要有周密的计划才可以行动；绝不能仓促行事，因小失大，造成不可估量的失败后果。"

说完了张锦贤，咱们再来说说张锦恕，他打算找什么样的人来帮助张家报仇雪恨呢？

张锦恕二十几岁就出来经商做买卖，买卖也算做得风生水起，赚了不少的钱。跟他一起做买卖的，商行里面有股份的人，就是他的拜把子哥们白显彤。

白显彤现在是道外警察署署长，他在张锦恕瑞福商行里是吃干股的，没有出过一分钱，为啥呢？

"九一八事变"以后，日本占领了东三省，所以一切的经济活动，都要受到日伪势力的严密监控。小到针头线脑，大到米面油盐，再大点的就是军需物资，都要不同程度地受到监督和管制。

白显彤"九一八"之前就跟张锦恕八拜之交，成了生死弟兄。当时张锦恕做生意，跟白显彤毫无瓜葛，而到了"九一八"之后，形势不一样了，白显彤的身份与作用，就显现出来了。

由于他在日伪政府里面混事儿，自然对里面的事情多有了解，也结识了不少高官和实力帮派。这样，他在属于平民遭到控制的商品物资上面，就有了一些非常的路子和门道。

张锦恕也正是利用了白显彤的特殊地位，做了很多一般商人不敢做，也不能做的生意。当然了，利润也是很大的，白显彤也分到了不少红利酬劳。

也是张锦恕欠考虑，他没有跟家人以及大哥商量，就给了白显彤商行的三成干股，让白显彤在瑞福商行里面成了股东，有了话语权。

这几天他跟大哥、三弟商量如何整治姜家，他想到了求助白显彤来帮忙。但是他又犯了一个致命的错误，因而惹祸上身，到了不可收拾的地步。到后来以至于断送了商行的全部股份，自己个儿还身陷囹圄，险些葬送了性命！

那一天张锦恕约白显彤在聚贤楼喝完酒，然后两个人一起去道外三道街侠义大鼓书剧场听，袁阔成的"三侠剑"。

二人在靠边的桌子旁，一边喝着茶，一边听着评书，还不时地聊上几句题外话。

110

张锦恕心里这样想：第一白显彤是他的拜把子哥们，一个头磕在地上，就是生死之交；第二他们又是生意伙伴，利益攸关，一荣俱荣，一损俱损。就凭这两条，如果自己请求白显彤暗地里整治一下老姜家，他不会不答应，也不会出卖自己吧？

他前思后想，还是忍不住跟白显彤说了这个请求："白大哥啊，你还记得当年我三弟采棒槌的事儿吧？"

白显彤正在听得入迷，张锦恕的突然问话，他没有完全听清楚。他回过头来问道："二弟你说啥？你再说一遍。"

"俺说十多年前，俺家老三跟姜孝昌去长白山采棒槌的事儿，也就是姜孝昌见利忘义，陷害了俺家三弟的那庄事儿。"

白显彤翻翻白眼，似乎想了起来接上话茬说："知道，知道啊。那不是恁家老太太拼死拼活护着大昌子，你们弟兄也没有辙，打牙往肚子里咽，认了吗？"

"就是那个事儿！"

"今个儿咋又旧话重提，你们还想找姜孝昌报仇吗？二弟呀，如今的大昌子一家，可是今非昔比了，现在凭你家的实力想报仇，难吧？"

"就是啊，所以想跟二弟商量一下，看看大哥能否仗义出手，帮一帮二弟一家，出出这一口怨气呀？"

白显彤站起来，拉着张锦恕走出书馆，来到门外找了一家茶馆重新说话。白显彤显得非常实在地说："二哥你想啊，你们两家毕竟是血缘亲属，事情过了这么多年，那一份仇恨也应该消殒得差不多了吧，所以没有必要重新找麻烦呀；第二呢，姜家现在有两个人给日本人当差，你要是公开动他们，那就是跟日本人过不去。所以呀，他们后台很硬，动他们很难啊。"

张锦恕听到白显彤如此说，心里绝望，他躲了一下脚说："如果俺三弟要是真死了，死了死了，也就算了，可是三弟没……没死啊！"

白显彤听到张锦恕的话，惊得打了一个冷战，他神色奇异地问道："老三没死？他现在在哪里呀？真的吗？"

白显彤的一连三个问，张锦恕才觉得自己说漏了嘴，他赶紧弥补道："俺是说啊，万一他没死呢，这冤仇怎么也要有个说道吧？你说呢，白署长？"

白显彤对于张锦祥的生死，从来没有关心过，只是刚才听到张锦恕那么一说，十多年毫无音信的人还没有死，这让他有些诧异。听到张锦恕在解释，或者叫弥补说漏了嘴，白显彤也觉察到了。但是他听到张锦恕叫自己白署长，他感觉到张锦恕心里不愿意了。

白显彤在日伪官场混了这多年，是何等的油滑，善于随机应变。他觉察到了张锦恕的不高兴，赶紧把话茬拉回来。

"二弟呀，俺说是公开整治老姜家确实有点儿难处，可是俺也没有说不帮忙啊。明的不行，咱们可以暗地里做点啥，让他们家付出代价也是可能的吧？嘿嘿。"白显彤皮笑肉不笑地说着。

张锦恕听到白显彤把话茬转过来了，心里总算平顺了些。他毫无遮掩地说："贤弟你能干的，尽管干。只要不影响到你的署长位子，你干了他们家，需要多少钱俺都出，决不食言！"

钱能办的事儿，对于有钱人来说，那就不算事儿！可是张锦恕的事儿，出了钱，可能还不能办成事儿，这是张锦恕没有料到的。

临了，白显彤留下一句话："二弟你等我的消息，我一定让你们老张家心满意足，否则俺就对不起磕在地上的三个响头！"

白显彤信誓旦旦地走了，张锦恕心里也算有了些谱，他觉得也可以跟大哥和三弟有个交代了。

白显彤回到家里，家里几口人都在等他吃饭，媳妇黄旭英、儿子白三宝、儿媳秦小曼、孙子、孙女。

佣人给白显彤端上来热饭，白显彤一边吃着，一边在脑袋里过电影，想着怎么对待这件事情才好。

儿子白三宝，也就是当年哈尔滨出了名的三大汉奸恶人"白、蔡、叶"之一。白三宝、蔡圣孟、叶法增三个汉奸，在那一段时间里，对哈尔滨以及附近的县市里的抗日军民，甚至是无辜百姓，犯下了滔天的罪行。新中国成立以后，均受到了政府的镇压。

白三宝先吃完了，他剔着牙问白显彤："老爷子，我听说张锦恕约你出去听大鼓书了？那老小子有点糟钱没处花了，是不是又有啥事儿求你呀？"

白显彤撂下饭碗，端起酒盅把剩余的白酒一扬脖干下去，随口说着："是啊，求我的事儿还不小呢，我还正在犯难呢，也正想跟你商量一下，你跟俺来，听听你的看法。"

等到白显彤把张锦恕的请求说完，白显彤怎么也没有想得到，直把一个白三宝乐得前仰后合，鼻涕泡都出来了。

白显彤被弄得丈二和尚，摸不着头脑问道："小子，你笑啥，笑从哪嘎达冒出来的，俺就纳闷了！"

白三宝笑完了，这才严肃地对着白显彤说："就这个足以让老张家灭门掉脑袋的事儿，他们也敢说出来，真比傻子还傻啊。眼下老姜家的那哥俩，现在可是皇军的红人，想想啊，是谁想动就能动的吗？"

白显彤似乎醒悟了，"啊"的一声："也对啊，我这个事儿答应得太冒失了吧，小子你说呢？"

满肚子坏水的白三宝伸出手来："等一会儿，我再想一想。这个……他让咱们帮他报仇……"

他一拍大腿说："有了，你就拖着他们，我暗地里告诉姜家哥俩，咱们一起给老张家烧火，烤死他们，咱们得利发财。"

白显彤似乎没有完全明白问道："你告诉了老姜家的哥俩，他们动用皇军的力量，灭了张家，那对咱们有啥好处啊？我还跟张锦恕一起做买卖呢，他的商行还有我的股份呢？如果乱套了，咱们还咋挣钱呢？小子啊！"

111

白三宝听到白显彤说出来如此幼稚的话，弄得他又是一通大笑。"我说老爹呀，你咋就像苍蝇一样，虹住了老张家那一小块肥肉啊，咋就没有琢磨一下，要是全部股份都是你的了，你害怕没有钱嫌吗？"

白三宝说完，盯着白显彤，白显彤挠挠头皮似乎是一下子明白了："啊，是不是借着老姜家两个儿子的手，除掉了张锦恕，咱们理所当然地成为福瑞商行的掌柜的了？对吗？俺的儿。"

"哎，这才像俺那在警察局混了一辈子的老爹呀。咱们跟老张家要金子，要银子，总之让他们付出大价钱之后，咱们再把这个事儿抖搂给老姜家，这不是一箭双雕吗？一下子端出来张家的老底，老姜家感谢咱们，咱们又得到了大钱，这就是无毒不丈夫，还管他什么八拜之交啊！"

白显彤毕竟是年纪大，在民国当过警察，可能还仅存一点点良心，他不踏实的说："这个是不是太狠了，张家对咱们还是有恩的啊！前些年我挣得死薪水，穷得很啊，老张家没有少接济咱们呀，我还是觉得亏良心吧？"

白三宝翻着白眼仁说："老爷子呀，良心的事儿你也就省省吧。你再想一想，咱们眼下端着日本人的饭碗，薪水高，还能到处勒大脖子，巧取豪夺的，所以才吃喝不愁。可是你哪里知道，眼下日本人跟美国人干起来了，到最后，还不知道谁赢谁输呢。万一日本人跑回了东洋，不管咱们了，那咱们可是名副其实的汉奸啊。到时候不管谁当政，凡是中国人当政，那都非得要了咱们的小命不可啊。"

白显彤听到白三宝这样说，他觉得脊梁沟冒凉汗，脖子根嗖嗖地冒凉风，嘴上说话也不顺溜了："真的啊，这可咋整啊。想当初，我说咱们不能给日本人干，不能端东洋人的饭碗，不可靠，今个应验了吧？"

白三宝站起来发狠地说："晚了！生米煮成熟饭了，现在说啥都不赶趟了。眼下只有一条路，那就是赶紧抓钱，钱弄足了，不管谁胜谁负，咱都撒丫子开溜。去外国，去美国、瑞士混饭吃，保险还是吃香的喝辣的，您就瞧好吧！"

那天张子成跟着大爷去了大爷的房间里，大爷如实地告诉了他爹采棒槌被陷害的一切。临了，张锦德非常严肃地说："成子，你十八岁了，算是大人了，凡是遇到难心的事儿，都要再三的考虑之后，才能决定干与不干。恁母亲不愿意告诉你，是忌讳着亲情，也怕你摊上啥危险的事儿啊。恁想不明白的，就来问问你母亲，还有你的两个大爷。凭着一时的热血蛮干，到那时，可能是仇没有报，还要遭到仇人的血的报复，你懂得吗？"

张子成是一个聪明的男孩子，听完大爷的话，他就明白了："大爷，俺明白了，眼下俺大舅家靠着日本人，势力很大，咱们恐怕动不了他们。君子报仇十年不晚，那咱们就等机会，迟早会有报仇的那一天吧！"

张锦德点点头："俺没有想得到，你小小的年纪，心里还真搁事儿，大爷俺就放心了。恁大舅不是让您去帮忙吗，那你就去。他想让恁探听咱老张家的底细，那恁就借机探听他们家里的事情，也好寻找机会整治他们。"

过了正月十五，张子成就去姜孝昌家里做事了。姜孝昌递给张子成一把二十响的盒子炮说："会开枪吧？你白天整天去场院转悠，帮着看着场院的粮食和那些长工，别让穷鬼偷懒耍滑偷粮食。晚上你再转前半夜，后半夜你回家睡觉，工钱我另提给你，中吧？"

张子成也不言语，接过手枪点点头，就径直走了出去，奔着新场院的方向。

姜孝昌看着张子成的背影叨咕着："傻小蛋子，一听给工钱，美得连话都不会说了，毕竟是黄嘴丫子没有褪，还是小屁孩儿啊！"

姜孝昌哪里知道，张子成是人小鬼大，心里的小九九，真不是一般人能猜到呢。

他心里盘算，单单靠老张家这几个实实在在的男人，人单势孤，要想跟他老姜家一较高低，似乎是不可能取胜。所以呀，还得找人，聚拢一些能够帮自己个儿的人，才可以明里暗里跟他们斗一斗。

张子成想起来孩提时候一起玩耍的那些小伙伴，有不少跟他关系要好的，也都了解，如今都是大小伙子了，让他们入伙跟老姜家斗，跟日本人斗。

因为他要找的人里，大多数都是穷苦人家，这些年里都没有少受到姜家的欺负，甚至有的人家的土地，都被姜家霸占过去了。所以，跟他们说团结在一起跟老姜家斗跟小日本斗应该可以聚拢一些人。

张子成利用自己时间随意的便利，白天晚上抽出来功夫去找人，时间不长，还真的找到了七八个愿意一起干的，其中就有张锦程、胡凤阳、刘二毛和杨建芳他们几个人。他跟大爷说了，把家里的护院子步枪拿出来一支，偷着去屯子后边有一处叫"四方台"的一丈多高的土台子，那里有张家的两间旧房子偷着进行射击训练的家伙。

土台子四四方方的，面积有三四晌地那么宽阔，土地归老张家所有。据说这里曾经是金国元帅金兀术的点将台，屯子名"方台子"，也是因为这个台子起的。

台下边还有一条小河流过，紧挨着小河是一条蜿蜒的民堤，据说这条河是金兀术的运粮河。小河的西岸，是一大片草甸子，夏天的时候，草甸子上蒿草齐人腰深，芦苇、蒲草，漫无边际。野兽水鸟，都在这里栖息，火狐狸、张三儿（狼）、蹦子（野兔）、野鸭子、野鸡等等，多了去了。

最早老张就住在这里，后来屯子里住户多了，觉得这里窄巴点，上岗下坡不方便，就重新选了屯子新地址，把原来的四方台屯子名，改成了现在的方台子了。

112

张子成他们七八个人，都是单独偷着来这里聚会，商量一些关于怎么整治葛大棒子、姜心田等汉奸的事情。为了防止泄密，他们歃血为盟，立下誓言，绝不做叛徒，完全是江湖的行事风格。

他们推举张子成带头，张锦程做军师，胡凤阳做联系人，最后决定先整治葛大棒子，然后再说整治老姜家人。

眼下是冬天，农闲时节，没啥活干，刘二毛他们去庙台子训练大队附近侦察，打听葛大棒子的行踪，为整治葛大棒子做准备。

张锦德这些日子也是心事重重，一方面忧心的是张子成知道了他父亲被大昌子陷害的事实，害怕子成忍耐不住自己去老姜家报仇，很可能害了他；还有老姜家霸占张家的土地的事儿，要不回来的话，自己的脸面也很难过得去；还有江南二弟那里，三弟藏在他家，早晚会出事情，真的想不出来怎么解决呀。再有，白显彤对齐瑞商行的觊觎，也不是小事儿，所以他作为张家老大，真的很难处理这些事情。

至于找老姜家报仇的事儿，就得放在最后了，他也不晓得事情到底是怎么发展，只有往前走吧。

早饭过后，他的老闺女张子娟跟姑爷许建坤坐着马车来家里探望父母。俗话说，姑爷上门，小鸡留神，吴慧芬赶紧叫厨房杀了一只鸡，还有七八个菜，招待姑爷和老闺女。

别人都在吃饭，吴慧芬抱着一岁多的外孙女爱不释手，都喊她去吃饭，她总是摆手说："俺还没稀罕够呢，恁先吃。"

下午老闺女跟姑爷抱着孩子回去了，吴慧芬有些失落，张锦德戏谑地说："还打算恁跟着去呀，咱家孙子恁不稀罕了？小心点儿子、儿媳该挑理了。"

吴慧芬说："孙子总在身边，也就稀罕的不那么重了呗，外岁女不在身边，就得抓紧多稀罕呗。"

张锦德嬉笑着说："恁再咋稀罕外孙女，她也姓许，还是外姓人，狼肉贴不到狗肉身上啊。"

两个人正在打哈欠凑趣，门外突然一阵哭声，他们赶紧推开房门，一阵寒风裹着一个人闯进来，他俩定睛一看，原来是他家原来的丫鬟凤仙。

顺子在外面也开门进来，大伙都盯着凤仙询问："恁哭啥啊，咋地了，安子呢？恁不是和安子一起去山东探亲了？

咋你一个人回来了，陈安子呢，他干啥去了？"

吴慧娟把凤仙扶到炕沿上坐下，替她抹撒前胸后背，让凤仙平静下来。凤仙抽泣声小了，起伏的胸脯平缓了，她看着张锦德哭喊着："大爷呀，安子被抓起来了，赶紧去救救他呀。"

到底咋地了呢，原来陈安子跟媳妇从山东回来，下火车后，打算去道外顺路看看张锦恕二大爷，然后再回四方台。哪里想得到，坐着摩电车到了正阳街刚一下车，就被一群伪满警察抓了起来。

凤仙拼死拦住询问为啥抓人，警察说安子没户口，抓起来给他办户口。凤仙说他有户口，但是警察不容她说话，之后就强行押上警车带走了。

凤仙哭着问路人，路人说："最近两天抓了不少人，也不知道到底咋地了，好像专门抓外地人，为了啥抓人我们也不清楚。"

听完凤仙的哭诉，张锦德等人也是一头雾水，张锦德决定由顺子陪着，连夜赶车去市里探听消息。

张锦恕家里，张锦恕夫妇，还有二儿子云都在场，张锦德把凤仙的事儿说了，张锦恕摇摇头："大哥，我不知道这个事儿，不行问问白显彤，花几个钱让他帮着要人？"

张锦恕的二儿子张子云，前年托白显彤帮忙，也当上了警察，他想了想说："前两天俺们警队上抽走几个人，说是去看着抓来的人，好像就在道外这嘎达。"

张锦恕说："那就赶紧问一问啊，看看安子是否也被抓到道外这块押着了？"

张子云说："有一个姓韩的跟俺关系好些，还是队副呢。俺们连夜去他家吧，看看他能不能帮忙。"

张子顺赶马车，张子云、张锦德坐上马上走，赶到道理炮队街（通江街）韩德正家里，已经是半夜了。

半夜三更的敲门声惊醒了左邻右舍，张锦德也顾不得那么多的礼数了，见到了正在熟睡的韩德正。

警察队副韩德正披着衣服在外间屋接待了张了云一行三人。张子云抱腕说："韩大哥抱歉啊，要不是事情紧急，绝不敢半夜三更的惊扰您啊。"

韩德正倒没有显得不耐烦，眯缝着眼睛说："小张子啊，啥事儿赶紧说，俺困着呢。"

张子云递过去一根烟点着了说："在家里我就不叫您韩队副了，我叫您大哥。韩大哥呀，（指着张锦德、顺子）这是我的亲大爷，叔伯哥哥。半夜来找您，就是想打听一下，这两天在大街上抓来的人，关押在啥地方。俺们一个亲戚从山东串亲戚回来，在正阳街被抓起来了，也不知道为了啥，也不知道关押在啥地方，韩大哥您知道吗？"

韩德正抽了一口烟打了一个哈气说："这事儿啊，俺知道的。这几天日本人让全市的警局抓外地人，全都关在道外胡家大车店里，抓了老鼻子了。"

张锦德问道："韩队副，日本人抓那么些人干啥啊？"

韩德正骂了一声："日本人缺德呗，抓来的人都要送到鸡西和鹤岗煤矿去挖煤，就是劳工！劳工干活不给钱，吃橡子面，喝地沟水，衣服也没有人管。冬天冻个半死，夏天蚊虫咬死，下井挖煤累死，塌井砸死，瓦斯爆炸炸死，活着回来那是绝对不可能的呀！"

据史料记载，二战期间，日本侵略者在中国尤以东北、华北为最，抓走共有二十几万青壮年劳工；一少部分被抓去了日本国内，给煤矿或是工厂做苦力，还有相当一部分在中国境内，多数在东北内境内挖煤、修建工事。

113

这些被抓的人，到了日本投降之后，能够活着回到家里的，少之又少，大多都被累死、打死、饿死、事故致死，也有相当数量的劳工在给日军修建军事工事完工后，被日本军人杀人灭口，焚尸灭迹了。这也是日本军国主义侵略者，欠下中国人民的又一份血债！

张子云听完韩德正的话，吃惊地说："韩大哥，你能想个办法救救俺那个亲戚吗？俺家里不会让您白白冒风险的。"

平时警察局里的人都相互了解，谁家有钱没钱都知道。张子云家里是做买卖的，一个警队的人，韩德正咋不知道呢。他看看身边的张锦德，看见张锦德穿戴整齐，狐狸皮帽子，呢料子大衣，知道也是有钱人。韩德正笑笑大度地说："啥钱不钱的，整出来一个两个人也算积德啊，可是人多了谁也不敢私自放啊。咱们赶紧去胡家大车店，晚了人送走了，那就啥招都没有了。"

他们坐着顺子的车，一路小跑赶到了道外十五道街，胡家大车店，把门的两个警察挎着枪询问："韩队副，半夜三更的来干啥？"

韩德正一本正经地说："我才知道，俺家一个亲戚今个儿在正阳街被错抓了，也关在大车店里，快点带我去找找。"

一个警察嘟囔着："日本人抽风了，各处抓人，还得让老子看着，三更半夜的困死了。"

他拿出来钥匙，打开大门，点亮室内的电灯，韩德正带着张锦德进到大车店里挨个人查看哪个是陈安子。

足足找了两刻钟，才在一个角落里找到了陈安子，此时的陈安子蓬头垢面，吓得全身筛糠，不敢抬头。

张锦德上前一把拽起来安子，托着他的下巴说："俺是你锦德大爷，赶紧站起来跟俺走！"

安子自从稀里糊涂地被抓进来，还听说要送他们去鸡西挖煤做劳工，早就吓个半死，哭鸡尿嚎得几乎没有了魂。现在看到张锦德大爷站在面前，还以为是做梦呢，不敢相信啊。张锦德拽着他往外走，他才知道是真的了。

到了门外，张锦德掏出来五百块钱递给韩德正说："韩队副，谢谢你的救命之恩，这点小钱不成敬意，恁拿着，给弟兄们买点茶喝吧。"

平时也挣不了多少钱的警察，见到这么多的钱，也是难得了。韩德正接过钱来说："实在不好意思，要是光我知道这件事儿，也就不用拿钱了；五个轮班，一共十几个弟兄呢，人多嘴杂，拿钱堵嘴吧，所以就不客气了。"

回到正阳街张锦恕家里，安子还在发抖呢，吃了点饭，歇息一个晚上，第二天张锦德他们三个一起回到了方台子。

凤仙见到了陈安子，一家人转悲为喜，抱着孩子高高兴兴地回家了。

再说张锦祥放了一把火，烧毁了姜孝昌的一个大场院，让姜孝昌损失了不少的粮食，也算让张锦祥心里的火气平息了一些。

快到二月二了，趁着张锦恕不忙，晚上他又拉着二哥喝点小酒，闲扯一会张家长李家短的嗑。说着聊着，他俩又说到了老姜家大昌子。

张锦祥想起来了，二哥答应找那个白显彤帮忙，整治一下姜孝昌，不知道有点音信没有。他随口问道："二哥，那个白显彤不是答应帮咱们吗？有啥响动吗？"

"还没有动静呢。他说找上几个滚刀肉，地痞无赖，训练他们打枪，然后找时机打姜家人的黑枪，打完就跑，即使被抓住，也没有咱们的事儿。我已经给白显彤送了两笔钱了，他答应尽快，这事儿也不能催人家太急了，对吧。"

张锦祥早年间就对白显彤有点看法，到如今他还是觉得不可靠："二哥呀，咱弟兄可要小心点啊，可别赔了夫人又折兵啊。"

张锦恕听到张锦祥不信任白显彤，他有点不乐意地说："三弟恁也不能一次遇到坏人，就谁也不相信了啊。二哥跟白显彤三十来年的交情了，不信谁也得信他啊。"

"二哥，俺是怕你把事情原本地告诉了他，就怕他暗地里告诉老姜家，那咱们可就离死不远了！"

张锦恕愣了一下，似乎觉得有道理。他迟疑地说："能吗？二哥可是把你被害的经过，都告诉他了，最主要的是要求他整治姜家，手段也狠越好。俺们八拜之交啊，他不能那么不讲究吧？"

"眼下老姜家气焰熏天，他白显彤就敢冒着危险替咱们出头？除非他不要命了，或是真心地帮咱们，否则那就是一个套儿。坑完咱们的钱，然后他一撒手，妥妥地告诉老姜家，完蛋的就是咱们吧？"

此时的张锦恕，仔细想了想，觉得自己做得确实不妥，他后悔地说："都怪这事儿没有跟大哥商量，俺私下做主，把咱们的想法告诉了外人，俺也觉得有些不妥。"

张锦祥有些着急地说："哎呀二哥呀，赶紧想辙吧，不然俺觉得要掉进大坑里，被卖了还帮人家数钱呢！"

张锦恕心里烦乱，他转了两圈说："这样吧，俺明天去找他，就说老太太知道了这个事儿，她不让咱们报仇，所以整治老姜家的事儿，就算了，不让白显彤出手了，您看这样行吗？"

"事已至此，那就试试吧，俺觉得玄乎的很，但愿白显彤良心没有坏透，咱们还能撤出来！报仇的事儿，还得靠俺张家人啊！"

张锦恕听到张锦祥又说要自己干，他大声地喊道："老三你就消停点吧，别再让我跟大哥着急上火了。你再这样的冒险折腾下去，恐怕你这后半辈见不到你的孩子媳妇和咱老娘了。"

张锦祥看到二哥发火了，他回了一句："俺就是说说啊，难道报仇这事儿，指望外人能靠谱吗？俺觉得悬，二哥你咋想咋办吧，俺不说了行吧。"

张锦恕嘴上说着，心里也在想也嘀咕着，万一白家让我干搭银子还不给办事，临了要是被他再去姜家告发了自己，那么就非被灭族不可呀。得去跟白显彤透透底，不行的话，赶紧多怼点钱堵他的嘴撒了吧。

114

张锦恕找到白显彤，聊了几句就进入正题："白老弟，俺托你那个事儿，有没有啥进展。如果不行呢，那就算了，让你跟着担风险，俺心里也不落底。再说俺老娘要是知道这个事儿，非得气死不可，所以俺想还是算了吧。"

白显彤一听张锦恕想杀猪的不吹，要蔫褪啊！他心里想："哈哈，上来容易，下去难啊！银子不掏干净，货栈不进入我的手，休想全身而退！"

白显彤板起脸来，显得非常不高兴地说："咋地呀，不信任俺白显彤呗。你要撤梯子，俺也不拦着，但是俺找了那么多的人手，又买枪，又买子弹，还得供那些人吃喝拉撒，花了那么多的钱，你看咋办呀，是不是得算算啦？"

由于张锦恕托白显彤要办的事儿，那是掉脑袋的事儿，所以他给人家多钱合适，心里也是七上八下的没有底："钱不是给你两次了吗，给的也不少了吧？"

白显彤一歪脖子一翻眼睛说："哎，就你给的那几毛钱，也算钱啊？假如说，我全家要是摊上谋害皇军警佐，破坏皇军的大东亚共荣的案子，那就是全家杀头的案子，那点钱够俺们买几口棺材的呀？"

张锦恕听到白显彤如此的说，他身上冒汗了。他心坎里发毛，嘴上软了："白老弟，都怨我想的不周全，才让老弟跟俺担风险。这样吧，你看还需要多少钱，我去筹措，赶紧把您的花费，你的风险费用钱堵上，俺不想干了，还是撤了吧。"

白显彤想了想说："这样吧，二哥你也别紧张，俺白显彤还是讲义气的。你再给老弟筹措十万块吧，咱以后就谁也不提这个事儿，就当没有发生过，你看行吧？"

听老辈人讲，当时的伪满洲国的钱，还是比较值钱的。据说一元钱分成十个子儿，就像现在的一元分成十毛一样。当时的五个子儿，就能买一袋洋白面。当然普通百姓挣的钱也是很低的，但只是听说，没有对当时的货币价格作比较。

张锦恕一听白显彤狮子大开口，心里明白了，老三说得应验了。他很为难地说："白署长啊，我有多少钱，你是知道的啊。再说很多钱都压在货栈商行那边，哪里来的十万块现钱给你呀！"

因为白显彤早就跟白三宝定下计策，就是要坑害张锦恕，达到他要的目的。他似乎是胸有成竹地说："没事儿，这算个啥事呀。也不能因为这点钱，坏了咱们八拜之交的弟兄感情吧，您说对吧，二哥？"

张锦恕听到白显彤的话有缓，他就问道："那你看咋办，既补偿了你的损失，又能让这个事儿不被外传？"

"十万块是不能少的。可以这样，你现在有多，先给拿多少，余下的以后挣了钱慢慢地给我。不过你得跟我写个纸条，免得空口无凭，到时候再老母猪晃荡尾巴，闲磨骚腔，俺不想再费口舌！"

到了此时，至诚至信的张锦恕，才知道这个陷阱有多深了，白显彤这是想趁这个机会，把自己个的钱财抢光啊。他心里后悔，可是又能如何呢，万一白显彤翻脸不认人，去姜心田那里告发自己，那就不是自己一家几口的事了，甚至整个老张家，都要遭殃啊！

张锦恕横下心来说："白署长，就算你看在这么多年兄弟的情分上，俺再说一句，八万块，分三次给清，你看如何？"

白显彤了解张锦恕的家底，八万元也真不少了。他假装无奈，又是可怜地说："既然二哥把话说到分了，那就听二哥的，八万就八万，写个字据，咱们就两清。"

张锦恕此时是欲哭无泪，他咬着牙写完了欠据，递给白显彤："白署长，你看看对吧？"

白显彤看看欠据微笑着："对，对，这多好，以后你也不用害怕老姜家知道了。哈哈。"

张锦恕双腿发软，离趔歪斜地往外走，白显彤却叫住了张锦恕："二哥呀，忘了告诉你，兄弟有一个大买卖，是道上的人介绍的。这可是一笔赚大钱的好买卖，做成了，整个几十万都不在话下，你看干不干呢？"

张锦恕停住脚步，稳住身体重新坐下问道："啥买卖，说说看吧？"

白显彤用手指着东南方说："绥芬河，海山崴子，军需用品，是跟日本人和老毛子一起做，敢做吗？"

就要走上绝路的张锦恕，到了这时候，能挣钱的事儿，他还怎么不敢干？当然了，他还是没有想得到，这次去办货，却让自己更加陷入了白显彤父子给他布置的圈套。

"倒卖军需用品，风险很大，出了事儿咋办？"

"嗨，咱们也不是没干过，不是有我白显彤吗？一切都按着以往那样干，有人给咱们兜底儿，只要钱到位就万事大吉呀！"

"那进货需要很多的钱，还你钱的事儿，就得往后面延缓了，行吧？"

"没问题，咱哥们谁跟谁啊。以后别老提钱的事儿，多外道。挣了钱再还钱，多好的事儿，别装熊啊，干吧！"

张锦恕拖着沉重的双腿回到家里，一晚上几乎是一言不发。老婆，孩子，张锦祥都看出来毛病了，但是他就是说："啥事儿也没有，累了，不爱说话。"

张锦恕准备了几天，临行前特意嘱咐老婆，看着点三弟，有事儿就给大哥打电话，他也再三嘱咐张锦祥："不要再出去惹事儿了，等我回来再商量。"

张锦恕在商行里安排好了，跟副经理交代清："李经理，我这一去山高路远，路上凶险未可知。我不在的时候，这商行里的业务账目，只能你一个人管理，谁来了也不能插手咱们的业务，也不允许接触账目。"

四十几岁的李万全是一个脑袋精明，性格有很憨厚的人，他最近在外面听到一些风声，可能对张总不利，眼下他当然知道商行的前途未卜。

115

"张经理俺是这么想的，商行里的房产，设备都是浮财，万一有啥变化，那是带不走的。您去了海山崴子，一去几个月，真不晓得在路上发生点啥，也不晓得咱们商行里发生点啥。俺建议，可否把余下的现金，股票啥的，全部转到你的老家去存放。免得突发事件弄个措手不及，财富被小人窃取。你看如何？"

张锦恕拍拍李万全含着感激的眼神说："从你学徒跟我，快二十年了，我已经把你当成亲人了。刚才我正要委托你干这件事儿，以防万一。我走以后，你秘密的去收债，能收上来的，利息就算了，股票也要全部提现。然后再秘密地存到长春或者沈阳，不要放在四方台老家。你想想啊，万一出了事情，我哪里的家能幸免不被搜查，能躲过去呢？"

"当年俺要饭被您遇到，您收留了我，待我就像亲人一样，俺啥都懂的。您就放心地去吧，到了绥芬河，打听好了再去海山崴子。生意能做就做，不能做您就在外边躲一阵子。家里的，商行的事情，嫂夫人和孩子们，俺都会安排好的。除非俺的命没了，不然俺就保得住一切。"

张锦恕跟老婆交代了，他走以后，一切要听李万全的安排。然后带人去了海山崴子进货，由于当时交通不方便，一去来回就得两三个月，这也让他失去了跟大哥商量的机会。

由于他的草率，轻信了白显彤的鬼话，让他跟家里陷入了空前的危机，但是他又不知道咋办才好，也不想跟他人说这个错误。他胸口压着一块大石头上了路，不晓得前途是凶是福，也是只有听天由命了。

这里放下张锦恕带人、带钱去了海山崴子不提，回头再说说老中医张锦贤。他按着在潘有朋那里商量的，将抗联留在哈尔滨潜伏的队员召集起来，布置了几项任务：派出几个人侦查日本军队的军需仓库所在地，标注好具体位置，画出地形图；在小范围以内，发展二三十名队员，加紧训练，准备对一些罪恶极大的汉奸特务进行定点清除，打击日伪特务的嚣张气焰；寻找采购武器的源头，以短枪为主，武装成一支保密性极强，短小精干且很能战斗的突击队伍。所做的一切，都是为日后反法西斯斗争反攻的时候做下准备。

这一天晚上刚刚吃完晚饭，张锦贤背着药箱来到张锦德家里，说是给老太太把把脉，调理一下。

岳老太太身体硬朗，七十多岁的人，能走能吃，头脑清楚，和家人说话聊天也能跟得上趟。

张大夫给老太太把了脉，开了一个调理的方子递给张锦德："老婶子福寿齐天，没有一丁点实在病，调理一下，身子骨会更好。"

老太太龇牙笑了笑说："张大夫就是会说话，老天八地的了，哪能一点实在病没有呢。您是哄俺老太太开心呗，嘻嘻。"

"老婶子呀，俺是大夫，但也是快六十岁了，不打诳语，实在话啊，你老身板真的不孬呢，都敢跟年轻人比一比呀。"

张锦德老婆接上说："老娘，大夫说的没错，你就好好地享福吧。"

从老太太房间出来，张锦德协同张锦贤来到张锦德的房间里，倒上茶水落座以后，开始谈论如何整治姜家的事情。

商量了一会，张锦贤觉得现在时机没有成熟，人、武器都没有准备好。要是把这件事放到夏天去做，机会会更多，成功的把握会更大。

"再过四五个月，咱们的准备就应该做得差不多了，加上那个时候庄稼地长起来了，便于做伏击，也便于自己人撤退隐蔽。这样才能更好地打击日伪特务，也能在很大的程度上，保护自己的同志。因为我们的队伍相对很弱小，只能快速出击，快速撤退。所以冬天极其严寒的条件下，没有青纱帐作为掩护，不适合咱们跟日伪特务公开的硬碰。"

张锦德去他的地道里，拿出来五支长枪，还有一些子弹用麻袋包裹上，递给张锦贤。

张锦贤十分激动，拽着张锦德的双手说："咱们干这个事儿，就是缺这个呀，我代表俺们人谢谢你的无私帮助。"

"张大夫，老哥哥，咱们现在不说自己个儿的私仇，俺要为抗日出点力，不枉做一个中国人啊。"

然后，他附在张锦贤的耳朵上说："俺家老三那个老二子成，也组织了七八个后生呢，俺让他去找你，也让你带着他一起干，俺这个做大爷的才放心。"

"好！全民抗战，胜利的日子不远了。年轻人身子骨好，舞刀弄枪的，还得靠年轻人。俺知道子成，身手好，脑袋灵活，人还实诚，是块好料子。"

张锦德推开房门喊来老冯头："冯大哥，送给张大夫点硬货，麻烦大哥帮着送回去吧。"

"哈哈，硬货，多硬啊。俺明白，东家您就放心吧，不会出啥差错的。"

张锦德看着张锦贤说："冯大哥是咱们老张家的老表亲，相处得很近边，俺们家里大事小情都是冯大哥帮着，是俺最信任的人，您也放心吧。"

"哈哈，俺也对老冯门清，都是实诚人，好人啊，俺有啥不放心的呀，咱们走吧。"

张锦恕走了七八天，张锦祥没有人陪他聊天吃饭，一个人憋在夹壁屋里，寂寞得很。

张锦恕的老婆要上班，孩子在上大学，很少回来。因为张锦祥的来到，要长时间的居住，张锦恕为了安全，还把保姆辞退了，所以白天家里几乎没有其他人。

张锦恕在家里的时候，张锦祥的吃喝都是张锦恕亲自安排，一次做好两顿吃的，给偷着端进去。而张锦恕走了，把张锦祥的事情安排给了老婆。由于男女有别，她又要上班，所以对待照顾张锦祥，就不如张锦恕那么周到了。

张锦祥无所事事，待得浑身酸软，夜里睡不着，脑袋里全是老娘、孩子跟媳妇。他想到这一切都是那个挨千刀的姜孝昌造成的，今生不报此仇，真是枉为人一回啊！

116

可是大哥、二哥都在嘱咐自己，不要一个人轻举妄动，用意他心里也明白。

既然不让俺自己去报仇，那俺这么干待着，也不是事儿吧，俺可以白天去江北偷着看看家里的房子，万一能偷着看到老婆孩子，那该多好。

想到这里，他写了一个纸条，放进嫂子的房间，然后他带了两顿的干粮和一瓶白酒，去马棚里给那匹他骑过的马添了好料，喂得饱饱的。他怕时间长，又带了些马吃的草料，下午的时候，他偷偷地离开了哈尔滨市区。

他骑着马来到半拉城子西边，阵阵的西北风，夹杂着小雪花迎面扑来，打在脸上身上，在房间里憋得很难受的张锦祥倍感惬意。

被冰雪封得很厚实的乡村土路上，有不是很清晰的车辆走过的痕迹，北风卷着雪面子在飞舞盘旋，马蹄子的铁掌踏在冰雪上，发出来咔咔的声响。认准了方向，他沿着车辆走过的痕迹向西北方前行。

张锦祥对这里很熟悉，都是年轻的时候经常经过的地方，而且这十几年间，这周围并没有发生什么变化，所以算是轻车熟路。他偶尔策马小跑，跑一会儿再缓步，走朱顺屯，路过薛家屯，大约过了大半个时辰，到了四方台子屯子外边。

四方台子的两个大户，张家和姜家，因为老张家住在屯子的东头，老姜家住在屯子的西头，当地人分别称呼东头子张家、西头子姜家。

张锦祥从屯子的东面边缘，距离自己家大约二百步的雪地里，骑在马上观看着家里的老宅。十几年的阔别，老家还是原来的模样，除了院墙有些斑驳陆离，似乎没有啥变化。

天色暗淡下来，他往前走了走，看见门前有两个拿长枪巡逻的家丁，大门偶尔打开，里面走出来一个略弯腰驼背的男人，他觉得应该是老冯。

他在这里来回转悠的差不多半个时辰，也没有见到家中的人，让他很失望。屯子里的茅草房升起了炊烟，天色也慢慢地暗下来，张锦祥转到屯子西头，他要看看老姜家的住宅是什么样子。

他不敢靠得太近，也是距离二百步的屯子外面观看。他看到，姜孝昌家院子的方圆扩大很多，几乎是原来的十倍大小；原来的木桩子夹成的院子栅栏，已经换成了青砖院墙，高有丈余，上边还有铁丝网；院落的四个角，都有岗楼子，隐约可以看到站岗的人，可谓是戒备森严；院子大门以及岗楼上，挂着通亮的红灯笼，让老姜家的房子和周围不远地方那些低矮的民房，显得非常的气派突兀。

张锦祥看到这些，心里是越来越生气，暗自骂道："好恁个老姜大昌子，恁个忘恩负义的王八蛋。恁陷害老子，自己个儿吃香的喝辣的，老子咒恁一定会不得好死啊！"

他越想越生气，心里忍耐不住腾腾的怒火："恁家里看得严严实实，老子还去恁的场院，给恁一个火烧连营，出出俺心头的恶气才解气！"想到这里，他一咬牙，拨转马头，朝着他心里记忆的老场院位置走去。

天色完全黑了下来，张锦祥骑着马在雪地里，在庄稼地的横垄地穿行，来到了那座老场院。

他在距离场院大门口四五十步的地方，找了一棵小树拴好了马，然后自己猫着腰往场院靠近。

可谓是无巧不成书。这个时候，张锦祥的小儿子张子成，也正好在场院里巡逻。他刚刚吃完饭，肩膀上斜挎着驳壳枪，围着场院内圈漫不经心地转悠着。

前几天大爷张锦德找他，让他去找中医张锦贤，他去了。跟张锦贤一番谈话，张子成心里豁然开朗，明白了他今后人生的方向。他开始给他召集的那些人，讲张锦贤讲过的道理，并把张锦贤请去，给这些人讲宣传抗日救国的道理，让这些人的精神面貌有了很大的改变。

张锦贤给他们制定了几条纪律：一切行动听指挥，不允许单打独斗，队员之间务必团结；保守秘密，不做叛徒，誓死抗战到底；努力训练，掌握杀敌技能，随时准备献身抗战斗争。

张子成这些人，愿意接受张锦贤的领导，张子成本人也按着张锦贤的安排，继续留在老姜家做卧底。他们都在积累力量，等待时机，届时会给汉奸们一个严厉的打击。

这时候张锦祥摸到了场院的土墙外面，探头往里面搜索查看，边看边琢磨：粮食垛在那里，打完的粮食有没有堆在场院里，自己个儿在哪里下手为好。

这个场院里的谷子、糜子、黄豆都已经打完了，绝大部分的粮食也已经入库了，余下的是很少的一部分。那些成垛的，大多是谷草，给喂马留下的，其他也无用处。黄豆杆子可以烧火用，堆在那里随烧随取。

张锦祥看不太明白里面啥情况，正在探头窥视，他突然看到厂院内，一个人慢悠悠地从东面转悠过来。"姜大昌子还真的上心了。"他低下身躯，打算等着这个人转过去，他就下手放火。

他蹲在土墙下边，听着声音走过去了，他站起来，双手轻轻地扶着墙头，用力一按，身体就越过了土墙，进入了场院里边。

他飞快地来到上风头一垛谷子垛底下，蹲下身来，摸出来火折子，开始打火点火。

正在他把火折子打开，开始打火的时候，突然感觉到身后背被什么很硬的东西顶住了，然后就是有人低声喝道："别动，放下火折子，否则打死你！"

张锦祥刚巴了两下子火折子，火还没有点着，就让人给制住了。他无奈地慢慢放下火折子，慢慢地抬头回身想看看是什么人顶住自己个儿。

他刚刚抬起头，还没有看到对方的脸，对方就喝道："胆子忒大了，邪乎呀，晚看到一会儿，就又得烧个精光啊。哎，就蹲在这里，不要回头看，俺问你啥你就答应啥，不然就咔嚓了恁！"

117

张锦祥心里琢磨："这个人顶着自己个儿的硬邦邦的东西，真的是枪吗？万一不是枪，那就可以趁其不备反击他。要是容空儿，俺也掏枪，拼个鱼死网破，也要逃走。说啥也不能被抓住啊，如果被抓住漏了身份，那就全都完蛋了！"

他开始装作服软，害怕地说："好汉，俺认罪，俺实话实说，请好汉手下留情，恁问啥俺都如实地说，就是别开枪啊。"

张锦祥身后的人，正是张子成。他刚才在场院里巡视的时候，一次偶然的抬头，看到西侧墙头上似乎是有人在往里面看。一开始他以为眼花了，没太在意，而他装作没看见走过去，翻身又回来的时候，他真的发现一个黑影蹦进了场院。

他蹑足轻踵绕着黑暗之处跟着进来的人，看看这个人到底要干什么，难道真的是来偷盗，或者又是放火的不成。

当他看到来人到了谷草垛下边，掏出来火折子打火的时候，他心里琢磨："俺管不管呢？干脆装作没看见，让他放上一把火，烧个干净算，自己个也解解怨气多好。"

可是他又一转念，这个场院也没有啥值钱的了，即使放火烧了，也让姜家损失不了什么，万一这个人被别人抓住，也得吃官司呀。干脆俺把他制住，问明原因，看情况处理再说吧。

可是听到张锦祥的声音，张子成似乎有些在哪里听过，有些熟悉，他犹豫一下问道："恁那里的人，姓啥叫啥，如实地说。"

张锦祥心里想着如何脱身，但是嘴上还得应付着："好汉，俺跟老姜家有些过节，他们霸占了俺家的土地，俺家日子实在是过不下去了，才想起来报复他呀。

好汉也是护院子的炮手吧，放俺一马吧，这辈子也念及您的好处啊。至于姓啥叫啥，还是不说了，说了也就等于没有活路了。"

他开始慢慢站起，嘴上嘟囔着："好汉，俺的双腿都蹲麻了，让俺起来说话吧，求您了啊。"

张子成飞速地思索着这个似乎熟悉的声音，又看到蹲着的人破羊皮袄，漏出来羊毛，看身体听声音，年纪也不小了。让他起来吧，看看他的面容，是否是附近认识的人。

"好吧，你先慢慢地站起来，回过头来把围脖摘掉，贴近了让俺仔细看看你，看看俺认识你吗。要是认识恁，俺就放了恁，要是不认识，那就两说着了。"

张锦祥内心暗自欢喜，他慢慢站起身来，慢慢地回过头来。突然间，他掏出来二十响德国大镜面盒子枪指着对面的人喝道："小子，还想要命吧，赶紧给俺滚蛋，否则查了你的小命。"

张子成原本是一番好心，并没有打算用枪打这个放火的人，还因为他觉得声音似乎熟悉，所以判断应该是附近的乡亲，问明白了就放了他。他把枪放下了，可是哪里想得到，这个人竟然掏出来一把枪，面对面地指着自己，似乎马上就要开枪，这可真的吓了张子成一大跳。

他迅速地镇静一下说："哎，你这个人咋这样啊，俺以为都是乡里乡亲的，可能认识呢。没有打你，你却要打俺，太不仗义了吧？"

"你为汉奸看家护院，就该枪毙，还问俺姓啥叫啥，这不是为了去报告邀功吗，还说什么仗义。"

"你不肯说姓啥叫啥，俺告诉你俺叫啥姓啥啊。俺姓张叫张子成，你认识俺吗？"

张锦祥忽然听到对面的人叫张子成他禁不住："啊，你叫张子成，哪个老张家的？"

"东头张家啊，十里八村的，哪个不知四方台子东头子老张家啊？"

"你爹叫张锦祥，对吗？"张锦祥紧盯着对方，生怕对方撒谎欺骗自己。

张子成在这个时候提到自己老爹，心里不是滋味地说："是啊，俺爹十年前出事儿了，俺再也没见过他，咋地呀，你也认识他？"

张锦祥再也忍耐不住了，他忽地一下子摘掉蒙脸的围脖说："子成，成子，你看俺是谁啊？俺就是你的亲爹呀，俺的儿子啊！"

虽然十几年过去了，但是父亲的音容笑貌他还是依稀记得，血缘的亲情，那是割不断的。刚才张子成就觉得声音熟悉，听起来很亲切，现在真的是父亲现身，张子成似信非信借着月色，仔细端详半响，然后上前抱住父亲："爹！俺们想死你了！"然后就呜呜地哭了起来。

父子相认，还是在这种环境下，自然是天意使然啊。张锦祥怎么能控制住自己的情绪呀，他老泪纵横，浑身颤抖而放声痛哭起来。

这时候，看场院的房子那边有人喊道："成子呀，怎么了，谁在哭呀？"

张子成听到有人喊他，知道是看场院的两个人，他赶紧对着父亲说："爹，赶紧去院外，不能在这里说话。"

张锦祥会意，但是由于激动，身子有些发软，迈了两下腿也没跨上土墙。张子成帮着随他跳出院墙，走到漆黑的场院外边的野地里，距离场院足有二百步才站下。

张子成回头望望老场院，那里是黢黑的一片。他看着自己的父亲说："爹，你回来了咋不回家呢？俺娘、俺大哥和俺，都想死你了。"

张锦祥内心情感非常的复杂，三言两语没有办法表达此时的心情。他叹了一口气说："唉，还不都是因为你那个见利忘义的黑心的大舅吗？万一他怕俺抖搂他的老底儿，他仗着日本人的势力找咱们的茬，再来祸害咱们整个老张家，那我回去不是有百害而无一利吗？"

"那倒也是，现在的俺大舅家里，那就丁是丁卯是卯的汉奸，啥坏水都能冒出来，还真的得防备。"

"所以你大爷都不让我回去，等一等看看怎么样整治一下老姜家，报了咱们的仇再想辙。如果实在不行的话，那爹只有跟你娘偷着搬走，去吉林那边过日子吧。"

118

"爹，报仇的事儿先撂一撂，今晚先回家跟俺娘，俺大哥见一面，住一个晚上再走，行不？"

张锦祥想了半天说："突然回去你娘咋想呢，不会吓着她吧？"

"吓着啥呀，俺娘想你总是自己一个人偷着哭，头发全都白了，成的显老了。回去看看吧，也让俺娘安下心来过日子。"

张锦祥心里犹豫踯躅。因为他跟大哥二哥定下的，暂时不回家里。现在要是贸然地回去，发生了意想不到的事儿，那不是愧对大哥二哥的安排吗？

他迟疑地说："成子呀，不是爹心肠狠，更不是爹不想回去见你娘、你奶奶，俺也老想她们啊。可是也不晓得你娘看见俺以后，能不能去告诉你大舅啊，还有，咱们家里那么多人，难免透了底，让老姜家的人知道啊。"

张子成有些着急地说："嗨，爹你就别磨叽了，咱们偷偷地从后门进去，不会有人知道。住一晚上，起早就走，准没事儿。"

张锦祥何尝不想回去看看呢？他内心斗争老厉害了，最后犹犹豫豫地说："那就回去看看？"

张子成一拉张锦祥的棉袄："走吧，夜长梦多，赶紧回去吧。"

张锦祥："俺骑的马还在屯子边上拴着呢，成子跟一块儿把马牵回去吧。"

二人夜色里找到了那匹马，马身上已经布满了白霜。张锦祥心疼地给马擦了一会说："成子啊，爹想了想，还是不能跟你回去，违背了跟你大爷定下的规矩。回去想法告诉你娘吧，十年八年都等了，再等几个月也没啥。"

张锦祥下了决心，一翻身上了马，毅然地消失在夜色里。张子成站在那里，默默地看着消失在夜色里的亲爹，心里的难受滋味真的无法形容啊。

张锦祥本来是从屯子东头进来的，现在也正好在屯子东边，回去也是顺路。可是他心里情绪失控，在心里不断地骂着："姜孝昌啊，姜孝昌，都是这个王八蛋害了老子，让俺有家不能回！老子这就让你知道知道老子没死，等着跟你绝命斗一斗呢！"

他拨转马头，往屯子西边一路小跑而来。来到距离姜孝昌家大院百余步的时候，他心里暗想："俺想办法摸进去，会一会那个老东西？"

他转念又一想："不行吧，看到院子里有很多巡逻的，自己一个人没有策应，应该是进不去。到底咋办呢？"

左右为难的张锦祥最后决定："给他个知会儿，让他知道有人跟他杠上了！"

他骑着马，慢慢地靠近了姜家大院，然后将驳壳枪拨到连发，对着院子的岗楼啪地一个横扫。清脆的枪声响彻夜空，瞬间屯子里的狗都狂吠起来。

张锦祥一梭子扫完，也不看看打着没有，他就催动胯下的马匹，一阵飞驰，跑出了方台子屯，趁着夜色回到了哈尔滨市内二哥家里。

最先听到，感觉到枪声和被吓到的，当然是那些岗楼子上站岗放哨的几个家丁。张锦祥德国造二十响驳壳枪，一梭子二十响一股脑全都扫射出去，子弹大多打在岗楼子上。打得岗楼子瓦片爆裂，瓦砾横飞，火星子乱窜。突如其来的扫射，只吓得这些没有见过真枪实弹场面的家丁，真是一个个屁滚尿流，嗷嗷乱叫着赶紧找躲藏的地方，眼下哪怕地下有道地缝，也敢钻进去了。

张子成正在走回场院的路上，他也听到了一阵急促的枪声。他心里一阵惊悸："这应该是父亲打的吧？"

他遥望夜色里的四方台，仔细听着还有枪声否。那一阵枪声以后，似乎还有一阵马蹄子狂奔的声音，然后就恢复了平静。

张子成默默地叨咕着，老天爷保佑，老天爷保佑，吉人自有天助，老爹千万别出事儿啊！

听到枪声的人很多，但是最直接，最感到害怕的，还是那个心里隐藏着罪恶的姜孝昌了。

当时天还不是很晚，姜孝昌正在抽着水烟袋，听着姜心儒给他新弄回来的新戏匣子，双脚泡在热水盆里，闭着眼悠哉美哉地摇晃着肥胖的脑袋享受呢。突如其来的而且急促的枪声，吓得姜孝昌嗷的一下子站起来，脚下烫脚的铜盆，也被他蹬翻了。铜盆摔在地上乱蹦，咣当咣当的声音，就像一通铜锣响声，一盆子清水溅满了裤腿和一砖地。

他颤抖而嘶哑着声音喊叫道："孙炮头，哪里打枪啊，来土匪了吗？"

孙炮应声跑进来说："俺也不知道咋一回事儿呐！不过老太爷您不用着急，就算来了几十号绺子，都是破枪破刀片子不可怕。就凭咱们这些三八大盖喷子，炮手还管直流，子弹多，打上半天也咋地不了咱们啊。还有，老太爷可以电话求助两位少爷带人回来助阵啊，绺子听风就下跑了呗。"

"那你赶紧招呼人上岗楼子顶着，这就打电话，告诉两个犊子带人赶紧回来救驾。"

孙炮答应着跑了出去，姜孝昌哆哆嗦嗦地给姜心儒、姜心田打电话："咱家来胡子了，赶紧带人回来救怹爹娘。回来晚了，老爹、老娘就要被胡子枪崩了或者绑了肉票，呜呜！"

姜孝昌说着竟然大哭起来，老婆吴氏看见也跟着哭了起来，吓得佣人一边收拾地上的水污，一边也跟着哭泣。

两个时辰过去了，姜心田跟姜心儒带着特务队三十几个人，乘车急匆匆地赶了过来。姜心田来到院子外边，看到没有动静，朝里面喊道："喂，孙炮，是我，土匪呢？"

孙炮看到院子外举着火把的一群带枪的人，当中站着的就是姜心田。他赶紧从岗楼上下来打开院子门："二少爷恁可回来了，老太爷可吓坏了，您赶紧进屋去看看吧。"

姜心田摇晃着王八盒子手枪叫喊着："俺问你土匪呢？不是说土匪要打进院子了吗？咋不见土匪人影呢？！"

119

"二少爷，俺也没有看见绺子的影子，只听到一阵枪响和马蹄子响，以为是胡子来了啊。"

"谎报军情，老子枪毙了你！"他挥手对着特务们喊道："都在外边站着，我进去看看就走。"

他和姜心儒前后脚进了姜孝昌的房间，看到姜孝昌脸色发白，坐在那里打颤呢。

姜心田把枪插进枪套，大皮靴踩得砖地咔咔地响："老爷子啊，就这么点胆子呀，土匪还没见影呢，就吓得尿裤子了。平时还说会这个武术那个拳的，觉得还有两下子，这个不服那个不服的，那两下子被土匪吓丢了吧，哈哈。"

姜孝昌坐正身体，沉着脸说："瘪犊子没听到那枪响的跟爆豆似的，俺哪见过这阵势，真刀真枪的呀。再说当时哪个知道是不是土匪来打劫，不让你两个出兵保护咱家，那当初还不如你们在家里种地呢。穿上这一身老虎皮，就得看家护院挣钱都要有，这才是两不误，两个犊子记住喽。"

姜家两个少爷听着哭不得笑不得。姜心儒不是干舞刀弄枪的，性格平稳很多，他在地上来回走动之后看着父亲说："看样子不是土匪来打劫，也或许是先来骚扰一下，探探底，看看咱们的刀枪人马够不够硬实，知道了底细，才会决定对咱们家采取什么行动；第二呢，不见得是土匪，也可能是跟咱家有过节，有仇的来骚扰咱们，让老爹害怕，不能过安生日了，对吧？"

姜心田说："对。土匪要是明着来，他们破枪烂刀的咱不怕，怕就怕暗地里打黑枪的人，防不胜防啊。"

姜孝昌挠着脑袋说："要不是土匪，那是谁呢？这个屯子里，有枪的只有东头老张家，难道是他们要对付咱们不成？"

姜心田:"是谁还不好说。这样,明个儿老爷子就去老张家,来一个兴师问罪,看看他们咋说。老爷子年轻那阵跟老张家有过节,俺觉得他们不会忘记,只是没有机会报复咱而已吧。"

姜心儒说:"对,来一个投石问路,看看他家里人有啥不一样的地方。虽然当年那点事儿,是俺大姑和老岳太太帮着压下了,但是毕竟老张家的人没了,谁能不记仇啊?"

"如果探听出来是他家里人干的,俺就禀报皇军,让皇军出面收拾老张家。收拾得狠一点,让他们记住下半辈子不再敢惹咱们老姜家才好。"

姜心儒似乎想起了什么:"哎,老爹,上次说老张家可能有'狗头金',你去探听了吗?明个儿你去就说日本人知道了他家藏匿狗头金,要来抄家,看看他们怎么说。不管有没有枣,先打一竿子探听一下虚实再说。"

姜孝昌有些为难地说:"行吧,俺有时日没去看看你姑奶了,买上二斤槽子糕,看看你姑奶,也算是一个由头吧。"

两个特务看到已经没有啥事儿,就跟父母告辞,出去招呼一声,开车回哈尔滨市内了。

两个犊子走了,一直不敢插话吴氏悄声地说:"当家的,当年可是咱们错在先,今儿个的事儿,也不见得是老张家干的,你去了可要斟酌着说话啊。不看僧面看佛面,当年不是大姑死活保你,咱们可没有今个儿啊。"

姜孝昌本是狐狸脑袋,他怎么不知道那一段呢,只是不愿意提及,也不愿意让老婆叽叽地叨咕自己个罢了。他摆摆手:"睡觉吧,你别跟着瞎说了,俺姜大昌子一个老爷们还不如你懂?"

第二天大清早的,张子成就起来了。他大哥张子强结婚了,两口子住在西侧的房子里。张子成跟母亲姜桂芝住一间大房,间壁出来各自的房间。

这些年,老张家还是一个炉灶,也就是吃饭都在一起吃。张子成昨晚没有睡好,因为惦记父亲,所以梦里总被惊醒。他起床以后,先帮着好母亲收拾一下屋子,倒了马桶,然后洗漱以后,去院子里练练拳脚。

看门人起来得更早,顺子他已经在打扫院子。门外两个挎枪的护院子的,在外面来回地走动,一切显得很安静。

刚吃过早饭,张子成打算去姜孝昌家里看看,探听一下昨晚的枪声到底是咋一回事儿。可就在他刚想出门的时候,姜孝昌迈着方步走进张家大门。

张子成看到姜孝昌进了家门,心里面就觉得像吃了一个大号的苍蝇那么恶应难受，但是他又觉得好奇："这个大舅十多年都不登老张家家门一趟，今个儿咋地了？哦，是不是昨天晚上打枪的事儿，老姜家一家子怀疑老张家人干的了？"

"大舅啊，你老咋这么消闲，日头打西边出来开了？十多年也不见你来我家啊，邪门了？"

姜孝昌满脸怒气看看张子成，没好气儿地说："少来耍贫嘴，你大爷呢？在家了吗？哎，对了，问问你，昨晚听到打枪了吗？除非耳朵藏在裤裆里就装听不见嘞？"

张子成假装急眼地说："哎，我可叫你一声亲大舅啊，糟践人也没有这样糟践的吧？秃噜反涨的，说假话不是俺干的事儿啊。昨晚打枪听到了，声音很大啊，听到了就是听到了，为啥好说装着听不见呢？俺胆子小，吓得够呛，现在还有点哆嗦呢。大舅你不信来摸摸俺的身子，冰凉瓦块的，难受死了啊。"

姜孝昌扫描了几眼张子成，翻着眼珠子满脸不相信地说："听到了为啥不去大舅家看看，就不怕大舅挨枪子儿啊？"

张子成一脸无辜的样子："哎呀大舅，俺的亲大舅。俺在场院重地做看守啊，是您吩咐的寸步不离呀；再说俺是听到枪声了，可也听不出来声音在哪里响啊，等到俺交完班，回来的时候才听人家说，屯子里来了一大帮特务，荷枪实弹的，不知道为了啥。俺也不敢多问，也没有多想，困得要死，就回家睡觉了。"

120

姜孝昌看到在张子成这里得不到啥想要的东西，就掉头往屋里走："你大爷在家吧，在哪个旮旯胡同呢？"

"俺大爷跟大娘，还有俺娘都在奶奶屋里呢。奶奶身子不太好，请来大夫给看病呢。"

姜孝昌一甩手，脸色不好看地往前走："知道了，该干啥干啥去吧，别老在家里腻歪着，上点心看着场院最后打点粮食吧。"

"大舅啊，俺一整天就歇两三个时辰，又累又困，俺得好好睡一觉再去场院。大白天的，让他们看着点，黑天俺再去就齐活。"

姜孝昌丧丧个脸子往房间里走，就像谁欠他多少钱不还似的。张子成心里嘀咕："俺一会儿就去听听你又冒啥坏水来了。"

张锦德是在老太太的房间里，大早的就请来张锦贤大夫给老娘瞧病。张锦贤给老太太号了脉，给推拿了一阵，让老太太身子骨感觉到松快以后，才停下开药方。

刚给药方递给张锦德转身要离开的时候，姜孝昌推门走进来了。众人看到姜孝昌，都是一愣，就连他妹子姜桂芝，都觉得绝对不可能的事儿啊。难道他也知道老太太身子有毛病，来看他的姑姑了？

姜孝昌确实提留着两包点心，摇晃着肥胖的身躯，步履蹒跚地走了进来。众人看到他进来，似乎是愣住了，大眼儿对小眼儿，都不作声，这时候还是岳氏老太太先开口说话了："这是谁呀？俺老太太咋不认识呢。走错门了吧，该去哪里去哪里儿，别来不该来的地儿瞎转悠啊。"

众人看着姜孝昌还是不吱声，姜孝昌倍感尴尬，脸上发烧，有些无地自容的感觉。但是时间稍过，有着常人没有的厚脸皮的姜孝昌说话了："大姑啊，俺是大昌子，您的亲侄子呀。听说你老身子骨欠佳，俺买了点心过来看看你老人家，亲近亲近嘞。"

岳老太太心里怒火升腾，她把身体往炕沿边上挪了挪，拿起大烟袋指着姜孝昌说："俺姓岳啊，可不敢有你这样的姓姜的亲侄子，有你这样的侄子折俺老太太阳寿啊，对不？"

姜孝昌他是有着心理准备的，知道嘴厉害像刀子的大姑，不会轻数叨自己个，甚至会破口大骂自己个儿。他回头萨摩一下，看到炕沿边上有个凳子，他走过去拿起来退了几步，然后把凳子摆好坐下。听到大姑说完了，他还是装作啥事儿没有的样子说："大姑啊，说归说，骂归骂，俺们姜家跟张家是姑舅亲，打折骨头连着筋呢，对吧。就算俺大昌子有不对的地方，可俺们还是血亲，一家人对吧。"

老太太听到大昌子没有羞耻的话，那是真的生气了。她用硕大的烟袋锅子敲着炭火盆的盆沿，发出来砰砰的声音，几乎是用嘶哑的嗓子喊道："呸！恁个忘恩负义，见钱眼开的畜生啊。恁为了几根破人参，就坏了良心，害死恁亲表弟，俺老太太的亲儿子啊，还说什么血亲一家人，恁亏心不亏心那！恁用恁亲表弟，恁亲妹夫的命，盖起了房子，吃香的喝辣的，恁想过老张家人的心肝肺，被恁用刀子捅了多少窟窿啊，淌了多少血吗？恁亲大姑，恁亲妹子，恁的亲外甥，俺们都是咋活过来的，恁知道吗？恁个畜生，瘪犊子啊！"

姜孝昌被老太太骂了一个狗血喷头，他的脸再也挂不住了。心里想："一不做二不休，搬不倒葫芦撒不了油。既然大姑也不认自己个了，俺还跟老张家人装啥啊。"

他把手里的两包点心随手扔在地下，弹了弹手说："陈芝麻烂谷子，您叨咕它有个毛用呢？俺大昌子敢作敢当，是俺害了老三张锦祥，是俺黑了他的人参，那又咋地了？如果当年恁们动手整死了俺大昌子，俺也就魂归阎罗殿，了却凡尘心啊。可是你们不够狠，还讲什么骨血亲情，放了俺一马，俺还该感谢老张家人吗？笑话啊，俺是谁也不感谢，感谢老天给的命，俺的命该如此！"

他似乎有些口干舌燥，舔了舔上牙膛说："嘿嘿，此一时彼一时了，姜大昌子命大福气大。当年恁们没有要了俺的命，现如今恁们敢要俺的命吗？借你们老张家几个胆儿，吓死了也不敢再向俺索命吧，嘿嘿。"

众人听到姜孝昌如此猖狂，如此不知道羞耻，这就是来老张家示威叫号来了，气得众人无不怒目圆睁。

岳氏老太太两眼冒血，发疯地喊着："老大啊，恁给俺往死里整这个忘恩负义的小子，整个皮开肉绽，千万别留情！"

张锦德乃是张家的长子，也是一家之主，他怎么受得了姜孝昌对长家如此的羞辱和猖狂。他大喊一声："大昌子，欺人太甚，俺削死你！"

张锦德随手拿起来桌子上的紫砂茶壶，对着姜孝昌飞了过去。坐在凳子上的姜孝昌正在看着大伙，心里嘀咕着你们如何整治俺，气死你们也没招儿对付俺啊。

当他看到怒不可遏的张锦德拿起茶壶向他打过来，吓得他胖大身躯一扭动，扑通的一声自己个摔倒在地上。飞过来紫砂壶没有打到姜孝昌，紫砂壶砰一声摔碎的地上，茶叶末、茶水溅了姜孝昌一身。

还没有等姜孝昌缓过神来，张锦德一个箭步蹿过来，对着姜孝昌的肥屁股就连续踹了两脚，将姜孝昌踹倒在地上。只疼得姜孝昌像杀猪的那样嚎叫："哎呀，张锦德，恁个虎蛋子，敢打老子，看老子怎么收拾恁个虎蛋子！"

姜孝昌站起来摆开八极拳小开门的架势喊着："张老大，咱俩单独整一回，看看你的把式高，还是俺大昌子能耐，别装狗熊，王八脑袋缩回去啊！"

站在一边看热闹的张锦贤觉得不对，怕事情闹大了不好收拾，他赶紧过来抱住张锦德："老大，这是嘎哈呢？消消气儿，别犯毛楞啊！"

121

气喘呼呼的张锦德余怒未消，指着姜孝昌骂着："恁个瘪犊子，敢来老张家叫号示威，老张家就是打光了死光了，也不能怕你这个畜生啊！比划就比划呗，看恁像个肥猪狗熊，俺要整的恁拉拉胯！"

这时候房门开了，张子成跟着老冯头快步了进来。张子成跟着老冯头扶起来姜孝昌往外走，张子成劝解着："大舅啊，咋来惹事儿呢？赶紧回家吧！"

姜桂芝先前也被姜孝昌气得不轻，看到大伯子哥扔茶壶打自家大哥，她都没有上来劝解。后来看到大哥倒在地上，大伯子哥上前去踢他，这才动了兄妹之情，赶紧过来劝解道："大哥，恁刚才说的啥话呀，这不是找茬吗？赶紧回家吧，以后别再来惹事儿了啊。"

张锦德被张锦贤连推带拽出了房门，老太太看着张锦德打了大昌子，她嘴上叫好说："对，揍他，这才像老张家的爷们。大昌子呀，赶紧滚回去吧，俺们老张家人不想再看到恁了啊，俺们姑侄情分也就算完了！"

姜孝昌被张锦德踢了两脚，屁股很疼。他龇牙咧嘴一瘸一拐往门外走，嘴上骂着："张锦德，俺大昌子欠你家的一条人命从今个儿恁踹俺两脚起，就算两清了。以后要是犯到老姜家人手里，俺让恁们老张家满门抄斩，祸灭九族！人丫不剩！看看是恁们老张家狠，还是老姜家狠，哼！"

本来姜孝昌来老张家是为了询问探听昨晚上打枪的事儿，还有狗头金。可是话不投机，反转了，闹得一塌糊涂。最后以他被踹了两脚告终，事情没办成，反倒受了张家的一顿糟践，他心底的怨恨怎能消退啊。可是这是在老张家，人家人多啊，还是好汉不吃眼前亏吧，回去再说。

他连滚带爬回到家里，马上就给老二姜心田挂电话。可是哪里想得到，姜心田不在哈尔滨，接电话的告诉姜孝昌："姜队长去了三肇办案子，得月八的才能回来呢。"

姜孝昌更加急上火，马上又给姜心儒打电话："老大啊，你爹被老张家人打残了，赶紧跟皇军求个情，派点人来，往死里收拾收拾老张家的那群人！"

姜心儒倒不着急，他劝着老爹："我爹啊，我就是一个翻译啊，让皇军派部队给咱们报私仇，这事儿很难啊。要不您自己个带着家丁跟他们比划比划，咱家三十多个家丁都有枪，我看也能干过他们吧？要是你害怕干不过老张家的话，实在不行那就得等着老二回来，让他带着特务队帮你出气去。"

姜孝昌两头碰壁，气得他喊来孙炮："孙炮啊，咱家一共有多少炮手啊，能不能干的过东头子老张家那几个炮手？"

孙炮虽然是行伍出身，还当过几天土匪，但是他也知道老张家是一个仁义人家，他可不愿意跟老张家动刀动枪的。再说了，自己是来看家护院挣钱养家的，可不是来帮怂火拼杀人的。怂不要命，还有人给能顶缸，俺出了事儿，谁管俺呢。

"老太爷，这是咋地了，虎巴的咋问能不能干的过老张家呀？"

姜孝昌想跟孙炮说："老张家打了俺。"可是他转念一寻思，要是说了实话，那孙炮还不笑话俺啊，所以他话茬一转说："老张不仁义呗，跟咱装横，跟他们干一仗，显示显示咱们炮手的能耐啊。"

孙炮偷着在心里说："又撒谎了，人家不仁义，你们家全都是汉奸，还能仁义啊？"

"老太爷，闲着没事而开枪打仗玩啊，那可是要命的事儿啊，可不能闹着玩嘞。"

"养兵千日用兵一时，平时好吃好喝的供着你们，今儿个要使唤你们了，跑肚尔稀净事儿！赶紧给我集合队伍，今儿个非得跟老张家干一仗，该死该活屌朝上！"

孙炮点头哈腰地说："好好，马上集合。"说着他跑出去，掏出来一个破口哨吹了起来。

听到哨子声，从屋里院子里跑出了不少的人，里拉歪斜站了两排。姜孝昌走出来看到这些人的模样，差点把姜孝昌的鼻子气歪了。

这些人歪戴着帽子斜挎着枪，松松垮垮，胎胎歪歪没有正形。有的人拿着大烟袋在抽着，有的人拿着烧酒瓶在喝着，眯缝眼睛看不见人。

孙炮喊着："立正，站好了，老太爷要训话。"喊完了他站在队伍的头前。

姜孝昌眼睛在这些人身上扫了两遍说："看看你们这个熊样，还打仗呢，可给俺丢人现眼了。不是有三十个人吗，咋就十七八个呀，那些人呢，不会挣着俺的钱，自己个儿在家里搂老婆睡觉吧？"

"回老太爷，咱们护院在编人数队一共是三十五人。岗楼上站岗的四个人没有撤下来，还有生病的，家里有事儿的请假的六个人，现在到场的算俺一共二十五人。"

姜孝昌脸色就像猪肝一样紫，他嚎叫着："二十人也不少了，老张家一共不是才七个人吗？给我开拔，直奔东头老张家，开枪干他们，出了事儿俺擎着！"

孙炮一看真的要干啊，吓得他赶紧说："老太爷呀，您只知其一不知其二啊。咱家的炮手年头多的才四五年，年头少的才一两年。加上您平时舍不得给俺们子弹练习射击，所以这些人枪管都不咋直溜啊。而那老张家的炮手虽然只有七八个，可是人家那七八个儿，都是正规军里的张老四训练出来的呀。他们又舍得子弹，练得那是各个枪管直溜，指哪打哪，成得厉害了。恐怕咱们这儿二十个人去了，枪还没响呢，就被连窝端了，老太爷呀！"

姜孝昌听到孙炮如此说，他的心里那一团邪火瞬间就被扑灭了。他想到，毕竟是俺们自己个儿上门找事儿，真的打起来，死伤了人命，日本人要是不给撑腰，那还真的难办呢。

122

他用骂人遮掩自己的不敢去的差脸："一群饭桶窝囊废啊。孙炮你给俺听着，从今儿个起，子弹管够你们用，要是再训练不好，都开了你们，让你们土豆子搬家，滚球子！还得给俺吐出来这些年吃俺的，穿俺的花的钱，牙崩半个不字儿，管杀不管埋！"

孙炮暗自蔫笑："这跟说书的一样的词儿啊，响马土匪的黑话，老姜头门清啊！"

"是，老太爷，您就擎好吧。兄弟们听到了吧，老太爷局气，子弹随便用，再练不出来管直溜，那真的得蹽杆子走人了啊！"

姜孝昌一甩袖子，扭扭搭搭进屋抽他的水烟袋去了，孙炮看着他的背影一吐舌头做个怪脸："娘啊，苦胆都给俺吓破了。"

他挥挥手："该干啥干啥去，别在这里像卖不了的高粱秆，杵在这儿了。"

这里放下姜孝昌，回头再说二爷张锦恕带着其他五人，都是骑着快马，晓行夜宿，七八天的时间，来到了海山崴子。

这个海山崴子，原本是中国的领土，那老毛子看上了这块不冻的天然良港，也是远东地区连接日本海、黄海的出海口。

老毛子诉诸武力，抢夺了海山崴的使用权，为了永绝中国人索要领土的想法，老毛子还将附近的黑龙江东岸的江东六十四屯，那些原住的中国居民，尽数杀戮驱赶，完全地霸占了中国在远东地区的出海口，还有这里大片富饶的黑土地。

闲言少叙，话说二爷到了海山崴，寻到客店，先住了下来。第二天用过早饭，带着随行去拜访多年跟自己经商的老客户。

由于当时正逢苏联的卫国战争时期，斯大林以及政府自顾不暇。所以，对远东的治安形势几乎没有控制，这里也成了形形色色冒险家们的乐园。

那个时候的海山崴子，鱼龙混杂什么样的人都有。日本人、老毛子、蒙古人、朝鲜人、欧洲人，当然也有中国人。

这里多数人都是在做生意，买卖的物品五花八门。毒品、黄金、稀缺的医药用品盘尼西林、枪支弹药等军需用品等，这里也可以轻易地买得到。

当然，也有很多各个国家的间谍特务。他们在这里刺探情报，贩卖情报，干着各种各样的勾当。

张锦恕在这里进过很多次货物，当然都是违禁的商品。大多通过白显彤用钱买通伪军高层，甚至是日本军界高层，使这些违禁品得以顺利买进卖出，获得了不少的利润。

虽然接触的大多是外国人，但是由于是老客户，想要进的货物价格很快谈拢了。又等了一段时间，货物配齐了，他们就委托哈尔滨的一家镖局，负责帮着押运这一批货物。

万里顺镖局的趟子手林保全前来接收货物，他带了来镖局镖师武勇南的口信，要在今晚喀秋莎饭店见一面。

张锦恕很多年以前就认识这个武勇南。武勇南今年快六十岁了，身子骨还是很硬朗，身手也不错。这个人武林出身，为人豪侠仗义，朋友至上；进入镖行之后，自然以客户至上，信誉至上。前两年张锦恕来海山崴，就是武勇男帮助他的，他们之间有过很多次的生意往来，合作得也顺风顺水，相互之间建立了深刻的信任。张锦恕按着约好的时间，来到了喀秋莎酒店的大厅里。

老毛子开的酒店，完全是欧洲气派。桌椅板凳，到餐具酒具，以及靡靡的音乐声音，无不体现出来欧罗巴风情；陪酒的舞女，大多是老毛子人，极少数也有日本人，朝鲜人。几乎是各个祖胸露乳，淫荡迷人。

大客商，在这个知名的酒店会客，往往不被人看作是异类，做生意也会顺当。假如你要是去了没啥名气的小馆子，那就会惹来非议，不少的暗探就可能盯上你，甚至生出来不必要的麻烦。

海山崴子的道路上，积雪成山。在几乎没有人清扫的大街上，在路两边的雪就像两道墙。雪墙当中一条狭路，四个人穿着牛皮靴了踩着雪地，发出来嘎嘎的响声。

武勇南订好位子，张锦恕一行三人很快地就在喀秋莎酒店找到了地方。老朋友见面，都很高兴热情，相互嘘寒问暖一番，各自落座。

几杯伏特加下肚以后，几个人闲聊了一阵，武勇男说："张老弟，我在哈尔滨的时候，听到警局的朋友跟我说过一句话，不知道是该不该告诉你。"

"武大哥，咱们几十年的朋友了，（他指着身边的人）这几个人也不是外人，有啥话您就说，不用见外。"

"不是我不信任你的人，可是这里鱼龙混杂，耳目众多，不能在这里说啊。弄不好，你的命都要赔上的。"

张锦恕站起来指着自己的头："武大哥，咱们去洗手间吧，不胜酒力，我的脑袋有些晕。"

武勇南会意，他扶着张锦恕前洗手间走，一边走一边叨咕着："让一让啊，我的朋友喝多了。"

到了卫生间，他俩看到卫生间里也有人，他俩方便完了，就出来到了酒店的门外。

武勇南四下环顾，看看身旁没有人经过，他凑过来压低声音说："张贤弟，警局的朋友告诉我，他说白显彤跟他说的原话'来海山崴子由你，回去就不由你了'。这句话似乎是对你很不利，到底的含义是什么，老弟你能知道吗？"

张锦恕沉思半晌说道："他要吞了我的商行，这次上的货，可能就是他陷害我的借口了吧？"

123

"既然你猜到了他要利用这批违禁货物陷害你，那你就把货物退了，别运回去了啊。"

张锦恕苦笑几声："唉，武大哥，你也知道，我跟白显彤是拜把子哥们，最近因为家里的三弟被害的事情，我求他帮忙。那里想得到，他满口答应之后，一步一步引诱我掏钱送他。当我不再相信他的时候，他就反口咬我，威胁要告诉仇家。我们的仇家也是伪满特务啊，势力很大，惹不起呀。我上了他的当，被逼着给他写下了八万块钱的欠条。他要我马上还钱，我哪里有那么多的现钱啊，所以知道这里是龙潭虎穴，因为想挣点钱还债，所以也得来闯啊。"

武勇南听后，脸色大变："唉，二弟呀，你怎么聪明一世，糊涂一时呀！白显彤我不算很知根知底，可他那个儿子白三宝，哈尔滨人哪个不知道那是一个披着人皮的畜生啊。那小子坏的脑袋上长疮，脚底下流脓，什么坏道儿都有，你咋能把要命的事情委托他们呢！唉，这下你要倒大霉了呀！"

他还想再说什么，突然间感觉到身旁似乎有人影闪过，他拉着张锦恕咬着牙说："兄弟，这里不安全了，有人盯着咱们，咱们回旅店吧。叫上兄弟们一起回去，回去好好商量一下，看看有没有啥办法跟他斗一斗。"

张锦恕抱住武勇南拍着他的后背半晌无语，然后四下环视了一下，迅速回身去酒店里喊出来另外五个人，一起回到张锦恕住的旅店。

张锦恕住的客房，是一个套间。张锦恕跟武勇南叫手下的人到外间门口看着，他俩在里间商议事情。

武勇南担忧地说："如果张贤弟把这批货物运回哈尔滨，我觉得那个白显彤就会撕下脸皮，去日本人那里诬告你走私，贩运军需用品。而日本人就会抓起你来蹲大狱，甚至在白显彤的撺掇下，也可能要了你的命。接下来，他就以大股东的权利，吞并了你的商行，老哥哥掰扯的对吧？"

张锦恕点点头说："按着您的分析，应该是这个结果，但是我还欠下了白显彤那么多的钱，即使他吞并了我的商行，也不会不再向我索要那八万块吧？"

"嘿嘿，这些人已经是疯了，八万元他怎能不要了呀。最后就连你给家里人留下的过日子的钱，恐怕也要被他勒索去呀。"

"那咋整，我也不能回老家跟我大哥去借钱啊，因为都怨我自己个儿，事先没有跟我家大哥商量，擅自做主才酿成了今天的大祸临头啊。"

"哎呀，我说你真是当局者迷呀。这那还是单单钱的事儿啊，这是要命的大事儿，回去赶紧找你大哥商议吧，否则就算死了，你大哥还要蒙在鼓里呀。"

这样倾家荡产要人命的事儿，谁摊上了也很难从容地面对吧。张锦恕心里就像万箭穿心一样那么难受后悔，但也没有什么好的计策化解这些不利的境地。他两眼含泪，真的不知道怎么办才好了。

武勇南着急地说："兄弟我看两条道，第一你放弃这些货物，回去跟你大哥商议，你大哥我也认识，他绝不会生你的气而不管你；还有钱的事儿，亲戚朋友张张嘴，大伙凑一点，我也能帮你准备个万把八的，应该可以凑齐；第二条路，就是你把货物运回去，那就是死路一条，等着那个白家父子对你开刀吧。"

张锦恕忧心忡忡而又犹豫地说："万一白显彤没有咱们想的那么坏，咱们第一冤枉了人家，第二也给咱们自己个找了麻烦，是吧？"

武勇南是一个性情中人，又是武林闯出来的，性格直爽急躁，他跺着脚说："哎呀，你咋还惦记着白显彤父子不是那么坏的人啊，还在做你的春秋大梦呢。你的侥幸，你的幻想，会让你不但丢了钱财，还要搭上性命啊，我的糊涂亲老弟呀！"

在张锦恕的心里，在这个紧急危难的关头，他真的想白显彤能够念及几十年八拜之交的感情，放过自己呀。因为他走到了山穷水尽的地步了，想不出来丁点辙让自己个脱离困境了。剩下的就是仅存的那一点点幻想和假设了。

武勇南的当头棒喝，让他有了一丝的清醒，他想了想说："大哥我也是人急无智了，满脑袋的糨子啊。你看可不可以这样，我在长春伪满洲国政府里，有一个远房的亲属，虽然他给日本人干事儿，我们哥们不愿意跟他来往，但是由于他们一家是为了生活，没有做过伤天害理的事儿，所以跟他的关系并没有彻底的破裂。近些年来往不多，但他家里也做生意，所以偶然还有点生意上的来往。"

武勇南听出来话音了，他着急地说："咱们不回哈尔滨，转道去新京，把这些货物运到你亲属他那里去，让他想办法帮着脱手，白显彤也就干瞅着没招了吧？"

张锦恕还是犹豫地说："就怕白家父子不容咱们把货运到新京吧，我感觉他已经派人盯着咱们呢。"

武勇南点点头，摸着下巴满地走上转圈。两个人琢磨了半天，张锦恕率先说："大哥你看这样行不行。"他走到武勇南切近，伏在他耳朵上小声说了一阵，武勇南两眼放光说："好，好，这个瞒天过海的计策实在是好，如果再有人手接应，那样会更加稳妥吧？"

"我这就去电话局给俺家大哥打电话，把事情话说清楚，俺大哥一定会有办法的。"

"这样就有八九成的胜算了，要是白显彤跟他那个畜生二儿子也到场的话，咱们顺便干他一票，杀杀他的气焰。"

"等俺跟打个电话商量了再说。大哥你陪俺去打电话，万一有人偷听，你想办法给引开。"

张锦恕的脸上挂着阴霾已经很多日子了，今儿个总算漏出来丁点的笑容，他对武勇南说："大哥，晚饭没有吃好吧，打完电话咱们再去好好吃一顿！找一个口味适合咱们的小酒馆再喝点，解解我的晦气。"

124

这里放下张锦恕暂时不提，再说哈尔滨四方台子的张锦德。他半夜里接到二弟张锦恕的电话，通过张锦恕的叙说，知道了二弟为了给三弟报仇，上了白显彤的当，正处在危急关头。

张锦德气恨交加，穿好衣服去了东厢房，拍打窗棂喊出来张子成。张子成正睡得香甜，忽然间被惊醒，他隔着窗户问道："大爷呀，有啥事儿，着急吧？"

"你穿好衣服出来，有紧急的事情找你商量嘞。"

"嗯呐。"张子成忙三火四穿戴好，母亲问他怎么了，他随口一声："没有啥事儿。"

张锦德带着张子成去找张锦贤，跟他说明了整个过程，让张锦贤帮忙筹划如何对付白显彤的阴谋。

张锦贤听到事情紧急，安抚张家老少："你们也别太着急，等俺去江南找人商议后再决定。"

张锦德说："正好我也去江南二弟那里，问问弟妹家里的情况下，咱们一起走吧。"

张锦德回家让老冯套车，两个人坐着马车连夜赶往哈尔滨市内。张锦贤去道外五道街，跟他的上级汇报，商量最佳的方案，张锦德来到正阳街张锦恕的商行。

张锦德到了齐瑞商行，他见到李万全私下询问："二掌柜的给你留下的事情办得咋样了？"

"大爷，我按着俺们经理的安排，正在往回催要欠款，十有七八都要回来了。大爷您就把到手的现金全部带走吧，免得夜长梦多，出了事儿就来不及了。"

"钱我给你打个收条可以带走，还有家里的人去处安排好了吗？你去告诉

哈尔滨往事

二姑娘就住在学校里，没有通知不要回家，实在不行，就让他们去四方台；告诉二小子他虽然是警察，但是没有地位，也要小心；你嫂子在学校里也不安全，我去学教见她，让她请长假去外地躲一躲吧。"

副理李万全，那是张锦恕从小孩子要饭拉扯到现在的地位，他对张锦恕的感情，胜过父子。他知道张锦恕上了白显彤的当，所以他心里明白，现在就是报答张锦恕的最好时机。

他要把商行弄成了一个空壳儿，到时候不得已，就扔给白显彤，实在东西已经转移，让白显彤空欢喜一场。

张锦德安排完后，赶着马车去五道街，接上张锦贤一道赶回方台子，然后凑齐人手，商量最终的决定。

再说张锦恕把两边忙乎完了，这才按着计划备货上路，前后的时间已经一个半月了。至于路上如何，结果如何，他心里依然没有底，忐忑的心一直是七上八下的。

而在这个时候，远在哈尔滨的白显彤，这个贪心不足的老汉奸，也在着急上火呢。

自从白显彤跟儿子白三宝商议要坑害张锦恕，夺下张锦恕的商行为己有之后，他是白天黑夜的想计谋、设歪道。等到得知张锦恕备好了货物，要运回哈尔滨的时候，他的得力帮手白三宝，却跟着日本人的讨伐队，去了三肇地区清剿抗联十二支队去了。

这老小子知道没有外人可以依靠，就得自己个儿干了。他找来队长徐大邦躲在办公室里密谋。

三十几岁的伪警察行动队队长徐大邦，跟白显彤沾点远亲，也没少得到过白显彤的关照，所以白显彤把事情一说，徐大邦拍着胸脯说："大叔您就放心，俺徐大邦这些年受您的恩惠俺都记在心里。俗话说，是亲三分向，是火热成灰，只要您说咋办，俺就带着弟兄们往上冲，没嘛说滴。"

白显彤说："据我派出去的人回来说，张锦恕他们押着货物已经在回哈尔滨的路上了。你带着人手提前出发，按着回程的路，前去围堵。如果他们直接回哈尔滨，你们就暗中监视，进入哈尔滨管辖的地域再动手；如果他们改道去别的地方你们就动手扣下货物，检查后发现是禁止贸易的货物，就直接绑了张锦恕一行，押回哈尔滨署里监狱。"

徐大邦欣然领命，他从警察署的人员里，挑选了他认为最可靠的二十多人，做好物资上的准备，这些人就出发去半路上堵截张锦恕一行了。

说来也巧，张锦恕的二儿子张子云，正好是这个警察署的警员，也是前些年凭着白显彤的关系，进入警局当了伪满警察。前些年年纪小，看到穿警服的人很时髦，很威武，他就很羡慕，中学一毕业，他就整天围着父亲转悠，让父亲帮他去当警察。

当了警察几年以后，随着年纪的长大，张子云也逐渐成熟起来。他看到警察署的人欺行霸市、巧取豪夺、冤假错案频出，他的心就凉了。

他跟白显彤说过几次，他不想干了，打算回去帮父亲搭理生意。而白显彤告诉他："给日本人干事儿，进来了就别想出去，出去了的都是做鬼了。"

想不干了还不行，上了贼船就下不来，张子云憋屈无奈地干着伪满警察。

最近他发现父亲跟白显彤的关系似乎有些微妙，他就暗中观察白显彤的一举一动。当他看到白显彤找徐大邦密谋，就知道他们在谋划着什么不可告人的秘密。

在警察署里的过道上，徐大邦哼着小曲走过来，张子云恭维的说："徐队捡到金元宝了吧，很高兴啊。"

徐大邦是一个没啥心机的人，说话很随意。他看到张子云恭维他，就随口说道："没啥好事儿啊，就是这几天奉命前去绥芬河的道儿上堵截贩卖军需品的人。"

说完了，他看看张子云，忽然觉得说错话了，这个张子云不就是那个张锦恕的二儿子啊，让他知道了，露了馅，白署长还不扒我的皮呀。他拉住张子云说："大哥我就是开个玩笑，你哪听哪了啊，不要出去瞎说。"

张子云笑着说："我才不管这些事儿呢，下班回家吃饭去了。"

张子云回到家里，赶紧跟母亲说了这个事儿，母亲也知道了白显彤要陷害张锦恕的事儿，所以马上找来李万全商量怎么办。

125

李万全说："姊子、兄弟，俺说连夜去大爷家，把白显彤他们出发的日子告诉大爷他们，让他们决定怎么办。"

张子云说："行，咱们吃完饭，趁着天还早，咱俩骑马去俺大爷家，一起商量咋办。"

自打张子成知道要去跟日伪警察干仗，这小子内心十分兴奋，那真是摩拳擦掌，时刻准备上阵。

他去找大爷张锦德说："大爷呀，俺那里算俺一共八个人，可是才有四支枪。那四个人没有枪，光是大刀片子，那不是白给吗？要是伪满警察枪多火力旺，弄不好咱们再死伤几个人，那可不好交代了。"

张锦德沉思半晌说："是呀，不管如何，这算咱们老张家的私事，用这些人去给咱们打仗，再死了人，那可真的弄没脸了。"

张锦德咬了咬牙，下了决心说："这样吧，当初你四叔运回来的，可不是七八支枪，一共有三十几条枪，还有一挺歪把子呢。这次我再拿出来十支枪，给你们四杆步枪，再给你张大爷他们的游击队六条，对付二十几个警察，应该可以了。"

天刚刚擦透黑的时候，张子云跟李万全也到了四方台子。看到张子云跟李万全进了门，张锦德问道："看来很着急嘞，还没吃饭吧，正好，一块吃完再说事儿。"

吃完晚饭，张子成叫来老中医张锦贤，几个人坐在一起商量如何去阻止白显彤。

最后张锦德说："俺看这样办为好，先让子云回去监视白显彤的警察哪一天出发，然后电话告诉俺们，俺们也尾随他们出发。怹们看咋样，用不用再议议？"

张锦贤补充道："警察应该坐卡车吧，咱们不行赶不上趟咋整？"

张锦德说："俺们也租一辆卡车，车钱俺出了。带好几天的吃喝干粮跟喝的水，再带些盘缠，衣服也要穿厚实一些不要冻着。"

张子成说："俺跟俺大舅那边请假了，说到哈尔滨去朱顺屯走亲戚。还有俺觉得要在交战的时候应该化妆成土匪，这样让白显彤摸不清是谁干的，也能保护俺们不暴露。"

张锦德拍板："好，就这样吧。没走的这几天，枪支先不要发到个人手里，一定要保密，等着张子云来消息，怹们就出发。子成带着你的人，到江南汇合游击队，然后听从何队长指挥。"

张锦贤嘱咐道："一定要小心谨慎，武器一定要藏好，遇到日本人检查，事先要把武器隐藏或者转移，尽可能选择天黑赶路。何队长是老抗联，他有与日伪斗争的经验，所以一定要听从何队长的领导。"

张子云和李万全连夜赶回哈尔滨市内，时刻探听着白显彤跟徐大邦的动静。

第三天的时候，大清早的徐大邦就集合队伍训话，要求准完毕，下午出发。站在远处观望的张子云，赶紧去打电话告诉了张锦德。张锦德那边迅速地集合人手，发放武器，开始出发了。

张锦德和张锦贤送走张子成他们，两个人回到屋内，坐在那里几乎没有言语，他们的心里都知道，这些人出去第一次干这样的事儿，他俩是心里忐忑不安没谱的。

张锦德他们心里没底，那个老汉奸白显彤一样也是心里没底。因为徐大邦能力有限，也不算自己个儿完全信任的人，因为没人可用，所以不得已派他带着二十几个警察去堵截张锦恕，他心里还是觉得这些人恐怕完不成他需要的任务。

姜孝昌依赖的姜心田去了外地，白显彤最信任的，当然就是那个小汉奸，从头上坏到底的儿子白三宝，也不在哈尔滨。那么姜心田、白三宝干吗去了，为啥不在家里帮着老汉奸去对付张锦恕呢？

前边说到姜孝昌找姜心田找不到，白显彤找白三宝也找不到，都说不在哈尔滨，去外地执行任务了，那到底是在一回事儿呢，这还得从一九四零年九月说起：

当时东北抗日联军第三军所辖的第十二支队，奉命来到三肇地区开展抗日行动。

三肇地区是抗联第十二支队的活动区域（还包括绥化、望奎、巴彦等地，中心在铁力、庆城）。为了加强对"三肇"地区的抗日领导工作，一九三九年六月，中国共产党派刚刚从抗日军政训练所毕业的徐泽民（抗联五路军一师参谋长）到"三肇"进行抗日工作。他与交通员刘海扮成药商，秘密调查"三肇"地区的抗日情况，并成立了党的抗日组织。

一九四零年，在肇州县朝阳村西土城子张白氏家成立了"三肇"地区龙江工作委员会，即"三肇"地区工作委员会。委员会工作的重点就是动员群众参加抗日运动，组织"抗日救国会"和抗日革命团体。

一九四零年九月十一日夜，十二支队一百多人袭击肇州县丰乐镇，首战告捷。十一月八日，再以七十多人袭击郭尔罗斯后旗肇源街。十一月九日，一百〇二人袭击郭尔罗斯后旗头台村。

其中，十一月八日对肇源街的袭击，对敌人的打击最称沉重：抗联部队仅用四十多分就结束了战斗，火烧伪旗公署，击毙伪滨江省参事官东荣作等十一名日本警政要员，缴获诸多武器弹药和服装等大量军用物资，并且打开监狱，释放无辜百姓一百多人。打开三泰粮栈，救济饥民。次日，在十字街召开群众庆祝大会，随即满载缴获的胜利物品向头台方向转移。此即震惊北满的"三肇事件"。

"三肇事件"发生后，日伪统治当局极受震撼：伪滨江省警务厅长王贤伟立即组织哈尔滨的伪警察参与侦查和抓捕。警佐叶法增、警佐白三宝，以及特务姜心田等人都是这次围攻抗日军民的主力。

126

叶法增等带着郭尔罗斯后旗警务科"特别搜查班"，首先将王化清等十九位给抗联支队做内应的爱国志士秘密逮捕，虽经严刑审讯，爱国者们坚贞不屈，按照关东宪兵队的命令，当天夜里，十九人就遭到"严重处分"：日军将十九名爱国者用铁丝捆绑，三五个人一串，用两辆汽车押往三站方向。

据日本人丰松讲，当这十九人从监狱提出来的时候，张友德用日语大骂日军，牙被日军军靴踢掉。晚上十点多，汽车开至三站李家围子南面江边，汉奸叶法增、白三宝等驱使住在江边"日清粮栈"空房的陈显、杨聋子夫妇将吃水用的冰眼凿大，用刺刀将十九名爱国者用全部推进去，为杀人灭口，两名聋哑人也未能幸免于难。第二天有人到江边，看见血迹染红了江水，刺刀挑下来的棉花和几只破棉鞋冻在血泊中。日本宪兵队承认，当时"未能详细查核，不免有若干捏造"。

一九四一年一月二日，徐泽民带领三十多人在伪北安省庆城县万来号屯与日本侵略军今村讨伐队发生激战，打死日本侵略军一人，抗联有五人牺牲。此后，他带领十二支队四十多人与六支队联合行动，以庆城县凌云山为中心，神出鬼没地打击日伪军。日伪反动当局称其"行动极为活跃"。

日伪军大力围剿徐泽民带领的抗联第十二支队，于一九四一年二月十四日在伪滨江省兰西县内包围了徐泽民等五十人，部队全部损失，徐泽民受伤被捕。日伪当局欣喜若狂，声称"徐泽民被捕后，第十二支队势力完全衰落"。后来，徐泽民牺牲于哈尔滨的监狱中，时年四十岁。

抗联第十二支队受到了极大的损失，随后转战到山地整训。再后来，抗日联军总部作出指示，抗联队伍全部撤进苏联国境，积蓄力量，等待反攻。

而也有少数部队和人员，没有撤进苏联境内，比如杨靖宇将军所在部队的少数人，还有第十二支队的一小部分，他们坚持在国内抗击日本人。杨靖宇将军后来被叛徒出卖，牺牲了年轻的生命。

第十二支队里面，有这样一部分人，他们原来是五常、珠河一带绿林出身，后来参加抗日队伍。等到要求退入苏联的时候，他们说的跟杨靖宇一样的意思："俺们是抗日的队伍，去苏联干什么，那里也没有日本人，还抗什么日，俺们不走，要跟日本鬼子干到底！"

他们打着抗日联军的旗号，把队伍改成"庄稼人"抗日游击队，独立地在三肇地区跟日伪军周旋。

哈尔滨伪松江省警察厅长王贤伟秘密派人去三肇地区侦查，参与者大多是哈尔滨警察局的人马。带头的就是白三宝，还有姜心田这个民族败类。

他们在三肇地区秘密侦查了近半个月，大致得到了"庄稼人"游击队的活动规律和经常落脚的村庄，然后回来报告给为警察厅和日本人。

哈尔滨警备司令渡边文雄组织开会讨论如何消灭"庄稼人"，并且作出部署，准备再次派出日伪军近百人，去三肇地区镇压"庄稼人"抗日武装。

那天晚上，姜心怡约了陈树彬去马迭尔饭店吃饭。马迭尔饭店坐落在哈尔滨第一街——中央大街上，是一个非常知名的西餐饭店。

马迭尔创始人俄籍犹太人约瑟·开斯普在一九零六年建店初期首先引进西餐和西式冷饮，一直传承至今，使人们在不同时期，品尝了正宗的西餐美味，领略了马迭尔饮食文化的丰厚底蕴，彰显了马迭尔名人轶事、建筑风格的独特魅力。

他们坐在包厢里，相对于外边是隔离的，所以言谈的声音不容易被外边听到。陈树彬是很成熟的人士，思维敏捷，判断力极强，他知道今天姜心怡找他吃饭，肯定不是单单吃饭那么简单，他就主动问道："心怡今天有事儿要跟我说吧，哈哈，我等不及了呀，说吧。"

姜心怡微笑着说："我的心里想的啥事儿，都逃不掉陈大哥的慧眼，把我看得体无完肤那样的透彻，嘻嘻。"

陈树彬沉静地说："咱们是老熟人了，有啥事儿需要我帮忙的说话，也就用不着遮遮掩掩，说吧，我听着。"

姜心怡微笑着喝了一口葡萄酒说："陈大哥，您知道'三肇事件'吧，听说挺惨的。"

陈树彬抬眼看着姜心怡，眼睛里流露出来一丝不解："知道啊，你问这个干啥，这可是日本人不让谈论的事情啊。"

姜心怡依旧笑着说："我在上学的是会听说过，这个事儿已经过去一年多了，可是现在这个事儿好像还没算完全过去，又在三肇地区追查剩余的抗日人员了。"

陈树彬似乎并不关心这个事儿，他喝着酒说："今天警察厅开会了，说的是这个事儿吧。日本人追杀抗日人员，那是时时刻刻的事儿，咱们也习惯了，用不着大惊小怪吧。"

姜心怡从挎包了拿出来一张纸递给陈树彬："陈大哥你看看，这是白三宝他们侦察到的地点和警察厅出动的日期，渡边让我归档的时候，我记下来的。"

陈树彬疑惑地看着姜心怡说："你这样的话，不怕我举报你呀，日本人知道了，那可是要蹲监狱啊！"

姜心怡指着陈树彬说："陈大哥，当初可是你跟我说的，给日本人干事儿，也分咋干啊。我不怕你举报我，我也不相信你为了举报我可以升官发财，我相信你不是那样的人。"

陈树彬端着酒杯笑着说："这个丫头，还信任我了，谢谢了。你放心吧，我有渠道把这个情报送出去，相信他们也会感谢你的。"

原来这个陈树彬，他是早些年国民党军统在哈尔滨的潜伏人员。九一八事变以后，他原本有机会返回关内去的，但是接到命令继续潜伏，但是不能有太大的行动，不能暴露自己，等待时机，也是为了反攻做准备。

127

西安事变以后，开始了国共合作，全国掀起来抗日的高潮。那个时候起，他跟哈尔滨的中共地下党取得了联系，偶尔也互相有情报分享。

吃完饭，他同姜心怡在中央大街上散了一会儿步，又到松花江边溜达一会，然后分手。姜心怡回到宿舍去了，陈树彬趁着夜色来到道外老道外五道街二十五号，承德堂药铺。

药铺掌柜的潘友朋，看见老熟人陈树彬来了，知道他无事不登三宝殿，赶紧让到后边说话。

陈树彬掏出来那张纸递给老潘，老潘看看说："你这是在哪里得到的情报，准确吗？"

陈树彬说："这也是意外得到的，是从日本警备司令部传出来的，应该准确。"

老潘寻思一下说："那我就谢谢你们了。我这就安排人手去三肇那边联系他们，不过距离很远，有没有固定地址，恐怕很难在短时间内联系上，只有尽力了。"

陈树彬走了，老潘赶紧找来人安排去肇东那边，想尽一切办法联系上那边的游击队，让他们赶紧转移。

可是正如老潘想到的，等到联系人赶到了三肇地区，找到当地的联系人才知道，"庄稼人"游击队已经让日伪汉奸包围打败了。

原来"庄稼人"游击队，他们暗中串联宣传，积蓄力量，发展到四五十人的队伍，第一战选择了肇东四撮房村公所，击毙日本警察三人，伪警察五人，缴获了不少的枪支弹药。

此事件在当地引起轰动效应，不少支持抗日的群众前来参加"西北风的"队伍，让抗日的形势高涨，这也引起了日伪汉奸的高度重视。

为了完全的消灭抗日力量，伪滨江省防卫司令渡边一雄亲自上阵，带了数百名日军和特务，白三宝、姜心田等人也参加了。他们开着军车，迅速地进入三肇地区，再一次开展大规模的扫荡，企图用重兵高压迅速地消灭这股抗日力量。

由于叛徒的出卖，日伪军在肇东马凤阳屯包围了西北风抗日游击队。由于是拂晓前开始的战斗，西北风游击队缺少临战意识，警卫工作没有做到位，直到日伪军摸到了游击队的住宿处，哨兵才发现。交火之后，游击队损失极大，当场牺牲二十多人，二十多人被俘。只有西北风等十几个兄弟突出重围，散落在松花江的沿岸躲藏。

为了炫耀皇军的胜利，日伪军把俘虏的游击队员，以及留宿游击队的乡亲，用铁丝串着绑起来，在三肇地区游街示众。最后在特务白三宝、叶法增的建议下，日军司令渡边文雄下令，将近百名游击队员和帮助过抗日游击队的村民，塞进了肇源松花江的冰窟窿里！

这是日伪汉奸在三肇地区犯下的又一次罪孽，中国人民不会忘记日本侵略者的暴行和血债，要让他们一笔一笔地加倍偿还！

潘友朋得知这个消息之后，他悲痛过后，又委派得力人手，继续寻找被打散的人员，这是后话。

再说白三宝、姜心田等人回到哈尔滨之后，警佐白三宝、特务行动队长姜心田由于抓捕抗日人士有功，受到了渡边文雄的单独接见。

渡边文雄端着酒杯对姜心田说："姜桑，你对皇军大大的忠诚，你的全家对皇军一样的忠诚，我代表大日本皇军滨江省警备司令部，感谢你，"

姜心田一边打着立正："嗨、嗨。"一边奴颜奉承地说："在下一家全靠大日本皇军的庇护，才能生活无忧，我也很愿意再次为皇军献计献力。俺们屯方台子的老张家，他们家里藏匿很多的黄金，还有天然的宝贝狗头金，这算不算违抗皇军战略物资要充公的罪行呢？"

老鬼子渡边听到狗头金他来了精神，走到姜心田面前拍着姜心田的肩膀说："姜桑，狗头金的我的听说过，那是大大的宝贝，在你们的国度我能看见的话，那真的是三生有幸啊。"

姜心田自然是心里窃喜，能借着日本人整治老张家，达到自己的目的，那才是心里想的啊。

姜心田假装为难地说："四方台子的老张家，之所以敢藏匿金子，那是因为他们家有后台。听说第一是因为他们家交公粮交的多，第二他们有亲属在新京皇上哪里当差，而且还是高官。所以我怕他们有恃无恐，不肯交出来狗头金。"

渡边摇着脑袋说："没关系的。中国有句古话，'县官不如现管'啊，有机会你带我去老张家做客，我亲自去讨教，他们在皇军面前不敢拒绝吧。"

姜心田的目的初步达到了，这小子屁颠地跑回死方台屯子，跟他老爹姜孝昌商量对策，如何利用日本人达到自己的目的。

白三宝在老渡边那边受到了嘉奖，但是回到哈尔滨的家里，却被白显彤劈头盖脸埋怨了一顿："你个瘪犊子，咋去混这么长的功夫啊，张锦恕的事儿你不帮我，恐怕出大篓子漏子啊。"

"咋地了，你秃鲁反账得埋怨我，我可不是你的出气筒，我是皇军的警佐，敢不给皇军干事儿啊？"

"你不知道吗？你让我安排张锦恕去海山崴采购违禁商品，借机把张锦恕送进大狱，也好吞了他家的商行。"

"不对吗？出啥差错了？不会吧，张锦恕那条小泥鳅，谅他也翻不起来啥大浪吧？"

白显彤看到白三宝一脸无所谓的样子，着急地说："俺是怕张锦恕半道上偷着处理掉违禁商品，咱们抓不到把柄，那也不好强定人家的罪吧。"

白三宝一脸不屑的样子说："不是说让徐大邦带人去监视吗，他们拿着枪，也不是烧火棍，那害怕老张家出啥幺蛾子呀？"

"徐大邦那点章程，你也不是不知道啊，你不在家里，那是实在没法，毕十勒个八（赌博俗语），没招才派他去的。万一这小子弄秃噜了，那不就失去一次机会吗？"

白三宝转个圈想想："也是啊，徐大邦喝酒玩女人是把好手，干点正经事，悬，不牢靠。"

"就是啊，俺这是蜀中无大将廖化作先锋啊，无奈之举，还得想想万一计不成，还得有第二计吧？"

白三宝眼珠子转了几圈冷笑着说："老爷子你放心吧，即使抓不到现场的把柄，那咱们就给他的货仓里按上赃物，我让人去检查。现场搜出来违禁商品，让他有口难辩，你就放心吧。"

白显彤听到白三宝说还有计谋，这才稍微放了心，吃饭睡觉才稳妥些。

128

这些汉奸争先恐后地要陷害老张家，都是为了他们的私欲，老张家这一回才是陷入了激流险窝之内，也不知道老张家是如何地化险为夷了。

再说张锦德自打送走了张子成这些人，他就悬挂在心，吃饭睡觉都是不安宁。张锦德活了这么大，没有干过杀人打劫的事儿，这次虽然是为了自己个儿的弟弟，还有也跟日本人抗争，在正义上占着道理，但是毕竟是真刀真枪的事儿，他心里实在是没底了。虽然张子成是自己的亲侄子，自己替他瞒着他的亲娘去跟日伪警察干，万一出了事儿，他也是无法交代啊。

可是福无双至祸不单行，张锦德正在闹心的时候，又有冤家找上门了。这是五天以后的事儿，白三宝带着日本人来到了老张家来拜访，理由是拜访交公粮的大户。

前边说不是姜心田一个劲儿地鼓捣日本人，来张家索要什么狗头金吗？原来是姜心田回到了家里跟姜孝昌一说，姜心田原以为姜孝昌会很高兴呢，可是哪里知道姜孝昌转了转眼珠说："不妥，不妥啊。你想想啊，咱们跟老张家本来就有冤仇，这次你亲自带人上门索要什么狗头金，那老张家一定心知肚明是你咱们老姜家卖了他们，那不是冤仇越来越深吗？"

姜心田也翻着眼睛不解地问："咱们不是已经跟老张家彻底的闹掰了，人家已经公开了要跟咱们干到底了，你还怕啥啊？"

姜孝昌斜着眼地说："咬人的狗不露齿啊，咱们家毕竟还在这屯子住着，人前人后的，还得装着点。再说了，为啥你出头让日本人得到便宜呢？我的意思是，你去跟渡边编瞎话，说咱们跟老张家有亲属，不好公开带着他去。然后你推荐一个人去，等到事情发生了，你再去假装着给日本人和老张家双方周旋。到了那个时候，两边的好人你都做了，难道害怕没有咱们的好处吗？"

姜心田想了想，觉得有道理："也是啊，就算我带人去老张家，那也不会轻易地得到什么狗头金吧。老张家人死性着呢，轴得厉害，即使他们有狗头金，也绝对不会轻易地拿出来呀。所以咱们还是先别出头，等看到有缝了，咱们再去里面下蛆，帮着豁拢，那样还省劲儿，好处也不见得少。"

所以呢，姜心田又去渡边那里编瞎嗑："太君啊，俺们中国人啊，讲究面子，他们家跟俺们有点亲属关系，我不便公开的带您去他家要金子。所以呢，我帮您推荐一个人，他也很熟悉方台子屯，也很能干，他就是警佐白三宝。"

渡边被姜心田的瞎话忽悠心活了，他问道："白三宝白警佐吗？我的知道，很能干的一个警佐，道外警察署白署长的公子，对吗？"

"对、对、对。太君您觉得可以吗？我打电话让他过来见您可以吗？"

"姜桑，你的大大的好，马上把白桑叫来，快快地安排时间去找狗头金。"

就这样，姜心田耍了一个小手腕，把得罪人的事儿推给了白三宝，他要躲在后边静观其变，以谋得最大利益。不过他显得很天真，白三宝是谁啊，他能让你姜心田占了他的便宜吗？那就等着瞧吧。

张锦德正在家里闹心的时候，白三宝带着渡边文雄和一小队日本宪兵，开着一辆小车和一辆卡车，突突地来到了方台子屯。

张家大门外站岗的人，看到两台车上插着日本旗，突突冒着黑烟到了张家大院前停住了，吓得看门的留下一个看着，另一个赶紧跑回去告诉张锦德日本人来了。

张锦德本来就是心神未定，坐不住站不住的闹腾的时候，看门的炮手老侯跑进来："东家，不好了，门外来了很多日本兵，您赶紧出去看看吧！"

张锦德一听门外来了日本兵，他的心就猛地一沉，本能地想到了张子成他们："难道他们的事儿让日本人知道了，这可坏了呀，俺那二弟和侄子是不是遭难了？"

心地善良的张锦德，活了大半辈子，没有做过一件违背良心的事儿，即使姜孝昌家做了坑害他三弟的事儿，他都不忍下死手整治老姜家。自打让张子成他们出发的以后，他的心里似乎就有点后悔了，这样干是不是合适，是不是毁了二弟和侄子呀？

现在他听到日本人突然来了，心里面就扑通扑通地跳了起来，强打精神，腿脚也不利索了，硬挺着出来看个究竟。

他刚出房门，看见老冯头和老朱站在院子里，面色惊慌地嘟嚷着啥。这时候大门被推开了，白三宝在前，像一条哈巴狗，猫着腰带领着渡边文雄走了进来，身后还跟了十几个日本兵，在后边是几个特务。白三宝边走边说："快点叫你们东家出来，迎接大日本皇军渡边司令官。"

张锦德已经站在院子当中了，他横下心来："来者不善，善者不来。爱咋地就咋地吧！"

张锦德上前说："俺就是这家的当家的，贵客是哪个衙门的来的，让俺们草舍蓬荜生辉啊。"

白三宝停住脚步，睁开狗眼上下打量几眼张锦德："你就是张锦德，这位是哈尔滨警备司令渡边司令官。"白三宝伸手指着渡边跟张锦德说。

张锦德的示意："司令官好，有失远迎，有失远迎。"

渡边嘴角带着微笑说："你是张桑，早有耳闻，幸会幸会。"

张锦德摆手示意，渡边在前，白三宝在后，张锦德跟着进入到张家会客大厅。

几个人进去了，老冯头跟张锦德媳妇也要进去，上来几个日本兵横着抢拦住，不让他们进入。然后门口站上了十几个荷枪实弹日本大兵，把住了大门和房门的进出。

渡边文雄走进张家会客厅，踱着方步四下打量，看到满屋的红木家具，古色古香，还有墙上的字画，橱柜里的摆设，他感慨地说道："中国文化底蕴深厚啊，在农村普通百姓的家里，都能感受到文化的深邃，佩服啊，佩服！"

129

张锦德笑笑说："司令员阁下过奖了，请坐，请坐。"

渡边选择客位坐下，马上有人端来青花瓷的茶具，倒上刚刚沏好的茶水。

张锦德示意："司令官阁下，请慢用。粗茶味拙，还望见谅。"

白三宝坐在渡边的旁边，他端起来茶杯就喝，滚热的茶水烫得他差一点也把茶杯扔了。

渡边端起茶杯来回翻转，细细地看着，然后赞不绝口地说："张桑的茶具也是上等瓷器，温润绵延，绘画大气艳而不俗，应该是清三代官窑的吧？"

张锦德欠欠身说："俺是农民种地的，什么瓷器好坏都不懂。俺们中国出瓷器，很多家里都有这样的瓷器，很平常的啊。"

渡边面带惊奇地说："您说很平常吗？我到'北满'三四年了，还没有在市面上看见过这么好的瓷器，我很奇怪啊。"

张锦德微笑着说："不会吧，是您要求的太高吧，像俺家这样的茶具，应该随处可见吧。"

渡边把脑袋摇得就像拨浪鼓："张桑，不，不，市面上没有的。我很喜欢中国的瓷器，尤其是古代官窑的瓷器，很是难得啊。本人也收藏了几套，但似乎不算是精品，更不是什么官窑啊。"

渡边一边说着，一边将喝完的茶杯翻过来看。当他看到杯子底下有康熙的款时，禁不住惊叫："张桑，这个茶杯真的是清三代的官窑，这么名贵的茶具不是收藏，而是用做实用具，可惜呀，可惜！"

渡边文雄在中国多年了，是一个地地道道的中国通。他不仅说一口流利的汉语，还对中国的文物极其感兴趣，也通过很多的渠道搜罗了不少的中国各个朝代的文物。

今天在张锦德家里看到人家用清三代茶具待客，这让他又惊奇，又可惜，所以连连发出来感叹和不解。

张锦德早就看出来老渡边喜欢上了这套茶具，这也是他临时想起来的办法，看看老渡边懂不懂中国的文物文化。现在看到这陶瓷器已经入了渡边的法眼，他就顺水推舟地说："渡边司令官啊，俺真的不懂您说的这些，什么官窑私窑的，俺是一概不懂。这也是早年间家父留下的遗物，因为不懂，也就当作普通茶具用了。如果渡边司令官新欢，那就撤下去给您包好，送您了，您看可以吗？"

其实这套茶具，是晚清的仿制品，但是也算是仿制品里仿制的很像的，也真是张家用的茶具，但是平时并不使用。

渡边笑眯眯地点头说："那就谢谢张桑了，张桑的大大朋友。"

听到渡边说张锦德大大的朋友，坐在一边半天插不上话的白三宝接了茬：

"张锦德，渡边司令官这次来你家，是有人报告你家私自藏匿金子，违反了皇军的战略物资禁令。希望你主动交代，献出金子，支援皇军大东亚共荣的战略，可不要执迷不悟，害了你自己个儿和整个老张家啊。"

张锦德听到白三宝说这个，他心里的石头算上落了下来。原来不是为了张子成他们的事儿来的，也就是说张子成他们的事儿并没有暴露。

张锦德知道了日本人的来意，紧张的心放了下来，他就开始跟日本人玩起了太极。他站起来抱腕说："金子呀，俺家有啊，我去叫他们都拿来，让司令官看看呗。"

张锦德走到门口推开房门，他看到老婆吴慧芳站在门外，西北风吹得她瑟瑟发抖。原来日本人刚一来，吴慧芳就知道了，张锦德跟日本人进到会客厅，不让他们进去，吴慧芳等人就站在院子里等着。

冻得够呛的吴慧芳看到张锦德推门，就赶紧走到近前问道："当家的，没啥事吧，恁可小心点呀"

张锦德眨眨眼示意吴慧芳："去吧咱家的三块金条拿来，渡边先生要看。是三块啊，三块。"

吴慧芳会意，赶紧回内房自己的屋里，很快取出来三块金条，用手帕包好送过来。守在门口的日本兵敲敲房门，张锦德出来拿进去。

张锦德把手帕包放在渡边面前打开："渡边司令官，俺们家里就这三块金子，您看看算是什么战什么物资吗？"

渡边看看张锦德，又看看白三宝摆摆手："张桑，你的误会了，这点儿金条是你家私有财产，皇军要保护的。我们要的不是这个，白桑，你的跟他说明白。"

白三宝站起来翻着白眼球拍着桌子，瞪着张锦德说："你是真的不明白皇军来的意图，还是给我装蒜。告诉你，皇军要的是狗头金，那才是战略物资，私人禁止拥有，赶紧交出来，否则让你进大狱。"

张锦德满脸紧张惊恐的样子说："您说的什么金，什么狗啊，俺一点也听不懂啊，俺糊涂了。"

白三宝为了要在渡边面前显示自己的忠诚，他指着张锦德大声地呵斥着："好啊你个老小子，装傻充愣欺骗皇军，来人，抓起来带回去审问！"

门哐当的被开了，两个特务冲进来，就要抓张锦德。渡边看到摆摆手："不要，不要，张桑皇军的朋友大大的。张桑现在不明白，想不起来，以后会明白的。"

他站起来对着张锦德哈腰示意："张桑，谢谢你送我的茶具，以后请你喝酒

哈尔滨往事

的，今天告辞了，再会。"

说完了渡边走出了张家的当会客厅，白三宝点头哈腰地跟在后边。这些日本兵，汉奸上了汽车，突突开走了。张锦德站在门外注视着远去的日本汽车，心里想着："这事儿是才开始，以后还不知道发生什么呢，这个世道啥时候才能过去呀！"

再说张子成他们，来到了与游击队的会和地点，与游击队的何队长等人见了面，商量一会后，上车开始往目的地行进。

第二天的晚上，他们在一个凤凰镇赶上了徐大邦的他们的车，前后脚都住宿在这个镇上。

130

何队长，何雨来，四十几岁的年纪，抗联老战士，十来年的战争考验，让他变得无比坚强和机智。他带着张子成等几个人，趁着夜黑摸到距离他们住宿隔着一条街的徐大邦的住处，侦查了一会儿，然后留下两个人蹲守，他们回去旅店商量对策。

何雨来说："根据提供的消息，张家运货的可能在大虎岭拐弯去长春，那是绥芬河到哈尔滨，以及到长春必经之地。我在这些地方打过游击，对这里的地形很熟悉，所以我估计徐大邦他们也要去这个地方守候。"

张子成算是初出茅庐，还未经过任何战斗，真正的菜鸟。他说道："何队长，俺是一个二八褃子，嘴上没毛那一伙的，你说咋干就咋干，俺们方台子来的都听您的。"

何雨来说："小张我觉得是这样，徐大邦他们肯定是要去大虎岭等着，如果看到张家货车朝哈尔滨走，他们就不会在不是自己管辖的地界动手；如果看到张家货车改道朝着长春去，他们就会动手抓人。而我们呢，要是也在大虎岭跟徐大邦交火，那样如果我们不能全部消灭这些警察，回去以后白显彤自然就知道是老张家找的人了。虽然老张家躲过了这一劫，但是回去以后白家报复的会更加猛烈，所以我觉得在大虎岭动手不合适。"

张子成询问："那咋办，在哪里动手合适呢？"

"明天早晨我们起早出发，超过他们赶到前头去。等我们找到人烟稀少，合适的伏击地点，我们就出其不意地动手，尽量一举完全歼灭这些伪满警察。"

刘向前副队长说："那就不去大虎岭吧，省点时间收拾这些汉奸，倒也痛快，"

他们商量完毕，休息到天色还没亮的时候，在外边蹲守的两个人跑了回来："报告和队长，他们都起床吃饭了，咱们咋办？"

何雨来打个哈气说："他们还挺精神，咱也走，买点热乎窝窝头，再整点咸菜疙瘩在车上吃饭。"

全体人员迅速地起床，收拾东西上车开拔，汽车开出去十几里了，天色才完全的亮了。

下午的时候，车开到了一个叫大马槽的地方，何雨来在前边拍拍车窗："老方，停下，就在这里吧。"

开车的老方也是游击队员，听到何队长喊他，急忙把车靠边停下，何雨来跟张子他成他们下了车。

何雨来手搭凉棚四下看看说："这叫大马槽，前些年我在这里跟小鬼子干过一次。这个地方道路窄，两边都是陡峭的山砬子，最适合打伏击，尤其是袭击开车的，不等他们下车，就被打的半死不活了。"

张子成四下看看，可不是咋地，瘦溜一条山路，坑坑洼洼，夹在两侧都是立陡的山石砬子中间，地势险要，占住好地形，真是一夫当关万夫莫开呀。

何雨来对着司机老方说："方师傅，你去把车隐藏好，大伙赶紧上两侧山，距离路面七八十步，找地方隐蔽等待。"

老方答应一声，开动汽车去藏车，队员们拿好装备，分开两队，快速的上了两侧不太高的山包隐蔽起来，等待徐大邦他们。

昨天晚上刚刚下了一场小清雪，车在山路上留下的印记非常的清楚，老方怕在近处停车，怕敌人看出破绽，他开着车往前开了一大段，才找了一个地方藏好了车，然后折返回来；

现在还是冬天，山路上还有很多的积雪，山上也是满山的大雪壳子，脚踩下去雪深没过膝盖，而且寒冷异常。何雨来说："这天贼冷，大伙挺一会儿，估计他们会很快就到，到了咱们就开干。先用手榴弹炸停汽车，然后冲下去包抄他们，打他一个措手不及。"

东北的山上，数九寒天的，西北风呜呜地刮着，寒气浸到骨头里，冻的人直哆嗦。

　　张子成和这些游击队员在寒风里等着，忍耐了大约两个钟头，远处终于传来汽车声。

　　何雨来拔出手枪说："大伙精神点啊，来了！大家既要狠狠地打击敌人，也要保护好自己，千万不要做无谓的牺牲。"汽车声由远而近，最后来到了他们的面前。

　　根据昨天的侦查，他们确定就是这辆车。何雨来举手示意在前边的队员喊道："扔手榴弹，将车炸停！"

　　张子成初次参加战斗，心情那是既兴奋又紧张。随着手榴弹的爆炸声，张子成跟着何雨来跳出隐蔽物，血脉贲张呐喊着趟着大雪壳子向山下冲去。

　　说起来这些伪满警察，大多数都是混饭吃的，几乎没有真心愿意为日本人卖命的。即使那些铁杆汉奸特务，遇到危险了，他们也会明哲保身，不会冲到前面送死。

　　徐大邦坐在驾驶楼里，手里拿着小酒壶，随着颠簸的汽车起伏，不住嘴地干拉着老烧酒。脑袋昏昏沉沉，即使偶尔唱几句小调，也是忘词跑调。

　　车正在行进，突然间一阵惊天动地的爆炸声，把他惊吓得清醒过来，接着就是咣当一下，汽车停了下来。

　　他看看受伤的司机，赶紧推开车门下了车，他声嘶力竭地吆喝着其他人："快点下车啊，胡子来了，赶紧抄家伙！"

　　因为他看到了从旁边的小山坡上冲下来一群人，穿戴不整，有人还举着大刀片子，所以他第一反应是胡子劫道。

　　游击队长何雨来率领的十几个人，那是配足了枪支的，张子成带来的八个人，也是配齐全德国毛瑟枪的。那些挥舞大刀片的人，完全是何雨来的安排，目的是为了迷惑徐大邦那些警察，让他们真以为是被土匪劫了。

　　何雨来带着游击队员，生龙活虎地冲下山来，瞬间嘶喊声，枪响声，手榴弹爆炸声，交织在一起，让这片原本宁静的山谷，成了杀人的战场。

　　车上那些伪满警察，大多在昏昏欲睡，做着美梦呢，突然间的爆炸，让他们惊醒过来。听到徐大邦的喊叫，也都拿着枪支蹦下车来，可是他们看到漫山遍野的人冲下来，子弹在他们身边横飞炸响，一个个早就吓得魂飞天外了。

131

这些警察有的往车底下钻，有的撒腿往回跑，瞬间乱糟糟地溃不成军了。徐大邦看到已经是无力回天，他也撒丫子开跑，就恨爹妈没有给他多长两条腿了。

战斗仅仅持续了二十几分钟，何雨来他们一共打死伪满警察十一名，打伤四名，余下的五六个，跟随着徐大邦，消失在路边的树林里。

战士们将缴获的武器弹药搬到自己的车上，何雨来故意用土匪黑话询问负伤开车的警察司机："什么蔓？"

司机不懂何雨来的话，摇着头呻吟，一脸痛苦的样子。何雨来说："俺问你姓啥。行了，不问你了，还能开车吗？"

司机说："俺的头撞坏了，忍着点还能开车。"

"你把恁受伤的几个弟兄拉上，赶紧哪来回哪去吧。耽误了就得冻死恁。"

司机听说要放了他，乐颠地问道："大爷恁们是哪个山头的好汉嘞，以后见到也好报答您啊。"

"俺们五常凤凰山的，有种的就让日本人，警察来吧，俺们等着恁。"

何雨来他们高唱凯歌，返回哈尔滨。这一仗他们二十人没有一个人受伤，可谓是零伤亡全身而退，获得了一个初战的胜利。

回来的路上，他们绕了几个弯，半夜的时候才进入哈尔滨的半拉城子。路上何雨来问张子成："小张，咱们缴获的弹药枪支，在市内不便隐藏，你可有好的地方隐藏？"

张子成想到了四方台子下边的密道，隐藏这些枪支及弹药应该没有问题："何队长，俺们家那边有地方隐藏，我带回去吧。以后你们要使用，就去俺们家那边去拿，不会误事儿。"

汽车开到了江边，何雨来他们卸下来战利品，开着车回道外了；张子成八个人趁着夜色，扛着枪支弹药，天快亮的那个的时候，他们藏好了战利品，加上他们是使用的枪支，然后各自回家了。

张子成第一时间当然是去告诉大爷张锦德，然后张锦德去了张锦贤的家里，把经过告诉了张锦贤。张锦贤起早去了江南道外，向组织汇报并商量以后的事情暂且不表。

回过头来再说徐大邦那几个人，他们落荒而逃，一遛奔跑了十几里地，才敢下山走大路。路上他们遇到了被何雨来释放的车辆，已经累得半死不活了，他们重新爬上汽车，回到了哈尔滨道外警察署。

那个白显彤正在办公室等着徐大邦他们的好消息呢，哪里想到徐大邦突然回来了，却是剩下几个残兵败将，惨不忍睹。

白显彤气急败坏地骂着徐大邦："你说你个犊子样儿，老子白白地培养了你是几年，你依然还是一个二百五，马尾巴穿豆腐，怎么提也提不起来开呀。死人，丢枪，还不知道谁干的，你死了得了！"

徐大邦还很委屈地说："署长啊，他们忒狠了，也忒突然了，俺跟弟兄们还没有缓过神来，那一群土匪就冲到面前了，俺们连还手的机会都没有啊，我的署长大人。"

"就算是土匪干的，也要知道那个山头的吧，算账也要找到债主吧！"

"俺听司机说，土匪自报家门说是五常凤凰山的，也不知道真假啊。"

白显彤眯缝着眼睛想了一会儿说："不可能啊，凤凰山距离大虎岭很远，不是一条道啊，那儿的绺子为啥跑到这个地方别梁子啊。要是胡子来抢劫，也应该是海林威虎山一带的土匪才对呀，土匪从来不越界别梁子啊。"

"俺也不晓得呀，可能是路过，搂草打兔子，赶上了，咱们倒霉呗。"

白显彤很无奈，不得已安慰了几句，然后让他们去看病休息，再用电话把白三宝叫来，老子、儿子两个汉奸暗地里琢磨害人的道道。

这里先不说白家父子如何想出来害人的歪歪道，再说一说张锦恕一行从绥芬河出来，压着货物一路上往长春赶的经过。

张锦恕虽然跟大哥张锦德通了信儿，也知道大哥他们准备了武装，要跟白显彤他们干一场，但是心里还是没有底。所以他们还是贪黑起早，用最快的速度赶往长春，销掉了这批货，挣了钱，安全地回到哈尔滨才算齐活。

一路上担惊受怕，既怕遇到白三宝的警察，也怕遇到其他的危险，战战兢兢，哆里哆嗦地到了长春的地界。

不幸中的万幸，张家在长春伪皇宫供职亲属张锦嗣，接见了张锦恕，知道了来意，张锦嗣也知道这药的货物虽然是禁品，但也是抢手货。所以由他出面，联系了买家，货物很快的出手了，张锦恕还真的挣了不少。

张锦恕拿出了不少钱，送给了亲属，带着普通的货物回到了哈尔滨。一路上多亏武勇南的左右照料，张锦恕也拿出来不少钱，付给武勇南他们算是运费酬劳。

回到了哈尔滨的商行，白三宝的警察早在那里等着他们呢。白三宝跟他老子商量好了，就是不能放过张锦恕，一定要拿下老张家的商行。

对于张锦恕来说，这真的是一波未平一波又起，人家想害你，怎么躲也是躲不过的啊。

商行门口，白三宝等在那里，见到了风尘仆仆的张锦恕，绷着脸说："张经理，我在这里恭候多时了。有人举报你夹带私货，贩卖军火毒品，我是公事公办，你也别怪我不讲交情了。"

张锦恕知道自己个儿的货物没有问题，他笑着说："白大贤侄，你是公家的人，公事公办应该的，你们随意检查。"

白三宝手一挥，小特务们一窝蜂似的对着货车，仓库开始了疯狂的搜查。不一会儿，两个小特务抬着一个大箱子出来，箱子放在商行门口，白三宝脚踩着箱子说："张经理，这里边是啥啊，你心里清楚吧？"

张锦恕一脸雾水，他的记忆力从来没见过这样的箱子呀，难道是他们故意的栽赃啊？

132

没等张锦恕说话，白三宝用脚踢开箱子盖，里面是满满的一箱日本手枪和子弹。

张锦恕傻眼了，蒙了，白三宝得意地笑起来说："张经理跟俺们走一趟，进到局子里再讲清楚吧。"

张锦恕还想争取一下，拉拉关系说："大侄子，我跟你爹是磕头的弟兄啊，你爹也是这个商行的股东呢，你怎么也要不看僧面看佛面吧？"

白三宝嘿嘿地笑着说："磕头的弟兄值几个钱，他是股东也不能倒腾私货吧？啥也别说了，你倒霉的时候到了,别太死性了,舍出点东西,买你的老命吧！"

商行被封了，张锦恕等一干人都被扣到了警察署，接下来就看白三宝怎么折腾张锦恕了。

张子云知道了事态的严重性，他连夜把母亲安排到别的住处，又电话告诉上学的妹妹不要回家，然后连夜又跑到大爷家里，集合了几个人商量对策。

张锦德也知道了事态严重了，先前的努力并没有阻止白显彤父子的贪婪，也没有阻止他们有着先天优势的坑害。

张锦德严肃地说："这明摆着老白家是想要张家的商行了，但是如果仅仅只是这样的目的，咱们也就只有舍财保命了。县官不如现管，等到咱们各处求人花钱，恐怕子云父亲的命就丢了。"

张子成刚刚在大虎岭打了一仗，心里信心满满地说："不用求他们，直接跟白显彤开干，暗杀他们父子，麻烦也就全没了。"

张锦德接上说："现在人在他们手里，咱们来硬的恐怕不行，遭殃的肯定是咱们。这样吧，俺跟子云去南岗警察署直接找白显彤，开门见山，他要商行咱就给他，放人就行。如果他们既想要商行，还想要子达父亲的命，那咱就豁出来，拼他一个鱼死网破！"

谁知道张锦德跟张子云等人去见白显彤，连续去了三次，白显彤竟然不见。张锦德没办法，又去找张锦贤，让他帮忙想想办法。

张锦贤回去汇报了组织，组织那边也派人探听消息，寻找门路，时间也就一点一点地过去了。

前边说了很多的事儿，也说了很多的人，可是有一个人好像被遗忘了，这个人就是张家老三张锦祥。

自打张锦恕去了海山崴贩货，张家生怕张锦祥惹事儿，给他换了好几个住的地方，道里道外半拉城子都住到了。

半拉城子这块儿是张锦恕买给媳妇那头亲戚的，亲戚那头去年搬家去长春了，房子也就闲下来。这个房子不在闹市区，地点较为偏僻，所以不太引人注意。

前两天二嫂也突然的搬来了，但是却不见二哥的面，他问了嫂子几次，嫂子心事重重，不肯直言相告。张锦祥心里知道二哥摊事了，自己个咋办能帮上忙呢，他就侧面打听二侄子张子云的上班地点。

二嫂受张锦恕的委托，让他照看好张锦祥，不要出现任何问题，二嫂张慧君此时也很为难了。张锦恕蹲了大狱，家里没有了主心骨，而且生死不明，家里还有一个小叔子需要保护，她可以说是无能为力了，

张慧君现在看到张锦祥又在打听儿子张子云，所以她不得已说出了真相："三弟呀，嫂子也不瞒你了，前些天你二哥被人陷害，关进了监狱，现在是生死

难卜呀！"

张锦祥听到二哥进了监狱，顿时间脑袋轰的一声，满腔的热血往上直撞。他眼睛通红地问道："是谁呀，谁陷害俺二哥啊？告诉俺，俺去弄死他！"

"三弟呀，就是那个白显彤，那个披着人皮的饿狼。你二哥就是被他的磕头弟兄陷害了，目的就是要白白地接受张家的商行啊。"

张锦祥跺着脚说："看看，看看，俺说啥了，白显彤那老小子一开始就不是一个好东西，俺二哥偏偏不相信，这回好了，被关进大狱，这才认识这个磕头的兄弟了吧。"

二嫂张慧君开始哭泣了，她擦着眼泪说："三弟呀，现在说这些没用啊，着急的是想办法把你二哥捞出来呀。他们要商行咱就给他，可是人家都不松口，已经到了山穷水尽的地步了！"

张锦祥仔细地想了想，他似乎明白了，这是白家在玩轮子，让你们着急到极点，舍出来大价钱，他才肯松口啊。

"二嫂，你叫人去把我大哥他们请到这里来，我跟他们商量一下，看看到底如何解决。"

病急乱投医，张慧君也是无奈，她叫人去告诉张子云，让张子云去四方台叫来大哥张锦德，一起协商怎么样解救张锦恕的最后办法。

今天来到了二弟半拉城子的新家，同三弟张锦祥见了面，张锦德是闭口无言，不知道说点啥能够安慰一下弟妹张慧君。

张锦祥想起来在新京做官的张锦嗣，他说："大哥呀，俺知道你痛恨汉奸，不愿意跟有汉奸味道的人来往，弟弟们都理解。可是眼下到了生死攸关的时候，大哥你再计较那些尊严，那俺二哥怎么救呢，难道眼看着二哥遭难，咱也放不下个人的看法，去求求张锦嗣大哥吗？"

张锦德当然知道还有一个办法去解救二弟张锦恕，可是他的性格不允许他去求这个人，也就是在伪满皇帝溥仪政府里，做高官的亲属张锦嗣。

前边已经说过，张锦恕去新京，把一批违禁货物转手给了张锦嗣，张锦嗣也帮着出了那批货物。

可是哥们两个性格不一样，老二认为做生意，谁都可以交朋友，而且张锦嗣是他们还没出五服的一家子啊。

可是张锦德却不这样认为，他说虽然是亲属，但是张锦嗣给日本人干事儿，那就是汉奸，老张家就不应该跟汉奸有来往。

所以呢，张锦恕一直跟张锦嗣有来往，而张锦德却是一点也不跟张锦嗣有交往。日本人来了十多年，他再也没有见过张锦嗣这个一家子大哥。

133

张锦德确实想尽了办法，送钱，送地，他都答应，不怕把家底败光了，他也舍得拿出来去救二弟啊。可是白家父子拒绝见面，不给口，这几乎让张锦德陷入维谷，有劲儿也使不上了。

眼下三弟提起来张锦嗣，他也不好再拒绝了，那说道："为了解救你二哥，我也不反对了。你去一趟新京吧，带上点像样的礼品，跟人家好好说说，死马当作活马治吧，钱我出。"

张锦祥带着礼品坐火车去了新京，张锦德回到家，整天的心事重重，饭吃不下，觉难睡。媳妇知道了，也跟着揪心，他们不敢让老太太知道，处处加小心别人老太太看出来。

张子成从大马槽那边回来，歇了一天，然后就去姜孝昌的场院参加收尾的事儿，完事了就回来家里，找机会出去训练他那些队员。

母亲跟他大哥问他这些天干啥去了，他就打马虎眼，不置可否地推过去。因为他跟张锦德定下的，抗日的事儿，不要让张子强跟张子禄和母亲接触。免得人多嘴杂，暴露得快。

过去了两天的时间，吃饭的时候，他发现大爷的神情不对，他偷着问："大爷，看您面色不好，还有啥难事儿？"

张锦德苦笑一下说："孩子呀，本来不想跟你说，你二大爷回到哈尔滨，还是被白显彤陷害，抓进了监狱，正在受罪呢呀！"

张子成纳闷惊讶地问道："那些违禁的货物不是卖到长春去了吗，怎么还能抓我二大爷呢？"

"唉，白显彤他们安下了坏心，硬往你二大爷的货站里塞进去违禁货物，欲加之罪想躲躲不了，想跑跑不了。"

"那我二大爷在监狱呢？有人去看了吗？"

"他们不让见，俺去了好几次了，白显彤都不让见，说是重犯，不准探监。"

张子成听完气得直咬牙根，嘴里骂着："真是蛇蝎心肠啊，看起来咱们也得动点真格的，也必须直接对准老白家的人下手了。"

张锦德犹豫着说："老白家住在道外警署大院，白天黑夜都有警察站岗，咱们进不去，下不了手啊！"

张子成不屑地说："俺就不相信，他们全家总也不出那个大院？上学上班，总得出来吧。只要他出来，咱们就盯住他，找机会干他。"

张锦德想了想说："如今的世道让老百姓没有办法活下去呀，忍耐也是有限度的，活不下去了，也只有反抗了。去找你后街张大爷，跟他商量吧。他们干过，道儿熟，听听他们咋说你再整。"

血气方刚的张子成，初生牛犊不怕虎，手里有枪，身边有人，他真的想干一番杀敌建功的大儿事了。

他去找了张锦贤，跟张锦贤说了他的想法，张锦贤说："孩子啊，杀汉奸，杀鬼子是好事，但是也要尽可能的别让自己受伤或者牺牲，只有你活着，才能继续的斗争。你的心情我理解，我去找人商量一下，然后再决定，你可不要擅自行动啊。"

张锦贤去找人商议暂时不表，咱们再说说张锦恕被抓进去之后，他在监狱里的经历。

张锦恕被陷害抓进了南岗警察署监狱，受的那个罪，也就可想而知了。白显彤不露面，白三宝跟徐大邦轮流对张锦恕进行审讯和用刑，几天下来，张锦恕已经是浑身是伤，就被快打残了。

这一天白三宝闲着没事儿，又来监狱里折腾张锦恕。他提留着皮鞭子，指着浑身鲜血淋滴的张锦恕说："你知道你都犯了啥罪吗？第一个你贩卖军需用品，第二个你涉嫌袭击'满洲国'警察，第三个你私自抽空公司资金，给股东造成极大的损失。所以呀，你要数罪并罚，罚金，蹲监狱，甚至死刑。"

张锦恕喘着粗气，有气无力地说："贩卖违禁货物，那是你们给我栽赃，陷害我；说我涉嫌袭击警察，那更是无中生有，证据何在？至于坑害股东，那是你一面之词，股份的钱早已经给你老爹，齐瑞商行不欠你家股东本金。"

白三宝冷笑着说："你少在我这里装大尾巴鹰，你有没有罪是我说了算，没有你说话的余地。我不折腾到你快死的时候，你家里不出大价钱，你就休想活着走出大牢！"

"白三宝，我跟你爹一个头磕在地上，怎么也算有几十年的交情，你这样干，你爹知道不？"

白三宝龇牙笑个前仰后合："老东西，你想呢，俺老爹知道不知道有啥关系，傻啦吧唧的，蠢人一个！"

张锦恕也想到了：如果没有白显彤的授意，白三宝也不会干的这么离谱，看来是他们父子一起来对付俺了，不得好死的畜生！

张锦恕想到这里，觉得如果死在这里，还不如破财免灾，委屈求以后有机会再报仇不晚。下了决心，他使劲地站起来说："你划个道吧，到底要多少，到底都要什么，说出来俺能做到的，俺就做主答应你。"

"老家伙，这可是你说的，估计你也熬不住了。三十万元，少一个子儿也不行，你给你家里写封信，我替你送回去，可以吗？"

"三十万，俺们家这一辈子也没有这么多的钱，干脆你杀了俺吧！"

白三宝吐了一口唾沫说："舍命不舍财得主儿，你就等着让人来收尸吧！"

白三宝胸有成竹：落到我的手里，还怕你不出大血就从这里走出去，那我就不是哈尔滨最狠的三人（白、蔡、叶）之一了！

白三宝紧追不舍，老张家人也没闲着，张锦祥去了新京花钱找关系；张子成在何雨来的带领下，分成了几个组，白天黑夜不间断的监视着白三宝一家的一举一动，寻找时机，要对白三宝采取行动。

白三宝审问完张锦恕的第四天，他在办公室里坐着喝茶，一个内部的勤务人员给他送来一封信。

白三宝随意的打开一看，吓得他浑身一哆嗦。原来信里写着："五天之内，绑了你儿子和姑娘，让你老白家断子绝孙！"

134

他忽地站起来问道："谁送来的信，送信的人呢？"

女勤务人员害怕地说："是刚才我到门口，有个人递给我的，说是队长的信。我接过信那个人就走了，我也不晓得他是谁。"

白三宝跑到门口，往走廊里观望，哪里还有什么送信的人呢？他翻身回来把信摔在桌子上恶狠狠骂道："敢跟老子叫板，等着瞧吧！"

白三宝晚上回到家里，把那封信让扔桌子上对白显彤说："看看吧，这肯定是老张家搞得么蛾子，想让咱们知难而退，做梦吧！"

白显彤拿起信来看看说："小子，你也别不当一回事儿，你忘了前些日二十个全副武装的警察，被人家打得一败涂地了？我觉得这些事儿不是孤立的，都可能也是老张家捣的鬼。"

白三宝往沙发上一胎歪说："那咋整，要不咱们请示皇军，把整个老张家，不管是江南的，还是江北的，通通的抓起来下大狱？这样就断了他们的念想，绝了他们的后路！"

白显彤摇着脑袋摆着手说："不可不可。远的不说张家老四在张学良的那里当警卫营长，就是说现在吧，新京那边还有老张家的亲属，当着副总理大臣呢，能跟直接皇上说上话啊。咱们没有什么可靠的证据，绝对不能把老张家逼到绝路上。否则他们反过来可就够咱们受的啊，那真是吃不了兜着走了。"

白三宝有些压不住火了，大声喊着说："你说这也不行，那也不行，那何必当初打人家商行的心思呢？现在人进大狱了，到底是放了，还是继续押着呢？不怕贼偷，就怕贼惦记，他们在暗，咱们在明，惦记上咱们不好防备啊。人家放话要绑我的儿子、姑娘，万一着了道，我可咋整啊。"

鬼怕恶人啊，天不怕地不怕，在哈尔滨任何事情都敢干的特务汉奸其实更惜命，也害怕被绑架。所以呢，就不能惯着他们，你越忍让他们就越猖狂，你要是坚定地采取手段反击，他们也就怂了。

白显彤琢磨一会说："我觉得老张家似乎没有武装跟咱们硬来，倒有可能是残存的，没有去苏联的抗联的人，要弄出点动静，显示他们的存在。那咋整，现在人家跟你整上了，你加小心吧，多安排人看护孩子和家人，免得被劫了遭罪。"

白三宝无奈地说："孩子上学时你派个人多送一送吧，我总有事儿出外勤，也没有太多的功夫啊。"

白显彤无奈地说："唉，那就私事儿公办吧，派一个老点的警察给接送吧，借点警察署的光吧。"

就在张家忙着解救张锦恕没有好办法的时候，也是白家要陷害张锦恕的时候，张锦贤这边出了一个小插曲，也让张锦贤动了必须尽快铲除葛大棒子的念头。

晚上的时候，刚刚吃过饭，屯子里保长于长贵走了进来，张锦贤看到赶忙让座。于长贵脸上毫无表情地说："张大夫，中喜事儿了，天大的好事儿。"

张锦贤不知道所以然，赔着笑脸问道："于保长可不是常开玩笑的人，今个咋地了，还跟我这个糟老头子整起来闲嗑了呀？您有啥指教尽管说，俺照办就是。"

于长贵弯下腰把脑袋凑过来低声说："有这么档子事儿，庙台子那嘎达葛大队长知道吧？"

张锦贤更纳闷了，他将身子往后挪了挪，指着老婆说："给于保长弄点水，装一袋烟，之后恁先出去一会儿，爷们之间有话要说。"

老婆去给倒了于长贵水，装了一袋旱烟点上，然后不情愿地出去了。

张锦贤看着于长贵说："于大保长，这回就俺俩了，你就痛快地说吧。"

于长贵喝一口水。抽一口烟，带着严肃说："说是好事儿呢，那是俺胡编排，这不是吗，才来的信，葛大队长一个闺女，前些日子突然说有病了，去了好几个地方没看明白。这不嘛，说不上哪个高人，还是瘪犊子，推荐了你张大大夫，让俺通知你，明早去庙台子给他家闺女看病。"

张锦祥并没有吃惊，平静地说："看病就看病呗，这算啥喜事儿还是倒霉的事儿呀。"

于长贵回头回脑地四处看了看然后说："老哥呀，我虽然是吃日本人的饭，但是也是无奈。恁想想啊，去了好几家大医院，找了好几个知名的大夫，还能看不出来啥病？这里面有猫腻，所以俺告诉你，要小心点病，别乱说。"

张锦贤点头答应："既然人家点名要俺去，俺也不能不去吧，俺也不敢不去，对吧。行了，俺知道了，谢谢于保长的提醒。"

于长贵喝完了水，抽灭了一袋旱烟，然后出门走了，张锦贤坐在那里仔细地思索着。

张锦贤起了一个大早，吃完饭，带上干粮，拿着药箱子上路了。坐船过了松花江，走了三十多里路的路程，他走了一个时辰，这才到了庙台子。天气寒冷，他走的出了汗，一身白霜，胡子眉毛也都是白的了。

他几经打听，才算找到了葛勋礼的家。葛大棒子的家，住在距离铁路较远的地方，可能是为了僻静吧，因为火车过路的时候，噪音很大，有条件能不在铁路附近住的人，都会选择距离铁道线远一点的地方居住。

葛大棒子的家是一栋巴洛克建筑小楼，据说这里原来是俄国中东铁路庙台子火车站站长的住所，一个俄国老毛子站长住在这里。中东铁路被日本人占领之后，俄国人退出了哈尔滨，这里也就成了日本人的资产。再后来，日本人成立伪满洲国国军训练大队，葛勋礼担任训练大队长，他相中了这一栋小洋楼，经过他的通融，日本人就让葛勋礼住了。

张锦贤刚一听说让他来给葛勋礼家人看病的时候，他就知道这是一次很好的侦查，好为日后打击葛勋礼提供必要的信息。

所以他刚一进庙台子屯的时候，就开始了观察和记忆。葛勋礼家大院门前有两个伪军站岗，青砖垒成的大院院墙又宽又厚。约莫五尺多高，上边还有铁丝网遮挡。

135

张锦贤在不经意之间，观察了院子外面的这些情况，然后走到站岗的伪军面前说："老总，俺是方台子屯的医生张锦贤，昨晚葛大队长捎信去，让俺来给他的家人看病，还望老总给通报一声。"

大冷的天，两个站岗的伪军冻得手脚就像猫咬的一样，来回地走动着，搓着手，跺着脚，听见张锦贤过来说话，没好气儿地说："站着等着，别乱萨摩，小心把恁当探子抓起来。"

说话的伪军歪头斜眼笑着推开角门走了进去。张锦贤搓搓双手对着剩下的伪军说："这死天，小鬼龇牙干冷干冷的，也不下点雪湿乎湿乎。老总，站岗冻得慌吧，多久让恁进屋暖和一会？"

那个伪军抱着步枪说："一站就是小半天，手脚都有冻疮了，碰到查岗的站的不直溜，还得挨罚，倒霉呀。"

张锦贤说："看老总挎着七斤半，老神气了，原来也不容易啊。真是老牛婆（接生婆）趴着门口哭——哪碗饭也不容易啊。"

站岗的伪军岁数不大，没听过这些俏皮嗑，嘿嘿地笑着说："恁这个老郎中，还挺能扯犊子呢，进了屋恁可要加小心啊，说错了话，那可是脑袋要搬家啊。"

张锦贤装作害怕地说："这么邪乎啊，那俺可不敢瞎说了，来一个徐庶进曹营——咬着草根眯一会儿吧。"

进去通报的伪军出来了，他指着张锦贤说："葛大队长正在家里等着呢，恁跟俺进去吧。"他又转头对剩下的伪军说："老六，精神点啊，可别让大队长抓住恁溜号。上个月军饷都扣没了，这月再拿不回家钱去，恁老娘就没饭吃了。"

张锦贤跟着那个伪军走进大院之后，他就四下张望，把能看到的都记在心

哈尔滨往事

里。他感觉到院墙很高，想攀墙从外面进来谈何容易呀！他忍不住问道："院子不大，墙倒是很高，应该好几个大院门吧，哈哈。"

伪军没回头说："两个门就够了，这也不是恁该管的吧，恁还是进去看病吧。"

张锦贤装作没见过世面："俺是屯子人，没见过这样的大院高墙，新鲜呗。"

张锦贤跟着伪军上了台阶，台阶上的大柱子后面，还站着两个荷枪实弹的伪军呢，这倒让张锦贤感到吃惊。他心里琢磨："这个葛大棒子的家里，一共有多少当兵的站岗啊？这是明岗，还有暗哨吧？看来想进来确实困难嘞。"

带着他的伪军敲敲房门，门里一个丫鬟模样的女人推开门，伪军说："大夫恁进去吧，俺得回去站岗了。"

丫鬟说："大夫请进，俺们葛老爷跟夫人都在等着您呢。"

张锦贤点点头，也不言语，跟着丫鬟往里走，进到了中央客厅。宽敞的客厅，里面的装修，也都是西洋化，也有沙俄建筑的遗风，格局宽敞高大。

葛勋礼今天没去训练大队上班，只为了等着别人介绍来的老中医，他想看看自己闺女到底得了啥毛病，去了好几家知名的医院，竟然都没有看得出来闺女得了啥病。

看见郎中走进来，他欠身说："大夫是歇一会再看病，还是马上看呢？"

张锦贤点头说："葛大队长和夫人早安。这天太冷了，俺的手脚都冻麻了，如果方便的话，在下就歇一小会儿，给点热水和，暖和一下也好号脉准确。"

葛勋礼身边坐着一个打扮得花枝招展的女人，年纪在四五十岁，她摆摆手："小兰子，给大夫倒一杯热水，搬个椅子过来，让大夫歇一会儿。"

丫鬟倒来了热水，搬过来一把椅子，张锦贤抱腕表示感谢，然后坐在椅子上慢慢地喝着热水。

葛勋礼面沉似水，他看着张锦贤喝水，眉毛挑了几下说："大夫是哪里人啊？贵姓呀？"

张锦贤听到葛勋礼盘问自己，他赶紧放下水杯说："回葛大队长，俺是西边方台子屯的人，免贵姓张，贱名锦贤。"

葛勋礼撇撇嘴："别文绉绉腔调，俺听不惯，随便说。方台子两家大户，张家跟姜家，你知道吧？"

张锦贤："俺知道啊，姜家张家是表亲，俺也是那个老张家的同宗嘞。只是俺家落破了，穷的叮当的了，甚至算不上那个老张家的族亲了，嘿嘿。"

葛勋礼点点头，然后说："不扯闲篇了，张大夫，暖和了吧，开始看病吧。"

葛勋礼摆摆手："小兰子，去楼上把子晴叫下来，就说有大夫来给她看病了。"

不一会儿，丫鬟陪着一个年轻女人走下楼来，女人睡眼惺忪，有些不耐烦地坐在葛勋礼老婆身边嘟囔着："看病，看病，也看不出来啥病，都是啥大夫，都是吃干饭的。"

葛勋礼指着那个女人说："张大夫，你给看看吧。"

张锦祥把椅子往前挪了挪，然后打开药箱，拿出来一个号脉用的小枕头放在年轻女人坐的桌子角上。年轻女人把一只胳膊垫在小枕头上，等着张锦祥给号脉。

张锦祥伸出右手三个指头，搭在女人手腕的寸关尺上，开始仔细地号脉。片刻后，张锦祥抬起手说："这位女士，号完脉了。"

张锦贤说完，收起小枕头站起来抱腕说："恭喜葛大队长了！"

葛勋礼一脸糊涂地问道："恭喜我啥啊，喜从何来？"

张锦贤笑着说："夫人的脉象是喜脉，男丁，大约三个月了。"

张锦贤原本以为葛勋礼和他的老婆听到能够高兴呢，哪里知道葛勋礼听完张锦贤的话，那老脸由红变绿，再后来就变得像猪肝那么紫；而他的老婆眼珠似乎定住了，傻呆呆地看着葛勋礼，张了几下嘴也没有说出话来。最让人哭笑不得的是那个年轻女人，听到张锦贤说的话，她似乎不懂："大夫，啥喜脉呀，啥三个多月了？还什么丁？"

136

这边的葛勋礼忽地站起来，大马靴咔咔地响，他去那边墙上摘下来东洋战刀，刷的一下子抽出来，返身用刀指着张锦贤恶狠狠地说："你说的是真的，可别闲扯啊？！"

张锦贤一脸迷茫地说："咋地了，大队长，根据脉象，俺说的千真万确是真的啊，难道错了吗？"

葛勋礼一跺脚："你知道吗？她是俺闺女，没结婚，还是黄花的闺女呢，咋就能怀孕呢？"

张锦贤这才恍然大悟，原来这个女人是葛勋礼的闺女，还没结婚呐！怨不得去了好多家医院看不出来啥病呢，原来是人家知道底细，不敢说出来真相啊！

可是也是自己的心都在想要侦查葛勋礼的情况了，看病之前忘了询问他们啥关系了呀。可是事到如今，自己也不能改口了，也只有硬扛着了。

张锦贤定了定神坚定地说："葛大队长，俺也不知道怎和她的关系啊，但是她确实怀孕了，您不相信的话，那就再找几个医生号脉证实一下吧，俺确诊了，不能乱说。"

葛大棒子这个时候是六神无主，火冒三丈，他喊着说："好，我现在就给你证实，要是你说的不对，我立马劈了你！"

葛勋礼返身走向自己的闺女，老婆颤抖着说："他爹，你咋证实啊，子晴可是你的亲闺女呀！"

葛大棒子现在已经是兽性大发，他推开老婆，伸手提留起来闺女子晴，几下子就扯掉了她的衣服，那一把战刀豁然一声，豁开了年轻女人的肚子，女人一声惨叫，鲜血肠子都淌了出来！

惨不忍睹的场面下，葛勋礼却不停下，他低下身仔细查看，见到闺女的子宫里的孩子，已经成人型了！

葛勋礼惨叫一声，扔了战刀，对着张锦贤歇斯底里地喊着："你赶紧滚，闭上你的嘴，这个事儿传出去，我就灭了你全家！"

原来是葛勋礼的闺女跟人家通奸，而她由于年纪小，怀孕了自己也不知道，还让父母找大夫给她看病。这一回却让野兽的父亲亲手杀了她，多么悲哀的下场啊！

张锦贤带着一丝慌乱，万分的恶心地跑出了庙台子，那个血腥的场面，让他恐怖难受。三九严寒，西北风迎面刮来，他似乎也不知道冷了，头脑里那段血腥的场面，葛大棒子那个妖魔一样的变态，让他不敢相信，一刀杀死了自己的亲生女儿，似乎也不悲伤！这样的妖魔鬼怪，怎能还让他活在人世呢？走在路上他在不停地盘算着，如何对付葛大棒子之流的可靠办法。

张锦贤回到家里，老婆看着他浑身是白霜，胡子眉毛都是白的了，她心疼地问道："怎冻坏了吧，死冷寒天的，给葛大棒子家里看病，挣那两吊钱，真的犯不上。"

张锦贤摘掉药箱子，凑到火盆旁边，把双手抱在火盆的外边暖和着，*丝丝哈哈*地说："冻死俺了，唉，这差事俺是不想去呀，可是敢不去吗？葛大棒子是啥东西，怎也不是没有耳闻，他就不是个人啊，畜生都不如的王八蛋！"

老婆用火钳子巴拉巴拉火盆里的火炭，看着张锦贤冻得紫茄子颜色的脸说：

"葛大棒子那个不知道啊，拎着一根大棒子，动不动就打人的主儿，十里八村的都知道。"

张锦贤一边扒拉着脸上冰霜茬子，一边说着："葛大棒子这个畜生，他哪里是光打人啊，就连他亲生的闺女坏了他的名声，他都下的去手一刀捅死啊！"

"真的呀，你咋知道的呀？"老婆吃惊地看着张锦贤，她对他的话表示了怀疑："虎毒还不食子呢，何况大活人啊？"

张锦贤详细地讲述了今天他在庙台子，葛大棒子家里遇见的千古难见的事儿，这让老婆也是掩面悲伤："那可是他的亲生闺女呀，他咋就那么狠毒得去手啊！"

稍微暖和了一些，张锦贤把外套脱掉，对老婆说："俺饿坏了，赶紧给俺整点吃的，俺还要出去呢。"

老婆去灶间给张锦贤热乎了二十几个小黄米面的黏豆包，酸菜土豆块，热气腾腾的端了上来。张锦贤去洗洗手，开始吃饭。

这几天，张锦德一直在等着老三张锦祥去新京托人办事儿消息，到底能不能办，也得有个信儿啊，好几天了，老三咋就丁点消息也没有呢，这可把个张锦德急坏了。

啥事儿都往一块堆赶，张家的事儿乱糟的没个头绪，突然蛤蟆山的徐仁侠来找张子成，说有事儿要求求张子成。

老长时间没有见到徐仁侠了，也是挺想的，张子成让他娘给做饭，招待徐仁侠。

自打上次张子成在蛤蟆山回来之后，也有几次想去蛤蟆山看看，但是张锦德也好，姜桂芝也罢，都反对张子成跟胡子来往，以免惹祸上身，所以张子成再也没有去过蛤蟆山。

吃完饭喝水的时候，张子成询问徐仁侠："表哥，突然来找我，蛤蟆山上有事儿了吧，赶紧跟俺叨咕叨咕吧。"

徐仁侠说："成子，其实呢，也不算蛤蟆山的事儿，是俺大舅张锦松的私事儿。"

张子成心里纳闷："咋还是私事儿呢，大叔他自己个咋地了，有病了，还是咋地了呢？"

徐仁侠慢慢地讲述了张锦松遇到的事儿，原来是这样的。在十几年前，张锦松打抱不平，摊上了人命，一起动手的还有他的小舅子岳刚子。他从家里惹事儿跑出来之后，跟他一起出来的，还有小舅子岳刚子。

这个岳刚子就是那个岳氏老太太的岳家娘家侄子，当然也就是张家弟兄的表兄弟了；张锦松娶了岳刚子的大姐为妻，岳刚子也就是他的小舅子，两个人是姐夫小舅子，处的关系还是很好的。

岳刚子跟着张锦恕浪荡江湖，他们在宾县二龙山的胡子有认识的，所以到了二龙山暂住。后来张锦松不愿意落草为寇，出去做买卖，认识了赵纯修，阴差阳错又在后来上了蛤蟆山，做了蛤蟆上的胡子头儿。而岳刚子也在二龙山当了土匪。

137

岳刚子离家出走之后，家里还有媳妇孩子呢，有老人和亲属帮忙照顾，张锦德一家从那时候起，再也没见过岳刚子的面。

岳刚子人还算聪明，上过几天私塾，认识几筐字儿，入伙之前也就会打枪，管还挺直流；再加上绺子里还有熟人，所以在绺子里很是吃得开。

几年过去了，刚子的地位不断提升，老当家的病死之后，胡子们一致推举，他当上了二龙上的土匪的大当家的，掌管了二龙山的生杀大权。

有了权力，也有了钱，他不时地私下里偷着潜回朱顺屯家里，给家里送去不少的钱财，也算尽了做儿子、做父亲、做丈夫的责任吧。家里人劝他金盆洗手，他说："当一天胡子怕一辈子兵，回不来了！"

岳刚子跟张锦松的脾气秉性不一样，张锦松正直刚硬，他虽然是胡子，但是从来不拈花惹草，更不欺负良家妇女；而刚子却是正好相反，他对风花雪月无比倾心，所以他经常地偷着下山，来到哈尔滨妓院里，消遣取乐，当然也少不了去老道外听评书、看蹦子（二人转）。

前文书咱们说过，张锦恕迷恋大鼓书艺人"天外天"的事儿，差点掉进白显彤的陷阱；而刚子也是迷恋上了当红艺人，唱蹦子女人"满山红"。

"满山红"女艺人，姓肖，大名翠琴；十岁学二人转，十三岁登台献艺，唱了几场之后，便在哈尔滨的大北三（道外北三道街）走红了。满山红人长得秀气好看，唱得也很好，当然地得到了诸多人士的关注。

岳刚子，打小就喜欢看二人转，偶然的一次走进北三锦绣楼小剧院，就看到了满山红在场《红月娥》做梦的单出头。

当时肖翠琴还是后花园的果树——石榴，刚满十六岁，未曾婚嫁，这个岳刚子就盯上了满山红，花了大价钱，将满山红娶了，还给买了房子，两个人一起居住。

金屋藏娇的岳刚子，这个时候就很少回到二龙山去管理那一帮土匪了，而是整天的和满山红泡在一起腻歪。而满山红太年轻了，她的想法是在二人转的舞台上蹦蹦跳跳，热热闹闹，不想这一辈子就围着一个男人。

岳刚子跟剧团的人，跟肖翠琴都撒谎，说自己是生意人，可是他跟肖翠琴过了大半年，谁也没见到他做啥生意，所以肖翠琴周围的人，乃至肖翠琴自己个儿，也都怀疑岳刚子来路有问题。

而就在这个时候，另外一个人出现了，他也看上了肖翠琴，也想将肖翠琴纳入怀中，这个人就是姜心田。

满山红陪着岳刚子在家里猫了小半年，最终岳刚子同意满山红再次登台唱蹦子，可是没几天，就让姜心田盯上了。

姜心田偶然去看蹦子，见到了色艺双佳满山红，于是就起了色心。他给满山红打赏送花，到后台没话找话说，献殷勤，最后邀请满山红出去吃饭，但是满山红都拒绝了。

姜心田这只馋猫，眼看着肖翠琴这条活又鲜又嫩，蹦乱跳的鱼儿就是吃不到嘴，他就下了功夫调查肖翠琴，原来肖翠琴结婚了，是一个有夫之妇，这让他这个骚鬼大失所望。

这小子整天的闷闷不乐，被跟他一样德行的叶法增看到了，叶法增问他："小老弟，咋地了，这几天跟霜打的茄子一样，蔫蔫了？咋整的，跟大哥透透，大哥帮你。"

都是一路货色，姜心田自然毫无不好意思地说："大哥呀我在北三小剧场相中一个唱蹦子的小娘们，那叫一个水灵，嫩得冒汤了。"

叶法增坏笑着："哈哈，俺就知道，恁是天生的好色之徒，没了女人恁就难受死了。你都看中了的女人，就拿下使劲地整呗，整天的唉声叹气的，算个啥爷们？"

"我说大哥呀，人家有爷们了，婚配了，不好下手啊。"

"二手货也行啊，只要你不嫌弃，管他婚配不婚配，整过来玩呗。"

"可是那娘们不愿意，还说有家室了，不再交往男朋友。大哥你说我该咋办，给兄弟支个招吧，俺做梦都想那个小娘们，憋死了！"

叶法增指着姜心田笑得前仰后合："哈哈，我说姜老二啊，真的忘了你是干啥的了？你手里有枪啊，她不同意，她有爷们，那都算个屁呀。她不同意你就霸王硬上弓，他爷们不同意，你就给他一个子儿，送他归西，算啥，太轻松了吧，哈哈！"

姜心田似乎明白了："是啊，软的不行来硬的呀，俺也不是没干过这样的事儿，嘻嘻，咋地也不能放过这个戏子小娘们啊。"

叶法增摇摇头："姜老二也就有这个能耐了，你看大哥我，我就不找戏子，要找我就找女学生、女职员，那才纯情够味道。"

姜心田嘻嘻笑着说："有爱骡子的，有爱马的，萝卜白菜各有所爱呀，我就喜欢戏子那个浪荡劲，玩起来贼有意思。"

那么叶法增到底是何许人也？叶法增当年与白三宝、蔡茂合称"白菜叶"是哈尔滨伪满政权时期恶贯满盈的汉奸。

他在三个人中虽位居老三，但与白、蔡两人相比有过之而无不及。他曾用名叶永春、叶松龄、叶松朋、叶兆祥，原籍山东省海阳县。来到东北后，在亚布力俄国人开办的格瓦斯火锯厂当工人，一九二六年入伍当兵。一九二九年，在东北军二十六旅三十六团任上尉副官。

九·一八事变爆发后，叶法增与团长刘汉章密谋投靠日本侵略者。他秘密到吉林面见大汉奸熙洽，乞求将三十六团改编为伪吉林军。其阴谋被三十六团爱国官兵发现。叶法增见势不妙遂与刘汉章投靠了熙洽。一面坡沦陷后，叶又回到了原三十六团的驻地，先后被日寇委任为一面坡伪自卫团团长和伪警察署长。一九三九年，叶在充任伪哈尔滨警察厅外勤警佐时，派其两个爪牙以请客为名将哈尔滨石炭会社一名美貌女职员胁迫劫持至道外新世界旅馆，然后与日本人伪警察特务泉屋利吉等人对她集体轮奸，致使该职员身心遭到极大的摧残。

138

一九四五年十一月，叶法增以哈市道外区为反革命据点，勾结惯匪张子丰等建立反革命军队，被国民党东北保安司令部长官部委任为松北地区第一支队少将支队长，在双城正黄二屯一带枪杀民主联军战士十名。一九四六年四月二十八日，我军解放了哈尔滨，叶法增狼狈逃窜，经沈阳潜入北平。一九四九年一月，北平和平解放，叶法增化名叶兆祥逃往上海。一九二一年四月，叶法增在上海被抓获，并押解回哈。

一九五一年六月十日，蔡圣孟和叶法增这两个刽子手在哈市道外区八区烈士纪念塔下被宣判死刑，从而彻底结束了他们的罪恶一生。

再说姜心田在叶法增那里加装了更坏的坏水，得到了真传，那天就来小剧院看完满山红的唱段，就坐到后台等着满山红卸妆，非要带她走不可。

剧团的人看到姜心田敞开的衣服里，露出来日本人的王八盒子手枪，都吓得躲开了，剩下肖翠琴一个人，吓得瑟瑟发抖，也不得不跟着姜心田去了附近的旅店，供姜心田宣泄。

肖翠琴跟着姜心田去旅店开房，一次两次岳刚子没在意，可是这一天姜心田又来接肖翠琴，偏巧被刚子遇见了。

此时姜心田一只手拽着肖翠琴正往外走，岳刚子在外边喝完小酒，打算接肖翠琴回家。他一脚踏进后台，看见姜心田拉着满山红，他心里就气不打一处来。他上前拦住问道："恁谁呀，糇黑爪子拉着她的手嘎哈？"

姜心田正在美个滋地往外走着，突然一个大汉拦住去路，还大声地质问他，他斜着眼说："她是爷爷的铁子、姘头，碍着你哪根肠子，关你啥事儿？"

刚子一听这个话，差点气得背过气去。他一把拽过来满山红喊叫着："咋地，恁真的做了他的女人，快点给俺说！"

肖翠琴在两个男人喊叫之间，吓得她全身发抖，如同筛糠，眼泪汪汪地看着刚子嘴巴动了两下说不出来话。

这个时候姜心田伸过手来扒拉一下刚子："滚一边去，别耽误老子的好事儿。爷爷今个心情好，不然早就让你缺胳膊断腿了。"

岳刚子怒火燃烧，张嘴骂道："她是俺娘们，咋就成了恁的铁子了，看老子这就弄死你！"

姜心田听到来人骂他，还说是肖翠琴的爷们，他心里想，管你真爷们假爷们，满山红就得跟我睡，谁也管不着。

姜心田翻着眼说："你还上劲儿了，这个女人就是我的铁子，跟我睡了好几宿了，哈哈。不过倒是我立马就想看看你个瘰犊子是咋地弄死我的，老子动都不动一下，睸着！"

姜心田越说越不像话，岳刚子本来不打算在哈尔滨惹事儿，已经忍了一大截，现在已经不能再忍了，他上前拽住姜心田的衣领子，抡圆了胳膊搧了姜心田一个大嘴巴子，直搧得姜心田满眼金花，脑袋直波楞。

姜心田原本从内心里就没看得起突然冒出来的岳刚子，更没想到这个人会先动手，让他吃这个亏。他挣开刚子的手，死命地往后退了两步，伸手就要掏枪。

岳刚子也算是老江湖了，在土匪堆里混，那就是在刀尖上过日子，见得场面也多了。姜心田一个掏枪的动作，刚子就知道这个主儿身上有喷子。也不容他多想，飞速地掏出枪来，哗啦一声子弹上膛，指向了姜心田。

让姜心田更没想到的是，面前这个男人竟然会有枪，而且是乌黑锃亮的勃朗宁，先一步指向了自己的脑门，吓得他腿一软，瘫坐在地上，喊着饶命。

站在一边的满山红，还有剧院的老板看到了如此的凶险，肖翠琴跪在地上哀求岳刚子："刚子大爷啊，恁可不能开枪杀人啊！恁杀了人炝杆子了（跑了），俺们整个剧院的人咋办，那不都得给他偿命啊！"

刚子正在气头上，但也是想到了一枪崩了这小子倒是痛快了，自己个儿也能窜辕子，可留下的祸患，剧院担不下来的。

他想到这里，就用勃朗宁手枪把儿，在那姜心田脑门上使劲地砸了一下，姜心田脑袋瞬间就鼓起来一个大包。由青变紫，跟着流下来满脸的血。

姜心田疼得差一点昏死过去，倒在地上呜呜地嚎叫着装死不敢起来。岳刚子拉起肖翠琴一边往外走，一边回头喊着："以后满山红不来唱蹦子了，老陈头恁听到了！"

剧院老板姓陈，看着满山红被人带走了，这里地下还躺着一个，吓得他不知道咋地才好了。

看到满山红跟着那个男人要走了，姜心田这才爬起来，壮着胆子喊着："好汉，留个号，哪里发财！"

岳刚子听到这小子还想挖老子的底，他随口喊道："老子在新京供职，瘪犊子有能耐就去新京总理大臣那嘎达找俺吧！"

姜心田听个葫芦半片，也没太记住人家说的全部。他对着剧院老板呜嘟嚎疯地发了一阵火，摔坏了几件物品，这才哼哼唧唧地回到家里。

第二天姜心田没去上班，他给陶警正打了电话请了假，

在家里待了三天才去上班、他将羊剪绒的棉帽子故意地往下拉，遮住被刚子打的那个大血包。

下午趁着没事儿，他又去叶法增办公室里，这是巧合，白、蔡、叶三个特务都在。姜心田转了一个圈作揖："三位大哥俺被一个骚娘们的男人打了，下手

真狠，你看这个大包，疼死俺了。"

白三宝不晓得咋一回事儿，他上前问道："我说姜老二，你这是唱的哪一出啊，是不是你又去踢寡妇门，挖绝户坟了，让哪个不知深浅的小子给打的满头是大包啊？哈哈。"

坐在一边喝茶的蔡圣孟盘着二郎腿不屑地说："白小弟你高抬姜老二了吧，这小子头顶上长疮脚底下流脓，坏到底了，凡是他干的，准没好事儿，哈哈。"

139

那么蔡圣孟又是何许人也？蔡圣孟是"白菜 (蔡) 叶"中三大恶魔中的老二，又名蔡寅东、蔡俊卿，毕业于旅大日本高等公学堂，后考入旅顺师范。当教员后考伪警察巡捕合格，入旅顺日本关东厅（日寇在旅大租借地建立的殖民地政府）警察训练所，期满后任正式巡捕。回东北后，被任命为伪警务司刑事科属官，晋级警正。

一九三九年三月十三日，我抗联第一军杨靖宇部在本溪县赛马集一带活动，粉碎了日伪军警的大讨伐，全歼日寇荒井讨伐队。为了消灭抗联，蔡圣孟组织特别班，率日伪警察特务制造了震惊东北的"本溪事件"。在本溪县赛马集胡家村大肆逮捕爱国志士和抗日民众李承宝、韩玉义、赵勇山、谢令清等二百二十余人后，蔡圣孟等日伪警察特务用日本军刀、机关枪对被捕者进行集体大屠杀。大批抗日志士被屠杀在胡家村东山老爷庙后的万人坑内，然后，他们往尸体上泼浇汽油、煤油，点火燃烧，以掩盖其血腥暴行。蔡圣孟是本溪大检举、大逮捕、血洗胡家村的元凶。

一九四五午四月，蔡圣孟转任黑山县伪警务科长，直到"八·一五"光复。抗战胜利后，蔡圣孟出任黑山县治安维持会副会长兼黑山公安局长。此间，他网罗伪警察、土匪，与我东北民主联军对抗。他率匪众突袭小三家区民政府，将区政府十八名干部全部活坤。还率匪众在黑山、新立屯一带偷袭和骚扰民主联军，造成民主联军伤亡二百余名干部和战士。终于在一次战斗中，蔡圣孟所率众匪遭到我民主联军包围后被全歼，但蔡圣孟落荒而逃。

全国解放后，蔡圣孟隐藏在北京，以摆烟摊为掩护，逃避法律的制裁。一九五一年，蔡圣孟在北京市纸烟市场被公安机关抓捕，押解回哈。一九五一年六月，蔡圣孟在道外八区烈士纪念塔（现长青公园）被执行枪决。

这时姜心田委屈地说："三位哥哥，我姜老二第一认钱，第二好色，也就这两样拿得出手的了，嘻嘻，大哥你们也都知道小弟这点出息。可是我干了她的娘们，那娘们愿意啊，为啥爷们打我啊，三位哥哥可要为我做主报仇啊！"

叶法增似乎不相信，他围着姜心田转了一圈说："那个娘们的男人打得你？胆子真大啊，真是不要命主？"

姜心田："可不咋地，那小子手法很快，在我之前掏出来一把勃朗宁九发的，生生地顶在我脑门上，我还哪里敢动弹啊。"

"勃朗宁手枪？"叶法增手托着下巴琢磨着："你问了他是吃哪碗饭的了吗？"

姜心田想起来岳刚子说的话，但是记不全了："他好像说是在什么新京供职，还有一句我记不清了。"

蔡圣孟听完摇头笑，叶法增也摇着头说："不太可能吧？给日本人做事儿的，使用的枪支应该是日式枪械，不太可能使用德国造的枪啊？你让那小子一枪把子打糊涂了，蒙眼了吧，哈哈。"

白三宝摆摆手："你别管他啥来头，你手下那么多的弟兄呢，除了给皇军办事儿，你也得给你自己个干点啥吧？你不是吃死猫肉的吧——秃露反帐，哭鸡尿嚎的啥样！别在这尿唧了，赶紧带人抓回来审问了再说吧！"

叶法增也说："白老弟说得对，你管他什么来头，县官不如现管，抓进咱们的局子，就算是钢铁打造的人，咱也能给他回回炉，让他锉骨断筋！等他找到了门子，靠山出面的时候，咱就说抓反日分子抓错了，谁能咋地咱？哈哈。"

姜心田又得到了箴言咒语，现派小特务跟他去剧院盯梢，侦查肖翠琴的住处，然后把岳刚子包围在房间内。虽然岳刚子顽强抵抗，但是最后子弹耗尽，还是被姜心田他们抓住了。

姜心田抓住了刚子，关进了南岗警察署的监狱，这个岳刚子可是惨了！什么老虎凳、辣椒水的刑罚都给他用上了，折腾的刚子半死不活。但是呢，他始终没承认自己是土匪，咬住牙关说自己是新京那边总理大臣的保卫人员。

姜心田的身份低，没有办法去长春核实，害怕真的抓错了，摊上倒霉的事儿，所以折腾一顿出了气，也就把刚子撂在监狱里不管了。他这次独霸了满山红，也就遂了这个色魔的心愿。

再说二龙山上，大当家的一直没有回山，他们派人去道外查问，从肖翠琴那里得知大当家的被特务抓去了。至于关在哪里，是死是活，全都不知道。

于是乎，二龙山二当家的才派人去了蛤蟆山，张锦松知道了这个事儿，也是一筹莫展，所以才让徐仁侠来找张子成，看看张家有啥路数，能不能够解救岳刚子。

岳刚子当然也是张锦德的表弟，按着亲戚理道的，张家怎么也应该出面解救刚子。可是刚子现在是土匪了，张家素来不喜欢和黑道的来往，所谓的"当一天胡子怕一辈子兵"老话，在老张家人这里算是一道不能逾越的鸿沟了。

正在张家在救与不救之间纠结的时候，张锦贤来找张子成了。张锦贤一席话，让张家茅塞顿开，这才有了土匪和抗日队伍联合，展开对汉奸特务的清算！

张锦贤、张锦德、张子成、徐仁侠四个人围在小火盆周围，张锦贤说："俺说的不是啥大道理，刚子是咱们张家的亲戚，这是没错的吧？再者，刚子也好，土匪也罢，他们也都是中国人啊；中国人当了土匪的，也还是咱们的亲戚呀！亲戚有难咱们应该帮他们，落了难中国人，咱也应该帮他们，这难道不应该吗？"

张锦德看看张锦贤，再看看徐仁侠说："那就想办法救他吧，不去救他，亲戚也就没了，老娘知道了，也会骂俺的，咋地都得救这个不争气的刚子了。"

140

张锦贤想了想说："俺想通过这件事儿，看看能不能将抗日的队伍和山上的土匪联合起来一起抗日，要是能成，那就多了一股抗日的力量，该有多好啊。"

徐仁侠一听十分高兴地说："大舅啊，蛤蟆山的张锦松大舅他们，早就想抗日了，可是实力太差，缺枪少弹，还没有帮手，正在无计所奈呢。不如这样吧，大舅恁跟成子随我去一趟山上，跟俺山上的大舅合计合计咋样？"

于是当下决定，张锦贤跟张子成随着徐仁侠一起上蛤蟆山，跟张锦松他们商谈如何一起抗日，一起解救岳刚子。在上山之前，张子成找出来姜心怡留给他的电话号码，然后给姜心怡打了电话，求她帮着给打听一下岳刚子的下落。

姜心怡自打进了渡边文雄的司令部上班，几乎很少回家，第一是她厌倦了家里的气氛，一进屯子就要受到乡亲们的白眼；第二是她的身份也不允许总在家里着，涉及人身安全以及军事秘密，这些都不允许她在没有人保护的状态下而独处。

但凡有了时间，她经常去新阳警察署找陈树彬，跟他在一起聊天，讨论事情，还是很惬意的事儿。

她是渡边司令部的人，跟伪满警察来往，也是正常的事儿，也不会引起特务密探的注意。她每次见到陈树彬，都会有意无意地把一些关于涉及关东军的军事秘密说给陈树彬，陈树彬似乎也很感兴趣，默默地在听着她的讲述。

这一天她接到张子成的电话，让她在警察局监狱里面找一个叫岳刚子的男人。她对警察局的监狱一窍不通啊，只好电话里跟陈树彬约好，晚上来陈树彬家里说这件事儿。

陈树彬还像往常一样接待了姜心怡，他自己下厨，做了姜心怡爱吃的饭菜，还准备了红酒，边吃边聊着。

陈树彬一喝酒就脸红，他端着酒杯说："有人议论说日本人在太平洋上打得不顺利，连连吃败仗，美国军队占了上风，是真的吗？"

姜心怡小声地说："我看是真的。你想啊，原先美国人没有参战，日本人专打中国，虽然占了上风，但是中国地方大，也不是一时半晌都能占领的啊；可是呢，日本人也不知道哪根筋搭错了，偏偏糊里糊涂地打了珍珠港，这回好了，美国人气坏了，也就参战了。"

陈树彬点头："这个仗我觉得最多再打两三年，就要见出分晓了。如果日本人还在，咱们这样的人还能混饭吃，要是日本人回了东洋，咱们这些人就是汉奸了，到了时候哭都是找不到门了吧？"

姜心怡表情严肃地说："是啊，这不是找你来帮忙了吗？咱们多做点善事儿，少做点坏事儿，到了时候也可能保住一条性命吧。"

陈树彬依然笑着说："啥事也得吃完再说吧，一边说一边吃，耽误消化，哈哈。"

姜心怡说："我家亲属来电话，说一个叫岳刚子的男人被我二哥给抓起来送进了监狱。亲戚叫我给打听一下，疏通疏通，解救出来。陈大哥在警察署，人头熟，帮帮我呗。"

陈树彬："哦，有这个事儿，我还没听说。岳刚子，他如果不是抗联就好说，如果沾了抗联的边，难度就大了。"

姜心怡："听说不是抗联什么的，好像是因为争风吃醋，得罪了我那个不着调的二哥。人家愿意出钱担保，需要花钱的话，你可别不好意思说啊，嘻嘻。"

陈树彬点点头："明个儿我打听一下，看看啥情况，有了眉目就马上告诉你。"

姜心怡答应一声，她从贴身的衣服里，提出来一张纸递给陈树彬说："陈大哥你看看这个是个啥，有啥价值呢？"

陈树彬左手接过姜心怡手里的纸张，仔细看了一会，然后他放下右手的筷子，把脸贴近了那张纸，更加全神贯注地看了起来。

原来这张纸上标注的都是日本关东军在黑龙江的军事武器弹药仓库的准确地点，甚至还有武器的具体名称和数字。陈树彬看完了对姜心怡说："心怡呀，这个情报属实吗？你咋弄到的啊？这可是高度的军事机密呀，万一暴露了你要进监狱的呀！"

姜心怡微笑着说："老渡边让我归档，我看见挺好奇的，就复写了一份，给你带过来看看有啥用处。"

陈树彬有点担心地说："以后这样的事情，千万小心，切不可随意为之，免得被发现了，危险也就来了。"

姜心怡嘿嘿笑着说："陈大哥啊，你难道忘了我上学是学习啥专业吗，这点素质我还是有的呀。嘻嘻。"

陈树彬严肃地说："心怡我告诉你，这个文件非常的重要，如果某个敌对势力掌握了这个文件，就可以采取措施，获得这些武器或者是毁掉这些武器，这对敌对方很有利，对日方就是极大的不利啊。"

姜心怡也不笑了，她也严肃地说："陈大哥，我信任你才给你这个的，至于咋用，你自己斟酌吧。不过你手里有这个文件，更需要小心谨慎保管，千万不能暴露。"

姜心怡吃完饭之后离开了陈树彬这里，陈树彬送走了姜心怡回到房间了，拿着那张纸看了又看，然后小心地收藏起来。

藏好了文件，陈树彬坐在那里思索了一会，拿起电话打了出去，对面有人接听："陈老弟，这晚了，有啥事吩咐小弟呀，哈哈。"

陈树彬："大哥是这样，有人托我打听一个人，据说在监狱里押着呢，但是不知道那个监狱，于老弟在监狱人熟，请你帮个忙，人家说事后定有厚报。"

"陈老弟几乎万事不求人啊，难得求人一次，大哥义不容辞，打听好了马上回报你。不过你得告诉我要找的人叫啥，犯了啥罪进去的呀？"

141

"听说是跟警察争风吃醋，让警察抓进去的，本身也没啥事，案子很轻如果可能的话，你就想办法给保出来吧。人名叫岳刚子，听说这个人跟新京高官有亲戚关系，打听的时候你要留个心眼啊。"

陈树彬联系的人叫于海，他就是新阳警察署监狱的狱长，陈树彬是他的同乡，也是好朋友，所以陈树彬的请求，他是非办不可的。

于海原来在张学良主政东北的时候，也是这个监狱的牢头，日本人来了他依旧是干这行，后来熬到了监狱长的职位。不过这个人虽然在这个职位上，但是他有点大咧咧还懒政，不揽权，不太过问监狱的具体事情。所以没有太大的案子犯人进来，他几乎都不知道进来的犯人叫啥，犯了什么案子。

早晨上了班，他把副监狱长叫到自己的办公室询问："老焦，听说咱们这里的犯人，有个叫啥岳刚子的，犯的啥事儿进来的呀？"

焦玉峰的年纪要比于海小几岁，级别也差着呢，所以是毕恭毕敬地说："回监狱长，是有一个叫岳刚子的犯人，应该是特务队姜心田队长抓进来的，还有叶警佐也参与了审问。具体什么案子呢，还不像有什么什么要案在身，似乎是争风吃醋惹乎了姜队长，哈哈。"

"是吗？关在哪个牢号啊，带我去看看，有人要保释，我得了解一下内情啊。"

焦玉峰说："听那个岳刚子自己说，他在新京有当大官的亲戚，所以呢，虽然姜队长打了他，还打得很惨，一条腿都被打折了，可是之后再也没有人来提审他。我怕人家真有什么大门路，所以我就将他单独关在一个牢间，也给他找大夫接上了断腿，上了药，也没让他再受啥苦。"

"老焦啊，看来你很有长进呐，不干得罪人的事儿，给自己个儿留条后路，也不失为明智之举啊。哈哈，你先带我去看看吧，看完了再跟叶警佐打招呼。"

监狱里，焦玉峰将于海带到一间单独的牢房门前打开牢门："监狱长，您自己进去吧，我在门外候着。"

于海自己走进牢房的门，里面光线还可以，房间也很大，这是专门给有钱人准备的牢房，条件要比普通牢房好很多。

岳刚子进了局子，又被姜心田毒打一顿，浑身是伤，腿还断了一条，那真的是一个惨呐！岳刚子虽然不是大富大家里出生长大的人，但是打小到长大，也没受过这样的苦难和折磨啊，这些日子几乎让他怀疑人生了，死的心随时都在萦绕着他的脑海里。

因为他在监狱里，几乎是跟外界一点沟通也没有，他找不到人来解救他，随着时间的推移，他自己个儿认为活着出去的机会几乎是没有了。

好在他自己瞎编说新京有大官是他的亲属，姜心田和叶法增多少有忌惮，这才打过之后，再也没有人来折腾他。副监狱长凭着多年的经验，也对岳刚子另眼看待，总算没有再受啥苦。可是要是总关在监狱里出不去，那跟死了又有啥不一样呢？所以他虽然有吃有喝，但是依旧是愁眉不展、唉声叹气地度日子。

这时候于海来到监狱牢房里，岳刚子眼皮都不抬一下，依旧在那里打着盹。

于海大皮靴在地上跺了两下，发出来拓拓的声响，岳刚子睁开双眼看着于海，依旧没有主动说话。

于海用马靴踢踢铺沿说："咋地呀，进到这里还装大掰蒜，装傻充愣还指望谁怕你不成？"

岳刚子瞥了一眼于海说："虎落平阳被犬欺，恁说啥是啥，想打想杀随便，老子牙崩半个不字，就不算俺爹娘生的养的！"

于海听着有些好笑，他说："有人要保你出去，你一定要说因为争风吃醋进来的，说差了就保不了你了。"

此时岳刚子心里乱糟的，死的心都有了，还在乎咋说吗。他点点头说："只要能出去，咋地都行，能不能告诉我，谁来保俺呢？"

于海说："不能说，漏了底与谁都不好，你就蔫不唧的出去算了，千万别洋吧嘚瑟。"

岳刚子真的不敢再犟了，点头如同小鸡吃米，于海说："这还像一个蹲大狱的人，要不警察跟你点头哈腰的，还以为警察是犯人呢。反过来了，让人家笑掉大牙，再说就你这样的洋犯人，从来没有个呀。听说小子你在新京皇上那块儿有一门子亲戚，官还挺大，这可是你的保命符啊，千万咬住了，可别拉屎再坐回去，露了馅谁也保不了你！"

岳刚子苦笑着："真的假的就那么一说吧，信就有，不信就无，俺也豁出去了。"

了解完了，他心里有了底，于海上警察署去找叶法增说事儿了。

这里暂时不说于海去找叶法增说事儿，再说说张子成和张锦贤跟着徐仁侠去了蛤蟆山，要跟土匪协商如何救人，以及联合抗日的大事儿。

蛤蟆山大当家的热情地接待了一老一小两个姓张的，摆下酒宴招待客人。蛤蟆山上三个当家的，大当家的张锦松要解救小舅子岳刚子，有求于方台子老张家，所以倍加热情来招待二张；三当家的李老猫觉得无所谓，咋地都行，万全听从大当家的吩咐，哥们义气为上；二当家的赵纯修想的就多了一点，他对跟山外的人合作，持有不同的态度，但是嘴上也不想直接说出来。

吃也吃了，喝也喝了，最后还得谈正事儿。张子成告诉张锦松："大叔，俺已经跟市里打过电话了，那边答应帮着他听，也就这一两天吧，就会出消息。"

张锦松心里是没底的，听到成子说很快会有信儿，不管啥信吧，还是期望有个好的结果的。

赵纯修看看张锦松几个人说："大哥，我昨晚上突然想起来一个人，是我的山东老乡，原来在道理警察署当差，就是好多年没见到了，也不晓得他在干啥，能不能借上光。"

142

张锦松一听赶紧说："俺说嘛，二弟走南闯北的门路多，这不到底想起来了，那大哥也不客气了，你下山走一趟呗。多带点钱，探探路子，双管齐下总比一边强，怎说呢二弟？"

赵纯修答应一声，准备好了，他带着两个人准备下山去了。张锦松救人心切，他对赵纯修嘱咐再三，看着赵纯修他们走了，张锦松这才回来跟张锦贤他们谈如何联合抗日的事儿。

一说到联合抗日，整治那些罪大恶极的汉奸，李老猫倒是很感兴趣，但是土匪的天性也就暴露出来了。

李老猫说："大哥知道，俺这个蛤蟆山上，在数的弟兄虽然有接近一百个，但是土枪，快枪加起来也就三十几杆。其中快枪不到十五杆，子弹也很少，所以要想跟日本人斗，咱的身子骨太弱了。"

张锦贤知道，李老猫这是在要价、要好处，他对张子成说："成子怎说一说，能给山寨几条快枪和多少子弹呀？"

张子成看看张锦松还有张锦贤说："快枪俺能整到四五杆吧，子弹三百发差不多，再多了立马要的话，俺也弄不到了。"

张锦贤说："两位当家的，只要咱们联合在一起打击日伪汉奸得到的战利品，多数都可留给山寨的弟兄使用，俺们绝不跟恁争。再说了，抗日是自愿的事儿，也是民族大义的事儿，讲价钱讨便宜也不合适吧？"

张锦松笑着说："俺们二当家也是从实际考虑，没枪没炮打起来要死人的，手里没武器，那也就是白送死，对不对？哈哈。"

张锦贤说："暂时呢，蛤蟆山只要能出十个人，带着五杆枪就行，其余的枪让成子给弄来，吃喝费用也由成子帮助解决。不过这十个人要讲义气，即使被日本人抓住的，也要能够视死如归，不能出卖同伙。"

李老猫接上说："那是啊，俺挑出来的并肩子们都是讲义气的，俺可以亲自带领去铲除汉奸，看看俺们怕死不！"

张锦松说："二弟亲自带人去，那可是最好不过了，一旦掉了脚，赶紧跑回蛤蟆山，这里给恁兜着。"

张锦贤说："两位当家的，联合抗日的话，也必须一起行动，绝不可以随意行动，那样就乱了，非出事儿不可。"

李老猫掏出来二十响驳壳枪掸掸棉帽子说："那当然了，家有千口，主持一人，俺跟你干，俺就听恁的，别把俺们卖了还帮恁数钱就行，嘿嘿。"

张锦贤说："那最好不过了，俺们最近要去干一次，等到刚子平安回来，咱就立马行动。"

他们在这里住了一个晚上，第二天就要回四方台子，可是小土匪从山下带上一个人，这让行动有了变化。

原来姜心怡打给张家一个电话。张子成没在家，张锦德接的电话，电话的意思是，岳刚子在新阳路警察署监狱，最近一两天就能出来。让弄一辆车，带上棉衣服，去警察署附近的满福旅馆住下等着，到时候会有人去联系。

张锦松跟了成商量，去哪里弄汽车。子成想了想说："大叔，俺马上回去，去俺二叔家里，让他们商行里出车，恁派人去新阳警察署附近的满福旅店等着汇合。"

事情就这样定了，张锦松派人套车送张子成和张锦贤回方台子，然后由李老猫带人去江南等着。

蛤蟆山的人在准备着，新阳路警察局的于海去找叶法增，进展如何呢，咱还得接着说。于海是监狱的老人了，到哪里也得给个面子，他去找叶法增，因为是平级，所以也不是啥难事儿。

叶法增这几天消闲着，前一阵去了三肇地区，和白三宝、蔡孟圣、姜心田等汉奸特务，帮着日本人抓到了很多的抗日人士，也亲手杀了不少抗日群众，得到了日本人的赏识，被奖励了一些钱财，这些人正在挥霍消磨之中。

今天快中午了刚上班，就听到监狱的于海监狱长找他，他就叫于海进到办公室说话。

胡子拉碴的，浑身带着酸味的于海走进叶法增的办公室，伸手打个招呼，也就一屁股坐在叶法增的到对面沙发上。

叶法增看看于海说："于大哥两三年也不进我的办公室，老哥你是无事不登三宝殿吧，有啥事尽管直说，不要绕弯子啊，小弟也尽量照办。哈哈！"

于海掏出香烟扔给叶法增一支，自己点上说："我这个人呢，懒塌的，监狱的事儿不太亲自过问，所以呢，也不太管一些鸡毛蒜皮，偷鸡摸狗的事儿。昨天呢，有个人跟我传话，说这里关着一个新京高官的亲属，叫什么岳刚子，我不得已就去问了问。监狱的副监狱长说这个人确实有，还说是叶警佐跟姜心田队长抓进来的，所以我就来请示叶警佐，看看是啥案子。是不是反满抗日分子，是不是继续关着，还是拿钱取保放了，还请叶警佐给个话。"

叶法增听到于海说这些，他想了想，似乎是有这件事。记得当时姜心田抓进来的时候，那个人就说他是新京高官的亲戚。之后姜心田打完了，也就完事了，再也没有人提起来，他几乎快忘记了。

叶法增拍拍脑袋说："于大哥看我这个记性，忘得差不多了。叫什么刚子吧，有啥案子的啊，就是跟姜心田争风吃醋抢一个戏子犯骚呗。既然有人保他，那就做一个顺手人情放了吧，给点烟钱就更好了，嘿嘿。"

于海不动声色地说："找我的人说，新京那边的人说，也不是啥露脸的案子，所以不想惊动渡边文雄，所以才私下找到了我，我也无奈呀，这才找叶警佐了。你说放了，那就照办，你说不放，我就回了人家。我也算尽人事不问前程了，嘿嘿。钱是必须给的，多少也得意思意思，这是哪里呀，想进来就进来，想走就走啊，让他们出点血吧，嘿嘿。"

143

叶法增似乎又想起来什么，他摆摆手说："于大哥你再等一会，我好像还有啥忘记了。"他使劲地挠挠脑袋,一拍大腿说:"对了,我还让去新京办事儿人给我捎去了调查文书,看看这小子到底是在哪里混日子,也算咱们尽职了。"

于海一听叶法增这个话茬,他就心里一翻腾:"要是调查出来没有新京高官亲戚的背景,这个岳刚子死定了!"

于海心里翻腾,脸上依旧是平静,显得刚子的事儿跟他毫无瓜葛地说:"这样啊,那就别放了,钱也给人家退回去吧。万一放错了,你我还得担责任,犯不着吧?"

叶法增想了想说:"好几天了,那边也没给个丁点的信儿,应该没啥猫腻吧,算了,还是放了吧。于大哥刀马纯熟,经验老道,这个场合小弟就信你了,你看着办吧,哈哈。"

叶法增这些人,但凡是他们经手的案子,无论是抓对了,还是抓错了,这个人肯定不会轻易地放出去。轻的花钱了事儿,重的也要花钱,但是不见得管事儿。总之,钱是不能少了,也就是钱的数额多少而已。

现在听说这个岳刚子既然新京有当大官的亲戚也能出钱保释,他心里暗笑:"到手的钱哪有不要的道理呀,再说这个人还是姜心田因为争抢骚娘们抓进来的,与自己毫无关系啊,所以还是干脆顺水推舟,坐等着钱来吧。"

于海马上开具了释放文书,叶法增签了字,他加盖了监狱的大印,当天就把岳刚子架着弄出了监狱,进了监狱附近的满福旅店暂住。

这个时候蛤蟆山的人还没到这个旅店,于海嘱咐刚子:"没有人来接你,你可千万千万别出来啊,万一他们反悔了,再抓你一个二番投唐,我老于可管不了了啊。"

岳刚子先前被姜心田毒打得很惨,腿都打折了,也就半个月的时间,现在也没有好利索呢,哪里还能自己往外跑啊。

啥事儿都是该着啊,这个老于把刚子安排到了旅店,他翻身回去,给叶法增送过去二百块钱,跟叶法增说:"俺把他弄出监狱大门,就不管了,他爱去哪里去哪里,从此跟咱们没关系了。"

叶法增手里颠达着那二百元钱说:"这也算意外的钱财,可不能我一个人受用啊,给老哥一半买烟抽吧。"

于海赶紧托词说:"托我办事的人我都不熟悉,这个钱我可不能要,还是叶警佐受用吧,我走了。"

叶法增跟于海虽然是平级,但是叶法增手里有特务队,他又是杀人不眨眼

哈尔滨往事

的魔头，一个警局的人，一般的都得畏惧他三分，于海年纪也偏大，不愿意争个高低，所以也不跟叶法增较真争好处。

可是于海刚下楼，还没出警局的大门，突然身后有人叫他："于海监狱长，叶警佐叫你回去！"

于海听到身后有人大声喊他，他的心里又是忽悠一下："咋地了，叶法增反卦子了，不会吧，这又喊我，秃露反帐的，到底咋地了？"

于海心情有点志忑地返回叶法增的办公室，他看到叶法增办公室里还有一个警察站在那里，似乎之前他们说了什么关于岳刚子的事儿，这才引起来反复吧。

叶法增看到于海回来了，他站起来有点着急地说："于大哥，那个岳刚子送出监狱了吗？"

于海装作一头雾水，不解地说："是啊，叶警佐不是说这个人没啥大事儿，就是与人争风吃醋抢女人，没啥大案子可以放了吗，咋地了，放错了吗？"

叶法增一拍大腿："嗨，错了，这小子是土匪，刚刚知道的，土匪怎么能轻易地放了呀，走多远了，赶紧追回来吧！"

于海看到叶法增很是着急，看来真的想再把岳刚子抓回来，如果再抓回来的话，估计就得枪毙。

他装作不明白地问："咋了？咋知道他是土匪了呢？谁说的呀，准吗？"

叶法增："这个岳刚子是二龙山的土匪大当家的，咱们抓了他，山上的土匪来找他，撞上姜心田的手下，把找人的土匪打死一个，活抓一个，审出来的口供啊。"

于海也是一跺脚："哎，早知现在何必当初啊，我把那个什么刚子放在监狱大门外边了，走多远，去了哪里，现在可不知道了。"

叶法增喊着："那小子腿脚不好，一定走不多远。来人，赶紧到监狱大门口附近搜查，见到像监狱刚释放的就抓回来！"

于海说："叶警佐，我也跟着去看看吧，说不定真的走不远，还能抓回来呢。"

叶法增带着四五个特务冲出办公室，于海跟在后边，他心里嘟囔着："我的天啊，岳刚子啊，你到底走了没有啊，晚了可就坏了啊！"

岳刚子这边，他刚进入旅店房间一小会儿，李老猫他们就到了。李老猫见到岳刚子，赶紧跟刚子换了衣服，一刻也不敢耽搁，架着岳刚子出了旅店，站在那里等着张子成的汽车开过来。

李老猫站在那里，眼睛四下张望，生怕出现警察特务，发生变故。也就在这个时候，张子成坐着他二大爷张锦恕的汽车开过来了，停在旅馆门前。

张子成见到李老猫等人，来不及寒暄，赶紧把岳刚子往车门里送，也就在这个时候，叶法增带着特务赶过来了。

李老猫眼睛尖，一眼瞥到特务来了，他一把将岳刚子身子推进汽车喊道："成子赶紧上车，往半拉城子滕家岗那边开，从江边的大套子上山，俺们给你顶着！"

张子成猫腰钻进汽车，汽车原本也没有熄火，司机一加油门忽地一下蹿了出去，这边叶法增喊着："开枪，截住土匪坐的汽车！"

李老猫他们看到汽车开跑了，他们四五个土匪退到房子旁边，开枪还击。一时间噼噼啪啪枪响如爆豆，吓得过路的人们四下奔逃，场面混乱不堪。

144

司机老单给张锦恕开了好多年的车，跟张家人关系很好，也很有开车的经验。张子成他们从道外正阳街出来的时候，他蔫不唧地把车牌子卸了下去，张子成还没看明白问道："单师傅，咋还把车牌子卸了呢？"

老单笑呵呵地说："咋地呀，张少爷怎还想让人家认出来是齐瑞商行的车吗？"

张子成这才恍然大悟："原来是这样，还是您有经验，俺就是白薯一个啊。"

张子成他们的车开得很快，特务们身边没有汽车，虽然有土匪开枪捣乱，但是根本追不上张子成他们的汽车。李老猫看到汽车跑远了，他喊了一声："弟兄们，撤！"这些土匪们瞬间就消失在大街小巷之中，没了踪迹。

叶法增看到汽车跑远了，也没看到汽车牌号，所以悻悻说："跑了就跑了吧，一个小土匪，没啥大油水，让他多活几天吧！"

于海躲在一边看他们枪战，枪声停了他才跑出来，听到叶法增如此说，他接上说："叶警佐，你看这事儿整的，我也不晓得这样啊，您不会责怪我吧？"

叶法增卡巴着眼睛说："于大哥，给你送钱的人，留下啥地址名字了吗？"

于海摇摇头："没有啊，江湖规矩，人家出钱，咱也不能问人家啊。"

叶法增吐了一口唾沫说："算了，都回去吧，以后也别提这个事儿，听到了吗？"

小特务们齐声答应，叶法增耷拉着脑袋，垂头丧气的回警察署了。于海这才舒了一口气，心里想："我的娘嘞，真是悬啊！"

再说张子成他们的汽车，一溜烟地开出了故乡，过了半拉城子，然后进入乡间土路。一路上坑坑洼洼，颠颠嗒嗒的，一直过了薛家、茶家、滕家岗大套子的蛤蟆山边缘上。

附近巡逻的土匪看见了他们，就让岳刚子下了车，几个人用早已准备好的木板抬着刚子往山上走，张子成给了单师傅一百块钱，打发他回去了。随后，张子成也跟土匪们一起上了蛤蟆山。

岳刚子被土匪抬到了山上，张锦恕看到刚子被抬进来，上前趴在门板前晃悠着刚子："你小子真的命大啊，这么折腾也没有折腾死你！"

岳刚子挣扎着坐了起来，握着张锦松的手热泪盈眶："姐夫啊，我这是两世为人啊，俺老感谢了啊！"

张锦松说："干咱们这一行的，都是在刀口上混日子啊，生和死都是挨着的呀。也不用太伤心了，怎得好好谢谢成子啊，你这个事儿都是成子找人帮的怎呀，可是多亏了成子大侄子了。"

岳刚子回头抱着张子成流着眼泪说："成子大侄子，老叔谢谢怎啊，怎救了表叔的小命，以后表叔的命就是怎的，为了怎俺可以豁出命去，大侄子！"

张锦松指着张子成："成子半年前让那个葛大棒子打个半死，也是命大，不然也就救不了怎了。刚子怎好好养伤，身子骨硬实了，也好帮成子去干那个葛大棒子，为成子报仇！"

岳刚子的风波暂时过去了，倒出时间还得说张锦祥去长春找张锦嗣求情的事了。

张锦嗣，张家没有出五服的一家子，原来在东北军管辖的政府做官，后来张学良全军进了关内，日本人占了东北全境。张学良跑了，地方政府的人员想跟着张学良一起进关，人家也不要让啊。但是呢，剩下的地方政府官员也得养家糊口啊，所以无奈大多数都给日本人干事儿了。

至于这些官员给日伪政权干事儿，算不算汉奸，我看也要两方面分析。对于那些死心塌地为日本人卖命，杀害中国同胞的罪大恶极的，肯定是汉奸，而且是十恶不赦的汉奸；而一些人仅仅是为了养家糊口，没有做过啥坏事的人，只是求一个生存的差事，应该不算汉奸吧。

张锦嗣算是后者，原来也就是一个县级官员，在榆树县做县长。日本人占领东北全境之后，一开始张锦嗣还是维系县长的位置。可是后来时来运转，一九三五年伪满洲国总理大臣张景惠带着熙洽（清朝遗老）去榆树检查，张锦嗣汇报工作讲话很有条理，这让张景惠非常的欣赏，当下就带着张锦嗣回了长春，也就升职了。

张锦嗣一开始很不情愿进长春，不想为日本人做啥出头露面的事儿，免得人家骂他汉奸。可是不去还不行，也只有装糊涂，马马虎虎地跟着去了，心里想干事的时候千万长点眼神，绝对不能给完全为日本人卖命，也是自己个儿留条后路。

他先在伪总理府做刀笔师爷，搞文案，后来跟张景惠认了一家子，关系又进了一层，经过张景惠多次提拔，竟然做到了副总理大臣，他上边还有一位熙洽，然后就属他级别高了。

十多年了，他的地位一直稳定，主要是他不争不抢，逆来顺受，不被政敌视为威胁，所以混了下来。

他是上大学从四方台子走出去的，四方台子自然也有一些亲属。不过年头多了，至近亲属大多随着张锦嗣搬走了，剩下的血缘支脉最近的，也只有这些没有出五服的一家子了。

张锦嗣在没有给日伪干事之前，偶尔也回到四方台子，探望一下亲属，自打给日本人干了事儿，他也不好意思回来了。

张家的人呢，以张锦德为首的，从心里往外看不起给日本人干事儿的人，当然也不跟张锦嗣再有啥来往，这一门亲戚几乎就是断了。

上一次张锦恕去海山崴贩卖违禁品，万般出于无奈的时候，求到了张锦嗣，而张锦嗣一口应允，帮着张锦恕圆了场。

这一次又是张锦恕摊事儿，而且是生死攸关的大事儿，张锦德也是无奈，勉强答应张锦祥去长春，抹下脸来再求一次张锦嗣出面帮忙。

张锦祥去了伪满总管理衙门，但是不巧的是，张锦嗣出官差了，他等了好几天才见到张锦嗣。

145

说明了来意，张锦嗣询问："咱们是血亲，老三你说实话，咱也别坑了谁害了谁。老二和你们跟抗联有没有关联，如果案底跟抗联有关系，我也救不了你们，如果真的没有，那我就能办这个事儿。"

张锦祥哭腔说："大哥呀，咱们姓张的，哪一辈子也没有撒谎料屁人啊。这样的事儿，俺不说实话，到时候案子犯了，俺们也跑不了啊。真的呀，就是老二做买卖，那个白显彤父子红眼了，非要安个倒卖违禁品的罪名，陷害俺二哥，夺了二哥的商行。"

张锦嗣点点头："还是跟上一次差不多，这个白显彤也忒不咋地了，毛了三光的净玩邪的，我让哈尔滨的警察厅厅长抹杀了他，一根毛也不剩，看他这个贼人还惦记别人的财物否。你先回去吧，公文随后就到，包你们没事儿了。"

张锦祥千谢万谢，把在家里拿来的足有五十两一大块赤金送给了张锦嗣，张锦嗣一看这个是干货啊，稍微推辞了一下，也不管是不是亲属了，红着脸带着不好意思收下了。

虽然出了钱，但是事办成了，张锦祥心里舒坦多了。他不敢耽搁，生怕家里人担心，或者再生出来什么变故来，所以赶紧买了票星夜赶回了哈尔滨报信。

新京的公文到了，白显彤父子无奈把张锦恕放了。张家把张锦恕接了回去，张家人自然是全家高兴，虽然张锦恕满身伤，但是毕竟离开了监狱，回家里自由了。张家人张罗着给张锦恕治病，商行那边也忙着收拾善后，打算把不值多少钱的商行给那个白显彤父子。

张锦恕离开监狱回家了，张家高兴，白家父子却闹心了。

那一天白显彤接到哈尔滨警察厅通知，让他去警察厅报到。

白显彤心里嘀咕："啥事啊？还得让我亲自去报到？"一路上心里折腾不落底，到了警察厅见到了哈尔滨警察厅副厅长王贤伟。

王贤伟拿着一纸公文说："老白啊，你咋折腾的呀，竟然有人告状告到新京总理大臣哪去了，说你巧取豪夺，强占私人财产，你摊事了。"

白显彤一脸无辜的样子说："厅长啊，我也没干啥事儿啊，谁告我啊？厅长您可得替我做主啊，我也是清白的好警察啊。"

"单作善厅长发火了你脚上的泡是自己个走出来的，整天的洋吧二正的闹腾，怨不得别人啊。从今日起，你就不是道外警察署署长了，做一个小警察吧，等着退休养老吧。"

说完了扔给白显彤那份公文："你也认字，自己个儿看看吧。我倒是想保你，但是保不了你呀，你就认了吧。"

白显彤哭泣尿嚎地喊着："厅长啊，我可是为了咱警察部门出过大力，尽过心人啊，没有功劳还有苦劳呢，说不用就不用了啊？再说他们这是诬陷啊，肯定是老张家的人诬陷我啊！"

王贤伟一摆手："别哭鸡尿嚎的了，啥用也没有！你干没干那事儿，那是另一回事儿，权利在人家那边，你得罪了人家，那就认了吧！回去跟新署长交接吧。年纪也不小了，不愿意干警察，抹不下来面子，那就回家养老吧。"

白显彤万般无奈，灰头土脸地回了家，坐在那里捂着脸呜呜地哭。白三宝知道了，他恶狠狠地破口大骂："都是老张家人捣的鬼，看看我白三宝咋收拾你老张家！"

蛤蟆山的人接回去了岳刚子，张子成算是兑现了承诺，张锦松这边也开始兑现了。

他让李老猫挑选了十几个人，带着加强训练了几天，然后跟着张子成下山去庙台子附近侦察踩点，为了袭击葛勋礼做准备。

张子成去找来张锦贤，请求他联系游击队的何队长，让游击队的人员聚集在一起，协商怎么去整治那个葛大棒子。最后确定蛤蟆山出五个人，游击队出六个人，进行对葛大棒子的突袭。

再说葛勋礼自打那一天兽性大发，亲手剖开了自己闺女的肚子，用闺女的死来证明他的尊严是不可侵犯的。闺女死了，他老婆差点疼得昏死过去，之后整个人就总是疯疯癫癫的。

葛勋礼手刃亲闺女的事儿，自然也就传了出去，张锦贤不说，还有别人说呢，葛勋礼自然也后悔了，但是人死了，后悔又有啥用呢。

这一段时间里，因为没有预备役训练的任务，他就把自己个儿关在训练大队的办公室里闷着，整天喝闷酒度日子。

这天下午，姜心田来看葛勋礼，看到葛勋礼精神颓废，他知道是为了整死了自己的亲闺女在懊悔，但是他也不敢明说。姜心田琢磨一下说："大哥，听说庙台子这嘎达新开了一个老毛子小酒馆，生意不错，还有年轻漂亮的马达姆（俄国女人）脱衣裸体伺候，咱们哥俩去尝尝鲜如何？"

葛勋礼一向不咋搭理姜心田，认为姜心田没啥能耐，全靠送礼吧唧干差事。如今他正在窝囊的时候，也没其他人上赶着来看他，所以他对姜心田也算有了点好感，也就答应了。

姜心田带着两个小特务开一辆车，葛勋礼带着卫兵毛子和其他三人，开着一辆轿车，来到了庙台子火车站对面的街道上，那里是庙台子最热闹的地方。

酒店门面不大，但是，门前灯火通明，车水马龙的很热闹。他们走进去，里面很宽敞，俄式的装修，显得房间高大赫亮。最打眼的就是在地中央飞旋着的俄国女郎，哪个男人见了也都会血脉贲张。

姜心田见到这些马达姆在身边穿梭，摩肩接踵，整得这个好色之徒腰都直不起来了。葛勋礼扭头看到推搡了一下姜心田："不行就赶紧找个娘们吧！"

姜心田装成不好意思说："该是得大哥先挑美女娘们上手，然后剩下的才是小弟的娘们，嘿嘿。"

146

葛大棒子今天似乎没啥心情，他沉着脸说："今晚老子不干了，今个儿老子出钱，弟兄们尝尝毛子娘们啥滋味。"

姜心田看到葛勋礼心情不算好，他有点不敢单独去找娘儿们，迟疑了一会，没有动弹。葛勋礼看到一边骂一边说："老子出钱你们不舒坦啊，快点去吧，省的憋得狼哇的难受，我在这里喝茶等你们尽兴。"

老大发话了，姜心田跟那些小特务、伪军当然是当仁不让了，他们也不喝酒，更不吃菜，每个人都搂着一个娘们走了。

葛勋礼坐在那里，来了一个娘们陪着喝酒，从沃德嘎到法国葡萄酒，换着样喝，没多会儿，葛勋礼已经喝得醉醺醺了。

这些特务、伪军在小酒馆放纵的时候，小酒馆外面已经有人在等着他们了，等着他们的人，就是李老猫跟何雨来他们十几个带枪的人。

何雨来他们经过对葛勋礼的侦查盯梢，得到了他的基本行踪，今天他们全员在这里盯着葛勋礼，看到姜心田进了葛勋礼的办公室。他们就格外注意起来。

后来他们跟着汽车来到小酒馆门前，看到他们进了酒馆，这才决定就在正门口开始袭击葛大棒子。

何雨来跟李老猫商量："李大哥，等他们出来，哪个向葛勋礼开第一枪呢？要枪管直溜的才好。"

李老猫藏在房子的黑灯影里，用驳壳枪挑挑帽子说："俺说何队长，怎觉得还有哪个不知深浅的比俺的管直溜啊？"

何雨来向夜色中巡视一遍说："李大当家的，哪个枪管直溜俺不知道啊，也没比过，半斤八两的，嘴说不行啊。"

李老猫撇着嘴："何队长，恁啥年月学会打枪啊，总不会比俺早吧？"

何雨来想了想："大概是十几年了吧，从进入抗联的时候算起来，大致十年了吧。"

李老猫笑着说："才十几年啊，老子十岁就跟俺老爹学开洋炮打狍子，十四岁就当了胡子，家传的啊，三十多年了，大油子他爹，老油子了，哈哈！"

旁边的小土匪跟着嘿嘿地笑着，何雨来倒是很平静："既然大当家的是烟袋锅里的存货——老油子了，那俺们也不跟你争这个功，第一枪专打葛大棒子，就瞧恁的了。"

早春三四月份，哈尔滨的天气还是很冷的，他们十几个人在外边蹲守，冻得哆哆嗦嗦；既要盯住葛勋礼他们，还要避免身份暴露，别让巡逻的日伪军发现。他们把长枪的枪托锯短了，枪藏在大衣里，还得都得装成闲散人员，也真是难为他们了。

三星偏西的时候，葛勋礼他们才相互搀扶着，离拉歪斜地走出小酒馆。给葛勋礼开车的伪军打开车门，手扶着车门上方，免得碰到葛勋礼的头。

葛勋礼满嘴酒气，说着不清楚的酒话："弟兄们辛苦了，哈哈。"

姜心田也是离拉歪斜地说："谢谢大哥啊，爽歪歪死了，嘻嘻。大哥赶紧上车回家歇着吧，别管这些瘪犊子了。"

就在搀扶葛勋礼那个伪军刚一松开手，不再遮挡葛勋礼的片刻，就听到啪啪两声清脆的枪响划破夜空，葛勋礼应声而倒；之后就是噼噼啪啪的一阵乱枪，姜心田他们哪里还管葛勋礼的死活，吓破了胆的撒开脚丫子就开跑，汽车也不要了。

何雨来看到葛勋礼倒下了，因为枪声一响，附近的日伪军就会很快地赶过来，所以也不容他们查看葛勋礼的死活，喊了一声"撤退"，他们就飞快地消失在夜色当中了。

第二天中午的时候，张子成从张锦贤那里得知："葛大棒子被打中了，但是到底是死是活，现在没法证实，还得派人去打听。"

张子成安排杨建芳、刘二毛去了庙台子，他们蹲守到晚上回来呼呼上喘地向张子成报告："葛大棒子没死嘞，听说耳朵打掉一只，脑袋瓜秃噜皮了，在医院包扎完就回家养着了。"

张子成很懊恼："葛大棒子这个老瘪犊子命还挺大，两枪竟然没有打死他，净干坏事儿活得还长远，老天爷咋护着披着人皮的畜生呀，不公平啊！"

张锦贤安慰张子成："嗨恁这孩子，这事儿也急不得，黑灯瞎火开枪，距离又远，打不准也怪不得李老猫他们，以后再找机会吧。"

"大爷，下一次俺一定要亲自参加，一定亲手弄死那个该死的老瘪犊子，不然俺这一辈子心里也不得劲儿。"

这里先不说张子成如何的懊恼，再说张锦德惦记老二的安危，现在总算出了监狱，回到了自己的家，张锦德也算安下一份心来。至于那个齐瑞商行，也就剩下几间房子，还有一些滞销的货物，白显彤父子愿意接手就随他们吧，只要人平安，其他的都是过眼云烟。

可是他没有想得到那个如狼似虎的白三宝，怎么能咽下这一口气呢？怎么不会对张家采取恶毒的报复呢？张锦德的心，还是在如何将张家祖上留下的财物，能够完整地保留上，比如姜孝昌霸占的土地，就是让他时时刻刻不能释怀的。

看到老二暂时的平安了，老三待在老二那里，也算过得去，有了点闲暇，他又开始琢磨怎么要回来姜家霸占的那些土地了。

他权衡再三，想谁让自己是张家的老大了，当了老大就要担起责任呀！自己的事儿，还是自己办吧，不再去求人，自己去搏一下，至于结果啥样，就听从天意吧。

他背着家里人去了城里，找到了一家律师事务所，将自己的理由跟律师谈了，又拿出来地契作为证据，律师看了也觉得官司应该胜诉。

律师事务所帮着张锦德填写了打官司的文件，跟张锦德一起去了高等法院。法院受理了案件，让过一段时间再过来看看，如果家里有电话，可以电话里通知原告。

147

葛勋礼被行刺的事件，报到哈尔滨警备司令部那里，渡边文雄主知道了此事，他召开了一个会议，商量如何查办刺客的事儿。

本来白三宝的级别本不在这个会议之列，但是他怀着个人的目的，给渡边写了一份报告，让渡边另眼看待，列席了这个会议。

渡边文雄拍打着白三宝的报告说："诸位，我这里有一份白桑的报告，写得很好，其中关于葛大队长被行刺的事件，他是有所指，而且有根据，我觉得可以重点参考。"

渡边指着白三宝说："下边请白警佐说一说他说的想法计划，也请诸位给出建议。"

白三宝受宠若惊，哈着腰点着头说："谢谢渡边太君的抬爱，我就葛大队长被行刺一事说说我的个人看法，我的看法就是这件事八九成的概率是四方台老张家人所为！"

在场的人都看着他，希望他说出来根据，四方台那个老张家这么大胆子，敢袭击皇军的训练大队长？尤其是那个姜心田，幸灾乐祸地说："是啊，白警佐的感觉我看很对，老张家有枪啊，也跟葛大队长有嫌隙，对吧？"

白三宝一看有了知音，他就更来劲儿了："可不咋地，首先四方台屯子老张家家里养枪，说是看家护院，我看他们嫉恨皇军征公粮，还有拒绝参加'满洲国'军预备役训练，所以产生了报复之心。葛大队长征召了张家的人参加预备役训练，他家就怀恨在心，所以才派人行刺葛大队长。我认为必须马上监控，搜查四方台子老张家，捉拿刺客，也好平稳社会治安，惩办刺杀葛大队长的凶手。"

渡边文雄听了白三宝的话很舒服，他说道："白警佐一心为皇军着想，判断事情有依据，我赞成。我命令，姜心田带特务队参加，白警佐跟我一起去四方台老张家，搜查刺杀个大队上的刺客。"

白三宝一顿忽悠，让渡边相信了，他自己的目的也就达到了一半；姜心田也是暗自窃喜，这一次他也可以去张家显示一番，让张家知道谁是四方台的老大，谁是大王。

跟白三宝、姜心田的目的不同，老渡边的心思在狗头金，在清三代青花瓷文物上。上一次白三宝带着他去四方台老张家，给他喝茶的茶具，竟然也是青花瓷，这让他相信张家不简单，家里肯定存有更高级的文物。所以他才急切地想再一次找理由去四方台子老张家猎寻宝贝。

白三宝的报告，其实也正是看准了老渡边的好恶，摸透了老鬼子的心理，他才按着老渡边的心思写了这一份追查凶手的报告，这也是正中老鬼子的下怀。

危险到了，张锦德却全然不知呢，因为他接到了法院的电话，说他的案子胜诉了，让他去取回来判决书。

张锦德满心高兴，他让顺子带着诉讼费，律师费，去了哈尔滨高等法院，取回来那一份关于姜家归还土地的判决书。

他拿着法院的判决书去了姜孝昌家里，站在地当央说："大昌子，老天有公道，高等法院判了，让你无条件归还俺们家的土地，你有啥说的去法院讲理吧。今年开春那些地我自己种了，不用你这个忘恩负义的人跟着掺和了！"

姜孝昌接过来判决说看了看不屑说："俺大昌子也不认得几个字儿，但是听说恁家有'满洲朝廷'的大官做靠山，可俺们有皇军保驾，这个恁知道啊。哈哈，这事儿俺做不了主，等俺儿子跟皇军说说，看看皇军那块儿同不同意再跟恁扯。"

"法院判了，什么皇军鬼子也得按着法律办事儿吧。不管如何，到了开春，俺就去种地，看恁能咋地！"

"能咋地？恁骂皇军？看俺给恁到皇军那里告恁一状，单凭这一句骂皇军就让你死！眼下俺不知道能咋地恁，到了时候看谁敢去俺家的田里站站脚，俺让皇军把他脑袋搬家，不信恁张老大就试试！"

张锦德本想跟姜孝昌动手，但是一看那些看家护院的都在瞄着自己个儿，想到动了手，自己个也占不到便宜，他扔话："开春地里见，不跟恁大昌子整个甜酸出来，俺就枉为姓张几十年了！"

张锦德走了，姜孝昌坐在那里想着这件事儿，他觉得心虚，自己个儿恐怕斗不过老张家，还得依靠两个儿子和那日本人啊。

他打电话跟两个儿子说了这个事儿，姜心田在那边给老头子壮胆："老爷子不用害怕，皇军也盯上老张家了，这几天渡边司令官就带人过去，收拾收拾老张家，这一回怎么也要扒下他们几层皮呀！"

姜孝昌心里有了谱，他嘟囔着："老张家的好日子到头了，还敢跟日本人斗，看看恁家有几条人命够折腾的！"

张锦德气呼呼地离开了姜孝昌家里，他一想到姜孝昌那一张嘴脸，就气得不行，甚至胸口都疼得慌。他没有回家，去积雪还没有完全化净地里看看，尤其是到姜孝昌种的那几块土地上看了看。因为是暮春了，冰雪开始融化，弄得满鞋帮子，半截裤腿上都是黑泥巴，他的心情起伏伏，不知道是喜还是忧虑。

一九四四年还差几天过清明的时候，这一天也是方台子老张家一百多年遇到的最黑暗的·天！

张子成前几天接到了姜心怡在陈树彬那里打来的电话，电话里姜心怡忐忑不安地告诉张子成："成子哥，我听到渡边文雄这几天要去四方台子，说是寻找什么狗头金，还有搜查行刺葛勋礼的凶手。我觉得他们这一次目的明确，就是要得到他们想要的，恐怕老张家要遭到报复！"

姜心怡在渡边开会的时候，听到了渡边要去四方台子老张家的话，她心情极度不好，找到了陈树彬询问如何能够帮助老张家。

陈树彬想了半天说："咱们几乎是没有任何办法帮助他们，你用我的电话给老张家打一个电话，告诉他们一声，早做准备吧。"

148

张子成将姜心怡电话里告诉的这个事儿，告诉了大爷张锦德，张锦德紧锁眉头说："这群鬼子汉奸盯上了咱们老张家，俺看躲是躲不过了，俺要跟他们弄出个甜酸，生死都认了！"

张子成也没有好办法，鬼子汉奸人多势众，硬来肯定干不过他们，咋整呢？躲一躲吧。"大爷，俺看你带着大娘奶奶出去躲一阵子吧，消停了再回来。"

张锦德苦笑了一声："成子啊，大爷说了，躲是躲不过去的，躲得了初一，躲不过十五啊。只要日本人在，躲就不是办法，或死或活，挺着整吧！"

张子成琢磨一下："不然让奶奶、大娘他们去薛家屯俺娟子大姐家待几天，省的他们害怕。还有俺娘、俺大哥和嫂子以及顺子哥他们一家，也跟着出去躲几天吧，还有孩子呀，吓坏了咋整。"

张锦德觉得也对，当下他找来老冯头等几个人，套了三挂马车，忙忙叨叨地让他们上车，也不告诉为了啥。只是嘱咐带上贵重的物件，然后送他们去了薛家屯，嘱咐了他们没有消息千万别回来。

送走了那些稀里糊涂的一群人，张锦德又将看家护院的几个人找来："顺子啊，这些人你带着，没有俺的话恁可千万不可跟日本人动武啊，那样恁们都会没命！"

张子顺不知道内情，所以让他去薛家跟着照顾媳妇孩子，他也不去，非得说老张家要是有啥事儿，他丢了性命也不离开。

现在张锦德嘱咐他不许跟日本人动武，那就是日本人要来张家找别扭呗，那得看啥境况，要是他们敢伤害干爹，那俺就拼命了！

张子成去了张锦贤家里，跟张锦贤商量如何保护张家的事儿，张锦贤想了想说："日本人针对张家也可能不是单纯什么搜查刺客，这是借口，也可能还是上一次那件事儿，为了狗头金来的。"

张子成点点头："也是的，要是日本人知道了是俺们刺杀葛大棒子的事儿，那还不直接派兵抓俺们啊，还能等到现在这个时候才来。"

张锦贤说："对啊，但是这是他们最好的借口啊，搜查抗联，搜查刺客，让他们的借口听起来合理呀。这群王八犊子，当强盗抢劫还想体面点，真是婊子立牌坊啊！"

张子成说："大爷，到底咋办呢？难道俺们啥也不做，眼睁睁看着那群王八蛋糟践俺大爷一家子吗？"

张锦贤沉思一会说："俺马上去哈尔滨请示，今晚回来咱再决定。但是大爷认为现在公开跟日本人干，那就彻底地暴露了老张家暗中抗日的事实，这可是日本人，汉奸们想得到的呀。咱们人单势孤，不可能直接跟日本人斗，还要顾及老张家一家人的安危呢，所以等我请示了再决定，成子怹们绝不可以擅自行动。"

差三天不到清明，张锦德在屋里坐着抽烟呢，顺子跑进来说："干爹，鬼子来了，到屯子东头上了，三四辆车呢，瞧这阵势人马不少嘞。"

张锦德已经有了心理准备，他脸上神情沉静地说："来了就来了呗，鬼子进门，不是抢劫，就是杀人，来了就是那些事儿，骨头硬一点，挺着呗！"

渡边真的来了，这个老鬼子惦记着什么狗头金，甚至还想得到其他更有价值的文物。

鬼子兵一个小队，伪军一个排，外带着姜心田的特务队二十多人，乌压压的一大群，屯子两端，张家大院四周门口的道路上，都有岗哨，就跟遇上了什么大的敌手才这样。

他们对站在门口站岗的张子顺三个人，视作无物，一个个径直地踹开大门走进了张家大院。气得张子顺眼珠子冒火，也不敢来硬地阻挡。

今天张家大院很清静，较往日相比，觉得少了不少的人，只有一两个看家护院的来回走动。

张锦德坐在屋里没有出去迎接渡边。姜心田，白三宝点头哈腰的在一旁带路，渡边兴致不错地大步地走到张锦德的门口敲敲门，然后不等有人回应就推门进了屋。

进了屋里，渡边嘴角带着一丝丝莫名的笑容，一边摘下手白手套揣进裤兜，一边看着坐在那里身子没动一下的张锦德。

渡边等了一小会，张锦德依旧没抬头，这时候白三宝上前喊道："老张头，你装聋作哑啊，没见到渡边司令官来了吗？你还不起身迎接！"

渡边发现张锦德坐在炕沿边一端，身子靠在间壁墙上，眼睛微闭，似乎根本没有发现屋里进来人。渡边摆手示意不要喊叫，他上前轻轻拍拍张锦德的肩膀："喂，张先生，老朋友来了，怎么不欢迎呢，哈哈。"

张锦德似乎刚刚睡觉了，在渡边拍他的时候，醒过来了。他揉揉眼睛，发现渡边站在他面前，他吃了一惊慌忙站起来说："哎哟，渡边司令官大驾光临，俺老头不知道，睡着了，请您多多担待啊。"

渡边依旧微笑着拍着张锦德的肩膀说："没关系的，老朋友，突来造访，还得请你多多担待呢，请坐请坐。"

张锦德将渡边让到地中央的椅子上坐下，张锦德依然坐在炕沿边上，等着渡边问话。

渡边摇头晃脑，没话找话说："张先生，听说你们家里是这个屯子的大户，土地很多，是这个样子吗？"

张锦德点头："是，俺们中国的土地很多，俺们一锹一锹挖出来的；土地多了，种地打下来了粮食，可都是给了'满洲国'啊。俺们一天累得要死，可是没有从地里得到啥好处嘞，心里苦着呢。"

渡边听出点话外音，他不动声色说："张先生说得很对，中国的土地很多，幅员辽阔，地大物博，比起日本来，大得多了。不过起码先在满洲在大日本皇君的保护下，凡是'满洲国'管制下的土地，种出来的物产，都要归皇军分配，这个张先生应该早就知道，对吧？"

张锦德点点头："知道，知道，俺种的粮食，大多都交给了满洲政府做公粮了，有时候俺们自己个儿家还缺吃的也得交公粮。"

149

渡边说："张先生做得很对，你对'满洲国'的贡献，皇军都知道。不过要交给皇军的物产，不仅仅是粮食，还有矿产、树木、煤炭等等，都要交统统的给皇军，这个你也知道吗？"

渡边话锋一转，就要切入正题了。张锦德知道老鬼子接下来要说什么了，他也知道自己还得装傻充愣，来一个一问三不知对付老鬼子。

张锦德赔着笑脸说："渡边先生，俺一个老庄稼人，就知道种地交粮，其他的俺一概不懂，还请渡边先生别介意。"

渡边斜眼看看站在一边的姜心田和白三宝，以及那个不愿意往前站的翻译姜心儒说："你不懂没关系，我让他们告诉你你就懂了。"

渡边一挥手，姜心儒走到渡边身边低下头等着渡边说话。渡边对着姜心儒叽里呱啦一顿日本话，姜心儒一边听，一边点头喊着"嗨，嗨"。

张锦德也听不懂老鬼子说的是什么，他似乎听到了好几句"蛤蟆、蛤蟆"，以为渡边在跟姜心儒说蛤蟆山呢，这倒让张锦德的心紧张了起来。

渡边说完了，对着姜心儒一挥手，姜心儒一声"嗨"，转过身来对着张锦德似乎有点不好意思地开说："张，张先生。渡边司令官说，你家土地多，交过很多的公粮，对'满洲国'有功，这个他都知道；还听说你家在新京总理大臣那块儿有亲属，人脉关系不一般，但是这个对于皇军来说，小小的，根本不算什么。'满洲国'内，凡是以前的中国人，现在都是'满洲国'人，都必须听从大日本皇军的命令，所以你不要指望你的亲属此时此刻来帮你。"

张锦德装作听不懂地说："俺不懂啊，俺也没有让谁来帮俺呢，给皇军交公粮，俺都交了呀。"

渡边指指姜心儒："姜桑，你地继续告诉他我说的，不用拐弯抹角，简直地说，没关系！"

姜心儒有点冒汗，他嗨了一声接着说："渡边太君说，有准确消息，你家以前去老金沟采过金子，还得到了狗头金。金子属于贵金属，都要交给'满洲国'管理、利用，绝不允许私人藏匿，违者重重的惩罚。张先生，赶紧拿出来狗头金交给皇军，皇军就会免了你一家的罪过。"

姜心田听到姜心儒说完了，他绕过来看着张锦德说："老张头，今儿个你就是装得再好，渡边太君恐怕也不会放过你啊，嘿嘿。"

张锦德听懂了，懂得不能再懂了，心里想："老鬼子，恁想啥呢？狗头金俺就是撒到大江里沉底儿喂王八，也不会给你这个龟孙子呀。今儿个恁就是立马整死俺，俺也是没有，恁自己个儿找到了，那就算俺倒霉！"

张锦德装作没听懂站起来问姜心儒："哎，俺说姜家大侄子，恁说啥啊，啥狗，狗还吃金子，那是天狗吧？"

姜心儒听到张锦德在渡边面前叫他大侄子，他有点挂不住大声说："我现在是办公务，什么大侄子啊，你老家伙赶紧打住！还是想想交代你家藏匿的狗头金，是狗头金，像狗脑袋瓜一样的金疙瘩，你听明白了吗？"

姜心儒大声没好气地说着，张锦德睁大眼睛说："噢，噢，说的那个哈呀。上一次渡边司令就问过俺，见没见过啥像狗的金子，俺告诉渡边司令了，俺没见过啊，咋还问呢？"

姜心儒看看张锦德，回头看看渡边，渡边已经知道张锦德说的啥了，他摆摆手让姜心儒站到一边，他来亲自询问："张桑，你家里有几条枪？"

张锦德挠挠脑袋说："五条吧，这五条枪是经过政府盖了大印批准的啊，看家护院，防备土匪抢劫啊。"

渡边冷笑着摸摸军刀一拍桌子说："有情报说你家用枪支帮助抵抗分子袭击'满洲国'预备役教官葛大队长，这件事属实吧！"

张锦德装成十分害怕的样子说："哎呀渡边司令官啊，俺们家可是大大的良民啊，可不会洋的二挣的，更不会五马长枪、五雷豪风的瞎闹腾嘞。啥叫抵抗嘞，俺们家可不会抵抗啊，更不会帮着别人胡扯八拉啊。"

渡边似乎没有听明白张锦德的一串东北方言，整的自以为是中国通的老鬼子有点犯懵，他回头询问姜心儒："姜桑，张先生说的啥，五马长枪的，五匹马，还有长枪吗？"

姜心田、白三宝，姜心儒听了都暗自发笑，笑话这个中国通也被这一通东北话干糊涂了。站在渡边身后的日本小队长，一脸茫然，啥也没听懂，也跟着嘿嘿地笑起来。

姜心儒赶紧低头说："渡边司令，他说的是东北地方话，意思是他们家不会乱来，没有用看家的枪参加抵抗。"

渡边有点挂不住，摇着头说："五马长枪，洋的二挣，中国话真的很有意思，还有什么地方话，大众话？看来中国文化真的是博大精深，学也学不完啊！嘿嘿。"

站在一边的人都忍不住发笑，渡边斜眼瞄了一下张锦德说："皇军得到了确切情报，所以才来的，不是你说有或者没有皇军就相信了。姜队长、白警佐，我下令对张家全部的搜查，一个地方也不要放过，如有反抗，死啦死啦地，明白了吗！"

姜心田跟白三宝早就等着渡边下令搜查呢，他俩："嗨！嗨，出去院子里一顿喊叫，伪军跟特务们就开始对张家里里外外开始搜查。一霎时鸡飞狗跳，整个张家大院就变得一团乱七八糟。"

张子顺跑进来对着张锦德哭腔说："干爹，就让他们这么折腾啊，管不管啊？"

张锦德坐在那里平静地说："顺子啊，千万听俺的，恁可别虎了吧唧地跟着作妖。恁就啥也别做，就看热闹行不，千万不要让他们找到抓的借口。他们爱咋地咋地，翻不了天。"

此时渡边又下令说："姜桑，你带领皇军，把张家看家护院的人，以及全部都的家属集合起来，让他们全部缴械，违令者格杀勿论！"

渡边回头跟站在身后的日本小队长嘀咕几句日语，小队长："嗨！"一摆手，姜心儒跟着日本小队长走出去，渡边站起来强行拉着张锦德也走出房间，站在刮着嗖嗖寒风的院子里看着日伪军的一阵折腾。

150

姜心儒带着日本兵个屋搜查，见到人就往院子里赶，还有几个看家护院的人，也跟着顺子站到了院子中间。

姜心儒跑过来报告："报告司令官，整个张家没有女眷，只有这些干活的，还有护院子的。"

渡边掏出来手套戴上，摆弄着战刀看着张锦德说："早有准备啊，看来我的决定提前泄露了，都提前躲出去了，对吧，张先生？"

张锦德说："俺老娘由媳妇陪着串亲戚了，昨天就去了，可没有躲着渡边司令官的意思啊。"

这个时候，几个伪军特务抱着木箱子，还有米袋子过来报告："报告，发现装有不明物体的木箱子，还有半袋子粳米。"

渡边指着木箱子说："张先生，这里是什么东西？不会是私藏的武器吧？"

张锦德心里有数，他知道这是他故意放在房间的角落里的两件瓷器，他说道："渡边司令官，这里面不是啥武器，是一对乾隆时期的青花带耳方瓶，可以打开看看。"

特务打开了箱子，里面用麦秸和草纸包裹着两件瓷瓶，质地明快，瓷釉光亮清新，这宝贝一下子就掉进老鬼子渡边的眼珠子里了。他不错眼珠地盯着那两件方瓶，哈喇子淌出来嘀嗒在地上一大堆，恨不得马上窃为己有。

这时候姜心田对老渡边说："渡边司令官，老张家胆敢私自吃粳米，这是经济犯罪，应该严惩！”

渡边听到了，也似乎没听到，他的精神头都在那一对青花瓷瓶上呢，哪还有心思顾及什么粳米呢。也是姜心田不识时务，也有他的私心作祟，看到渡边没回答，他又说了一遍，渡边这才回头问道："姜桑你地说什么？"

姜心田哈着狗腰谄媚地说："渡边司令官，咱们'满洲国'有法律条文，平民不允许吃粳米白面。您看这是在老张家屋里面搜查出来的粳米，按着'满洲国'法律就是'经济犯罪'，就要严惩老张家主要的人。"

我们知道，在伪满洲之前的很长的时间里，东北其实是真正的大粮仓，能够提供丰富的粮食。同时，西边的蒙古草原上，还能放养大量的牛羊。

所以除了日本人在朝鲜和中国东北有驻军之外的军事条件之外，还有东三省的经济条件要比南方好这些便宜条件，也就是日本人先占领中国东北的原因之一，为日本的侵略战争储备了丰富的粮草和肉食。日本之所以能够在打侵华战争、东南亚战争的同时，还能打太平洋战争，就是因为东三省提供的这些丰富的粮食等军需物资。

而且，据《伪满洲国史新编》记载，日本人在伪满洲国还进行民族歧视政策，伪满洲国内的民族主要有日本民族、满族、蒙古族、汉族等等。日本人规定，伪满洲国内的非日本臣民，包括中国人、朝鲜人等，不准食用大米和白面粉。如有违反，将以"经济犯"论处。日本人这样做，无非就是想把东三省老百姓嘴里的口粮夺过去，提供到日本侵略战争的战场上。

老鬼子渡边的心里正在琢磨怎么开口索要这一对青花瓷瓶呢，现在经姜心田这一提醒，他找到了理由："张先生，'满洲国'法律规定，中国人里的平民是不允许吃粳米白面的，可是你家里违反了，对不起，你要进监狱进行反省。"

渡边一挥手："来人，把张锦德绑上，押回哈尔滨由法院审讯。查清事实，予以严惩。"

张子顺一听要把张锦德押走，他掏出抢来喊道："看怼谁敢动俺干爹一根毫毛，老子的枪子儿可不长眼睛！"

刚才渡边要求对张家看家护院的人进行缴械，现在还没有进行，看到张子顺掏枪威胁他们，老渡边嘴里骂着："八格牙路，敢跟皇军动武，死了死了的铁炮子的给！"

这个张子顺掏枪，也就是吓唬日本人不要伤害张锦德，而老渡边一发命令，那日本兵可就不同了。两个日本大兵举枪就朝张子顺开枪，几声枪响之后，张子顺倒在了血泊之中。

看到顺子倒在血泊之中，心疼的张锦德"啊"的一声，就朝张子顺的身体扑了过去。老渡边喊道："统统的缴械，统统的关押起来，快快地！"

姜心田这一回可是急慢不得，早就想着这一天呢，这下可不能让老张头躲过去。他找来苘麻绳子，五花大绑绑上了张锦德，然后对着渡边说："渡边司令官，这个张锦德前几天还去我家向我父亲索要土地呢，他说法院判的。请您给我们做主吧，老姜家给皇军做事尽心尽力，这土地我们姜家种了快二十年了，怎么能给老张家呀！"

老鬼子冷笑着说："凡是给皇军做事的，皇军都要优待优待，法院难道比皇军军部权力大吗？姜桑，不用害怕，土地就是你们家的，法院的判决在皇军这里不生效力。"

姜心田听到渡边这么说，他得意扬扬地对着绑起来的张锦德说："老张头儿，听到了吗，你就死了这条心，认倒霉吧算了！要是你家人再去索要，或者到土地上找事儿，皇军的枪子儿不会舍不得不给你们吃的，哈哈！"

一向脾气耿直的张锦德，现在已经气得快要吐血了。他对着姜心田骂着："恁老姜家一窝子狼心狗肺，端上日本人的饭碗，恁就忘了恁的祖宗八代了，恁一家子都要遭到现世报，都不得好死！"

在场的只有那个姜心儒还知道有一点羞愧感，他不敢面对张锦德，转过身去不看张锦德。

老渡边看到目的基本上达到了，他喊道："带着犯人和木箱子返回哈尔滨！"特务、伪军动手往车上装张家护院子用的枪械，当然还有那一对青花瓷瓶。

五六个看家护院的人，还有张锦德，都被日伪军押着上卡车，汽车冒着黑烟离开了四方台子。张家大院里只剩下孤零零躺在院子当中，浑身鲜血的张子顺。

151

阴云密布的天空，冷风嗖嗖，开始下起来小雨。原来就躲在张家大院附近的张锦贤等人，看到鬼子走了，赶紧跑进院子里来察看究竟。

他们看到躺在地上的张子顺血肉模糊，张锦贤上前摸了一下张子顺的脉搏大声喊着："顺子还没死透呢，赶紧抬进屋里去，俺要把他的命抢回来！"

那么现在张子成他们呢，他们在干什么，难道他们对张家的事儿就不管了吗？

前几天张锦贤去哈尔滨市内找组织商量张家的事儿，商量的结果都认为在当前的情况下，如果因为鬼子在张家抓了人，游击队也好，张子成他们自己的武装也罢，就在张家附近跟鬼子开战，那就是不打自招地暴露了张家跟抵抗组织有关联的事实。在敌我力量绝对失衡的状态下，那老张家就会遭到灭顶之灾，根本没有办法保护的。

他们又仔细分析了鬼子来张家真实的目的，都觉得张家还没有暴露参与抵抗日伪政权的行迹，不然张家早就收到特务的严密监控，甚至早就对张家实施抓捕了。

最后他们决定，在鬼子来张家的时候，派人严密监视敌人的行动，不到万不得已，不要直接参加袭击日伪军的行动。

等到日伪军出了方台子屯，经过村子东头一片柳条通的时候，张子成他们就埋伏在柳条通里。

柳条通，也是松花江江套子特有的产物。所谓的江套子，也就是松花江涨水的时候，经常淹没的地段，有的时候，即使江水撤了，也有大面积的地方还积存着江水，也就是现在说的"湿地"。因为靠近松花江水域的树木，只有柳树较长期地浸泡在水里依旧能够正常的生长，而其他的树木长期泡在水里，很少能够顺利地存活。

柳条通就是成片成片的柳条子，长在低洼的地方，因为面积很宽阔，北方人叫它柳条通。北方人方言里，有"乎通、乎通"的，就是大片茂盛的意思。

夏天的时候，柳条通树叶茂密，几十个人钻进去藏起来，那是绝对找不到的；春秋和冬天了，树叶子落没了，离得很近就容易被发现了。所以张子成他们只能躲在距离道路差不多一百多公尺的地方，太近了怕日伪军发现。

日伪军押着被抓的张锦德等人坐在卡车上，经过柳条通的时候，张子成他们是看不见人的，只有远远地盯着车辆在柳条通里穿行。

张子成他们已经得到侦查人员的报告，说张锦德等几个人被抓了，张子成着急上火，但是还不能冲出去救大爷他们。

现在开着三两汽车一顺开到了柳条通这嘎达，张子成着急得牙根疼，踥脚捶胸，没有办法。

就在三两汽车就要开出柳条通了，张子成他们的失望已经到了极点，可是突然间最后一辆汽车停了下来，从车上下来两个人。

张子成他们往前凑了凑，他发现两个人其中一个就是姜心田。原来姜心田被尿憋着了，他让车停下来，自己跟白三宝，下车来尿尿。

张子成此时两眼冒火，因为他知道这次渡边来江北，都是这两个汉奸撺掇的，侦查的人也报告说，姜心田撺掇渡边把张锦德绑起来的。

张子成看着姜心田方便，他回头问何雨来："何队长，可不可以干姜心田和白三宝一枪啊，打不死也要教训这两个瘪犊子一下？"

何雨来想了想说："咋不可以呀，打完就跑，这事儿似乎没办法查，我来开枪吧。"

何雨来端起长枪，瞄了一下就扣动扳机，啪的一声枪响，眼看着姜心田趴在地上了。何雨来喊了一声："撤。"张子成他们就迅速地消失在柳条通的深处。

这里再说姜心田，尿完尿刚想提裤子，突然旁边打过来一枪，这一枪也那么巧，正好打在他的骚屌卵子上，这不就是现世报吗！他被慌忙下来的特务们抬上了车，白三宝一个高蹿上了车躲了起来。日伪军一大帮搜索了一会，也没见到打枪的人，也就返回哈尔滨了。这一枪虽然没有要了姜心田他的小命，但是也结束了他的骚劲儿，成了新的特殊的"太监"。

张锦德被抓进了监狱，罪名是"经济犯"，张家人、张家的亲属朋友，大多都知道了。

岳氏老太太、张锦德的媳妇吴慧芳等一干人都回来了，张家大院里整个地都陷入了一片惆怅。

其中一个最悲伤的是范毓敏，因为顺子被日本人打成重伤了。但不幸之中的万幸，日本兵开枪打倒了张子顺，并没有再补枪。虽然伤得很重，总归没有打到致命的地方，经过张锦贤的抢救，竟然保住了性命。

范毓敏每天守在顺子身边，喂饭喂汤，端屎端尿，尽了人妻的本分，也体现了两口子的感情至深久长。

而张家的人也都在琢磨怎么救出来张锦德，以及那些无辜的看家护院的人。那么大年纪的人了蹲笆篱子，弄不好就被姜心田、白三宝那群不是人的狗犊子们硬给折腾死了。

张子成和张锦贤等人想了很多办法，但是都不可行。由于张锦德临被抓走的时候，留下一句话："不许求给日本人干事儿的人救俺，要是那样俺饶不了恁们！"张锦祥也没有再去长春找张锦嗣，无奈的张子成给姜心怡打了电话。

姜心怡已经知道了这件事，她告诉张子成："成子哥你不要太着急，我去渡边那里探过口风了，他们似乎没有给俺表大爷定其他的罪名。其实就是我二哥跟白三宝暗地里撺掇渡边要惩罚表大爷，渡边那边根本无意严办表大爷。他拿到了两件青花瓷瓶，正在高兴着呢，等一些日子过过风头，我会想办法救表大爷的。"

姜心怡也去了陈树彬那里想办法，陈树彬听完后说："日本出面抓的人，肯定不会抓完就放的，等一阵子再说，关键别让蹲监狱的人受太多得罪就好。"

春天到了，马上要种地了，张家没有张锦德的张罗，还是很费劲的。张子成想到了父亲，他要是能够回来帮着张罗种地，那该多好啊。

152

张子成找到了张锦贤商量，然后又去半拉城子二大爷的新家跟张锦恕和父亲张锦祥商量。最后大伙认为，张锦祥现年都有五十岁了，相貌声音都有很大的变化，回到家里不声张，少露面，应该没啥事儿。关键是张锦祥没有得罪日本人，老姜家最有权力的姜心田也受了重伤，应该没有精神头管这个事儿了。最后决定，张锦祥偷着回到四方台张家，暗地里帮着料理张家的事情。

张锦祥回家不难，可是还有一个人要提前知道啊，那就是张锦祥的媳妇姜桂芝。这个任务交给了张子成，让他回家将张锦祥的事儿透漏给姜桂芝，也好让她适应这个突如其来的事儿。

于是张锦祥跟着张子成晚上的时候进了屯子，张锦祥戴着狗皮帽子，把脸捂得溜严，门口的人没有人认得出来。

进了院子，张子成把张锦祥带进张锦德的房间内，大娘吴慧芬正在为了张锦德的事儿犯愁，见到成子带着一个人走进来，她问道："成子不是说去了哈尔滨吗？恁大爷的事儿咋样啊，有啥眉目吗？这位是谁呀，俺咋面生呢？"

张子成把门关上，他对张锦祥说："爹，把帽子摘了吧，让俺大娘看看恁，还认识恁不认识恁了。"

张子成管陌生来人叫爹，这让吴慧芬大吃一惊，还没等她琢磨明白，陌生人抹下来狗皮帽子，对着吴惠芬笑，笑得吴慧芬蒙了。

吴慧芬心里嘀咕着："这人是谁呀，咋还有点面善呢，似曾在哪里见过，可是又想不起来嘞。"

倒是张锦祥先说话了："大嫂，俺是老三张锦祥啊，不认识了吧，俺老了也变样了呀，俺的好大嫂！"

吴慧芬确实没有认得出来张锦祥，等到张锦祥说他是老三张锦祥，她再端着洋油灯凑到张锦祥面前仔细看过"啊！"她惊讶地啊了一声。可不是咋地呀，天哪，真的老三张锦祥就站在她身边，慌张得她说啥也是不敢相信啊！

张子成跟着说："大娘，这真的是俺爹，回来大半年多了，怕老姜家人再来陷害，所以一直在俺二大爷家里藏着了，这不才回来吗？"

张锦祥两眼落泪说："大嫂，俺真的是老三张锦祥，俺让姜孝昌陷害推进山涧了，可俺命大没死，这不回来了吗！"

这回吴慧芬看清了，她流着热泪说："老三啊，恁可想坏俺们了啊，恁大哥，恁媳妇，咱娘，都想死你了。"呜呜，吴慧芬失声哭了起来。

张子成对着大娘说："大娘，不要大声啊，俺娘还不知道，也不想让别人知道，俺爹现在还不能公开露面啊。"

吴慧芬捂住嘴低声说："恁娘还不知道，恁大爷知道了吗？恁奶奶也不晓得吧？"

"俺大爷早就知道了，俺奶奶还不晓得，因为怕俺大舅家的人找茬嘞。"

吴慧芬擦擦眼泪点头说："嗯呐，老姜家恁大舅家的人，也不知道咋地了，良心坏透了，可得提防着啊。"

张子成说："俺知道了，俺这就去跟俺娘说。俺爹先在大娘屋里待一会，请大娘带俺一起去跟俺娘说，可不想吓着俺娘她。"

吴慧芬凄然地说："恁娘太苦了，太不容易了，这些年她咋过来的，大娘是女人，俺真的懂她了啊。"

外边没有灯笼照亮，夜色黑暗，天空滴答着小雨。因为张家看家护院的都被日伪军抓走了，帮工干活的人，都在白天干活，夜晚只有一两个新雇的看院子的打更人，院子内很少有人走动。

张子成跟吴慧芬走到姜桂芝的房间门前，正好遇到大哥张子强从屋里走出来。张子成问："大哥，咱娘在屋里吗？"

张子强指着正房东侧说："娘在奶奶那里边呢，奶奶身子骨也不太好，娘给单独做了点吃的端过去了。"

张子成："恁在娘的屋里呢，嫂子他们呢？"

张子强："俺和恁嫂子来看娘，正好娘不知道在哪里弄了点白面回来，做了鸡蛋疙瘩汤要给奶奶送过去，俺和恁嫂子跟侄子就在娘这待了一会儿。"

"哦，吃白面可要小心了，再让日伪汉奸看见，又要摊事儿了。大哥这样的，恁让嫂子和侄子先回去，俺去奶奶那里叫回来咱娘，大娘找咱娘和大哥有紧要的事儿说嘞。"

张子强点点头："成子，既然大娘是有紧要的事儿说，俺让让恁嫂子带孩子先回去了。"

因为张子强不知道咋一回事儿，以为大爷在监狱那边有啥事儿了，他赶紧回到屋里，告诉媳妇带着孩子走了。

张子成来到奶奶屋里，看见那奶奶正在炕桌前吃着疙瘩汤，嘴上还不停地叨咕："小鬼子有多坏啊，硬不让咱们吃白面大米，这不是硬要馋死俺老太婆吗！"

丫鬟和姜桂芝听着捂着嘴在笑，张子成风风火火走进去说："娘，恁先回家里去吧，俺大娘找恁有紧要的事儿要说嘞，快点回去吧。"

老太太看着成子说："成子看到恁大爷了吗？小鬼子还不把恁大爷放回来呀？等俺看那个老姜家小兔崽子，非得扒了他的兽皮！"

姜桂芝说："老太太，先吃饭吧，别生气了，气坏了吃啥也不香了啊。俺先回去了，明天再来看您。"

姜桂芝跟着张子成快步地往回走，边走姜桂芝边问："急三火四的，到底啥事儿还不直说，眼神还贼不流秋的嘎哈呢？"

张子成也不说话，就只顾着往回走，姜桂芝也只有快步跟着。因为是连脊的房子很近，很快走到了大嫂的房子门前。

姜桂芝推门走进屋内，看到大嫂坐在炕沿上等着她，张子强也在屋里坐着。她走过去拉着大嫂说："大嫂，子强也在啊，大嫂有啥事儿了，这么着急跟俺说？"

吴慧芬心里五味杂陈，真的不晓得跟姜桂芝直接说，还是绕个弯子再说。张子成看看大哥张了强回头跟母亲着急地说："俺大娘要跟恁说，俺爹还活着，娘恁信吗？"

姜桂芝瞥了张子成一眼，坐在炕沿边上说："恁大娘哪像恁个小犊子突撸反涨净冒胡诌八咧的话，八竿子打不着的瞎咧咧，没啥说的恁就眯一会，也不会把恁卖了当钱花。"

153

张子成着急地看着大娘，吴慧芬拍打着姜桂芝带着微笑说："成子可没有胡诌八咧，俺三兄弟真的没死，活得好好的，大嫂还能拿这个逗恁玩，那俺就白活了四十八岁了！"

姜桂芝听见大嫂如此地说，她心里一下子就活了，激动地站了起来拉着大嫂说："大嫂啊，恁没骗俺，那锦祥在哪里呢，活着的话也要见到真人才能相信啊！"

吴慧芬激动的劲头已经过去了，她沉静地说："她三婶啊，大嫂咋能骗你呀，老三真的活着呢。不过大嫂要跟恁说，一会见到了他三叔，恁可要保证不去恁大哥家里说，也不要带外边跟外人说。因为锦祥真的就是被恁大哥图财害命，他把锦祥推下山涧的，抢夺了人参。锦祥为了防备老姜家为了脸面，再利用日伪汉奸陷害他，所以不敢露面啊！"

姜桂芝在以往十多年里，虽然听到了很多关于姜孝昌陷害了张锦祥的说法，甚至也听到了大哥亲口承认了，但是她还是半信半疑大哥可能是被迫承认的，似乎可能有不得已的原因让大哥不能说出口。所以她咋的也不能完全相信，大哥会因为几棵人参陷害自己的亲妹夫。

十几年之间，她就在疑惑、自我否定中生活，以至于在憎恨大哥的同时，还把自己家的土地给了大哥种，用来化解她心里的信与不信的纠结和怨恨。甚至张子强、张子成向她多次提出来要回来在姜家的土地，姜桂芝也是不置与否，没有坚决地向大哥家里索要土地。

十几年过去了，姜桂芝对张锦祥的思念已经慢慢地淡化了，一个人跟孩子生活已经习惯了，这个时候张锦祥又突然冒了出来，真的让她难以承受，又让她无比的激动。

姜桂芝心里千头万绪，但是思念丈夫的情绪，还是上升到了极点，她抓住大嫂的双手说："他爹真的活着啊，快点让俺见到他啊，快点啊大嫂！"她激动地摇晃着大嫂的双手，眼睛里流下来成串的泪珠，扑簌簌地掉在吴慧芬的胳膊上，衣襟上。吴慧芬眼睛也落泪了，她对着张子成示意，张子成飞快地跑出房间，去大娘内屋里叫他爹出来了。

当张锦祥走进外屋的房间里，摘掉狗皮帽子的时候，姜桂芝一眼就认出来这就是张锦祥！她再也控制不住自己的情绪了，上前拽住张锦祥的双手使劲地拍打张锦祥的前胸："他爹啊，三哥呀，恁跑哪去了，恁可想死俺了，呜呜。"姜桂芝没办法控制自己的情绪了，说不出来一句完整的话了。她死命地拽着张锦祥，放声号啕大哭起来。

吴慧芬和两个小蛋子，看到如此动人的情景，他们三个人一起鸟悄麻溜地退出了房间，也好让人家两口子说说话，亲热一番啊。

张锦祥回来了，张家又有明白种地和说了算的庄稼把式了，他暗地里配合着张打头的、老冯头他们一起，准备着开犁种地；还有松花江就要化冻了，开江的时候就要到了，张家渔亮子也要下张网，还有酒坊也在继续烧着白酒。

再说张锦德在监狱里关着，张家去了几次，也不让会见。按着姜心怡的话就是鬼子汉奸们要憋着张家，到后来多交罚款才可以放人。张家也只有先拿些钱上下打点，尽量地让张锦德在监狱少受罪。

姜心怡委托陈树彬拿着张家的钱，去道外监狱活动，目的也是贿赂监狱长和看守，让张锦德在监狱里过得好点，少受私刑。

张子成虽然着急上火，但是也没啥办法，他跟张锦贤等人商量，整治葛大棒子的事儿，还得寻找机会进行。说来也巧，正在张子成他们着手准备整治葛大棒子的时候，庙台子训练大队来了公文，让刘二毛、杨建芳去庙台子参加训练。张子成嘱咐他俩，尽量多留心葛大棒子的行踪，找机会就去干了葛大棒子。

过了几天，他俩去了之后，回来说，大约十五天左右，他们训练的人，就要去富锦那边参加实战训练了。张子成知道以后，赶紧去找张锦贤商量，决定尽快实施收拾葛大棒子。

张子成他们在做着准备，老姜家那个大昌子却冒古玄天地来到了张家骂大街，找茬来了。

原来自打姜心田受了伤，而且是打断了他的命根子，这让姜心田悲痛欲绝，他第一反应就是恨死了老张家了。他没有证据说是老张家人干的，但是他心里知道打枪的人肯定跟张家有关系，他就躺在病床上私下打听关于老张家的事儿。

姜孝昌听到儿子被打残废了，也是很伤心，他也是想到了老张家，别人不可能就那么巧在抓张锦德的时候开枪打姜心田。他带着老婆跑到市立医院去看望姜心田，五雷豪风地骂着要向老张家报仇。

姜心田的伤虽然没有伤及性命，但也真的残废了，警察署鉴于姜心田一半会儿不能参与行动，增调了新的行动队长，这更让姜家绝望不已。

姜孝昌在家里待着郁闷无聊，想起来儿子受的伤，肯定跟老张家有关系，老子要替儿子讨公道，说："俺这就去张家作他一个昏天黑地，让他们啥招也没有。"

姜孝昌知道张锦德没在家，看家的炮手也被一起抓进监狱，敢跟他叫板的也没有人了。想到这里，姜孝昌胆子更大了，他腰里别着日本盒子炮（他根本没有开过枪），带着四五个看家的炮手，荷枪实弹瞥视辣嘴，踩着泥泞的道路，一呲一滑朝着张家赶过来。

清明已经过了好几天了，张家长、短工正在往地里蹚地，留在家里的人很少，张子成也没在家，男的就剩下张锦祥跟新雇的看门人老胡头。

张家门口没有炮手带枪看门的了，白天看门的就是老胡一个人，他见到姜孝昌带着一帮人离拉歪斜，五马长枪地走过来，他赶紧伸手不让他们进院子。

154

姜孝昌伸手一扒拉老胡："死老胡，老么卡咻眼儿的，滚到旁边旮旯去！"年纪快六十的老胡头一个趔趄被扒拉倒了，姜孝昌等人鱼贯而入。

姜孝昌进到院子里四下蹚摸，找了半天竟然一个人也没看见，气得姜孝昌扯着驴嗓子喊着："老张家人死绝了，出来一个会喘气儿跟俺大昌子掰扯掰扯！"

姜孝昌在院子里舞舞喳喳一顿喊叫，最早听到的是姜桂芝。她在屋里纳鞋底，隐约听到院子里有人喊声音，她对张锦祥说："是哪个在院子里破马张飞的像老娃子（老鸹）叫唤，俺去看看咋地了，没有俺的招呼，恁千万别出去啊。"

张锦祥家的窗户是纸糊的，看不到外边，他点头说："行，恁先出去瞄一眼，看看谁在敲破锣，难听得邪乎嘞。"

姜桂芝手里拿着鞋底子和锥子，推开房门走了出来，他就一眼看见自己的大哥像一个肉墩子站在院子里吣三喝六的不知道咋呼啥呢。

姜桂芝端着鞋底子往前走了两步说："哎，这是谁五马长枪的吣喝啥呢，咋不好好说话呢？就像老娃子叫唤，还得吓坏老张家几口子恁才乐眼儿子啊？"

姜孝昌看见自己妹子出来搭话，他摇头晃脑地说："妹子恁先回去，叫老张家的爷们出来跟俺掰扯掰扯。"

姜桂芝瞄了一眼姜孝昌说："大昌子，俺也是老张家的人，恁想掰扯啥，整几句俺听听呗，看看这些年恁涨了啥能耐。"

姜孝昌觉得姜桂芝说话不对劲儿，歪头想了想说："俺说老妹子，恁也叫俺大昌子，不叫大哥了？是张家的人了，不是姜家的人？听恁的话音，恁是替老张家装横呢吧，那老张家的事儿，恁都能做主，不用老张家的爷们出来蹦上几句？"

自从张锦祥回来之后，就向姜桂芝一五一十地叙说了当年在长白山上的事儿，姜孝昌是如何将自己推下山涧、抢夺人参的过程。

姜桂芝哭着听完了张锦祥的讲述，她的自尊受到了强烈的刺激，自己的亲大哥，贪图便宜，陷害自己的亲妹夫，这也算古往今来的奇闻了！也就在那一天开始，她就认定姜孝昌不再是他的亲哥哥，以后也不认这个大哥了。

今天看到姜孝昌来张家找茬挑事儿，她的气就不打一处来，心里就决定，要跟这个大哥掰扯掰扯，让他知道知道盐打哪咸，醋打哪酸。

姜桂芝抱着膀走到姜孝昌面前，对着姜孝昌上下打量了好几圈，姜孝昌被姜桂芝围着看，看得心里直发毛。

姜孝昌："老妹子，恁围着俺转悠踅摸啥嘞，咋地还不认识恁大哥了？"

姜桂芝："俺是踅摸有点不知道恁是谁了，恁也不像当年的俺大哥了。俺现在就是老张家的人，今后跟老姜家再没蒜皮儿丁点的瓜葛，也不想再叫恁啥大哥了，恁也别再叫俺老妹子，俺听着恶应嘞。"

姜孝昌听到姜桂芝的话，他不晓得姜桂芝听到啥了，今个儿的话茬咋这么葫芦搅茄子呢？他又一想，这肯定是听了什么传言，揭起来俺姜孝昌的老底吧？

姜孝昌："哎，恁这个妮子咋净胡嘞呢，听啥人蹭着锅台尿尿烂呛汤，埋汰恁大哥恁就信？恁不姓姜，不认俺是恁大哥嘞，为啥呀，大哥哪嘎达做的对不住你了，让恁像个酸脸猴子，鸡皮酸脸的对恁大哥瞎掰嘞！"

姜桂芝冷笑着说："恁做了啥恁知道，别在这里装像了，恁害了你亲妹夫，抢了人参，俺都知道了。老张家帮了老姜家那么多，恁却是恩将仇报，早晚恁会遭到报应的！"

姜孝昌听到姜桂芝如此的数落自己。还说她都知道了陷害张锦祥的事儿，看来还是有人跟她说了啥，今个儿她才会这样不对劲儿。他心里有点发毛，也有点害怕今后他在自己个亲妹妹的眼里，是一个十恶不赦的坏蛋了，再也不是非常信任、非常依靠的大哥了。

他转念又一想，既然老妹子不承认她是老姜家人，也不再认他这个大哥了，那就算了，今天的姜孝昌害怕谁呀，爱咋地咋地呗。

想到这里他说："俺姜孝昌就这个样了，爱咋地就咋地，谁又能把俺咋地嘞。

老张家也够本了，舒服地过了上百年，也该败了，对不？富不过三代，老张家已经四五代多了吧，该知足了，也该老姜家翻身抖抖神了。哈哈。"

姜桂芝看到姜孝昌真的变得她丁点也不认识了，变得那么不要脸，那么卑鄙无耻，恶应死人了。她带着一腔怒火说："姜孝昌，恁来这里就是为了瞎掰这个，俺都知道了，恁快点土豆子搬家吧！"

"土豆子搬家——滚球子"，这是骂姜孝昌快点滚呢。姜孝昌听到姜桂芝骂他快点滚，气得他五雷豪风喊道："好你个死妮子，胆敢骂俺，恁是不想活了。"他拔出枪来挥舞着骂着："老张家一个好人都没有，老张家害了俺儿子成残废，俺就要替姜心田报仇，咋地，有男人出来言语一声，老子就地揭了他的脑袋瓜！"

他满院子趔摸，希望看到一个老张家的人，也好让他出出气，显示一下子姜孝昌的厉害。

姜孝昌在院子里跟姜桂芝在斗嘴，呜呜咽咽的喊声，传到了屋里边。屋里面的女人也都陆续地走了出来，她们脸上心里带着怒火，瞪着姜孝昌，各个恨得牙根痒痒。

吴慧芬、范毓敏、丫鬟莱香、张子强的媳妇张李氏，张子禄的媳妇陈玉翠，还有年纪最大的岳氏老太太，也在丫鬟的扶持下，站在院子里了。

岳氏老太太在屋里听到院子里有人在喊叫，她起初没介意，回来听到声音越来越大，她就询问丫鬟："莱香啊，外边咋地了，嗡嗡地喊个啥嘞？"

丫鬟跑出去打听一下跑回来说："老太太，院子里是三奶奶的大哥跟三奶奶对着掰扯呢，俺也不懂掰扯个啥，要不老太太亲自出去看看？"

这时候吴慧芬走进来说："娘，姜孝昌在院子里跟他三姊撒野斗狠呢，恁出去损损他，让他快点离开吧。"

岳氏老太太自打他知道了大昌子陷害了儿子老三，虽然她阻止了张锦德和张锦恕找大昌子报仇，但是她也从心里不再认这个亲侄子了。前几天姜家老二带着日本人来张家打砸抢，还抓走了老大张锦德，这事儿老太太心里明镜似的，她把这个账都记在了大昌子身上。

155

现在看到大昌子又来张家破马张飞撒野骂杂叫号，老太太气得旧恨新仇都冒出来了。她也不说话，丫鬟扶着她，鸟悄地走到姜孝昌的背后，抬起来铜烟袋锅，朝着姜孝昌的脑袋使劲地砸了下去。

此时这个大昌子正在肆无忌惮地口出狂言，糟践埋汰老张家呢，哪里想得到身后来人砸他啊。岳氏老太太转到他身后，其他人都看到了，就连他的家丁也看见了，可是他们都不作声，都在打算看热闹。岳氏老太太这一烟袋锅子，实实在在地砸在了姜孝昌的后脑壳上，他只觉得的嗡的一下钻心的疼痛，差一点躺在地上。

他强挺着左手下意识地捂住后脑海，瞬间脑袋上就起了一个鸭蛋一样的大包。他嚎叫着挺身子转过来就要开枪，他一眼看到岳氏老太太在怒目盯着他，他拿枪的手瞬间松软耷拉下来。

姜孝昌心里还存着对岳氏老太太，他的亲大姑一丝丝的感激；张家帮过姜孝昌，这他知道，岳氏老太太也救过他的命，他还没有完全忘记。

想当年姜孝昌把张锦祥推下山涧，自己个私吞了人参，后来由于自己个儿着急销赃，被张锦德调查出来，张家两个弟兄就要整死姜孝昌。要不是姜孝昌的老婆吴氏跟姜桂芝搬来岳氏老太太，岳氏老太太死命地护着姜孝昌，那个时候姜孝昌的脑袋可能早就搬家了。

而如今他看到大姑站在身后打了他，还两眼直勾勾地盯着他，这也让姜孝昌的猖狂瞬间收敛了一些。

姜孝昌拿枪的手耷拉下来，嘴角露出来一丝勉强的笑容："大姑，恁打俺啊，打得好，没打过瘾再打啊？嘿嘿。"

岳氏老太太拿烟袋杆指着姜孝昌说："大昌子，俺说过了，俺不认恁这个忘恩负义的狗犊子，俺也不是恁的大姑，老张家人从此就是恁的对头，早晚都要扒下来你的畜牲的狼皮！"

姜孝昌看看周围怒目而视的女人，再看看他带来的五个嬉笑的炮手，觉得自己个儿没了面子，刚刚还有对岳氏老太太的一点点儿感恩，此时马上烟消云散了。

他将放下的日本盒子炮重新抬了起来，枪口指着老太太，两眼冒着绿光恶狠狠地说："恁个老太婆，不认就不认呗，哪个还稀罕恁认俺啊，恁也别倚老卖老，别以为俺不敢咋地恁，惹急了俺都会一锅端！"

岳氏老太太怎么也没想到，姜孝昌再坏也不可能辱骂自的亲姑姑啊，可是姜孝昌就是当着她的面说她是老太婆，还倚老卖老，这不是真正的畜生吗？

岳氏老太太气得浑身直哆嗦，她抬起来手里的烟袋杆，又要敲打姜孝昌。哪里知道此时的姜孝昌已经跟野兽一样了，他还哪里管是不是亲大姑了。他抬手用枪管怼住老太的胸口使劲地杵了两下，然后伸手抢下老太太的烟袋，垫在波棱盖（膝盖）上一顿，咔吧一声就给整折了。

再由于姜孝昌的枪管顶着老太的胸口使劲地杵，老太的身子骨已经是风烛残年了，哪里受得了姜孝昌力大如牛的使劲儿杵啊，老太太连气带恨一声惨叫倒在地下，昏死过去。

围在一旁的几个女人看到老太太倒在地上，吓得她们赶紧围过来，对这老太太又哭又叫。吴慧芬跟范毓敏，一个拍着老太太的前胸，一个掐人中，盼着老太太尽快醒过来。

姜桂芝看到姜孝昌对大姑也下毒手，恨得她发疯了似的拽住姜孝昌的衣襟哭着喊着："大昌子，恁太不是人了，连亲大姑恁都下得了毒手，恁这个不是人的忘了祖宗八代，挨千刀的，也把俺打死吧！呜呜——"

姜孝昌摇头晃脑地将姜桂芝推搡开，对那些看热闹的炮手说："走了回去吧，老张家爷们都死绝了吧，咋就一个也不见呢？哈哈，再整也没啥甜酸，回了。"

院子里的女人们，各个气得都要把钢牙咬碎了，姜桂芝喊着，他爹，恁咋还不出来呀，干死这个畜生大昌子啊呜呜！

其实这个时候，张锦祥在屋里的门缝已经看到了姜孝昌做的一切。张家的房子是坐北朝南的，姜孝昌他们站在院子当中，张锦祥推开门缝是可以看得见的。刚才他看到老母亲被姜孝昌推到了，他就想冲出来跟姜孝昌干，可是他看到不但姜孝昌拿着枪，旁边还有五六个拿枪的炮手，怕靠拳头斗不过他们。他就赶紧去旮旯里找出来他的驳壳枪，上好子弹，这个时候也听到了姜桂芝嘶哑的声音喊他，他就一个高冲了出来。

可是正在张锦德刚刚从屋子里跑出来的时候，院子里突然响了几声枪，姜孝昌吓得愣住了，转圈寻找开枪的人。张锦祥也纳闷："谁开的枪啊？"

你道怎的？原来是范毓敏端着枪，枪朝天放两枪，然后用枪指着姜孝昌，她喊尖声着："挨千刀的姜大昌子，恁给俺站住，看老娘要了恁的狗命！突如其来的情况，可把姜孝昌吓坏了。"

姜孝昌没看明白的时候，张锦祥也到了他们的面前，朝着他大声喊喝着。

刚刚姜孝昌还说张家没爷们，这一回听到了男人的喊声，还跟着出来一个女人拿着枪，他扭过头来急忙喊道："姜家拿枪的炮手，没看见这他们开枪吗，赶紧给俺开枪啊！"

姜家的这些炮手，平日里混日子，都是为了挣来钱养家糊口，哪有一个真心给姜孝昌卖命的呀。他们看到一男一女，凶神恶煞一般的人端着盒子枪，朝他们跑着还开着枪，这些人哪见过这个阵势，吓得撒腿就跑。

胆子最大的孙炮，端起枪连瞄准都不敢，朝着天空搂了一枪，也是撒腿就跑，瞬间院子里只剩下了姜孝昌。

张锦祥朝天一个点射，啪啪啪地想抄爆豆，几里外都能听得到。姜孝昌虽然也拿着枪，可是他根本没放过枪，这个时候一紧张也不会使用了。

他吓得浑身直哆嗦，扔掉了枪双手举了起来说："二位好汉有话好说啊，有话好说，枪子儿不长眼，小心别伤了人！"

156

原来先前范毓敏在屋里护理顺子，听到院子里吵闹，她跟顺子说出去看看咋回事儿，顺子点头她就出来了。看到院子里有好几个带枪的人，其中就有姜孝昌。他又看到张家几个女人站在院子里跟姜孝昌掰扯着，而那个见过一两次的姜孝昌豪横得不得了，竟然对老太太动了手，她气得一咬牙一跺脚起身跑了回去。

顺子看见范毓敏翻身回来了，他有气无力地问："小敏，外边咋地了，谁在喊叫啊？"

范毓敏一句话："恁别管了，老实地呆着。"她在一个她认为是秘密的地方，找到了心爱的驳壳枪。

性情刚烈的范毓敏，因前一阵子姜心田带着日本人来张家把顺子打成了重伤，她就对姜家的所作所为恨透了，当时要不是张锦德有话在先，她就可能拿枪跟鬼子干了。

现在看到姜孝昌在张家要横，张狂得到了极点，这让范毓敏起了杀心，她端着驳壳枪，就要对姜孝昌开火了。

张锦祥看到了，他赶紧大声喊道："恁媳妇啊，千万别用枪打他，出了人命乱子就大了。"

范毓敏心里也在衡量，打死了姜孝昌行不行啊，日本鬼子回来给姜孝昌找面子吧！现在听到三叔说别打死他，她就用枪顶着姜孝昌的脑门说："恁个该死一万回的畜生，一点人味也没有了，恁还活着干啥啊！"

姜孝昌可真的吓屁了，一个凶煞神的女人，还有喊叫的男人，咋这么凶狠啊，都拿着枪对着俺，手指头一动，俺可命归阴城了。

他蹲在地下喊着："好汉饶命，俺这就走，绝不再来了，行不？"

张锦祥将范毓敏拉到一边，他摘下狗皮帽子对着姜孝昌说："大昌子，本来俺可以叫恁一声大舅哥，可是恁已经是一个畜生了，人堆里没有恁这一号了，俺也就不把恁当人看待。恁抬起恁的狗眼看看俺是谁，恁自己个儿说今儿个该不该要了你的狗命！"

大嫂他们已经把岳氏老太太抬到屋里去了，也让人去找张锦贤大夫来给来太太看病。姜桂芝没有进屋，她要看着张锦祥怎么处置姜孝昌。

她听到张锦祥要说出来自己的身份，就想要拦阻张锦祥不要暴露，张锦祥一摆手："俺就是想让这个畜生知道，好人是死不了的！"

姜孝昌蹲在那里听着男人说话，似乎声音很熟悉，可他又想不起来是谁，他慢慢地站起身来扭过头来一看，吓得他亡魂皆冒，身子马上筛了糠。

他站起来往后退了几步，挺住了神又仔细看看张锦祥，我的妈呀，这真的就是张老三啊。他是信鬼神的人，心里琢磨着："难道俺在做梦啊，遇到鬼了，老三却实死得冤枉啊，这是找俺索命来了！"

他掐了掐自己的大腿，感觉很疼，他这才确定是真的，那个被他推下山涧的张锦祥，活生生地站在他面前。

姜孝昌指着张锦祥断续地说："恁真的是老三，俺妹夫啊？"

张锦祥呸了一口："姜孝昌，俺坐不更名，站不改性，张锦祥就是俺，俺还活着，活好好的！不过俺不是恁的妹夫，恁的妹子也不会再认你这个大哥，因为恁是畜生不是人了！"

姜孝昌本想再为自己申辩几句，可是一转念，还说啥啊，谁信呐，想到这儿，他倒是不像刚才那么害怕了。

他稳稳神说："张老三恁命大，俺也佩服恁。不过今个你也不能杀了俺，要是俺死在张家大院里，日本人也不会答应，恁们都想想吧。"

姜孝昌说完，迈步就要往外走，张锦祥喝道："姜孝昌恁听着，俺张锦祥回来了，俺敢在恁面前露脸，就说明俺不怕恁一家子依仗日本人，俺就跟恁死磕到底了。恁听好了，打今儿个起，恁家里的人再勾连日本人来俺张家作妖，第二天就要了恁一家命，恁愿意信不信！"

姜孝昌悻悻地往外走去，这时候大门打开了，外边进来好几个男人，姜孝昌一看，原来是成子和张子强、张子禄等人回来了。

张子成早晨去跟何雨来商量如何收拾葛大棒子的事儿，张子强等人也去干活了，都在一个时间回到了家里。

张子成看到门远处站着姜家的几个炮手，他就心里疑惑，进了门看见大舅姜孝昌站在院子里，他爹跟姜孝昌掰扯呢，他问道："爹、娘，咋地了，俺大舅来干啥了？"

张锦祥气呼呼地说："恁这个不是人的大舅，来咱家作妖耍横了，还把恁奶奶打了，恁说他是人不是人！"

张子成一脸严肃指着姜孝昌说："老姜头，恁到底想咋地，恁对张家干的坏事还不够吗？还非得逼迫张家跟恁姜家刀枪相见，拼个恁死俺活才算称了恁的心？恁姜家有日本人做靠山，俺张家有千千万万中国人做依靠，干死你们姜家就像碾死蚂蚁一样，能不相信吗？"

张子成回头对爹、娘说："爹、娘恁回去看看俺奶奶吧，别跟这样的人一般见识。如果以后再有这样的事儿，咱就端了老姜家，他爱信不信！"

张子成回头对姜孝昌喊道："恁快点滚吧，老张家一眼也不想多看恁，滚！"

姜孝昌还想说点啥，想给自己个找找面子。但是看到张家人这个神情，知道再说无益，于是就像霜打的茄子，蔫头奔脑地走了。

姜孝昌回到家里，先是将那些炮手集中起来一顿辱骂，还扣掉了他们两个月的劳金；然后就给姜心儒打电话，汇报了他去张家作妖遇到的事儿。还添油加醋说张家还有好多的枪，就是要抵抗皇军的！他其实就是想请求姜心儒他们跟日本人说，让日本人再来剿灭张家，让他解恨。

姜心儒听完了带着哭腔说："老姜头啊，让我说你啥好啊！咱老姜家跟老张家咋一回事儿，你最清楚了，千万不要得了便宜再卖乖，得饶人处就饶人吧。我告诉你呀，日本人在太平洋上的战争打得不好，屡屡失败，大事不妙了，说不定哪一天就跑回东洋了。老姜家现在把乡亲亲戚全都得罪了，等日本人走了，咱老姜家就一个也活不了，你知道吗？"

哈尔滨往事

157

姜孝昌还想申辩，姜心儒打断他的话说："老爷子，人家老张家够能忍耐的了，要是跟咱们掉一个个儿，你说咱们能够忍耐吗？咱家在明处，人家在暗处，要是对咱家打个黑枪，绑个票，也是咱们防不住地呀。所以你消停点吧，看看老二你就知道了，先死的还不知道是谁呢，懂了吗？"

自打姜心田受了伤，被撸掉了特务队长，姜家的势力就小了不少，姜孝昌自然知道的。现在既然日本人都要挺不住了，老姜家还有啥能耐，算了就算了吧，反正姜家也没吃亏，以后不去张家找茬那就再说。

姜孝昌被姜心儒一顿规劝，才算消停了，可是张家又出了事儿，岳氏老太太病重不行了！

岳氏老太太七十多岁了，身子骨本来就一天不如一天，这一阵子家里还总摊不好的事儿，这也让老太太跟着着急上火，小毛病不断。

从小就刚强的性格，也让她看不惯日本人、汉奸们的做派，何况还有自己家的亲侄子、孙侄子跟着日本人干坏事儿，还波及到了张家。

先是孙子张子成被葛大棒子打坏了，差一点丢了性命，再后来张锦恕做生意上了白显彤父子的当，不但进了监狱，还落了一身伤病；再再后来是大儿子张锦德，也是得罪了那个老鬼子，进了监狱，现在还不知道生死咋地呢。

老太太性格刚强，不愿意服软，也就跟着生气上火，这不又让姜孝昌推搡杵吧一顿，不但身体受到了伤害，自尊心也是遭到了莫大的屈辱。姜孝昌是她的亲侄子，而且张家帮了姜家多少啊，而大昌子不但陷害了老三，还对张家步步紧逼，就连她这个亲姑姑都要受他的窝囊气啊。她怎么能平复心情，怎能不上火，不落病呢。

这一回病倒了，再也没有起得来，睁着眼睛倒气。四个儿子身边只有张锦恕，张锦祥两个，张锦德、张锦辉两个儿子却没在身边，她闭不上眼啊！

张家去道外监狱跟监狱申请，让张锦德回来探望病重的老娘，但是监狱不允许。最后，老太太还是没有等到那两个儿子回来看她，她恋恋不舍地走了，走得是那么凄凉，那么不甘！

出殡那一天，亲朋好友，乡邻来了很多，就连蛤蟆山的当家的也都来了。

张锦恕、张锦祥等人含着悲愤将老娘安葬在张家的坟茔地，刚强了一辈子的岳氏老人，就这样的离开了张家的儿孙，离开了纷乱的人世。

松花江开江了，一米厚的冰层，在春风的浸润下，悄无声息地化开了。张家渔亮子下了张网，打上来好多的鱼，卖得不错，张家也进了不少的钱。

这一天杨建芳来找张子成："成子，俺们后天就要开拔去富锦那边演习了，葛大棒子跟着去，到底还整不整那个老犊子了？"

张子成说："整啊，明晚就去庙台子，上他家里干他，让老杂毛没有丁点的防备。"

"恁们合计好了？那行了，就要替俺们出气报仇了，这个老东西早就该死了，老天爷咋不打雷劈死他呢！"

张子成又说："俺们有两套方案，要是葛大棒子不在家里的话，俺们就再跟踪他，找机会下手。"

傍晚的时候，张子成带着十个人，在屯子东头的柳条通跟何雨来汇合之后，何雨来向张子成说："成子，据侦查人员说，葛大棒子去了太阳岛米尼阿久尔餐厅，听说是几个汉奸给他送行的酒会。"

张子成说："太阳岛那嘎达有很多外国侨民，也有日本人巡逻队，再加上葛大棒子他们带的马弁也不少，下手有难度吧？"

何雨来："咱这就出发，在太阳岛树林子隐藏着，也不可能连续喝几天吧，等到他们吃喝散伙，半路上干他。"

张子成同意何雨来的说法，他们就趁着天色擦黑的时候，朝着太阳岛出发了。

葛大棒子葛勋礼，自打上一次被暗算打掉了一只耳朵之后，他是吓破了胆，无论在家，在训练大队，或是出行去远的地方，都要带着很多的卫兵。

这一次日本人派他去富锦在战场环境下训练预备役，他本来不愿意去，但是日本人下了命令，他只能无奈地遵命。

明个儿就出发了，预备役的人员已经集合在训练大队，一帮狐朋狗友要给他送行，地点选在距离庙台很近的太阳岛上，很有特点的米尼阿久尔餐厅。

做东的人是姜心田，这个被打掉卵子的特务，身体刚好些，他就忘不了阿谀奉承，想出来任何的办法，讨好有权有势的葛大棒子以及其他的特务汉奸。因为自己的特务队长职务被刷下来了，他还想着借助这些人重回有权利的位置。

葛勋礼来了，"白、菜、叶"也来了，还有几个警察署的署长，可谓是高朋满座，人模狗样来了好几个。

哈尔滨往事

158

这些人喝了半宿，到了饭店打烊了，也该各自回家了。白三宝扒着窗户往外看看说："天阴了冷飕飕的，半夜三更，我看葛大哥就在这里住一晚吧，不然就你回家那段路，荒草没棵的，再遇到胡子啥的，悬吊门啊。"

葛大棒子当然害怕再受到袭击暗杀，他要回自己家，走大路就要绕道走，走松浦那边，一个圈子三十里路，到家天亮了；要是走太阳岛后身那段路，荒草没棵，僻静得很，遇到胡子或是反抗人员，那真的说不准。

所以葛勋礼的随从跟店掌柜的一商量，也就给他们准备了床铺，其他人都走了，葛勋礼住在了米尼阿久尔餐厅。

米尼阿久尔咖啡茶食店开办于 1926 年，经理是犹太人 E.A. 卡茨，主要经营莫斯科风味的果子、咖啡等食品和西餐，雇佣的都是中国名厨师，其中有李帮庆，还有著名厨师"四大义"——王洪义、杨洪义、尤洪义、朱凤义，还有摆台高手孟宪廷。对这个西餐馆的档次、定位和特点，1934 年出版的《哈尔滨和奉天》中有这样的记载："吃茶果子店米尼阿久尔，按莫斯科式制果法制出的果子、煮的咖啡，独特的朝食、中餐、夕食，其他各种食料，价格最为低廉。"

米尼阿久尔还在太阳岛开设了一家分号，是一座俄罗斯式全木结构的二层楼，可容纳 200 人同时进餐。主要经营西餐凉菜、热菜和冷饮。当年，那些旅居哈尔滨的外国侨民避暑度假，多喜欢坐在这个江畔餐厅里一边喝着冒着白沫子的乌鲁布列夫斯基生啤酒和梭忌奴牌冰啤酒，一边欣赏在江上的美景，感觉甚是惬意。太阳岛米尼阿久尔西餐厅就是后来的太阳岛餐厅，几乎与太阳岛齐名，它甚至成了太阳岛的一张名片，当年曾被列为太阳岛的三大建筑景观之一。沦陷时期，它也曾经是日本特务机关的一个情报据点，既防范抗日活动，也监控在哈尔滨白俄事务局的动向，因为太阳岛上设有白俄事务局的别墅和活动据点。

太阳岛餐厅（米尼阿久尔餐厅），于二十世纪九十年代失火烧毁了，太阳岛上永远地失去了米尼阿久尔餐厅。

时光进入了新时代，前些年有人在哈尔滨阿城区修建的"伏尔加"庄园里，复制了一座"米尼阿久尔"餐厅，用来怀念过去的岁月与时光。

再说张子成他们，这些人在大坝下面的树林子里藏着，还得派出去侦查人员探听消息。因为是初春，夜里还是很寒冷，但是加上天气不好，在这蹲守半夜的人们，那是又冷又饿，几乎是忍耐不住了，还是不见葛勋礼的车队。

还好有对这里熟悉的人，拿着张子成的钱，去不太远的俄罗斯人开的小卖部买回来大列巴面包，格瓦斯汽水，大家吃点顶饿顶渴。

半夜的时候，侦查的人大部分都回来了，说葛勋礼住在了饭店，其他人都走了。

何雨来看看张子成说："距离这个饭店不远的地方，就是日本人的巡逻地驻地，咱们要是去饭店整葛大棒子，恐怕不行吧。"

张子成骂道："这个王八犊子，看来要整他还得费点劲儿嘞。黑天不行，白天就更不成了，那就暂时将他的狗头寄存他脖子上吧，等到了他该死的时候咱再取。"

何雨来说："那就快点撤吧，免得没打着葛大棒子这条狗，再让日本鬼子这条狼咬着。"

这个时候，最后的两名侦查员跑了回来，他俩气喘嘘嘘地说："报告何队长，俺们在饭店门外听到姜心田说'他要去江北他相好那里去住，给老娘们让个窝，看看老娘们真的找野汉子解刺痒否'。别人劝他不要半夜三更的单独走，他跟那些人喊叫，似乎要去江北妍头家。"

何雨来看看张子成说："天堂有路他不走，地狱无门他来寻，总跟着他，今晚就拿它开荤了！"

他们正说着，一辆日本车从江坝上开了过去，张子成说："过去了，这小子啥时候胆子变大了，敢从后汲家那段荒草甸子走。那里坑坑洼洼，车不捂住就算福天了，走不起来，咱们快点跑就能撵上，走！"

十四五个人立马行动，在太阳岛里的小路上往北追去，下了大坝，就是长满野草的土路，白天开化的泥水，晚上又冻上一层冰，踩在上边一呲一滑很难走。

队员们那里还顾及这些，嘴上不说话，脚下加紧走，一会儿就看见不远的地方有车的灯光了。

原来这个姜心田也是死催的，叶法增刚了他一句："姜老弟今晚要是不回家，恁媳妇就得找野汉子去，要是恁不信，恁就试试别回去。哈哈哈！"

姜心田死要面子活受罪，当下喊道："行，老子今晚就不回去住，看看俺的老婆到底咋样。要是让俺查到他今晚真的找了野汉子，俺就一枪崩了她，让她再也尝不到男人的滋味！"

葛大棒子撇撇嘴没说话，去了饭店给他准备的客房歇着去了。白三宝说："姜心田，你这是何苦呀，半夜三更的不敢回家去找野娘们，怎还不中用，图啥啊。要是有人算计你，那你的小命就彻底玩完了。赶紧从松浦那边回江南家里吧，别把叶大哥逗你玩的笑话当真啊。"

姜心田呢，一边嘟囔着，一边下楼走出饭店大门，站在门外喊着："我姜心田今晚就要单独闯一闯后汲家那条鬼见愁的小路，我的命要是今晚该绝，俺就认了！"

他自己开车来的饭店，因为级别不够了，也没有卫兵跟随，现在他自己一个人开着车，朝着江北开去。

车开到长满荒草的屯子路上，由于白天开化，晚上还上冻，路面全是冰，车轱辘打滑，根本走不快。等到了小河子边上的时候准备涉水过河，车就陷进松软的沙土地里，车轱辘纺线，车打捂了。

姜心田借着酒劲，下了车，用脚踢着车轱辘骂骂咧咧地嘟囔着。仰头看看天色，天空星光闪烁，看样子距离天亮还有两个时辰呢。

夜晚的北风呜呜地吹着，他站在旷野无人的夜晚，冷风嗖嗖，一会儿他的酒劲就冻醒了。他看着漆黑的四下，偶尔传来野狼的哀嚎，冻得都感觉拔凉的心，开始恐惧害怕了，也开始后悔不该一个人来江北了。

也就在这个时候，他感觉身边有人，他慌张地回头张望，真的隐约地看到众多的人将他围住，都拿着枪对着自己。

他慌张地，色厉内荏地喊道："谁呀，你们是人是鬼，围着我干啥，说话啊！"

何雨来走上前来，一伸手将姜心田的手枪抽了出来说："俺们是游击队，是来要你的狗命的，看清了吗！"

姜心田一听是游击队，他脑袋里就飞快地想到了他如何的参与杀害抗联的人士的场面，就像那些抗联的鬼魂向他索命来了！

他双腿一软，扑通一下跪在地下喊着："俺干的事儿，都是日本人逼着干的啊，不是俺的真心啊，请游击队大老爷饶命啊！"

何雨来骂道："到了临死的时候，怎还不认罪，还扯上日本人为怎挡罪，日本鬼子替怎撑腰的时候，怎想啥了！"

这时候过来一个游击队员，拿着一尺长的刺刀，照着姜心田的后心连续三刀。姜心田哀号两声，他就杆屁朝凉了！

这就是：善恶有报，不是不报，时候未到，时候一到，全报！

姜心田是张子成的表哥，张子成看到姜心田死了，心头冒出来一丝凄凉。他走过来看看躺着的姜心田说："恁作的太狠了，早点死了，还能少点罪恶，少点人遭恁的毒手陷害！"

何雨来叫人抬着姜心田的尸体绑上石头，扔到附近的小河里，然后一把火烧了汽车后，就都撤离了。

159

好几天过去了，姜心田的老婆孙翠花发现姜心田没有回家，电话四处打听，都说没看见，四方台的老公公那里也问了，说没有回去，这下子孙翠花急疯了。她跑去道外、南岗警察署报案，见到叶法增等人哭着喊着，让给她找人。

后来叶法增、白三宝他们带人沿着太阳到后面的道路搜索，发现了烧损的汽车，也用军犬找到了姜心田的尸体。

皇军的警察被暗杀了，姜孝昌的儿子没了，孙翠花的丈夫死了，各有各的伤心，各有各的盘算。

老渡边召开了紧急会议，他大发雷霆："诸位，皇军的优秀警察在皇军的卫戍地区被暗杀了，这说明抵抗分子依然存在，而且是很猖狂。我命令，军、警、宪、特提高戒备，派出巡逻队和秘密侦查人员，搜索抵抗分子。一经发现，坚决消灭，绝不姑息！"

姜孝昌呢，儿子死了，自然也是很伤悲。他将姜心田的尸体弄回来，买了一口好棺材，装殓了姜心田。

他让人四处送信儿，让人家来参加姜心田下葬，嘴里还叨咕着："死了也得让他们出钱，死了也不让恁们消停！"

姜心儒阻拦着说："爹呀，老二死了，那些人都顺心呐，恁还让人家来吊唁，人家不情愿啊！"

姜孝昌抹着眼泪说："去，告诉老张家的人，让他们也来，别让他们白看热闹，出点银子看热闹俺也认了！"

姜心儒哭笑不得地说："老张家的张锦德还在监狱呢，都是老二他们鼓捣的，要不张锦德能进监狱吗？这会儿就算了吧，老张家不上门道喜就算烧高香了！"

姜孝昌看着姜心儒说："当时恁不是也说张家要是有狗头金，咱也得想法沾点便宜吗，万一日本人靠不住了，咱好去国外，现在恁咋变卦了？恁个狗犊子害怕了，胆小不得将军做，该干还得干嘞！"

姜心儒听到这句话，他心里冒火大声说："干，干，你就知道干，老二干死了，你还想让我也干死，还有孙男嫡女一个也不剩啊！"

姜孝昌，吴氏、两个儿媳妇以及姜心田的孩子，听到姜心儒这么说，都精神崩溃，坐在地上狼哭鬼叫，乱成一锅粥！

当汉奸卖国求荣，为虎作伥贪图一时的快乐，但是下场都是如此，姜心儒心里明白，但是不敢说出口罢了！

张家当然知道姜心田死了，姜桂芝出于亲情，硬拉着张子成参加了姜心田的下葬，也算给了姜家很足的面子。

三个月过去了，庄稼已经长老高，快要收成了。这段时间张子成他们没有再行动，因为弄死了姜心田，怕敌人报复，暂时停止任何行动。张子成暗自憋着劲，在等着葛大棒子回来，好下手弄死这个汉奸。

一天傍晚，张子成在屋里闲坐，大娘吴慧芬匆匆走进来说："成子啊，俺那屋里有电话找恁，恁快去听听吧。"

前些年老张家在老四张锦辉的撺掇下安装了电话，因为事情少，很少使用。老二张锦恕去海山崴遇到危险，使用过几次，张锦恕不做生意了，也就再很少用了。

现在来了电话，张子成赶紧跳下炕沿，麻溜地往后大娘的屋里跑，拿起电话来，才知道是姜心怡打来的："成子啊，表大爷这几天能回了，你们准备一下，三天你以后来道外警察署接人吧"

张子成高兴地跳起来："太好了，俺大爷身体咋样，没有受到啥酷刑吧？"

姜心怡有些迟疑地说："进了监狱哪有好的呀，没死也算万幸啊。身体回去再调理吧，还是命重要。"

张子成听完心里难受，半晌没说话，姜心怡那边说："我二哥死了，是他自己个儿作到头了；还有一个人也死了，对了，他不是人，是畜生，更是该死的！猜猜他是谁？你应该能猜到的。"

张子成心里迅速地反应，姜心怡这么恨他，难道是葛大棒子？他想到这里认为自己的判断是对的："是葛大棒子吗？他可是早就该死了！"

姜心怡噗嗤一笑："对，就是那个畜生，恨得我牙根痒痒，真的恨不得亲手宰了他！"

张子成虽然猜到了，但是葛大棒子咋死的啊？要是有病，才走三个月，啥病这么快呀，不会吧？

"丫蛋啊，葛大棒子咋死的呀，听着有点玄乎啊？"张子成不太相信姜心怡说的，认为她憎恨葛大棒子，在咒他吧。

"是真的，渡边这边刚接到报告了，正在派人去富锦运尸体呢。听说是葛勋礼手下的被训练的预备役干的，那个人好像叫刘二毛，偷了一把枪打死了葛勋礼。"

"刘二毛？他就是俺们屯的呀！他打死了葛勋礼，那他也活不了吧？"张子成心提了起来，赶紧追着问。

姜心怡说："听说被打死了，到底咋一回事儿，俺这里没有太详细的消息，等等再说吧。大表叔出狱的事儿，千万别忘了，葛大棒子死了，不用咱们操心惦记！"

张子成心事重重走出门来，迎面遇到大娘吴慧芬。他心里惦记着刘二毛的生死，差点忘了告诉大娘大爷出狱的事儿。吴慧芬听说张锦德就要出狱了，高兴得热泪流了下来，去告诉张锦祥和张子禄了。

葛大棒子死了，这是真的。那么这个老汉奸到底是咋死的呢？事情还得从伪满州国预备役到富锦县训练开始说。

为伪满洲国预备役，去富锦那边训练的人数，达到了两千多，近似一个团还多。参与训练的预备役人员，经过这次训练以后，大多数人会加入现役，成为伪满洲国的正式军人。

刘二毛和杨建芳被编入一营一连三排三班，说来也奇怪，他们的连长偏偏就是葛大棒子的小舅子那玉成。

那玉成是满族人，仗着姐夫葛大棒子的威势，在预备役训练大队里也是横行霸道，巧取豪夺。在预备役训练过的人，都知道这小子的吝啬贪财，已经到了无以复加的地步。

这一次那玉成随着训练人员一起来到富锦，在他的心里就是要借着这次训练，给个人捞点好处，至于训练啥样，这不是他关心的。

160

所以他给三个排长下了命令，凡是参加训练的人员，都要拿出诚心孝敬他们的长官，当然了，也就是要孝敬那玉成。

那么这些参加训练的人怎么孝敬这个那连长呢，那就是让他们的家里邮寄钱、物，送给那玉成享用，这就算孝敬长官了。那么要是不孝敬他呢，那对不起了，轻者被严重的体罚——站立、长跑，累死你；严重的几乎天天遭到被惨无人道的毒打，打不死也要褪下去几层皮。甚至在钱、物上孝敬那玉成少的人，惩罚毒打也是家常便饭。

刘二毛、杨建芳的家里都是很贫穷的家境，这里尤以刘二毛家里穷，一家人吃饭穿衣都很紧吧，哪里来的钱、物没完没了的孝敬那玉成啊。

没钱孝敬那玉成，排长报告了那玉成，那玉成就授意排长尹凤君惩罚刘二毛。尹凤君惩罚刘二毛都是简单的体罚，这对刘二毛还算构不成太严重的伤害。可是那玉成知道了不干，他常常来找茬亲自毒打刘二毛，这让刘二毛新伤接着旧伤，身体和心理受到了极大的损害。

这一天训练完了，吃过晚饭，那玉成就像每天必办的事儿一样，说刘二毛坐没坐相，站没站相而抽了刘二毛几个嘴巴，打得刘二毛满嘴角流血。

那玉成走了，刘二毛趴在床上哭泣着，他的内心已经绝望了，想到了拼个一死，来报复那玉成。

他偷着跟杨建芳说："老杨大哥，俺觉得有那玉成这个魔鬼在的话，俺非得被他打死不可，这是早晚的事儿。与其这样被他打死，还不如跟他拼一下，万一得手，临死之前也赚一个够本！"

杨建芳非常的同情刘二毛，而且自己也经常地被毒打，他俩都恨死那个那玉成了。杨建芳说："那咋办呢，人家手里有枪，咱们训练的枪支没有子弹，晚上还要收回去，咋地才能干死那玉成啊？"

刘二毛说："这几天俺观察了，发现咱们尹凤君的枪晚上锁在小柜子里，我会开锁，想办法偷出来一支，找机会干死那玉成。"

杨建芳说："干死那玉成之后呢？咋跑啊？这里咱路不熟悉，外围全都是军队看着，干完了也就是死路一条。"

刘二毛擦着鼻涕眼泪说："俺管不了那么多了，反正都是死，干死一个俺就够本了。明晚俺找机会偷枪，恁给俺望风就行。打死那玉成的事儿，俺一个人干，不用恁掺和，该死该活的，认了！"

刘二毛偷枪还是很顺利。连排级干部训练完之后，枪支也要统一地保管，锁在连部保管室的小柜子里。那天小下雨，临时决定不训练，大小官们都去附近的大馆子（饭店）寻欢作乐去了。

看守保管室的卫兵也难得清闲。两个人弄来烧酒酸菜炖猪肉喝了起来，谁还管什么枪支丢不丢啊。

刘二毛潜入保管室，弄开锁头，拿了一支日本王八盒子，还有二十发子弹，又锁好柜子，然后鸟悄地回到宿舍。

说来也是天公作美，小雨越下越大，连续下了两天也没有训练，所以那些连排长也不晓得自己的枪被偷了。

中午他们吃完饭，都在室内参与身体素质训练，刘二毛训练了一会，说肚子疼，跑去外边的毛楼（便所）蹲坑。他还没蹲完，就听到营房门外有人喊："集合了，集合了，紧急集合！"

刘二毛提上裤子，走出毛楼查看，见到预备役一连的人员都从营房里跑出来列队，似乎有人要训话或是开始训练。

刘二毛赶紧站在队伍里，他心里忐忑不安，怀里拿一把手枪，鼓鼓囊塞的，生怕别人看出来。

这时候营房大门开了，一辆日本车开进来，从车上下来一个人，刘二毛一看，原来是葛大棒子。

有人给葛勋礼打着雨伞，葛勋礼大马靴咯噔咯噔响着来到队伍前，与葛勋礼齐肩的站立的，正是那个那玉成。

葛勋礼站在队伍前边开始训话："你们是我训练出来的人员，绝不允许给我葛勋礼丢人现眼，否则老子觉不客气。弄死了就像埋狗一样埋在富锦，让他的鬼魂都回不了老家。"

那玉成在一边喊着："听到了吗？还用得着葛大队长再重复吗？"

众人哪敢说听不到啊，都使劲喊着："听到了，坚决不给队长丢人现眼，坚决听从葛大队长的命令！"

刘二毛来到富锦之后，很少看到葛勋礼，今天看到了他，刘二毛就联想起来在庙台子那嘎达葛大棒子毒打自己事儿，他对那玉成的怨恨，也转移到了葛勋礼身上一部分。

他看到葛大棒子讲完话要走了，他狠了狠心，从腰里掏出来已经子弹上膛的日本盒子炮，喊了一声："葛勋礼你走不了了！"

他几步蹿了过去，对着葛勋礼的后背连开数枪。因为离得很近，开的枪基本上都打在葛勋礼的后心上，葛勋礼几乎是毫无反应地倒在血泊之中；而说时迟，那时快，刘二毛连开数枪击倒葛勋礼之后，又毫不犹豫地对着那玉成一阵乱射，那玉成也是嚎叫着倒在地上，死了过去。

事情发生得很偶然，在场的人们谁也没有想得到会发生如此惨烈的事儿，众人都蒙眼了，也没有人说要抓凶手；刘二毛打完了就飞快地冲出了营房大门，消失在雨雾之中。

半个小时之后，才有日本人带着宪兵开始搜查抓捕刘二毛，这时候的刘二毛已经跑到了富锦的七星河边上。

他看着滔滔的河水，后边日本人已经追了上来，他对着哈尔滨四方台方向跪下，磕了三个头喊着："爹，娘，毛子不能给恁二老送终了，别埋怨儿子。儿子打死了仇人，报了仇，死了也甘心了！"

说完了，他用枪对着自己个的太阳穴开了一枪，刘二毛就这样结束了自己年轻的生命，他也用自己的生命抗争了日伪汉奸的压榨，彰显出来真正的中国人即使死了，也不愿意忍受奴役的血性与品格！

161

而那个葛大棒子，阴差阳错地结束了他罪恶的一生；那玉成受了重伤，最后没有死，但是也成了残废。

刘二毛用死亡作了激烈的抗争，也让那些用压榨士兵发财的人得到了震慑，让他们有所收敛，局部减轻了对预备役人员的惩罚。

预备役训练结束了，杨建芳被应征入伍了，他回到家里告别的时候，跟张子成讲述了刘二毛的经历。张子成痛心不已，想到刘二毛的父母年迈，媳妇和三个孩子无依无靠，他经常地给刘二毛家里送去了钱、物，让他们维持起码的生计。

一九四五年快过年的时候，大难不死的张锦德回家了。家里人都在庆幸张锦德福大命大造化大，可在看到张锦德的时候，众人几乎惊愕地不认识张锦德了，他头发胡子遮住了脸，浑身衣服破烂脏分分的没了人样；受到了严重刑罚的身体，虚弱得更是像熟透了瓜果，一碰就要碎烂掉了。

这一次进监狱，真的让张锦德怀疑人生了。在闯关东的人群里，他们老张家算是成功的一家，为此他们几代人都为此而自豪不已。

到了张锦德这一代，祖宗积累的家业，没有在他的手上没落，还有了一些进步，这也让他到了知天命的年纪，有了满足的成就感。

可是自打日本人来了，尤其是这几年，老张家就再也没有感觉到舒心，再也没有感觉到做中国人那一种自豪了。一件一件的迫害，一次次的屈辱，绝不是有几百垧土地，有多少牛羊骡马能够抵消的。

张家的土地让姜孝昌霸占了几十垧，张家的商行被白家父子弄得一败涂地；张子成被葛大棒子毒打差点死了，张锦恕被诬陷蹲了监狱，也差一点死在监狱；张子顺被打成重伤，自己也被莫名其妙的罪名抓进监狱关了小半年，严刑拷打之下，差一点没死在监狱。

而这一切一切的遭遇，却是没有任何地方可以申诉，即使法院判了胜诉的官司，人家不执行，还将自己关进监狱，这个世道真就是魔鬼当道，没有老百姓的活路了！

他在监狱里，忍受着酷刑给他带来的伤痛，内心里也在努力地思考着这一切都为了什么。最后他得出了结论，原因就是日本鬼子侵略了中国，它们用强权剥夺了中国人的一切合法的权利。日本鬼子就是造成今天自己和亲人遭罪受苦的祸源，也只有赶走日本鬼子，老百姓才会有平安的生活。

他回到家里之后，知道了母亲也因为跟姜孝昌争执，厮打上火引起来老病去世了。他悲痛欲绝，作为家里的长子，不能守在母亲膝下尽孝，不能给母亲送终，这是他的不孝，是他的耻辱，更是埋在他心里不能原谅自己的一块硬伤。

张家人为了张锦德尽快地恢复身体，找来几个大夫给张锦德治病，也把家里的上好的人参拿出来给张锦德补身子。有三四个月过去了，张锦德的身体才逐渐地恢复起来。

张锦德在治疗身体的三四个月里，依旧在思考着自己个儿该做点啥能为抗日救国多添点力量。他想到了自己的家产，有几百垧土地，也不能为抗日做点实事儿，每年却要给日本人种粮食，好像自己也是日伪的帮凶了，家产也就失去了意义。能否把家产腾出来一大部分，用来资助抗日的队伍，这是他辗转反侧考虑好久的事儿。

这天二弟张锦恕带着媳妇来看大哥、大嫂，还给大哥大嫂带来了他俩愿意吃的秋林大列巴和红肠。

哈尔滨秋林大列巴是秋林食品厂专门打制的，它是秋林公司的创始人、俄罗斯商人伊万·亚阔洛维奇·秋林引进的前店后厂的模式生产的，这大面包一烤就烤了一百多年，在这食品内容丰富多彩的今天，秋林"大列巴"依然以每天一百六十个的限量生产，一直都是供应不暇，可见它所受欢迎的程度，在哈尔滨经常见到排队购物就是"里道斯"红肠和这"大列巴"。很喜欢"大列巴"的包装，以前是白屈布的口袋，现在是无纺布上印着俄罗斯风情的花纹图案，简单朴素中透着别样的风情。近年又有了盒式精制包装，略显豪华却不敌布衣的纯正有味。拎在手里沉甸甸的，所以一般从哈尔滨带这特产礼物送人可是礼重情义更重的。

张锦德看着桌上的大列巴和红肠，可谓是见物思人，不免又伤心起来。母亲在世的时候，最喜欢吃秋林大列巴和红肠，以及道外的老鼎丰点心和正阳楼的熏小肚。无论是张锦恕回来还是张锦德去市里，都要给母亲买回来一些，让他老人家品尝美味。

现在大列巴买和回来了，母亲却不在了，睹物思人，这让张锦德看着硕大的大列巴半晌沉默不语。

张锦恕看出来大哥的心事儿，在一边劝解道："大哥，咱老娘七十多岁走的，也算高寿了，赶上这个世道，咱做儿女的也是无能为力，别想了。"

吃过饭喝茶的时候，张锦恕犹犹豫豫地说："大哥，咱们信点啥吧，可能信点啥灾祸就不缠身了。"

张锦德看着二弟想说不想说的样子，他却干脆地说："老二怎想说啥就直说呗，咋还学的吞吞吐吐的让俺跟着难受。"

张慧君接上说："大哥、大嫂还是我来说吧。前些日子一个传教士去了俺家，也是原来认识的人，他去规劝我们入教，就是东正教。"

张锦德不甚明白，他嘟囔着："啥是东什么教，是洋教吧，俺一窍不通，怎俩仔细说说。"

张慧君笑着说："大哥，东正教就像咱们的佛教那样，佛教尊崇释迦牟尼，而东正教信奉耶稣。俺也一下子说不明白，您有兴趣可以请传教士来家里亲自跟你讲解。"

"啊。"张锦德似乎是明白了，他拍着脑袋说："俺听说过，也在那什么龙脊龙背大直街的'圣·尼古拉大教堂'门前走过，好像进出的人很多，信众不少吧。"

哈尔滨圣·尼古拉教堂，在二十世纪第一年完成的这座代表性建筑，无疑是独具俄罗斯风格、庄重典雅的宗教建筑精品。令人痛惜的是，在二十世纪六十年代"文化大革命"中，被砸毁了，至今还有人手执"老照片"，在哈尔滨红博广场寻觅昔日的繁华，圣·尼古拉大教堂默诵着尼古拉教堂的挽歌。

张锦恕听到大哥没有说反对入教，他似乎是饶有兴趣地说："听传教士说，加入教会之后，不但耶稣基督会照顾咱，就连美国和俄国人都会照顾咱们呐，大哥咱们都入教吧。"

哪里知道张锦德却是摇摇头说："二弟、二弟妹呀，信啥，俺看就是信良心就好，别的都是不可信！咱老张家百十来年信奉良心，日子不是过得挺好吗？小日本来了，咱们就过得不好了，恁夫妇想一下，俺说的不对吗？再远了俺不知道，就在咱东北这嘎达，啥事儿不是日本鬼子说了算呢？不管你信啥，都是白扯，俺说啊，不打走小日本，不消灭汉奸特务，咱们永远不会好，不信恁就看着。"

张锦恕听出来大哥是不愿意入教，他讪不搭地说："我想咱家里糟了这么多的难，恐怕都是老张家人不信啥造成的吧。所以也觉得传教士说得对，信奉基督耶稣才能得到庇佑。要是大哥不想加入，俺们回去也好好想一想再说，都不要勉强自己个儿。"

张锦恕两口子没有劝动大哥，他俩走了，回家里自己个反思去了。张锦德虽然没有答应入教，但是他心里却是有了一个新的想法。

一天晚上黑透了的时候，张锦德家里刚要吃饭，赶上蛤蟆山的张锦松带着徐仁侠等人来看张锦德。张锦松跟张锦德说："大哥俺们偷着来恁家混饭吃了，大白天的也不敢来呀，哈哈，整点小酒招待俺们吧。"

张锦德准备了一桌酒菜，又找来了老三和张锦贤等人，打算好好地跟他们喝一顿。倒满了酒，张锦德端起来还没喝呢，他心里就感觉堵得慌，双眼落泪，失声痛哭起来。

张锦松不解地问道："大哥咋哭了呢？出了监狱，大难解脱，俺们来跟着吃个喜儿，热闹一下，咋还悲伤呢？"

张锦贤似乎能够理解张锦德，他说："锦德心里还是有事儿不能释怀吧，憋在心里堵得慌，哭出来也好，想哭就哭吧。"

张锦德一抬手把一杯白酒干了下去，擦擦眼泪还有点抽泣地说："锦贤大哥，锦松、锦祥兄弟，想咱们老张家的老太爷、老太奶闯关东到如今已经一百多年了。咱老张家人起五更爬半夜，风里雨里换来了张家的大家业，也算为山东人争了光，给闯关东的人干出了样儿！虽然俺们树大分枝，分家另过，但是在俺这里还是保住了祖宗的家业，没有给祖宗丢人现眼吧，哥哥、弟们恁说说。"

坐在一边的几个人，张锦松、李老猫、岳刚子、张锦祥、张锦贤、张子成、张子禄等人都看着张锦德点着头。

张锦德倒上了酒，他又一仰脖干了，然后说："可是自打这王八蛋的小日本鬼子来了，汉奸特务来了，咱们老张家也好，咱们哈尔滨的父老乡亲的好日子就没了！就没了！对吧，好日子没了！"

张锦德将酒杯咣当一声蹲在桌子上，眼泪又唰唰地流了下来，大伙才知道张锦德说要啥，他是在恨日本鬼子呀，恨得牙根疼，恨得五脏六腑都疼！

几个人看着张锦德这么激动，多数人插不上话，张锦贤想想说："老大越活越活明白了，看到了，也感觉到了不把日本人撵回东洋去，那就别说是老张、哈尔滨，就是全中国的老百姓，也不会有好日子啊，大伙说对吧。"

张锦松站起来说："大哥说的对，不把小日本鬼子赶出去，咱们别想有好日子。"

李老猫拍拍腰间的枪说："俺早就说跟抗联一起打鬼子，俺二哥不同意，大哥也是模棱两可的，耽误了好机会吧？"

162

张锦松有点不好意思地说："老猫说得对啊，第一俺老想自己个儿没枪没炮的，抗联瞧不起俺们啊。第二俺们是胡子、土匪，兵匪不能同炉，就怕到头来没让鬼子打死，却让中国人给咱收拾了，对不起弟兄们啊。"

岳刚子在一边也不喝酒，一个人时不时地抹着眼泪，他听到张锦松说抗日，他站起来说："俺说啥好呢。都知道俺是一个吃喝嫖赌的土匪，没干过啥露脸的事，窝囊饭桶一个，就连俺大姑被姜孝昌气死，俺都没来给她老人家磕一个头。这一回俺想好了，不就是一个死吗？俺豁出去了，跟日本人、姜孝昌干到底！大当家的，三当家的，要是看得起俺岳刚子，就给俺枪，给俺几个人，哪天俺就端了姜家那个响窑，为大姑报仇雪恨！"

李老猫瞪着眼说："大哥俺跟刚子一起干，只要俺二哥那疙瘩不横把竖挡着，准备停当咱就干！"

张锦松看到刚子跟老三都发话了，他表态说："恁赵二哥也是舍不得咱们蛤蟆山这几年积攒的家底儿啊，折腾光了，弟兄们吃啥喝啥。不过回去俺劝劝赵二哥，还是得出些人马干几票。"

张锦贤看到刚子跟李老猫都很激动，他说道："眼下听说小日本在太平洋被美国人打得很惨，节节败退，所以俺们也应该联合起来一起找机会跟他们干。但是咱们人少，武装差，还是得小心不要盲目行动。有选择重点打击罪大恶极的特务汉奸，才符合俺们的现状。"

张锦德摆摆手说："刚才俺都是自己喝酒了，也没让大伙喝酒，这一回咱们一起整一个。"

张子禄赶紧给大伙倒上酒，然后看着张锦德。张锦德跟大伙一起干了一杯之后放下酒杯说："俺有个想法，说出来大伙看看行不行，不过俺已经下了决心，非要这么干不可了。恁们也别劝俺，就让俺做一回败家子儿，也甘愿让祖宗在地下有灵骂俺是不肖子孙了！"

大伙看着张锦德激动的神情，还有说出来的话让他们越来越听不懂了。张锦贤摆手接住张锦德的话茬说："老大恁心里到底有啥想的，就一股脑倒出来吧，也不要先责怪自己个儿啊。"

张子禄看看老爹神情忧郁的样子说："爹你有啥想法就说吧，俺这个当儿子的一定支持你的决定！"

张锦德看看张子禄，又看看张锦祥说："那俺就说了，恁们不愿意的话，恁就说，也不要拘着面子给俺脸。俺打算把俺家的三百二十垧土地，留下二十垧，余下的全部卖掉。"

大伙听到张锦德说要卖掉三百垧土地，这些人有点蒙，张锦祥看着大哥的脸说："大哥恁说全部卖了咱家的土地，那恁到底咋想的，都说出来吧，俺这个当弟弟的不会有半个不字儿。"

张子成也激动地说："大爷，俺们都信任恁，相信您是想好了才决定的。无论张家日后遇到啥危难，咱都一条心，是吧大爷！"

张锦德点点头变得平静了，他说："俺是这样想想的，三百垧土地打的粮食是不少，但是除去给日本鬼子的公粮，也就所剩不多了。而且日本人几乎不给咱钱，咱们就是白给他种地打粮食，让他吃饱了再打咱中国人，这不是自己个也像汉奸一样作孽吗？所以俺就想，既然俺们老张家种地打粮食全都给了日本鬼子，这是帮着日本鬼子打咱自己个儿了那还不如不种那么些地了。现如今咱们的抗联也好，游击队也罢，还没有资金买枪、买炮、买药，还不如卖了将这些土地换成钱，给抗联买武器打鬼子呢，恁大伙说对吗？"

大伙一听都瞪着眼睛相互看，张锦贤说："老大恁的想法挺好，可是千万不能高调，不能张扬啊，要是日本鬼子和那些狗汉奸知道了，老张家上下几十口子，那可就要遭殃了！"

张子成大声地说："俺大爷这个决定太好了，捐钱抗日，为早日打败日本鬼子出力，就这样干了！"

张锦德说："锦贤大哥说的对，俺不会张扬这件事儿。要说日本鬼子可恨，狗汉奸更可恨，要不是狗汉奸撺掇带着来俺家，俺娘能含恨而死吗？姜孝昌、姜心田、白三宝那些狗犊子，都不得好死，都得干死他们才解恨！"

这个时候老三张锦祥说话了："大哥，恁是一家之主，家里的大小事儿，都是恁做主俺都听恁的。三弟有点疑惑，三百垧土地恁要是着急卖，要买的人就会压价吧，那得赔上多少钱啊？还有啊，土地都卖了，日后咱家上下二十几口子人吃啥喝啥，咋活着呢？"

"老三问的没错，着急卖价格就会低，不过也管不了那么多了，大哥心意已决，就这么办了。三百二十垧土地，咱们不全卖它，留下十几垧，每个房山头按男丁算各分两垧。正常的年景也够吃喝穿戴了。卖了土地得钱，再分给每个房山头一些，再说在还有渔亮子，酒坊呢，张家也饿不着。"

张锦德回头对着张锦贤说："大哥，俺卖完地，钱就交给恁了，再由大哥转给游击队管事儿的，俺就信得着恁了。俺琢磨了好几个晚上，靠谁保佑也不如靠自己个儿，还得靠共产党打鬼子打狗汉奸啊！"

张锦贤握着张锦德的手说："老大啊，俺替共产党、游击队谢谢恁了！恁也放心，这钱俺会如数地交给负责人，绝不会有任何私心杂念。还有啊，今晚知道这个事儿人，都要嘴严实，不能泄露风声，免得张家遭殃。"

第二天，张锦德就写了一下卖地贴子，让老冯他们江南江北各个屯子张贴，张锦德由张子成陪着去了姜孝昌的家，他要跟姜孝昌整上几句消消心里的怨气儿。

姜孝昌这些日子也只走了背字儿，倒霉的事儿也在跟着他不离开。

小儿子姜心田被打死了，这让他伤心之外，还有了一种感觉，那就是今后仗着日本人的靠山慢慢地变弱了，甚至变没了。

因为在姜心田下葬的时候，他就感觉到了，十里八村的来的人，较往常来得少多了，送的礼金也差多了。这让他感觉到，有权有势的人死了，人家还巴结你嘎哈，都变黄花鱼，溜边躲着俺了。

163

他窝在家里不出门，琢磨着以后的道儿咋走。老婆吴氏看到当家的愁眉苦脸，知道是想儿子，但是不知道姜孝昌心里的盘算。

她安慰姜孝昌："当家的，也别太伤心了，心田没了，咋整呢？也不能跟着老二去，再说还有心儒、心怡嘞。咱家里还有那么多的土地，打下的粮食够吃够穿，不犯啥愁肠，屯里人也不能矮看俺们熊（欺负）俺们吧。"

姜孝昌看着吴氏喊道："恁个老娘们知道个球。屯子里的人敢矮看咱姜家，敢熊咱们姜家，错翻了眼皮！甭说老大还给日本人当翻译，就咱家有二百多垧土地，打下的粮食堆成小山压死个人，还敢欺负俺家，土了卡开屁股，没门！"

他拿过来水烟袋点上咕噜咕噜地抽上几口说："就算日本人走了，换了政府，咱家有土地，能交公粮，哪个政府不高看一眼，老姜家还是方台子的大户，怕个啥嘞。倒是那个东头老张家，老大、老二接流的蹲大狱，家业伤了筋骨，就要老母牛掉崽——完犊子了！"

说完了又拿起来水烟袋使劲儿地抽着，吴氏不太敢插话，但是她觉得姜孝昌说得有点不信服："人都说瘦死骆驼比马大嘞。老张家家大业大，蹲监狱遭点小钱，咋能伤筋动骨呢。人家可有三百多垧土地，比俺家多不少呢，还是四方台子头等大户啊。"

姜孝昌撇着嘴咳嗽一声说："要说恁老娘们就会养活孩子做点饭菜，别的啥也不懂还不服气。打官司蹲大狱，要是花几个小钱就能囫囵个走出笆篱子，那靠笆篱子发财的人不得饿死了？老二说过，他家那钱花的老鼻子了，张家早就掏空了，眼下就是瘦驴拉硬屎，强撑着呢。俺看说不定哪一天就要卖房子卖地过日子了，不信恁就等着看，看俺姜大昌子有没有三把神沙子敢倒反西岐！"

你还别说，姜孝昌的话真的就应验了。这一天孙炮进来说："老张家的老大来了，他说要见老爷，您看见不见呢？"

姜孝昌抽着水烟袋摇头晃脑地说："俺老姜家高墙大院，几十个看家护院的炮手，恁张锦德不是想进来就能进来的吧，哈哈。去，告诉老灯台，有啥事儿站在大门外等着，俺去大门口跟老家伙扯几句。"

张锦德确实来了，他来是想让姜孝昌买张家的土地，因为十里八村的人，很少有人出得起很多钱买三百垧土地。

姜孝昌站在大门里面，张锦德站在大门外边，门口还有好几个炮手拿着枪对着张锦德，生怕张锦德做出来伤害姜孝昌的举动。

张锦德站大门口，双手弹弹身上的裤卦说："俺身上一根草刺都没有，大昌子恁不用害怕。"

姜孝昌穿得溜光水滑，眯着眼，抽着水烟袋不屑地说："俺姜孝昌怕恁个老棺材瓢子？笑话啊，恁老张家到了啥火候还在吹牛！下辈子回回炉再跟老姜家挣个高低吧，这辈子就死心塌地吧。"

张锦德神情显得无奈叹了一口气说："俺老张家败了，底掉的败了，败的吃饭穿衣都没银子了。俺知道姜家如今财大气粗，老鼻子钱了，俺老张家要卖地了，看在亲戚的面子上，姜家可以优先买。俺今个儿来就是亲自传个话给恁，买不买在恁，俺走了。"

"嗨嗨，咋说了，俺姜孝昌敢比刘伯温了呀，算计张家要卖房子卖地过日子了，这真是三伏天想吃冰，这就下雹子啊！俺买啊，俺得压价买，货到地头死，俺得整个好价钱嘞。"

姜孝昌想得心里高兴，嘴上搂着兴奋说："张家穷的卖地了？前些天还找俺要恁家的土地呢，咋地了，怂包蛋了吧，不敢要了，哈哈。算恁还懂得个么三四六，要是再不知道甜酸，老命就没了。俺知道，恁家的土地，好地也没有几垧嘞，俺可不想买孬地。不过价格合算的话，俺也可以照顾亲戚一面，少买点，嘿嘿。"

张锦德说："不是俺不要了，是要不回来呀，恁姜家有小鬼子撑腰打气，俺平头百姓就忍了！不管咋地，褒贬是买主，好地坏地恁知道，俺张家的土地都是十里八村最好的，打粮食是最多的，俺也不想再夸啥了。至于价格吗，俺家着急用钱，就按着市面上的价钱低上两成，再低就不谈了。"

姜孝昌心里自然明白，张家的土地都是肥厚的好土地，跟姜家的比要好得多。可是恁咋张家落魄了，着急用钱了，那就得使劲地压啊。他掐着指头算了算："张家江北有一百二十多垧土地，七成的价格，俺买一百垧。江南四方台这块有二百俺也都要了。恁要卖就找中人量地写文书，不行呢，那就算了，张家有地，俺姜家有钱，谁也不吃亏上当。"

张锦德站在那里想了一会说："行啊，落沛的凤凰不如鸡，谁让俺穷坏了。恁找保长，再找一个中人，拿着结绳去量地吧，写了完文书交钱，概不赊账。"

事情办得很顺利，江南、江北三百垧土地，都卖给了姜孝昌。张家剩下二十垧土地，也被张锦德分给了张家个个房山头名下。

张锦祥家，算两个儿子一孙子，分到四份，一份两垧，共计八垧；张锦德自加儿子张子禄加一个孙子分了六垧土地，因为张子富没了音讯，所以不算；张锦恕现在不种地了，分给钱款，不给土地；张子顺有儿子分四垧；余下的两垧分给了女儿娟子。

过了秋天收割完以后，张锦德把土地全部移交给了姜孝昌，地契也给了姜家，姜孝昌就立马超过张家，是哈尔滨西郊远近闻名的大地主了！

164

土地在秋收完毕之后，都陆续地卖了出去，得到的钱财聚集在张锦德手里，他在考虑如何处理这些钱财。

给张家干活的人自然也裁减了不少，老冯头去了酒坊干零活，老朱和厨师黄师傅也给了补偿辞掉了。至此张家各个房山头自己做饭吃，算是分家了。

之后他带着张锦祥去了市里张锦恕家里，三个人商量的结果是：张家还有渔亮子、酒坊，生活没问题；各个房山头再留下一小部分，五年不干活不种地也没问题；余下的全部捐给游击队，即使被日本人知道了，或死或活不后悔！

张锦德跟张子成找到张锦贤，张锦贤带着张锦德和张子成去道外五道街见了地下党负责人，捐了这些款项，还有张家地窖里的枪支，也全都捐出了。

捐完了款，张锦德如些重负。他带着全家去给父亲、母亲上了坟，他跪在坟前痛哭一场，直哭得老泪横流，自责多遍。张锦恕、张锦祥还有孙子辈的，都磕头祷告，祷告父母地下有灵，护佑张家子孙！

岳刚子趴在岳氏坟前哭得死去活来，众人劝解之下，他收住了哭声。他站起来之后对着张锦德等人说："俺大姑的死，都是那个姜大昌子害的，怹们不敢出面报仇，俺一个人去，俺不亲手剁了那个畜生，俺就不姓岳！"

扔下这儿一句话，岳刚子撒腿就走，谁想拦住他那是不可能的。张锦德跟张子成说："成子赶紧跟着他，别让他干出来悬乎的事儿，连累张家跟岳家。"

岳刚子气呼呼地跑回了蛤蟆山，一进大厅他就喊着："大姐夫啊，俺要给俺大姑报仇雪恨，给俺几十个兄弟跟俺下山，去灭了方台子的姜孝昌！"

张锦松正跟赵纯修、李老猫等人在一起说话，看到岳刚子风风火火跑进来，嘴里嘟嘟囔囔地喊叫着。他对刚子说："恁咋咋呼呼喊啥嘞，快五十岁的人了，咋还这么毛毛愣愣没个稳当劲儿。"

岳刚子屁股往凳上扑通坐下，朝着张锦松埋怨道："就恁们大哥三个稳当，看着俺大姑被那姜孝昌气死，因为没瓜葛，也就不着急上火！可俺不行啊，不给俺派人俺就自己个去，就算死了俺也得报这个仇。"

赵纯修眯缝眼睛，使劲抽着旱烟袋，烟袋锅子里燃烧的旱烟虽然快抽完了，但是依旧吱吱冒着红火和白烟。听着岳刚子嘟囔完了，他将烟袋在鞋后跟上磕了磕，然后又装上新汉烟点上。等到他把烟袋里的旱烟火苗嘬大了，这才停下抽烟，开始说话："俺说恁这个人是傻蛋还是二虎吧唧嘞。想当初要不是蛤蟆山跟老张家舍命救恁，眼下恁恐怕骨头渣子都烂没了。来了蛤蟆山，山上供恁好吃吃好喝，给恁看病治伤，仁义尽致啊。可恁呢？寸功未立，却是总是嘴上没有把门的，埋怨这儿，埋怨那儿，俺们这些当家的大哥，就都没你仗义，没你有能耐，是呗？"

赵纯修说到这里，眼里显出来严厉的神情，他使劲儿抽了一口烟接上说："恁今儿个要报仇，明个儿要灭了老姜家，恁哪来的章程？哪里来的实力呀？咱早就都知道，老姜家不但自己家里有四五十杆长枪，几挺歪把子机枪，背后还有日本人、警察特务啊。俺们蛤蟆山的几十杆破枪，跟烧火棍差不多，用啥去抗日，被他打死了，谁给苦主养家的钱？蛤蟆山百十来号弟兄也有家有口，拿着鸡蛋碰石头的事儿，吃亏上当的事儿俺们不能干，对吧大当家的？"

张锦松坐在一旁听着，当赵纯修说完询问自己的时候，他搭上话茬说："刚子啊，俺们蛤蟆山实力确实有限，前些日子咱们也帮着老张家整治白显彤了，这个抗日的事儿，也算尽力了。张家给了蛤蟆山七八杆枪，虽然他们尽力了，但咱们的实力并没有明显壮大，是吧？至于整治老姜家，那也得有时机，也不是像小孩子过家家那么容易，一拍脑袋就干啊！恁赵二哥说得对，咱们辛辛苦苦积攒的家底，可不能稀里糊涂地就糟蹋了。俺赞成二当家的说法，报仇的事儿，还是往后拖拖吧。"

岳刚子听到两个当家的都这么说，他生气了。忽的一下子站起来嘴里不干不净地说："原来是嫌乎俺吃在蛤蟆山，睡在蛤蟆山，没给蛤蟆山送礼啊！既然嫌乎老子，此处不养爷，自有留爷处，俺走了！"

岳刚子一跺脚，抬腿就要走，李老猫看不过眼伸手按住岳刚子说："兄弟恁先别走，俺再跟两位当家的商量商量。"

他回头说："大哥、二哥，俺看这样行不行，俺带着我那个十几个弟兄跟刚子下山走一趟，快去快回，中吗？"

张锦松看看李老猫说："哪个是你的弟兄，哪个又是俺跟恁二哥的弟兄？入了蛤蟆山，那就都是蛤蟆山的人，绝不可以分成帮派。要是扫帚顶门，分了多少叉，那样不乱套了吗？老三你说的就是胡扯八拉，不行！"

李老猫一听也炸庙了，他跺着脚喊着："俺可没说跟俺入伙的几个弟兄就是俺的人啊！俺看刚子兄弟报仇心切，想帮他一把，又不想给蛤蟆山带了祸端，才想起来带几个人下山。俺可没想跟大哥、二哥分心，老猫的忠心不二，老天看着呢！"

赵纯修想了想说："这样吧，刚子是咱大哥的实在亲戚，又是为了大姑报仇，情有可原啊。大哥您看就让老三带十个人下山一趟，对老姜家点到为止，别搞的大吃了，让日本人、水子（官兵）盯上咱蛤蟆山就行。"

张锦松碍于赵纯修的面子，不能主动答应刚子的请求，现在赵纯修给了人情，张锦松摆摆手说："老三恁下山可得搂着点干，别打不着狐狸惹来一腔眼儿子骚，让日本鬼子和狗子包圆了蛤蟆山，蛤蟆山可就窑变了（危险）！"

165

李老猫听到两位大哥同意了，他一抱拳说："两位哥哥，恁就瞧好吧，一定掌握火候，说不定还能给咱蛤蟆山带来项子老头（钱财）呢，大哥俺走了。"说完就搂着刚子跑出了大厅，开始准备去了。

张子成在徐仁侠那里知道了刚了叔跟李老猫要去找姜孝昌寻仇，但是知道他们实力又不够，生怕他们摊上危险，张子成赶紧去找张锦贤商量。

张锦贤跟张子成分析了国际国内形势："欧洲战场，苏联已经开始全面反攻，已经打到了德国本土；盟军正第二战法国诺曼底登陆，所以德国法西斯灭亡的日子不远了；再有亚洲战场，美国军队已经在太平洋上取得了全面优势，现在已经开始轰炸日本本土；在中国，全面抗战也取得不俗的战绩，中国军民拖住了日本人几百万部队，让他们不能用全部兵力跟盟军战斗。所以日本人现在是节节败退，乐观地说，一九四五年年底，日本人战败的可能性是存在的。"

张子成听了极其兴奋，他乐呵呵地问张锦贤："大爷，形势这么好，咱们该干点啥啊，总不能坐享其成吧？"

"眼下咱们还得忍耐，日本人在哈尔滨以及整个东北，毕竟还有几十万部队，就凭咱们那几十人的游击队，那是万万打不赢的啊。先前咱们说的寻找日本人的军火库，确定位置，掌握细节，为了全面反攻那一天做准备。而现在我们掌握的信息并不多，所以还要加大力度，尽快找到日伪军军火库的位置图纸，这样才能有把握为反攻后提供最大的帮助。所以呢？我对刚子他们为了个人去寻仇，惹来日伪军的报复，不赞成，不支持。"

张子成想了想说："那俺劝劝刚子叔他们咋样？还有俺姜家表妹在日本人那里做事儿，俺哪天电话约她见一面，打听一下行不行？"

张锦贤思索一下说："姜家姑娘在日本人那边干事儿，当然可能知道些情况吧，要是她肯帮咱们，那可就太好了。不过这个事儿是危险的事儿，她肯不肯帮咱，能不能出卖咱们，这事儿可得小心啊！"

"我去透透风吧，如果觉得不可行，也就算了，咱们另想办法行吧？"

两个人商量完毕，张锦贤去了哈尔滨市内，找上级商量事情，张子成则去找徐仁侠劝解或是阻止岳刚子他们的行动。

张子成见到徐仁侠，徐仁侠着急地说："刚子叔跟老猫叔根本不听劝阻，昨晚上就带人下山去了，现在也不知道在哪里呀，没有办法找到他们。"

张子成没办法，他回家给姜心怡打过电话，告诉家里一声，就去市里找姜心怡了。

德国人在军事上一败涂地，日本人战事也是如此，战争的形势逐渐明朗化，日本人自己知道，汉奸特务知道，姜心怡，陈树彬他们当然也知道。

一天陈树彬约了姜心怡来家里吃饭，饭桌上他们无话不谈。陈树彬试探性地询问："子怡，听说日本人太平洋上战事儿吃紧，美国人的轰炸机都去日本京都扔炸弹了。"

姜心怡心事重重地说："是啊，最近我看渡边司令官总之莫名的发脾气，吓得身边的人大气不敢哈。还听说警察厅的，警察署的人，还有市政府的人，都在开始想后路了。可是后路在哪里，陈大哥我也是迷茫了呀。"

陈树彬似乎是胸有成竹，他不紧不慢地吃着饭，咽下去后停住筷子说："像咱们这样的人，一旦日本人走了，无论中国人哪个党派掌权，咱们都是汉奸，都得受到处罚或是严惩。所以呢，早点盘算自己的后路，确实应该提上日程啊。"

姜心怡放下红酒酒杯看着陈树彬说："陈大哥，我也不懂这些，稀里糊涂的上了什么日露学校，又去了渡边那里当差，现在看起来是大错特错了。陈大哥你有什么好的退路，一定要帮我指条路啊，可别扔下我你自己跑了。"

　　陈树彬说："咱们的事儿说小呢，那咱们都是混饭吃，养家糊口的差事，也没做过什么伤天害理的事儿，未来当权的也可能给个出路；往大了说呢，像你吧，虽然没做过啥罪大恶极的事儿，但是毕竟是特务，属于从重处罚的范围。而我呢，属于警察里的小官官，也要比一般的警察罪过大，明白了吗？"

　　姜心怡烦心地说："陈大哥，你就说到底咋办啊，我现在是上天无路，入地无门了，全都听你的安排。"

　　"我是说啊，反正我们要受到惩罚，那还不如现在就找个靠山，有奶就是娘。真的到了那一天，咱们就撒丫子走人，给收留咱们的人干事儿呗。"

　　"有奶就是娘？陈大哥以前你可不这样说，这也不是你的做事风格啊。再说谁能收留咱们啊？我可不晓得，陈大哥说得明白些最好。"

　　陈树彬笑了笑说："你这个丫头爱较真。我说的有奶就是娘，意思是哪个政府能够帮助我们，我们就跟哪个政府干。我的朋友跟我探讨过，我也赞成的他的建议，具体的是这样的。"

　　陈树彬探过头来低声说："我已经提前谋划了，只是在等待时机。"他将头几乎贴在了姜心怡的耳朵上嘀咕了一阵，只听得姜心怡神色惊诧。

　　"陈大哥，按着你说的能行吗？我是日本人的特务，你是伪满警察啊，还敢期望受到重用？"

　　"哈哈，听我的没错。心怡你还记得你给我的那个东西吗？那就是咱们的宝贝啊，给了谁都得高看咱们一眼的。"

　　姜心怡欲言又止，她想到了曾经给过陈树彬一份图纸，上边标注着日本人在黑龙江全部的地下军火仓库的详细位置图。她有些后悔，既然那么重要的东西，咋就轻易地给他了，要是在自己手里，那不更好吗？

166

　　陈树彬走到房门边，轻轻推开房门往外看看，然后关好

门走回来，脸上带着兴奋说："到时候我们两个要是能拉起来一支几千人的

队伍，手上还有足够的武器，投靠了谁谁不得乐出鼻涕泡欢迎咱啊！"

陈树彬想得不错，姜心怡也明白了一些，但是她不晓得陈树彬真实的身份，在她没有办法的时候，也只有暂时听他的了。

隔几天张子成电话里找姜心怡，姜心怡也是无精打采地接待了张子成，她哪里知道张子成竟然也问起来军火的事儿。

姜心怡纳闷而惊奇地说："我花钱请你吃馆子，原来就问这个事儿啊？我就纳闷了，你一个庄稼人，满身的高粱花子，满腿的泥巴，你问军火的事儿干啥？"

张子成原本打算从侧面婉转地询问一下，可是他看到姜心怡后就觉得即使简直跟她说了，她也不会报告日本人啊。丫蛋是自己的表妹，他俩在一起长大的，应该不会出卖的啊。

他哪里知道，姜心怡是日本人间谍学校培养出来的高才生，是一个可以六亲不认的特务啊。

他们在马迪尔西餐厅小包房里，应该没有特意地偷听，就不会有人听到他们的谈话，所以他还没吃饭就直接地问道："心怡，听说日本人要滚蛋了，他们扔下的军火库挺多吧，你知道这些军火库都在哪嘎达吗？"

姜心怡竖起眉毛没好声地问道："你问这些干啥，难道你要组织军队不成？不怕日本人知道要了你的小命？"

张子成嘿嘿笑着说："丫蛋不跟日本人说，日本人咋会知道？我信任表妹，信任丫蛋嘞。"

姜心怡说："我在问你呀，你打听这个军火库干啥，替谁打听，总不会你也要拉杆子、养军队吧？"

张子成原本打算全盘托出，现在一看姜心怡的脸色，他的话到了嘴边没有说出来。他临时编了一个话茬："听说军火值钱啊，整点出来卖点钱养家呗。"

姜心怡严肃地说："你不想要命了，我还想要呢。就算日本人走了，那还有国民党，还有共产党，还有土匪呢，怎么也轮不到你呀。以后不要询问这个事儿，赶紧吃完饭回家里老实儿待着去吧。"

张子成看到姜心怡不给面子，但是也不想一丁点啥也没问出来，就此告别回家，他想了想说："表妹呀，要是日本人真的回了东洋，你干啥啊？回家种地，还是嫁人生孩子啊？"

姜心怡听到这个话，伸手想打张子成，手伸出去了又缩了回来。她叹了一口气说："日本人要是真的走了，我就回家嫁人种地去，到时候我会让你当我的种地老师呀。"

张子成撇了撇嘴："种地，你才不会呢。不过到了那个时候你去哪里，最好告诉我一声，俺好跟大舅和俺妈他们说一声，也好让俺们不惦记你。"

姜心怡听到这句话，脸上总算流出来一点笑模样说："这才像表哥说的话啊。放心吧，到了决定的时候，我会告诉你我去的地方，不会让你们惦记我。"

张子成没有得到预想的内容，他无精打采地回了家，找到张锦贤汇报情况。

再说岳刚子跟着李老猫下了蛤蟆山，夜行昼伏，琢磨怎么整治姜孝昌。其实岳刚子也好，李老猫也罢，他俩心知肚明的难处，就是人手少，武器差。面临着这样的事情，如何整治姜孝昌，如何报仇，真不是靠着一腔热血能够完成的呀。

最后李老猫说："刚子，俺看这样吧，咱们手上不是有四五颗鬼子的手雷吗，干脆趁着天黑，扔进姜家大院。即使炸不死姜孝昌，也吓唬吓唬这个老东西，让他整天的提心吊胆，不得安宁也算行了。"

刚子吧嗒吧嗒嘴，也知道没有啥好的办法，几支破枪，十几个人，咋跟姜孝昌老犊子干啊，吓唬一下也行。他说："既然咱们出来了，拉出去的屎也不能坐回来吧，整点动静出来，吓唬吓唬老犊子，也算给俺们争个脸吧。"

李老猫突然想出来一个道道："刚子，俺看这样，扔完手榴弹，咱就趁夜黑去市里，那个什么白显彤不是在道外吗？他也是老张家的仇人啊。咱们蹲坑守着他家，把他绑回蛤蟆山，多大一个肉票啊，准能搞来不少的川子。"

刚子眼神闪烁，兴奋地说："好啊，这样的事儿好，俺喜欢，咱们都化装成要饭的，蹲守在那里也不扎眼。管他是白显彤，还是白家啥人，有一个算一个，绑来再说。"

说干就干，李老猫一挥手，这十几个人出了柳条通，趁着夜色摸到姜家大院的围墙下，一个手势，嗖嗖地抛出了手榴弹。

抛完了手榴弹，只听到姜家大院里爆炸声轰轰地响。刚子他们哪管炸没炸到姜孝昌，这些人撒丫子就跑，一溜烟跑出了四方台子，朝着半拉城子方向进发。

清明时节，夜晚的天气还是很冷凉，但是这些人一路小跑，身上的棉袄，棉裤都让汗水湿透了。李老猫放慢脚步气喘吁吁地说："兄弟们，估计老姜家那群炮手撵不上咱们了，狗喘兔子乏，还是慢点走吧，再跑累死了。"

回头再说老姜家。老姜家大院里，住着的人口只有姜孝昌和老婆，还有两个仆人。当然还有哪些看家护院的人，最先听到爆炸声的，当然也是那些炮手。

由于李老猫他们是胡乱撒的手榴弹，毫无准确的目标对象，虽然把院子里的人吓得不轻，但是只炸伤了两个炮手，其余人毛发无无损。

姜孝昌正在梦中，被震天的响动经吓醒了，浑身哆嗦成一团，哭鸡鸟嚎的杀猪般地嚎叫："啊，啊，咋地了？啊，啊，咋地了？"姜孝昌的老婆坐地下尿了被窝，几乎背过气去。

孙炮带人出去巡逻一圈，也没见到一个人影，回来报告姜孝昌："老爷，刚才有人往院子里扔手榴弹，等俺们出去寻找，人都跑没影了。"

167

缓过点神来的姜孝昌破口大骂："孙炮恁这头老狗，俺让恁派人围着院子巡逻，恁就说没必要，这会儿看看，有没有必要？！这个月劳金扣一半，不愿意干就滚犊子，老姜家不养着白吃饱。"

骂完了孙炮一干人，他想起来得给大儿子姜心儒打电话，让他想个辙，不然老命就没了。

姜心儒心里明镜似的，日本人要完蛋了，眼下最好不得罪中国人。他安慰老爹："爹呀，没伤到就好，估计都是胡子干的，抓也抓不到，咋整啊。不如这样吧，明天我开车回去，接你跟俺娘来哈尔滨住一阵，看看形势再说。"

姜孝昌听到给日本人当翻译的大儿子都没有啥好招对付胡子，自己个儿更没有啥招法了。第二天，姜心儒开车回来接上姜孝昌跟老婆，一起去了江南躲着去了。

白显彤一家过得很舒服。白显彤不当警察署署长了，但是钱不少挣，也不用坐班靠时间了，腾下来时间照顾孙子；白三宝升了官，警佐变成两杠一星的警正，薪水也增加了，地位人气当然也就提高了。

白显彤和白三宝运用官权利迫害张锦恕，不择手段的结果，是他们得到了张锦恕的齐瑞商行全部股份，也就成了齐瑞商行的大老板。

之前虽然张锦恕跟副理李万全一阵操作，让齐瑞商行变成了空壳，但是品牌还在，还有那一套正阳街上门市房，也很是值银子的。

他们重新雇了经理，为他们经营齐瑞商行。由于白显彤在日本人、伪满警察那里吃得开，净贩运一些违禁商品，从中牟利。再者违禁商品利润高，垄断性强，所以半年下来也恢复了之前的大半销售效益。

白三宝他们一群汉奸，当然了解一些二战的战况，知道日本人要顶不住了，所以都在想尽一切办法捞钱，甚至谋划国外的护照，做好最后逃跑的准备。

这一天礼拜天，孙子放假，非要跟白显彤出去玩。于是白显彤带着孙子去了公园，玩够了又顺路带着去了齐瑞商行收钱。

白显彤跟商行经理定下的规矩，每个月的中旬来柜上看账收钱。今个儿经理已经把账目摆在柜台上，挣的钱纯利润也包好了放在那里。

白显彤草草地看了账目，然后拿了钱袋子坐上黄包车返回家。快到家的时候，孙子吵着要吃点心，白显彤只好弃车上路，去商店里买老鼎丰的面点。

"老鼎丰"食品公司在一九一一年成立，二十世纪二十年代初，老鼎丰南味点心货栈主要是前店后厂式生产糕点，以制作精良著称，小批量的生产，出炉后直接销售，老鼎丰的月饼、槽子糕、长白糕渐渐小有名气。

三十年代初，老鼎丰渐渐兴旺起来，每天生产的产品销售一空，并成为不可或缺的节日馈赠礼品，可谓买卖兴隆。东北沦陷后，老鼎丰经营异常艰难，王阿大、许欣庭被迫离开，老鼎丰留给了王阿大的女婿张毓岩。后因经营不善，转卖给商人张启滨，直到一九四六年公私合营，"老鼎丰"才从历史的深处走出来，重振炉灶。

买完了点心，领着孙子徒步往回走，孙子一边蹦蹦跳跳走路，嘴里一边吃着刚买来的老鼎丰点心，开心得很。

爷俩正在走着路，突然一个黄包车横在面前，拉车的说："这位爷，您的包袱掉了。"

白显彤手里拎着包钱的包裹，看着孙子走路，嘴里还在嘟囔："小孩子多好啊，不知道愁得慌。"

突然有人挡住去路，还说自己的包袱掉了，他赶紧低头看手里的包袱，哪里想得到，身边又过来一个人，照着他的脖腔骨狠狠一拍，白显彤就昏了过去。

又有人抱起七八岁的孩子放在黄包车上，一溜小跑，往半拉城子方向跑了。白显彤昏过去了，他孙子却是明白着，又喊又叫，有人给他塞了毛巾，这下子爷俩都不能言语了。

当然这些人就是李老猫跟刚子他们。李老猫看着跑远的黄包车，他走到街面上的小饭店里，递给伙计一个纸条，一些钱说："麻烦您一个时辰以后给白署长家送去。"伙计见到有钱，当然答应了。李老猫这才迅速地撤退了。

刚子他们走的都是背街，人少车少，走得很快。过了半拉城子，走上乡村的道路，过了四方台，滕家岗，到了江边的大套子。

他们江边上等了一会儿，李老猫等人也到了，这时候白显彤已经苏醒过来，他们拽着白显彤爷俩上了蛤蟆山。

一行人呼呼啦啦地上了蛤蟆山，拽着白家爷孙进了聚义大厅，这时候张锦松正和赵纯修谈论李老猫他们呢。

他俩看到李老猫叫了撒欢的进来，还有人推推搡搡地拉着进来一老一小，他俩不解地问道："老三，这是咋一回事儿，这两个一老一小是谁呀？"

李老猫摘掉破帽子扔在一边，舀了一大碗凉水咕嘟咕嘟地喝了下去，然后一摩挲嘴巴子兴奋地说："大哥二哥，俺这次进城捞回来两个大宝贝疙瘩，警察署的白显彤署长，跟他的宝贝孙子，可是值老钱了。"

李老猫把一包袱钱扔在桌子上："还有一万多块钱呢，发个小财，呵呵。"

张锦松跟赵纯修相互看看，张锦松没说话，赵纯修忽地一下子站起来指着李老猫呜嘞嚎疯地说："老三那老三，你脑袋瓜子坏了，满脑袋屎啊。恁说绑来一个富商，绑来一个阔少小姐都行啊，恁咋敢去绑来警察署长和人家的孩子呀，恁这不是屎壳郎进毛楼——找屎（死）吗？唉！"

赵传修着急得梆梆地跺脚，气得呼呼带喘，李老猫却是不知道其中的利害，还在辩解："哎，俺说二哥，俺费了这么大的劲，抓来了两个财神，恁咋还劈头盖脸的数叨俺，俺咋就找死了呀？"

168

白显彤是一个黑白两道都走过的主儿，他本身并没有过分害怕，倒是很替小孙子安危担心。这时候他听到土匪里有人害怕了，他赶紧哀求道："诸位大侠，我们爷俩被抓来了，俺认栽，俺出钱行吧；黑白各有道，按着规矩要钱不要命，千万别伤了俺的孙子呀。"

张锦松在一边说："别废话了，有钱没钱明个儿放了你们，今晚在这儿憋屈一宿吧。"

白显彤听到要放了他们，连连抱拳施礼："谢谢大侠，谢谢大侠。"

周围的小土匪们听到大当家的说："有钱没钱明个儿都放了。"于是私下里嘀咕着："咱蛤蟆山日头打西边出来了，还没听过绑来肉票不拿川子（钱）就放了的呢？"

李老猫听到更是一蹦多老高喊着说："大哥是俺脑袋出毛病了，还是恁的脑袋出毛病啊。费了一裤兜子得劲儿绑来的财神，恁却要放了？咋滴呀，咱们放下屠刀成佛了？成菩萨了？"

赵传修喊着："老三，恁不说了好吗！来人，把两个肉票带下去肯富（吃饭），好生招待！"

这时候也是到了山寨吃饭的时候了，小土匪们把白显彤爷俩带到桌子边，给他们解开绳子，端上来饭菜让他俩吃。

白显彤安慰着孙子："别怕，他们跟咱爷俩闹着玩呢，明个儿咱就回家了啊，吃饭吧，宝贝。"

李老猫看到这样，他还想发火，赵纯修拽着他来到僻静的地方说："老三啊，你知道白显彤的儿子是谁吗，那是哈尔滨三大恶毒警察之一啊。'白、菜、叶'那才是杀人不眨眼的三个恶魔，咱蛤蟆山要是惹着了他们几个，那就得灭了咱们蛤蟆山啊，你知道吗？"

李老猫听到不以为然地说："兵来将挡，水来土掩，谁怕谁呀。"

"老猫啊，恁不相信也罢，反正事儿出了，估计是躲不掉了。就算咱们不要钱放了人，也不会放过咱们，不信你就等着吧！"

再说白三宝警局事儿少，出去吃喝嫖赌也腻歪了，他就提前回家了。到家之后没有看见自己的小儿子，他问仆人："老爷跟孩子咋没在家？"

"老爷带着小少爷出去玩了，不过功夫不短了，也该归来了。"

这时候有看门的送进来一个纸条，白三宝打开一看傻眼了，他愣呆呆地站在那里，脸上颜色也变了，由红变白了。

仆人看见询问道："大少爷，咋地了，出啥事儿了吗？"

白三宝一转身坐在沙发上骂道："孩子跟老爷子都被胡子绑票了！"

这时候白三宝的母亲跟媳妇也出来了，听到白三宝这么说，顿时齐声声哀嚎不止。

白三宝不耐烦地喊道："都别哭了，人还没死呢，赶紧把家里的钱凑一凑，凑上一万元，然后我去救他们。"

白三宝拿起帽子戴上一边往外走一边说："我去警察厅找厅长，让厅长出兵，你们把钱准备好，两下准备，听到了吧。"

白三宝到了山街警察厅，找到了单厅长单作善说明来意，单作善厅长同意了白三宝的请求，派出了二百多名警察，荷枪实弹，连夜开往蛤蟆山。

原来白三宝看到的纸条，就是李老猫写给白三宝的，里面大意是："俺们绑了你家的人，拿一万块钱来赎人大套子蛤蟆山见。一手交钱，一边放人，你们要是带兵来，俺们就立马撕票。"

白三宝知道，人在土匪手里，带着警察强攻，恐怕被绑的爷俩危险；他想到两手准备，所以带上了一万元现金，以防不测。

警察部队坐着卡车，一路西行，下半夜的时候，到了距离蛤蟆山二里地方停下隐蔽，白显彤带着两个人前往蛤蟆山交涉。

天色刚刚蒙蒙亮，白三宝就让人来到蛤蟆山下喊话。蛤蟆山山根底下有暗哨，十几个暗哨围住询问，白三宝在后边挥手跟土匪说明情况，土匪中有人将话传上山去。

山上的人还在睡觉，李老猫在梦中被叫醒，知道白家来赎人了。

当家的哥几个商量一下，赵纯修无不担心地说："大哥、三弟，俺看这个钱咱不能要，要了就是跟白三宝结下了大梁子，那是解不开的啊。咱们蛤蟆山这点人马刀枪，怎么也抵抗不了日为警察大部队的进攻啊，所以呀，蛤蟆山的好日子也就到头了，咱们也得准备各奔前程吧。"

李老猫眨眨眼睛摇着头说："二哥，不会吧，他们的人在咱手里，难道他敢攻山？俺看钱必须要，拿了钱咱们再各奔东西也不迟，大哥怎说呢？"

张锦松抽着旱烟袋，神情严肃："俺们以前都是整些大户，商贾，现在整到官家了，俺还真的不晓得这个官家能否出钱完事儿。要是他们先拿了钱赎人，人安全了再来找后账，那也是可能的吧？"

赵纯修无奈地说："人家豁出来死，怎么也得豁得出来埋，硬挺吧。俺跟老三下山去见见那个白三宝，看看是否有缓。"

张锦松："那就屈就二弟跟老三下山一趟吧，见机行事呗。俺们在山上也做些准备，万一他们反悔攻山，咱也得应付啊。"

赵纯修跟李老猫，带着一些人下了蛤蟆山，见到了在那里等候的白三宝。

白三宝脚踩着一箱子钱带着不屑说："你们不就是要钱吗？钱我带来了，你们验验货放人吧。"

李老猫看到白三宝这个德行喊着："俺们不要钱了，马上撕票恁信吗？"

白三宝冷笑着说："我信，咋不信呢？土匪胡子啥事儿做不出来，我太信了。"

李老猫反唇相讥：“恁个汉奸好？老百姓骂胡子，恨胡子，更骂汉奸，更恨汉奸，对吧？”

赵纯修走到白三宝面前赔着笑脸说：“这位官爷，在下赵纯修，蛤蟆山二当家的。俺三弟火气旺，咱们别在这里说不着边的斗气话，还是见钱放人吧。”

169

白三宝听到对面的人说是赵纯修，他摆摆手，示意赵纯修往前走两步，似乎有啥话不想让李老猫听到。

赵纯修回头看看李老猫，他往前走了两步，白三宝凑过来低声说：“有人让我照顾你，希望你好自为之。”

赵纯修听到了白三宝的话，他却故意装作没听见，大声反问：“恁说个球，俺耳背没听见，有话恁大点声。”

李老猫看到赵纯修被伪警察叫到他们跟前低声说话，老猫心里纳闷：“这个白三宝跟俺二哥说啥嘞？咋还低声不让俺听到。”他大声地说：“二哥，别跟他闲扯了，打开钱箱子数数，够数儿就拿着回去放了肉票。”

小土匪过来打开钱箱子，数了数钱，对着李老猫点头，李老猫点头说：“拿着钱，回去放人了，恁们等着啊。”

白三宝说：“慢着，拿了钱不放人咋办？”

李老猫说：“随你了，俺们要钱不要命，信不信由你！”

白三宝说：“半个时辰人不送下来，今个抹平蛤蟆山！让蛤蟆山人丫不剩，干瓦皆爆，水净鹅飞！”

赵纯修说：“都不要动怒，马上放人，稍等，稍等。”

李老猫拿着枪朝白三宝示威：“弟兄们，拿钱回去了，放不放人再说呗。哈哈。”

眼下白三宝虽然带了很多的警察，但是投鼠忌器，也只有说几句横话，吓唬一下，他还真的不敢马上进攻蛤蟆山。

赵纯修一行回到回山上，李老猫指着钱箱子说：“大哥，一万元到手了，三弟干得还行吧，哈哈。”

张锦松看看不太乐呵的赵纯修说：“既然拿了钱，那就发放人吧，咱们当土匪也不能失信啊。"

赵纯修对着小土匪孙大毛愣说："恁去把人解开绳子，把人送下山，不要动粗，伤了人家。"

孙大毛愣叫上几个人，去小黑屋给白显彤爷两个解开绳子，搀扶着腿脚麻木的白家爷俩，下了蛤蟆山，交给了白三宝。

白显彤看到白三宝，哭得鼻涕一把泪一把，白三宝抱起儿子问："宝贝，没咋地吧？等着看我怎么收拾蛤蟆山！"

白三宝让人把白显彤爷俩护送回哈尔滨，又请来两位警察大队长，让全部警察向蛤蟆山靠拢，准备攻山。

两个警察大队长，级别比白三宝高，但是白三宝是特务，受到日本人的重视，而且警察厅长亲自下令协助白三宝铲除蛤蟆山，所以不得不用力。

正当蛤蟆山土匪喝酒庆祝的时候，山下枪炮声大作，有小土匪来报告，警察攻山了。

在这以前，蛤蟆山的土匪抢劫，都是到远离百十里以外去作案，作完案几乎不报名号，所以哈尔滨的警察也懒得来管他们。这次不一样了，白三宝是铁了心要将蛤蟆山赶尽杀绝，所以就把轻重武器一起用上了。

黑压压二百多名警察，都使用的是三八大盖步枪，子弹充足，还有多挺轻重机枪，甚至小钢炮都用上了，乖乖，想想这蛤蟆山还能守得住吗？

战斗没有打上半个时辰，蛤蟆山几个小山头就被占领了，土匪死伤很多，眼看着支撑不下去了。李老猫提溜着盒子枪跑进大厅来，满脸的烟熏火燎，没个人样了。

他气喘吁吁地说："大哥、二哥咋整啊，弟兄们顶不住了，不行恁哥俩先撤吧。留得青山在不愁没柴烧，保命要紧，俺给大哥俩顶着。"

这季节对于蛤蟆山的土匪是非常不利的。松花江春天水瘦，水边距离蛤蟆山还有二里地，没有道路都是淤泥，人没有办法走过去。所以船只不能轮渡，预先设定在松花江上逃跑路线行不通；还有不是夏季，蒿草没冒芽呢，哪里来的青纱帐掩护呢？就算在冬天，大雪封山，还能坐着马爬犁顺着大江冰面跑路呢。可是现在，要嘛没嘛，一丁点隐身的东西都没有，怎么能够躲过伪满警察的追捕啊。

张锦松说："咱们还有地道能掩护呢，不行都钻地道吧。"

李老猫着急地说："不行啊大哥，来了这么多的警察，看见人没了，那还不得掘地三尺挖出来呀，还是撒丫子跑吧。"

赵纯修看起来似乎不太着急，看着张锦松跟李老猫在争论，他颠着长瞄匣子枪说："大哥、三弟，古话说夫妻本是同林鸟，大难来临各自飞，这次俺看也是得姐俩出门子——个人顾个人吧。我跟警察局的人有点交往，他们抓住了我，我也应该能保住命，大哥、三弟恁俩就未必。听俺的一句话，大哥、三弟恁俩先走吧，钱财随意带，你们亲近的人，也可以带走，以后天各一方，有缘再会吧。"

张锦松跟李老猫现在似乎明白了，原来赵纯修跟警察有勾连，幸好还没有出卖弟兄们，到现在说明白，也算他赵纯修讲义气了。

张锦松看着哥俩说："既然老二早有安排，人各自有志，俺都不可强求。俺们做了好多年的弟兄，现在大难来临，不得不分手，也算天意吧。那就这样，老猫带着你的人，找到徐仁侠、刚子他们，咱几个一起走吧。"

李老猫还在争辩："大哥恁先走，俺留下抵挡一阵子。"张锦松推了他一把："傻蛋，听你二哥的赶紧走，现在不走一会儿都得折！"

张锦松听到赵纯修的话，就知道他们即使藏到地道里，也会让赵纯修出卖的。因为赵纯修想做蛤蟆山的老大，他在借用汉奸特务来清除异己呢。

李老猫不情愿地跑出去找刚子跟徐仁侠，还有几个长期跟着李老猫的小土匪，带上了那一万元钱，还有些金银宝贝，顺着山坡背面往西面跑去。

这个时候伪警察已经攻上了山头，看到张锦松他们走了，赵纯修叫来孙大毛楞喊道："赶紧去告诉弟兄们别抵抗了，再抵抗蛤蟆山的兄弟就要死绝了！"

白三宝攻上山顶，有人报告，说有几个人往西边跑了，白三宝喊道："给我死追猛打，活的死的都要！"

170

一部分警察往西边追去，李老猫他们拿了很多东西，道路开化泥泞不堪，不好走，所以还没有跑远。警察们大多年轻，轻手利脚，跑得快，追得猛，眼看就要撵上李老猫他们了。

李老猫把钱箱子递给张锦松喘着粗气说："大哥，咱们一起跑目标太大，俺回去阻挡一下，恁跟仁侠先跑吧！俺要是被查了，下辈子再做兄弟！"说完了他就往回跑。

这时候刚子喊着说："姐夫，祸是俺闯的，俺不能一走了之，俺也回去跟他们干，怎跟仁侠跑吧，下辈子再做亲戚！"岳刚子死命地推了张锦松一把，便跟着李老猫翻身向回跑，趴在一个小山包开枪射击追来的警察。

张锦松看看李老猫跟刚子跑去的方向，跺了一下脚，他带着徐仁侠和几个弟兄，一个劲儿往西跑去。时间不很长，身后的枪声慢慢停了下来。张锦松他们放慢脚步，不时地回头看着蛤蟆山方向，几个人眼睛里都噙住了泪花。

白三宝不费多大力气，仅仅用死伤十几个人的代价，他就攻陷了蛤蟆山，那是大获全胜。警察们将全部土匪围在院子里，土匪们也被强行全部缴了械。白三宝看看院子里的，参差不齐，老弱不堪的土匪，人数大约七八十人。

他朝着人堆里喊道："赵纯修在哪里，站出来说话。"

赵纯修答应一声，从大厅的门里走了出来，他不害怕，因为在解救岳刚子的时候，他就将张锦松给的钱，并没有用于解救刚子，而是通过中间人陈树彬，贿赂了警察厅厅长，厅长答应日后剿匪的时候保他的性命。

白三宝在带着警察出发的时候，单厅长就交代了："山上有个老朋友，名字叫赵纯修，不要坏了他的性命，留着日后可能还有用处。"

白三宝带着不屑的口吻说："你赵纯修有面子，厅长大人特意嘱咐，给你一个生存的机会，我就如了他的意。不过山上的人太多了，赵大当家的，你挑出来三十人，其余的交给我们处理。"

赵纯修堆着笑脸说："白警正，看在单厅长的面子，这些都是跟了我多年的弟兄，放他们一马吧。"

白三宝冷笑着说："厅长让我保你的命，可没让我全都保住。人多了，尾大不掉，日后会给皇军带来后患。就留三十个人，其余的交给我处理，怎么处理我说了算。"

这时候有警察将受伤的李老猫和刚子抓了回来，白三宝看看躺在地下，满身是血的两个人说："他俩就是抓我儿子的人吧，正好，一勺烩了喂王八，让你敢跟我作对。"

李老猫跟刚子都受了重伤，是抱着一死的决心，对着白三宝骂着："汉奸，爷爷怕死就不干这个了，十八年以后爷爷又是一条好汉！"

赵纯修不得已，挑了三十个年轻一点的，站成了一排。其余的土匪见此情景，都知道免不了一死，有的哭叫，也有的怒骂。

白三宝让人找来绳子，把那些剩下的土匪成串绑起来，又让人绑了李老猫和岳刚子，驱赶着这些人往松花江边走去。

江边上泥泞不堪不好行走，白三宝就命令就地枪毙这些人。机枪手架起机枪，一阵扫射，这些人就血肉横飞死去了。

白三宝拿着赵纯修给的十几根金条回哈尔滨邀功去了，赵纯修又可以安稳地过他的山大王生活了，死去的人也就死去了，不能再复生了。

等到张子成他们知道了这个事儿，啥都结束了，他们再懊恼，再遗憾，也是无济于事了。

几天以后的晚上，徐仁侠偷着来到张子成家里，告诉了张子成："刚子跟李老猫死了，张锦松和他在刚子和李老猫的帮助下，侥幸脱险了。他们去了江北躲了起来，给了那几个土匪安家费，让他们自谋生路去了。"

张锦德也知道了这个事儿，幸好张锦松他们逃跑了，没有惹来杀身之祸，也算万幸了。

张子成按着张锦贤的要求，让他的小小游击队，暂时不做容易惹来日伪汉奸特务扎眼的事儿，等着形势的变化，再做打算。

一九四五年八月十五日，日本无条件投降了，中国大地举国欢庆，哈尔滨的人们，方台子的乡亲们，也是买来红布做成红旗，举着上街游行庆祝祖国光复。

张锦德高兴得好几夜几乎没合眼，把心里的盘算跟媳妇说了，打算办几十桌酒席，招待亲戚乡邻，庆祝一下。

吴慧芬本来就是夫唱妇随，再说经历了那么多的苦难，到如今还好好地活着，钱还算个什么。她完全同意，找来乡亲们帮忙，开始操办有史以来最大规模的酒席宴会。

张锦德拿出来几乎是家里的全部积蓄，风风光光地办了一场盛大的宴席，能请来的亲戚屯邻都请来了。就连漂泊在外的张锦松、徐仁侠也都来了，他们喝酒唠嗑，高兴得老泪横流。

苏联红军进入东北占领了哈尔滨等大城市，远在延安的中共高层也做迅速出了战略部署，派出了以林彪为首的部队领导，由山东的新四军部队抽调部分部队，晋察冀军区也派出部分部队，全力进军东北；而与此同时，国民党的接收大员们也赶往东北，下山摘桃子了。

一九四五年十一月份，中共东北局书记陈云同志和秘书刘成栋来到了哈尔滨。刘成栋负责联系哈尔滨当地的地下党组织，张锦贤和潘友朋受到了刘成栋的接见。

刘成栋作出指示："为了配合东北民主联军的武装行动，哈尔滨当地的党组织要大力配合军队的同志，除了维护社会治安，抓捕汉奸特务之外，还要协助查清日伪政权留下的弹药库，用来装备东北民主联军的军队。"

潘友朋向刘成栋报告说："目前我们掌握了几处日本人的军需库，在哈尔滨香坊白毛小区就有一座日本人的炸药库房，希望尽快组织人力运走。"

171

张锦贤汇报："根据可靠情报，日本人在东北地区有大量的军火库，其中在哈尔滨和整个黑龙江起码也有上百个军火库。听人说日本滨江省有一份全黑龙江的军火仓库位置地图，要是能够搞到这对于民主联军尽快得到武备是一个很大的利好。"

刘成栋作出指示："第一，先把香坊的炸药运出去，免得日后国民党军队来了生出来麻烦；第二，要全力组织人员侦查搜寻弹药库位置图，为迎接民主联军扩充兵员打下基础。你们长期在哈尔滨做地下工作，熟悉哈尔滨的日伪时期的情况，寻找军火库位置图的任务交给你们去完成吧。不过要尽快完成任务，如果需要军队配合的话，你们就找我联系解决。"

当时东北民主联军还没有派驻大批的军队进驻哈尔滨，而根据苏联、美国、英国的雅尔塔协议，苏联红军占领的中国城市，管辖权要给国民党政府。所以"北满"分局已经撤到哈尔滨东边的宾县，这些炸药等重要军需物资也要运出哈尔滨至宾县去。

根据刘成栋的指示，潘友朋和张锦贤马上组织协调人力，他们找来何雨来等游击队员，协助运送炸药；由四方台的张子成组织人力，寻找可能知道情况的姜心怡，以便尽快找到日本人弹药库的位置地图。

这时候，国民党进入了哈尔滨，十一月份发生日伪汉奸特务叶法增以哈市道外区为反革命据点，勾结惯匪张子丰等建立反革命军队，被国民党东北保安司令部长官部委任为松北地区第一支队少将支队长，在双城正黄二屯一带枪杀民主联军战士十名的事件。

国民党大员来接收来受降的，他们把持了哈尔滨的生杀大权；汉奸惩办了几个汉奸，但是却保留下来一大批汉奸，说是能给党国做事的，可以宽大处理。

就连叶法增、白三宝、姜心儒等都投靠了国民党，成了哈尔滨国民党政府的工作人员。姜孝昌又回到了方台子，那个神气劲儿，似乎胜似往常。

国民党的各路大员来到哈尔滨，忙的是接收日伪的军政大权，接收日伪军留下的财产武器，还有就是没收汉奸的资产充公。明眼人都知道，无论日伪军的财产，还有惩办汉奸清理出来的财产，统统地落入了这些接收大员的手里。

但是哈尔滨的经济却是到了崩溃的边缘，老百姓的生活状况几乎与日本鬼子在的时候，也是相差无几。

治安形势让平常的市民百姓十分堪忧，因为土匪比日本鬼子在的时候更多了，抢劫杀人时有发生，百姓们又回到了抗战胜利之前，依旧是提心吊胆地过着苦日子。

张子成已经入了党，思想觉悟有了很大的提高。他根据地下党组织的安排，想尽一切办法寻找可能知道军火库位置地图的人，姜心怡就是其中最重要的人之一。

可是两个月过去了，张锦贤和张子成关于军火库位置图线索，一点也没有得到。倒是有个消息，由于民主联军军队在南满军事进展不顺利，就把军队向北运动，逼近哈尔滨。

苏联红军要撤出哈尔滨了，国民党的大员们害怕民主联军进入哈尔滨，他们也都先后撤出了哈尔滨，跟随苏联红军撤到海山崴，然后去了"南满"。

一九四六年四月二十八日，东北民主联军进驻哈尔滨。哈尔滨作为全国解放最早的大城市，翻开了历史新的篇章。哈尔滨解放后，在中共中央东北局、北满分局的领导下，中共哈尔滨市委、市人民政府放手发动群众，深入土改斗争，加强政权建设，开展建党工作，恢复发展生产，积极支援前线，着手文化教育，全面建设城市，使这座饱受蹂躏、百废待兴的城市在极短的时间内，焕发了青春活力、充满了勃勃生机。哈尔滨为东北乃至全中国的解放做出了巨大贡献，同时也积累了管理、建设大城市的宝贵经验。

哈尔滨解放了，张锦贤和张子成他们可以公开的行动了，都在为新政府工作了。张子成和他的游击小队以及何雨来的小队，在潘友朋的推荐下，进入了哈尔滨公安局参加了社会治安工作。一天抓汉奸，打土匪，还有一项任务，那就是抓紧寻找日本人军火库的位置。

这一天上午快十点的时候，张子成正在跟何雨来商量通过什么渠道去寻找军火库的事儿，有人来报告，门外有个叫李万全的人点名要见张队长。

张子成知道李万全原来是二叔家里的二柜，帮着二叔打理商行没少出力气。自打二叔不开商行了，张子成再也没有见过李万全的面。

张子成想到，他咋突然来了，难道二叔家里出事了？他赶紧说道："李万全我认识他，赶紧让他进来吧。"

李万全被公安局的警员带进来，他看到张子成和何雨来都穿着军装，脸上现出来紧张的神情。张子成上前说："李大哥，这一阵子嘎哈去了，咋老没见到恁呢，快点坐下喝点水再聊。"

何雨来见到过李万全，他也上前打招呼："老李你好，在忙啥呢？"

张子成说："可不咋地，何队长见过李大哥，都是老熟人了，恁有事儿就说，没关系的。"

李万全接过张子成手里的水杯喝了一口放下说道："何队长俺认识，那我就说了，也就是俺去了二叔家里之后遇到的事儿，想跟成子说一下。"

原来李万全自打离开齐瑞商行之后，因为世道很乱，干啥也不好干，他索性回家待了一段时间。虽然在家里坐吃山空，但是由于离开齐瑞商行的时候，张锦恕给了他可观的离职费，所以他并不愁家里生活的费用。

他最近看着哈尔滨解放了，日本人投降滚出中国了，国民党也跑了，街市上安稳了许多，他才琢磨着打算出来干点啥挣点钱。

172

做事情总是熟人好做，他就想起来去张锦恕家里看看，一来探望一下前掌柜的，二来看看张锦恕还有没有心思想再干商行了。

张锦恕闲在家里，没事情可做。好在家里有积蓄，家里过日子的钱、物并不缺少。再说还有媳妇张慧君在学校教学，一个月还能挣点工资，虽说她的工资不高，毕竟还是进项。

大儿子张子枫和二儿子张子云以及女儿都结婚了，都有了自己的家庭。张锦恕两口子跟二儿子张子云一块居住，除了看着两个孙子，也在考虑再干点啥，年纪也不算很大，总不能一直干闲吧。

大儿子、大儿媳妇一直在铁路上工作，解放了也没有啥变化；老二原来是伪满警察，在做警察的时候，没有一点欺压百姓市民的不良记录。所以解放以后，新政府将旧警察留用一部分，张子云自然地就留在了共产党的警察队伍里，而且还是一名小队长。闺女嫁给了一家做生意的，生活还可以。

解放了，张锦恕心里琢磨着，问问政府，白显彤霸占他的商行，可否还给他。他询问过儿子张子云，张子云说："我三叔家的成子是俺的领导，我抽空问问他吧。"

张子云跟张子成说了这个事儿，张子成告诉张子云："原来的齐瑞商行，解放以后被国民党当成汉奸资产没收了，但是由于国民党败退得早，商行的房子还没有处理，现在还是闲在那里。按着现在的政策，商行应该还给老张家，所以呢，你告诉二叔没事儿过去看看那房子，再写一个书面经过递给政府，估计很快就会有结论了。"

张子云回家告诉父亲："成子说了，让你下一个事情的资料，然后我去交给市政府审核。没事儿的话，你就去商行的房子那边看看，有个准备好开业。"

张锦恕听了自然的高兴，写了资料给了张子云，然后就琢磨哪天去道外正阳街溜达一趟。

说来也巧，正好李万全拎着槽子糕和二斤老烧酒来看张锦恕。喝酒之间，张锦恕就把他的想法说了，这也正是李万全向他要询问的，所以一拍即合，吃完了饭，两个人雇了黄包车赶到了道外正阳街（靖宇街）。

正阳街上人流不是很多，解放前被日伪搅黄歇业的商铺还有大部分没有回复营业；大罗新，同济商行，还在歇业，所以整条街上商业气氛并不浓厚。

两个人在正阳街上转了一会儿，来到三道街和正阳街交界的地方，在商行的门前驻足。他见到大门已经斑驳陆离，墙壁也破损了，这让张锦恕心头一阵酸楚。

他上前打算开门，可是门上的锁头已经更换过，张锦恕手里的钥匙打不开门锁。

他透过大门缝往院子里看，院子里面没有人，但是院子里中间的过道，好像并不是很脏乱，似乎有人走动过的痕迹。

李万全走过来，张锦恕挪开位置，李万全也将脸附在大门上，隔着门缝向里看了一会儿。正当他要里看门缝的时候，突然间他眼前人影一闪，明明的看见一个人在商行院里小门前快速走过。等他再仔细看的时候，那个人转过墙角不见了。

李万全退步回来跟张锦恕说："二叔啊，俺看见里面墙旮旯那嘎达有人，看得真的嘞。"

张锦恕赶紧凑过去看，但是看了一会啥也没看见，他回过身来带着疑惑说："我看院子中间不像院子边上那么埋汰，好像有人走动。可是这个院子关门大半年了，院子里没有人打扫，应该灰土缭乱，咋能院子中间出现一条道呢？"

李万全沉思后说："也可能老白家人还在院子里？也不可能啊，听说白显彤一家子全都跑进关内了。不可能躲在院子里等着被抓呀。"

"这里可能有点啥蹊跷，万全啊，你在这里盯着到晚上，看看有啥蹊跷的事儿没有。要是觉得那嘎达不对劲儿，你就赶紧去道里公安局找成子过来看看，听到了吗？"

"听到了，二叔咱俩去小酒馆吃点饭，喝点酒，您就会回家吧。俺在这里盯着，一直到小半夜俺再离开。市里公安局俺知道在哪儿，成子俺也认识，您放心的回家吧。"

张锦恕不太出来走动，身子骨蹲笆篱子也搞坏了，吃完饭觉得有点累了，他就回家去了。

李万全是一个干啥都很认真的人，他也不管过路的人咱们看他的眼神，在正阳街上转一会儿，又在三道街头上转一会儿，然后就回来趴在商行大门上往里看一会。来来往往，一直到了晚上十点多钟，正阳街上的路灯也都关了，街道上黑黝黝的，他再往院子里看的时候，院子里也是一片漆黑了。

路灯关了一会儿，李万全突然发现商行院子里的房间里的电灯突然地亮了，这让李万全吃惊不小，他赶紧趴在门缝上仔细地往里面看。

房间里的电灯雪亮，也有人影在晃动，不过就是看不见里边的人啥模样。李万全神情紧张，胡乱猜想着，可是这个时候房间内的灯光突然又黑了，而且再也没有亮。

李万全内心有点害怕，半夜三更的自己个一个人在街道上趴门缝，别说过路的人看他眼神不对劲儿，万一让巡逻的公安局的人撞见，也说不清楚啊。再说万一里面的人是土匪特务，那自己个儿就危险了。忐忑的他，越想越害怕，一转身脚下加劲儿，一溜小跑离开了正阳街回家了。

李万全回到家里一晚上也没有睡好觉，早晨起来吃完饭，也没有告诉老婆孩子，他就出来往道里这边走。到了市里公安局的跟前，他围着公安局转圈圈，心里没底，不晓得进去怎么说。

公安局门前站岗的警卫人员盯着李万全半天了，觉得他有点可疑，就上前截住李万全盘问。

李万全犹犹豫豫地说："俺认识公安局的张子成，俺要见他有事情告诉他。"

173

"你认识俺们张队长，那好吧，俺进去告诉一声，看看张队长有没有时间接待你。"

李万全进了公安局，见到了张子成，这才把昨晚上在正阳街齐瑞商行看到的蹊跷告诉了张子成以及何雨来。

张子成跟何雨来交换了意见，张子成跟李万全说："万全大哥俺们知道了，这个事儿俺们会派人去侦察的，你就先回家等消息吧。"

李万全走了，张子成跟何雨来说："指导员你看这个事儿看来觉得蹊跷啊，但是那里可是白三宝待过的地方，或许还真的有敌特隐藏在那里，也是可能的。"

"完全可能。现在先派出去两个人盯着那里，晚上行人少了的时候，再派出去一个小队的警员，进去搜查商行里边。不过这个事儿需要向局长汇报，得到命令在行动不迟。那里你熟悉，你就先安排，我去跟局长汇报。"何雨来马上去楼上找公安局陈局长汇报。

哈尔滨第一任公安局局长陈龙，原名刘汉兴，一九一零年生于抚顺，曾任公安部副部长。

在东北，陈龙先后担任"北满"分局社会部长、"北满"军区社会部长、松江省委常委、哈尔滨市公安局长。在他们的领导下，一举扑灭了国民党第二十七军、东北先遣军与反动会道门勾结策划的"八·二八"暴动，受到党中央和社会部的通电嘉奖。

张子成叫来张锦程和胡凤阳说："给你们两个人安排点事儿，去道外正阳街和三道街那里，原来有个齐瑞商行，现在关门歇业。你们两个去那里侦查盯着到晚上，发现情况就派一个人回来报信。"

张子成跟他俩讲了昨晚李万全发现的蹊跷，两个人接受命令离开公安局，坐摩电有轨车去了道外正阳街附近。

然后他叫又来张子云和王树生说："你们两个小队今晚有任务，小队人员下班后不得离队，在队里等待命令。"

何雨来从楼上下来告诉张子成："陈局长批准了，让咱们精神点，干得漂亮些，最好抓几个活口审问，了解一下残余的土匪和国民党先遣军的线索。"

张子成他们选择晚上行动，主要是晚上容易隐蔽，还有晚上行人少，一旦打起枪战，避免伤害无辜的市民。

晚上七八点钟的时候，张子成和何雨来带着队伍来到正阳三道街附近，胡凤阳过来报告："报告对长，到现在还没有发现异常。"

"你们继续监视。"张子成回头跟何雨来说："何指导员，咱们把部队分成两拨，一前一后，免的人多聚集容易暴露。"

"行，张队长你就安排吧。"何雨来说完，张子成叫过来张子云和王树生两个小队长："张子云小队在前边，距离齐瑞商行一百米隐蔽；王树生小队退后二百米，等待命令。"

时间到了晚上十点多，街灯熄灭了一个小时左右，胡凤阳跑着来到张子成面前说："张队长，齐瑞商行里面灯亮了一会儿，马上又灭了，觉得里面肯定有人。"

张子成一挥手："一部分人翻墙进院子，一部分围住院子，再去通知二小队向前靠拢。"

队员们中有一部分人先后跳进院子里，张子成也跟着进了院子，向着商行的房门摸过来。

他们摸到房子前，隔着窗户往里看，屋里面黑黢黢的，啥也看不见。张子成示意敲门，胡凤阳上前使劲儿拍打房门"啪啪""啪啪"。响过几声以后，并没有动静。

张子成："把门撞开，进去搜查。"上来几个队员"咣当咣当"开始撞门。

撞开了房门，进屋里打开点灯，并没有看见有人，张子成一挥手，队员们开始在屋内搜查。

张锦程过来说："队长，这块像个暗道门。"张子成赶紧走过来查看。柜子后面，一个木质的小门关着，张子成飞起一脚踹开了门，队员们俯身钻进里面。

电筒的光柱扫射着黑黢黢暗道里面，队员们小心地向四周搜索前进。突然间一声枪响，震动惊吓了众人，人们迅速地躲避隐藏。

一声枪响过后，就连续地响起来激烈的枪声。子弹是从暗道深处射出来的，听着枪声，感觉人还挺多。

张子成他们也开始还击，暗道里枪声就像爆豆一样，开了锅。"啪啪、啪啪啪！"有的队员受伤了呻吟着倒在地下。

何雨来从后面冲了进来，在墙边摸到了电灯开关，瞬间暗道里雪白一片，虽然有战斗的硝烟，但是也基本上看清了里面的情况。

暗道里前端七八米的地方有两个房间，子弹是从那两个房间里射出来的。张子成喊道："往里面扔手榴弹，炸死他们！"

手榴弹爆炸了，声音震耳欲聋，烟尘弥漫。等到队员们冲进两个房间内，房间内只有四五具血肉模糊的尸体，其他人已经不见了。

这时候，暗道外面，院子里传来了枪声，而且也很激烈。何雨来在房间里发现了出口，他们赶紧随着从出口钻出去，外面却是商行的侧山墙的一条很窄的小路，直通二道街。

那么暗道里面的人到底是什么来路，是何方"神圣"呢，这里也必须要详细的讲述一下。

自打白显彤一家子霸占了齐瑞商行，那个无恶不作的汉奸白三宝就在商行里搞起了名堂。他暗地里雇用了很多干零活的，用了小半年的时间，在商行里面掏出来一个地下室暗道，里面有两个房间，用来存放一些违禁物资。

174

暗道的进口设在墙上，用衣柜遮挡，一般人不经意是看不出来的；他还在房子北侧的山墙上开了一个出口，用碎砖头堵上，防备紧急的时候使用。

再说了，虽然白显彤被撤职了，赋闲在家，可是当时的白三宝，却是如日中天，深受日伪政权的青睐和重用。所以呢，他做点违禁生意，当然也不会有人干涉，更不会去商行里检查了。

这个白三宝却是个鬼机灵，他对形势的判断，也确实要比一般人高明。日本人投降前夕，他就预感到形势不妙，对他这样罪大恶极的汉奸来讲，就快有灭顶之灾来临了。

所以他在恐惧中未雨绸缪，先一步把老婆孩子送进了关内，在北平牛街那块儿买了房子居住，金银细软也都如数带走了。

等到"八·一五"日本人真的投降了，这也让他感觉到灭顶之灾到了，他又赶紧让白显彤去北平躲避。可是白显彤死气白咧地不肯走，说死也要死在哈尔滨。

　　白三宝无奈，只有走一步看一步，到了危急时刻，然后再说了。日本人走了，国民党来了，昔日罪有余辜的汉奸特务们，竟成了国民党利用的工具，让这些汉奸特务包装起来，成了反共先遣军。

　　白三宝、叶法增之流，自然不会放弃这个保命又可以扬名的好机会，所以就死心塌地跟着国民党干起来反动的勾当。也就是他们这些人，暗地里协助国民党市长杨绰庵的女秘书孙格龄，一九四六年三月九日在水道街九号残忍的杀害了李兆麟将军。

　　他们的恶行，受到了蒋介石的嘉奖。可是哪里想得到，好日子又没有过多久，国民党退走了，民主联军来了，汉奸特务们的末日这一回真的到了，这让他们不得已藏在暗处，打算在暗地破坏新政权，让社会不得安定。

　　叶法增、白三宝他们纠集了一些日伪时期的特务警察，以及社会流氓地痞，组成了地下队伍，偶尔地组织活动对新政权进行破坏袭击。

　　这个时候，白三宝想到了他在齐瑞商行里面挖的地下室，可以隐藏一部分他的人马。所以他就暗地里让一些特务土匪进入商行的暗道里，昼伏夜出，从事着破坏暗杀等行动。

　　前些天白三宝遇到了前警察警佐陈树彬，陈树彬邀请白三宝去城外蛤蟆山看一看，白三宝去了。陈树彬请他合兵一处蛤蟆山，一起共谋大事，白三宝考虑再三还是答应了。

　　他先把汉奸老爹送到蛤蟆山躲避，然后再打算过一阵子，把藏在地下室的人马陆续转移到蛤蟆山去。

　　可就是他的一个不经意，晚上到商行的大厅里打开灯取了东西，也就恰巧被李万全看到了，也就有了张子成他们来搜查齐瑞商行的事儿了。

　　也就在张子成他们进入地下暗道搜查的时候，一个特务发现了开了枪。战斗打响之后，白三宝自觉不宜抵抗，所以边打边退，退到了暗室外面，让围守在院子外面的公安警察看见了，所以院子外面以及街道上，也发生了激烈的枪战。

　　激战在三道街、二道街、景阳街和正阳街上展开，战斗持续了半个多小时，多数的特务汉奸被打死了，也有几个被俘虏的，余下的四散逃窜，白显彤和叶法增也漏网了。

　　打扫完战场，张子成、何雨来带着队伍回公安局，等着战况的刘局长，听了张子成、何雨来的汇报，指示尽快审讯俘虏得到口供，以便开展下一步任务。

　　他们在俘虏的口中，只言片语地得到一些线索，但是并没有得到匪徒们确切的藏身之地，他们不得已继续开展搜集线索的工作。

这一天晚上，难得回家的张子成刚进屋坐下，母亲赶紧端过来大碴子干饭和猪肉炖粉条说："这么长的功夫也不回家，饿瘦了呀！多吃点吧，长长膘。"

父亲张锦祥坐在炕沿上，抽着烟袋看着张子成说："成子是公家的人了，一天净忙了，但是要知道身子骨金贵啊，别累坏了。"

这时候房门一开，急匆匆走进一个人来，张子成抬头一看让他一惊，原来是多日不见得徐仁侠扑通、扑通地走了进来。

张子成赶紧站起来询问："表哥，恁咋来了，可是好长功夫没见恁了，眼下干啥呢？"

徐仁侠走路走得急，满头大汗，他气儿没喘匀乎就说道："成子啊，恁是公家的人，也跟老姜家是亲戚，俺来找恁就是告诉恁一声，蛤蟆山上又有土匪了，听说还是国民党的人做大掌柜的。听人说，还有一个女的姓姜，是咱们四方台的人。俺跟俺大舅张锦松说了，他说可能就是老姜家的老丫头，所以俺赶着来告诉恁了。"

张子成根据徐仁侠所说的情况，报告给了张锦贤和土改工作队队长肖大军，四方台工作队长肖大军马上组织民兵设防，防备土匪的偷袭。

张子成也马上动身回了哈尔滨市公安局，向公安局长陈龙汇报这一新的情况。陈局长也掌握到这一情况，已经向市政府做过汇报，并经过市政府协调，请民主联军的部队予以协助清剿。

七月份的一天，入驻四方台的土改工作队，召开村民诉苦批斗大会，斗争控诉的对象，就是姜孝昌。

工作队让民兵将姜孝昌押到村中央的会议现场，肖队长讲了话，然后开始了控诉姜孝昌的罪恶。

四方台屯的村民几乎都踊跃参加斗争大会。老张家人也来了好几个，张锦德，张锦祥都在内。张锦祥第一个上了台控诉姜孝昌，不少村民看见他私下嘀咕："这是张老三吗？不是十多年前去白山子采人参，死在白山子了吗？"

看到台下不知内情的村民在交头接耳，张锦祥开始说话："乡亲们，俺是张锦祥啊，张家的老三，大家还认识俺吧。十多年前，俺跟人去白山子采人参，采到了三棵上好的人参，真都是宝贝呀。"

175

张锦祥回身一指站在台上，挂着牌子的猫着腰的姜孝昌厉声骂道："可是这个忘恩负义，见财起意的姜孝昌，看到上好的人参就起了狠毒歹意，趁俺受伤没注意，他硬把俺推下了山涧。也是俺命大，挂在树枝上，没有摔死，被一个朝鲜族大爷救了俺。朝鲜大爷帮俺养好了伤，俺不忘他老人家的恩情，一直侍奉他老人家到寿终才返回哈尔滨。俺回来之后，知道了姜孝昌一家子投靠了日本人，做了汉奸，俺吓得不敢回家，害怕姜孝昌寻机再次陷害俺。"

张锦祥说到这里，眼睛里面流下了热泪，在场的人高喊着："打倒汉奸地主姜孝昌，血债血还！"

台下的张锦德一家子，纷纷落泪，姜桂芝站起来冲到台上，指着姜孝昌厉声问道："恁咋变得这么没有人性，恁是俺大哥，俺觉得羞耻，枪毙了恁也是活该的！"

姜孝昌早已经失去了往日的威风，脖子上挂着大牌子，压得他不得不低头，猫着腰站在那里，腿肚子直哆嗦，不敢吱声；吴氏也被绑站在一边，哆哆嗦嗦狼狈得很。

有人将姜桂芝搀扶下台，张锦祥高声骂着："姜孝昌，恁个王八犊子，是恁差点害了俺的命，是恁害的俺有家不能回，有妻儿不能相见，东躲西藏地度日月。"

张锦祥说着哭着不能自已，身体歪歪斜斜地站不住了，儿子张子强等人赶紧上台搀扶下了台。

张子成早晨在公安局办事，他知道今天四方台召开斗争诉苦大会，所以办完事情骑着马赶紧带着警卫员往四方台走。在他距离屯子东头还有百十来步的时候，突然间听见屯子里传来了枪声和人喊马叫声。他心头一惊，喊了一声"有情况"，几个人打马如飞往屯子里飞驰而来。

原来这枪声，还真的就是土匪特务进了屯子，跟屯子的民兵交上了火。而这些土匪特务也就是蛤蟆山陈树彬的手下，也有极少数白三宝的残余。

那天在正阳街齐瑞商行的暗室里，白三宝一伙被公安局的人发现，枪战以后，不少特务土匪被打死或是俘虏。白三宝侥幸逃脱，就像惊弓之鸟，一个高蹿到了哈尔滨的大西边的蛤蟆山上，加入了陈树彬的队伍。

而那个姜心怡，也在蛤蟆山上，参加了陈树彬的土匪、特务、旧警察、伪满洲国军队残余等等组成的杂牌部队。

陈树彬得到了远在占领长春的国民党军统特务的指示，让他们在哈尔滨地区坚守数月，"国军"大部队就能够打败中共的民主联军，重返哈尔滨乃至更往北，占领黑龙江全境。

而姜心怡也相信了陈树彬的话，等待着国民党重新打回来；这个诡计多端的白三宝，也是心存侥幸，巴望着国民党的正规部队打过来，他也好跟着蹭点利益，所以他才没有向南逃跑。

昨天陈树彬接到线报，说四方台的工作队要召开斗争控诉大会，斗争控诉的对象，就是姜心怡的父母。姜心怡和姜心儒知道了这个事儿，都来找他们的"陈司令"，求他出兵解救父母来蛤蟆山避难。

姜心怡哭得泪人一样，甚至跪下求陈树彬："陈司令，陈大哥，求您看在我的面子上，出兵救救我父母吧，老姜家人一辈子都会感激您的大恩大德的！"

老莫卡眼的白显彤在一边说："四方台老张家人都给共产党卖命，老老少少都是亲共分子，要是能把老张家人抓来几个杀鸡给猴看，那是对泥腿子们极大的震慑。"

白三宝附和道："对呀，让那些泥腿子害怕，别跟着共产党瞎混，共产党就会失去人心，这对国军打回来大有好处。如果陈司令允许的话，我白三宝愿意陪着姜小姐下山走一趟，来一个搂草打兔子，顺便在四方台捉拿几口老张家人。"

姜心儒说："老妹子就别去了，我跟白队长一起下山去救咱爹娘。女孩子去了，让人家认出来你，也会暴露蛤蟆山的情况。"

陈树彬本不想趟这个浑水，兴师动众地为了一个姜孝昌犯不上，还可能暴露他们隐藏的地点。可是他答应过要保护姜心怡，当然也包括老姜家的人，白三宝又在撺掇，他就同意了。

白三宝带着四五十人，趁着夜色悄悄地下了蛤蟆山，进入四方台附近的庄稼地里隐藏。等到开会的时间到了，他们就突然地冲进屯子里，跟十几个民兵和工作队的队员交了火。

屯子中央会场那边，斗争大会刚开到一大半，突然间从屯子西侧冲进来一批马队，人数大约在四五十人。这些人穿着便衣，在马上朝着开会的人群开枪扫射，开会的人群瞬间乱了，开始四散奔逃。

守卫会场的民兵和土改工作队人员，一共才十几个，对于突如其来的攻击，

哈尔滨往事

并没有太多的防备。突然冲进来的马队迅速接近会场，火力也很猛烈，这让仓促应战的民兵和工作队员显得十分被动，不得已往后退却。

这些马队里，有几个蒙面人，他们骑马冲到会场前下马，上台把摊在台上的姜孝昌和吴氏抬起来下了台，扶上马背，掉头往屯子外边跑走了。

张锦德带着家人往家里跑，可是哪里想得到，几个蒙面的土匪骑着马挡住了张锦德。马上一个蒙着脸的人阴森森地笑着说："张锦德老家伙，不认识我吧，可我认识你们老张家人啊。你家的老二开个齐瑞商行，就是让我给抢过来了，哈哈。对了，前几天你的侄子还包围了齐瑞商行，差一点没有抓住我，也是我命大啊，今个是你们老张家倒霉，跟我们走一趟吧，到了地界有你的好果子吃，嘿嘿。"

马上的人正是在人群里搜索老张家人的白三宝。张锦祥拽着张锦德往后就跑，马上下来几个人，用枪逼住了哥两个，然后五花大绑绑上了两人。白三宝一声"撤退"！匪徒们迅速开始撤退。这些骑马的人很快跑出了屯子，消失在屯子西头的庄稼地边缘了。

张子成从屯子东头进来，那些骑马的匪徒们已经从屯子西头跑了，他没有碰到。他来到会议台子前，碰上肖队长急迫地问道："肖队长，这是咋回事儿，是土匪吗？"

肖队长脸上紧张的神情，他说道："这些骑马拿枪的人来得突然，打伤几个队员抢到姜孝昌就跑没了，现在还不知道这些人是干啥的。"

这时候吴慧芬和范毓敏哭着跑过来："成子啊，你大爷和你爹被土匪抓走了，你得赶紧想办法救人嘞！"

随后张家的人都到场了，张子强、张子禄等，都在跟张子成和肖队长央求救人。

张子强说："成子啊，俺看到有几个蒙面的人，似乎怕认出来。他们先是直接将姜孝昌夫妇救走了，没有过多地停留，而后又抓走了咱爹和大爷，估计也是认识的熟人。这些人估计是姜孝昌家里的亲属或是有过往的人，也或许跟咱家有仇的人。无缘无故的没有关系，不会来救姜孝昌，也不会单抓老张家人吧。"

张子成脑袋里迅速地想到徐仁侠说的："难道是姜心儒和姜心怡他们跟土匪合在一起了？还有白三宝也可能跟他们在一起，看起来应该都在蛤蟆山藏着。找他们还找不到呢，自己送上门来了，必须马上组织人员跟踪调查。"

张子成说："肖队长，俺估计可能是姜家的老大和闺女。至于来的人都是啥身份，俺估计这些人不是土匪的话，就是日伪汉奸特务和国民党的人员，咱们应该马上报告上级，请求派部队支援调查。"

斗争大会被一阵枪战迫停了，民兵负伤了几个，还好没有牺牲的；老百姓被吓得不轻，也有负伤的，跑回家中不敢出门。张子成与肖队长商量，将屯子里民兵组织起来，白天晚上在屯子周围巡逻，避免再遭到土匪的偷袭。他自己带着警卫回到市里公安局，向局长汇报发生的事情经过。

第二天晚上，张家来了十几个人，张子成也在内，来人中有一个人让张家老老少少欢喜异常！谁回来了，原来是张锦辉带着警卫人员回到了阔别十几年的老家。

张锦辉敲开了张家大院的大门，大院已经没有看门的了，开门的是张子顺。他抬头看见一身戎装的军人站在他面前，虽然有灯笼照着但是光线也不是很亮，看不清楚来人的模样。

来人倒是一眼就认出了张子顺，他上前拉住顺子喊着："大侄子我是老四叔啊，我想死你们了，是我啊，四叔回来了。"

张家两个嫂子一点准备也没有，她俩哪里想得到分别十几年的四弟弟突然地站在了面前，这让她俩惊愕半晌才眼泪簌簌地哭着喊着："真是你老四啊，嫂子想你啊，呜呜，你大哥、三哥让土匪抓走了！呜呜。"她俩无法控制自己了，剩下的就是呜呜地哭喊了。

两个女人大声哭喊，让屋里的人都听到了，他们纷纷地跑出来察看究竟，在得知张锦辉回来了的天大喜事儿，暂时也把张家被抓走两个人的事儿冲淡了，张子禄甚至点燃了一挂鞭炮，用来庆祝张家的喜事儿。

张锦辉被里外三层簇拥着进了屋里，与侄子侄女众多人见面问候说："我估计匪徒们抓了大哥、三哥，肯定要报复折磨他俩，受点罪，性命应该不会马上有危险。部队今晚就去解救他们，你们放心吧。"大家又是悲伤流泪，刚才的高兴的兴头也过去了。

张锦辉巡视一圈之后，问大哥："大嫂，咱老娘咋没见呢，她老人家呢？"

两个嫂子乃至屋里的人，个个都神情肃穆落泪，张子成抱着张锦辉哭着说："四叔，俺奶奶前几年就走了，都是被那个大昌子气死了！非得枪毙了那个姜孝昌，才能解了咱张家的怨恨啊！"

176

站在一边的姜桂芝满脸尴尬，张子成拍拍母亲的肩膀，示意她平静些。

张锦辉听完张子成的讲述，他也是悲伤不已，长出了一口气说道："姜孝昌以至于汉奸特务对咱老张家那是犯下了十恶不赦的罪过，按道理就该严惩。可是现在是新政府了，大昌子该咋惩办，要由政府按着法律进行，咱老张家的说了不算。咱们要听从政府的决定，绝不可以私自报复姜孝昌一家子啊！"

张锦辉看着眼前几个壮硕英姿的小伙子，他哪里敢相信，这就是他离开四方台的时候，都才四五岁的小孩子啊。他看着斜挎着手枪的张子成说："嗯，老侄子长大了，我在公安局第一次看到他不敢认了，出息了，张家后继有人啊！"

张子成抱着张锦辉摇晃着询问："老叔啊，恁给俺们说说啊，恁这些年都去哪里了，家里一点恁的消息也没有，家里人都惦记恁啊！"

张子成的一句话，提醒梦中人。在场的人都光顾着悲喜交加了，都没有想到或是没有来得及询问张锦辉，这些年都去了哪里，都是咋过来的。

张锦辉喝着大嫂端过来的茶水，脑海里出现了他这十几年来的风风雨雨、戎马倥偬、九死一生的激烈场面。

张锦辉自从在"九·一八"锦州失守以后，他就奉命带着部队进入了山海关以内，再后来部队被调往陕西西安，参与进攻陕北红军的作战。

他的连队，原本是张学良的警卫部队，在跟红军作战的时候，损失了不少人，后被张学良的警卫团长吕正操征调，张锦辉也就再次加入了张学良的警卫部队。

等到吕正操去河北冀中一带做抗日工作，张锦辉就跟随着吕正操一起来到了抗日前线。再后来，吕正操宣布脱离国民党的东北军，正式参加了共产党领导的抗日队伍，张锦辉也就坚定不移地跟随吕将军参加了共产党的抗日武装。

在跟随吕正操司令在冀中平原跟日本鬼子的战斗中，张锦辉忘不了东北老家被日本人侵占的满腔仇恨，他不顾生死，英勇善战，对抗日战争的最后胜利，做出了自己的英勇贡献。

日本人投降了，中共中央做出进军东北的指示，他所在的部队，也被抽调一部分人马，支援进军东北的战略计划。

由于他是东北人，对于东北的情况较为熟悉，吕司令就忍痛割爱，将张锦辉的一个整编团，随着其他部队开进了山海关。

张锦辉所在的一个整编团，在跟随东北民主联军对国民党部队作战的进程程中，也是敢打敢冲，所向披靡，受到过多次的嘉奖。

在解放哈尔滨的时候，他所在的团是第一个开进哈尔滨的，在清剿日伪汉奸残余，清剿土匪的战斗中，大大小小战斗几十次，都是立下大功的。

前天接到指示，要求他们全团分成两个部分，江南江北分头围剿国民党和土匪残余势力，也可以顺路去家里看看。

因为张锦辉虽然回到了家乡，但是军务在身，战斗随时爆发，哪里能够回到家里探望呢。又因为军队的行动都处在保密阶段，对于纪律的约束，张锦辉也不能以任何形式和家里联系，所以今天才突然地回来了。

听到张锦辉把他这些年的经历大致介绍了，家里人自然是又惊又喜。惊的是张锦辉这些年出生入死，戎马倥偬，毫无消息；喜的是张锦辉平安归来，与家人团聚，可喜可贺。

大嫂突然间想起了一个事儿问道："他四叔啊，恁安全也风光地回来了，可是俺们没有看见弟妹和侄子呀，他们可安好？"

张锦辉也像突然想起了什么，他一拍大腿说："大嫂不问我还忘了，弟妹和侄子都好。还有一个大喜事儿没告诉大嫂呢。你们猜一猜，是啥大喜事儿，猜对了我这里有奖呢。"

众人你看我，我看你，几乎都是一头雾水。张子禄在一边试探地问道："难道是俺大哥有消息了，四叔俺说的对吗？"

张锦辉走上前拍着张子禄说："哎，还是二侄子上过大学，脑袋来得快啊。"他走到大嫂面前说："大嫂，子富那孩子平安着嘞，还很有出息呀。"

吴慧芬听到极其惊愕，瞬间两眼又流下了泪花。吴慧芬着急地问："四兄弟呀，恁见到俺家子富了，真的吗，孩子在哪里呀，俺和恁大哥想死他了呀！呜呜。"吴慧芬又控制不住自己激动的情绪，大声哭了起来。

张锦辉对着大嫂说："大嫂啊，别哭了你们应该高兴啊。事情是这样的，那年我在作战中负了伤，被送到根据地的医院治疗。说来也是天意使然啊，在那里遇到了子富，还有他的未婚妻梅子姑娘。子富告诉我说，他是让教授吹口琴的袁亚成老师带到这里的，因为他跟梅子是学医的，就参加了吕司令的战地医院，做起了救治伤员的工作。"

一家人等人听到了张子富平安的消息，真是万分的高兴，张子禄甚至说："俺当年也跟着大哥一走就好了，现在也是解放军了呀，那多带劲儿！"

张锦辉说："后来听说组织上让子富带着梅子和几个医院的青年，一起去了延安，参加抗日大学学习，都是作为干部培养，以后都是干部了。"

张锦辉说到这里，他回身看看张子成说："成子也入了党，也是干部了。这次根据上级的指示，让我回来跟你沟通一下，让你负责江南剿匪前导人员。你带我去见一见你们的土改工作队长商谈一下，然后我们连夜出发去大套子和蛤蟆山，攻打土匪和解救你大爷和你爹。"

177

根据情报，张锦辉的一个团，江南两个营，秘密前往大套子和蛤蟆山附近实施包围，等候命令；江北鸭子圈那边，也加派了一个营的部队，防止两边的土匪联合或是向江北逃窜。张锦辉跟肖队长他们见面以后，他就让张子成的公安小队做前导，他带着他的警卫班尾随前往大套子了。

现在回头再大略说说姜心怡，日本人投降了，她为啥跟着陈树彬上了蛤蟆山当了先遣军呢？

日本人战败了，侵略中国的日本军人，大多数逃回了日本国内的，也有像涩谷三郎这样的罪孽深重的警察头子，杀害中国人罪大恶极的刽子手，一家三口在哈尔滨学院（日露学校）家中自杀了。

日本人跑了，留下一大群汉奸特务和伪军，他们也是知道日本主子战败了，自己失去了依靠，也就变得惶惶不可终日。

姜心怡虽然没有什么大的罪恶，但毕竟是给日本高官当差的女特务，也是在汉奸之列，她也是惊恐万分，找到了陈树彬商量办法。

相反的是，一样给日本人当警察的陈树彬却是显得平静而有底气。他在家中给姜心怡做了饭，陪着姜心怡一起吃饭，依旧还是笑容可掬和姜心怡说话聊天。

姜心怡带着惊恐忐忑询问陈树彬："陈大哥，啥时候了，你咋还是无忧无虑，一丁点也不着急紧张啊？"

陈树彬笑盈盈地说："心怡啊，你听我说，凡事要有远虑才不会有近忧。你看日本人走了，苏联红军进来了，但是我敢预言过不了几天，国民党政府也会派人来哈尔滨的。到了那个时候，咱们就有救了，你就跟着我一起干，保证你不会受到任何的伤害。不信你就等着看，看看我陈树彬是不是欺骗你说大话。"

姜心怡怀疑的眼神看着陈树彬说："陈大哥，咱们都是给日本人干事儿的人，国民党来了，他们就不会惩办咱们吗？不会当汉奸枪毙咱们啊？"

陈树彬自信满满地说："心怡你想啊，日本人战败走了，眼下中国这片土地上，还有两个政党再争天下，一个是国民党，一个就是共产党，对吧？"

姜心怡依旧是不甚明白，她看着陈树彬说："陈大哥,我可不懂这些。国民党、共产党我都没见过，也不知道谁强谁弱，怎么争天下，我就想他们会对咱们啥样，陈大哥。"

陈树彬原来坐着，现在站起来慢悠悠地走了两圈回身对姜心怡说："心怡啊，我明白地告诉你吧，其实我就是国民党的人。军统你听说过吧，我就是军统的人，奉命在哈尔滨潜伏快二十年了。既然我是国民政府的人，那么国民党来了，你说我能吃亏呢，还是有好事儿呀，哈哈。"

姜心怡听到陈树彬说他是国民党军统的特务，先是大吃一惊，而后她仔细回想了这些年陈树彬的所作所为,真的就跟那些死心塌地的日伪特务不一样,啊，原来如此啊！

姜心怡依旧带着疑惑询问："陈大哥，你说你是军统的人，国民党来了你就等于见到家里人，等于回家了，这个我可以理解。但是你说国民党要和共产党争天下，我就不明白了呀。原来国共不是合作抗日吗，记得你也跟哈尔滨的共产党有过合作啊，咋就这日本人走了，你们就翻脸了，又要争斗厮杀了？"

陈树彬笑得很得意："哈哈，你说的很对，合作抗日是暂时的，争夺江山，消灭共产党才是蒋委员长的长期政策。你想啊，国民党掌握着国家的政权，怎么会容忍共产党分配权利呢？所以呀国民党的政策就是要占领整个中国，消灭其他的政党，国民党一家独大。"

姜心怡似懂非懂地说："那我咋办呢？国民党会接纳我这个给日本人当过特的人吗？我觉得很可怕，感觉还是应该去欧美国家吧，免得受到新政权的打击。"

陈树彬摇晃着脑袋说："不、不、不。国民党也好，日本人也好，谁都得用一些对于他们有用的人。你还记得你原来给我的那一份日本人的武器弹药库房位置地图吗？那就是咱们最好的觐见礼物。因为国民党肯定也很需要这些武器，更不想让这些武器落入共产党的手里，所以呀，你是有功的人啊。你不但不会受到惩罚，没还会受到嘉奖呢，你等着好事儿降临吧。"

姜心怡半信半疑，心里还是不太落地，他想到了父母，想到了大哥姜心儒，她问道："陈大哥，你说我家里的父母算不算汉奸家属啊，还有我大哥呢，他咋办呢？"

陈树彬依然笑着说："傻丫头，你想啊，你要是加入了国民党的阵营，那你的家人，你的哥哥，不也是国民党的家属吗？你哥哥也会受到录用啊，所以你就更不用担心他们了呀。"

姜心怡似乎心里有了安慰，她说："陈大哥，我想回家去看看，你说行不行呢？"

陈树彬摇摇头说："不好。眼下局势还不明朗，国军还需要时间到达，还有一些变数，所以咱们先不要露面；你可以先跟你大哥联系，等到局势明朗了，对咱们有利了，咱们再去找国军的人员接头。"

最初的局势发展，也正如陈树彬所说的那样，由于雅尔塔协议，苏联红军进入中国东北以后，所占领的城市，只能移交给代表政府的国民党政权。所以呢，国民党的接收大员到了哈尔滨，苏联红军就把他们占领的哈尔滨政权，移交给了国民党接收大员。

而这些国民党接收大员到了哈尔滨之后，不是为了解救民生，不是为了社会安宁，而是积极地搜刮民脂民膏，也把没收日伪汉奸的财产，大多纳入私人的囊中。

而对于日伪时期的汉奸特务，大多是废物利用，让他们纠结起来，为迎接国民党的大部队到达哈尔滨做武装准备。

就像日伪铁杆汉奸叶法增、蔡茂、白三宝等等，也都成了国民党接收大员的座上宾。

178

叶法增之流，他们深深地知道自己犯下过不可饶恕的罪恶，国民党不杀他们，让他们感激涕零，索性铁了心要为国民党效忠卖力。

叶法增被国民党委任为少将军衔，也在国民党大力支持下，叶法增等人大量地网罗日伪时期的特务汉奸、伪满洲国军队的军人、土匪流氓等的，组织起来一支三千人的反共救国军，而且在双城正黄二屯一带枪杀民主联军战士十名的事件。

而陈树彬也组织起来一千多人的队伍，自封为救国军司令，姜心怡做了联络队长和报务人员领导；那个姜心儒也跟着沾光，做了这支部队的参谋长。

那个时间段，姜孝昌家里当然依旧是威风八面，可是随着东北民主联军的逼近哈尔滨，而国民党的部队迟迟不能到达哈尔滨。那些惊慌失措的国民党接收人员随着苏联红军离开哈尔滨，这些杂牌的部队，就不得已撤离哈尔滨，钻起了山沟，跟东北民主联军打起来游击。

叶法增带的人员大多活动在宾县，五常以及方正县一带。后来被民主联军打败，投奔沈阳。再后来锦州解放，叶法增离开沈阳进入关内；陈树彬带的土匪杂牌人员，先前在三肇地区活动一阵，在遭到民主联军攻击失败之后，也损失了一大半的人员。他不得已跟早有联系的土匪赵纯修求助，然后来到蛤蟆山、鸭子圈一带，隐藏在那里准备等待国民党大规模军队的到来。

天色蒙蒙亮的时候，张锦辉的部队跟国民党兵和土匪组成的部队接上了火。一开始，蛤蟆山的土匪还能跟民主联军对抗一阵，枪声也很激烈。可是不到半个小时的时间里，在东北民主联军强大的火力进攻之下，陈树彬的杂牌部队溃不成军，剩下的几十人完全的撤到了蛤蟆山上，完全陷入了被东北民主联军包围的态势。

陈树彬他们被围在蛤蟆山上，他感觉到形势不妙，有被俘虏的危险。他询问赵纯修："赵大当家的，眼下咱们被包围了，你有什么办法让我们脱险呢？"

赵纯修此时也是无奈地说："蛤蟆山上有地道，倒是可以藏身。但是山下的人马那么多，上山来一顿搜查或是围困十天半个月的，那咱就得被挖出来，也是死路一条；再有咱们江边上有几条小船，可以到江北去，可是最多也只能乘坐十几个人，多了坐不下，陈司令还是恁自己个拿主意吧。"

陈树彬想了想说："江北鸭子圈那边安全吗？距离就是一江之隔，估计也不会安全吧。"

这时候有人来报告："江北鸭子圈方向也传来枪声，估计那边也遭到了进攻。"

陈树彬看看姜心儒，看看姜心怡，脸上万般无奈的神情，他心里的宏图大业，也就拔凉拔凉的了。

白三宝走过来阴沉着脸说："陈司令，您可别忘了，我还给你抓回来两个人质呢，为啥不利用一下呢？"

陈树彬看看白三宝说："拿无辜的人做人质，似乎不道义吧？毕竟我还是正规的国军军官，下三滥的事儿，我可不想干。"

白三宝龇牙笑着说："成为大王败为寇，想成功的人，就要不择手段啊。古人云，慈不带兵，你不狠，他们就不怕你。眼下是咱们生死存亡之际，何去何从，还望陈司令三思。"

陈树彬有些犹豫不决，他把握不准白三宝抓来的两个老张家的人，对于山上的人安全有何作用，所以他不想再作孽，来伤害两个无辜的百姓。

这时候白显彤和姜孝昌从后面溜达出来了，听到陈树彬和白三宝的对话，白显彤说："陈司令别怨我多嘴啊，您给国民党效力，而张家一家子老小，都给共产党卖命，你说你不收拾老张家人，那就不对了，您想一想呢？"

姜孝昌挺着大肚子嘟囔着："老张家跟俺又杀子之仇，俺要亲手杀了张锦德，才解俺心头之恨！"

姜孝昌的老二姜心田的死，姜孝昌把账记在了老张家头上，念念不忘报复老张家。现在看到张锦德、张锦祥被抓到山上，他是真想上前杀了张锦德哥俩啊。

这时候姜心怡走过来推搡了一下姜孝昌："你和姜心田做的那些事儿，还怨得了老张家？你们没有良心，陷害有恩的人，说这些还不觉得亏心，死了得了！"

她转过身本来对陈树彬说："陈司令，事到如今败局已定，何必还拿老百姓的无辜生命给自己添罪过呢？我建议跟山下的人谈判，保住大家的性命才是对得起大家。"

陈树彬听罢半晌不语，老土匪赵纯修看透了陈树彬的心思说道："陈司令啊，大丈夫能伸能屈，别把命丢了，留得青山在不愁没柴烧，俺看就跟山下的人马谈判投降吧。"

"既然投降了，国军也不会再接受咱了，还谈什么留得青山在呀，那肯定是没有柴火烧了。山下几百名共军的士兵啊，硬干是干不过了，投降吧，还能苟存生命，报效党国的事儿，留给下辈子吧。"

陈树彬无可奈何自言自语，这时候有人来报告："报告司令，山下有人喊话，说要跟咱们谈判。"到了这个时候也硬气不起来了，他对报告的人说："同意山下的人来谈判，允许他们两个人上山。"

白三宝爷俩个看见大势已去，独木难撑，三十六计走为上计，他跟陈树彬说："陈司令，既然你已经决定投降，我白某人也不干涉，看在多年共事的面子上，放我们父子俩人下山逃命去吧。"

陈树彬心里知道，白三宝父子投靠日本人以来，坏事做绝，杀害过很多抗日人士，共产党肯定是饶不了他，他怎敢投降保命呢。

陈树彬漠然地说："天要下雨，娘要嫁人，随你自己去吧。你可以询问一下赵当家的，让他给你们指一条逃生的路，走吧，后会无期！"

赵纯修本来也想自己个逃跑，现在陈树彬松口了，他就收拾了金银细软，带着白家父子偷偷地从芦苇丛中坐上小船逃跑了。

大约过了两刻钟的时间，张子成和一名民主联军的王连长上了蛤蟆山，来到陈树彬他们聚集的地方。

张子成一进到大厅里，一眼就看到了姜心怡站在那里，身后靠边站着姜心儒和姜孝昌几个人。

王连长走到大厅中间说道："你们穷途末路，也没有跟我们谈判的筹码，赶紧缴枪投降，才能保住你们的性命。你们不要再有啥幻想，三十分钟的时间内，必须做出决定！"

看到对方威严的言辞，陈树彬说道："我们承认是战败了，打不过贵军，但是我手里有你们迫切需要的东西，或许是我们可以谈判的筹码。"

张子成听了想起父亲和大爷在山上，他严厉地说："如果你们拿人质做筹码，那将是不可赦免的！"他走过去跟王连长低声耳语后走回来说："俺们掌握关于日本人军火位置地图在你们手里，这个我们虽然十分需要，但是也绝不是你们可以利用要挟我们的保命符。只有主动交代，主动配合，才有出路。提醒你们别忘了，红军、八路军靠着小米加步枪，打败过多少的日本人和国民党的部队，也不是没有日本人的武器吗？你们主动地交代配合我们，那才是你们的诚意，我们才会根据你们的表现做出来对你们的处理，所以现在怎么做，你们自己决定。"

姜心怡看着张子成说："陈大哥，事情到了现在，咱就认了吧，就把地图交给他们，放了张家的两个老人，我想他们也会按着政策对待咱们吧？"

陈树彬看着张子成说："你也没有穿军装，应该不是军队的领导吧，我不跟你谈了，我跟这位领导说。让我交出地图可以，你们必须保证我们的这些弟兄的安全，也希望你们放过姜心怡的父母，这样要求不高吧？"

179

王连长拍拍手枪盒子说："张队长不是军人，也是公安局的领导，这个不用怀疑。我们共产党的军队对待俘虏和起义人员，都是一贯的政策，放下武器，保证安全。至于你说的什么姜孝昌，那需要按着地方政府的政策执行，我们是军人，不干涉地方政府的政策。"

陈树彬此时到了山穷水尽的地步，也是万般的无奈，只有拿出来军火位置地图，递给了张子成。然后他命令全部人员放下武器，下山等候处置。

姜心怡在后边扶出来张锦德和张锦祥哥俩。他俩被抓到山上，挨过几下打，并没有受到太大的伤害，身体良好。张子成让人把张锦德两人送回四方台，张锦辉他们押解投降的匪徒回到了哈尔滨市内。

蛤蟆山的土匪解决了，姜孝昌两口子被带回了四方台，姜心怡、陈树彬、姜心儒等主要人员，被带到了哈尔滨香坊的监狱关押。

四方台的土改工作基本上完成了，姜孝昌被地方政府判了死刑，即日执行！姜孝昌的土地也被分给了没有土地的村民，他家里的浮财也被工作多没收了，分给了贫雇农。

东头子老张家里的土地已经没有多少了，张家人也彻底地分了家，土地按着人口分到各个房山头，每一家也就几亩地。按着政府的政策，他家们定为贫下农。

这一天张锦辉回到了四方台老家，他是来跟家里人告别的。部队要去锦州一线集结了，张锦辉依依不舍地抱着大哥说："大哥，我这一去就不知道啥时候能再回来了，您和大嫂、二哥二嫂、三哥三嫂等一定要注意身体，等着我回来再聚首。"

张锦德老泪纵横："老四啊，恁是官家人，又是带兵的，身不由己，大哥懂得。只是枪林弹雨的，子弹不长眼啊，恁一定要注意安全，全须全尾回来，别忘了带着家人一起回来！"

分别总是痛苦伤感的，但是这对于枪林弹雨里走出来的军人们，已经是习以为常了。张锦辉安慰着哥哥和嫂子们，也在跟侄子侄女们相互一一告别。

张子成在一边半天没有作声，看到老叔的话说得差不多了，他走到四叔跟前说："四叔，您要走了，俺有个要求，您可一定要帮我完成啊。"

张锦辉笑着说："成子半天也没说话，现在咋又冒出来啥事儿要求我啊？"

张子成摇晃着张锦辉的胳膊说："四叔，俺要参军，俺要到战场上去建功立业，您一定要把俺带走。"

张锦辉抬脸看看张子成，再看看三哥三嫂说："参军没问题呀，你得问问你爹你妈愿意吗？哈哈。"

"老叔，俺的事儿俺自己个做主，俺爹妈不会干涉。还有一个的事儿，希望老叔帮忙，虽然难办点，估计还是可能的。"

张锦辉带着疑惑的眼神问："咋地呀，还有难办的事儿求老叔，那就一块说呀？"

张子成犹豫了一下说："俺求您去跟政府部门说说，把姜心怡放了，也让她参军。"

张子成这句话一出口，就让满屋的人吃了一惊，就连久经沙场的张锦辉吓了一跳。他扳着张子成的肩膀问道："成子啊，你咋地了？姜家丫蛋是你表妹，你就忘了她是啥人了？她可是日伪军特务，还参与了土匪暴乱，罪行严重，咋能说放就放呢？还让她参军，你打算让四叔犯错误啊？"

张子成有些着急地说："四叔，不是你说的她是俺亲戚俺就有私心，丫蛋不是坏人，她也做过对咱家、对抗联有好处的事儿呀。我想让她参军呢，第一她不是坏人，第二她有特殊的才能，会发报，懂外语，咱们军队里不是缺少这样的人才吗？"

张锦辉一过脑子笑着说："哎，成子说的还有点道理。既然你说丫蛋不是坏人，是被坏人利用了，那要是经过教育，能够把才能为我们所用，那真的是一件大好事呀。这事儿我去跟公安局的说一下，看看他们的态度再决定。"

十几天以后，姜心怡被释放了，而且被特例批准跟张子成一块参加了东北民主联军；张子成随着张锦辉所在的部队，根据姜心怡和陈树彬提供的线索，很快找到了两个日本人留下的军火库，得到了大量的武器弹药。

部队得到了扩编，武器方面也得到了极大的改善，张锦辉他们离开了哈尔滨，向着锦州前进，而且毫无悬念地解放了锦州，进而解放了东北全境。

哈尔滨，作为新中国第一个解放的大城市，她为后来的解放战争、抗美援朝战争，以至于新中国的经济恢复，起到了至关重要的作用；她的无私的奉献，更是无愧于这座英雄城市的称号。

哈尔滨往事

哈尔滨是一座美丽的城市，也是一座英雄的城市，更是我的家乡。我爱哈尔滨，我爱我的家乡，家乡流淌着我们祖辈生生不息的鲜血，哈尔滨是我们祖祖辈辈赖以生存的根！

2024 年秋，于哈尔滨市松北区陋宅搁笔